ANYA

POLÊMICO!

VOLUME 1

1ª Edição, 2021

EDITORA EUPHORIA

ILUSTRAÇÃO DE CAPA:
Beatriz Peretti
DESIGN DE CAPA:
Nathalia Brandão
ILUSTRAÇÕES INTERNAS:
Beatriz Peretti
Gabriela Paraizo
REVISÃO:
Arla Campos
Isabella Lazaroni
Andrea Santos
PREPARAÇÃO DE TEXTO:
Nathalia Brandão
DIAGRAMAÇÃO:
Nathalia Brandão

POLÊMICO!, VOLUME 1. 1ª EDIÇÃO
EDITORA EUPHORIA LTDA
CNPJ: 39.317.627/0001-06
Rio de Janeiro — RJ
Contato: editoraeuphoria@gmail.com
Site: www.editoraeuphoria.com.br

DADOS INTERNACIONAIS DE CATALOGAÇÃO NA PUBLICAÇÃO (CIP)
(CÂMARA BRASILEIRA DO LIVRO, SP, BRASIL)

Mikhaela, Anya Polêmico / Anya Mikhaela. — 1. ed. —
Rio de Janeiro : Editora Euphoria, 2021. — (Polêmico ; v. 1)
ISBN 978-65-992796-6-9
1. Ficção brasileira 2. Ficção erótica 3. LGBT Siglas I. Título II. Série.
21-68828 CDD-B869.3

Índices para catálogo sistemático: 1. Ficção : Literatura brasileira
B869.3 Maria Alice Ferreira - Bibliotecária - CRB-8/7964

À Lorena, Elisa, Lara
e a todos os meus
amigos próximos que
manifestaram
diversidade e me
ajudaram a construir
este livro.

LEE JUNWOO
CHOI BONHWA
MIN YOONA
ISHIKAWA TAKESHI

HUANG SYAORAN
JUNG RAVI
KWAN HAJOON

CAPÍTULO 1

Junwoo se lembrava de ter estudado a globalização, na Ásia, quando era mais novo, de ficar fascinado com as superpotências mundiais e o modo como elas faziam com que o mundo comercial, econômico, político, social e cultural funcionasse. E, após ver, em sala de aula, como aquele mecanismo todo funcionava, passou a pensar nele quando fazia qualquer coisa que fosse.

Quando bebia um refrigerante, pensava em como aquela pequena latinha havia passado por um processo de criação elaborado nos Estados Unidos, para, em seguida, ser enfiada em um contêiner com outras cem mil — ou mais — latinhas daquele refrigerante.

E era frustrante para ele, pois o único momento em que podia mostrar o seu fascínio pelo funcionamento do mundo — não só no quesito comércio — era na sala de aula.

Se Junwoo ousasse cogitar a ideia de falar com seu pai a respeito de outras culturas, se tirasse as dúvidas que rondavam sua mente a todo segundo, ele — ou sua mãe — lhe daria uns bons cascudos, pois, ao contrário do garoto, o pai era alguém ignorante quando o assunto era o mundo e seu modo de girar; a única coisa que lhe interessava era a palavra de Deus. Afinal, o que esperar de um pastor de uma cidade pequena na Coreia do Sul?

Porém, Junwoo sentiu um pequeno fiapo de esperança crescer dentro de si quando soube que ele e sua família teriam que se mudar para Seul. O motivo foi uma proposta que surgiu para Lee Daejung, seu pai: a Igreja central de Seul ofereceu o posto para o velho, após a saída do antigo pastor. Daejung era conhecido nas igrejas ao redor do país, pois não havia mais tantos pastores, muito menos os excelentes como ele. Ou seja, a família Lee se mudaria para a grande capital do país.

O pai de Junwoo estava tão empolgado por, finalmente, trabalhar em uma igreja grande e de extrema importância, que mal se lembrou de como seu filho ficaria mais sujeito às corrupções do mundo.

No que envolvia a escola, Junwoo não estava muito preocupado com a mudança; a única coisa que lhe preocupava, no fundo, era deixar seu único e melhor amigo para trás. Huang Syaoran, o tal amigo, ficou desolado quando soube que Junwoo o deixaria sozinho naquele "fim de mundo", mas se acalmou quando se lembrou de que, dentro de alguns meses, ele tentaria ir para a capital, para os estudos universitários. Ambos entrariam no terceiro e último ano escolar naquele ano letivo, então não demoraria muito até se encontrarem novamente.

A mãe de Junwoo estava preocupada. Ao contrário de Daejung, ela havia parado para pensar na transferência do filho para o colégio central de Seul, onde existiam pessoas de todos os tipos, com quem ele não podia manter nenhum tipo de contato. Jiyoon até mesmo tentou conversar com o marido a respeito e, quem sabe, tentar mudar sua convicção sobre a mudança. Ela não fazia questão de ir para a capital e, acima de tudo, não queria ver seu filho sujeito à poluição da cidade.

O problema foi que Daejung não lhe deu ouvidos, respondeu-lhe de maneira grossa e focou somente em organizar tudo de que precisava para a mudança.

Então, Jiyoon calou-se, abaixou a cabeça e concordou, como uma esposa digna deveria sempre fazer, ao receber uma ordem de seu marido.

Quando o dia da mudança chegou, Junwoo não poderia estar mais ansioso. Ele não sabia como aguentaria as seis horas de viagem que passaria enfiado dentro de um veículo, sonhando acordado com a capital que lhe esperava, mas faria um esforço.

Syaoran fez questão de se despedir do melhor amigo alguns momentos antes dele deixar sua residência:

— Junwoo! Espera! — gritou, após pular a cerca da casa dos Lee, tropeçando e quase caindo, mas conseguiu se apoiar na caixa de correio da família, antes de bater a cara no chão. — Espera!

Junwoo deixou um sorriso carinhoso escapar ao ver o amigo. Pousou suas malas ao lado da porta e caminhou até o loiro.

— Ainda não terminamos de pegar todas as malas lá dentro, *hyung*[1], pode ficar calmo — murmurou, puxando o outro para um abraço quando este se aproximou.

Ele sentiria muita saudade de Syaoran, afinal, era a única amizade verdadeira que tinha naquela cidade. Junwoo era cercado por pessoas na escola, principalmente garotas, mas ele não mantinha nenhuma relação amorosa ou amigável com nenhuma delas, pois todas o buscavam por ser filho do pastor, alguém importante e com dinheiro.

Syaoran foi o único que provou não ficar com ele por causa daquele fato. O mais velho (apenas alguns meses) o conheceu em uma cafeteria. Fizeram

---

[1] *Hyung*: pronome de tratamento coreano, usado por um rapaz mais novo ao dirigir-se a outro rapaz mais velho.

amizade antes de entrar no colégio, sem conhecer ninguém na cidade ou a hierarquia social extrema que existia ali.

— Junwoo, não abrace seus amigos homens assim.

O garoto suspirou ao ouvir a voz do pai, e, relutante, afastou-se de Syaoran, que encarava o homem mais velho com fogo nos olhos. Syaoran nunca escondeu do amigo que não gostava de seu pai. Não era alguém religioso, o que já conduzia o garoto, de certa forma, a repelir a maneira como o homem pensava e impunha seus pensamentos ao próprio filho, sem deixá-lo escolher por si só. Já Junwoo nunca se incomodou com aquele fato, por mais que não gostasse muito do clima tenso que surgia quando ambos estavam no mesmo ambiente.

— Enfim, Junwoo, boa viagem. — Syaoran ignorou as palavras de Daejung e dirigiu-se ao melhor amigo, lhe lançando um sorriso doce.

— Obrigado, Syao — respondeu baixo, contendo-se para não abraçar o outro novamente. Era tão controlado pelo pai que chegava ao ponto de, às vezes, nem sequer notar.

— Vou querer saber de todas as suas descobertas na capital, hein? Então, me ligue. — Syaoran piscou para ele e proferiu as palavras audaciosas, após o pai do mais novo se afastar.

Junwoo corou e olhou para o lado, para ver se seu pai ou sua mãe havia escutado aquilo. Quando confirmou o fato, apenas deu um sorriso em resposta ao melhor amigo, caminhou até o carro do pai e sentou-se no banco traseiro.

Daejung não demonstrou nem um pouco de compaixão por Syaoran, assim como Jiyoon, que apenas olhou para o adolescente com sua visão panorâmica e ignorou-o solenemente. Os pais, finalmente, entraram no carro e arrancaram, sem nem dar a Junwoo a chance de acenar uma última vez para o melhor amigo.

Sentiu o peito apertar ao ver Syaoran se afastar cada vez mais enquanto acenava desesperado para ele. Até tentou abrir a janela, mas estava travada, então pensou em pedir ao seu pai para abri-la, para que pudesse ao menos acenar uma última vez. Mas, ao ver a expressão fechada dele encarando o retrovisor lateral do carro — ou seja, a Syaoran —, Junwoo deixou aquela ideia de lado.

— Coloque o cinto, meu filho — pronunciou sua mãe, serena, parecendo pouco se importar com a expressão magoada de seu primogênito.

E Junwoo apenas obedeceu.

!

— Cheguem mais, porque a bebida está liberada!

Ishikawa Takeshi usou todo o fôlego de seus pulmões para gritar e conseguir chamar a atenção de todas as pessoas presentes ali. E, assim que ouviram o garoto, elas correram para o bar montado no canto do campo, em busca de bebidas que pudessem satisfazer aos seus desejos daquela noite. E Takeshi não poderia estar mais feliz ao ver a caixinha de dinheiro ficar cada vez mais gorda, conforme aqueles adolescentes loucos por álcool escolhiam seus *drinks*.

— Bonhwa, chame o Ravi para nos ajudar! — disse para o amigo que lhe ajudava a servir as bebidas.

— Se eu sair daqui, você não vai conseguir conter todos eles — respondeu o de olhos puxados e verdes, referindo-se aos adolescentes como se fossem feras. Quando se tratava de bebida, muitos eram realmente.

Takeshi poderia, facilmente, ter se distraído com o olhar do melhor amigo sobre si, já que, mesmo em momentos como aquele, os olhos verdes dentro da fisionomia asiática eram motivo de fascínio para qualquer um que olhasse — inclusive para ele. No entanto, focou em olhar ao redor, procurando por mais alguém, além dos dois do comitê de organização. Quase chorou de alívio ao ver Yoona passando, por ali perto, naquele mesmo momento.

— Yoona-*noona*[2]! — gritou, tentando não deixar a lata de cerveja do garoto na sua frente cair.

A garota virou-se, ao ouvir a voz conhecida. Caminhou apressada até o bar, ao ver o estado de seus dois melhores amigos, que tentavam servir a todos e coordenar o dinheiro de maneira correta, sem errar as contas.

— Precisam de ajuda? — perguntou de maneira irônica, puxando o short curto um pouco para baixo, para, em seguida, pular o balcão montado pelo comitê e já começar a organizar melhor o dinheiro e fazer um dos *drinks* pedidos.

— Você é minha salvação, *noona*, muito obrigado — Takeshi murmurou para a mais velha, depositando um rápido beijo em sua bochecha, antes de voltar ao trabalho.

— Parece até macho, toda ágil desse jeito.

As caretas que surgiram nos rostos de Takeshi e Yoona foram impagáveis, e com Bonhwa teria sido a mesma coisa, se tivesse ouvido o comentário machista do garoto que havia surgido, mas estava ocupado com o grupo de garotas que não decidiam as bebidas que iriam querer.

— Mas *é* um macho. É o Yun, do terceiro. Quer dizer, segundo. Vai entrar, no terceiro, esse ano — o amigo do moleque machista, que também não segurava a própria língua, comentou.

Takeshi travou o maxilar e deixou de fazer a bebida dos dois, mirando-os com um olhar fulminante.

---

2 *Noona*: pronome de tratamento formal coreano, usado por uma moça mais nova ao dirigir-se a outra moça mais velha.

— Qual é o problema de vocês? — indagou. Ele falaria mais, se Yoona não tivesse colocado a mão em seu peito, impedindo-o.

— Eu sei qual é o problema. — A garota riu irônica, pegou o *mixer* que utilizava para mexer o *drink* de um dos garotos e abriu-o. — É que o ego deles é maior que o pau, aí o jeito de aceitarem sua pequena potência é humilhar os outros. — Então, jogou a bebida nos rostos dos meninos.

Takeshi sorriu satisfeito, enquanto os demais, em volta, gargalhavam por causa do estado dos garotos. Yoona tinha um sorriso orgulhoso em seu rosto nem um pouco abalado com os comentários que havia recebido. Os donos daquelas opiniões nem perceberam ser rudes ou preconceituosos, pois pareciam completamente perdidos, após receberem as bebidas em seus corpos.

— Vazem! — Takeshi abanou as mãos, expulsando os garotos de seu bar. Queria expulsar da festa também, mas não podia, pois teria que sair de seu posto para fazê-lo.

A festa no campus da escola foi organizada por seu comitê — do qual os membros eram seus melhores amigos —, com o objetivo de arrecadar dinheiro para a viagem que tanto sonhavam em fazer: São Francisco, Califórnia. Para eles, aquela cidade era a Terra do Nunca, onde nada os impediria de serem eles mesmos e gritarem para o mundo que possuíam muito orgulho de fazer parte da comunidade LGBTQIA+, em plena parada gay.

De fato, a parada gay de São Francisco era conhecida por ser uma das maiores do mundo e já tinha chegado a aparecer em diversas séries de TV, filmes e noticiários, por juntar um número absurdo de pessoas que lutavam pelos seus direitos.

O grupo de quatro adolescentes estava determinado a conseguir realizar aquele sonho, assim que completassem o terceiro ano escolar, acompanhados do professor que sempre os motivava e ajudava, todas as vezes, a organizar os eventos para a arrecadação de dinheiro.

Ishikawa Takeshi, Jung Ravi, Choi Bonhwa e Min Yoona eram um grupo um tanto peculiar de adolescentes em Seul. Por mais que fosse uma das cidades globais, ainda era um local um tanto conservador, que seguia regras antiquadas e acabava caindo em cima de pessoas que não seguiam tanto aquele padrão.

Cada um possuía um motivo diferente para ser considerado peculiar, mas suas diferenças não impediram que o laço de amizade forte se formasse e juntasse aqueles quatro que compartilhavam o mesmo sonho.

Kwan Hajoon, o professor de História dos adolescentes, sempre se mostrou quieto para a maioria dos alunos, mas se deixou transparecer quando obteve o conhecimento do grupo polêmico da escola. Curioso, ele se aproximou dos alunos com o objetivo de saber o motivo de serem considerados tão polêmicos naquele lugar.

Não foi difícil descobrir.

Após um primeiro olhar, Ravi parecia somente incomum naquela cidade e naquele país — por ser mestiço, com traços indianos e coreanos —, mas, no geral, qualquer um que o visse diria que era como qualquer outro adolescente de Seul.

No entanto, ao conversar com o garoto, Hajoon descobriu que o que ele fazia em suas noites livres não era muito ordinário — pelo menos não para o local em que viviam: Ravi era uma *drag queen* que frequentava um clube escondido nos subúrbios da cidade, onde várias pessoas soltavam seu verdadeiro eu.

Yoona foi a que mais fascinou Hajoon. Destemida, orgulhosa e corajosa, aquela garota de dezoito anos encantou o espírito do professor e deixou-o embasbacado de admiração, ao contar o motivo de fazer parte daquele grupo tão conhecido pela escola.

Hajoon nunca adivinharia que seu sexo biológico não era aquele com o qual ela se identificava ou o que se expressava. A menina possuía traços delicados e um corpo pequeno e magro, que, com certa escolha de roupas, não era confundido com o corpo de um homem pelos que a observassem. Quando parou para prestar um pouco mais de atenção, Hajoon também notou que a voz dela era um pouco mais grossa do que a das garotas sul-coreanas em geral.

Mas nada daquilo importava, pois era uma mulher linda. Tanto a personalidade de Yoona quanto sua beleza encantaram o professor, e foi ali que ele começou a notar seu apego por aquele grupo.

Bonhwa era um dos que não possuía nenhuma diferença ligada à sua aparência — exceto os olhos verdes, que eram incomuns no oriente —, assim como Takeshi; ambos eram conhecidos apenas pelos seus gostos: Bonhwa beijava bocas. Qualquer uma. Não lhe importava a identidade de gênero da pessoa, nada ligado a genitais, expressões distintas de gênero ou sexo biológico; nada lhe impedia de se sentir atraído ou apaixonado por uma pessoa. Bonhwa era amante de pessoas. Enquanto isso, Takeshi tinha um apego ao sexo masculino: era um verdadeiro amante dos homens e de sua virilidade. Hajoon admirava o garoto por não ter papas na língua ao expressar aquilo abertamente.

Desde que teve a oportunidade de conhecê-los, o professor não os largou e ainda fez questão de se aproximar mais, porém manteve o limite que seu cargo estabelecia, é claro. O mais velho, no entanto, fez questão de se engajar e ajudar o grupo de adolescentes quando soube o plano de viagem que tinham.

A aproximação foi mútua e, logo, os quatro adolescentes perceberam que estavam apegados ao professor. Chegaram, então, à conclusão de que o incluiriam no plano de viagem, causando lágrimas a Hajoon por o colocarem em algo com um significado tão pessoal como aquele, afinal, não era somente uma viagem boba com motivos fúteis.

— Cadê o Hajoon? — Yoona perguntou, após os pedidos no bar diminuírem. Seu tom curioso e a expressão preocupada renderam um olhar questionador em Takeshi.

— Acho que ele está cuidando do som. Por quê? — perguntou o garoto, encostando-se ao balcão e colocando um pano, que usava para secar os copos, sobre o ombro.

— Queria conversar com ele — Yoona respondeu simples, fugindo do olhar do ruivo.

Se tinha algo que Takeshi amava, era mudar as cores de seu cabelo. Naquele momento, um ruivo bem alaranjado lhe preenchia os fios, e aquela havia sido uma de suas escolhas preferidas, já que tinha combinado perfeitamente consigo. Por também ser mestiço, Takeshi chamava bastante atenção, e os fios coloridos eram um acréscimo positivo para ele.

— Algo muito importante? — Takeshi insistiu, procurando os olhos da garota com os seus, mas Yoona continuou a fugir do seu olhar.

— Não muito.

Seu ato de engolir em seco não passou despercebido por Takeshi, porém este somente arqueou a sobrancelha e assentiu, resolvendo não insistir, já que a garota não parecia disposta a lhe dizer o motivo de tanto querer falar com Hajoon.

Os dois adolescentes foram interrompidos por um terceiro quando este envolveu a cintura de Yoona em um abraço apertado, o qual ela não rejeitou, por reconhecer o toque delicado.

— Essa festa está sendo um sucesso! — Bonhwa exclamou um pouco alto, já que o volume da música havia aumentado, estalou um beijo na bochecha de Yoona e começou a balançar os dois corpos no ritmo da música que tocava. Ela riu e colocou seus braços por cima dos dele, acompanhando-o.

Takeshi sorriu ao ver a felicidade dos amigos e assentiu, concordando. Realmente, a festa estava sendo um sucesso: adolescentes e adultos divertindo-se em todos os cantos do campo de futebol, o qual teve a utilização autorizada pela diretoria da escola dos garotos, graças à ajuda de Hajoon que convenceu a direção facilmente, por ser uma última comemoração antes do primeiro dia de aula. O som alto e a decoração simples, mas que combinavam perfeitamente com o clima e o ambiente; o bar sem parar de funcionar; as caixinhas de dinheiro da entrada — coordenadas por Ravi — e as do bar cada vez mais cheias.

Takeshi não poderia estar mais orgulhoso.

!

— Qual foi o lucro de hoje?

Eram sete horas da manhã de um domingo, o último dia de folga antes do início das aulas de Takeshi, Ravi, Yoona e Bonhwa. Todos estavam com Hajoon, para que pudessem contar o dinheiro arrecadado, sentados em um canto do campo, onde a festa acontecera algumas horas antes — após limparem tudo, é claro.

— Espera... — murmurou o educador, chocando seus dedos rapidamente contra a calculadora do celular enquanto separava os blocos de dinheiro. — Meu Deus! — exclamou, surpreso, encarando a tela do aparelho.

— O quê? Foi ruim? — perguntou Ravi, que se mostrava extremamente cansado, deitado no ombro de Yoona.

— Um milhão, trezentos e oitenta e nove mil, setecentos e trinta e dois *wons*[3] é ruim pra você? — Hajoon virou a tela do celular para os garotos e sorriu ao ver as expressões chocadas.

— Meu Deus! Isso já paga duas passagens! — Bonhwa falou, recebendo acenos e exclamações animadas dos outros.

— Sem falar que já temos um dinheiro, por causa dos eventos anteriores! — Takeshi completou.

O coração do ruivo batia de maneira acelerada, levando-o a tentar controlar sua respiração, que ficara descompassada, por causa da animação. Ele sentia que seu sonho estava perto de se realizar.

— Hajoon, tome cuidado ao levar esse dinheiro para o banco — Yoona murmurou, tocando o ombro do mais velho para adverti-lo.

— Pode deixar, *jagi*[4] — virou o rosto para a garota e lhe lançou uma piscadela, mostrando que ela poderia confiar nele.

Takeshi levantou-se e limpou a calça na parte traseira, para tirar a grama ali presente.

— Tenho que ir para casa. Meus pais mandaram mensagem, pedindo ajuda na arrumação — alegou. Pegou a mochila que trouxera consigo e colocou-a nas costas.

— É você quem vai fazer o discurso para os novos alunos amanhã? — Ravi questionou, recebendo um aceno negativo e uma expressão triste do outro. — Por quê?

— A administração superior não permitiu, por mais que o diretor tenha tentado convencê-los — Takeshi suspirou, sentindo-se decepcionado, não consigo mesmo, mas com aqueles que não quiseram que ele representasse a escola por motivos estúpidos.

— Eu fiquei surpreso de terem permitido a festa — Hajoon admitiu. — A administração segue os padrões do governo, e eu realmente achava que eles rejeitariam.

---

[3] Won: moeda coreana.

[4] *Jagi*: "querida", em coreano (TRADUÇÃO NOSSA).

— Eles não sabem nem da sua sexualidade, *hyung*. Se soubessem, não teriam te aceitado como supervisor da festa e não a teriam permitido — Bonhwa argumentou, e Hajoon assentiu.

O professor escondia sua sexualidade do meio profissional por não querer que isso o afetasse no trabalho, como sabia que aconteceria. Mas isso não o privou de se aproximar do grupo de adolescentes e revelar a eles quando o assunto veio à tona.

— Eu diria que você não deveria esconder isso, mas sei que é por causa do trabalho — Ravi completou, tocando o ombro de Hajoon como forma de consolo.

Aqueles adolescentes sabiam melhor que qualquer um que esconder o seu verdadeiro eu era a pior tortura existente, principalmente para um homem bom e doce como Kwan Hajoon, que teria a vida profissional prejudicada por causa de sua sexualidade, caso a revelasse.

Após mais alguns minutos de conversa, Takeshi deixou-os para voltar para casa. Ele e sua família haviam acabado de se mudar para uma nova residência, que era mais perto de sua escola e permitiria menos gastos com transporte, tanto para Takeshi quanto para seu pai, Ishikawa Shutaro, que trabalhava como anestesista no Hospital Central de Seul, o qual também era relativamente perto do colégio do filho.

A mãe de Takeshi, Park Sanji — que formava toda a parte sul-coreana da família do garoto —, sempre foi um exemplo para ele, e tanto ela quanto o marido respeitavam todas as decisões do filho. Este não queria depender de ninguém e, quando completou quinze anos, resolveu trabalhar, para lidar com suas despesas de transporte e lazer. Sanji, por mais que fosse mulher de um homem que ganhava um salário gordo, rejeitava quaisquer tipos de gastos com ela, vindos dele; assim como o filho, não queria depender de ninguém, muito menos do marido, então usava somente o seu dinheiro, vindo de seu trabalho como corretora de imóveis.

— Ô homem, você não serve pra nada, viu? Só serve pra bater punheta e fazer filho! — a mulher exclamou, jogando uma maçã no marido, o qual rapidamente desviou.

— Eu não nasci pra isso, amor — Shutaro choramingou, desistindo, mais uma vez, de tentar fazer aqueles legumes cozinharem. Por mais que fosse cem por cento japonês, seu coreano era perfeito, já que havia feito faculdade no país.

— E você acha que eu nasci? — ela exclamou, aproximando-se da panela. — Não vou ficar cozinhando pra você, porque não sou dona de casa, meu amor.

— Eu sei que não. Me mostra só mais uma vez, vai — Shutaro pediu, manhoso, enquanto se aproximava da mulher e a abraçava pela cintura, para observar, outra vez, como se cozinhava os legumes.

— Só mais uma vez! — ela resmungou e começou a explicar ao homem novamente como se fazia aquele procedimento.

Takeshi sorriu sozinho ao ver o seu pai admirar a mulher explicar tudo com tamanha delicadeza e eficiência. Por mais que fosse algo bobo, ele conseguia ver o quanto seu pai se mostrava apaixonado até com algo como aquilo.

Rindo baixo, ele se virou para ir para o seu quarto e tirar uma soneca merecida, mas a voz de sua mãe o interrompeu:

— Filho?

Ele se virou e sorriu para a mãe e o pai.

— Oi — murmurou ao mesmo tempo em que entrava na cozinha para cumprimentá-los direito. Após depositar um beijo na bochecha de cada um, sentou-se no balcão e passou a observá-los enquanto tentavam cozinhar os legumes. — É para o almoço?

— Vai ser, se seu pai tomar vergonha na cara e aprender a cozinhar essa merda — Sanji respondeu, recebendo uma expressão ofendida de Shutaro.

— Não fala assim, *jagi* — o pai de Takeshi disse de maneira manhosa novamente, o que arrancou uma risada do filho e um olhar irônico de sua esposa.

— Acha que, me chamando dessa forma, vai ficar sem cozinhar, é? — Sanji apontou a colher de pau para o marido. — Achou errado! Se vira nessa merda que eu vou arrumar o quarto do Takeshi com ele! — E dito isso, a mulher agarrou o pulso do filho, após empurrar a colher de pau contra o peito do marido, e o puxou para o seu mais novo quarto enquanto o menino ria alto por causa da expressão desesperada do pai.

— Tadinho, mãe — disse Takeshi, enquanto adentrava o cômodo e deixava sua mochila em um canto, passando o olhar rapidamente pelo quarto, sentindo um aperto no peito ao ver a bagunça.

— Tadinho nada. Acha que só porque é macho não tem que cozinhar? — ela respondeu, já abrindo uma das caixas de papelão para começar a remover os itens de dentro.

— Você sabe que não é assim, mãe. Papai só não gosta de cozinhar.

Takeshi caminhou até a caixa de papelão em cima da escrivaninha montada por seu pai mais cedo e começou a remover os itens de dentro, sentindo-se feliz por ver seus CDs e livros intactos.

— Eu sei, meu bem! Só gosto de contrariá-lo mesmo — devolveu Sanji, risonha, enquanto colocava as roupas de cama do filho no armário. — Como foi a festa? Ficaram até essa hora da manhã pra contar o dinheiro e arrumar as coisas?

— Sim, e o lucro foi enorme, mãe! — ele exclamou, animando-se ao se lembrar da quantia que tinham recebido na noite anterior.

— Que bom, meu anjo! — a mulher mirou-o, feliz ao vê-lo daquela maneira. — Vocês planejam ir ano que vem, certo?

— Se tudo der certo, sim.

Takeshi suspirou e começou a organizar os itens na estante, também montada por seu pai mais cedo.

— A parada gay de São Francisco será no fim de junho, então queremos ir no começo ou no meio do mês, para aproveitarmos.

— Você sabe que podemos ajudar vocês, certo? — ela falou, cuidadosa.

O menino suspirou, sabendo que voltariam àquele assunto novamente.

— Mãe, a senhora sabe que os outros e eu queremos que seja tudo por nossa conta. Queremos o dinheiro do nosso próprio suor e não vamos aceitar ajuda de ninguém — explicou novamente.

— Eu sei, meu filho... Desculpe-me! É que realmente fico preocupada, porque sei o quanto vocês querem realizar esse sonho e não se pode dizer que a viagem vai ser barata.

Sanji sentou-se na cama do filho, empurrando algumas caixas para o lado, para se acomodar.

— Eu sei, mãe. Mas estamos quase lá, falta pouco — disse mais para si mesmo, como um mantra, deixando seu cérebro repetir aquelas palavras silenciosamente.

— Vocês vão conseguir, querido!

Sanji abriu os braços quando o filho se virou para ela, e este sorriu, foi até a mãe e a abraçou delicadamente.

— Desculpe interromper o momento entre mãe e filho...

A voz de Shutaro fez com que os dois virassem seus rostos em direção à porta do cômodo. O pai da família segurava uma colher de pau e estava todo sujo no rosto e em sua camisa branca. Takeshi prendeu o riso.

— É que... Eu acho que queimei a comida. E, talvez, tenha explodido alguns legumes.

CAPÍTULO 2

— Sabia que o cérebro humano só consegue focar realmente em algo durante dez minutos?

— Deve ser por isso que durmo em toda aula, depois de dez minutos acordada — Yoona respondeu a Bonhwa com uma careta no rosto, dominada pelo sono que acordar às seis da manhã lhe dava.

— Isso é porque você dorme depois de 1h da manhã, todo dia — Ravi rebateu, descascando o esmalte azul cintilante de suas unhas relativamente longas.

— Não tenho culpa se gosto mais da noite do que do dia — resmungou a garota, deitando a cabeça no ombro de Takeshi, que riu de sua reclamação.

— Eu queria poder ser igual aos golfinhos — Bonhwa divagou, sem ouvir o que os outros disseram depois do seu relato de alguns segundos antes.

Os amigos relevaram a divagação de Bonhwa, pois aquilo era extremamente comum: ele era alguém que ficava alheio ao seu redor muito facilmente, divagando nos próprios pensamentos e relatos. Aquilo já o havia prejudicado em algumas situações, mas era algo que ele não conseguia mudar. Seus amigos suspeitavam que o garoto tivesse algum distúrbio, como TDAH[5], e já haviam sugerido que ele fosse consultar algum profissional, mas Bonhwa nunca se pronunciava a respeito.

— Por quê? — Takeshi perguntou enquanto virava o rosto para ele e sorria minimamente ao vê-lo disperso por causa de uma borboleta que os sobrevoava.

[5] TDAH: Transtorno de Déficit de Atenção e Hiperatividade.

— Eles usam uma porcentagem de capacidade cerebral mais alta que a que nós, humanos, usamos — respondeu o outro; virou-se para Takeshi e sorriu, cutucando a ponta do nariz do amigo ao vê-lo tão perto.

O grupo de adolescentes estava sentado, embaixo de uma cerejeira, no pátio do colégio, após resolver boicotar a cerimônia de boas-vindas, na qual a administração não permitiu o discurso de Takeshi.

— Vocês acham que o discurso da Yukaha vai ser bom? — Ravi perguntou e resolveu se deitar no gramado, com a cabeça no colo de Bonhwa, que estava apoiado na árvore ao lado de Takeshi.

— Espero que seja bom o suficiente para tirar o medo daqueles alunos novos. Sério, eu nunca vi tanta gente com cara de cachorro assustado como vi hoje! — Yoona comentou, rindo baixo ao se lembrar das expressões dos alunos novos, que foram encaminhados até o ginásio mais cedo, onde aconteceria a cerimônia.

— Eu só vi um garoto e ele parecia que ia mijar nas calças — acrescentou Ravi, fazendo uma careta. — Lembro que em meu primeiro dia também foi assim.

— O meu também, porque eu tinha acabado de terminar com meu namoradinho secreto da antiga escola e todos pareciam saber — confessou Takeshi, rindo junto aos seus amigos ao se lembrar de um de seus namoros de infância.

— Takeshi, sempre cheio de namoros. — Ravi cutucou a barriga do ruivo.

— Takeshi, sempre cheio de decepções amorosas — corrigiu, empurrando a mão de Ravi ao sentir cosquinhas. — Nunca entendi como sempre consegui levar tanto fora!

Os seus amigos gargalharam enquanto Ishikawa apenas sorriu minimamente, sem saber como se sentir em relação àquilo. De fato, ele costumava sair com muitos homens, mas nunca conseguia manter um relacionamento firme, então começou a achar que o problema era ele. Talvez, aqueles com quem saía não estivessem prontos para se relacionarem abertamente em um país regado de preconceito, enquanto o garoto pouco se importava em mostrar o seu verdadeiro eu; talvez, eles se sentissem pressionados pela maneira aberta de ser de Takeshi; talvez, o problema realmente fosse Takeshi.

— O sinal vai bater em quanto tempo? — Yoona perguntou, levantando-se e ajeitando a saia preta que vestia.

— Cinco minutos — devolveu Ravi, após checar o relógio do celular.

Os amigos levantaram-se do gramado da escola e caminharam para dentro do estabelecimento enquanto conversavam sobre qual seria a escolha de Hajoon para o primeiro tema a ser estudado no ano; ele tinha liberdade de escolha sobre isso e sempre tinha um motivo específico para selecionar o tema.

Takeshi não costumava gostar de História, pois sua antiga professora, que trabalhava no colégio antes de Hajoon, era uma mulher ruim. Sua personalidade, de fato, era falha, e Takeshi nunca se permitia dizer isso sobre alguém antes de conhecer a pessoa totalmente, mas quando se tratava daquela mulher, ele tinha certeza. Foram anos sofrendo nas mãos da professora que lhe jogava indiretas sobre sua sexualidade, humilhando-o. Não só fazia com ele, como também com outras garotas, as quais ela julgava como "oferecidas" e com alunos que preferiam ficar isolados do resto da massa.

Os comentários não eram nem o pior, e sim o fato dela jogá-los para cima de pré-adolescentes, pois foi professora de História daqueles alunos quando eles tinham entre treze e quinze anos. A partir dos dezesseis anos da maioria dos alunos na sala de Takeshi, a professora foi substituída por Hajoon, depois de se transferir para outra cidade. Os boatos eram de que ela queria ficar perto da família, mas Takeshi não se importava.

Um dos momentos mais felizes de sua vida foi quando ele ouviu as palavras: "Huang Mei não será mais a professora de vocês, ela foi transferida para outra cidade, por motivos pessoais, e será substituída por Kwan Hajoon".

Takeshi chegou a pensar que com o novo professor não seria diferente, que ele também julgaria os alunos — como a maioria dos adultos fazia quando via aqueles adolescentes diferentes do comum —, mas não foi bem assim.

Na fase dos dezesseis, Takeshi já havia saído do armário para todos, inclusive para sua família. Entre os seus amigos que também se abriram com os familiares, alguns não tiveram problema com a aceitação; já outros não tiveram a mesma sorte, porém todos eles tinham uns aos outros, o que os ajudou a passar pela fase mais conturbada de suas vidas: a de aceitação — não só a dos outros, mas também a mais importante: a deles mesmos.

A chegada de Hajoon não foi aguardada por nenhum dos alunos, mas surpreendeu a todos. Ele se mostrou um professor dedicado e amigável desde os primeiros cinco minutos de aula, com um jeito diferente de ensinar, sempre procurando fazer os alunos interagirem entre si e com ele. Buscou se aproximar de todos, tratando as diferenças como algo positivo e não problemático, como a maioria fazia.

Kwan Hajoon era muito amado.

— Bom dia, turma! — ele exclamou assim que todos entraram e passaram a se acomodar nos lugares que costumavam se sentar sempre.

Yoona sorriu, animada, quando se sentou entre Bonhwa e Ravi, na frente de Takeshi. O professor lançou uma piscadela para eles, antes de se apoiar no quadro branco, esperando uma resposta de seus alunos.

— Bom dia! — alguns murmuraram em resposta, desanimados.

— *Wow*, acalmem-se! Não se exaltem! — Hajoon exclamou novamente, dessa vez, irônico, arrancando algumas risadas pela sala. — Como estão se sentindo no início do último ano letivo de vocês?

— Ansioso — Takeshi foi o primeiro a responder enquanto batucava seus dedos na mesa.

— Para? — perguntou o adulto, oferecendo um sorriso ao garoto.

— Me formar e poder realizar meu sonho — disse, correspondendo ao sorriso do mais velho e recebendo um tapinha motivador de Ravi em seu ombro.

— É esse o espírito. Bom, hoje...

Hajoon foi interrompido por batidas suaves na porta e respondeu prontamente um "entre", educado. Um garoto alto, com o cabelo preto-carvão, abriu a porta, com as bochechas totalmente rubras e um papel nas mãos — que tremiam como uma vara.

Um aluno novo.

Takeshi ergueu as sobrancelhas, curioso. Ele gostava muito de alunos novos e achava engraçado o olhar amedrontado que, muitas vezes, tinham no início. Takeshi também gostava muito de ser receptivo, buscava sempre fazer amizades, e alunos novos costumavam ser perfeitos para tal objetivo.

— Ah, sim, o aluno novo! — Kwan pareceu extremamente feliz, aproximou-se do menino e fez um sinal para que ele o acompanhasse até o meio do quadro branco. — Você é Lee Junwoo, certo?

O tal Junwoo parecia nervoso, fitando o chão enquanto seus dedos brincavam com o pequeno papel que tinha em mãos, porém, ao ouvir a pergunta do professor, o garoto ergueu a cabeça e fitou-o, assentindo com um mísero sorriso em seus lábios.

Tal atitude e a de se sentar na frente, ao lado de Ravi, quando o professor indicou que havia dois lugares livres — aquele e mais um no fundo —, fizeram Takeshi perceber que o garoto parecia alguém, no mínimo, interessado na aula de História que estava para acontecer.

Enquanto Junwoo se acomodava em sua mesa, colocando um estojo bem-organizado e um caderno com a capa neutra sobre ela, Takeshi distraiu-se, observando-o. Ele não era o único, pois todos costumavam olhar demais para alunos novos.

— Bom, como todos sabem, eu sigo um programa de estudos determinado pelo governo sul-coreano... — Hajoon começou, sentando-se sobre sua mesa. — Mas o primeiro tema do ano sou eu quem escolho, pois gosto de começar bem e sei que terei tempo para passar todos os outros sem me atrasar na matéria. Este ano, escolhi um que vocês viram um pouco no ano passado, mas muito superficialmente.

A atenção de todos já havia voltado ao professor, mas os olhos de Takeshi insistiam em se desviar constantemente para o tal Junwoo, que apoiava o queixo sobre as mãos, mostrando um interesse imediato nas palavras do educador.

— O tema é de extrema importância, principalmente, por causa dos recentes acontecimentos, os quais, talvez, vocês não tenham conhecimento a respeito, mas que vêm tomando espaço em outros países. — Hajoon levantou-se, pegou uma caneta para quadro e aproximou-se para escrever neste. — É um tema polêmico.

Ele tirou a tampa da caneta e começou a arrastá-la pela superfície branca, até formar a palavra "fascismo".

Burburinhos começaram a se espalhar pela sala, muitos curiosos e muitos animados.

Takeshi sorriu e passou os olhos por alguns alunos, sentindo-se bem com a forma como todos respeitavam Hajoon e mostravam-se interessados em sua aula. Quando os olhos dele pararam novamente sobre o aluno novo, viu a forma como ele se ajeitou na cadeira, após abrir o caderno e tirar a tampa de sua caneta, com os olhos levemente arregalados e atentos ao professor.

— Alguém sabe me dizer o que é o fascismo? — iniciou, sentando-se novamente em sua mesa.

— Foi o regime que Mussolini implantou, na Itália, em mil novecentos e vinte e dois — respondeu uma garota no fundo da sala, após erguer a mão e ser autorizada a falar.

— Certo, mas quero algo mais profundo. Por exemplo, alguém sabe qual é a origem da palavra "fascismo"? — insistiu, rindo porque ninguém levantou a mão para responder. — Eu vou lhes dizer, então. A palavra "fascismo" vem do italiano *fascio*, que significa "feixe" — pausou a fala para escrever as palavras no quadro enquanto ouvia os sons dos alunos se ajeitando para anotar. — Na Roma Antiga, o *fascio*, também conhecido como *fascio littorio*, era um machado revestido por varas de madeira, geralmente, carregado pelos lictores, guarda-costas dos magistrados que detinham o poder. O *fascio* podia ser usado para punição corporal e era um símbolo de autoridade e união: um único bastão é facilmente quebrável, enquanto um feixe é difícil de arrebentar.

— Um regime autoritário — Ravi comentou quando Hajoon fez uma pausa em suas palavras para anotar os pontos importantes no quadro.

— Exatamente. Um regime autoritário que foi, como dito por Mussolini, o que traria de volta os tempos áureos do Império Romano — Hajoon acrescentou, passando a andar pela sala lentamente.

Takeshi, que estava entretido no assunto, capturou com o olhar a forma como Junwoo movimentou o braço, como se fosse levantá-lo para fazer uma pergunta, mas pareceu desistir e voltou a se encolher levemente sobre a cadeira.

— Mas era uma mentira, certo? — Bonhwa questionou com o cenho franzindo.

— De fato, em um mundo mergulhado no liberalismo e na crise econômica, como estava naquela época, sua idealização era impossível, no entanto, ele tentou — continuou o professor, parando ao lado de Yoona e Ravi. — Alguém sabe me explicar em que eram baseadas essas tentativas?

— Valorização do nacionalismo através de lemas, símbolos, músicas e bandeiras — Takeshi pronunciou-se pela primeira vez, atraindo o olhar dos alunos para si.

Junwoo que, até aquele momento, não havia parado para olhar para os outros alunos de sua nova sala, franziu o cenho assim que seus olhos pousaram sobre o descendente de japonês. Ele vestia a blusa do uniforme escolar, assim como todos ali, mas usava, também, uma jaqueta rosa e um tênis dourado que gritava por atenção, além da gargantilha que afinava seu pescoço de uma forma elegante, a maquiagem que realçava os lábios cheios e olhos realmente pequeninos. Takeshi possuía traços delicados, por mais que sua mandíbula fosse afiada como uma faca.

Junwoo ficou confuso: *Por que aquele garoto se vestia com coisas de menina?*

Takeshi arqueou uma sobrancelha ao ver a forma como o garoto o encarava. Não era um olhar crítico, apenas confuso e, por um momento, ele achou que fosse por causa de suas palavras, mas, ao ver a confusão estampada no rosto bonito do menino aumentar, conforme ele olhava suas peças de roupa, Takeshi entendeu.

— Muito bem... O que mais? — Hajoon continuou sua aula, sem notar, assim como os outros presentes, a troca de olhares entre os dois alunos.

— O totalitarismo e corporativismo? — uma aluna tentou, em dúvida, porém, ao receber um aceno positivo do professor e um gesto para que continuasse, ela prosseguiu. — Eles exerciam total controle sobre os direitos do cidadão, fossem no contexto político, econômico ou cultural. E sobre o corporativismo, é porque foram criados sindicatos de trabalhadores e de patrões para cada profissão.

— Muito bem, Minji. Além dessas características, tinha a ênfase no militarismo, pois eles acreditavam que tudo se resolvia com o uso da força e da violência — acrescentou Kwan, balançando a cabeça negativamente para mostrar como achava aquilo absurdo. — Havia uma obsessão com a segurança nacional, um desprezo pelos direitos humanos, pelos intelectuais e artistas.

— E o uso da mídia? — Yoona questionou, colocando uma mexa de cabelo atrás da orelha quando teve o olhar do professor sobre si.

— Sim, claro! Havia um controle extremo da mídia e uma censura do conteúdo para manter a integridade do sistema — o professor concordou, desviando seu olhar rapidamente da garota e voltando para sua mesa. — Tem muitas outras características que vão citar no trabalho de vocês. Quero para semana que vem.

!

— A mesa um precisa de atendimento, Takeshi.

Takeshi parou de separar as notas de dinheiro do caixa ao ouvir a voz de seu gerente, Jin-hei, chamar por ele. Assentiu e, prontamente, pegou o bloquinho de anotações e a caneta para ir até a tal mesa um.

Takeshi tinha começado a trabalhar naquela cafeteria/livraria com dezesseis anos, quando ele e seus amigos resolveram que o plano de comemoração da graduação seria a viagem para São Francisco. Todos eles arrumaram bicos e, no fim, conseguiram empregos fixos para trabalharem quando não estivessem estudando, ou seja, na parte da noite.

Ele ficou feliz por conseguir manter seu emprego naquele local, pois gostava do ambiente, do chefe e dos funcionários. Todos o acolheram muito bem e o ajudaram no que precisou, principalmente, por gostarem muito do jeito aberto do garoto em relação a todos os assuntos que muitos não tinham "bolas" para falar.

Porém, assim como os prós, havia os contras, como os olhares de alguns clientes sobre o pin que Takeshi sempre carregava consigo em seu uniforme — um com a bandeira gay, com os dizeres "Seja livre!".

Uma vez, Jin-hei recebeu reclamações de um cliente sobre o "garçom viadinho" e, sem pensar muito, pediu a Takeshi que removesse o pin, mas o garoto negou, pois ele não deixaria de se expressar nunca. E com seus argumentos fortes e sua indignação perante o preconceito, convenceu o chefe de que o errado ali não era ele por querer se expressar.

Jin-hei mudou muitos de seus conceitos por causa de Takeshi.

Após anotar os pedidos de dois velhinhos na mesa um, Takeshi fez seu caminho de volta para o balcão e, em seguida, olhou para a porta ao ouvir o barulho irritante do sino, indicando que alguém acabara de entrar.

Era o aluno novo.

Takeshi passava em frente à porta na hora em que o garoto a cruzou e deixou que seu olhar pesasse sobre o tal Junwoo, que olhava em volta, analisando o local, até notar quem era o garçom que, provavelmente, o atenderia, por ser o único naquele turno. Ishikawa não o olhou por muito tempo, pois não queria assustá-lo, já que Junwoo pareceu extremamente envergonhado por causa da presença dele ali.

O atendente ainda não tinha certeza do motivo que fazia com que Junwoo agisse daquela maneira. Talvez o garoto fosse tímido e sua áurea o intimidasse de certa forma, pois, querendo ou não, Takeshi brilhava por onde passava. Da forma mais extravagante possível, ele brilhava. Talvez, uma conversa pudesse mudar aquilo, afinal Takeshi adorava fazer novas amizades.

Pensando naquilo, ele acompanhou Junwoo com o olhar quando este foi em direção às prateleiras de livros expostas mais ao fundo da loja. O garoto infiltrou-se na sessão de História e, sabendo que aquilo, provavelmente, era para o trabalho da aula de Hajoon, Takeshi conseguiu um pretexto para ir falar com ele.

— Oi!

Takeshi assustou o menino, assim que se comunicou, quando este estava de costas enquanto olhava o resumo de um livro de capa vermelha. Junwoo não disse nada e apenas se curvou em educação, levando o outro a fazer o mesmo. O mais alto encarava Ishikawa em dúvida, com uma hesitação visível em suas feições, e o ato de engolir a saliva não passava despercebido.

— É para o trabalho da aula de História? — insistiu em tentar fazer com que aquele garoto falasse normalmente consigo, visto que estava extremamente intrigado.

Lee Junwoo assentiu.

Depois que a antiga professora de História deixou a escola, Takeshi arrumou espaço em seu ser para o interesse na matéria, mas, principalmente, por tudo que envolvia o século vinte: para ele, era fascinante e assustador imaginar que tudo aquilo acontecera em um intervalo de apenas cem anos.

— Você quer minha ajuda para achar um livro bom sobre esse assunto?

Takeshi encarou o garoto com expectativa, desejando ouvir qualquer som daquela boca direcionado a si. Não que ele fosse desesperado por atenção, mas aquele rapaz lhe causava algo estranho no estômago, como uma curiosidade profunda, que lhe trazia coceiras. Com tão pouco, Junwoo lhe instigava de alguma maneira: parecia um aluno interessado, dedicado — devido ao fato de buscar informações em livros e não na internet — e extremamente tímido. Além disso, o olhar que ele lhe lançava atiçava Takeshi a arrancar qualquer coisa que fosse dele.

— Por favor — Junwoo murmurou.

Takeshi não conseguiu conter um sorriso satisfeito ao ouvir o menino falar diretamente consigo. Sua voz saiu baixa e um tanto rouca, mas o fez se sentir feliz consigo mesmo por ter alcançado seu objetivo primal e, também, por Junwoo dar o primeiro passo na superação da timidez.

— Então... Tem muitos, porque é um assunto extremamente polêmico e foi abordado por muitos filósofos e historiadores. Você conhece algum filósofo?

— N-não... Não c-conheço muita coisa — Junwoo respondeu, engolindo em seco novamente e mirando o chão com seus olhos que se assemelhavam a duas pequenas jabuticabas.

— Ótimo, vou ter mais coisa para te falar, então.

Takeshi piscou, divertido. Puxou um livro da prateleira em que o outro procurava — uma tradução da obra-prima de um autor francês — e estendeu-o para o novato. Este o pegou timidamente e fitou a capa simples, murmurando um “obrigado” quase inaudível.

— Não me agradeça, fico feliz em poder te ajudar — respondeu sorrindo, juntando as mãos em frente ao corpo. — Com esse livro você vai entender o assunto desde a raiz.

— C-como eu faço para pagar? — Junwoo indagou, levantando a cabeça e olhando para ele.

Takeshi aproveitou esse meio tempo para observar alguns traços característicos do garoto e achou fofa a forma como o seu nariz grande combinava perfeitamente com os olhos, os quais pareciam duas bolas de gude bem escuras. A pequena boca do menino era rosada como um morango, o lábio inferior mais grosso, enquanto o superior era fininho. Junwoo tinha uma carinha infantil, mas sua mandíbula destruía aquela imagem, pois estava adquirindo a forma de mandíbula de um homem mais velho, o que deixava o garoto bem... atraente. Atraente por causa do equilíbrio perfeito de suas feições.

— Venha comigo — indicou e virou-se de costas, caminhando até o caixa; registrou o livro e disse o preço ao garoto, recebendo, logo em seguida, o valor exato em dinheiro. — Obrigado e volte sempre. — Sorriu doce.

Junwoo tentou retribuir o sorriso — que saiu pequeno e contido, pois sua timidez era maior —, no entanto, acenou educadamente quando passou pela porta da loja e recebeu uma piscadela de Takeshi.

Por que o garoto piscava tanto?

Junwoo saiu da loja enquanto abraçava a sacola, e caminhou até sua casa, lembrando-se do caminho que havia visto no computador de seu pai antes de sair. Ele não tinha um celular, então foi um tanto difícil ter que se recordar do trajeto exato. Seus pais nunca o permitiram ter um aparelho daqueles, como os outros adolescentes, o que lhe deixava um tanto excluído entre os seus poucos amigos de Masan e em relação a assuntos mundiais. Tudo bem, tinha o jornal e a televisão, mas o primeiro nunca tinha tanta informação quanto a internet, e o segundo também era controlado por seus pais.

Chegando a sua casa, Junwoo cumprimentou os pais na sala de jantar enquanto escondia discretamente o livro atrás de suas costas. Foi um automatismo que ele nem sequer percebeu que tivera, mas, quando chegou a seu quarto, notou que, se seus pais tivessem visto o livro, eles, provavelmente, o pegariam, por se tratar de um assunto polêmico, como Professor Hajoon explicara.

Junwoo guardou o livro embaixo de seu travesseiro e tirou o casaco que usava; desceu, em seguida, para a sala de jantar e sentou-se, em frente aos pais, que o esperavam para comer.

— Quer fazer a oração hoje, Junwoo? — seu pai indagou.

O menino assentiu, fez o que lhe foi pedido, agradecendo pela comida e por mais um dia em sua vida, como sempre fazia quando seus pais pediam para que fizesse a oração.

— Amém — os três disseram em uníssono.

— Como foi a aula hoje? — a mãe perguntou e parecia um tanto tensa ao fazê-lo enquanto observava o adolescente comer.

— Foi legal — murmurou em resposta, receoso em prolongar o assunto.

— Teve aula de quê? — ela continuou.

— Ahmm, Matemática, Física e História — a voz de Junwoo diminuiu ao fim de sua fala, mas ninguém nem ele mesmo perceberam.

— Falou com alguém? — insistiu.

Normalmente, os adolescentes ou crianças recebiam a pergunta “Fez amigos?”, mas a mãe de Junwoo não queria que ele fizesse amigos, pelo menos não com os adolescentes da capital. Eles eram diferentes demais, um diferente que ela não queria que Junwoo tivesse por perto, ao menos não enquanto ele ainda vivesse embaixo do mesmo teto que ela.

— Não — ele respondeu, prontamente. No entanto, se pegou pensando no garoto que não sabia o nome, o qual o ajudara na livraria e vestia-se como uma menina. Junwoo o achava estranho, mas não um estranho ruim, e sim diferente, algo cativante e bem curioso. Nunca havia visto ninguém como ele, afinal.

— Conseguiu achar uma cafeteria? — seu pai inquiriu, curioso para conhecer mais os arredores do bairro em que moravam.

— Sim, tem muitas cafeterias por aqui.

Junwoo havia dito aos pais que iria atrás de café, para expulsar o sono e poder fazer os deveres de casa de Matemática. Ele se sentiu extremamente mal por ter mentido para seus pais pela primeira vez — com certeza, pediria perdão a Deus mais tarde —, mas ele os conhecia o suficiente para saber que não o deixariam ir até uma livraria comprar um livro para estudar sobre um assunto polêmico. E, mesmo que quisesse esconder o assunto, sabia que seria questionado pelo pai até explicar tudo, detalhe por detalhe.

O assunto se encerrou após a resposta de Junwoo, e este, assim que acabou de comer, pediu licença e deixou a mesa para ir estudar, com a permissão dos pais. Quando chegou a seu quarto — que ainda não estava completamente arrumado —, sentou-se em sua cama e olhou em volta.

Havia poucas caixas, pois Junwoo não possuía muitos bens materiais ou muitas roupas, apenas o que seus pais achavam que era necessário para ele.

Incomodado, abriu as caixas e começou a arrumar as roupas no armário de madeira que havia ali. Quando acabou, pegou a luminária e a colocou em sua nova escrivaninha, junto a alguns de seus materiais escolares. Por fim, pegou um porta-retratos seu e de Syaoran e colocou sobre sua cômoda noturna, pensando em quando poderia pedir o celular de sua mãe para se comunicar com o mais velho.

A mãe de Junwoo gostava muito da mãe de Syaoran. Por mais que achasse o filho desta afetuoso demais com o seu, ela permitia a amizade dos dois e, de vez em quando, costumava deixar Syaoran ir até a sua residência para ficar com o amigo.

Sorrindo, um tanto triste ao se lembrar do melhor amigo, Junwoo sentou-se em sua escrivaninha, após pegar o seu livro novo e o caderno de História com as anotações da aula do dia. Ele iniciou a leitura com sua caneta em mãos, prestando atenção em cada mínima palavra, para não perder informações. Anotou as datas importantes e, quando terminou de ler a primeira introdução que era construída a partir de datas de alguns acontecimentos históricos ligados ao assunto, ele percebeu que... não sabia nada. Sabia que havia tido uma Primeira e uma Segunda Guerra Mundial, mas não era um assunto muito discutido em sua antiga escola. Nas poucas aulas de História que teve, durante o ensino fundamental e médio, ele viu apenas poucas coisas relacionadas à Coreia, à China e ao Japão antes do século vinte.

Uma vez, um aluno perguntou à professora de História quando eles veriam fatos históricos relacionados aos Estados Unidos, à Europa, à África ou a qualquer outro lugar que não fosse "os três reis Asiáticos", e ela respondeu que seria apenas no terceiro ano. Junwoo, que tinha História como uma de suas matérias preferidas na antiga escola, sentiu-se ansioso, pois não conhecia nada do mundo, nada que seus pais ou sua professora não tivessem lhe falado.

E ele percebeu que os alunos de Hajoon tinham um conhecimento geral extenso.

Aquele garoto da livraria, por exemplo, era um dos que pareciam conhecer bem o assunto que eles tinham que trabalhar sobre, a ponto de oferecer ajuda a si e lhe indicar um livro a respeito. Talvez ele pegasse conhecimento na internet — plataforma que Junwoo não tinha acesso. Talvez fosse mais fácil por lá. Ele não sabia.

Ignorando aquilo, Junwoo voltou a ler o livro, anotando algumas palavras e conceitos. Muito do que os alunos e Hajoon disseram, na aula, era mencionado ali de novo: o uso da violência, da propaganda, a elevação da personalidade de um chefe e etc. O fascismo da Itália, que era o principal estudado quando tal assunto era mencionado, se caracterizava por defender o estado totalitário, o autoritarismo, o nacionalismo, o antiliberalismo, o expansionismo, o militarismo, o anticomunismo e muitas outras ideologias que tiravam uma careta de Junwoo ao ler a definição.

Como as pessoas conseguiam defender todas aquelas... coisas?

Junwoo começou a ler o parágrafo que falava sobre o anticomunismo e se sentiu mais confuso ainda. Ele entendeu que os fascistas rejeitavam a ideia de igualdade social absoluta e abolição de propriedade, mas não via absolutamente nada de errado com as duas ideias mencionadas. Como as pessoas, na época, não enxergavam que aquilo era errado e que aquilo era injusto com os menos afortunados?

Na parte que falava sobre a violência, ficou mais chocado ainda. Como eles achavam que machucar e matar as pessoas eram as soluções para os seus problemas? E esse tal... regime nazista, que também era totalitário, e exterminou um número absurdo de pessoas... O que era aquilo? Como foram capazes? Ele sabia que havia tido um extermínio em ambas as guerras, mas não sabia que a magnitude havia sido tanta.

Junwoo fechou o livro, meio impactado por ter lido sobre todos os acontecimentos horrendos que ocorreram naquelas décadas e, enquanto tentava processar tudo aquilo, sua mãe abriu a porta de seu quarto, fazendo com que ele se apoiasse sobre o livro fechado, para escondê-lo.

— Quer vir assistir televisão com a gente? — ela perguntou, um tanto seca.

— Sim, já vou. — Junwoo coçou a nuca e sorriu de maneira nervosa para a mãe que, por estar de mau humor, não percebeu.

Quando Jiyoon saiu do quarto, Junwoo respirou fundo, pegou o livro e o caderno e os colocou por baixo de seu travesseiro. Respirando fundo, deixou o cômodo e foi a caminho da sala de estar, encontrando seus pais sentados um tanto afastados um do outro enquanto assistiam a um canal de notícias.

Junwoo sentiu-se ansioso para assistir e saber mais sobre o que acontecia em seu enorme planeta no momento atual, já que ele não fazia ideia. Aquele seria um dos raros momentos em que seus pais — principalmente sua mãe — lhe permitiriam ter acesso a alguma plataforma de informação que não fosse eles mesmos.

O garoto sentou-se na poltrona isolada e cruzou as pernas, roendo a pele em volta de sua unha do polegar enquanto observava a televisão.

— *Hoje, foi anunciada a vitória do novo presidente brasileiro* — a mulher começou a falar. — *Houve uma oração feita por ele, pela primeira dama e por alguns dos políticos que trabalharão com ele. Os protestos contra o presidente, no entanto, continuam, principalmente, nas redes sociais, tanto em relação à oração feita em rede nacional de um estado laico, como é o caso do Brasil, quanto às propostas do candidato vencedor*.

— A oração foi linda, não sei por que essas pessoas sem Deus no coração reclamam tanto — Daejung se pronunciou, dando um gole no copo de chá que tinha em mãos.

Junwoo franziu o cenho, sentindo-se incomodado com a situação.

— A maioria de suas propostas envolve itens como a volta de uso intensivo dos militares e intervenções destes quando o governo bem entender, a posse de armas para cidadãos sem histórico criminal e... — Junwoo não conseguiu mais ouvir quando a voz de seu pai se sobrepôs à da mulher.

— Estou feliz que alguém decente vai tomar as rédeas desse país novamente. Um homem honesto, com certeza, que valoriza a Igreja e que não vai mais permitir que barbaridades como aquelas pessoas e aqueles viados nojentos tenham espaço. Nosso presidente deveria ser assim também.

Daejung dizia tudo aquilo em um tom rude. Levantando-se, desligou a televisão.

— Mulher, preciso que limpe nosso quarto enquanto organizo o dia de domingo da Igreja no escritório. Preciso escolher qual palavra de Deus explicarei para os fiéis — o pai continuava falando.

Jiyoon assentiu e, após murmurar "boa noite", seco, para o filho, saiu da sala de estar e encaminhou-se para o quarto que dividia com o marido.

Junwoo estava quieto, analisando tudo o que ainda estava registrado em sua mente sobre o que a mulher do noticiário havia dito. Uso intensivo do militarismo, violência que será acentuada com a posse de armas, os militares intervindo em situações diversas, religião posta como parte do comando... Tudo soava tão familiar...

Ao se levantar, murmurou "bênção, pai" e, ao receber a resposta, Junwoo voltou para seu quarto e resolveu que deixaria aqueles pensamentos de lado. Afinal, seu pai havia dito que aquele homem seria bom para o país, então deveria ser verdade.

!

No dia seguinte, Junwoo tinha um tempo vago logo no início do dia. Ele ficava dizendo a si mesmo que omitira aquilo de seus pais, porque não sabia se seria realmente um tempo livre, quando, na verdade, usaria aquele intervalo para fazer mais do seu trabalho.

Sentou-se a uma das mesas no pátio, notando que não havia muitos alunos de sua sala, por motivos óbvios. Ignorando aquilo, ele abriu o livro e continuou de onde parou. Imerso nos acontecimentos históricos da Itália fascista, Junwoo não percebeu quando uma garota se aproximou e levou um susto quando ela tocou em seu ombro, fechando seu livro em um pulo e virando o rosto para ela.

— Eita! — ela murmurou, com as bochechas rosadas. — Desculpa, não queria te assustar. Eu só queria saber se podia me sentar com você. Tenho tempo livre agora, nenhum dos meus amigos chegou e eu não quero ficar sozinha.

Junwoo imergiu em um leve transe por causa do susto que havia tomado e pelo pedido da menina. Ela queria se sentar com ele. Não havia problema, claro que não, mas o garoto se sentia tímido e com medo de a menina puxar algum assunto e ele não saber como continuar.

No entanto, algo o fez assentir.

— Obrigada. — Ela sorriu, doce. Tinha um sorriso gengival fofo. — Qual é o seu nome?

— J-Junwoo — respondeu, esfregando as mãos uma na outra quando sentiu o vento frio bater em suas costas.

— Não precisa gaguejar, Junwoo-*ssi*[6], eu não sou tão bonita assim — ela brincou e Junwoo sentiu as bochechas queimarem. Nem ao menos havia notado que tinha gaguejado. — Eu sou Yoona, prazer.

— Prazer. — Ele apertou a mão da menina, que havia sido estendida por cima da mesa.

— O que está estudando? — perguntou curiosa, tentando ler suas anotações.

— Estou fazendo o trabalho da aula de História.

— E já sabe quais tópicos vai falar mais?

Yoona parecia realmente interessada no que Junwoo faria, e isso animou o menino de certa maneira.

— E-eu queria falar mais sobre a violência, mas sei que muitos alunos, provavelmente, vão enfatizar isso. Então, vou falar mais sobre o antiliberalismo e o anticomunismo — explicou, dando uma olhada em suas notas e vendo que havia anotado mais sobre aqueles dois tópicos.

— Vai ser interessante, porque você também vai poder relacionar com acontecimentos mundiais atuais — Yoona comentou, apoiando-se na cadeira em que estava sentada, enquanto ajeitava sua saia.

— Como quais? — Junwoo questionou, confuso.

— O do Brasil, por exemplo, por causa do novo presidente.

A careta que Yoona fez mostrou que ela não tinha a mesma opinião que o pai de Junwoo, o que o deixou com um pé atrás quando resolveu fazer a próxima pergunta:

— Ele é fascista?

— Totalmente, mesmo que de maneira implícita. E você sabe, né? O comunismo preza a igualdade social definitiva, abolição das classes privadas, os direitos dos trabalhadores etc. É um regime que, basicamente, é contra o capitalismo e a exploração das classes "inferiores". — Fez aspas com os dedos. — Óbvio que, assim como todos os regimes políticos, o comunismo teve suas falhas durante a história. Mas eles têm valores essenciais que deveriam ser levados em conta. Você sabe por que isso pode envolver o Brasil atual no seu trabalho?

Junwoo negou com a cabeça.

— Porque o presidente atual é um merda que vai fazer as mesmas merdas que antigos líderes de regimes totalitários, como os do fascismo, fizeram. Ele é opressor, valoriza a violência e acha que esse é o modo certo de resolver as coisas. É explorador e um safado que vai enfiar um bando de capitalistas

---

[6] *-Ssi*: honorífico da linguagem formal coreana.

corruptos, que batem continência pra bandeira americana, no governo dele, que ele diz ser nacionalista!

Junwoo ficou meio em choque por causa das palavras da menina. Ele não sabia em que conclusão chegar, pois era o oposto do que seu pai tinha dito no dia anterior. Se aquele tal presidente faria tudo aquilo que Yoona havia dito, por que seu pai achava que ele era bom? Por ser religioso? *Mas... a religião não repele a violência?*

Ele estava bem confuso.

Antes que pudesse pensar em algo para responder à menina, três garotos se aproximaram da mesa e Junwoo reconheceu-os das aulas que havia tido. Não sabia seus nomes, mas tinha pegado familiaridade com seus rostos, principalmente o do garoto ruivo que havia ajudado o novato, na livraria, no dia anterior.

Assim como antes, Takeshi vestia roupas com cores femininas aos olhos de Junwoo; ele franziu o cenho, observando discretamente a forma como aquela calça rosa se encaixava bem no corpo do menino, por mais que não tivesse sido feita para ele.

— Até que enfim, seus merdas — exclamou Yoona, levantando-se e jogando-se nos braços do garoto mais alto, de olhos verdes, que exibiu um sorriso retangular e abraçou a menina de volta. — Por que demoraram tanto?

— O Takeshi queria comprar um café — o outro rapaz respondeu, apontando para o menor ruivinho, acusando-o.

Então, Takeshi era o seu nome.

Junwoo suspeitava que o garoto não fosse cem por cento coreano, pois sua fisionomia era distinta: ele tinha um rosto bem afiado e o puxar de seus olhos não era como os que Junwoo estava acostumado a ver por aí. O nome de origem japonesa somente lhe confirmou aquela dúvida que havia aparecido quando Junwoo o viu pela primeira vez.

— Me desculpe se não consigo sobreviver à manhã de escola sem minha cafeína diária — o tal Takeshi respondeu, após dar um longo gole na bebida em seu copo de papelão.

Junwoo ficou observando os colegas discretamente, tentando pensar em como agiria quando eles o notassem. *Se* eles o notassem.

— Oh! Junwoo!

Virou-se para Takeshi com o cenho franzido, perguntando-se como ele sabia seu nome. Não era nada de mais, mas não se lembrava de tê-lo dito.

— Oi — respondeu timidamente, acenando com a mão e encolhendo-se discretamente quando Takeshi e os outros quatro se aproximaram da mesa para se sentar.

Havia dois meninos que Junwoo desconhecia os nomes e que pareciam tão distintos quanto o próprio Takeshi. Um deles, por mais que tudo em seu rosto e corpo esguio indicasse origem sul-coreana, tinha olhos de um verde gritante — a possibilidade de serem lentes nem chegou a passar pela mente de Junwoo, já que eram orbes tão penetrantes e reais. O outro garoto também tinha os olhos puxados, mas o que fascinou Junwoo foi a cor de sua pele: era marrom, com algumas nuances mais escuras em determinados pontos dos braços, do pescoço e do rosto. Junwoo não conseguia imaginar a origem dele, mas ficou tentado a descobrir.

Yoona sentou-se no mesmo lugar, entre os dois meninos desconhecidos, e Takeshi sentou-se ao seu lado, lançando um olhar alegre para o livro sobre a mesa.

— Está gostando da leitura? — perguntou e sorriu mais ainda quando Junwoo assentiu, pegando o seu caderno e fechando-o, pois sabia que não conseguiria mais estudar com tantas presenças ali.

— Eu estava dando uma ajuda pra ele — Yoona intrometeu-se, apoiando a cabeça no ombro do garoto de olhos verdes.

Junwoo observou a maneira como a garota agia com aqueles meninos: ela era extrovertida o suficiente a ponto de se jogar para um abraço e deitar sobre eles, sem a mesma timidez que as garotas sul-coreanas costumavam ter. Assim como cada um ali parecia ter algo que implorava a atenção de Junwoo, ela também tinha; no entanto, diferente dos outros três garotos, não era algo ligado à aparência, mas ao seu jeito: era descontraída, nada tímida, e algo no olhar da menina era extremamente acolhedor.

Com medo de ser pego a observando, Junwoo virou-se para Takeshi, esperando o garoto dizer algo. Ele parecia do tipo que falava muito.

— Poxa, Junwoo, achava que era só eu quem podia te ajudar! — Takeshi fingiu tristeza, mostrando-lhe um bico magoado.

— E-eu... — Junwoo não soube o que responder, achando que o menino realmente havia ficado magoado, e sentiu-se mal por isso. — V-você pode me aju-ajudar depois, e-eu só...

— Céus, bebê, eu tô brincando — Takeshi interrompeu-o, gargalhando junto aos outros. Não de um jeito mau, apenas divertido.

Junwoo corou dos pés à cabeça, juntando as mãos sobre seu colo e mordendo o interior da bochecha.

— Meu Deus, ele é tão fofo! — o garoto de exclamou e apertou as próprias bochechas, para mostrar o quanto queria fazer aquilo com Junwoo.

— Ele é — confirmou Takeshi, enquanto cutucava a bochecha do novato.

Junwoo mostrou um sorriso envergonhado, sentindo-se estranhamente bem com a presença daquelas pessoas e o jeito como elas eram abertas com ele, sem timidez alguma, sem receio de falar.

— Já que você parece querer se redimir, Junwoo-*ssi*, eu só vou te desculpar com uma condição — Takeshi voltou ao assunto, atraindo o olhar de Junwoo para si.

— Qual? — perguntou, ansioso.

— Quero que se sente comigo, Yoona, Bonhwa e Ravi na hora do almoço. Fechado? — Estendeu a mão para um aperto, como se fizessem negócios.

Junwoo não viu mal algum na proposta. Chegou a pensar em seus pais e no que eles achariam daquele tipo de contato com pessoas de origem diferente, com vestimentas e jeitos também diferentes; no entanto, aquele foi um pensamento soprado, que não ocupou muito espaço na cabeça de Junwoo, que estava alegre demais por fazer novas amizades para simplesmente pensar no lado ruim de ser convidado para se sentar com o grupo na hora do almoço.

Não havia um lado ruim.

— Fechado — respondeu.

— Cuidado, hein. Se sentar com a gente é um caminho sem volta — advertiu Takeshi, suspeito, ainda segurando a mão alheia naquele aperto amigável.

Junwoo franziu o cenho, estranhando e sentindo um leve incômodo na boca do estômago, como sentia quando estava ansioso, mas não mudou de ideia.

— Tudo bem.

CAPÍTULO 3

!

Junwoo não gostava de Matemática. Não gostava mesmo. Ele não tinha dificuldades, como percebeu que muitos alunos tinham, só não via graça. Eram números e mais números, apenas lógica, não tinha nada de instigante.

Na aula de Matemática, ele se sentou ao lado do menino que descobrira se chamar Choi Bonhwa, um dos amigos de Takeshi. O garoto era de uma simpatia sem igual, por mais que fosse um tanto desatento na aula; pedia ajuda para Junwoo em todas as questões que a professora passava — e não era como se o novato se incomodasse, ele se sentia bem em ajudar alguém, mas Choi não parecia fazer esforço para entender o que a mulher dizia.

Quando chegou a hora do almoço, Junwoo pegou sua bandeja com um prato contendo apenas um pequeno pedaço de carne, um pouco de salada e um copo de água, antes de procurar pelo grupo de novos amigos no refeitório barulhento. Havia muitos grupos diferentes, no quesito "aparência", pelo local. Era diferente do que o pequeno e antigo colégio de Junwoo costumava ter. Ou seja, tudo era motivo para ele olhar e observar, curioso como era.

Ele avistou a cabeleira ruiva de Takeshi em uma mesa colada à parede. O baixinho ria de algo que Ravi lhe dissera, e sua gargalhada era alta o suficiente para que Junwoo ouvisse do ponto em que ele se encontrava — do outro lado do refeitório.

A maneira como Takeshi tapava a boca para esconder seu sorriso era um tanto doce, lhe trazia um ar inocente e alegre que muitos ali pareciam não ter. Ele transmitia uma áurea de simpatia que ninguém nunca transmitira para Junwoo, nem mesmo em sua cidade natal, onde todos eram simpáticos com ele graças à sua posição social.

— Junwoo! — chamou Ravi, atraindo o olhar dos outros, que estavam sentados em torno da mesa, para o recém-chegado.

— Olá — cumprimentou-os, curvando-se educadamente para os meninos e sentou-se em frente a Takeshi e ao lado de Yoona, deixando suas pernas bem juntinhas, um tanto encolhido.

Por mais que a timidez fosse algo natural em sua personalidade, Junwoo sentiu-se, pela primeira vez, verdadeiramente confortável, ouvindo as risadas e comentários aleatórios que giravam em torno do ambiente escolar e das pessoas ali.

— Você vai comer só isso, Junwoo? — indagou Takeshi.

Junwoo olhou para o próprio prato e franziu o cenho, confuso. Ele não via nada de errado ali, na verdade.

Sua mãe era quem sempre fazia seu prato e costumava colocar pouca comida, sempre reclamando, caso ele pedisse mais, dizendo que ele ficaria gordo e que deveria estar satisfeito por Deus ter permitido que comesse mais do que uma migalha de pão.

No começo, Junwoo ficava com fome, pois era uma criança que precisava de uma boa quantidade de comida — que sua mãe não lhe dava por querer um "filho magrinho" como os das suas amigas na Igreja. Depois, ele se acostumou e parou de pedir mais comida para não ter que ouvir os comentários desagradáveis.

Ou seja, tornou-se algo tão comum, que até quando podia comer mais, como naquele momento, não o fazia.

Além disso, estaria fazendo algo escondido de sua mãe e isso não era certo, em sua concepção.

— Sabe que temos educação física depois, né? — Takeshi voltou a perguntar, quando não recebeu resposta.

— Você devia pelo menos comer algum carboidrato... ou açúcar — comentou Yoona, apontando para o próprio prato, no qual havia purê de batata, salada e carne, porções bem generosas de cada um.

— E-eu não sei... — Junwoo respondeu, coçando a nuca, enquanto encarava o próprio prato.

Era fato que o que tinha em seu prato não estava perto da quantidade que ele realmente precisava para ter energia o suficiente para fazer esportes sem se cansar ou se sentir nauseado, mas aquela era outra coisa com a qual ele se acostumara. Em sua antiga escola, era o melhor aluno em Educação Física, parecia ter uma aptidão para qualquer atividade, e aquilo tudo com a pouca comida que sempre costumava comer no almoço. Ele se sentia cansado depois, mas, como era sempre a última aula do dia, chegava a sua casa, jantava e dormia. Nada daquilo nunca pareceu um problema, até ter os olhares preocupados daqueles quatro sobre ele.

— Eu posso te dar um pouco do meu arroz e do purê — disse Takeshi, com um toque visível de preocupação, enquanto pegava, com a colher que vinha com a bandeja, uma quantidade generosa de purê e, em seguida, de arroz, e os colocava no prato de Junwoo.

Este, que estava com fome, sentiu a barriga roncar quando o cheiro do purê quente atingiu suas narinas. Ele olhou para Takeshi e sorriu timidamente, ainda coçando a nuca, recebendo um sorriso grande de volta e, logo em seguida, observando a pequena mão do outro tapar o próprio sorriso doce.

A sensação agradável de acolhimento voltou a pesar no peito de Junwoo e ele sorriu mais ainda.

— E eu posso te dar uma das minhas sobremesas — Ravi interrompeu a troca de sorrisos, capturando um dos iogurtes de morango que pegara para si e colocando-o ao lado do prato de Junwoo.

— Isso é uma novidade, Ravi nunca abre mão de suas sobremesas — comentou Bonhwa, com a boca se abrindo em indignação, antes de se pronunciar.

— É que o Junwoo merece, por causa dessa fofura toda dele. — O Jung deu de ombros, terminando a sua comida.

— Nem em seu camarim você deixa a gente roubar uma balinha que seja, Ravi! — Yoona exclamou, parecendo realmente indignada.

— Camarim? — Quando Junwoo se deu conta, a pergunta já havia deixado sua boca. Ele sentiu vergonha quando os quatro pares de olhos se voltaram para si, mas o sorriso que recebeu de Ravi, mostrando que a pergunta não o incomodou nem um pouco, foi o suficiente para fazer aquela sensação ir embora.

— É que eu...

— De novo você vai comer três sobremesas, orca?

Todos os olhares das pessoas no refeitório, incluindo o de Junwoo, viraram em direção à voz masculina e debochada. Era um garoto extremamente alto e com músculos salientes, acompanhado de dois bem menores que ele, mas que, igualmente, tinham a aparência típica dos valentões. Os três estavam parados enquanto seguravam suas bandejas, ao lado de uma garota sentada que, visivelmente, tinha mais peso do que qualquer outra menina por ali.

— Já não bastou a quantidade absurda de chocolate que comeu, ontem, no intervalo? — ele continuou a dizer alto o suficiente para todos ali ouvirem; sua voz era acompanhada pelas risadas dos meninos atrás dele.

A menina sentada estava extremamente envergonhada, com um tom escarlate ocupando todo o seu rosto. Ela engoliu o pedaço de comida que estava em sua boca e largou a sobremesa que tinha em mãos sobre sua bandeja; seu corpo se encolhia cada vez mais.

— Não vai me responder, baleia encalhada? — ele bradou, assustando a todos com o tom exageradamente raivoso, como se a menina tivesse feito algo contra ele.

Junwoo sentiu o peito apertar ao ver o rosto da menina se contorcer enquanto o queixo dela tremia, denunciando a sua vontade explícita de se derramar em lágrimas. Por que aquele garoto estava sendo tão mau com ela? Qual era o problema comer mais sobremesas do que a maioria? O que ele tinha a ver com aquilo?

— A boca dela tá ocupada demais, Dyul — um dos garotos atrás do principal vilão zombou, arrancando risadas do tal Dyul, do outro menino e de algumas pessoas pelo refeitório.

— Pena que nunca poderá fazer essa brincadeira se referindo a um pau, vai ser sempre sobre comida, já que ninguém nunca vai querer uma rolha de poço como namorada — Dyul lançou sua última fala, gargalhando junto aos outros, antes de se afastar da garota e ir se sentar em outra mesa com seus seguidores.

— Ah, mas eu não vou tolerar isso mesmo!

Junwoo virou o rosto para Takeshi, arregalando os olhos quando este se levantou da mesa e caminhou, de cabeça erguida, até a mesa em que Dyul estava sentado com seus amigos. Sentiu medo, preocupado que Takeshi recebesse ofensas desnecessárias também, ele não merecia ser magoado, afinal era uma pessoa tão boa. No entanto, Junwoo não podia negar que estava curioso para ver o que o garoto diria ao valentão malvado.

— O que você quer, marica? — perguntou Dyul, assim que Takeshi se sentou ao seu lado, com um sorriso irônico instalado nos lábios grossos do ruivo.

Junwoo não sabia o que significava "marica".

— Comer, Dyul — começou Takeshi. — Sabe por quê? Porque é a hora do almoço. E sabe o que as pessoas fazem na hora do almoço? Elas comem. E comem o quanto quiserem. Sabe por quê? Porque temos a liberdade de escolher o que queremos ou não comer. Você sabe o que é ter essa liberdade, Dyul? — Takeshi tombou a cabeça para o lado. O seu tom soava como o de um adulto que explicava algo para uma criança. — Acho que não, né? — continuou. — Afinal, você sempre quis me comer, mas nunca conseguiu. — Fez um bico manhoso, sendo acompanhado de diversas exclamações divertidas pelo fora inesperado. — Ah, espera... Estamos falando de comida.

— Olha aqui... — Dyul tentou, mas Takeshi o interrompeu.

— Sabe que não deveria se meter na vida dos outros, né? Você também come muito, não? — Takeshi debochava enquanto pegava uma quantidade significativa do purê no prato do garoto com o garfo e jogava em seu rosto, sorrindo por causa da expressão indignada do *bully*[7]. — E pra que isso? Pra ficar mais fortinho? Ah, claro, é pra ter mais energia pra punheta que você vai bater mais tarde, certo?

Depois daquela fala, até os amigos de Dyul soltaram exclamações, junto ao resto do refeitório, enquanto Junwoo ainda tentava entender tudo o que Takeshi falava. *Quando ele falou sobre "comer" o garoto, se referiu a sexo? Dyul era gay? Takeshi era gay?*

— Para de se meter na vida dos outros e cuida da sua vida de merda, seu fodido! — Takeshi parou de jogar purê nele e sorriu de maneira debochada,

[7] *Bully*: "valentão", em inglês (TRADUÇÃO NOSSA).

pegando o suco do menino e entornando-o sobre sua calça. — Pede pra um dos seus cachorrinhos... Ops, perdão... *amigos* lamberem. Aposto que eles vão amar.

Takeshi levantou-se, afastando-se da mesa, mesmo após ouvir diversos xingamentos de Dyul que saiu furioso do refeitório, acompanhado de seus *cachorrinhos*.

Quando Takeshi chegou à mesa que estava antes, foi recebido por aplausos e gritarias, não só de seus amigos, como de muitos outros pelo refeitório.

Junwoo permaneceu quieto, ainda tentando processar todas as informações que entraram em sua mente com as falas do garoto.

— Eu te venero tanto — disse Yoona, em um tom dramático, estendendo a mão por cima da mesa para que Takeshi a segurasse, ele o fez, sorrindo.

— Não fiz nada mais do que o necessário — respondeu, levemente envergonhado, mirando algo do outro lado do refeitório. Era a garota que fora humilhada; ela murmurou um "obrigada" à distância para Takeshi.

Ele respondeu com uma piscadela — que não passou despercebida por Junwoo. Sentindo o olhar do outro sobre si, Takeshi fitou-o, notando sua expressão séria, porém curiosa. Arqueou uma sobrancelha, questionando silenciosamente qual era o problema, e Junwoo apenas coçou a garganta, desviando o olhar.

Takeshi continuou a fitá-lo, aproveitando que os outros estavam imersos em algum assunto aleatório. Junwoo não o fitou novamente e comeu em silêncio, tentando não receber perguntas de Takeshi sobre a maneira como estava agindo. Nem ele sabia por que estava agindo daquela maneira, no fim das contas. Takeshi, provavelmente, dissera tudo aquilo para zoar Dyul, como ele fizera com a garota. Mas... *as roupas de menina*, a brincadeira sobre "comer", o jeito alegre e extravagante... *Será que Takeshi era realmente gay?*

Junwoo engoliu em seco, sentindo uma pontada no estômago só de imaginar seus pais descobrindo que ele estava andando com um homossexual. Seria horrível e, talvez, o fim de Lee Junwoo, afinal, aquela era uma das coisas mais abominadas pela Igreja e por seus pais.

Ignorando aquele pensamento e tentando se convencer de que era coisa de sua cabeça, terminou de almoçar e foi com os outros para o ginásio, infiltrando-se no vestuário masculino, junto aos três meninos, para colocar a roupa de Educação Física.

— Ai, eu tô zero a fim de me exercitar... — Ravi choramingou, sentando-se no banco do vestuário e aproveitando que a maioria dos meninos já havia saído. — Mais tarde tenho ensaio, vou ficar cansado demais.

— Quando é o grande show? — indagou Bonhwa, enquanto tirava a camisa. Junwoo desviou o olhar, sentindo-se estranhamente desconfortável por causa da falta de roupa no ambiente.

— Semana que vem. Vocês vão, né?

— Não perderia nenhum show seu — foi Takeshi quem respondeu, abrindo os botões de sua calça.

Talvez Ravi tivesse uma banda, por isso eles também comentaram sobre um camarim mais cedo, naquele mesmo dia. *Será que seus pais o deixariam ir a um show?* Junwoo tinha certeza de que não, por isso nem matou sua vontade de perguntar se também poderia ir.

Timidamente, pegou seu uniforme no armário, que a diretora havia atribuído a ele, onde teria seu material de Educação Física, caminhou até um box e fechou a porta para se trocar com privacidade. Agradeceu mentalmente que nenhum dos meninos lhe perguntou o motivo de se trocar ali, já que a maioria se trocava na frente de todos. *Ele só... tinha vergonha*, pois nunca havia se exposto daquela maneira. Não se sentiria confortável, assim como não se sentiu quando Bonhwa estava removendo as roupas.

Quando terminou de se vestir, dobrou suas vestes normais, saiu do box e voltou para a fileira de seu armário, onde os meninos ainda estavam rindo de algo que Takeshi havia dito. Junwoo guardou suas roupas e se virou para eles depois.

— Você vai ao show do Ravi? — perguntou Takeshi, aproximando-se dele e apoiando-se no armário ao lado do seu.

— Eu teria que perguntar aos meus pais e... e-eles não vão deixar — explicou, olhando para as próprias mãos.

— Eu posso tentar falar com eles, hm? — tentou, sorrindo com expectativa.

Junwoo olhou-o imediatamente, abrindo a boca e fechando-a sem dizer nada. Ele se lembrou das palavras de Dyul, das falas de Takeshi e de suas roupas femininas. Não podia ser só coisa de sua cabeça, certo? Fora aquilo tudo, Takeshi parecia ser alguém afetuoso com seus amigos homens, sempre os tocando de alguma maneira, mesmo quando estava rindo. Ele deveria realmente ser... gay. Junwoo não podia deixá-lo chegar perto de seus pais, tampouco podia andar com ele, *não podia deixar seus pais saberem que ele andava com Takeshi.*

— M-melhor não, meus pais são firmes em suas decisões — Junwoo, finalmente, disse, forçando um sorriso que denunciou à Takeshi o quão nervoso estava.

— Bom, o show é sábado que vem. Quem sabe até lá não mude de ideia e tente convencê-los você mesmo. — Ele lhe lançou uma piscadela, afastando-se quando ouviu o chamado do treinador.

Aquilo estava fora de cogitação. Junwoo não podia desrespeitar seus pais mais do que já estava fazendo às escondidas — ao omitir fatos deles, como a compra do livro ou suas novas amizades. Ele havia pedido perdão a Deus durante a noite anterior inteira e esperava que o Senhor lhe concedesse aquilo, pois não queria ser punido. Não queria ser punido por querer novas amizades e por estar conseguindo.

E, por mais que pedisse pelo perdão Dele, Junwoo não conseguia se sentir arrependido de nenhum de seus dois erros.

!

Quando chegou a sua casa, Junwoo cumprimentou seus pais e foi tomar um banho, já que estava completamente suado, devido à aula de Educação Física. Depois de se trocar, desceu para jantar.

Pela primeira vez em anos, ao se sentar para comer, ele criticou mentalmente o prato que sua mãe havia preparado para ele. Tinha apenas duas mini cenouras, dois pedaços de batata e um de carne. Mirou, discretamente, o prato de seu pai e viu a quantidade generosa de legumes e batatas que ele havia colocado, esperando a oração para degustar.

Engolindo em seco e sentindo o estômago reclamar por causa da pouca visão de comida que tinha, Junwoo apenas fechou os olhos e juntou as mãos para acompanhar a oração que sua mãe faria naquela noite. Após terminarem, começaram a comer calmamente. Diferente da noite anterior, eles ficaram em silêncio, um silêncio incômodo que fazia a nuca de Junwoo formigar em agonia.

Ele suspirou quando acabou de ingerir a refeição, sentindo-se, de certa forma, aliviado. Esperou seus pais acabarem de comer para, enfim, se levantar e deixar os pratos e talheres para sua mãe recolher e lavar, como seu pai sempre disse que ele deveria fazer.

— Junwoo, quero que vá à Igreja sábado também, além de domingo. Sábado vão os adolescentes e quero lhe apresentar a filha de um antigo pastor da Igreja em que estou agora — disse Daejung, enquanto saía da cozinha ao lado do filho.

O garoto quis reclamar, pois tiraria o dia de sábado para terminar o trabalho de História. Agora, teria somente parte da tarde para terminá-lo e, provavelmente, não o faria tão bem quanto pretendia antes.

— Sim, pai — respondeu simplesmente. — Posso ir para meu quarto? Estou com sono.

— Sim.

— Benção, pai.

Junwoo subiu para o quarto, de cabeça baixa, e deitou-se na cama, assim que chegou lá. Estava cansado mentalmente, pois aquele dia havia sido pesado para o seu psicológico. Ainda havia dúvidas sobre alguns acontecimentos que ele não conseguia responder por si só e não tinha ninguém para conversar a respeito.

Rolando em sua cama por não conseguir dormir, ele passou a sentir sua barriga roncar. Deus, havia acabado de comer!

"Você vai comer só isso, Junwoo?"

Ele realmente comia tão pouco assim? Será que isso era ruim para sua saúde?

Frustrado, levantou-se de sua cama rapidamente, apoiando-se, em seguida, em sua cômoda noturna, por ter se sentindo tonto. Começou a se alongar, como sempre fazia quando não conseguia dormir, mas dessa vez começou a se sentir pior. Sua barriga ainda roncava e, após começar a se alongar, ele se sentiu enjoado.

Com uma careta no rosto, colocou a mão sobre a barriga e ficou mais evidente para si o quanto ela se revirava. Aproximou-se da porta de seu quarto e a abriu lentamente, tentando não fazer barulho algum. Colocou apenas parte de sua cabeça para fora e observou o corredor, notando a tranca do quarto de seus pais virada, o que indicava que os dois estavam lá dentro, já que a porta do escritório do pai estava aberta.

Eles deveriam estar dormindo.

Junwoo mordeu o lábio, contendo-se para não fazer o que sua barriga lhe ditava para fazer; olhou de volta para dentro do quarto, viu os lençóis de sua cama revirados e não sentiu vontade alguma de se deitar ali novamente. Suspirou e voltou seu olhar para a porta dos pais, sem ouvir nenhum som sair de dentro do cômodo.

É... eles estavam dormindo. E Junwoo estava com fome.

Em um impulso, ele deixou seu quarto em passos rápidos e silenciosos, desceu as escadas e foi até a cozinha. Seus dedos se mexiam de maneira agoniada e seu lábio inferior estava sendo maltratado por seus dentes, que descontavam nele a agonia e a ansiedade por estar fazendo algo escondido.

Junwoo abriu a geladeira lentamente para que ela não fizesse nenhum som indesejado e analisou as coisas ali dentro: havia as panelas do jantar, pão, leite, iogurte, queijo e... salame.

A barriga roncou mais alto que nunca, quando seus olhos pararam no salame ainda embalado, e ele umedeceu os lábios enquanto pegava a carne e a abria rapidamente, ansioso para sentir o gosto salgado e delicioso em sua boca. Pegou uma faca e passou a cortar algumas fatias do salame, comendo-as assim que elas se soltavam do pedaço inteiro. Seus olhos se fechavam a cada pequena degustação, e seu estômago aceitava tudo de braços abertos. Depois de comer em torno de vinte fatias, sentiu-se satisfeito.

Quando olhou novamente para o pedaço de salame, viu que uma grande parte estava, agora, em seu estômago, e percebeu que, se sua mãe usasse aquele salame para alguma outra refeição, veria que ele não estava mais inteiro.

— Droga! — murmurou, com o desespero atingindo seu peito enquanto enrolava o salame ainda restante na embalagem e colocava-o de volta na geladeira. — O que eu fiz?

Nervoso ao pensar no que sua mãe faria quando descobrisse, Junwoo pegou um copo de água e parou ao lado da janela para pensar em diversas desculpas que poderia dar, caso ela descobrisse, ou melhor, *quando* ela descobrisse.

Em meio a seus pensamentos, os olhos atravessaram o vidro da janela da cozinha e pararam na porta da casa do vizinho da frente que se abria lentamente. Alguém saía de costas enquanto falava com outra pessoa, a qual permanecia dentro da casa. Junwoo não percebeu a maneira como seus olhos estavam fixos na cena, ao mesmo tempo em que bebericava sua água, até que reconheceu a pessoa que saía da casa.

Era Takeshi.

O copo parou no meio do caminho que deveria fazer até a boca, e seus olhos arregalaram-se ainda mais quando reconheceu a pessoa do lado de dentro da casa: era Dyul.

Junwoo franziu as sobrancelhas em confusão enquanto as palavras que Takeshi dissera, na hora do almoço, voltavam para sua mente em um baque bruto: *"Afinal, você sempre quis me comer, mas nunca conseguiu, né?"*.

Será que Takeshi tivera relações sexuais com Dyul, mesmo após toda aquela cena? Ele estava saindo de sua casa àquela hora da noite, mas... não parecia muito feliz.

Takeshi exclamava algo para Dyul enquanto gesticulava exageradamente e não deixava o mais alto interrompê-lo. O valentão, no entanto, encarava-o com um ar debochado e os braços cruzados, abanando a cabeça negativamente para tudo o que Takeshi dizia.

Junwoo assistiu ao momento em que Takeshi mostrou o dedo do meio para Dyul e passou a caminhar em direção a um ponto de ônibus que havia ali perto, deixando o garoto plantado na porta da própria casa. Dyul saiu dali apenas quando outro rapaz — o qual aparentava ter a mesma idade, mas que Junwoo nunca havia visto — puxou-o para dentro, impedindo que continuasse a olhar Takeshi fazer seu próprio caminho.

Então, não era coisa da cabeça de Junwoo.

CAPÍTULO 4

Na sexta-feira, dia seguinte ao que Junwoo vira Takeshi sair da casa de Dyul, eles teriam aula de História novamente e Hajoon permitira que os alunos tirassem aquele tempo para que avançassem ou concluíssem seus trabalhos, com ajuda de pesquisas em seus celulares ou em livros.

Junwoo não havia falado com Yoona, Bonhwa, Ravi ou Takeshi, preferindo se isolar para organizar seus pensamentos e concluir seu trabalho — que ele não conseguiria terminar no sábado. Bonhwa tentou puxar assunto, ao se sentar ao seu lado, porém Junwoo era breve em suas respostas, priorizando os acenos positivos ou negativos com a cabeça. Não era sua culpa, sua mente ainda estava um pouco bagunçada por causa do que acontecera na noite anterior e ele realmente não sabia como agir. A visão que teve foi tão confusa quanto, de certa maneira, perturbadora.

Quando se virou para trás, para pegar o caderno em sua bolsa pendurada na parte traseira da cadeira, percebeu que Takeshi o fitava com uma sombra de dúvida em sua expressão. Takeshi estava a cerca de três fileiras de cadeiras atrás dele, sentado ao lado de Ravi que estava concentrado em ler algo em seu celular e fazer anotações.

Junwoo engoliu em seco e voltou a dar as costas, sem olhá-lo novamente, não ouvindo quando Bonhwa lhe fez uma pergunta.

— O quê? — questionou, finalmente prestando atenção no outro.

— Me empresta o seu celular? Eu esqueci o meu e não me dou muito bem com livros — Bonhwa pediu, sorrindo de maneira doce.

— E-eu não tenho celular.

A expressão de Choi chegou a ser cômica. Que adolescente, em pleno século vinte e um, não tinha um celular? Quer dizer, era claro que deveria haver alguns por aí, mas apenas aqueles que moravam no meio do nada ou que não tinham meios para comprar um. Junwoo não se encaixava em nenhum dos dois casos, já que estudava no principal colégio particular de Seul. Como ele não tinha um telefone?

— Como você vive? Como fez seu trabalho? — indagou, atordoado, apoiando o queixo na mão enquanto observava o outro, com os lábios entreabertos, mostrando espanto.

— Com um livro — murmurou Junwoo, rapidamente, antes de voltar a atenção para suas anotações.

Ao não ouvir nenhuma resposta, ele fitou Bonhwa com o rabo do olho, vendo-o completamente distraído com uma mancha em sua mesa. Junwoo franziu o cenho e resolveu ignorar, voltando seu olhar para o trabalho.

Alguns minutos depois, com suas anotações quase concluídas, o volume dos burburinhos, já presentes na sala de aula, aumentou. E muito. Junwoo ergueu o olhar, vendo um amontoado de pessoas em torno de um aluno que segurava um celular — maior que sua própria mão, vale acrescentar — aberto em uma foto. Exclamações foram ouvidas a ponto de chamar a atenção de Hajoon que se levantou de sua cadeira para dar um fim à pequena confusão.

— Ei, parem! Voltem para os seus trabalhos — o professor exclamou, com a voz mais alta e autoritária que de costume.

— O que houve? — Bonhwa perguntou para Yoona que estava sentada do seu outro lado.

Yoona ergueu a mão em sinal de "espera" enquanto mexia em algo em seu celular, tirando de sua página de pesquisa e parando na mesma foto que o garoto com o celular enorme tinha mostrado.

Junwoo não queria, mas seus olhos e sua atenção foram totalmente atraídos quando a expressão de Bonhwa caiu ao ler o texto da foto, após Yoona tê-lo lido também. Os dois viraram a cabeça para trás, fitando a outra dupla no fundo da classe: Ravi também tinha o celular em mãos e uma expressão assustada enquanto Takeshi procurava o seu aparelho no bolso.

— O que... — Junwoo tentou perguntar, mas Yoona negou com a cabeça e impediu o rapaz de continuar. Depois, levantou-se e foi até Takeshi, sussurrando algo para ele. A reação deste, no entanto, foi estranha: primeiro, engoliu em seco para, logo depois, revirar os olhos, encostar-se à cadeira e balançar a cabeça, como se reprovasse a atitude de alguns alunos que, agora, riam baixo, enquanto o fitavam.

— Por que não me perguntam se é verdade, ao invés de ficarem me olhando com essas caras debochadas? — ele perguntou e, logo em seguida, foi repreendido pelo professor.

— Takeshi, por favor — pediu, suspirando. — Guardem seus aparelhos e vamos voltar à aula normal. Se virem para terminar o trabalho em casa.

Junwoo obedeceu ao seu superior, mesmo se sentindo estranhamente incomodado com a situação. Não porque teria que terminar o trabalho em casa, mas sim por causa do que acontecera alguns segundos antes. Obviamente, era algo relacionado a Takeshi e não parecia ser bom, por causa das risadas de alguns alunos, seus olhares pejorativos e a forma como os melhores amigos de Takeshi agiram.

Por um segundo, Junwoo achou que ele tivesse ficado mal por causa da coisa que as pessoas haviam visto naqueles aparelhos eletrônicos, mas Takeshi recuperou aquela postura inabalável e ergueu o queixo para eles. Seus amigos deixaram os celulares de lado, assim como todos os que tinham os aparelhos em mãos, e voltaram a prestar atenção à aula.

Junwoo tentou não se distrair por completo com o acontecimento e sua curiosidade, mas não conseguiu conter os olhares para cima de alguns alunos que ainda pareciam comentar sobre o ocorrido e riam baixo enquanto olhavam para Takeshi no fundo da sala.

!

No fim do dia, no caminho para casa, Junwoo estava se sentindo mal. O garoto havia evitado aqueles que foram tão bons com ele nos dias anteriores e sentiu que eles ficaram incomodados com isso, pois tentaram ir atrás dele, mas Junwoo não foi receptivo, porque estava receoso demais.

Não negava que não queria deixar de falar com eles, porém se seus pais descobrissem — o que não seria difícil, visto que estavam quase sempre de olho no filho — que tinha um novo grupo de amigos, no qual havia um provável homossexual que se vestia como uma mulher, Junwoo estaria muito ferrado.

— Ei!

Junwoo parou de andar e se virou para trás, deparando-se com Takeshi. Engoliu em seco e tentou corresponder o sorriso do garoto, mas tinha certeza de que não havia conseguido.

— Por que não falou com nenhum de nós hoje? — Takeshi foi direto, passando a caminhar com ele.

Junwoo não soube o que responder, por vergonha. Como ele diria a verdade? Era impossível, Takeshi, com certeza, ficaria bravo com ele.

— E-eu... — Junwoo gaguejou, tentando pensar em alguma desculpa.

Eu estou mentindo demais, pensou. *Preciso parar com isso.*

— É por causa do que foi postado? Olha, eu posso explicar. Nada daquilo é... — começou, mas Junwoo o interrompeu.

— Eu não vi — conseguiu falar, fitando o chão enquanto caminhavam lentamente.

— Não viu? — Takeshi perguntou confuso. — Não está no grupo da nossa escola no Facebook? Que estranho... Eu posso te colocar. — A velocidade das palavras começou a embrulhar a mente de Junwoo. — Aliás, qual é o seu número? E qual é o seu Instagram? Eu não posto muita coisa, mas...

— E-eu não tenho — interrompeu novamente.

— Não tem Instagram? Nossa, que sorte! É algo sem saída, juro. — Takeshi pegou o celular e entrou em algo que Junwoo não fazia ideia do que era, mas tinha muito azul. — Você tem Twitter? É a rede social que eu mais uso. É bem melhor e tem muito mais conteúdo.

— Eu não tenho celular, Takeshi, nem essas... coisas, redes sociais — disse, finalmente, cansando-se de ouvir tantas coisas das quais ele não entendia absolutamente nada, vindo do ruivo.

— O quê? Jura?

Assim como Bonhwa, Takeshi parecia completamente chocado.

Junwoo suspirou e assentiu, confirmando sua fala.

— Isso deve ser muito bom — comentou Takeshi, após alguns segundos em silêncio, sem deixar de caminhar com o mais novo.

Junwoo franziu o cenho.

— Bom? Por quê? — perguntou confuso.

— Porque a internet é tóxica — respondeu e sorriu ao ver a carinha do outro cada vez mais confuso. *Tão fofo*. — Além de permitir que pessoas malucas consigam te achar facilmente e que pedófilos consigam ir atrás de menores de idade, ela também faz com que você se vicie e deixe as coisas mais importantes de lado.

— Mas... Tem muita informação na internet, não?

Takeshi deu de ombros.

— Muita informação falsa. Às vezes, tem mais falsa do que verdadeira. — Ele riu, irônico. — Como a que espalharam sobre mim hoje.

— O que... — Junwoo ia perguntar, mas deixou pra lá, pois não queria invadir a privacidade do outro. — Deixa.

— O que espalharam sobre mim? Não tem problema, Junwoo. Ah, pode perguntar. Eu não me importo.

Junwoo, no fundo, sabia que o outro se importava. Ele não pareceu confortável mais cedo, naquela aula, como tentara fazer parecer. E a forma como abaixou a cabeça, naquele momento, para fitar os próprios pés, andando meio cabisbaixo, confirmava aquilo. Takeshi nunca abaixava a cabeça.

— Era uma foto minha saindo da casa do Dyul.

Junwoo congelou.

— E a foto não era montagem nem nada. Mas a legenda que colocaram era uma total farsa — continuou, sem fitar Junwoo, assim como este também não o fitava.

— E qual era a legenda? — não controlou sua língua. Ele precisava confirmar suas dúvidas, afinal, queria mais que tudo ser amigo do ruivo e não deixar ir embora aquela sensação boa de acolhimento que o outro lhe proporcionava.

— *"O ativista Ishikawa Takeshi é, na verdade, um mentiroso: finge odiar Dyul de manhã e faz ceninha para parecer difícil de conquistar, mas, à noite, é a mais fiel putinha dele."* — Takeshi disse tudo em um tom debochado, lembrando-se exatamente das palavras que leu na postagem.

Junwoo não sabia o que dizer. Quem havia postado aquilo? Por que falar daquela maneira de Takeshi? O que era "ativista"? Takeshi era realmente gay? O que ele estava fazendo na casa de Dyul, então?

— Eu não tenho que dar satisfações àquelas pessoas, por isso não me justifiquei nem nada, mas isso não foi o que fui fazer na casa dele — concluiu, parando de andar quando estavam na frente da cafeteria em que ele trabalhava. — Quer entrar um pouco?

— Eu tenho que ir pra casa, meus pais me esperam para o jantar. — Junwoo evitou, coçando a nuca enquanto olhava para dentro da cafeteria, notando que havia mais gente do que da última vez em que esteve ali.

— É só falar que parou para tomar um café — Takeshi insistiu, sorrindo, animado. — Quero te mostrar a parte boa da internet, como a Netflix. Hoje tem mais funcionários e, daqui a meia hora, a cafeteria começa a esvaziar, então terei tempo.

A garganta de Junwoo secou e seus olhos ficaram presos no sorriso doce que Takeshi lhe oferecia, esperançoso. O garoto estava em uma espécie de dilema. Afinal, gostava da presença do ruivo, apreciava demais aquela sensação quente em seu peito, de acolhimento, que aparecia apenas quando era Takeshi falando com ele, explicando-lhe algo ou apenas sendo gentil.

Junwoo só sentira algo parecido com Syaoran: era uma sensação de que a pessoa estava ali para ele sem esperar nada em troca. Como dito antes, muitas pessoas, na antiga escola de Junwoo, se aproximavam dele por interesse por causa de sua posição social. E, assim como com Syaoran foi diferente, com Takeshi também era, já que ele nem sequer sabia seu nome quando se ofereceu para ajudá-lo.

No entanto, ainda existia um receio dentro dele e sabia que não era um sentimento próprio seu, pois tinha consciência de que queria ser amigo de Takeshi, porém se seus pais descobrissem... Junwoo sabia que eles não gostariam. Nem um pouco.

Mas, ali, naquele momento, ao ver o sorriso de Takeshi direcionado a si e a sua visível animação para lhe mostrar o tal lado bom da internet, Junwoo assentiu, decidindo que, mais tarde, inventaria algo para explicar aos pais o motivo do atraso.

— Eba! Vem! — Takeshi acenou e puxou um Junwoo nervoso para dentro da cafeteria.

Havia alguns clientes, todos já servidos, além de garçons que circulavam para ver se estava tudo certo com eles. O ruivo passou no balcão, vestiu seu avental e apontou com a cabeça para a área com livros da cafeteria, onde havia mesas e um pequeno sofá.

Junwoo caminhou até a mesa, sentou-se em uma cadeira, deixou a mochila em seus pés e removeu o casaco por causa do aquecimento do estabelecimento. Esperou por Takeshi e, assim que este chegou com dois copos de água, sorriu.

— Então, quer começar pelo lado ruim ou pelo lado bom? — Takeshi perguntou, risonho, e Junwoo hesitou.

— A gente precisa ver o lado ruim? — perguntou, coçando a nuca.

— Mas é claro, sempre precisamos ver os dois lados das coisas. — Takeshi pegou seu telefone, que também era maior que sua mão, e apertou um botão na parte inferior, para que a tela acendesse.

Junwoo sorriu minimamente, ao reparar no quanto a mão de Takeshi era pequena a ponto de mal conseguir segurar o telefone direito. Era fofo.

— Esse aplicativo é o Instagram: é onde as pessoas postam fotos de viagens, do próprio rosto, corpo e por aí vai — explicou, entrando no próprio perfil da rede social. — Esse é o meu.

Junwoo olhou as fotos e apreciou o fato de que Takeshi pareceu combinar as cores, buscando fazer uma fileira de cada cor. Olhou um pouco mais para cima e arregalou os olhos, quando viu o número grande de seguidores.

— Eu não sei por que tenho tantos seguidores, já que não posto muita coisa. — Ishikawa deu de ombros e começou a arrastar a página para cima, exibindo algumas fotos a mais para Junwoo.

— As suas fotos são bonitas — deduziu baixo, dando de ombros e seguindo cada coisa que aparecia na tela com os olhos.

Takeshi sorriu, envergonhado. Todas as fotos eram de seu rosto ou de seu peitoral para cima. Será que Lee Junwoo o achava bonito?

— Obrigado — murmurou em resposta, sorridente. — Você tinha muitos amigos na sua cidade? Podemos achar algum aqui.

— Sim! Meu melhor amigo, Syaoran — respondeu rapidamente, animado com a ideia de poder ver a rede social do amigo.

— Qual é o sobrenome dele? — indagou, enquanto entrava na barra de pesquisar.

— Huang.

— Ele tem ascendência chinesa?

— Sim, a família toda da mãe.

Foi apenas questão de alguns segundos para Takeshi encontrar a rede social de Huang Syaoran.

— É esse! — Junwoo exclamou, tapando a boca ao perceber que havia quase gritado. — Desculpa — sussurrou.

Takeshi gargalhou por causa da fofura do outro.

— Relaxa! — Ele entregou o seu celular a Junwoo, que, todo atrapalhado, rolou pelo *feed* de seu melhor amigo enquanto olhava as inúmeras fotos que o garoto postava, percebendo que, inclusive, havia fotos com ele. Junwoo lembrava-se de cada uma e dos momentos em que as tiraram, mas nunca soube que Syaoran as postava.

— Ele tem fotos comigo — murmurou, sorrindo, triste. Deus, ele sentia muita saudade de Syaoran!

— Mas é claro que ele tem fotos com você! É seu melhor amigo, não? — reforçou, sorrindo de maneira doce por causa da forma com que Junwoo olhava para as fotos. Era visível o quanto parecia sentir falta do amigo, seus olhos chegavam a brilhar. — Me fale sobre ele — pediu.

Junwoo o fitou com as sobrancelhas franzidas, confuso. Ninguém nunca havia feito uma pergunta como aquela, para ele, sobre suas amizades. Syaoran, em sua cidade natal, sabia que era o único amigo com quem Junwoo realmente se importava, então não havia motivos para fazer perguntas daquele gênero. Sua mãe... Não era nem preciso relembrar o quanto ela era desinteressada pela vida social do filho, quer dizer, quando ela ou seu pai não estavam interessados em saber se as amizades de Junwoo eram "más influências". Por causa de tudo aquilo, Junwoo não soube exatamente como responder a Takeshi.

— Ele... E-ele... — gaguejou, coçando a nuca e parando de rolar as fotos no celular do ruivo.

— Ele é extrovertido? Divertido? — o outro tentou, notando a dificuldade alheia.

Takeshi era alguém observador e havia notado a forma como a timidez de Junwoo era um tanto distinta do geral. Ele enxergava a vontade do garoto de se abrir, sua curiosidade ativa, porém algo parecia prendê-lo, algo que nem Junwoo parecia notar que estava ali presente, atormentando o garoto e o impedindo até de se comunicar com pessoas que não lhe queriam nenhum mal e com quem desejava se comunicar.

— Sim... E-ele faz muitas piadas — Junwoo conseguiu dizer enquanto fitava uma foto em que Syaoran sorria espontaneamente para a pessoa que a tirava. — As piadas não têm tanta graça, mas eu g-gosto de vê-lo rir de si mesmo depois.

— Sei como é — Takeshi riu, pegando o celular das mãos do outro e rolando a página aberta. — E o que mais?

— Ele sempre tenta me fazer rir, eu gosto disso.

Junwoo não percebeu quando começou a se soltar.

— E ele tem uma mania de fazer birra quando algo o incomoda — continuou —, de falar com o sotaque carregado, se mexendo pra todos os lados.

Junwoo riu, recordando-se dos momentos em que presenciou aquele jeitinho especial do melhor amigo.

Takeshi ouvia atentamente enquanto ainda olhava as fotos do outro, porém algo lhe tirou a atenção do menino ao seu lado, que ainda falava nostalgicamente: uma foto, precisamente, na qual Syaoran segurava uma bandeira da comunidade LGBTQIA+ e vestia uma blusa com o triângulo rosa invertido para baixo — um símbolo que havia sido usado pelos soldados nazistas para identificar os homossexuais nos campos, mas que foi, em seguida, adotado pela comunidade como símbolo de luta e orgulho.

Ishikawa abriu a boca, pronto para perguntar, mas interrompeu a si mesmo quando leu a legenda da foto: *"Aqui é o único lugar em que eu posso realmente me expressar"*.

Com "aqui", ele quis dizer as redes sociais? Será que a família do garoto e o próprio Junwoo não sabiam sobre a sexualidade dele? Takeshi quis novamente abrir a boca e perguntar, mas algo o impediu: ele sentiu que não deveria se meter sem conhecer direito o menino ao seu lado, o seu melhor amigo ou o meio no qual os dois cresceram. Takeshi sentia alguns automatismos estranhos em relação a Junwoo, impedia-se de emitir coisas que ele normalmente perguntaria ou diria sem problema algum, porque enxergava, no mais novo, algo jovem que ainda precisava de desenvolvimento.

— Você só tinha ele de amigo? — ousou perguntar enquanto saía do Instagram para entrar na Netflix.

— É... Eu tinha muitas pessoas que vinham atrás de mim e tentavam se aproximar, mas... era tudo por causa do meu pai. Ele foi o único que não se aproximou por causa disso — murmurou em resposta, tentando acompanhar com os olhos tudo que Takeshi fazia em seu celular.

O ruivo parou.

— Seu pai?

— Sim, meu pai era pastor da igreja central de onde eu morava. E, agora, ele é pastor da igreja central daqui.

E foi como um clique na mente de Takeshi. Ele franziu o cenho, ainda analisando as palavras que lhe foram ditas, tentando não ter o impulso de achar que Junwoo era reprimido pelo próprio pai ou pela família e que aquele era o motivo de sua própria retenção com o mundo e as pessoas que o cercavam. Mas, obviamente, mais uma vez, Takeshi não faria perguntas em relação àquilo.

— Ah, sim — limitou-se a concordar e a desviar do assunto. — Bem, agora vou te mostrar a melhor parte da internet — fez um suspense com o tom de voz, sorrindo por causa do olhar ansioso de Junwoo para ele. — A Netflix.

— Para que serve? — Junwoo questionou, confuso por causa das inúmeras cores e nomes que apareceram na tela do celular de Takeshi.

— Para assistir filmes e séries — respondeu Takeshi, sorrindo ao ver que novos capítulos de uma série que ele assistia estavam disponíveis.

— Séries?

Takeshi arregalou os olhos.

— Você não sabe o que são séries?

Junwoo negou e o outro ofegou, colocando a mão no peito, fingindo dor.

— Meu Deus, Junwoo! Ah, em que mundo você vive?

O mais novo deu de ombros, mas riu, achando engraçada a forma como Takeshi havia reagido.

Alguns segundos depois, Ishikawa fingiu se recuperar e coçou a garganta para explicar a Junwoo o que aquela plataforma viciante que carregava no celular era capaz de fazer.

— Séries são como filmes, porém duram muito mais, pois são divididas em temporadas e cada temporada tem um número de episódios. Cada episódio é tipo um filme, porém mais curto — explicou, contendo o sorriso com a expressão fascinada que Junwoo carregava. — Você vê muitos filmes?

— Ahm... N-não. Só vi dois com Syaoran.

— Nunca foi ao cinema? — Arregalou os olhos.

Junwoo negou.

Em que mundo aquele menino vivia?

— Lembre-me de um dia te levar ao cinema — decretou e o outro assentiu, por mais que em sua mente estivesse claro que eles, provavelmente, nunca iriam ao cinema juntos por causa de seus pais. Nem com Syaoran costumavam deixar, quem diria com Takeshi.

— Você assiste a muitos filmes? — Junwoo perguntou, visivelmente interessado, fitando-o dessa vez.

Takeshi quis comentar que os olhos de Junwoo eram lindos e extremamente fofos, por se parecerem com duas bolinhas de gude escuras; sem falar que o olhar do menino carregava um brilho extremo de curiosidade, o que Takeshi achava extremamente atraente.

— Sempre que eu posso — respondeu finalmente. — Mas assisto mais a séries.

— Existem muitas?

— Porra! — Takeshi xingou, rindo por causa da cara surpresa de Junwoo para ele. — Desculpe! Mas, sim, existem muitas.

— Qual é a sua preferida? — Se encostou à cadeira, e Takeshi travou a tela do celular para poder observar cada ato dele.

— Essa é uma pergunta muito difícil — suspirou, derrotado enquanto tentava pensar em todas as séries que assistia, buscando por alguma que lhe causasse mais efeito. — Há uma semana, eu te diria que é *Merlí*; hoje, te digo que é *Sex Education*.

— *Sex Education?* — Junwoo sussurrou mais para si, sentindo o rosto esquentar quando percebeu a tradução daquele título.

— Sim, é uma série que aborda assuntos polêmicos de maneira saudável. Os personagens são extremamente bem construídos e foi a melhor série que a Netflix já divulgou.

Takeshi não notou a reação de Junwoo; este, por sua vez, coçou a garganta antes de perguntar:

— Ela é... inapropriada?

— Inapropriada? — Takeshi franziu o cenho, virando-se para Junwoo e notando a forma como ele estava envergonhado. — Se você tiver onze anos, pode ser meio pesada, sim.

Takeshi deduziu que o garoto nunca havia visto uma cena de sexo ou pessoas conversando naturalmente sobre aquele assunto, o que o fez sentir certa pena dele. Talvez, pena não fosse o sentimento certo, mas sentia que aquele menino estava sendo afetado demais, mentalmente, pela forma como havia sido criado. Algo o prendia e o impedia de enxergar o mundo com os olhos que sentia que ele tinha, e possuía quase certeza de que era por causa de sua criação.

— Agora, me deixe explicar o lado ruim da internet — ele suspirou, travando a tela do celular novamente e virando-se para um Junwoo ainda corado. — Existem pessoas más nesse mundo, você deve saber — Junwoo assentiu minimamente. — E essas pessoas buscam enganar outras através da internet. Por exemplo, homens bem mais velhos, com doenças mentais, que querem atrair garotas menores de idade para eles.

Junwoo ficou meio chocado, mas assentiu. Ele sabia o que era pedofilia, mas não imaginava que existissem homens que fossem loucos o suficiente para enganar as garotas através da internet.

— E é muito fácil fingir ser outra pessoa através da internet. Muito fácil mesmo — continuou. — Fora isso, há um tanto de informações falsas circulando por lá. Você ficaria assustado, se soubesse o número.

— Informações falsas? Como a que fizeram de você?

— Sim, como acontece com celebridades. Às vezes, saem notícias falsas, dizendo que alguma cantora ou atriz está grávida, e tudo apenas para que a pessoa que divulgou ganhe dinheiro ou visibilidade. Infelizmente, nosso mundo gira em torno disso.

Takeshi deu de ombros, não deixando de suspirar por se sentir decepcionado com o mundo no qual vivia.

— As pessoas podem, realmente, ser muito más, Junwoo. Então, se, algum dia, seus pais te derem um telefone, tome cuidado.

— V-vou me lembrar disso.

— Takeshi!

Jin-Hei apareceu no local em que estavam, sorrindo rapidamente para Junwoo, antes de fitar Takeshi com um olhar meio desesperado.

— Preciso de ajuda na cozinha. Chegou um grupo de adolescentes, que fez inúmeros pedidos, e os dois garçons extras terminaram o turno.

O atendente, prontamente, se levantou, assentiu para o chefe e quando se afastou para voltar à cozinha, virou-se para Junwoo, que também havia se levantado:

— Bom, espero que seus pais não briguem com você. Nós nem demoramos tanto, afinal. — Riu fraco, e Junwoo assentiu, sentindo um misto de ansiedade e nervosismo ao se lembrar de que teria que enfrentar seus pais em alguns minutos. — Te vejo segunda?

Junwoo ficou em silêncio durante alguns instantes. E se seus pais descobrissem que ele havia chegado atrasado por causa de uma nova amizade, provavelmente, homossexual? Eles vigiariam Junwoo pelo restante de seu ano escolar ou o proibiriam de ver Takeshi e seus amigos? Ele não queria aquilo, realmente não queria, porém, a escolha mais sensata, provavelmente, seria não falar mais com Ishikawa Takeshi ou com seus amigos e evitar que seus pais também os prejudicassem, se aquilo fosse possível.

Mas ele não queria.

— Sim — respondeu, então.

!

— Onde você estava? — Assim que Junwoo pisou dentro de casa, a voz de sua mãe o atingiu. Ele engoliu em seco e fitou-a parada perto da porta com os braços cruzados enquanto seu pai o encarava da poltrona em que estava sentado.

— Na cafeteria. Eu estava passando mal e tive que parar para ir ao banheiro — surpreendeu-se com o quão firme soou, por mais que aquela fosse uma mentira bem grande. E, Deus, ele precisava parar de mentir!

— E você demorou meia hora no banheiro? — Sua mãe arqueou uma sobrancelha, extremamente desconfiada.

— S-sim, eu estava com diarreia.

A mãe de Junwoo fez uma cara de nojo enquanto o pai arqueava uma sobrancelha e cruzava os braços em seguida. Em silêncio, esperou que ambos acreditassem em sua desculpa, para que pudesse ir para o quarto ou comer o que havia sobrado do jantar, considerando que seus pais provavelmente já haviam comido.

— Vá para o seu quarto dormir e peça perdão a Deus por ter pulado uma refeição quando existem milhões que precisam comer — sua mãe disse, simplesmente, enquanto apontava para as escadas, ordenando que o garoto fosse dormir sem se alimentar.

Junwoo apenas abaixou a cabeça, seguiu caminho para o seu quarto e suspirou baixo, assim que chegou ao cômodo. Era engraçado, porque não estava nem um pouco arrependido de ter passado meia hora com Takeshi, provavelmente, homossexual. Takeshi havia mostrado ser uma pessoa tão incrível que, mesmo com todo o resto, como os diversos motivos que deveriam fazer o novato se afastar dele, Junwoo não sentia a mínima vontade de expulsar o garoto de sua vida.

E ele não expulsaria.

CAPÍTULO 5

Sábado, pela manhã, Junwoo comeu ao lado dos pais, extremamente cedo. Daejung exigira que fosse com ele à Igreja, naquele horário, para que chegassem antes de todos os outros e Junwoo se mostrasse um adolescente exemplar.

Ele não questionou, por mais que sua mente estivesse girando em torno de seu trabalho de História e de como conseguiria terminá-lo.

A mãe de Junwoo ficaria em casa para arrumá-la e disse ao marido que chegaria mais tarde ao culto, o que foi prontamente aceito pelo homem. Com isso, o garoto seguiu para a igreja, ao lado de seu pai, no carro da família.

A viagem foi silenciosa e incômoda para o adolescente, que não sentia absolutamente nenhuma vontade de orar naquele dia ou de conhecer a pessoa a quem seu pai queria apresentá-lo, a tal filha do antigo pastor. Mentalmente, Junwoo pediu perdão a Deus por não sentir vontade de orar ou de fazer algo que seu pai exigira de si.

A igreja era linda, de fato, e Junwoo admirou, silenciosamente, a construção antiga, que contrastava com a parte moderna da cidade. Adentrou o lugar com o pai — que, em seguida, foi trocar de roupa na parte dos fundos — e se sentou na primeira fileira de cadeiras, fitando seus próprios joelhos, pois não tinha nada mais com o que se distrair.

Com o silêncio do ambiente tranquilo, Junwoo começou a vagar em pensamentos ligados aos seus dias naquela cidade: suas ações recentes eram o oposto do que ele costumava fazer em sua cidade natal e as diversas vezes que pedira perdão a Deus, mentalmente ou antes de dormir, por causa de seus erros e de suas novas amizades.

Antigamente, quando ouvia a palavra "amigo" ou "amizade", pensava apenas em Syaoran, que era seu melhor amigo, mas, desde que começara a frequentar o novo colégio, aquelas duas palavrinhas tomaram outra imagem em sua mente: ele passou a visualizar Takeshi também, além de Bonhwa, Yoona e Ravi. Tudo bem que não era tão próximo de nenhum deles, mas queria ser. Deus, como queria!

O conforto que sentia ao lado daquelas pessoas era o mesmo que sentia com Syaoran. Fora a maneira distinta como se sentiu quando esteve próximo de Takeshi naqueles dias, desejando mais que tudo a amizade do ruivo, buscando não o afastar, por mais que seu subconsciente lhe dissesse que aquilo era errado.

Então, ali, de frente para a imagem de Jesus, Junwoo decidiu que não se afastaria de Ishikawa ou dos outros mencionados. Esconderia aquilo de seus pais e conservaria, ao máximo, o conjunto de sentimentos bons que aquelas pessoas passavam para ele.

— Junwoo, meu filho? — a voz de seu pai soou mais dócil do que nunca e, imediatamente, Junwoo soube que o homem não estava sozinho ali. Daejung não era um pai doce ou que buscava ser agradável com o filho ou a esposa. Junwoo não costumava reparar demais naquilo, mas, ali, naquele momento em que divagava a respeito da forma como seus amigos agiam consigo, não pôde deixar de reparar, e o sentimento em seu peito foi extremamente desagradável.

Levantou-se e se virou para a direção em que o pai tinha entrado anteriormente, vendo-o aparecer ao lado de outro homem que aparentava ter a mesma idade que ele. Atrás deles, entrava uma garota carregando uma expressão extremamente envergonhada e fitava as próprias mãos que mexiam na barra de seu vestido florido.

Junwoo suspirou de maneira inaudível, coçando a nuca e levantando-se do banco em que estava sentado. Curvou-se para o homem mais velho e, em seguida, para a menina que o olhou rapidamente e ficou mais corada que antes.

— Este é Sungwon, Junwoo, e esta é sua filha, Bora — Daejung se pronunciou, indicando o homem e a menina, conforme os apresentava.

— Muito prazer! — Junwoo curvou-se novamente e os outros dois fizeram o mesmo. Ficou em silêncio, em seguida, sem saber o que dizer ou o que seu pai queria que dissesse.

— Ele é o antigo pastor desta igreja, filho, e veio me assistir hoje. Por que não faz companhia à filha dele? Temos que esclarecer algumas coisas juntos — disse Daejung, simplesmente, e, sem esperar a resposta do filho, afastou-se ao lado de Sungwon enquanto dizia algo sobre os fiéis que iriam naquele dia.

A menina, que parecia prestes a explodir de vergonha, encolheu-se mais ainda, e Junwoo se sentiu na obrigação de tentar acalmá-la. Ele também era tímido, mas não ficava tão sem jeito quanto ela — ou era o que achava.

— É... Quer se sentar? — Indicou o banco.

A menina assentiu e se sentou, afastada dele, que prensou os lábios, sentando-se também.

— Bora, certo?

A morena assentiu e, finalmente, ergueu o olhar, sorrindo rapidamente para Junwoo.

— V-você... E-estuda onde? — continuou.

Duas pessoas tímidas, juntas, não davam muito certo.

— N-no colégio do subúrb-bio — respondeu enquanto voltava a prestar atenção nos próprios dedos. — E você?

— No central — devolveu, olhando para frente.

Os dois não se fitavam, tímidos por terem sido obrigados pelos pais a socializar com um desconhecido. Junwoo não entendeu o motivo para o pai jogar a menina para si daquela maneira, mas Bora sabia da intenção de seu progenitor, e aquela era a principal razão de sua timidez excessiva. Ela sabia que seu pai queria que ela se aproximasse de Junwoo daquela maneira. Mas ele era ingênuo demais para perceber.

— E t-tem muitos amigos?

Junwoo sabia que a pergunta foi totalmente não planejada, a menina não devia estar lendo seus pensamentos anteriores, mas aquilo o assustou. Franziu o cenho para si mesmo e mordeu o lábio inferior com força quando os pensamentos importunos lhe invadiram a mente outra vez.

Ah, seus amigos... novos amigos. Será que eles também já consideravam Junwoo como um amigo? Mesmo com a maneira evasiva como agira no dia anterior? Ele só foi impedido de continuar com aquilo e se afastar de vez, graças à abordagem de Takeshi e o convite para que fossem à cafeteria. E Junwoo não se arrependia. Nem um pouco.

— Alguns — respondeu firme. — E você?

— T-tenho uma — a menina indicou o número, mostrando um dos dedos de suas mãos, e Junwoo notou o esmalte vermelho descascado em suas unhas longas.

Involuntariamente, ele se recordou do momento em que sua mãe estava pintando as unhas para a viagem e, quando Junwoo perguntou o motivo de não pintar de vermelho — a cor que muitas mulheres mais velhas costumavam escolher —, ela lhe disse que era a cor do pecado e que não era certo uma mulher recatada utilizá-la nas unhas. Ele se perguntou se a mãe de Bora lhe passou o mesmo ensinamento, mas, aparentemente, não.

— Ela se chama Somi — ela continuou e sorriu para si mesma enquanto falava.

Junwoo passou a observar a garota enquanto esta contava sobre como ela e sua amiga eram próximas o suficiente para não precisarem de mais nenhum amigo, o que fez com que se lembrasse de que era assim que se sentia com Syaoran.

Mas, depois de conhecer aquelas pessoas em seu novo colégio, Junwoo percebeu que não era bem assim.

Não que ele quisesse milhões de amigos, como as pessoas em Masan achavam, mas aquelas poucas pessoas que se mostraram interessadas em conhecê-lo e em se aproximar dele fizeram com que Junwoo se sentisse... *especial*. Querido, talvez. Como se fosse interessante e tivesse algo a oferecer — não do tipo interessante como as pessoas em Masan lhe enxergavam, mas do tipo *realmente interessante*, com uma personalidade. Junwoo gostava daquilo e viu que Bora se sentia da mesma maneira.

— E o-os seus? — ela perguntou, o tirando de seus pensamentos.

— E-eu... — Junwoo umedeceu os lábios e deu um sorriso pequeno. — Tenho alguns a-amigos novos na escola, porque acabei de me mudar.

A menina assentiu, parecendo estar menos tímida que antes.

— Yoona, Ravi, Bonhwa e... Takeshi.

O sorriso que ele exibiu no fim da frase foi o suficiente para Bora sorrir tão abertamente quanto ele.

— Hm... Ravi? — ela hesitou, franzindo a sobrancelha, confusa. — Eu já ouvi esse nome.

Junwoo ia perguntar se ela conhecia uma banda que tivesse alguém com aquele nome, já que ele sabia que Ravi faria um show, em uma semana, e estava realmente curioso para saber no que consistia, por mais que não fosse comparecer. Talvez, Bora o conhecesse e pudesse dizer a ele, mas, antes que pudesse concretizar a pergunta, inúmeros fiéis adentraram a Igreja, e o suspiro que Junwoo soltou foi acompanhado por um idêntico vindo de Bora. Novamente, se identificou com a garota, sem saber que seu pai, futuramente, entenderia aquilo de outra maneira, de uma que ele não estaria nem um pouco interessado.

!

— Lavagem de carros? — Todos olharam para Yoona, após a sugestão, mas a negação foi imediata.

— Não está quente o suficiente, *noona* — respondeu Takeshi, suspirando e rabiscando algo em seu bloco de notas. — Tem que ser algo que realmente combine com o nosso clima e o que costumamos fazer no dia a dia.

— Esse é o problema. Eu não faço nada, além de estudar, dormir, comer e assistir à Netflix — rebateu, revirando os olhos ao se jogar no sofá de Hajoon.

O professor convidara o grupo de alunos até sua casa, para que pudessem decidir qual seria o próximo evento organizado por eles, a fim de arrecadar dinheiro. Estavam frustrados, pois nada parecia o suficiente: ou não seria possível por causa da época do ano, que apresentava um clima puxado para o frio e pessoas mergulhando em estudos, ou por não terem um local para pôr em prática a tal ideia.

Porém, a fala de Yoona acordou Bonhwa que fitava o forro do sofá, um tanto destruído pelo gato preto de Hajoon, o Banguela.

— Netflix... E se fizéssemos um cinema ao ar livre? — sugeriu, virando o olhar para seus amigos que o fitaram. — Sabem? Como aqueles dos filmes. Tem um perto do Haneul Park. Podemos pedir para alugar por uma noite, e o dinheiro do ingresso e da pipoca compensaria, porque o aluguel não é tão caro.

— Bonhwa... Você é um gênio! — Hajoon exclamou e fez um toque com o garoto, recebendo um sorriso retangular dele em agradecimento.

— Não me surpreende a genialidade — disse Yoona, dando de ombros e fitando o amigo que, dessa vez, sorriu sem jeito para ela.

Takeshi começou a se sentir extremamente animado, ao se lembrar do dia anterior, quando Junwoo lhe dissera que nunca foi ao cinema. Será que iria com Takeshi, caso o convidasse? Ou melhor, com o grupo de Takeshi? Será que seus pais deixariam? Takeshi estaria mentindo, se dissesse que não estava ansioso para convidá-lo. Seria mais uma oportunidade para mostrar a Junwoo que o mundo em que ele vivia ainda tinha muito para ser explorado.

— É perfeito! Combina com o clima, porque as pessoas podem levar os cobertores e... podemos fazer, na sexta, à noite! É o local perfeito para um encontro e... — Takeshi foi interrompido por Ravi.

— Perfeito para você levar o Junwoo.

Takeshi sentiu todo o sangue subir para suas bochechas, deixando visível o quanto a fala do amigo o pegou de surpresa e lhe causou algo que não costumava sentir: vergonha. Takeshi franziu o cenho e começou a gaguejar, abanando as mãos exageradamente.

— N-não! O que te f-faz pensar isso? Somos amigos...

— Amigos? Takeshi, se você me olhasse do jeito que olha pra ele, eu acharia que você ia querer ser tudo, menos meu amigo — Yoona intrometeu-se, gargalhando junto a todos os presentes, menos o próprio Takeshi. — Admite.

Ele revirou os olhos e bufou, mas o sorriso sem graça que surgiu em seus lábios carnudos foi o suficiente para fazer com que todos, ali, soltassem exclamações maliciosas.

— E aí? Quando vai dar o bote? — Ravi bateu palmas, ansioso.

— O bote? Ravi, você já prestou atenção no garoto? Se eu der o bote nele, ele desmaia!

Takeshi suspirou e pegou seu bloco de notas para anotar a ideia que tiveram, tentando não se deixar ser tomado pelo pensamento de ter o seu mais novo *crush* para si. É, *crush*.

Estava sendo meio difícil para ele não pensar em Junwoo constantemente, pois o novato o conquistara de uma maneira estranha. Ele não era nem um pouco o tipo de Takeshi, era o oposto, na verdade. Takeshi costumava gostar de homens com atitude, que tinham certeza do que queriam e chegavam nele quando estavam interessados.

E não sabia sequer a sexualidade do garoto ainda!

Não era alguém que gostava de deduzir a sexualidade das pessoas pela forma como agiam ou por sua aparência. Achava que aquilo era uma simples forma de julgar se baseando em estereótipos que a sociedade construiu.

Fora tal fato, não era como se estivesse apaixonado e desesperado para tê-lo, porque não estava, porém, se sentia extremamente atraído. A aparência, em conjunto com a personalidade tímida e curiosa, fazia com que ele sentisse vontade de tascar um beijo no pobre e ingênuo garoto, que não fazia ideia do interesse dele.

Mas não era como se tivesse coragem para fazer aquilo, pelo menos não com todas as dúvidas que o rondavam a respeito de como a cabeça de Junwoo funcionava e como se sentia perante as pessoas, tanto de forma romântica quanto sexual. Aquilo, entretanto, não o impedia de admirá-lo em silêncio e de tentar se aproximar cada vez mais para tirar uma casquinha que fosse. Nem que aquela casquinha fosse um abraço.

— É... Ele é meio estranho — Yoona soltou, recebendo uma careta de Takeshi. — Não estranho, mas... tem algo nele. Tem algo e você sabe. Por falar nisso, ele ficou sem falar com a gente ontem e, poxa, fomos os únicos que tentaram ser amigos dele!

— Eu notei isso também. Ele parecia estar em conflito com algo — completou Bonhwa, e garota assentiu.

— Ele viu a postagem? — perguntou Ravi.

— Sim, e eu disse que a legenda era mentira, mas a foto verdadeira — explicou, dando de ombros. — Só que ele não me perguntou o motivo de ter ido para a casa do Dyul.

Os outros ficaram em silêncio, processando a fala do ruivo. Conheciam os motivos de Takeshi e não o contestaram, pois não havia nada de mais para ele. Aquele assunto já estava ultrapassado nos temas debatidos pelo grupo e todos estavam de bem com aquilo. Takeshi, no entanto, achou estranho o fato de Junwoo não ter lhe perguntado o real motivo de ter ido para a casa de Dyul. Takeshi não se incomodaria de lhe contar, mas não tinha ideia de qual seria a reação do outro.

— Ele parece... ingênuo demais — Ravi complementou. — Mas, ao mesmo tempo...

— Curioso demais — Takeshi finalizou para o amigo, com o pensamento que acabou por ser o mesmo.

— Junwoo é aquele aluno novo? — Hajoon perguntou, enquanto acariciava o gato preto que subira em seu colo em algum momento da conversa e, quando recebeu a confirmação de Takeshi, riu. — Ele é fofo. E realmente parece bem curioso. Lembro que, na primeira aula de História, ele me fitava com os olhos esbugalhados, como se estivesse em choque.

Takeshi riu, pois também notara aquela expressão do menino quando estava prestando atenção em algo e quando ele estava lhe explicando, na cafeteria, algumas coisas sobre a internet.

— Você sabe se ele vai ao meu show? — perguntou Ravi.

— Ahm, eu acho que não — respondeu, suspirando. — Parece que os pais dele são bem rígidos. O pai é o pastor da igreja central — finalizou, recebendo exclamações surpresas de todos ali.

— Pastor? — Bonhwa soltou, com os olhos arregalados, e Takeshi assentiu. — Aposto que Junwoo nem deve saber o que são *Drag Queens*.

— Ele, com toda a certeza, não sabe — Takeshi riu ao dizer, pois aquilo era uma certeza. — Ele não sabia o que era Netflix até ontem.

— O quê? — dessa vez, Yoona gritou.

— Pois é!

— Como alguém vive sem Netflix nos dias de hoje? — Ela estava chocada.

— Ele vive sem internet. — Takeshi chocou-os ainda mais.

— Meu Deus, coitado do menino! — Ravi colocou a mão em frente à boca, pois seu queixo chegou a cair por causa das novas informações.

— "Coitado" dependendo do seu ponto de vista — acrescentou Hajoon, meio atrapalhado por estar recebendo beijos no rosto vindos de Banguela. — A internet pode ser ruim.

— Sim, sim, eu expliquei isso pra ele — devolveu, voltando a atenção para o bloco de notas. — Mas, focando no nosso plano... O que faremos?

— Cinema ao ar livre. Sexta, depois da aula, pois é quando os pombinhos da nossa escola gostam de ter encontros — declarou Yoona, e desceu do sofá para se sentar ao lado do ruivo e acompanhá-lo nas anotações.

— Podemos espalhar panfletos pela escola, durante a semana, e comunicar nas aulas — Ravi acrescentou.

Takeshi anotou tudo rapidamente.

— Eu posso ligar hoje para o local e confirmar o aluguel — Hajoon se pronunciou, tirando seu bichano do colo para pegar o celular no bolso ao receber um aceno do ruivo.

— O que eu posso fazer? — Bonhwa indagou enquanto apoiava o queixo em suas mãos e olhava para os amigos sentados no chão.

— Você pode cuidar da pipoca, no dia — Yoona sugeriu, e o outro assentiu. — Ravi fica com os ingressos, pois é bom com números. Eu, Takeshi e Hajoon coordenamos o lugar durante a sessão.

— Ah! Nos panfletos, podemos colocar o número de algum de nós para que as pessoas sugiram filmes! — Ravi deu a ideia, mas Yoona negou antes que Takeshi anotasse aquilo no bloco de notas.

— Muito vago, existem centenas de filmes — disse.

— Podemos dar opções — Takeshi rebateu e recebeu a atenção da menina, de Ravi e Bonhwa, já que Hajoon se afastara para falar ao telefone. — Nos panfletos, com o número. Indicamos que é para mandar uma mensagem, escolhendo um dos três filmes sugeridos.

— Você é um gênio! — Yoona bateu palmas, animada. — Quais filmes?

— Um com temática LGBTQIA+, por favor! — Ravi implorou, juntando as mãos e piscando os olhos de maneira inocente.

— Claro! Se não, não seríamos nós. — Takeshi riu. — Mas qual?

— Nada muito *cult* ou antigo, porque são poucos que gostam — devolveu Yoona, coçando a nuca enquanto tentava se lembrar de algum filme. — Tem que ser algo adolescente, mas, ao mesmo tempo, interessante.

— "*Com amor, Simon*" — sugeriu Bonhwa. As três outras cabeças se viraram para ele e os sorrisos foram imediatos.

— Temos muitos gênios entre nós — Takeshi suspirou ao dizer enquanto anotava o filme. — Os outros podem ser mais atuais também, porém com temáticas bem distintas, tipo...

— Zumbis! — Ravi falou e completou logo em seguida: — "*Guerra Mundial Z.*"

— E outro distópico. Todo mundo gosta. — Yoona deu de ombros. — Menos eu. Espero que não escolham esse.

— Hm... "*Jogos Vorazes*"? — Takeshi sugeriu, após pensar um pouco.

— É, pode ser esse lixo aí — Yoona suspirou enquanto fitava as próprias unhas.

— Respeite a minha Jennifer[8]! — Ravi exclamou e deu um tapa no joelho da menina.

— E você me respeite, ora! Onde já se viu me bater desse jeito? — a garota brincou e devolveu o tapa na nuca do garoto, em seguida.

Takeshi riu alto e abanou a cabeça enquanto guardava seu bloco de notas depois de anotar todos os filmes. Assim que Yoona e Ravi pararam de discutir, voltaram a falar sobre o evento para decidir quem faria os panfletos. Yoona ficou com aquela função, pois já tinha terminado seu trabalho de História e teria mais tempo livre. Além disso, ela morava perto de uma gráfica barata, na qual poderia imprimir muitas cópias, sem problema algum.

— E aí? — Bonhwa perguntou para Hajoon quando o mais velho se aproximou, após desligar o telefone.

— Tudo certo e confirmado. O preço é ótimo e está muito abaixo do nosso limite, o que significa que o lucro vai ser imenso, se tudo der certo.

Todos ficaram extremamente animados.

— O pagamento pode ser feito no dia — completou.

— Ótimo! — Takeshi soltou.

— Agora podemos comer? — Ravi choramingou, sentindo-se esfomeado.

— Posso pedir pizza, que tal? — Hajoon sugeriu, e o olhar que recebeu dos mais novos foi o suficiente para entender que já devia estar fazendo aquilo. — *Okay, okay*, estou indo!

Takeshi riu enquanto balançava a cabeça e se deitava no sofá com a cabeça no colo de Bonhwa. O mais alto — que era Bonhwa, pois Takeshi não

[8] Jennifer Lawrence, atriz protagonista da franquia *Jogos Vorazes* (2012).

foi muito bem "abençoado" no quesito altura — acariciou seus cabelos e o fitou com um sorriso retangular desenhando os lábios.

— Você vai investir em Junwoo?

Takeshi suspirou.

— Não sei, Bon. Ele parece ser... difícil.

— Difícil de conquistar?

— Difícil de entender.

— Eu só... queria que você tomasse cuidado — respondeu enquanto seus dedos se emaranhavam nos fios ruivos do melhor amigo. — Você já se machucou tanto... sem merecer.

— Não acho que Junwoo faria algo com a intenção de me machucar — rebateu, fechando os olhos para apreciar o cafuné do outro.

— Eu também não, mas ainda acho que ele poderia fazer algo que te machuque. Como você disse, ele é difícil de entender — complementou, prensando os lábios no fim da frase, mostrando-se preocupado.

— Eu acho que, se fizesse isso, não seria ele — concluiu.

Takeshi se sentia estranho ao dizer coisas assim, pois sabia que não conhecia Lee Junwoo o suficiente para deduzir aquilo, mas, de certa forma, Ishikawa confiava em suas observações, pois com elas tirara conclusões como aquela em que Junwoo não era uma má pessoa e que sua falta de conhecimento não era ignorância, mas sim privação. E não uma privação própria, mas vinda de um superior: seu pai, provavelmente, por causa da conduta religiosa.

Takeshi não achava que todos os religiosos eram rígidos daquela maneira, tinha certeza de que não, pois seus pais eram crentes; no entanto, sabia que existiam muitas exceções e algumas bem absurdas — como imaginava ser o caso de Junwoo. Afinal, como era possível prenderem tanto um menino, a ponto de ele não saber qual era a maior plataforma virtual que as pessoas de sua idade utilizavam? Sem contar a falta de conhecimento de Junwoo sobre a história do mundo em que vivia. Afinal, notara que ele nunca estudou aquele assunto — o fascismo — antes. Por Deus, Takeshi vira aquilo no nono ano! Não da mesma maneira, de fato, porém o suficiente para ter uma noção bem concreta, naquela fase de sua vida, do que se tratava o tal assunto.

No entanto, não conhecia Junwoo o suficiente, então não podia julgá-lo ou julgar sua família sem conhecê-los. Mas Takeshi desejava mais que tudo se aproximar do garoto e não descansaria até conseguir. Sabia que Bonhwa o acompanharia naquilo dali para frente, pois o mais novo sempre cuidava dele — por mais mísera que fosse a ação, como colocar um *Band-Aid* em seu dedo.

E, para Bon, perceber que Takeshi já estava interessado no novato era um sinal de que devia estar por perto, pois sabia que Junwoo poderia ser bom o suficiente para fazer Takeshi cair de amores por ele. Caso não o correspondesse, Bonhwa estaria, ali, para colocar outro *Band-Aid* no melhor amigo, mas, dessa vez, em seu coração — ou no cérebro, pois Takeshi sempre dizia que o amor que sentíamos por outras pessoas vinha de nosso cérebro. *"O coração serve apenas pra bombear nosso sangue para todo o resto do corpo"*, era o que ele sempre dizia. E Bonhwa sempre ria, pois sabia que era verdade, mas preferia fazer uso da metáfora criada milhares de anos antes, para deixar toda a situação mais romântica e dolorosa.

— Sabe que vou estar aqui, caso ele vacile com você, né? — insistiu.

— Eu sei, Bon. E sabe que eu te amo por isso — respondeu Takeshi, sorrindo largo para o menino que o encarava de cima.

— Só por isso? — Bonhwa fingiu indignação.

— Não, Bon, eu amo todo o seu jeitinho — Takeshi choramingou e pegou a mão enorme do outro, que ainda acariciava seu cabelo, beijando-a. — Sua amizade é essencial pra mim.

Talvez Takeshi e Bonhwa fossem os mais próximos dentro daquele grupo de amigos. Era óbvio que todos eram íntimos, mas, em todos os grupos, havia sempre uma dupla ou um trio que era mais chegado, como era o caso dos dois mencionados. As conversas fluíam com mais facilidade e a intimidade entre os dois era algo que acontecia desde o primeiro momento de contato.

Eles foram os primeiros do grupo a se juntarem, depois de descobrirem que ambos estavam interessados no mesmo menino. Os dois acabaram descobrindo que o garoto em questão saía com ambos e se dizia apaixonado por eles, sem que um soubesse que o outro também estava envolvido. Quando descobriram a verdade, se juntaram e deletaram o garoto de suas vidas. A amizade foi imediata.

— Eu sei! — Choi riu, dando de ombros.

— Idiota! — Jogou a mão do outro para longe e cruzou os braços, fingindo estar emburrado.

— Ah, eu *shippo*! — Ravi exclamou, atrapalhando o momento amizade.

Bonhwa e Takeshi se encararam, com as sobrancelhas arqueadas, enquanto criavam cenas em suas próprias mentes, nas quais ambos eram mais que amigos e se envolviam em momentos românticos. O resultado foi ambos dizendo em uníssono: — Eca!

— Isso mostra que Takeshi é um fresco, porque, vamos combinar, nosso Bon é uma delícia — pronunciou Yoona, se jogando ao lado dos dois, no sofá, e deitando a cabeça no ombro de Bonhwa; ele corou.

— Ah, que lindo! Agora, beija! — Takeshi exclamou e bateu palmas.

Yoona e Bonhwa se olharam e o silêncio que caiu sobre os dois, somado às expressões sérias; foi um tanto assustador aos olhos de Takeshi e Ravi, que se encararam com os olhos esbugalhados. Bon engoliu em seco, assim que seus olhos caíram nos lábios finos e rosados de sua melhor amiga, e as bochechas pálidas da garota adquiriram um tom escarlate que não era, comumente, visto em seu rosto.

Takeshi estava quase gritando quando o momento foi interrompido pela campainha e um grito de Hajoon da cozinha:

— Pizza!

CAPÍTULO 6

!

Junwoo acordou com fome, muita fome. Ele fez sua higiene matinal, desceu e encontrou somente a mãe na cozinha. A mesa já estava colocada, então deduziu que seu pai já tinha comido e ido para a igreja, o que era comum que fizesse em sua antiga cidade. No domingo, muitas pessoas costumavam chegar cedo para o culto, então Daejung preferia sair o quanto antes.

— Bom dia! — murmurou e se sentou à mesa, franzindo o cenho ao não receber uma resposta de sua progenitora.

Sua mãe estava de costas para ele enquanto olhava algo dentro da geladeira. Junwoo, ocupado com o ato de pegar um pouco de *kimchi*, não percebeu que ela segurava o salame que ele tinha comido dois dias antes.

— Foi você? — a voz saiu rude o suficiente para ele parar e olhar para ela, assustado.

Quando ele viu o salame nas mãos da mais velha, sentiu o corpo congelar. O garoto lembrava-se de, no dia anterior, achar que sua mãe havia visto o salame pela metade e tinha decidido apenas ignorar aquilo, no entanto, seria bom demais para ser verdade. Aparentemente, ela não havia visto antes e viu naquele momento em que Junwoo não fazia ideia do que dizer a ela.

— E-eu...

— Foi você, Junwoo? — ela perguntou mais alto enquanto fechava a geladeira e se virava com o salame na mão.

— E-eu t-tava com f-fome — tentou dizer, mas sua voz saiu extremamente baixa; sua mãe riu irônica.

— Quando foi isso? — indagou seca, colocando o salame na mesa. — Levante, pare de comer.

Junwoo obedeceu imediatamente, sentindo o estômago protestar quando deixou seu prato de lado.

— Q-quinta, d-depois do j-jantar.

Ele desviou o olhar da mais velha, fitando os próprios dedos.

— Depois do jantar? Você veio escondido pegar mais comida, depois de já ter comido? — gritou, apontando o dedo para a geladeira e, em seguida, para o filho.

Junwoo sentiu o coração acelerar e as mãos suarem, levando-o a não saber como agir perante aquela situação. Ele encarava a mulher enquanto confirmava a pergunta dela sem respondê-la verbalmente, irritando-a ainda mais.

Ela deu um tapa forte na mesa, fazendo com que o garoto pulasse em seu próprio lugar, abraçando o corpo. Jiyoon era uma mulher bruta e Junwoo tinha medo. Medo do lado violento da mãe, de quando ela brigava com ele e acabava lhe dando um tapa na boca ou no braço. Não era como se fosse a coisa mais dolorosa do mundo — pelo menos, não fisicamente —, mas ainda sentia dor, porque era sua mãe. Sabia que a mãe de Syaoran não era assim, então, frequentemente, Junwoo se perguntava: *uma mãe deveria ser daquela forma?* Essa era a maneira certa de educar um filho? Com violência?

Ele não sabia o que pensar sobre aquilo, por mais que seu melhor amigo já tivesse lhe dito que era totalmente errôneo, que violência não resolvia coisa alguma.

— Você sabia que tem milhões de pessoas passando fome? E veio pegar mais comida quando já estava bem alimentado? — ela continuou gritando enquanto se aproximava do filho até este estar com as costas grudadas, na parede, ao lado da geladeira. — Hein, Junwoo?

— S-sim, m-mãe. M-me desculpe... — Junwoo tentou, e seu corpo se curvou quando sentiu o primeiro tapa em seu braço.

— Não é para mim que você tem que pedir perdão, Junwoo! É para Deus!

Mais um tapa foi desferido no braço do menino e ele sentiu o peito apertar de dor. Dor emocional.

— Vá para a igreja agora! E sem comer!

Cinco minutos depois, Junwoo já estava na rua, caminhando em silêncio e com lágrimas dolorosas escorrendo pelo seu rosto.

Ele não sabia nem o que dizer a si para se consolar. Era sua mãe ali! Ela havia batido nele, porque ele sentiu fome, e aquilo estava soando como algo extremamente absurdo em sua mente. Sentia-se — provavelmente — como a menina humilhada por Dyul, só que pior, porque era a sua mãe.

E, ali, caminhando até a igreja, imerso em seus próprios pensamentos, Junwoo pensou em seus amigos e no que eles fariam, caso vissem o que sua mãe havia feito. E o estranho, para o garoto, era que não era a primeira vez que acontecia, mas sim que questionava se aquilo era certo, se ele merecia.

Quando chegou à igreja, teve de limpar as lágrimas que ocupavam seus olhos para impedir os questionamentos de desconhecidos. O local já estava bem cheio e ele teve que pedir desculpas a algumas pessoas em que esbarrou por acidente, no caminho, até o último banco do local. Acomodou-se e fungou, piscando os olhos, como se aquilo fosse espantar a vermelhidão que os preenchia após o choro.

— Junwoo, *oppa*[9]! B-bom dia! — Bora apareceu radiante, como não estava no dia anterior e, para sua sorte, Junwoo sentiu-se mais confortável em estar ali. Ele cumprimentou a menina, concedeu o lugar ao seu lado e sorriu fraco quando ela disse que seus pais estavam sentados na primeira fileira, mas que não queria ficar naquele assento.

Quando o pai de Junwoo apareceu e propôs uma oração em grupo, antes de começar a falar, Junwoo não conseguiu se concentrar. Ele fechou os olhos, como todos ali, mas seus pensamentos estavam em outro lugar, em outras pessoas, não em Deus. E, quando Daejung começou a lecionar, aquilo não mudou.

Junwoo brincava com alguns fios soltos de sua calça social, pensando que, naquele momento, preferia estar na escola junto de seus amigos. Poderia estar conversando com Yoona sobre seu trabalho concluído ou aprendendo mais coisas com Takeshi — passou a considerar a ideia de falar com Takeshi a respeito da reação de sua mãe e perguntar o que ele achava, já que parecia ter um conhecimento amplo do mundo e das pessoas, o que Junwoo não possuía, mas estava tentando.

— A Bíblia diz: "não poupeis a vara a vossos filhos", pois quem se nega a disciplinar ou repreender o filho, não o ama — dizia Daejung, em alto e bom som, recebendo "amém" como resposta de alguns fiéis no local.

Ao ouvir aquelas palavras, Junwoo ergueu a cabeça e aguçou a audição. Então, Deus achava que o certo para educar os filhos era discipliná-los com uma "vara"? Em outras palavras, bater? Então, sua mãe estava certa?

Ele engoliu em seco, sentindo o peito se comprimir de dor e uma sensação desagradável ocupar seu ser; respirou fundo e apertou as mãos uma na outra, desviando o olhar de seu pai que continuava a falar sobre a disciplina dos filhos e em como eles mereciam, sim, "levar a vara" quando erravam.

— Não concordo com isso.

Junwoo olhou para Bora de maneira assustada, estranhando a forma firme como a menina havia pronunciado aquelas palavras, por mais que tivesse sido em um volume baixo, afinal, ela sempre gaguejava ou se mostrava tímida para dizer algo a seu respeito, mas ali estava ela, séria, olhando para frente ao se pronunciar.

---

[9] *Oppa*: pronome de tratamento coreano, usado por uma moça mais nova ao dirigir-se a um rapaz mais velho.

— Nunca desrespeitei meus pais, mas minha mãe já me disse que, se eu o fizesse, não seria batendo em mim que eles me disciplinariam — explicou, ainda olhando para frente, sem ouvir exatamente o que Daejung dizia, assim como Junwoo. — Acredito que meu pai pense da mesma maneira que o seu, mas eu... não concordo.

Era a primeira vez que Junwoo ouvia alguém dizer que não concordava com algum dizer sagrado ou com seu pai, o que o chocou de primeira, mas o fez refletir logo em seguida. Ele também não concordava, mas não sabia que *podia* não concordar. Achava que deveria seguir tudo o que Deus havia dito, ao pé da letra, que deveria obedecer aos seus pais, não os contradizer e, muito menos, enfrentá-los. Mas, ali, estava ele, pela primeira vez, discordando de algo que seu pai havia dito e que sua mãe havia feito.

— Eu também não — ele respondeu, finalmente, recebendo um olhar singelo e um sorriso doce de Bora.

Quando o culto terminou e seu pai ficou imerso em conversas com os fiéis, Junwoo seguiu para o jardim, ao lado de Bora, enquanto ouvia a menina contar sobre a animação que havia assistido com Somi, dois dias antes. Ele sorria ao ouvi-la, sentindo-se curioso para tentar passar pela mesma experiência, afinal, nunca tinha ido ao cinema.

Os dois se sentaram no banco do jardim, embaixo da fonte central, recebendo olhares maliciosos de alguns adultos que passavam por ali, os quais achavam que a troca de palavras entre os dois adolescentes carregava segundas intenções.

— Você conhece aquele menino? Ele está olhando pra cá há um tempo.

Bora apontou para o portão da igreja e Junwoo acompanhou o gesto, vendo a última pessoa que ele imaginaria ver ali: Takeshi.

Takeshi estava parado, encostado no portão aberto da igreja, de braços cruzados e com um sorriso leve no rosto por ver Junwoo ali. Imediatamente, este olhou para trás, certificando-se de que seu pai permanecia do lado de dentro, conversando com quem quer que fosse. Quando confirmou aquilo, levantou-se e disse a Bora que logo voltaria. A morena não se incomodou e disse que ligaria para Somi enquanto ele conversava com seu amigo.

— Oi — disse o mais velho, assim que Lee parou de frente para ele.

— Oi! O-o que faz aqui? — perguntou tímido.

— Não posso vir à igreja? — Arqueou uma sobrancelha, sem tirar o sorriso que nunca deixava seus lábios.

Junwoo corou.

— N-não! Claro que pode! É s-só que eu não imaginava q-que...

Takeshi interrompeu-o:

— Que eu frequentava a Igreja? Ah, mas não frequento. — Ele parou de brincar com a cara do menino e riu, aliviando a expressão do outro.

— N-não?

Takeshi franziu o cenho, vendo a expressão de dúvida do moreno para ele. Junwoo estranhou, já que, uma vez, seus pais lhe haviam dito que quem não frequentava a igreja não estava no caminho certo que Deus construiu para a raça humana.

— Não! — Takeshi repetiu, apenas. — Eu só estava de passagem, pois estava indo para a casa do Bonhwa.

— Ah, sim...

— Mas como foi a missa? — indagou, tombando a cabeça para o lado. Ele não era alguém que poderia ser considerado como incluso em alguma religião ou nos assuntos que a envolvia, apenas respeitava todas elas e não seguia nenhuma. Por mais que discordasse de muitos ensinamentos de diferentes vertentes, não dedicava seu tempo a criticá-las, no entanto, se fosse preciso debater a respeito de coisas que achava errôneas, estaria sempre disposto.

— É culto — Junwoo corrigiu-o, tímido.

— Isso! Me desculpe! — Takeshi coçou a nuca, rindo e se contendo para não dizer o quanto Junwoo ficava fofo quando estava tímido, ou seja, na maior parte do tempo. — Como foi?

Junwoo pensou e repensou. Ele deveria dizer o quanto discordava das palavras que foram ditas dentro da casa sagrada? Bora não viu problema em lhe dizer aquilo, por mais que fosse alguém que frequentasse a igreja e que, supostamente, deveria concordar com tudo que era dito lá dentro. Então, talvez, não houvesse problema em dizer a Takeshi, já que este nem ao menos frequentava o local e não era obrigado a concordar com tudo que era ensinado lá. Talvez, Takeshi tivesse outra opinião a respeito do tal assunto, que pudesse clarear a mente de Junwoo.

— E-eu não... — tentou começar, desviando o olhar do ruivo. — Eu não... Não concordo com o que m-meu pai ensinou hoje.

Takeshi arregalou os olhos, extremamente surpreso. Ele não esperava que aquelas palavras deixassem a boca do outro, pelo menos, não tão cedo; continuou surpreso, encarando-o, sem saber o que dizer, por alguns segundos.

— E o que ele ensinou hoje? — perguntou, finalmente.

— Ele disse que... a Bíblia diz que "não se deve poupar a vara aos filhos na hora d-de discipliná-los" — explicou, fitando as próprias mãos enquanto esperava uma resposta do amigo, que não veio tão cedo.

Takeshi encarava-o em silêncio, com os pensamentos turbinando em sua pobre mente. De fato, não concordava nem um pouco com o ensinamento mencionado, mas tinha certo receio. Junwoo estava questionando um ensinamento que seu pai passara e que, provavelmente, aplicava nele. Se dissesse que não concordava com aquilo, influenciaria o garoto e faria com que Junwoo contestasse os próprios pais no futuro, e levasse tapas ou o que quer que fosse deles.

Quis gritar, mas, também, opinar, mostrar para Junwoo que não havia somente um ponto de vista e que, muitas vezes, o que era dito dentro daquele local que ele frequentava todo domingo, nem sempre estava certo. Então, começou manso: — Não acho isso correto.

Junwoo encarou-o no mesmo momento.

— Nada se resolve com o uso da violência, Junwoo. Absolutamente nada. Violência gera mais violência, nunca ouviu esse ditado?

— S-sim, Syaoran já me disse isso.

— Ele está certo. Nada é resolvido quando se usa a violência. É um ato sujo, que causa revolta e machuca. Não devemos ferir as pessoas, muito menos nossos próprios filhos. — Takeshi se desencostou do portão e colocou as mãos dentro do bolso do moletom que usava. — Isso só vai torná-los mais violentos e fazer com que tratem outras pessoas da mesma maneira. O mundo é regado de guerras desde o começo da humanidade, e você acha que isso serviu pra algo? A matança toda, as torturas... elas resolveram algo? Não! Só causaram mais revolta. A violência não é a solução para nada, Junwoo.

Junwoo prensou os lábios, se sentindo estranhamente confortável com as palavras do outro. "*Violência não resolve nada*", a tal frase ficou se repetindo na mente dele como um mantra, enquanto a cena de sua mãe batendo em seu braço se repetia em sua cabeça. O ato violento dela não resolveu nada, afinal, pois ele sabia que, se enfrentasse uma situação de fome, como da última vez, faria a mesma coisa novamente.

— Aquela é sua amiga? — Takeshi perguntou, desviando o assunto ao ver a expressão alheia, que era similar à expressão de alguém que tentava resolver um cálculo muito complicado.

O mais novo se virou para onde ele havia apontado, vendo Bora falar, animada, com alguém ao telefone, com um sorriso largo nos lábios.

— Sim, meu pai me apresentou ontem.

A resposta fez Takeshi engolir em seco, pois conseguiu imaginar a intenção de Daejung ao apresentar uma garota a Junwoo. Ele se sentiu mal por deduzir aquilo de imediato, mas foi inevitável, após descobrir o quão antiquado o pai de Junwoo poderia ser.

— Entendi — murmurou, observando a menina virar na direção deles ao desligar o telefone.

Ela não caminhou até eles, mas acenou timidamente para Takeshi que, obviamente, sorriu de maneira simpática e correspondeu ao aceno, por mais que estivesse sentindo uma quantidade de inveja absurda dentro de seu ser. A garota era linda e, provavelmente, ficaria com Junwoo em um futuro próximo. Aquilo era tudo que Takeshi mais desejava, mas que também acreditava ser impossível.

— Qual é o nome dela? — o ruivo perguntou, voltando sua atenção para Junwoo.

— Bora.

Takeshi franziu o cenho e observou mais a garota enquanto ela voltava a se sentar no banco embaixo da fonte, notando que seus traços se tornaram familiares e o nome não lhe soava estranho. Dando de ombros e imaginando que aquilo era coisa de sua cabeça, voltou a olhar para Junwoo.

— Já terminou o trabalho de História?

— Sim, consegui terminar, ontem, à noite — respondeu Junwoo.

— Que garoto inteligente, nem precisou da minha ajuda! — brincou, cutucando a costela do outro, que riu por causa da rápida cosquinha.

— E-eu usei muito o livro que você me deu — ele contou, e o mais velho sorriu, achando encantadora a forma como o menino abraçou o próprio corpo para se proteger de mais cutucadas.

— Sinto-me útil agora. — Piscou, sorrindo.

— Mas você sempre foi, Takeshi-*ssi*. Você é meu amigo, né? — Junwoo soltou, sorrindo também.

Takeshi quis chorar. Como ele conseguia ser tão fofo?!

— É claro que sou, Junwoo. Estarei sempre aqui pra te explicar o que for. — Bagunçou o cabelo do outro e, quando este ia respondê-lo, o celular de Takeshi emitiu inúmeros sons de notificações. — Dois segundos — pediu.

Junwoo assentiu e o observou pegar o aparelho.

A expressão do mais baixo caiu, após ler alguma coisa na tela, então ele respirou fundo, digitou algo e fitou Junwoo rapidamente, antes de dizer: — Eu tenho que ir.

Junwoo se sentiu um tanto desanimado, pois gostava de estar na presença dele, por mais arriscado que fosse, mas a expressão de Takeshi se tornara tão diferente de um segundo para o outro — o sorriso deu lugar a lábios franzidos de preocupação —, que Junwoo apenas assentiu e acenou, conforme ele se afastava.

Takeshi correu o mais rápido que pôde até a casa de seu melhor amigo, o qual, naquele momento, precisava dele mais do que nunca.

Junwoo voltou a se sentar ao lado de Bora, sentindo-se incomodado com a forma como o amigo teve que ir embora. Será que era algo sério? Alguém se machucou? Aquilo martelou a mente do menino até o dia seguinte, quando entendeu o motivo de Takeshi ter ido daquela maneira afobada para a casa de Bonhwa.

!

O dia seguinte começou tranquilo — se os pensamentos de Junwoo não fossem levados em conta, já que estavam turbinados. O primeiro tempo seria de geografia e, assim que chegou à sala de aula, viu seu grupo de amigos.

Grupo de amigos: era muito bom pensar naquilo.

Junwoo sorriu discretamente e foi se sentar ao lado de Yoona, que dizia algo a Ravi. O menino achou estranho que só os dois estivessem presentes, pois costumavam chegar todos juntos ao colégio. Ignorando aquilo e a imediata vontade de perguntar onde Takeshi estava, para poder saber o que tinha acontecido no dia anterior — por mais que sua mente insistisse em lhe dizer que não era de sua conta —, ele se acomodou na cadeira.

— ... e ele me disse que os vizinhos chamaram a ambulância, Ravi. A coisa foi séria.

Os ouvidos de Junwoo captaram o final da fala de Yoona e, imediatamente, ele ficou preocupado, pois seu cérebro associou aquilo ao fato de que Takeshi e Bonhwa não estavam ali.

— Mas... — Ravi ia continuar o assunto, mas viu Junwoo e cessou a fala. — Bom dia, Junwoo-*ah*[10].

Min Yoona, que não havia visto o outro ainda, virou-se para ele e sorriu fraco.

— Bom dia... — Junwoo respondeu, mas não conseguiu sorrir. — E-está tudo bem? — ousou perguntar, sem conseguir se conter. — Onde estão Takeshi e Bonhwa?

Yoona e Ravi se entreolharam, conversando através de olhares preocupados que fizeram com que o novato se sentisse um tanto excluído. Ele coçou a nuca, envergonhado, resolveu focar em tirar o material de sua bolsa e arrumá-lo em sua mesa para a aula que começaria em instantes, mas a voz de Yoona interrompeu sua ação:

— Houve um... acidente.

— Acidente? — insistiu, enquanto a preocupação o invadia com força. — Takeshi está bem? E Bonhwa?

Mas, ao mesmo tempo, Junwoo estranhou, pois se fosse algo grave, Ravi e Yoona estariam com eles, não? Então, antes que Yoona respondesse, Takeshi entrou na sala: ele parecia extremamente para baixo, com bolsas embaixo de seus olhos, denunciando a noite mal dormida e a frustração visível em suas feições. Seu olhar estava fixo no chão e ele o levantou rapidamente apenas para detectar onde seus amigos estavam sentados. Quando os viu, caminhou em silêncio até se sentar em frente a Junwoo.

Os outros três estavam em silêncio enquanto encaravam o ruivo, à espera de alguma fala, tentando pensar em algo que pudessem dizer.

Junwoo se sentiu mais preocupado que nunca e, ao mesmo tempo, frustrado, pois sempre viu aquele garoto alegre, e vê-lo cabisbaixo daquela maneira era extremamente angustiante. Até suas roupas estavam diferentes. Takeshi sempre usava vestimentas com cores chamativas, por mais "femininas" que fossem — aos olhos ingênuos de Junwoo —, então, vê-lo apenas com cores escuras alertou o espírito do garoto.

---

10 *-ah*: prefixo da fala informal coreana, usado com pessoas com quem se tem intimidade.

— Takeshi...? — Yoona tentou chamá-lo, mas não obteve resposta.

Junwoo, em um impulso total, esticou o braço e pousou-o sobre o ombro de Takeshi, espalmando seus dedos e o apertando de leve, mostrando que estava, ali, para apoiá-lo. Afinal, se ele era alguém que estava sempre alegre, deveria ser algo sério para estar cabisbaixo daquele jeito.

O ruivo imediatamente virou o rosto para o lado, deixando o olhar cair sobre a mão de Junwoo que, por achar que o outro estava rejeitando seu toque, tirou-a dali rapidamente. Mas, para a sua surpresa, Takeshi segurou seu pulso, antes que afastasse o toque e colocou-o de novo sobre o próprio ombro, exibindo um sorriso fraco.

Junwoo sentiu o peito aquecer com aquela sensação que acostumara a sentir quando se tratava de Takeshi. Nem sequer sabia o que era, mas gostava muito e deduzia estar ligado à forma como o garoto o acolhera quando ele chegou a Seul.

— Eu estou bem — Takeshi se pronunciou, aliviando as expressões dos três amigos. — Mas Bonhwa...

Como se tivesse sido um chamado, Bon adentrou a sala, assustando os que o fitaram, pois ele estava acabado. Além do cabelo bagunçado e as olheiras profundas, carregava uma série de arranhões pelo rosto e um hematoma enorme em seu pescoço com marcas de uma mão.

Junwoo se assustou com o quanto o garoto parecia violado, completamente destruído, e soube, imediatamente, que aquilo fora obra de alguma outra pessoa. Uma pessoa horrível. Teria sido esse o acidente e o motivo de Yoona estar comentando sobre uma ambulância?

Junwoo sabia que não era de sua conta, mas queria saber o motivo do amigo estar daquela maneira e não parecer, ao menos, se importar com aquilo, pois somente se sentou ao lado de Takeshi e sorriu para os outros três, como se não estivesse daquela maneira, recebendo olhares de todos os alunos presentes na sala de aula.

— Bom dia — ele disse, apenas, com a voz mais rouca que o normal.

Junwoo franziu as sobrancelhas, confuso por causa da ação do garoto. Takeshi também tinha o olhar fixo em Bonhwa, um olhar que carregava tristeza, e aquilo era visível para os outros amigos. Era totalmente perceptível que tinha algo de errado com ele, e Junwoo queria perguntar, mas sabia que aquilo não era o certo a se fazer naquele momento. Então, ficou quieto e assistiu à sua aula em silêncio, sentindo a tensão pairar entre o grupo.

!

No intervalo, todos estavam no pátio enquanto conversavam sobre a provável nota que tirariam no trabalho de História que haviam entregado mais cedo. Junwoo não sabia o que dizer, pois ele não conhecia a forma como

Hajoon avaliava seus alunos e não tinha ideia se seu trabalho estava bom o suficiente para receber uma nota alta.

— Vocês já espalharam os panfletos? — Ravi perguntou, terminando o assunto sobre as notas.

— Sim, espalhei assim que cheguei — respondeu Yoona, dando uma mordida em seu sanduíche.

— Panfletos? — Junwoo perguntou curioso.

— Ah, sim! — exclamou, enquanto pegava sua mochila e tirava um papel de lá, entregando-o a ele. Aparentemente, era um convite para uma... sessão de cinema ao ar livre?

— Cinema? — Junwoo animou-se imediatamente, mas, assim que leu o horário, sua expressão caiu. — E-eu... não vou poder ir.

Era mais do que óbvio que seus pais não o deixariam ir a um evento com seus novos amigos na parte da noite de uma sexta-feira. Ele suspirou cabisbaixo, com um bico inevitável tomando seus lábios.

Takeshi observou-o, desapontado, sabendo qual era o provável motivo de Junwoo dizer que não poderia ir.

— Seus pais? — soltou, recebendo um olhar triste de Junwoo que, logo em seguida, assentiu. — Por que não tenta... conversar com eles? Adiante seus deveres e peça em seguida — sugeriu Takeshi.

— Comigo funciona. — Ravi deu de ombros.

— Comigo não vai funcionar — respondeu certeiro.

Recebeu um olhar desolado dos outros, menos de Bonhwa.

Choi estava absorto em seus próprios dedos, com uma expressão caída, como havia estado o dia todo. Além do "bom dia" que tinha dado ao chegar, ele não abriu mais a boca. Não prestava atenção nas conversas que surgiam dentro do grupo e, muito menos, participava. Nenhum de seus amigos ousou intervir em seu momento silencioso e distante, respeitando-o, e não seria Junwoo quem quebraria aquele padrão, por mais que seu interior estivesse se corroendo para saber o que tinha acontecido com o amigo.

— Bonhwa... — a voz de Ishikawa soou baixa, em alerta.

O garoto ergueu o olhar para onde Takeshi havia apontado discretamente, assim como todos do grupo. No começo, não entenderam bem o que ele quis mostrar, mas, assim que avistaram um homem enfurecido caminhar na direção deles, aquilo mudou.

Bem, Junwoo continuou sem entender, mas se levantou, assim como os outros, todos parecendo estar em estado de alerta. Takeshi e Ravi se colocaram na frente de Bonhwa e Yoona segurou o pulso de Junwoo, puxando-o para mais perto de si.

Junwoo estava perdido.

— Saiam da frente agora! — o homem gritou, ameaçando avançar para cima de Takeshi ou de Ravi. — Eu quero falar com o meu irmão!

Junwoo entendeu que aquele era o irmão de Bonhwa, e o mais assustador era que ele parecia tão machucado quanto o outro. Então, o incidente do dia anterior também tinha a ver com ele. Se Junwoo fosse deduzir — o que já estava fazendo enquanto se encolhia perto de Yoona —, diria que ambos haviam brigado por algum motivo, pois os mestiços pareciam extremamente dedicados a proteger o amigo.

Bonhwa carregava uma feição séria que Junwoo jamais tinha visto em seu rosto, o que causou calafrios ao novato. *O que estava acontecendo?*

— Você não vai tocar nele, Jiyong! — Takeshi esbravejou, e Junwoo assustou-se ainda mais por causa da forma como ele se pronunciou. Parecia assustador.

— Você não tem direito nenhum de opinar sobre o que está acontecendo aqui, *seu bicha*. Já não basta ontem! — ele exclamou enquanto dava mais um passo na direção de Takeshi, que não se moveu. — Pega as suas roupinhas rosa de mulherzinha e sai daqui, porra!

Takeshi não vacilou, nem por um segundo.

— Você que não tem direito nenhum de tocar no Bonhwa, seu babaca — interveio Ravi, apontando um dedo para o garoto alto que se assemelhava a um brutamonte. — Saia daqui! Ou prefere que a gente chame a polícia? Ou melhor, uma ambulância?

O tal Jiyong ficou vermelho de raiva.

— Você acabou de me chamar de louco? — Em um gesto rápido e calculado, ele pegou Ravi pelo colarinho da blusa e aproximou seus rostos, olhando para o estudante de cima, parecendo mais assustador que antes. — Hein, seu *imigrantezinho* de merda?!

Impulsivamente, Junwoo deu um passo à frente, sentindo um nervoso ocupar todo o seu sistema, ao ver um amigo em perigo, no entanto, Yoona apertou seu pulso e balançou a cabeça negativamente para ele.

— É isso que você é: louco — Ravi desafiou.

Jiyong levantou o punho enquanto era observado não só pelo grupo de amigos, mas por todos os presentes no pátio.

Junwoo arregalou os olhos e soltou-se de Yoona. Logo depois, seu corpo estava indo sozinho até o garoto mais velho. Mas, antes que conseguisse, Takeshi avançou e empurrou Jiyong de encontro ao chão, segurando seus pulsos contra o gramado enquanto soltava uma espécie de rosnado, enfurecido.

— Eu não sou nem um pouco a favor da violência, mas, se você tocar de novo em qualquer um dos meus amigos, vai se ver comigo — disse de maneira lenta e ameaçadora.

O pátio estava em silêncio enquanto as pessoas, assustadas, observavam a cena com pena ou dor nos olhos, porém Junwoo avistou, ao fundo, Hajoon caminhar em direção ao grupo, com dois seguranças e o diretor ao seu lado. Naquele momento, soube que ficaria tudo bem.

Ainda com o instinto de proteger seus amigos, ele se colocou ao lado de Bonhwa e tocou seu ombro, hesitante. Este, que encarava a cena com o maxilar travado e lágrimas acumuladas nos cantos dos olhos, fitou-o ao sentir o toque. Sua expressão suavizou, mas a dor e o desespero ainda eram visíveis. Junwoo só quis protegê-lo. Estava tão focado na sensação em seu peito de querer proteger seu amigo, que não viu quando Jiyong empurrou Takeshi para se levantar e ir até ele e Bonhwa. Afastou-o de Bon com um bruto empurrão e, logo em seguida, deu um soco no nariz do irmão.

O coro de sons surpresos e de exclamações foi alto, o que fez com que a dupla de seguranças, Hajoon e o diretor corressem até eles, no entanto, antes de chegarem, Jiyong depositou mais um soco no rosto de Bonhwa, arrancando sangue de sua boca, rasgando sua pele com o anel que usava.

Junwoo estava chocado, caído no chão. Ele não conseguia se mover, não conseguia acreditar que um irmão estava fazendo aquilo com outro, com uma pessoa tão boa quanto Bonhwa.

Takeshi tentou puxar Jiyong, mas Ravi o segurou antes que ele se metesse na briga. Yoona gritou, um grito doloroso por ver seu amigo ensanguentado sem se defender do ataque, porque, de fato, Bonhwa não se movia, apenas aceitava os socos que lhe eram dados, deitado no chão com seu irmão sobre seu corpo. Antes que Jiyong deixasse o outro inconsciente, foi tirado de cima de Bonhwa pelos dois seguranças que, imediatamente, levaram-no para fora do estabelecimento enquanto ele se debatia no meio dos dois brutamontes e gritava repetidamente:

— Ela não merece isso, não merece!

Junwoo ficou mais perdido ainda.

Hajoon, Takeshi, Ravi e Yoona correram até Bonhwa e o ajudaram a se levantar. Junwoo conseguiu acordar de seu transe, mas permaneceu meio aéreo com a situação enquanto ficava em frente a Bon e também tentava ajudá-lo.

— Senhor Choi, quem era aquele? — o diretor perguntou, parando em frente ao grupo e recebendo um olhar matador de Hajoon.

— M-meu i-irmão — conseguiu murmurar, antes de respirar fundo, fechando seus olhos por causa da dor aguda que ocupava todo o seu corpo.

— Por que ele estava aqui? — o diretor insistiu.

Junwoo se sentiu incomodado por causa da inconveniência do homem e, mesmo que também quisesse saber o que tinha acontecido, virou-se para o mais velho, sem conseguir conter o impulso, e soltou:

— Senhor, nosso amigo está muito machucado. Pode nos dar licença para irmos à enfermaria? Depois o senhor faz suas perguntas.

Ele recebeu um olhar agradecido de Bonhwa, mas não percebeu, por ter fitado Takeshi quando as palavras deixaram sua boca, buscando por apoio. E o olhar que recebeu do ruivo foi o suficiente para saber que tinha feito a coisa certa.

CAPÍTULO 7

!

Na enfermaria, Bonhwa teve que segurar a mão de Yoona e de Takeshi com força, para conter os gritos de dor que queriam deixar sua garganta. A enfermeira era bruta, tinha a mão pesada e não ajudava ao passar o algodão pela sua pele.

— Deixe-me fazer! — Yoona exclamou, com seu rosto contorcido de agonia ao ver tanta falta de delicadeza no toque da mulher, e pegou o algodão da mão da enfermeira que, aparentemente, não gostava de seu trabalho, já que nem se defendeu ou insistiu para fazê-lo.

Junwoo observou quando Yoona colocou mais do produto — que não sabia o nome — no algodão e passou-o pelo rosto de Bonhwa delicadamente, traçando os ferimentos, como se o toque fosse capaz de curá-lo. Aos poucos, os gritos cessaram e Bonhwa passou a respirar fundo, diminuindo o aperto na mão do ruivo.

Kwan Hajoon, logo após deixar os amigos na porta, seguiu para a sala de aula — não poderia estar presente, pois precisava lecionar em outra turma. Ravi, Yoona e Bonhwa também tinham aula enquanto Takeshi e Junwoo tinham um tempo livre, porém, todos escolheram ficar ao lado do amigo que sofria, já que não seriam tão prejudicados quanto o professor, caso deixassem de ir a alguma aula.

O silêncio pesava, assim como o olhar de Junwoo sobre Bonhwa. Não queria perguntar o que tinha acontecido, porque, Deus, não era da sua conta, mas queria saber, ser capaz de entender e não se sentir excluído por não estar ciente da situação toda. Então, decidiu que perguntaria a Takeshi depois.

— V-vão para a aula — o de olhos verdes sussurrou, com a dor visível até em sua fala. Junwoo sentiu o peito apertar.

— Eu vou ficar com você — Yoona respondeu, decidida. — Ravi, você pode ir e anotar a matéria pra depois me passar, por favor?

Jung Ravi, que tinha certa dificuldade quando o assunto era sangue, assentiu e, antes de sair, depositou um beijo na testa do Choi. Junwoo, que os observava atentamente, franziu a testa, pois se lembrou de quando seu pai disse que garotos não podiam ter aquele tipo de contato com outros garotos. *Será que Ravi e Bonhwa também eram gays?*

Isso não era importante no momento.

— T-takeshi... — Bonhwa murmurou, apertando outra vez a mão do ruivo, que se dispersou dos próprios pensamentos para fitá-lo. — Vai checar com os seguranças o... estado de Jiyong e onde ele está.

Takeshi suspirou, um tanto inconformado com a forma como Bonhwa parecia preocupado com o irmão mais velho, mesmo depois de tudo o que aquele homem havia feito com ele, mas apenas assentiu, já que não era seu local de fala, e virou-se para Junwoo:

— Vem comigo?

Junwoo assentiu, sentindo que aquela seria a oportunidade perfeita para saber o que estava acontecendo com Bonhwa e sua família, e acompanhou Takeshi para fora da enfermaria, deixando Yoona e Bonhwa sozinhos. Fizeram o caminho até o posto dos seguranças perto do portão de entrada do local. No começo, permaneceram em silêncio até Junwoo abrir a boca para tentar amenizar o que estava lhe incomodando tanto:

— O que... O que houve? — soltou, abraçando o próprio corpo enquanto olhava para Takeshi.

Os fios ruivos estavam completamente desarrumados, mas não estavam menos bonitos na opinião de Junwoo. Em seu colégio antigo, as pessoas não costumavam ter o cabelo pintado como o de Takeshi, no máximo, mudavam para loiro e, normalmente, eram apenas as meninas. Então, ver o outro com o cabelo de uma cor tão forte e chamativa era fascinante. Até mesmo se pegou admirando os fios lisos de Takeshi mais de uma vez, ao mesmo tempo em que se perguntava se algum dia seus pais o deixariam pintar o cabelo também.

— Com o Bon? — o tingido perguntou, fitando o outro enquanto atravessavam o corredor do segundo ano. — Hmm... A família dele é... complicada.

Junwoo ficou em silêncio, esperando por mais, mas se decepcionou quando nada, além daquilo, deixou os lábios de Takeshi. Então, insistiu:

— Complicada como?

Takeshi parou de andar e se virou para o mais alto, que tinha um bico quase invisível em seus lábios.

Estava frustrado, pois queria contar a Junwoo o que estava acontecendo, já que sabia como era horrível estar em um grupo de amigos e ficar por fora dos acontecimentos, por mais íntimos que eles fossem.

— Eu não sei se posso te dizer isso, Junwoo-*ah* — Takeshi confessou, um tanto sério.

A expressão de Junwoo caiu e ele abaixou a cabeça, assentindo, envergonhado. Por que perguntou? Era óbvio que não era de sua conta e que outro não lhe diria, por mais próximos que estivessem, mas não conseguiu não se sentir para baixo pelo fato do ruivo não parecer confiar nele o suficiente para lhe contar e saber que não espalharia aquilo.

Junwoo não sabia que aquela não era a questão. Takeshi, porém, não se conteve ao ver a expressão do seu *crush* cair. Ele tentou, mordendo o lábio inferior com força enquanto suas mãos coçavam.

É, ele não conseguiu.

Não faria mal se Junwoo soubesse, certo? Não era como se ele fosse espalhar para Deus e o mundo a situação de Bonhwa, pois não tinha motivos para tal, e Takeshi sabia que sua vontade de saber o que estava acontecendo era uma forma de se sentir mais incluído.

Suas mãos caíram sobre os ombros de Junwoo e o toque foi sutil, mas sua mente de viajou para longe quando se aproximou e espalhou os dedos nos ombros largos do outro, apertando-os em forma de apoio. Deus, era muito inapropriado pensar em cravar as unhas naqueles ombros enquanto beijava aqueles lábios rosadinhos?

Takeshi, não é o momento — Takeshi pensou.

— Eu vou te falar, *okay*? — disse, por fim, e Junwoo assentiu, sentindo o local que ele tinha encostado esquentar de uma maneira aconchegante. — Bonhwa tem um irmão mais velho, como você deve ter percebido.

Lee assentiu, vendo o outro se encostar à parede ao lado deles e coçar a nuca, hesitando, antes de continuar.

— Eles não têm uma boa relação. E... Antes da mãe do Bon ser casada com o pai dele, ela teve Jiyong com outro... homem — coçou a garganta, suspirando. — De maneira não consensual.

Lee franziu o cenho, sem entender, e Takeshi suspirou mais uma vez.

— Jiyong é fruto de um estupro.

O queixo do mais novo caiu.

— Ela quis interromper a gravidez, mas o pai dele não permitiu e ficou perseguindo ela até o filho nascer. Porém, nesse intervalo, ela conheceu o pai de Bonhwa e ele a ajudou a prender o pai de Jiyong — pausou. — O problema atual é que Jiyong cresceu sendo repelido pela mãe e ela nunca lhe contou o motivo. Ele não sabe quem é seu pai, não tem ideia, por isso morre de inveja de Bonhwa e o culpa pelo estado que sua mãe ainda fica por causa de situações mais pesadas ou... qualquer ação dele no geral. E Bonhwa... — Takeshi riu, triste. — Bonhwa se sente culpado por não poder dizer a verdade, por esconder algo sério como isso.

Junwoo não soube o que responder, apenas coçou a nuca e desviou o olhar ao mesmo tempo que seu cérebro tentava processar a informação de peso que havia acabado de receber.

Enquanto isso, Takeshi o encarava, pensando se havia sido uma boa ideia lhe contar, não por medo de Junwoo espalhar, mas de não compreender.

Em silêncio, Junwoo pensou no que deveria dizer, após ouvir algo como aquilo. Tinha consciência de que Jiyong estava errado em descontar suas dores em Bonhwa, mas o Choi mais novo não deveria se sentir culpado por não poder contar ao irmão, até porque não era ele quem deveria fazer isso.

— No que está pensando? — Takeshi perguntou finalmente.

— E-eu acho... — hesitou, mas o tingido lhe ofereceu um olhar de apoio que o impulsionou a falar. — Bonhwa não deveria se sentir culpado. Não é culpa dele... e nem da mãe.

Takeshi arqueou uma sobrancelha.

— E-ela foi e-estup-estuprada e mora com o fruto daquilo, então é óbvio qu-que ela sinta dor, não?

— De fato — confirmou, esperando para ver até onde ele iria.

— M-mas... Jiyong tem o direito de saber, não? Porque também não foi culpa dele. Ele é apenas... uma consequência de um ato sujo. Ele não sabe e nem teria como saber.

Junwoo começou a ficar confuso com suas próprias palavras e Takeshi resolveu intervir:

— Eu concordo com você. Acho que Jiyong tem direito de saber quem é a família dele e, depois disso, decidir de que lado prefere estar, mas nada justifica a violência que ele leva para casa; nada justifica o fato de bater no próprio irmão ou no padrasto; nada justifica tratar mal as pessoas que lhe deram comida, um teto para viver e amor — disse, desencostando-se da parede. — Bonhwa faria tudo por ele, assim como seu padrasto. Sua mãe é um caso mais complicado, mas compreensível.

— Entendo... — murmurou, realmente compreendendo.

Takeshi não conteve o sorriso. Era bom ver Junwoo se abrir sobre um assunto complexo como aquele, expressando sua opinião, mesmo que de maneira hesitante.

— A família é o maior apoio que a vida nos proporciona — Takeshi continuou com os olhos do mais novo sobre si, curiosos. — Não importa se ela é de sangue ou não. Pra mim, por exemplo, Yoona, Ravi, Bon e Hajoon também são minha família, além dos meus pais. E eles não são menos, porque não são de sangue, pois o amor que eles me oferecem é o equivalente ao amor que uma família deve oferecer. Entende?

Junwoo assentiu.

— Sua família tem que lhe acolher, ser seu refúgio. Bonhwa sente que tem essa obrigação por ser o irmão de Jiyong e, de fato, ele o ama, mas Jiyong... destrói esse amor, aos poucos, quando bate nele.

Junwoo engoliu em seco enquanto a imagem de sua mãe surgia em sua mente. Ele não queria comparar uma situação séria como a de Jiyong com a de sua mãe, mas foi inevitável se perguntar o porquê de ela cometer atos violentos contra ele quando deveria ser seu refúgio em momentos de dor ou de dúvida. Ela não era carinhosa, nunca tinha sido, não lhe dizia "eu te amo" ou lhe perguntava como havia sido o dia na escola. Junwoo não sentia amor vindo dela, sentia algo mais como... obrigação. E era difícil admitir aquilo até para si mesmo, pois ainda era sua mãe. Era sua família, então por que ela não mostrava amor?

— Vamos falar com os seguranças? — Takeshi o chamou, sorrindo de maneira doce e quebrando seu fluxo ruim de pensamentos.

— Sim.

!

Na hora do almoço, eles se sentaram juntos, como faziam todo dia, e tentaram, a todo custo, animar Choi.

— Eu já recebi algumas mensagens com escolhas do filme para sexta — Ravi disse e pegou o celular para mostrar aos amigos. — E, por incrível que pareça, "*Com amor, Simon*" está ganhando.

— Isso é bom — Bonhwa murmurou, cutucando sua comida com o garfo.

Junwoo observou a maneira como Ravi, Takeshi e Yoona se entreolharam, preocupados. Não podia negar que também se sentia preocupado com o amigo, vendo a maneira como os machucados estavam decorando seu rosto, porém Bon não parecia se preocupar com aquilo, e sim com o fato de seu irmão estar na delegacia.

Jiyong foi levado para lá por ter entrado na escola sem ser aluno e sem ter o crachá de visitante, simplesmente passando pelas portas de entrada quando os seguranças não estavam presentes. Além disso, estes o denunciaram por agressão física, mas os policiais exigiam a presença e a confirmação do agredido para prender Jiyong. Bonhwa, quando soube daquilo, através de Takeshi, respondeu de imediato: não o denunciaria.

— Vocês vão levar alguém? — Yoona perguntou, tentando animar o grupo de alguma forma.

— Sou uma pessoa sozinha — dramatizou Ravi, recebendo um tapa na nuca de Takeshi. — Mas sei de alguém aqui que está louco para levar outro alguém...

Takeshi se tornou um tomate nesse momento e, se Junwoo não estivesse distraído com os próprios pensamentos enquanto comia o purê de batata costumeiro da cantina, teria notado os olhares sobre si.

— Cala a boca — Takeshi sussurrou, dando mais um tapa em Ravi.

— Por que não o chama, Takeshi? — Bon se pronunciou, entrando no assunto.

Ao ouvir a voz de Choi, Junwoo levantou a cabeça e o fitou, finalmente, prestando atenção.

— É um ótimo local para um primeiro encontro — continuou, provocando o melhor amigo, que faltava apenas explodir.

Lee franziu o cenho, tentando entender sobre o que o grupo estava falando. Takeshi queria chamar alguém para um encontro? Seus olhos caíram sobre Takeshi, que havia jogado uma folha de alface em Yoona por ela ter provocado o garoto sobre algo envolvendo a tal pessoa que ele parecia estar afim. Era um homem, certo? Junwoo engoliu em seco quando aquele pensamento voltou a lhe atingir e não soube a qual conclusão chegar.

Talvez, se conversasse com Takeshi, poderia entender melhor.

Ao decidir aquilo, Lee voltou sua atenção para o prato de comida, sem notar que o olhar de Ishikawa voou para si quando os outros pararam de provocá-lo.

O ruivo sentiu um frio na barriga, nervoso com a possibilidade de Junwoo descobrir que sentia um interesse a mais por ele. Sabia que, uma hora, isso chegaria aos ouvidos do mais novo, mas aquele não era o momento.

Quando o dia chegou ao fim, Lee achou que faria seu caminho para casa sozinho, mas foi surpreendido por Takeshi, que o chamou, antes que pudesse atravessar o portão do colégio, pedindo-lhe companhia até a cafeteria.

— Depois, você segue seu caminho — Takeshi justificou, após alegar que não gostava de ir sozinho quando, na verdade, apenas queria ficar mais um pouco com ele.

— Claro — Lee assentiu, não vendo problema algum. Talvez, pudesse perguntar ao garoto sobre o tal assunto. Só de pensar naquilo, se sentia nervoso.

— E aquela menina de ontem? — foi Takeshi quem iniciou o assunto.

— O que tem ela?

— Você... — Engoliu em seco, hesitando, antes de continuar. — Vai chamá-la pra sair? Ou... não sei... pretende fazer algo?

Junwoo franziu o cenho, sem entender, e Takeshi quis chorar. Era possível alguém ser tão ingênuo como Junwoo se mostrava ser?

— Chamá-la pra sair? P-por que, *hyung*? — questionou, com a confusão estampada em sua face.

Na hora do almoço, Junwoo havia descoberto que era o mais jovem do grupo, por ter pulado um ano quando era muito mais novo, o que gerou uma série de reclamações de Takeshi pelo fato de este, ainda assim, ser mais alto. No entanto, Lee achou fofo.

— Ora, porque é uma menina... bonita, sabe? E... você é um garoto bon... — Takeshi interrompeu a si mesmo ao ver que nada que falava estava fazendo sentido e que Junwoo parecia estar cada vez mais confuso. — Você não se interessa por ela?

— Me interessar tipo... namorar? — Junwoo, finalmente, entendeu e suas bochechas ganharam um tom escarlate quando o outro assentiu. — Oh, *hyung*! N-não! Ela é apenas uma amiga!

Se havia algo em que Junwoo não costumava pensar com frequência eram garotas ou namoros em geral. Não sentia aquela necessidade absurda de trocar beijos ou andar de mãos dadas — vontade que ele sabia que muitos adolescentes de sua idade tinham. Não sentia e não sabia o porquê. Seu pai já havia comentado várias vezes sobre estar na hora de começar a investir em alguma moça correta, mas Junwoo não via motivos para aquilo; nunca tinha sentido vontade de investir em alguma moça, por mais bonita que a achasse. Talvez, ainda não tivesse encontrado a moça certa. *Bem, era o que ele achava.*

— Mas ela é bem bonita — insistiu, observando as reações de Junwoo.

— S-sim, e-eu acho — devolveu, chutando uma pedrinha em seu caminho.

— Por que gagueja tanto quando fala comigo, Junwoo-*ah*? — Takeshi soltou, sem conseguir segurar sua língua.

Junwoo olhou para o outro, assustado com a pergunta. Ele sequer percebia que gaguejava tanto, principalmente ao lado de Takeshi. E, ali, se perguntando o motivo, chegou a uma conclusão muito conhecida: ele não sabia.

Takeshi riu baixo quando o tom vermelho voltou às bochechas de Junwoo, contendo-se para não se expressar e dizer o quanto achava o garoto fofo. O mais novo coçou a garganta, prestando atenção em sua própria voz para não permitir o gaguejo.

— Eu não sei, *hyung*.

— É fofo.

Junwoo acabou sorrindo com Takeshi enquanto caminhavam juntos, sentindo-se um tanto bobo por ele ter percebido seu gaguejo. Ao mesmo tempo, aquela quentura, que sempre aparecia quando estava com Takeshi, subiu ao seu peito, permitindo que ele flutuasse nos sentimentos bons presentes ali.

Quando pararam em frente à cafeteria, Junwoo preparou-se para se despedir do amigo, mas foi interrompido.

— Mãe? — Takeshi perguntou, franzindo o cenho ao avistar um carro conhecido parado em frente à cafeteria. Ele se aproximou, bateu no vidro e assistiu a este descer e exibir, de fato, sua mãe. — O que faz aqui?

— Oi, meu filho! — ela disse alegre, avistando um Junwoo envergonhado atrás do primogênito. — Oh, quem é esse pedaço de mau caminho?

Takeshi corou e Junwoo não entendeu, mas cumprimentou Sanji, curvando-se educadamente e correspondendo ao sorriso que ela lhe oferecia. Observando os traços da mais velha, pôde notar as evidentes semelhanças que tinha com Takeshi, por mais que o garoto fosse uma evidente mistura dos aspectos coreanos dela com os japoneses do pai. A mulher tinha o mesmo nariz e olhos que o filho e, quando sorria, acontecia o mesmo que com Takeshi: seus olhos se transformavam em duas linhas. Junwoo achava aquilo adorável.

— O que você quer, mãe? — perguntou, coçando a nuca, envergonhado por causa do comentário da mais velha.

— Oh, sim! Espera. — Sanji abriu a porta do carro e desceu toda atrapalhada, sem enxergar o paralelepípedo, o que a fez tropeçar e cair de cara no chão.

— Meu Deus, mãe! — Takeshi exclamou ao mesmo tempo em que ia ajudar a mulher, assim como Junwoo.

— Não se preocupem, eu tô bem! Isso sempre acontece! — ela disse, aceitando as mãos dos garotos para se levantar enquanto ria de si mesma.

Takeshi riu de sua própria mãe e, Junwoo, sem entender muito bem, riu junto, pois a risada do mais baixo era realmente contagiante.

A mulher parou de rir aos poucos, limpando a própria roupa. Aquilo deu tempo para que Junwoo se afastasse um pouco e para que Takeshi observasse, por acidente, o que tinha dentro do carro da mãe. Seus olhos quase saltaram para fora quando ele avistou a sacola rosa no banco de motorista. Seria uma sacola simples e insignificante com algo desconhecido dentro, se não tivesse uma logo que ele conhecia muito bem. *Por que diabos sua mãe tinha comprado algo naquela loja... peculiar?*

— Mãe! — acabou gritando e, em um impulso, colocou-se em frente à porta, tapando a sacola da visão de Junwoo. — Meu Deus, que vergonha... — sussurrou, tapando o próprio rosto.

— O que foi, garoto? Tá doido? — Sanji estranhou, mas apenas deu de ombros quando Takeshi balançou a cabeça. — Enfim... Eu preciso das chaves de casa.

— Você não tem a sua? — perguntou confuso.

— Eu tenho, mas é que... — A mulher deu uma risada sem graça enquanto ajeitava o cabelo. — Eu tava no hospital, fazendo companhia ao seu pai, porque ele vai fazer plantão hoje, né? — começou a explicar e Takeshi hesitou, franzindo o cenho, com medo do que estava por vir. — E a gente tava no quarto para os médicos e... sabe como é, né?

Junwoo estava muito confuso.

— Sei, mãe. Poupe-me dos detalhes — suspirou, com o rosto se avermelhando ao imaginar seus pais em momentos íntimos.

Pais não transam, Takeshi — era seu mantra. E, meu Deus, Junwoo estava ali, ouvindo tudo! A sorte era que ele não entendia nada ou, pelo menos, parecia ou fingia não entender.

— A chave meio que se perdeu lá e a gente não conseguiu achar — a mulher finalizou, dando de ombros. — Então, preciso da sua.

Ele parou por um momento, encarando a mãe, com seus braços cruzados e a expressão um tanto incrédula. Ele sempre agradecia por ter tido a sorte de ter uma mulher como aquela como sua mãe, mas, às vezes, Sanji sabia ser extremamente inconveniente — e aquela estava sendo uma dessas vezes. Então, para acabar com aquilo logo, Takeshi apenas tirou a mochila das costas, buscou pelas suas chaves na parte da frente e as entregou para ela, em seguida.

— Muito obrigada, filho, você é minha salvação! — Ela guardou as chaves no bolso do casaco e se aproximou do filho para dar um beijo em sua testa. Junwoo observou o ato com atenção, tentando se lembrar de alguma vez que sua mãe foi carinhosa daquela maneira com ele, mas não conseguiu.

— E você é o amigo novo? — ela perguntou para Junwoo, virando-se para ele.

— A-acho que sim — respondeu, coçando a parte de trás da cabeça, envergonhado.

Takeshi sentiu o peito esquentar ao observar o menino ficar sem jeito. *Tão lindo...*

— É ele, sim, o Junwoo. Comentei com você esses dias, mãe — respondeu, e Junwoo sorriu ao ouvir Takeshi confirmar que ele era seu amigo. Era bom ouvir aquilo.

— Junwoo... — Sanji exibiu uma expressão pensativa, com os olhos se fechando um pouco enquanto tentava se lembrar do momento em que o filho havia comentado com ela sobre o outro. — Ah! — exclamou, arregalando os olhos. — Junwoo! *Aquele Junwoo?*

A expressão da mais velha foi tomada por um sorriso cheio de segundas intenções, o qual foi imediatamente percebido por Takeshi, que balançou as mãos em um gesto exagerado e puxou a mãe para colocá-la dentro do carro.

— Está na sua hora, mãe. Vai! Prepara um jantar bem gostoso para nossa noite de filmes! — exclamava enquanto ajeitava a mãe dentro do banco do motorista, empurrando a sacola suspeita no chão.

Junwoo, que ainda estava totalmente perdido, apenas se curvou para a mulher para se despedir e correspondeu ao sorriso dela, envergonhado, sem saber o que dizer ou como agir. Após alguns segundos, o carro dela já havia sumido e Takeshi já tinha voltado sua atenção para o amigo.

— Me desculpe por ela. Minha mãe pode ser meio... inconveniente — murmurou, rindo fraco.

— Ela parece legal — retrucou, sentindo-se um pouco incomodado com a situação.

Sanji era alegre, carinhosa e não carregava a áurea pesada e bruta que a mãe de Junwoo carregava para todo lugar. Ela era doce com o filho, lhe pedia as coisas e não ordenava simplesmente, como Jiyoon sempre fazia. E Junwoo, que já estava compreendendo melhor as sensações que tomavam o seu ser em relação à sua mãe, sabia que tinha sentido um pouco de inveja. Ele queria ter uma mãe alegre e carinhosa que não buscasse somente a própria satisfação e sim o bem-estar do filho. Queria saber como era a sensação que o amigo sentia quando tinha a companhia de Sanji, mas não sabia se um dia chegaria a ter essa sorte.

— E-eu vou... para casa. Até amanhã, *hyung* — pronunciou-se, sorrindo rapidamente antes de sair em passos rápidos em direção à sua casa.

Takeshi observou-o dar as costas, confuso, sem entender o que havia dado no garoto para ir embora sem, ao menos, esperar uma resposta. Não ficou bravo ou coisa do gênero, apenas se sentiu incomodado por, mais uma vez, não entender o que se passava na cabeça dele.

Quando chegou à sua casa, Junwoo cumprimentou os pais, na sala, antes de subir para deixar a mochila em seu quarto. Ele trocou de roupa rapidamente e fez seu caminho para a cozinha, no entanto, antes que entrasse naquele cômodo, a conversa que acontecia entre seus pais fez o menino parar.

— Ele ainda não tomou vergonha na cara? — sua mãe perguntou.

— Você sabe que isso nunca vai acontecer, mulher. Jooheon sempre foi perdido na vida, desde pequeno — Daejung respondeu rude.

Junwoo, ao ouvir o nome de seu tio, apoiou-se à parede, ao lado da porta, em silêncio, tentando compreender o que seus pais estavam, de fato, discutindo.

Jooheon era irmão mais velho de Daejung e nunca havia tido nenhum contato com Junwoo. O garoto sabia que ele tinha tentado comparecer em uma reunião de Natal da família para conhecer o único sobrinho, mas seus pais impediram a entrada do homem. Ele se lembrava de ter apenas um vislumbre do mais velho: sabia que era coberto por tatuagens e, aparentemente, era a "ovelha má" da família, como já tinha ouvido sua avó dizer.

No entanto, Junwoo nunca pôde conhecê-lo e nunca havia parado para pensar que aquilo era um ato injusto. Afinal, era seu tio, certo? Sua família, alguém que tentou contato com ele e não conseguiu. Junwoo deveria ter o direito de conhecê-lo, não?

— E o que vamos fazer, se ele tentar vir aqui e falar com Junwoo? Ele está em Seul, afinal... — Jiyoon perguntou, provavelmente, mexendo nos pratos e talheres, devido ao som que Junwoo escutava.

— Não vamos deixar, ora. Ele não tem direito nenhum sobre o garoto. Nós somos os pais e decidimos quem Junwoo vai ter em sua vida ou não — Daejung rebateu, com a voz seca.

Junwoo franziu as sobrancelhas, extremamente incomodado com a fala de seu pai. Notando que sua mãe não responderia mais, respirou fundo e simulou passos falsos no chão para, em seguida, adentrar a cozinha, de cabeça baixa, e se sentar em frente ao seu pai. Ele não sentiu vontade alguma de falar e não podia se pronunciar a respeito do assunto e mostrar que havia escutado a conversa escondido. Mas, Deus, como ele queria se manifestar!

— Não deixe nada no prato — sua mãe disse rude, após colocar ensopado em seu prato, além de uma colher de arroz.

— Coloca mais arroz.

Os olhares de Daejung e Jiyoon caíram sobre o filho, ambos duvidosos. Junwoo permaneceu sério enquanto encarava o próprio prato, com as mãos sobre os joelhos, esperando sua mãe lhe servir novamente. Quando ele não ouviu resposta e nem teve mais arroz em seu prato, ergueu a cabeça e viu a mulher parada, encarando-o, assim como seu pai que havia parado de ler o jornal para observá-lo.

— O que disse? — Daejung perguntou, em dúvida.

— Posso ter mais arroz, por favor? — pediu, fitando a mãe, com o maxilar travado e a expressão séria contrastando com o tom educado.

Junwoo não entendeu o que tinha lhe dado para pedir mais comida. Foi um impulso, assim como o que teve com o salame, no entanto, foi um impulso que condizia com suas reais intenções e vontades.

Jiyoon olhou para o marido, esperando uma confirmação deste, que veio com um aceno um tanto duvidoso. Daejung não viu problema na vontade do filho de ter mais arroz em seu prato e, por mais que Jiyoon não quisesse, ela obedeceu e colocou mais arroz no prato de Junwoo. Em seguida, se serviu e se sentou ao lado do pastor.

Satisfeito, Junwoo esperou a oração e, após aquilo, começou a comer sua comida, sentindo que deveria começar a ter mais impulsos como aquele.

CAPÍTULO 8

— Quais são as chances que eu tenho com aquele seu professor de História, hm?

Takeshi arregalou os olhos ao ouvir a fala de sua mãe. Sanji soltou aquilo, de maneira natural, em plena mesa de café da manhã, sem se importar se o marido ouviria ou não. A reação de Shutaro foi engraçada, no entanto: surpreso com a fala da esposa, ele se engasgou com seu café e a encarou, incrédulo.

— Como é? — questionou.

— É, ué. Você não estava todo caidinho pela nova chefe de cirurgia geral do hospital, Ishikawa Shutaro? Preciso das minhas próprias conquistas também, ora! — se explicou, com um deboche quase palpável na voz.

Takeshi riu. Ele amava sua mãe demais. Agradecia pelo fato da família de seu pai — de origem japonesa — ter decidido ir para a Coreia do Sul e, por um acaso do destino, Deus, natureza, o que fosse, Shutaro e Sanji terem se apaixonado. Era como se eles tivessem sido feitos um para o outro aos olhos do filho.

— Que história é essa, pai?

— Sua mãe está de sacanagem com a minha cara, Takeshi — choramingou, se virando para o filho. — Eu só comentei que a menina era bonita, poxa!

— De fato, um pedaço de mau caminho — Sanji concordou, após dar um gole em seu café.

— Alá! Tá vendo? — Shutaro exclamou, apontando para a mulher que escondeu o riso. — Ela só joga comigo!

— Acho que puxei isso dela — Takeshi falou mais consigo mesmo, gargalhando com a mãe logo em seguida.

— Vão se foder, vocês dois. — O pai ficou emburrado, cruzando os braços. — Vai lá pro tal professor de História.

— Ele é solteiro, mãe — Takeshi resolveu provocar mais um pouco o pai, recebendo um olhar incrédulo dele. — Mas é bissexual, então é o dobro de concorrência — brincou.

— Vou entrar nessa concorrência — resmungou Shutaro, ouvindo outra risada da mulher.

— Eu me garanto, neném — Sanji alfinetou, piscando para o marido. — Mas tenho que trabalhar agora.

Takeshi assistiu, com admiração dançando em seus olhos, à forma como sua mãe e seu pai trocavam demonstrações de afeto, antes que a mulher deixasse a residência para ir ao escritório. O filho via como os olhares apaixonados eram recíprocos e estavam sempre ali, não importava a ocasião. A única vez que presenciou uma briga séria entre os pais, viu o quanto ambos ficaram destruídos; também viu e chorou com os dois quando eles se reconciliaram. A partir daquele dia — quando Takeshi tinha apenas quinze anos —, passou a se perguntar se, em algum momento de sua vida, encontraria um homem que pudesse amar tanto quanto seus pais se amavam, alguém que o amasse de volta na mesma intensidade. Tinha consciência de que aquilo, talvez, fosse bem difícil, levando em conta o país em que morava e onde, provavelmente, moraria a vida inteira.

Sem falar que não levava jeito para romances, por mais que fosse louco por eles. Nunca escolhia o homem certo — por mais que, no fundo, soubesse que não tinha a ver com "escolher", já que as pessoas não escolhiam por quem se apaixonavam. Ele se considerava a pura e mais elaborada definição de "dedo podre": foi magoado todas as vezes que tentou algo mais sério com seus namoradinhos; fosse graças a um mal-entendido, um chifre ou uma discussão, era sempre Takeshi quem saía acabado. Quando aconteceu pela terceira vez, começou a achar que o problema era ele. Será que não era o suficiente? Sua beleza não era o suficiente? Seus beijos? Sua dedicação? Seu corpo? Era inevitável pensar aquelas coisas que acabavam por destruir, aos pouquinhos, Takeshi indefeso.

Um dia, Takeshi conversou sobre isso com Yoona — que, na época, ainda era Yun. A garota o havia procurado para desabafar sobre como gostaria de contar, logo, à sua mãe sobre sua situação, e ele achou que era um bom momento para desabafar sobre a sua própria situação também.

No entanto, eles não esperavam ser ouvidos por alguns valentões babacas do colégio, os quais, assim que escutaram as palavras dos dois, partiram para ofensas. Takeshi lembrava bem de ouvir palavras que lhe marcaram durante muito tempo: *"Talvez, se você fosse hétero, não tivesse todos esses problemas, viadinho de merda"*. Era bobeira, sim, mas o Takeshi da época não sabia, não entendia que o problema não era sua sexualidade, que o problema não estava nele.

Então, ainda sem ter se assumido para os seus pais, tentou ficar com garotas, mas, na primeira tentativa, em uma festa, sentiu-se mal como nunca. Não sentia absolutamente nada com os toques leves das garotas, com as unhas longas e pintadas arranhando sua nuca, com os seios ou com *elas* em geral; não sentia nem sequer um pingo de agrado. E, em sua única tentativa, ele vomitou. Não por sentir nojo da pobre garota, mas de si mesmo. Nojo por ter pensado que o problema era sua sexualidade e a forma como se sentia diante dos homens, por ter achado que o problema era seu verdadeiro eu.

Aquele pensamento se dissipou pouco depois do acontecimento. Sua chegada e partida, no entanto, foram boas em parte para ele, pois o levaram a falar sobre sua sexualidade com os pais, e aquela foi a melhor decisão que tomou em toda a vida.

A insegurança continuava ali, mas passou a focar em como se sentia em relação à sua própria personalidade e aparência. Ele se mostrava alguém confiante e inabalável, mas era aquele ditado: todos têm suas fraquezas e muitos sabem como escondê-las perfeitamente.

Naquele mesmo dia, Takeshi foi para a escola com tais pensamentos turbinando sua mente. Eles só sumiram quando encontrou seus amigos, todos próximos aos armários — inclusive Junwoo, que olhava para dentro do dele com uma expressão de dúvida. Takeshi sorriu, aproximou-se e cumprimentou-os, antes de se apoiar ao lado de Junwoo, fitando-o curiosamente.

— Perdeu algo aí dentro? — perguntou, e ouviu uma risada leve do outro. Percebeu que seu fraco por Junwoo ficava cada vez mais forte. Contraditório, mas era uma verdade. Passou a reparar em cada coisa que o garoto fazia e ficava mexido e bobo com todas elas. Além disso, Takeshi sabia que estava sendo o responsável pelo crescimento moral do mais novo e se sentia orgulhoso por isso, conforme o observava. Eram atos mínimos, mas sabia que, o Junwoo, que conhecera em sua cafeteria, não diria ou faria o que estava notando o novo Junwoo fazer e dizer.

E aquilo era bom, pois mudanças eram boas.

— É que... Alguém d-deixou isso pra mim. — Junwoo coçou a nuca enquanto suas bochechas se avermelhavam ao apontar para algo dentro de seu armário.

Takeshi franziu o cenho, ficando mais confuso ao ouvir a risada alta de Yoona e vê-la se aproximar ao lado de Bonhwa com Ravi, também, em seu encalço. Os três se colocaram atrás do novato.

— Junwoo tem uma admiradora ou admirador secreto, Takeshi-*ah*! Os concorrentes têm que se apressar! — Ravi exclamou, deixando a indireta *bem direta* para os que sabiam do *crush* do ruivo.

— Conco-correntes? — Junwoo gaguejou, mais envergonhado ainda.

Takeshi, ainda totalmente confuso, ajeitou-se ao seu lado para poder ver direito o motivo de tanta euforia. Era um bilhetinho que alguém colocara pelas pequenas entradas do armário de materiais. O bilhete era vermelho, tinha diversos corações desenhados e uma caligrafia um tanto despojada, com os seguintes dizeres:

> Rosas são vermelhas, Violetas são azuis
> Você pode não saber, mas alguém
> ama você.
> L.J

Estava assinado com as iniciais do(a) tal admirador(a), e Takeshi sentiu seu cérebro queimar quando vasculhou todo o seu conhecimento sobre os alunos daquela escola para tentar achar alguém com as iniciais L e J — além do próprio Junwoo.

Lee Jung-Hee, Lee Jieun, Lee Juno e Lee Junghyun. Só poderia ser um Lee, pois não havia mais sobrenomes coreanos com L naquele colégio, e Takeshi tinha conhecimento daquilo, então, ficou entre os dois meninos e as duas meninas mencionados. Sentiu-se nervoso.

Nervoso, porque se fosse Jung-Hee ou Jieun, elas teriam chances com Junwoo, afinal eram meninas, e Takeshi tinha quase total certeza de que Junwoo preferiria meninas aos meninos. Talvez não por seus próprios gostos — sobre aquilo ainda não podia afirmar nada —, mas, sim, porque seus pais prefeririam uma nora a um genro. Era complicado.

— E aí, Junwoo? Vai procurar quem mandou isso? — Bonhwa perguntou, apoiando as mãos nos ombros do garoto enquanto seus olhos estavam fixos no ruivo.

Takeshi sabia que aquele era um olhar de "se apresse ou você vai perdê-lo para alguém". Fixou seus olhos em Junwoo, esperando uma negação ou algo que pudesse lhe tranquilizar, mas ele simplesmente deu de ombros, mostrando-se mais envergonhado ainda enquanto tirava seus livros do armário para colocá-los em sua mochila.

Meu Deus, e se ele realmente procurasse a tal admiradora, ou o tal admirador?

— Eu deveria? — Junwoo perguntou, com a voz oscilando ao mesmo tempo em que seu olhar pousava em Takeshi.

Ele estava perguntando aquilo para ele? Logo para Takeshi?

O ruivo engoliu em seco, tentando manter uma pose tranquila, encostado nos armários, no entanto, se analisassem melhor, era possível ver o desespero em seus olhos. Deus, ele queria muito dizer para Junwoo em alto e bom som: *"Não, você deveria aceitar que é meu crush e me deixar beijar essa sua boquinha linda"*, mas tudo que fez foi engolir aquelas palavras com a saliva para, logo em seguida, dizer:

— Se você quiser...

Os olhares que recebeu de Yoona, Ravi e Bonhwa foram de desaprovação, mas Takeshi não voltou atrás, porque eles não entendiam que toda aquela situação era muito mais difícil do que aparentava. Não era apenas um *crush* em um garoto hétero, era um *crush* em um garoto hétero, evangélico e filho de um pastor.

O quão fodido Ishikawa Takeshi estava?

Mais tarde, naquele mesmo dia, mas em um horário livre, o grupo permaneceu em uma sala de aula para que pudessem contar os votos que receberam por mensagem e, finalmente, escolher o filme vencedor. Todos estavam um tanto ansiosos, pois era óbvio que queriam que o filme com temática LGBTQIA+ ganhasse, e aquilo não era segredo para ninguém.

Takeshi tinha um carinho enorme por aquele filme, por não ser tão dedicado somente ao romance do protagonista com o outro garoto, mas por tentar mostrar a dificuldade que uma "saída do armário" poderia trazer. O protagonista teve sorte, de fato, pois seus pais eram mente aberta e, por mais que tivessem ficado chocados por um tempo, o aceitaram no final.

Aquele filme servia para encorajar pessoas com dificuldade de se abrir para a família ou para os amigos, e o fato de ter sido extremamente bem aceito pelos adolescentes que o assistiram deixava o garoto feliz.

— É isso: *"Com amor, Simon"* ganhou. — Ravi finalizou as contagens, batendo o celular na mesa e fazendo uma dancinha boba de vitória.

— Eu nunca vou entender o motivo de terem escolhido esse filme quando a maioria aqui é preconceituosa... — Yoona comentou e suspirou em seguida, ao constatar aquele fato.

— Mas o que o filme tem que impede as pessoas de o escolherem por serem preconceituosas?

Todos os olhares caíram sobre Junwoo que, envergonhado pela atenção que recebeu, encolheu-se um pouco na cadeira em que estava sentado. Takeshi, por mais incrível que parecesse, foi quem respondeu:

— É um filme sobre um garoto gay.

Então, os olhares se voltaram para ele, que não se abalou com a pressão, já que estava decidido a se abrir para Junwoo; não contar sobre seu *crush*, óbvio, mas sobre sua sexualidade e o motivo de ele e seu grupo organizarem eventos como aquele. Afinal, não tinha motivos para não dizer, porque, se Junwoo não os aceitasse, era ele quem estaria errado e perdendo amizades incríveis. Takeshi aprendeu aquilo com o tempo: não deveria ter medo de dizer quem era para ninguém, porque, se a pessoa visse aquilo como algo ruim, não tinha motivos para manter esse alguém em sua vida.

Obviamente, Takeshi não falaria sobre os outros, pois aquilo cabia a eles. Por mais que soubesse que eles também não tinham problemas em dizer quem eram, ainda não era uma decisão que dizia respeito a ele.

— Um garoto gay que conhece outro pela internet depois de um incidente. Ambos têm medo de se assumir para o mundo e a história gira em torno disso, mas principalmente em torno da relação do garoto com os pais — resumiu, vendo a expressão de choque de Junwoo ficar cada vez mais evidente.

Bonhwa, que até então estava meio quieto, tirou do olho o saco de gelo — que tinha buscado, na enfermaria, antes da aula — para conseguir focar melhor na conversa e, então, disse:

— É um filme incrível, Woo. Você deveria assistir.

Junwoo o fitou enquanto abria e fechava a boca repetidamente, denunciando seu estado de que não sabia o que falar. Takeshi engoliu em seco ao mesmo tempo em que sua perna começava a balançar sozinha de ansiedade.

— M-mas e-ele é gay... — Junwoo murmurou extremamente confuso.

— E? — Takeshi questionou. — *Eu também sou.*

O olhar de Junwoo se perdeu nas expressões serenas dos outros amigos que esperavam uma resposta sua. Ele já tinha suas dúvidas a respeito da sexualidade de Takeshi, mas não sabia que os outros do grupo tinham conhecimento daquilo e também não sabia que aceitavam aquilo tão bem, como se não fosse um problema.

Afinal, havia um problema?

— Tem algum problema nisso? — Takeshi continuou, causando uma pane mais severa no cérebro do outro.

Ouvi-lo, em alto e bom som, dizer que era homossexual, fez a pequena cabeça de Junwoo mergulhar em um mar de dúvidas novamente.

Será que aquilo era porque Takeshi não frequentava a igreja? Sair do caminho de Deus fizera com que ele se tornasse homossexual?

Ao mesmo tempo em que pensava naquilo, lembrava-se de ouvir seu pai lhe dizer que os homossexuais eram pessoas depravadas e ruins, no entanto, Junwoo estava ali, sentindo-se mais feliz que nunca por ter um amigo como Takeshi. Então... O que ele deveria pensar?

— E-eu não s-sei — foi o que saiu de sua boca alguns segundos antes do sinal bater e a sala começar a encher.

Aquela foi a última coisa que Junwoo disse aos seus amigos naquele dia, porque, assim que as aulas acabaram, ele correu para casa. Quando chegou, seus pais estavam discutindo novamente sobre seu tio. Sem paciência para aquilo, foi direto para seu quarto, deixou lá sua mochila e respirou fundo, passando as mãos pelo rosto, frustrado enquanto descia novamente para a cozinha.

— Não fala com seus pais quando chega, não? — Daejung soou debochado, cruzando seus braços sobre a mesa para falar com o filho.

— Desculpe, eu precisava ir ao banheiro — Junwoo soou mais suave do que esperava, sentando-se em frente ao seu progenitor e assistindo, em silêncio, à sua mãe lhe servir.

Seu pai não respondeu e Junwoo também não sentiu vontade de falar mais nada, mergulhando em seus pensamentos em relação ao Takeshi e à sua sexualidade: *Deus, o que eu devo pensar?*

Ele teve a confirmação de que Takeshi se relacionava com homens e, diferente do que seu pai dizia sentir — e dizia que todos deveriam sentir —, não sentiu nojo, mas dúvida. Dúvida e curiosidade, afinal o que levou o amigo a se interessar pelo sexo masculino? Como era a relação dele com os homens em geral? Por que nunca deu em cima de Junwoo, por exemplo? Daejung já dissera que os homossexuais eram depravados para cima de todos do mesmo sexo. Takeshi não era depravado nem com Junwoo nem com Ravi ou com Bonhwa.

Junwoo corou totalmente com a ideia de Takeshi dando em cima dele.

Deixou aquilo de lado e continuou seu raciocínio: se Takeshi não estava causando nenhum dano... não tinha problema, certo? Ele nunca influenciara Junwoo a fazer algo que não quisesse ou que pudesse ser ruim. Tudo que Junwoo fez, decidiu fazer sozinho. Então, a única coisa que conseguiu pensar foi: desde que seus pais não descobrissem, permaneceria andando com Takeshi e seus amigos, porque eles não lhe faziam mal algum.

— Eu tenho um trabalho de Matemática em grupo para fazer — começou, após terminarem a oração, e seus ombros ficaram tensos quando os olhares de seus pais caíram sobre ele. — E-eles marcaram para fazer sexta-feira, depois da aula, na biblioteca da escola.

— Ela fica aberta o dia inteiro? — sua mãe perguntou, soando desconfiada, de um modo que quase desencorajou o garoto.

— Sim, po-podem conferir com o diretor. — Junwoo não mentiu, pois a biblioteca do colégio realmente ficava aberta o dia inteiro para os estudantes que precisassem de um ambiente sério e calmo para estudarem.

— Quem faz parte do grupo? — seu pai questionou com o maxilar travando enquanto mirava o filho.

— Yoona e o namorado dela, Bonhwa.

Junwoo não sabia de onde aquilo tinha saído, mas, quando percebeu, já tinha falado. Engoliu em seco, voltando a atenção para sua comida e deixando seus pais avaliarem se estava dizendo a verdade ou não.

Mal podia acreditar que tivera a capacidade de inventar uma mentira grande como aquela para poder comparecer ao evento que seus amigos estavam organizando. Tinha quase certeza de que não daria certo por causa do silêncio que durou alguns segundos na mesa, mas, surpreendentemente, seu pai abriu a boca:

— Tudo bem, desde que não chegue muito tarde.

— Tudo bem, Daejung? — Jiyoon soltou, visivelmente inconformada, mas com o tom ainda cuidadoso por estar se dirigindo ao seu marido.

— Sim, ora. É um trabalho e ele precisa tirar boas notas — respondeu firme. — Quero você em casa antes das nove, e irá comigo à igreja no dia seguinte.

— Sim, senhor — Junwoo murmurou, falhando ao tentar segurar o sorriso em seus lábios quando abaixou a cabeça para comer.

Ele sairia com seus amigos e não poderia estar mais feliz.

!

A sexta-feira não demorou a chegar e Junwoo agiu normalmente, tanto com Takeshi quanto com Yoona, Ravi e Bonhwa. Não voltou a comentar sobre o assunto que lhe causou confusão mental no outro dia e os outros também não falaram nada, respeitando o silêncio do garoto, apenas contentes por ele não resolver se afastar.

Takeshi não podia mentir para si mesmo: queria conversar com Junwoo, ouvir de sua boca o que ele estava sentindo, tirar suas dúvidas, pois estava com medo de que ele pudesse assumir coisas que vinham de seus pais e acabar se afastando. Não queria que ele se afastasse.

Na manhã do grande dia, Junwoo juntou-se aos amigos perto dos armários, antes das aulas, e contou a eles que poderia ir ao evento.

— Jura? — perguntou Yoona, empolgada. — Isso é ótimo, Junwoo-*ah*!

— Sim! Vai provar da minha pipoca. Posso te garantir que é deliciosa! — Bonhwa piscou, risonho.

Junwoo sorriu, sentindo-se feliz com a ideia e satisfeito que Bonhwa parecia bem melhor, mais alegre; seus olhos verdes brilhavam por saber que o mais novo estaria presente no evento. Os machucados estavam menos evidentes e ele parecia mais estável psicologicamente: os sorrisos eram mais frequentes e a imersão nas conversas estava voltando a ser constante.

Ao ouvir a notícia, Takeshi não conteve sua animação e deu dois pulinhos, batendo palmas.

— O que você disse para convencer seus pais?

Junwoo riu envergonhado, coçando a nuca.

— E-eu meio que menti! — Engoliu em seco, com os olhares divertidos caindo sobre ele. — E-eu disse que tinha um trabalho em grupo para fazer com um casal de amigos.

— Casal? — Ravi perguntou confuso.

— É... Falei que você, *noona*, e o Bonhwa eram namorados.

Ravi gargalhou.

— T-tem problema? — Junwoo perguntou visivelmente perdido por causa da risada do garoto.

Enquanto isso, Takeshi prestava atenção à reação que seu melhor amigo e Yoona tiveram: ambos coraram e ficaram sem saber o que responder. Era notável que tinha caroço naquele angu. Ele precisava conversar com Bonhwa sobre aquilo urgentemente.

— A-ahm... Não — Bonhwa foi quem respondeu. — Mas, enfim... Quem vai coletar o dinheiro na entrada? — mudou drasticamente de assunto.

— Tem que pagar? — Junwoo questionou, sentindo a sua empolgação diminuir quando Takeshi confirmou. — A-ah... E-eu n-não...

— Eu pago pra você, Junwoo-*ah*. Pode ir como meu convidado! — Takeshi decretou e tocou seu ombro em um ato carinhoso, sentindo-se aliviado ao ver que ele não repeliu seu toque.

Pela primeira vez, em anos, Takeshi sentiu um verdadeiro medo do afastamento de alguém após descobrir sobre sua sexualidade. Junwoo, ingênuo como era, era uma peça rara, alguém a quem Takeshi estava se apegando cada vez mais. E, Deus, não queria que o menino desistisse de sua amizade por ele ser quem era!

— Jura, *hyung*? — Junwoo exclamou feliz.

— Juro — devolveu Takeshi, sentindo-se outra pessoa ao ver o sorriso de criança que o outro exibira. *Tão lindo...*

— Vamos direto daqui? — Ravi interrompeu o momento de admiração de Takeshi ao ver que ele estava perdido demais nas feições do novato.

— Sim. Teremos uma hora para preparar tudo antes do pessoal chegar — foi Yoona quem respondeu, virando-se para Takeshi em seguida. — Você trouxe o pen-drive com o filme, né?

— É claro — rebateu, tirando o objeto do bolso e sacudindo-o antes de entregá-lo à amiga. — Melhor ficar com você.

O sinal bateu e cada um seguiu para sua aula, mas nenhum deles conseguiu prestar atenção no que os professores tinham a dizer, ansiosos com o que aconteceria em algumas horas.

Takeshi era o pior, talvez, porque seu cérebro martelava a ideia de que aquilo poderia ser seu primeiro encontro com Junwoo — primeiro encontro não oficial. Silenciosamente, ele desejava que muitos outros viessem. Takeshi queria transformar aquele fim de tarde no melhor da vida de Junwoo, tanto por ser sua primeira vez em um cinema, como por causa do assunto do filme.

Quando deu a hora de se dirigirem ao parque, eles se apressaram, quase correndo para poderem chegar mais rápido. Bonhwa até sugeriu isso, alegando que, se colocassem aquelas "perninhas" para funcionar, chegariam muito mais rápido, mas Ravi o impediu, dizendo que tinha que estar inteiro para o dia seguinte.

— Junwoo, certo? — Kwan Hajoon, que também os acompanhava, perguntou.

O garoto se curvou respeitosamente, sentindo as bochechas corarem por ter um professor consigo em uma situação não muito formal; no entanto, Hajoon apenas riu e abanou as mãos.

— Sem formalidades, criança. Um amigo deles é meu amigo também. — Sorriu abertamente para Junwoo que, mesmo envergonhado, assentiu.

Ele tinha um professor como amigo! O quão estranho aquilo era?

— Ele é bem envergonhado, mas com o tempo vai se abrir com você, *hyung* — pronunciou Takeshi, que andava ao lado deles e atrás dos outros três.

— Ele é bem fofo — rebateu, e Junwoo sentiu que explodiria. Por que todos diziam que ele era fofo?

— Ele é. — Takeshi abraçou o garoto pelos ombros e bagunçou seus cabelos, como faziam com crianças, arrancando uma risada de Junwoo, que se encolheu para evitar ter os fios desgrenhados.

Hajoon observou a interação de ambos e riu fraco, desviando seu olhar para frente, em seguida; flagrou o momento em que Bonhwa segurou o rosto de Yoona para dar um beijo na ponta de seu nariz. O interior do professor se revirou e ele respirou fundo, obrigando-se a parar de assistir à forma como sua garota parecia imersa nos toques de seu melhor amigo.

— Chegamos! — Ravi exclamou e começou a correr depois de passar o portão do lugar.

O parque era enorme e possuía diversas atrações, como o campo reservado para os piqueniques, o lago, o parque para crianças, as ciclovias, árvores de todos os tipos espalhadas pelo local e um caminho de imitações de tijolos vermelhos, que levava os passantes para a área mais ao fundo, bem distante da entrada, onde ficava o cinema ao ar livre. Quando chegaram, Hajoon se identificou com os seguranças — por ser o único maior de idade e quem havia feito a reserva — e adentrou o local ao lado dos outros quando tiveram permissão.

A primeira coisa que puderam ver foi uma construção rústica, que era similar a uma casa na árvore, com apenas uma abertura, além da pequena porta: era o local de projeção. Era possível ver o projetor de última geração desligado, virado para o telão, a alguns bons metros dele. Entre ambos, havia um enorme espaço, com algumas almofadas e panos para quem se esquecesse de trazer algo reconfortante para se acomodar. Imitando alguns filmes americanos, havia, ainda, caminhonetes velhas de costas para o telão, para que alguns se acomodassem na parte de trás delas, onde havia o espaço para carga.

— Isso é lindo demais! — exclamou Ravi, enquanto caminhava em direção à escada de madeira que levava até o local de projeção. — Quem vai ficar lá em cima?

— Eu posso ir — Hajoon prontificou-se.

— Só não quebre tudo — Yoona brincou, risonha, mas o professor não pareceu feliz em ouvir a voz da garota e apenas a ignorou.

— Onde está o *pen-drive*? — perguntou simplesmente.

Mesmo estranhando a forma como o professor havia agido com ela, Yoona pegou o objeto de sua mochila e entregou a ele, engolindo em seco quando o homem o pegou de sua mão de maneira bruta e foi, em seguida, direto ao local de projeção.

— Você quer ficar na caminhonete comigo? — Takeshi sugeriu, virando-se para Junwoo.

O novato estava um pouco absorto, observando o local com os olhos brilhando de admiração. Era incrível e aconchegante, e ele não poderia estar mais ansioso para o filme, esquecendo-se, por um momento, de que o tal traria uma temática que perturbaria seu ser por um bom tempo.

— Sim! — exclamou em resposta. — Você tem cobertores?

A mente de Takeshi vagou com a imagem dele e Junwoo deitados sob um cobertor, agarradinhos, conversando, trocando beijinhos e depois... *Para, Takeshi!*

— Eu não trouxe, mas o Bonhwa sim. Posso pedir um para ele.

Junwoo assentiu, todo feliz, foi até a caminhonete, deixou sua mochila ali em cima e, em seguida, subiu também, acomodando-se com as costas contra um dos cantos do local de carga.

Bonhwa encaminhava-se até a barraca de pipoca que o local disponibilizava, desde que levassem milho e óleo para cozinhar — claro, sem contar o açúcar para aqueles que amavam pipoca doce. O garoto tirou de sua mochila os diversos pacotes de milho que havia comprado com o dinheiro do grupo, deixou-os separados e, em seguida, tirou as garrafas de óleo da sacola que Ravi lhe havia entregado. Enquanto ele preparava tudo, Takeshi se aproximou para lhe pedir uma coberta, e, sem pestanejar, Bonhwa lhe entregou uma. Observou um Takeshi animado quase saltitar em direção à caminhonete onde Junwoo lhe esperava.

Feliz por ver o amigo contente, Bonhwa não percebeu quando Yoona se aproximou, tocando suavemente seu ombro e conseguindo, por fim, sua atenção.

— Vai precisar de ajuda? — ela perguntou doce.

Bonhwa se virou para a menina, assustado, mas se recuperou rapidamente ao ver quem era, assentindo em seguida.

— Seria bom, mas o Ravi não precisa de ajuda na entrada?

— Acho que não, ele é bom com números e é eficiente. E... — A garota hesitou enquanto removia os pacotes de açúcar da sacola. — Eu queria ficar com você.

Bonhwa sentiu o coração acelerar.

— Comigo? — Fitou a menina, sentindo que seria capaz de desmaiar ao ver suas bochechas branquinhas ganharem um tom de vermelho. Ela era tão linda...

— É... Eu gosto da sua companhia.

Durante os dias que se seguiram, após a briga na escola, Yoona foi quem mais cuidou de Bon. Ele não desconsiderava nenhum apoio de seus outros amigos, mas a garota chegou a ir até sua casa para lhe fazer companhia e cuidar de seus ferimentos, além de ter mandado diversas mensagens para saber como ele estava se sentindo.

E Bonhwa se sentia a pessoa mais sortuda do mundo, pois Yoona não era considerada uma pessoa carinhosa ou que demonstrava facilmente como se sentia em relação a alguém, mas ali estava ela, dizendo que gostava da companhia dele, sem ele nem sequer insistir, como os outros faziam quando queriam ouvir uma declaração vinda dela. Podia ser algo bobo, mas, quando se tratava dela, ele se tornava o principal bobo da corte.

— Eu também gosto muito da sua companhia — terminou por dizer, ainda fitando a garota.

— Para de me olhar assim! — ela choramingou, virando o rosto para o outro lado.

— Olhar como? — perguntou, com um sorrindo discreto.

— Como se quisesse me beijar. — Aquilo saiu da boca da garota sem que ela pensasse direito, fazendo com que suas bochechas queimassem ainda mais ao perceber quais foram as palavras que escaparam. Ela havia mesmo dito aquilo? — E-eu n-não... — gaguejou, amaldiçoando-se mentalmente por isso. O que estava acontecendo com ela?

— Mas eu quero. — A resposta de Bonhwa pegou ambos de surpresa e, com toda a certeza, algo teria acontecido, após a troca intensa de olhares que tiveram, mas a dupla foi interrompida por um Ravi animado que pedia por uma caixa para guardar o dinheiro das entradas.

!

O local ficou lotado.

Lotado mesmo, parecendo estreia dos filmes da Marvel.

Ravi, que era alguém de extrema eficiência quando se tratava de dinheiro e números, estava se enrolando na entrada por causa da quantidade de pessoas. Aparentemente, a maioria dos alunos tinha um par romântico, alguma paquera ou um grupo enorme de amigos que queria assistir a um filme, em uma sexta-feira, à noite.

Junwoo estava animado, extremamente animado. Suas pernas cruzadas balançavam e ele tomava cuidado para não derrubar a pipoca que Takeshi havia levado para ele. Takeshi tinha saído para ajudar Bonhwa e Yoona na barraca, após tentar ajudar Ravi — o que não deu muito certo —, então Junwoo estava sozinho enquanto observava os adolescentes espalhados pelo local, rindo alto, comendo ou trocando carícias que faziam as orelhas do garoto esquentarem de vergonha — mas ele era curioso demais para parar de observar o que lhe rodeava.

Como o filme ainda não havia começado, Junwoo se perdeu em suas observações e, em uma delas, não conseguiu desviar o olhar. Era um grupo de três pessoas: uma garota e dois garotos. Em um primeiro momento, achou que a menina era namorada do menino loiro, mas se surpreendeu ao ver o tal se virar para o outro garoto e segurá-lo pela nuca para beijá-lo. A menina não pareceu nem um pouco incomodada, ao contrário, sorria em direção ao casal, como se aquela fosse a coisa mais linda do mundo.

A cabeça de Junwoo tombou para o lado, como um cachorrinho que não entendia o que estava acontecendo e, de fato, ele não entendia. Por que não estava sentindo nojo, como seu pai lhe havia dito que era o que os homossexuais causavam aos outros?

Junwoo continuou a se sentir como quando Takeshi lhe disse que era homossexual: *curioso*. Queria entender como eles se sentiam para enfrentar uma sociedade, na qual boa parte não os aceitava e os criticava. *Por que eles escolhiam aquilo?* Então, quando Takeshi chegou com mais pipoca em mãos, anunciando que o filme começaria, Junwoo perguntou:

— Por que as pessoas escolhem ser gays? — Sua pergunta foi inocente, ingênua, enquanto seus olhos estavam fixos no casal, o qual, agora, se encontrava de mãos dadas, se virando em direção ao telão.

Takeshi, mesmo sendo pego de surpresa, compreendeu que o outro não tinha ideia sobre o que estava falando e estava curioso a respeito, então riu fraco, antes de responder:

— Não é uma escolha.

Junwoo franziu o cenho, aproveitou que o filme ainda não havia começado, e virou o rosto para o outro, vendo Takeshi se ajeitar sobre a coberta que dividiam e se sentar em pose de índio, como ele próprio havia feito.

— Não?

— Não. Você acha que as pessoas escolheriam fazer parte de um grupo que a sociedade repele, sabendo que sofreriam em algum momento da vida, seja psicologicamente, fisicamente ou ambos? — Takeshi era cuidadoso em seu tom de voz enquanto observava a expressão curiosa de Junwoo aumentar cada vez mais. — Acha que faz sentido isso ser uma escolha?

— N-não muito — foi sincero.

— É apenas quem somos, Junwoo-*ah*. Nós nascemos assim, mas alguns demoram a perceber. — Deu de ombros, sorrindo ao ver Junwoo assentir. — É como nos sentimos e não vai funcionar tentar mudar isso.

— E-então não existe uma... — Junwoo gesticulou, sem jeito.

— Cura? Óbvio que não, porque não é uma doença. Não somos doentes.

Junwoo se sentiu mal por causa do tom um tanto ofendido do outro. Para Takeshi, era um pouco inevitável não se sentir de tal maneira, por mais que entendesse que o mais novo não tinha acesso a um pensamento mais concretizado e correto sobre aquele assunto.

— Você acha que alguém que gosta de banana é doente, se comparado a alguém que prefere maçã? — perguntou, buscando outra forma de explicar para que Junwoo compreendesse melhor.

— Não, s-são gostos diferentes.

— Exatamente. É a mesma coisa para a sexualidade.

— São gostos, então? — tentou, buscando a confirmação do outro.

— Sim, são inevitáveis. E eu sei que você foi ensinado de uma maneira completamente diferente, mas quero que tenha consciência de que existe mais de um ponto de vista, tanto desse assunto quanto de qualquer outro. E por mais que não achemos correto ou que não tenhamos aprendido de tal maneira, devemos respeitar todos — explicou enquanto pegava uma pipoca e a mastigava antes de continuar. — Mas sempre existe a possibilidade de debater, que é o que eu estou fazendo com você. Estou lhe explicando que não é porque você aprendeu de uma maneira, que ela é necessariamente a correta.

— Na igreja dizem que... não é natural, principalmente po-porque os homossexuais não podem... procriar — Junwoo foi cuidadoso, sentindo-se aliviado ao ver que Takeshi riu.

— E procriar é a coisa mais essencial no mundo de hoje? Nesse planeta lotado de gente, sem condições de cuidar de todos?

Junwoo balançou a cabeça negativamente, porque, Deus, ele tinha razão!

— Eu sei que não podemos procriar, mas podemos adotar e isso não nos faz ter uma família menos importante ou real do que a de algum casal hétero que teve um filho do jeito convencional, até porque muitos desses casais abandonam os próprios filhos em orfanatos.

Junwoo arregalou os olhos ao fim da frase, e Takeshi riu fraco.

— Não estou dizendo que casais héteros não deveriam ter filhos da maneira convencional. Claro que não! Cada um faz o que quer. O que estou dizendo é que casais homossexuais não são "menos" por não poderem ter filhos assim ou por adotarem uma criança abandonada, entende?

Após alguns segundos de reflexão, Junwoo assentiu lentamente. Ele entendeu o ponto de vista do outro, e a forma como ele havia explicado parecia tão mais... simples, pacífica.

— O ódio que recebemos não é justificável de nenhuma maneira, Junwoo-*ah*, muito menos por religião. — Junwoo fitou Takeshi atentamente. — Religião fala sobre amar o próximo, certo?

— Sim.

— E eles disseram "Amem todos, menos os gays"?

Junwoo balançou a cabeça negativamente.

— Claro que não! Porque não somos menos humanos por gostarmos da mesma fruta.

— Fruta? — Franziu a testa, confuso.

— É. Eu gosto da fruta que você tem, por exemplo, que é a mesma fruta que eu tenho. — Ao explicar aquilo, Takeshi apontou para a área das calças de Junwoo e, depois, para a própria.

Os dois esbugalharam os olhos. Deus, por que ele tinha que ser tão espontâneo de vez em quando?

— M-mas isso não quer dizer que eu goste de você, entende? — apressou-se em dizer enquanto balançava as mãos negativamente. — Não é porque sou gay que vou dar em cima de todos os homens.

— E-entendi.

Junwoo não ficou menos envergonhado, mas também não mostrou afastamento nas horas que seguiram. Pelo contrário, mostrou-se bem com a conversa que tiveram, sentindo que sua mente estava clareando aos poucos, por mais que os dizeres que havia escutado a vida inteira ainda não tivessem sido completamente exterminados ou totalmente substituídos.

Durante o filme, Junwoo se viu imerso na situação do personagem: sentiu-se frustrado, triste e feliz quando o dito cujo também mostrava sentir aquelas emoções. Não se sentiu enojado com o fato de que o garoto queria beijar outros garotos e não quis, de maneira alguma, que ele ficasse com a melhor amiga que parecia sentir algo por ele.

Não! Ele tem que ficar com o Blue!

Junwoo não percebeu que estava roendo as unhas para saber quem era o tal *Blue* e, definitivamente, não se deu conta de que lágrimas se acumularam no canto de seus olhos quando Simon teve sua sexualidade revelada sem se sentir pronto para aquilo. A pipoca do garoto estava esquecida enquanto ele estava imerso na magia do cinema, com os olhos brilhando, atentos a cada mudança de imagem e a cada diálogo.

Takeshi, que já havia assistido àquele filme mais de uma vez, estava focado em observar as reações de Junwoo e não poderia estar mais satisfeito com elas. Sabia que Junwoo não era preconceituoso, sabia muito bem que tudo era questão de criação e que o garoto estava sentindo compaixão pelo protagonista do filme, além de não julgar o personagem em nenhum momento. Aquilo era visível em seu olhar inocente.

Durante a cena em que Simon contava aos seus pais quem era realmente, as lágrimas de Junwoo desceram pelo seu rosto sem que ele percebesse. Os pais do garoto se mostraram compreensivos e reconheceram que nada seria diferente quanto à personalidade dele. *Será que, quando Takeshi contou para os seus pais, eles também agiram daquela maneira?* Com aquilo em mente, o rosto de Junwoo se virou para o amigo e viu o garoto focado na cena que passava no telão. Sem querer atrapalhá-lo, voltou sua atenção para o filme e sorriu quando assistiu à forma como o pai do personagem o abraçou apertado, após ouvir sua confissão.

Junwoo nunca havia recebido um abraço daquela maneira, não de seu pai.

No fim do filme, ele não notou que suas pernas balançavam de ansiedade quando faltava pouco para descobrir quem era *Blue*. E, quando aconteceu, ele sorriu, como uma criança que havia ganhado um doce; sorriu ao ver a troca de carinho e os olhares apaixonados entre os dois meninos. Ele não achou nojento, achou bonito. Era amor, certo?

As lágrimas, que ainda estavam acumuladas nos olhos de jabuticaba do garoto, caíram novamente, sem que ele percebesse enquanto o fim do longa chegava, porém, daquela vez, Takeshi percebeu e, em um impulso, tocou em seu ombro, mostrando apoio.

Junwoo sorriu para Takeshi, com seus olhos ainda perdidos nas imagens coloridas que passavam na tela, apresentando o assunto sobre o qual estava gostando muito de entender melhor. Não era como se não tivesse mais dúvidas ou como se tivesse entendido perfeitamente que tudo aquilo era, de fato, normal, mas seu olhar sobre a situação toda estava mudando e os dizeres de seus pais não estavam mais fazendo tanto sentido quanto faziam antes. Era óbvio que o garoto ainda estava confuso, mas estava aberto a buscar mais explicações e não fugir dos diferentes pontos de vista existentes.

Imerso em seus pensamentos e na cena do filme, Junwoo não percebeu que a mão de Takeshi permanecia sobre ele enquanto fazia um carinho reconfortante em seu braço, descendo cada vez mais, até os dedos gordinhos pararem sobre sua mão, acariciando-a lentamente. Nenhum dos dois percebeu como aquele toque era sugestivo, pois foi algo extremamente natural para ambos. Eram amigos trocando carinhos. Nem Takeshi nem Junwoo perceberam o quanto aquilo afetou os seus interiores e fez seus corações falharem uma batida. Ambos pensaram ser por causa do filme, então, o toque permaneceu ali, discreto e inocente.

Basicamente, foi ali que tudo começou.

CAPÍTULO 9

Bonhwa não sabia quando tinha começado a se sentir daquela maneira por Yoona, mas sabia que aquele sentimento estava ali desde que a garota ainda era chamada de Yun. Ele acompanhou a sua transição, viu quando ela começou a se afastar de todos e agir de maneira estranha com seus melhores amigos, porque não entendia o que estava acontecendo consigo, não entendia o porquê de não conseguir se sentir satisfeita com o que lhe era imposto, com o conceito "masculino".

Aos dezesseis anos, Min Yoona estava arrumando a casa e, em um ato impensado, ao arrumar as roupas de sua mãe, pegou uma saia antiga da mulher, que fazia parte da coleção de roupas que guardava da adolescência por valor sentimental. Era uma saia branca de pregas que, provavelmente, batia um pouco abaixo da metade das coxas. Yoona olhou para a peça com admiração enquanto seus dedos acariciavam o tecido como se fosse a coisa mais delicada do mundo. Quando percebeu, já abria o zíper lateral da peça para colocá-la. Por usar somente uma cueca, naquele momento, vestir a saia tornou-se mais fácil do que teria sido se estivesse totalmente vestida. E ela ficou longos minutos, parada ali, em frente ao espelho do quarto da mãe, admirando como suas pernas ficavam lindas quando usava aquela vestimenta.

A garota mordeu o lábio inferior, sentindo-se relativamente bem com o que via no espelho, pela primeira vez. Lágrimas se acumularam no canto de seus olhos e ela apertou o tecido da saia, desejando, como nunca, ter nascido apta para usar aquilo sem ser criticada; para poder usar aquilo como uma mulher. Deus, aquele não era ela! Não, ela não era um garoto que gostava de usar saias. *Quem dera fosse.*

Sentindo a raiva invadi-la, aquela foi a primeira vez que Yoona machucou a si mesma: seus braços e pernas ficaram cheios de arranhões e teria sido pior, se sua mãe não tivesse adentrado o quarto naquele mesmo momento.

Naquele dia, Yoona sentiu, pela primeira vez, o que era a rejeição.

Sua mãe se tornou outra pessoa daquele momento em diante, sempre alegando que queria seu filho de volta e que seu pai odiaria ver que aquilo tinha acontecido com um dos "machos" da família.

Mas, bem, Yoona não tinha como saber, porque seu pai havia sumido.

Segundo sua mãe, ele tinha trocado a família por uma melhor quando Yun tinha apenas oito anos. A garota mal se lembrava de seu progenitor, mas sua maior vontade era procurar por ele, principalmente depois de como sua mãe começou a tratá-la. Aquela foi a parte mais difícil para ela, pois não tinha nenhum apoio familiar e precisou esconder seu verdadeiro eu por mais tempo.

Yoona começou a aparecer com machucados, frequentemente, que foram notados somente por Bonhwa. O garoto podia ficar facilmente absorto em determinadas situações, sim, mas também era um observador nato, então percebeu, de imediato, que tinha algo errado com sua melhor amiga.

Em um impulso, resolveu segui-la até em casa, após o trabalho noturno de Yoona, que era perto do dele. Ambos trabalhavam nos balcões de lanchonetes que ficavam no mesmo bairro. No meio do caminho, quando Bonhwa estava escondido atrás de uma lixeira, viu a menina parar em frente à vitrine de uma loja de departamento e fitar as diversas saias e conjuntos femininos expostos ali. Prestando bem atenção, Bon assistiu à forma como as unhas de Yoona foram cravadas em seu próprio braço, arranhando-o com firmeza.

Bonhwa não demorou a entender.

A partir daquele dia, ele decidiu ajudar a garota com atos pequenos, mas que sabia que seriam significativos: primeiro, começou com apenas sugestões em assuntos que ele mesmo levava para o grupo, como crescimento capilar.

— Por que não deixa seu cabelo crescer? — perguntou para Yoona na mesa do almoço, enquanto Ravi e Takeshi conversavam sobre outro assunto.

— Isso é coisa de mulher — respondeu. A voz, na época, saiu grave e em um tom rude.

— Isso é coisa pra quem quiser.

Naquele dia, Yoona se olhou no espelho do banheiro e decidiu que não cortaria mais seus fios.

E as ações de Bonhwa não pararam por ali, pois sua decisão de ajudar a menina ia muito além daquilo. Então, em um natal em que o grupo se reuniu na casa da família de Takeshi e presentearam uns aos outros, ele a chamou para uma conversa privada na cozinha dos anfitriões e entregou seu presente: uma saia.

Yoona chorou.

Ela segurou o tecido em seus dedos e abraçou Bonhwa com toda a força que possuía. Depois daquilo, ela se abriu — com a ajuda dele — para seus outros dois melhores amigos que não a julgaram por nem um segundo. Não tinham motivos para isso, afinal.

Por um acaso, os pais de Takeshi ouviram a conversa, e Shutaro, sendo cuidadoso, ofereceu algo que a desestabilizou totalmente: uma cirurgia genital afirmativa de gênero e outra para adição de implantes de silicone nos seios. O homem fazia parte do conselho do hospital e tinha muitos amigos cirurgiões, tanto na Coreia quanto em outros países onde aquela cirurgia era possível. Yoona teria que esperar até fazer dezenove anos para não precisar da autorização de sua mãe — a maioridade no país era atingida aos 19, pois, ao nascer, considerava-se que os nove meses de gestação já eram quase um ano de vida. Ao receber a confirmação de Shutaro de que poderia pensar tranquilamente naquele assunto antes de tomar uma decisão, ela concordou. Teria um ano para pensar.

Aquilo deixou de ser um problema em sua vida, e o maior deles tomou tamanho quando menos esperava: sua mãe não se mostrou mais compreensiva em nenhum momento. A mulher odiou a filha, repeliu-a e afastou-a como podia, mal falando com a garota durante o dia e agindo como se ela não existisse, apenas deixando comida e pagando sua escola.

Outro grande problema era o colégio: fora o preconceito que sofria no local, tinha que aguentar o seu nome antigo sendo pronunciado sempre que um professor ou o diretor a chamava.

Menos Kwan Hajoon.

Ele, em seu primeiro dia de aula, fez a chamada em silêncio por causa da bagunça na qual a sala se encontrava, aproveitando-se do fato de que o site para os professores deixava uma foto ao lado de cada nome na chamada — para impedir que os próprios alunos os enganassem. Ele não estava tendo problema algum, mas, quando chegou à letra "M", estranhou o fato de haver um menino ali que não identificou de primeira: um tal de Min Yun. Então, ergueu o olhar e passou-o pelos alunos, encontrando, bem na mesa à sua frente, uma garota de cabeça baixa. Não foi difícil reconhecê-la, pois a única diferença, em sua foto no site, era o cabelo bem curto e a falta de maquiagem. E ali, bem à sua frente, Hajoon enxergou uma pessoa corajosa que não imaginaria ver tão cedo no país em que morava.

— Como você quer que eu lhe chame? — ousou perguntar baixo para que nenhum outro aluno se intrometesse. Poderia estar errado, afinal, ali, à sua frente, poderia ser apenas um garoto que gostava de maquiagem e de cabelos longos.

Yoona levantou a cabeça na hora e fitou o mais velho, em dúvida; seu peito estava apertado, com o coração acelerando. Aquilo estava realmente acontecendo?

Hajoon não percebeu, mas os amigos de Yoona viram sua atitude e, naquele momento, decidiram, em silêncio, que aquele seria o professor favorito.

Mesmo envergonhada e surpresa, ela respondeu, firme:

— Min Yoona.

E Hajoon lhe ofereceu um sorriso antes de terminar a chamada e se levantar para começar sua aula.

Sua aproximação com Yoona e com o grupo foi inevitável; a partir daquele dia, não foi, em nenhum momento, repelida, porém, Yoona estava cada vez mais confusa por se sentir de maneira estranha perto do professor. Ela tinha consciência do que era, afinal, não era burra, no entanto, o obstáculo estava no fato de Hajoon não ser a única pessoa que a fazia se sentir de tal maneira, tinha Bonhwa também. E era um quebra-cabeça nas duas situações, já que um era seu professor — e, por mais que fosse maior de idade, ainda era antiético — e o outro era seu melhor amigo.

Yoona se culpava imensamente por seus sentimentos, pois achava que não tinha o direito de querer os dois homens para si, de não saber qual era o certo para ela. E, talvez, nem houvesse certo, talvez, os dois acabassem magoando a garota ou ela acabasse magoando um dos dois. Contudo, ela se achava covarde demais para descobrir aquilo por si só.

!

— Qual foi o lucro? — Ravi perguntou enquanto seus olhos quase se fechavam de sono.

— Nós gastamos apenas quatrocentos e sessenta e nove mil, trezentos e sete wons, e lucramos um total de... — Hajoon digitou algo na calculadora. — Um milhão, cento e setenta e três mil, quatrocentos e quarenta wons.

— Isso é muito dinheiro! — Junwoo estava impressionado, com seu queixo levemente caído por causa da surpresa. Ele não tinha ideia de que um filme e pipoca poderiam render tanto daquela maneira, mas para os outros não foi tanta novidade. O ingresso foi barato, o que fez com que todos convidassem mais pessoas, e quase todos compravam mais de uma pipoca.

— Vivemos em uma cidade bem consumista — Takeshi explicou, e o sorriso que dirigiu a Junwoo foi imediatamente correspondido.

Takeshi estava um tanto eufórico por Junwoo estar agindo de maneira completamente normal com ele. Teve a impressão de que, após a conversa que tiveram, Junwoo pudesse se afastar novamente, nem que fosse para refletir sobre o assunto, mas ali estava ele, agindo como se tudo o que havia escutado não tivesse tido efeito algum sobre si.

Contudo, seu cérebro estava a mil.

Junwoo não podia dizer que tudo se tornara claro em sua mente, porém também não considerava mais a ideia de se afastar de seus amigos como uma solução. Ele ainda tinha suas dúvidas e não sabia o que faria a respeito delas; ainda ouvia as falas de seus pais em sua mente e não parecia que aquilo iria embora tão cedo. Só o tempo diria como o pensamento de Junwoo evoluiria.

— E o que vocês farão com todo esse dinheiro? — questionou curioso.

— Viajar — foi Yoona quem respondeu. — Queremos ir aos Estados Unidos.

Junwoo arregalou os olhos, surpreso, mas o sorriso em seu rosto combinou muito bem com sua próxima fala:

— Eu espero que vocês consigam.

Yoona, que estava um tanto para baixo, sorriu de maneira doce para o menino, apreciando o jeito ingênuo e inocente que ele aparentava ter, mesmo sendo um garoto extremamente curioso e dedicado. Ela sempre quis se aproximar um pouco mais dele, mas ainda não tivera a oportunidade — além da primeira vez que falara com ele — de sentar e conversar sobre o que quer que fosse. Eles estavam sempre com os outros e aquilo não era um obstáculo, no entanto, para conhecer alguém novo era sempre necessário ter conversas mais "particulares".

— Eu também, mas agora só consigo pensar em conseguir deitar na minha caminha e dormir até o sol raiar — Ravi choramingou.

— Tá cedo ainda! — Yoona rebateu, checando a hora em seu celular.

Aquilo pareceu despertar Junwoo.

— Que horas são? — perguntou, sentindo-se afoito de repente, e fazendo com que todos, ali, se sentissem um tanto confusos.

— Oito e quarenta. — Bonhwa respondeu antes de Yoona.

Takeshi levantou-se tão rápido quanto o novato, quando este disse que tinha que ir para casa correndo.

— Eu te levo — murmurou. — Vamos de táxi.

Junwoo, com o visível medo de chegar atrasado e ter seus pais decepcionados com ele — o que faria com que nunca mais acreditassem em algo que o menino dissesse —, apenas assentiu, despedindo-se rapidamente do grupo, ao lado de Takeshi que fez o mesmo, após pegar a caixa de dinheiro.

— Vocês vão voltar como? — Ravi perguntou já se levantando. — Porque minha tia vem me buscar.

— Eu vou de táxi também — Hajoon guardou o telefone e os papéis que utilizara para anotar as contas. — Querem carona?

A pergunta foi direcionada para Bonhwa e Yoona. O garoto prontamente assentiu, sem se dar conta de que teria um momento de constrangimento absoluto quando estivesse sozinho com o professor e a garota. Yoona também concordou, porque não tinha meios para voltar, mas seu coração descompassou quando percebeu que ficaria só com aqueles dois.

Alguns minutos depois, os três já estavam entrando no banco traseiro do carro, após se despedirem de Ravi e confirmarem presença em seu show na noite do dia seguinte. Aquilo animou Yoona de certa maneira, pois fazia tempo que não assistia a uma das apresentações extremamente bem elaborados do garoto.

— Como você vai amanhã? — Bonhwa perguntou a ela, quando já estavam acomodados no veículo.

Yoona estava no meio dos dois, o que serviu para deixá-la ainda mais sem jeito naquela situação difícil.

— Vou andando — respondeu, fitando suas próprias unhas, as quais, felizmente, estavam bem grandes e com esmaltes intactos.

— À noite? É perigoso, *noona*. E o lugar também não é um dos mais bem frequentados. — Bonhwa pareceu extremamente preocupado enquanto sua mão pousava sobre o joelho da amiga, sem que tivesse consciência daquilo.

Mas o movimento foi perfeitamente acompanhado pelos olhos de Hajoon, que se remexeu, incomodado, e coçou a garganta antes de se pronunciar.

— Você pode ir comigo, *jagi*. Amanhã já terei o meu carro.

Yoona fitou o mais velho, abrindo a boca para respondê-lo, mas Bonhwa foi mais rápido:

— Eu ia... ia oferecer para ir comigo de bicicleta. Não é um carro, mas... — Ele ficou sem saber como concluir sua fala, coçando a nuca, envergonhado demais e olhou para a janela em seguida.

A garota não sabia o que fazer.

— Eu... Eu vou sozinha mesmo — foi o que ela disse.

A viagem seguiu silenciosa depois daquilo, e eles abriram a boca somente no momento da despedida. Yoona foi a primeira a deixar o veículo, depositando um beijo na bochecha de cada um, antes de pedir espaço para Hajoon para que pudesse descer. Observou o carro partir e sentiu um peso deixar seus ombros quando se viu sozinha.

Ela suspirou e, apertando os punhos para tentar se encorajar, adentrou sua casa, deixando suas chaves sobre o balcão. Estranhou o silêncio do ambiente e olhou em volta, notando que, de fato, todas as luzes estavam apagadas e não havia um sinal de vida. Não estava tão tarde, então era impossível sua mãe estar dormindo, porém era sexta-feira, o que, provavelmente, significava que a mais velha estava em alguma boate por aí, bem provavelmente, para afogar as mágoas que o seu "falecido filho" — em suas palavras — lhe causava.

Aliviada por estar sozinha, Yoona seguiu para seu quarto, trancando a porta assim que chegou ao cômodo. Ela estava segura, pelo menos, naquela noite.

!

— Você tem certeza de que não quer que eu entre com você?

O olhar triste de Junwoo era evidente. O garoto suspirou, coçando a nuca e tendo em mente que, se tivesse pais mais compreensivos, com certeza, gostaria de apresentar seu mais novo amigo a eles.

— Sim, *hyung*. Principalmente porque eu disse que estava com Bonhwa e Yoona — explicou enquanto abria a porta do táxi para descer.

Takeshi sabia que aquele não era o real problema que impedia o garoto de apresentá-lo aos seus pais. Ele sabia que era porque ficariam com um pé atrás ao ver o filho homem ter um amigo, também homem, que "se vestia como mulher", contudo, Takeshi não insistira, sabendo que aquela era uma situação complicada, principalmente para alguém como Junwoo.

Então, ele somente assentiu e acenou para o mais novo, antes deste sorrir com doçura e fechar a porta. Takeshi seguiu para sua casa e Junwoo adentrou a sua, já esperando pelo pior.

— Quem era no táxi? — sua mãe perguntou sem nem cumprimentar o filho.

— B-bonhwa e Yoona. — Junwoo assustou-se, mas se recuperou rapidamente, notando que seus pais estavam assistindo à televisão antes de sua mãe se levantar para bisbilhotá-lo pela janela da sala, a qual tinha vista para a rua da frente.

— Ela é ruiva?

Junwoo engoliu em seco, mas assentiu firme em sua mentira.

— A mãe dela é estrangeira.

Sua mãe pareceu aceitar aquilo enquanto seu pai não dava a mínima, rindo de algo que era emitido no aparelho televisor.

— Tem sobras do jantar para você... na geladeira — a mulher finalizou e voltou para o sofá, sentando-se um tanto afastada do marido.

Junwoo assentiu para o nada, satisfeito com o quão real soara e aliviado por não ter sido pego em sua mentira. Foi para a cozinha e deixou sua mochila no chão para poder, em seguida, se alimentar com o que quer que tivessem deixado para ele, mesmo que sua barriga estivesse cheia de pipoca.

!

No dia seguinte, Junwoo quase adormeceu no culto, por ter demorado a dormir na noite anterior. Era visível o quanto suas pálpebras pareciam pesadas, principalmente quando ele piscava: o movimento era lento e vinha sempre acompanhado de um bocejo e um coçar de olhos. Seus pais não perceberam, ocupados demais em passar uma imagem de fiéis dedicados, que não possuíam olhos para nada mais, além da devoção à Igreja; Bora, no entanto, percebeu.

— Não dormiu direito?

Junwoo olhou para a garota com as sobrancelhas franzidas. Quando entendeu a pergunta, ele riu envergonhado.

— Não... Está muito óbvio?

A garota assentiu, rindo um pouco. Junwoo ajeitou sua postura desleixada no banco e arregalou um pouco os olhos antes de impedir que outro bocejo desse as caras. Ele não podia deixar que seus pais percebessem o quão desinteressado estava, ultimamente, nos dizeres do pastor.

— Parece que seu pai convidou meus pais e eu para almoçarmos na sua casa hoje — disse, sem desviar seu olhar de Daejung, mas sem prestar a devida atenção nele.

— Que legal! — Junwoo mostrou-se animado com aquela ideia, porque ainda não enxergava as reais intenções de seu pai com convite como aquele.

Ao notar isso, Bora apenas engoliu em seco e abaixou a cabeça, sentindo-se incapaz de contar a ele e, de certa forma, difamar o pai do garoto.

Song Bora não era como as outras meninas de sua idade que frequentavam aquela igreja, e qualquer um que prestasse uma verdadeira atenção nela, notaria aquilo. Assim como muitos naquele local, ela fingia ser quem não era para agradar os outros. E o pior de tudo não era isso, mas saber que não concordava com os ensinamentos que eram transmitidos naquele ambiente e que sentia medo. Medo da rejeição, de seus pais não a virem como filha por causa de um fator insignificante.

— Bora já te contou o que vamos fazer hoje, filho? — Jiyoon perguntou quando estava com o marido, além de Bora e sua família, do lado de fora da Igreja, após a reunião. Sua voz soava em um tom forçadamente doce e completamente falso aos olhos do próprio filho. Junwoo assentiu, no entanto, sem responder.

— Temos comida o suficiente em casa, certo? — Daejung perguntou para a mulher e quando esta não confirmou, ele se sentiu envergonhado. — Mulher... — advertiu, e o apavoramento ficou visível nos olhos de Jiyoon.

— E-eu posso comprar agora enquanto vocês vão para casa — tentou, mas Daejung balançou as mãos.

— Junwoo pode ir — dito isso, tirou a carteira do bolso e entregou o cartão para o filho que, mesmo relutante pelo cansaço em seu corpo, o pegou. — Faça a lista para ele.

Jiyoon adentrou a Igreja novamente para pegar um pedaço de papel e uma caneta. Enquanto isso, os pais de Bora engataram em um assunto com Daejung. A garota e Junwoo se sentiam extremamente desconfortáveis e permaneceram parados, tentando não demonstrar o quanto desejavam não estar ali.

Quando Jiyoon voltou, entregou a Junwoo o papel e explicou o caminho para o mercado. Ele se curvou educadamente para todos e se afastou, pegando o caminho indicado em silêncio.

O local não era afastado e parecia bem humilde, não se incluindo na categoria de mercados enormes e lotados, assimilava-se mais a uma pequena venda dos mesmos produtos, porém mais baratos. Mesmo sendo localizada em um ponto considerado "centro" da cidade, a igreja ainda ficava em uma vizinhança humilde demais para ser frequentada por todas as classes, o que explicava a presença de uma venda como aquela por perto.

Entretanto, algo chamou a atenção de Junwoo antes que ele adentrasse o pequeno mercado: uma mulher com roupas extravagantes, sentada, no banco, em frente ao local, com os cabelos loiros completamente bagunçados enquanto segurava algo contra o rosto e o corpo dava pequenos solavancos por causa do provável choro. Em um impulso, aproximou-se dela e parou receoso. Perto o suficiente para poder se comunicar, perguntou:

— V-você está bem?

Imediatamente, a mulher fungou e esfregou o que Junwoo descobriu ser um papel contra o rosto, na tentativa de limpar suas próprias lágrimas. Ela umedeceu os lábios borrados de batom e olhou para cima, ainda tentando controlar a si própria.

— Sim, não se preocupe.

Junwoo franziu o cenho por causa do tom rouco que a voz da mulher carregava. Para ele, parecia a voz de um homem.

— P-precisa de algo? — ele continuou tentando ajudar, dando um passo para trás quando a mulher o olhou de maneira rude.

— Vai me bater também? — ela debochou e Junwoo não entendeu.

Todavia, quando analisou melhor os braços e o rosto dela, conseguiu enxergar os diversos hematomas e arranhões, os quais denunciavam a violência que havia enfrentado. Os roxos eram de uma tonalidade assustadora. Ninguém havia batido nela, ela tinha sido espancada.

— E-eu n-não... Por-por que eu lhe bateria, senhora? — gaguejou, apertando o cartão e o pequeno papel em seu bolso da calça.

— Não é óbvio? — Ela riu irônica.

— A-ahm... N-não?

A mulher parou e o fitou de cima a baixo, vendo as calças e a blusa social em cores totalmente sem graça, os sapatos que pareciam tirados do armário de um homem de setenta anos e o cabelo puxado para trás com um gel de quinta categoria. Ele parecia ter saído de uma propaganda da igreja, e ela realmente quis rir com aquele pensamento, como se não tivesse acabado de ser humilhada naquela mesma rua.

— Alguém lhe b-bateu, senhora? Q-quer que eu chame a polícia? — Junwoo começou a se desesperar por não obter resposta, ponderando entrar na loja apenas para pedir que ligassem para as autoridades. Afinal, por que bateriam em alguém daquela maneira tão desumana?

— A polícia não faria nada, meu querido — ela usou um tom mais dócil ao ver que o garoto realmente não fazia ideia do que estava acontecendo. — Me bateram porque eu nasci homem, mesmo sendo mulher.

O cérebro de Junwoo entrou em pane.

— Como assim?

— Eu sou transgênero, garoto. E um grupo de homens idiotas me bateu ao perceberem isso. Eles roubaram meu dinheiro e meu celular.

A expressão de confusão se transformou em completa surpresa ao constatar que, ali, à sua frente, estava *um homem vestido de mulher*.

Imediatamente, Junwoo ajeitou o corpo e a roupa, envergonhado por causa da situação toda. Não compreendia o acontecido como um todo e se sentiu envergonhado por isso.

— Esse é o momento em que você vira as costas e finge nunca ter me visto. — O tom que *o homem* usou fez o peito de Junwoo apertar. Ele engoliu em seco, sem saber o que fazer diante daquela situação.

— E-eu... E-espere aqui — foi o que saiu de sua boca e, deixando o *homem* completamente confuso, Junwoo adentrou o estabelecimento.

Ele colocou todos os pedidos de sua mãe em uma cesta, acrescentando somente uma garrafa de água e um biscoito barato enquanto seu cérebro fazia diversas perguntas, deixando somente uma coisa clara: não importava quem *aquele homem* era ou como se vestia, *ele* não merecia ser violentado daquela maneira e ter seus pertences roubados. Não era certo fazer aquilo com nenhum ser humano, e Junwoo tinha certeza daquele fato. Estava convicto.

Então, após pagar as compras com o cartão de seu pai, deixou o estabelecimento e se dirigiu até *o homem* ainda sentado no banco, que fitava o nada. Sem dizer uma palavra, Junwoo estendeu a garrafa de água e o biscoito para *ele*, recebendo um olhar estranho como resposta.

— Você não é da igreja? — perguntou confuso, porém aceitando a água e o biscoito.

— S-sim, m-mas... nada é motivo pra violência.

Junwoo assistiu *ao homem* dar um gole na água, com a sobrancelha arqueada. Foram longos segundos daquela maneira, ambos se encarando em um completo e estranho silêncio. No entanto, um sorriso apareceu nos lábios borrados do outro, e Junwoo soube novamente que tinha dito e feito a coisa certa.

CAPÍTULO 10

Ravi bufou enquanto fechava a caixa de papelão que guardava suas meias-calças, sentindo-se extremamente frustrado por estarem todas ali, menos a que precisava para aquela noite.

— Tia, você viu minha meia-calça arrastão preta? — gritou, deixando seu quarto para se dirigir até o de sua tia.

Assim que chegou ao cômodo em que a mulher passava a maior parte de seu tempo, ele se encostou à porta e prendeu a risada ao vê-la adormecida em cima da mesa, no canto do quarto, com um cigarro pendendo entre os dedos longos e repletos de calos, quase queimando os papéis que ocupavam a planície de madeira. Então, o garoto se aproximou, tirou o cigarro dos dedos dela e o apagou no cinzeiro, antes de cutucá-la no rosto para que acordasse.

— Hm? O quê? Quem morreu?

Ele riu e balançou a cabeça negativamente, acomodando-se na ponta da cama para esperar que a mulher acordasse totalmente e pudesse ajudá-lo a achar o que procurava.

— Caralho, Ravi. Eu já disse para não me acordar, a não ser que alguém esteja morrendo — resmungou quando conseguiu, finalmente, abrir os olhos, fitando o sobrinho sentado em sua cama.

— É o que vai acontecer, se eu não conseguir achar a minha meia-calça arrastão preta. Você a viu?

Ela negou com a cabeça enquanto se levantava, esticando o corpo, esbelto para uma mulher na casa dos cinquenta anos. Coçou a bunda e, em seguida, puxou o cabelo e fez um coque bem no alto de sua cabeça com fios vermelhos.

Ravi admirou Ária silenciosamente, sentindo-se como toda vez que seus olhos pousavam nela: orgulhoso. Ele tinha orgulho de ter sido criado por uma mulher tão ousada, criativa e mente aberta como aquela, e grato por ter sido a única parenta a se responsabilizar por ele quando seus pais morreram em um acidente de carro.

A mãe de Ravi, Opala, que compunha a ascendência indiana do garoto, mudou-se de seu país de origem quando era bem nova, motivada pelos próprios pais a buscar por uma vida melhor em algum país vizinho que fosse mais bem desenvolvido do que o seu era na época. Opala só aceitou, porque sua irmã, Ária, concordou em acompanhá-la. O espírito libertino e a ousadia da mais nova sempre haviam servido de incentivo para Opala, que nunca foi alguém capaz de arriscar demais. Isso mudou, entretanto, quando conheceu Jung Hansol, o sul-coreano por quem se apaixonou assim que avistou o sorriso brilhante que tinha, capaz de animar qualquer um e de trazer a luz necessária a um ambiente escuro. Sorriso que Ravi havia herdado, por isso Opala não hesitara em escolher aquele nome para o filho — um nome originário de seu país que significava "o Sol".

O garoto era muito novo para se lembrar de como a perda havia acontecido e, ainda mais, para sentir falta de seus progenitores. Entretanto, sua tia vivia dizendo para ele que a mãe era doce e extremamente compreensiva, por mais que fosse careta — em suas palavras.

Mesmo sofrendo tanto por perder a sua maior confidente, Ária não quis que a imagem dela desvanecesse da vida do sobrinho. Após a morte de seus pais, na Índia, Opala e a irmã se tornaram as únicas restantes na família, o que permitiu que o laço forte que existia entre ambas fosse ainda mais consolidado. Tal fato evitou que Ária fosse julgada por exercer a profissão que tanto amava: dançarina de cabaré.

No início, Opala ficou receosa, por achar que seu trabalho envolvesse prostituição. Ela não achava seguro e imaginava que a irmã pudesse passar por muitos problemas, no entanto, Ária explicou para ela que não era o caso. A dança e, algumas vezes, o canto eram as coisas que mais amava fazer. Nunca teve o desejo de fazer parte da grande indústria musical, o que tornava o cabaré a alternativa ideal.

Então, a pedido da irmã, Opala passou a frequentar o bar e cabaré denominado *Kabaret Paradis*, localizado nos subúrbios da capital. Aquele tipo de clube não era ilegal no país, porém o *Kabaret* ficava escondido, por ser um tanto diferente dos demais; ele abrigava diferentes tipos de dançarinos e cantores que não eram bem aceitos na sociedade retrógrada sul-coreana: *Drag Queens*.

Na primeira vez que as viu, a mãe de Ravi ficou assustada, mas, ao mesmo tempo, achou incrível a forma como elas interpretavam um personagem, criavam uma *persona,* cantavam e dançavam com todo o talento que possuíam, junto às dançarinas, coordenando-as e guiando-as na apresentação estrelada por suas belezas singulares.

Quando Opala faleceu, Ária ficou desolada e parou de dançar durante um bom tempo, dedicando-se apenas a cuidar da pequena criança de dois anos que veio parar em seus braços, já que a família do pai era inconsequente e ignorante demais para procurar pelo bebê após a morte Hansol.

O marido de Opala não era como a família, passava longe, na verdade, por isso Ária admirou-o durante os anos que passou ao lado dele e da irmã. Era um homem com uma cabeça evoluída demais para o tempo e a sociedade na qual viviam. Sempre alegava que Ravi puxara isso dele.

Ravi não sentia saudades dos pais, pois não chegara a conhecê-los, porém, a curiosidade e a vontade que tinha de poder passar, pelo menos, um dia de sua atual vida ao lado deles era grande.

Entretanto, estava extremamente satisfeito com sua tia e sabia que não poderia ter sido criado por alguém melhor. Nunca procurou conhecer a família de seu pai e teve o apoio de Ária naquela decisão, já que esta sabia que a última espécie de ser humano que Ravi desejaria conhecer seria a da família de seu pai.

Após parar de dançar, Ária tornou-se uma das sócias do clube, o qual crescera imensamente com o passar do tempo, tornando-se um dos que mais faturava dinheiro na capital sul-coreana. Ela era responsável pela organização das apresentações das *Drags* e das dançarinas e não poderia ter escolhido um posto melhor para ocupar.

Quando Ravi completou quinze anos, pediu para a mulher explicar a ele no que consistia o seu emprego, pois queria muito descobrir a própria vocação — e, com toda certeza, o melhor jeito de fazê-lo era conhecer a diversidade de empregos existentes. Ária não hesitou em explicar ao sobrinho e, mesmo recebendo algumas repreensões de seu chefe pelo fato do garoto ser menor de idade, levou-o para assistir a uma apresentação no clube.

Ravi ficou fascinado. Ele nunca vira algo tão bonito.

A voz encorpada da *Drag*, as dançarinas a acompanhando da maneira mais sincronizada possível, as cores, as roupas... Tudo parecia fazer o queixo de Ravi tocar o chão, em pura admiração. E, enquanto ele se perdia na beleza daquela apresentação, sua tia se perdia em observá-lo, como se já imaginasse que aquilo aconteceria.

A partir daquele dia, Ravi passou a ir todos os fins de semana aos shows organizados por Ária. Ele assistia do *backstage* — já que ela não queria que ele ficasse no meio dos adultos e das bebidas — e gostava que fosse daquela maneira, pois assim poderia conversar com as *Drag Queens*.

Ária percebeu que, de fato, aquela decisão podia ter sido a melhor que tomara em toda a sua vida. Em uma noite de domingo, ao chegar tarde a sua casa — pois precisou comprar utensílios para o show da semana seguinte —, flagrou Ravi em seu quarto. Não teria sido uma surpresa, se o garoto não estivesse usando um de seus antigos figurinos temáticos que incluíam um salto agulha de quinze centímetros e um cachecol peludo, o qual ele manuseava com a maior destreza enquanto dançava. Ela parou e encostou-se ao batente da porta de seu quarto, vendo o garoto desfilar, nos saltos, sem exibir um pingo de dificuldade, mexendo os quadris sensualmente na batida imaginária da música que cantava. Por Deus, o menino cantava muito bem quando soltava a voz daquela maneira! E ele tinha apenas dezesseis anos.

Ravi se assustou quando percebeu que a tia estava, ali, o observando e, em um ato desesperado, tentou arrancar as roupas de seu corpo, mas a mulher o impediu e se aproximou, deixando as sacolas de compras sobre sua cama e se sentando na cadeira de sua penteadeira.

— Vem aqui — ela murmurou enquanto gesticulava para que Ravi se aproximasse e, mesmo hesitante, ele o fez.

Ária sorriu da maneira mais doce possível, começou a tirar todas as suas maquiagens das gavetas das penteadeiras e fez a primeira maquiagem em Ravi. Extravagante, como o garoto mostrara ser quando achava não ter ninguém por perto, combinando perfeitamente com sua roupa.

No fim de semana seguinte àquele acontecimento, Ravi foi a estrela de seu primeiro show e conquistou cada célula de todos os presentes no clube. Ele era carismático, de uma beleza exuberante, vestia-se como mais ninguém ali e cantava como ninguém esperava que fosse capaz de cantar. Ária fez parte do grupo de dançarinas naquele dia, mesmo estando aposentada daquele ramo, e foi incapaz de conter seu sorriso em cada momento que seus olhos pousaram no sobrinho.

Ele tinha nascido para aquilo e até mesmo o chefe de Ária reconheceu, acabando por permitir as apresentações regulares dele ali, desde que não ficasse perto do bar ou se infiltrasse no público enquanto fosse menor de idade. Ravi não hesitou em aceitar.

— Eu não vi, mas tenho uma que pode servir em você, bombom — a mulher usou o apelido antigo do menino, arrancando uma risada dele.

Ária pegou a meia-calça, a qual se referia, a entregou para o sobrinho e se sentou ao seu lado depois.

— Seus amigos vêm hoje?

— Sim. — Ele sorriu, se animando ao pensar na presença de seus melhores amigos em uma noite que, assim como todas as outras, era de grande importância em sua vida. — Eles estão tão ansiosos quanto eu.

— Você tem sorte de ter amigos assim, de verdade. — Ela se deitou na cama, removendo os saltos que usava com os próprios pés. — Na minha época, não recebi apoio de ninguém, além da sua mãe e do seu pai.

— Os outros que perderam, tia. Perderam uma mulher incrível como você ao lado deles — rebateu, e Ária sorriu.

— Eu te criei muito bem.

Ravi gargalhou e deu um beijo na bochecha da tia antes de sair do quarto, deixando-a dormir para poder estar inteira, naquela noite, e poder assistir, mais uma vez, à genialidade de seu sobrinho nos palcos.

!

— Nós podemos sentar ali, o que acha? — Yoona indicou uma mesa perto do palco, mas na diagonal deste.

O clube fazia jus ao clima noturno, todo puxado para as cores roxas e escuras. Havia um bar na reta do palco, o qual tinha as mais luxuosas decorações com garrafas de bebida e itens de *drinks*, mesas espalhadas com três cadeiras ou mais e, na diagonal direita do palco, havia poltronas também roxas, em um tom escuro, com pequenas mesas em frente a elas, para quem procurava algo mais confortável. As cortinas do palco eram de um vinho escuro e se assemelhavam às de um grande teatro, aparentando ser pesadas.

O grupo chegou duas horas após a abertura do local, o que proporcionou uma falta dos melhores lugares, porque o cabaré era extremamente movimentado nos fins de semana. Aquilo rendia cachês muito bons para Ravi e, como o garoto tinha apenas suas apresentações e estudos na vida, a maior parte do cachê ia para suas economias destinadas à viagem no ano seguinte. O resto ia para suas roupas, é claro.

— Acho perfeito — Takeshi foi quem respondeu, acompanhando o grupo até a mesa indicada por Yoona.

Eles receberam olhares durante todo o percurso, porque era óbvio serem menores de idade. Apenas Hajoon não fazia parte daquela categoria, mas, mesmo assim, recebia olhares duvidosos por estar acompanhado *de crianças*, crianças de dezoito anos, mas, ainda assim, crianças aos olhos da lei coreana. A sorte era que possuíam identidades falsas muito bem-feitas por Ária.

Porém, Takeshi preferia acreditar que os olhares eram por causa de suas aparências, graças às roupas sensacionais que vestiam naquela noite. Takeshi fizera questão de pegar sua melhor jaqueta — que era de paetês em diferentes tons de rosa —, uma calça jeans azul extremamente clara e absurdamente colada, realçando tudo o que tinha para realçar — e era muita coisa —, além de uma blusa branca, a única que conseguiu combinar com o resto da roupa. E não podia faltar o par de sapatos sociais prateados, os quais brilhavam e gritavam por atenção!

Ishikawa Takeshi brilhava por inteiro.

Naquele dia em especial, sua mãe o ajudou a fazer sua maquiagem e ele não poderia ter ficado mais satisfeito com o resultado. Seus olhos estavam marcados com lápis, uma pontinha de delineador lhe dava um olhar ainda mais penetrante e seus lábios estavam realçados por um *lip tint* vermelho.

Takeshi estava absurdo.

Bonhwa, por mais simples que estivesse, não deixava de chamar a atenção de mulheres e homens que sentiam a típica fome luxuriosa ao vê-lo. Ele vestia uma camisa vermelha, uma calça e jaqueta jeans apenas, porém seu *mullet* arrancava suspiros de quem quer que o olhasse.

Inclusive de Yoona.

A garota escolhera seu melhor vestido para aquela noite, buscando se sentir bem consigo, e conseguiu. O vestido era preto e delineava a sua cintura e as suas coxas da maneira mais sutil possível, era apertado até a área do quadril para, em seguida, se soltar e permitir que Yoona o rodasse, caso sentisse vontade.

Ela estava encantadora e aquilo não passara despercebido por Bonhwa nem por Hajoon que, assim que pousaram seus olhos nela, se sentiram como se fossem passar mal a qualquer momento. O pior foi que nenhum dos dois conseguiu relaxar, o que rendeu risadas discretas de Takeshi e uma expressão totalmente envergonhada da menina.

— Vão querer beber algo? — perguntou Hajoon, quando avistou o garçom se aproximar deles.

Todos os outros acenaram positivamente e checaram o cardápio de forma rápida antes de fazerem seus pedidos e aguardarem. Takeshi observou o local, notando que, surpreendentemente, havia mais mulheres do que homens naquela noite. Ele sorriu e passou seu olhar por cada uma delas, vendo algumas imersas em conversas e outras parecendo um tanto amedrontadas por causa do que apareceria, no palco, em alguns minutos.

Avistou uma *Drag* sair pela porta dos bastidores e admirou a forma esbelta como ela caminhava, recebendo olhares de quase todos no estabelecimento: olhares admirados.

Drag Queens ainda eram um tabu no mundo, por mais libertina que uma sociedade ou um grupo de pessoas pudesse ser. Elas eram muitas e, na maioria das vezes, incompreendidas. Mas Takeshi achava fácil entender que *Drags* eram, na verdade, personagens.

Ravi, por exemplo, não se identificava como mulher e aquilo era o caso de praticamente todas as *Drags*. No dia em que contou para o grupo o que fazia em seus fins de semana, explicou que ser uma *Drag Queen* era uma forma de expressão, de extravasar e de se abrir da maneira mais chamativa possível. Era arte. Era a mesma coisa que pessoas que escolhiam se expressar através da música, da pintura ou até mesmo da atuação em filmes e seriados.

O ruivo achava aquilo fascinante. Toda forma de expressão era, em sua visão, fascinante.

— Takeshi, um cara, no bar, não tira os olhos de você.

Yoona deu-lhe uma cotovelada fraca, indicando com a cabeça a direção em que o homem estava. Ishikawa seguiu com os olhos a direção indicada pela amiga e viu um homem com o olhar fixo em si. Ele tinha um copo em mãos e encontrava-se encostado ao balcão do bar, em uma pose despojada e despreocupada, charmosa. O cara era novo, talvez, vinte e poucos anos, e não parecia ser oriental, o que, em um passado próximo, teria despertado o interesse em Takeshi.

Mas ele não estava procurando por aquilo naquela noite.

— Não — foi a única coisa que disse, desviando o olhar do homem assim que as luzes do local diminuíram, restando somente o suficiente para que não ficasse um breu total.

Então, as cortinas começaram a se abrir e o holofote foi aceso, ainda fraco, focando em um grupo de garotas amontoadas de maneira que pareciam formar uma flor sobre o palco. Estavam com um dos braços erguidos, em volta de alguém que estava de costas, em pé e no centro delas: Ravi, ou melhor, *Madame LaQueer*.

Três estalos soaram em alto e bom som, as mãos das garotas os acompanharam e a música instrumental se iniciou logo em seguida. Era algo puxado para os anos quarenta, e os sons de violoncelo, em conjunto com o saxofone e a bateria davam um ar sensual à melodia, que foi prontamente completada pela voz de Madame LaQueer enquanto ela se virava de frente para o público.

— *Show a little more, show a little less...* — Madame LaQueer abriu os olhos lentamente, com sua maquiagem brilhante se destacando como nada mais fazia enquanto as dançarinas acompanhavam a música da maneira mais sincronizada possível. — *Add a little smoke...* — Ela pausou por alguns segundos, sorrindo de lado e acompanhando as batidas com a mão. — *Welcome to Burlesque*[11].

Takeshi ficou arrepiado.

— Deus, a roupa dela! — Hajoon sussurrou, admirado.

De fato, Madame LaQueer estava extravagante de uma forma que os amigos nunca haviam visto antes. Era uma caracterização, mas permanecia sendo algo que destacava sua beleza da melhor forma. Com a peruca de cabelos cheios e negros, ela usava um sobretudo da mesma cor, adaptado com as partes de fora em um rosa-choque com detalhes prateados, sendo totalmente aberto na área das pernas, exibindo sua meia arrastão negra e os saltos altos. Era possível ver, também, o *body* tomara-que-caia que vestia, com listras pretas e a parte em que deveriam se encaixar os seios da cor de sua pele.

Absurda.

— *Everything you dreamed of* — continuou, descendo o olhar para uma das dançarinas, gesticulando como se a puxasse, e ela acompanhou o movimento. — *But never can possess...* — Subiu o olhar para a plateia novamente, deixando um sorriso malicioso tomar seus lábios, realçando as bochechas destacadas pela maquiagem. — *Nothing's what it seems...* — Começou a balançar levemente o quadril no ritmo da bateria enquanto as dançarinas se erguiam e acompanhavam o movimento sensual. — *Welcome to Burlesque*!

---

11 Música: *Welcome to Burlesque*, Cher (2010).

As dançarinas voltaram a ficar de pé, com os corpos executando a dança sedutora que se intensificava, conforme o ritmo da música acelerava.

— *Oh, everyone is buying. Put your money in my hand...* — Madame sorriu para a dançarina que subiu em frente a ela, sem a tapar, apenas a empoderando mais com os gestos que fazia. — *And if you got a little extra, well...* — As meninas se colocaram, em fila, ao seu lado, coladas nela, apoiando-se em seus ombros, e todas encararam a plateia. — *Give it to the band.*

!

— A música não sai da minha cabeça... — Bonhwa resmungou, voltando a cantarolar a tal música logo que terminou de falar.

Takeshi riu, ainda se sentindo completamente eufórico com o show que *Madame* havia feito. Cada detalhe foi perfeitamente calculado e apreciado por cada um ali, e a apresentação recebeu uma série de aplausos que cessou somente cinco minutos depois.

— Eu sempre fico impressionada com os vocais do Ravi — murmurou Yoona, dando um gole em seu *drink*.

— Ele nunca decepciona — concordou Takeshi, e Hajoon assentiu.

— Ele avisou a alguém que viria para cá beber com a gente? — Yoona indagou, observando Hajoon acabar sua bebida em um gole. — Deus, você vai ficar bêbado, se beber tudo rápido assim!

— Vai ser bom para ter coragem e fazer o que eu quero — resmungou Kwan, mais para si mesmo, porém Takeshi ouviu e franziu o cenho, confuso.

— Vou checar meu celular — murmurou, resolvendo ignorar a fala de seu professor.

Havia uma mensagem de Ravi, de fato, mas também havia diversas notificações do Instagram, e a primeira chamou sua atenção:

Era o amigo de Junwoo que Takeshi se lembrava de ter seguido, quando viu a conta dele pela primeira vez, ao lado do novato. Ele sorriu e estava pronto para entrar no aplicativo de mensagem para responder Ravi, mas outra notificação do Instagram chegou, impedindo-o: era uma mensagem de Syaoran. Takeshi franziu o cenho, entrou no aplicativo e seguiu para seus *directs*.

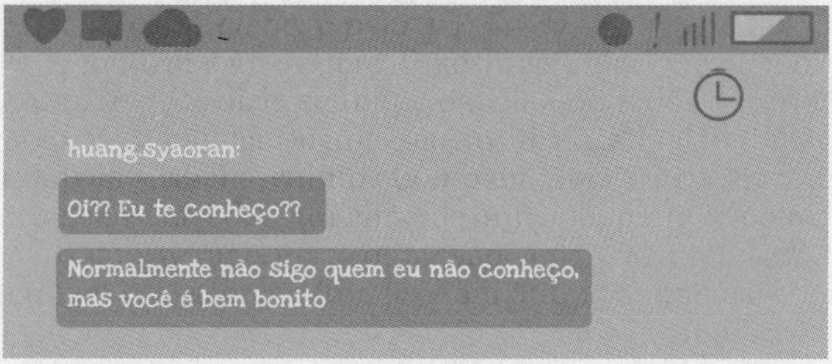

Takeshi riu baixo.

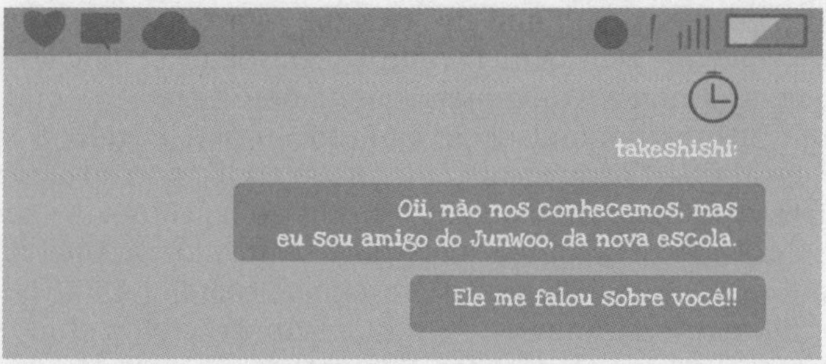

Como não recebeu uma resposta imediata, saiu do aplicativo e foi responder Ravi, que lhe havia dito para esperarem, pois chegaria em alguns minutos. Precisava trocar de roupa e remover a maquiagem.

— Ele tá vindo — murmurou, guardando o celular no bolso da jaqueta.

Alguns minutos depois, Ravi apareceu com um pedaço de lenço umedecido na mão, ainda tirando parte da maquiagem e com o cabelo completamente bagunçado. Ele vestia uma camiseta de gola V com paetês roxos e uma calça *skinny* preta. Sempre bonito.

Os amigos se levantaram da mesa e se jogaram em cima dele, parabenizando o garoto, como ele merecia. Ravi se juntou a eles na mesa e pediu uma bebida também, deitando a cabeça no peito de Bonhwa e bufando, cansado.

— Tô morto. Bonhwa, me beija pra eu reviver. — Fez um bico, erguendo o queixo para cima, e Bonhwa riu.

— Virei um príncipe?

— Sempre foi — Yoona respondeu por si só, bebericando sua bebida.

Bonhwa sorriu tímido para ela antes de voltar sua atenção para Ravi. Hajoon bufou.

— Tudo bem. — O Choi deu de ombros, deixando um selinho nos lábios de Ravi.

— Se for assim, eu também quero, ora! — Takeshi exclamou, brincando enquanto se inclinava na mesa, mas Bonhwa empurrou seu rosto.

— Você é do Junwoo, só posso dar nos outros — zombou.

Takeshi fez um bico e, inevitavelmente, seus pensamentos voaram para seu *crush* e o fato dele não estar presente, naquele momento, com o grupo. Era compreensível, no entanto, uma vez que já tinha mentido para seus pais no dia anterior e a sorte foi que teve uma desculpa envolvendo a escola. Em um sábado à noite não teria aquela mesma possibilidade.

Suspirou, sentindo falta da presença do outro e quase não notando que Bonhwa se virou para Yoona, após ter rejeitado Takeshi e, de surpresa, plantou um selinho nos lábios dela também, arrancando um grito de Ravi e um arregalar de olhos de Ishikawa. Já Hajoon ficou sem reação, assim como Yoona.

— Preciso de uma bebida — foi o que o professor conseguiu dizer, levantando-se e indo até o bar para pedir uma garrafa inteira de tequila e levá-la à mesa para poder ingerir, pelo menos, metade sozinho.

Yoona ainda estava boquiaberta enquanto observava Hajoon se dirigir ao bar, sem saber como reagir com tantas sensações diferentes que lhe invadiram, todas de uma vez.

Acontece que a ideia do professor de levar uma garrafa inteira de tequila para dividir com os seus alunos e melhores amigos não foi muito boa, porque, em menos de vinte minutos, todos estavam levemente alterados, principalmente Takeshi, que não era lá muito forte quando o assunto era bebida alcoólica.

A mesa estava repleta de gargalhadas e piadas, as quais, se estivessem sóbrios, não teriam tanta graça. Bonhwa estava agarrado a Ravi e Yoona havia deitado sua cabeça no ombro de Hajoon, que aproveitava para cheirar seu cabelo e aproveitar seu aroma inebriante de morango.

— Takeshi, o cara realmente não para de te olhar. E eu acho que ele está vindo pra cá — Yoona comentou e, antes que Takeshi pudesse pensar em uma resposta, sentiu um toque em seu ombro esquerdo.

Seu rosto se virou e encarou o do gringo, sorrindo de maneira besta, porque realmente era um homem bonito. Pena que ele não estava interessado.

— Oi... Eu já estava querendo vir falar com você há alguns minutos — o homem começou, com um sotaque carregado enquanto coçava a própria nuca e deixava seus olhos percorrerem cada traço bonito do rosto de Takeshi.

— Eu notei.

Ravi riu e Bonhwa deu-lhe um tapa na cabeça, mandando-o ficar quieto. O homem pareceu ficar mais envergonhado, mas não desistiu.

— Posso te pagar uma bebida?

— Acho que não é bem isso que você quer pagar pra ele, moço. — Ravi não se calou e, dessa vez, recebeu ambas as mãos de Bonhwa sobre sua boca, impedindo-o de continuar a falar.

Antes que o gringo pudesse ficar mais envergonhado e desistir, Takeshi surpreendeu a todos com sua resposta:

— Pode sim. Vamos.

Mas ele continuava sem interesse sexual algum no homem, apenas queria uma bebida de graça, por isso levantou-se — com muita dificuldade — e acompanhou o cara até o bar, sentindo a mão dele na base de suas costas quando se apoiou ao balcão.

— Qual é o seu nome? — o cara perguntou, colocando-se ao lado do ruivo e deixando a mão encostada na dele.

— Takeshi — respondeu sem muito interesse, enquanto olhava o cardápio de *drinks*, sem conseguir realmente ler o que tinha ali.

— Lindo nome. O meu é Damon.

— Uh, igual ao da série de vampiros[12]. — Takeshi gargalhou de si mesmo, mirando o outro com seus olhos pequenos. — Pena que você não é igual a ele.

— Não sou bonito o suficiente? — Damon tombou a cabeça para o lado, sorrindo de maneira doce, sem ficar ofendido com as palavras bêbadas de Takeshi.

— É bonitinho, sim.

O ruivo chamou o *barman* e pediu a bebida mais forte, deixando o cardápio de lado, porque, de fato, não conseguia ler nada. Damon notou e riu baixo, aproximando-se mais do adolescente e escorregando a mão enorme até a sua cintura. O garoto franziu o cenho, começando a se sentir desconfortável.

— O que eu posso fazer pra ter sua atenção, Takeshi? — perguntou Damon, com sua voz ressoando baixa e rouca.

Ishikawa grunhiu, aproveitou que o *barman* havia colocado a bebida em sua frente e pegou-a rapidamente, virando-a em um gole; em seguida, voltou sua atenção para Damon, sorriu de maneira irônica e disse:

— Não ser tão invasivo assim.

Dito aquilo, voltou para a sua mesa e franziu o cenho ao ver que Hajoon e Yoona não estavam mais ali e que Bonhwa estava apagado sobre a mesa.

---

12 Referência à série *"The Vampire Diaries"* (2009).

Ravi cantarolava algo enquanto brincava com o canudo metálico de sua bebida.

— Onde estão os outros?

— Hajoon arrastou Yoona para fora. — Ravi indicou a porta de entrada. — Poxa, só a fofura do Junwoo para me deixar feliz agora — resmungou, apoiando o queixo na mão, entediado.

Takeshi franziu o cenho quando ouviu as palavras do amigo, mas concordou silenciosamente. Junwoo realmente estava fazendo falta e, meu Deus, como queria que tivesse sido ele a flertar consigo! Não precisaria nem de flerte, porque, quando Junwoo colocava seus olhos em Ishikawa, este já sentia uma vontade absurda de beijá-lo como se não houvesse um amanhã.

Ah, ele só queria Lee Junwoo...

Com aquele nome piscando em grandes letras em sua mente, Takeshi murmurou um "até amanhã" para Ravi, após pedir para este levar Bonhwa em segurança para casa. Deixou o clube e parou em frente à porta do lugar para tentar raciocinar. Ele precisava lembrar onde Junwoo morava. Como faria isso? Estava bêbado como uma porta e, quando pegaram o táxi depois do cinema, foi o novato quem deu o endereço ao taxista.

Olhando em volta, ao mesmo tempo em que tentava pensar com sua mente bebum, Takeshi viu algo que fez seu cérebro embrulhar: Hajoon prensando Yoona contra a parede enquanto beijava sua boca da forma mais faminta possível.

Meu Deus, ele podia ser demitido por causa daquilo! Foi o que seu subconsciente pensou, mas ele estava bem apagado e lento naquele momento, então tudo o que fez foi virar o rosto para frente e tentar completar seu raciocínio em relação a Junwoo.

Junwoo. Igreja.

A igreja! Takeshi poderia perguntar para as pessoas que normalmente limpavam o local, à noite, onde o pastor morava.

Com aquilo em mente, ele pegou o celular e forçou a vista para conseguir acessar o aplicativo de táxi e chamar por um para fazer seu caminho em segurança. Depois de dez minutos — que Takeshi passou encarando o nada, com o rosto de Junwoo dançando em sua mente —, o veículo apareceu e Takeshi o adentrou, sentindo-se aliviado ao ver que o homem era um velhinho que aparentava ser simpático e ainda confirmou o endereço com ele antes de dar partida. O senhor não falou muito, pois percebeu o estado do adolescente e, assim que parou em frente ao destino, ajudou-o a contar o dinheiro da corrida e esperou o garoto adentrar a Igreja antes de sair do local.

Takeshi apoiou-se em uma escultura que havia ali e suspirou, coçando a cabeça enquanto procurava com o olhar alguém que pudesse ajudá-lo.

Bem, havia um faxineiro.

Sendo aquela sua última esperança, caminhou até o homem, tropeçando em seus próprios pés, no meio do caminho, chamando a atenção do trabalhador. Mesmo julgando a roupa do garoto e a cor estridente de seu cabelo com o olhar, o homem o ajudou a se levantar e, rude, perguntou:

— Posso ajudar?

Takeshi coçou a garganta e ajeitou as próprias roupas antes de conseguir falar.

— Eu... Preciso falar com o pastor.

O homem riu um tanto debochado.

— Ele não está.

— Eu sei... — suspirou frustrado. — Sabe me dizer onde ele mora? É urgente.

O faxineiro analisou, mais uma vez, o estado do garoto: visivelmente bêbado, com roupas que *não foram feitas* para ele, o cabelo pintado e a maquiagem forte. *Deus, o menino parecia uma garota!* Se ele o guiasse até o pastor, talvez, estivesse o ajudando a retomar o caminho de Deus.

E, com aquilo em mente, o homem deu o endereço do pastor que conhecia, por ter acesso a todas as coordenadas dos que trabalhavam ali. Takeshi somente sorriu, agradecido, e saiu daquele local, olhando em volta antes de pegar seu celular e abrir o GPS para ver o quão distante era a casa de Junwoo da igreja.

Quinze minutos.

Ele suspirou aliviado, analisou o caminho em seu celular antes de começar a andar pelas ruas vazias, sentindo certo frio por causa do vento e por sua jaqueta não ter sido feita com o intuito de esquentar alguém.

Alguns minutos depois, parou em frente à residência que o mapa indicava ser a que procurava. Era ali mesmo, ele se lembrava. Não era banhada em luxo, apenas era grande, parecia confortável para uma família morar. Takeshi observou as janelas e viu que a luz do andar de baixo estava acesa e a televisão ligada.

Os pais, provavelmente.

Takeshi caminhou silenciosamente — ainda tropeçando, mas sem emitir muito barulho — até a lateral da casa, procurando por mais uma janela. Avistou duas, separadas por uma enorme árvore: uma com a luz apagada e a outra com uma iluminação muito baixa.

Tentaria a sorte.

Talvez o seu eu sóbrio do dia seguinte se arrependesse amargamente de ter se arriscado daquela maneira, mas ele estava bêbado o suficiente para ignorar aquilo, pegar uma pequena pedra e jogar na janela que julgou ser a de Junwoo, não errando a mira por pouco.

Alguns segundos depois — os quais passou tentando se equilibrar por causa da força que havia usado para jogar a pedra —, Junwoo apareceu, na janela, completamente confuso. Sua expressão se tornou assustada quando viu quem era. *Por Deus, o que Takeshi estava fazendo ali?* Abriu a janela lentamente, colocando-se um pouco para fora e exclamando em um sussurro rasgado:

— O que faz aqui, *hyung*?

— Eu estava com saudades — soltou Takeshi, sorrindo, completamente bêbado.

Junwoo franziu as sobrancelhas, não deixando de se sentir bem com aquilo, porque, ora, era um amigo lhe dizendo que sentiu sua falta e era sempre bom ouvir coisas como essa. Ignorou o aquecimento gostoso em seu peito e se focou em tentar expulsar Takeshi dali, porque estaria muito ferrado, se seus pais o vissem.

— Eu t-também estava, *hyung*, mas você não pode ficar aqui!

— Você pode descer? — Takeshi ignorou a fala do outro, apoiando-se à árvore para não cair, e Junwoo ficou assustado ao imaginar que o garoto estivesse, talvez, passando mal.

— E-eu... — O mais novo pensou e repensou enquanto sua perna balançava nervosa. — Preciso esperar meus pais dormirem, *hyung*.

— Tudo bem, eu espero também.

Dito aquilo, Takeshi sentou-se na grama, encostado na árvore, e fechou os olhos por causa da tontura que lhe atingiu imediatamente. Os minutos foram se arrastando e passou todos eles de olhos fechados, sentindo a brisa da noite lhe trazer um frio descomunal que o fez abraçar o próprio corpo, resmungando. Estava quase adormecendo, mas uma voz suave o impediu no exato momento em que se deixava cair nos braços de Morfeu[13].

— *Hyung*?

Os olhos de Takeshi se abriram de supetão e ele se levantou rapidamente, pouco se importando com a tontura que voltou a atingi-lo, feliz demais por ter Junwoo, ali, em sua frente, vestindo um pijama extremamente fofo e com os cabelos desgrenhados. Então, suspirou.

Junwoo, ao ver o garoto se apoiando à árvore novamente para não perder o equilíbrio, se aproximou e o segurou pelo braço.

— Você está passando mal, *hyung*? — perguntou cuidadoso, sem notar os arrepios na nuca de Takeshi ao ter segurado o amigo de uma maneira firme como aquela.

— Não, mas se você continuar me tocando assim, é o que vai acontecer — murmurou em resposta, deixando Junwoo completamente perdido e hesitante antes de soltá-lo. Ele não queria que Takeshi passasse mal por sua causa.

— O que houve, *hyung*?

O mais novo passou a se sentir extremamente preocupado. Sua preocupação se juntou ao nervosismo de ter saído de casa escondido enquanto seus pais estavam dormindo. Ele mal podia acreditar que realmente

[13] Morfeu: na mitologia grega é o deus do sono.

havia esperado seus pais adormecerem para pegar a chave, no porta-chaves, ao lado da porta e deixar sua residência apenas para encontrar Takeshi. Não conseguia nem se culpar, porque o que deveria fazer quando Takeshi havia aparecido ali, no meio da noite, agindo de maneira toda estranha?

— Você não tinha o show da banda do Ravi pra ir? — insistiu, cada vez mais preocupado por não obter uma resposta de Takeshi, que estava de olhos fechados, tentando não se sentir afetado pela presença do outro e raciocinar o que estava acontecendo.

E aí, Takeshi gargalhou.

— Banda?

Junwoo corou, ainda perdido, mas sentindo uma leve vontade de rir, porque a risada de Takeshi era engraçada.

— N-não é uma banda?

— Não, Junwoo-*ah*, não é. — Ele parou de rir aos poucos, finalmente encarando o outro, após as palavras terem deixado sua boca. — Mas isso não importa agora, porque o que importa é que... — Deixou a frase no ar, dando um passo na direção de Junwoo e segurando seus dois ombros, apalpando-o lentamente e com vontade, porque aqueles ombros eram duas perdições. Suspirou, umedecendo os lábios e sorrindo, totalmente bêbado. — Eu gosto muito de você.

Junwoo não entendeu bem o que aquilo realmente queria dizer, porque ele também gostava de Takeshi, mas não imaginava que Takeshi poderia estar interessado nele de outra maneira. Já tinha se dado conta de que possuía certa admiração por Ishikawa, devido à amizade que se aflorou rapidamente e do conhecimento em geral que este possuía e transmitia para ele, mas, na pequena cabeça de Junwoo, o máximo que aquilo poderia significar era que Takeshi também o admirava, não?

— Eu também gosto muito de você, *hyung* — murmurou, sentindo as bochechas esquentarem, porque a única pessoa que havia escutado aquilo dele tinha sido Syaoran, e depois de muita insistência. E ali estava ele, falando aquilo para Takeshi, conhecendo-o há menos de três semanas.

Takeshi riu fraco, porém sabia que Junwoo não tinha entendido, e algo em sua mente bêbada lhe disse que era melhor não insistir naquele momento. Mesmo assim, ele não cessou o toque nos ombros do garoto.

— Você estava dormindo? — perguntou Takeshi, embaralhando-se, e Junwoo assentiu.

— E-esperei meus pais dormirem para vir aqui.

— Que garoto malvado — zombou, rindo de si mesmo, porém se corrigindo ao ver uma expressão assustada crescer no rosto de Lee. — Não! Estou brincando. É que eu nunca imaginaria que você sairia escondido durante a noite, após seus pais dormirem.

— Nem eu... — Junwoo acabou rindo fraco também.

Takeshi sorriu mais ainda, deixando seus olhos vagarem pelo rosto estupidamente bonito do mais novo, conseguindo notar coisas que não havia percebido antes, como a pequena cicatriz em sua bochecha e a pintinha bem embaixo de seus lábios rosados.

— Você tem uma pintinha aqui! — exclamou, tocando a área abaixo do lábio inferior de Junwoo.

Lee arregalou os olhos, assustando-se com o toque repentino, mas não se afastou. Não quis se afastar.

— Sim, *hyung*. Tenho. — Junwoo riu, sentindo um leve arrepio quando as unhas de Takeshi foram cravadas devagar em seus ombros, entretanto, achou que o arrepio fosse devido ao vento frio que os atingiu.

— Eu tenho uma na testa! — Takeshi apontou, tirando a pequena franja lateral da frente do lugar citado para mostrar o pequeno sinal. — E uma no pescoço e outra na lateral do meu mindinho — mostrou todas as pintas, sem entender quando Junwoo franziu o cenho.

— Eu tenho nesses mesmos lugares também! — Mostrou-as e, de fato, eram nos mesmos locais.

— Somos almas gêmeas! — exclamou, gargalhando.

Junwoo riu junto ao mais velho, assustando-se quando ele se jogou sobre si, abraçando-o pelo pescoço. Em um ato de reação, ele envolveu a cintura de Takeshi com seus braços, correspondendo o gesto de afeto. Sentia o coração acelerar e o rosto esquentar de pura vergonha, sem entender muito bem o motivo daqueles tantos gestos carinhosos vindos do ruivo lhe fazerem se sentir tão bem.

— Seu abraço é muito bom, Junwoo-*ah*.

Junwoo encolheu os ombros, tímido.

— O seu t-também, *hyung*.

— Eu queria poder ver se outra coisa sua também é boa.

Junwoo franziu o cenho, sem entender, e, quando ia abrir a boca para perguntar, viu a luz de um abajur acender, no quarto, ao lado do seu. Seu coração falhou uma batida e ele imediatamente se soltou de Takeshi. O mais velho quase caiu, mas conseguiu se reequilibrar a tempo.

— T-tenho que entrar, *hyung*! Até segunda! — E saiu correndo para dentro de casa.

— Até...

Takeshi suspirou, se sentindo um tanto tristonho por pensar que realmente nunca teria o que queria de Junwoo. Talvez, fosse melhor se contentar apenas com a amizade do mais novo, afinal, como conseguiria ser mais claro do que já estava sendo, com o medo que tinha de cruzar limites que foram estabelecidos pelos pais conservadores do menino?

Era uma situação difícil, na qual Takeshi nunca imaginara se encontrar, mas lá estava ele: se afundando e nadando nas imagens que criava, em sua cabeça, de situações nas quais Junwoo e ele se beijavam escondidos e viviam um amor proibido pelos pais do mais novo.

Após caminhar até a rua, Takeshi pegou o celular para chamar por um táxi, mas entrou no aplicativo do Instagram antes, por ter uma notificação de uma nova mensagem de Syaoran:

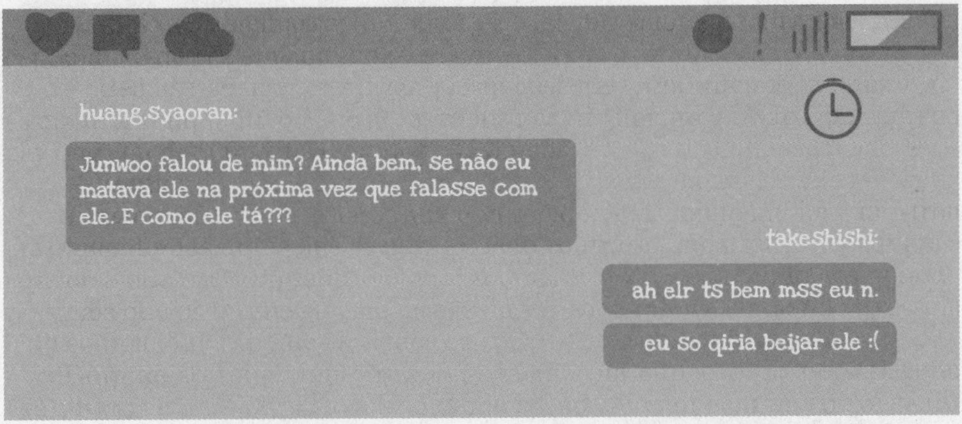

CAPÍTULO 11

— Eu não aguento mais. — Aquelas foram as palavras de Yoona antes de se levantar e ir para fora do clube em meio a tropeços, recebendo olhares maliciosos de alguns homens estúpidos que achavam que tinham o direito de observar alguém daquela maneira nojenta.

Hajoon, que acompanhava a menina com o olhar, sentiu-se tão incomodado quanto no momento em que viu Bonhwa selar os lábios de Yoona e, esta, infelizmente, não o impedir.

Naquele momento, o professor nem ao menos se importou se Ravi estava bêbado demais para conseguir raciocinar ou se Bonhwa já estava apagado sobre a mesa enquanto Takeshi se aproveitava daquele homem ridículo no bar, ele apenas seguiu Yoona.

— Ela não aguenta mais o quê? — Ravi, um pouco atrasado, perguntou para o nada, porque o professor já estava longe demais para respondê-lo.

Do lado de fora, viu Yoona encostada a um dos muros do clube, perto o suficiente para que, se algo acontecesse a ela, um dos seguranças, na porta, fosse capaz de ver e fazer algo para impedir. Hajoon, que estava levemente afetado pela bebida — mas não o suficiente para não ter consciência de seus atos —, secou o suor de suas mãos e se aproximou da aluna, umedecendo os lábios, extremamente hesitante sobre o que planejava fazer.

— Sabia que a Coreia do Sul tem o QI nacional mais alto do mundo? — Yoona lançou aleatoriamente ao notar a presença do outro perto de si. Ela estava bêbada, definitivamente bêbada.

Após receber um selinho de Bonhwa e ter sentido todo tipo de faísca com aquele simples ato, decidiu que perderia as contas de seus copos de álcool, porque, meu Deus, precisava afastar aqueles pensamentos gritantes que a atormentavam! Principalmente porque eles estavam ali pelo fato de Hajoon ter visto o ato do mais novo, mas também pelo fato de ela não se arrepender.

O combo perfeito.

A garota sabia que ele tinha ficado incomodado e sentia que seria capaz de ignorá-la pelo resto da semana, porque era isso que Hajoon fazia quando estava bravo com alguém. Mas ali estava ele, parado de frente para ela.

— Sabia.

— Você é inteligente demais — resmungou em resposta, cruzando os braços, emburrada. — Não conta.

Hajoon sorriu sem graça, as covinhas aparecendo. Com isso, ela soltou uma exclamação indignada e tocou ambos os furinhos com seus indicadores, segurando o rosto do homem logo em seguida.

— E lindo... Por que é tão lindo?

— Eu quem deveria te fazer essa pergunta — Hajoon flertou, sentindo o peito aquecer por causa do sorriso que a menina exibiu.

— Você esconde, mas elas aparecem quando você sorri — Yoona disse lentamente, quase como se recitasse algo enquanto seus dedos ainda roçavam nas covinhas de Hajoon. — De onde você veio? Não minta, eu sei que você é um anjo. O que você é?

O professor ficou confuso por causa da forma ritmada como as palavras deixavam a boca da menina, quase como se fossem decoradas, soando semelhantes a uma poesia recitada, entretanto, era visível que significavam algo, Hajoon só não entendia o quê.

As pequenas mãos da garota desceram para o seu pescoço e os polegares roçaram na pele do mais velho, sentindo os poros se arrepiarem por causa do contato sutil. Hajoon engoliu em seco, assistindo ao olhar de Yoona suavizar e correr para seus lábios que imediatamente se prensaram. Ele queria beijá-la. Deus, como queria!

O problema era que a questão não era somente querer, porque, apesar de tudo, querer não era poder e aquilo se encaixava perfeitamente na situação de Hajoon. Ele não podia. Era sua aluna ali e ela ainda era menor de idade aos olhos da lei, por mais que já tivesse a idade que consideravam suficiente para escolher seus próprios parceiros românticos. Ainda assim...

Era totalmente ilegal.

Mas lá estava ele, sentindo os lábios de Yoona encostarem aos seus de maneira lenta enquanto seu peito parecia prestes a explodir. Todos os seus pelos corporais decidiram se erguer com aquele simples roçar. Ele queria tanto aquilo que doía em seu peito.

Já Yoona era guiada pelo seu corpo, sentindo a imensa necessidade de buscar por mais contato com aquele homem à sua frente, mesmo que seu subconsciente sóbrio lhe dissesse que não deveria fazer aquilo.

(In)Felizmente, o seu consciente bêbado foi o vencedor de argumentos mentais naquele momento.

E, então, aconteceu: as bocas se juntaram e ela pôde soltar a respiração, assim como Hajoon, ambos suspirando em êxtase por, finalmente, terem aquele contato.

Foi um beijo calmo no início, como Hajoon sempre imaginou que seria o primeiro contato entre eles. Ele tocou a cintura da aluna, apertando a pele alva entre seus dedos enquanto movimentava a boca contra a dela de maneira lenta, beijando-a com todo o carinho que sentia.

Yoona correspondia à altura e, em um ato de coragem, pediu passagem com sua língua que foi prontamente aceita pelo mais velho. Hajoon arfou, ao sentir o músculo molhado da menina em contato com o seu, e deixou escapar todo o resto de sanidade que ainda possuía. Seus braços apertaram o corpo da garota contra si e o beijo se tornou mais intenso; as cabeças se moviam para lados contrários enquanto cada um apreciava cada segundo daquele ósculo tão aguardado.

Yoona fincou suas unhas nos ombros do outro, puxando-o contra si e tendo suas costas grudadas ao muro do clube. Seu cérebro entrou em pane quando as mãos grandes de Hajoon apertaram sua cintura e puxaram seu corpo contra o dele. Ela deixou um arfar necessitado escapar quando o professor mordeu seu lábio, intensificando ainda mais o beijo, de maneira que deixava os dois sem ar, aflorando o desejo crescente dentro deles.

Eles não queriam parar e não iam... se não tivessem sido interrompidos por um Ravi bêbado que carregava um Bonhwa desacordado com muita dificuldade.

— Vocês têm sorte que... — Ele tossiu, quase derrubando Choi, mas o segurando firme antes que ele caísse. — Que sou eu quem tá vendo essa sacanagem aí.

Yoona empurrou Hajoon, assim que seus olhos pousaram em um Bonhwa desacordado, e correu para ajudar o amigo a carregá-lo, entrando em uma discussão com Ravi sobre quem o levaria para casa.

Hajoon, que ainda estava extremamente atordoado com o beijo, não conseguiu ter uma reação quando Yoona se ofereceu para levar Bonhwa para sua casa, pois não podia ir para a dele naquele estado — levando em consideração seu irmão e seus pais. Ela fez isso, também, porque Ravi disse não poder oferecer a própria casa, já que sua tia não gostava de gente bêbada.

Yoona ficaria sozinha com Bonhwa em sua casa.

Por que sua vida tinha que ser tão complicada?

— Como vocês vão? Ele veio de bicicleta — o professor tentou, ainda sentindo os próprios lábios formigarem.

Yoona o olhou, meio perdida, sem saber o que dizer. Sua boca abriu e fechou, mas nenhuma palavra foi emitida. Hajoon suspirou, derrotado, e sentindo o coração amolecer, disse:

— Eu peço um táxi com compartimento para bicicleta.

!

Yoona suspirou aliviada quando o corpo de Bonhwa caiu sobre sua cama e ela, finalmente, conseguiu aliviar a dor em seus ombros, os quais haviam servido de apoio para o garoto no caminho inteiro. O efeito da bebida estava se esvaindo, aos poucos, de seu corpo, que já estava começando a se sentir extremamente mal pela noite que teve. Mal e realizada, porque sua boca havia encostado aos lábios dos dois homens desejados por ela.

Meu Deus, havia beijado Hajoon! E tinha dado um selinho em Bonhwa! E continuava a se sentir da mesma maneira pelos dois, talvez, mais intensamente que antes.

A garota grunhiu, irritada consigo mesma, enquanto removia os tênis do amigo e os deixava aos pés da cama. Tentava não fazer muito barulho, pois sua mãe estava dormindo e, caso ela acordasse, a noite de Yoona se tornaria um pesadelo.

— *Thinking it could be different... It could, it could*[14] — a voz rouca e sonolenta se fez presente, assustando Yoona, que se levantou e olhou para Bon, vendo-o com os olhos semiabertos ao mesmo tempo que cantarolava em um inglês errado. — *It should've been us.*

Bonhwa continuou perdido na melodia de sua própria voz enquanto Yoona tentava se recuperar do susto. Ela riu baixo quando viu o menino rir de si mesmo por estar errando a letra e se aproximou dele novamente, ajoelhando-se ao lado da cama e tocando sua testa para tirar o suor que residia ali.

— Se sente melhor?

Bonhwa não respondeu, apenas segurou o pulso de Yoona e impediu que o toque da garota cessasse. Ela franziu o cenho e permaneceu ali.

— Alguma música te faz lembrar de mim? — a voz inevitavelmente rouca arrepiou toda a nuca de Yoona.

A garota abriu a boca, sem dizer nada, por alguns segundos. Antes de qualquer palavra, ela pensou, porque, ora, obviamente se lembrava de uma de suas paixões quando ouvia algumas músicas românticas e aquilo acontecia frequentemente, mas, naquele momento, com os olhos de Bon em si, sua mente ficou branca e ela não conseguiu pensar em nada.

— Tem uma música que me faz lembrar muito de você... — Bonhwa tossiu, limpando a garganta. — *When you think you're alone, I'll be like a ghost behind you*[15]...

Yoona engoliu em seco ao sentir o dedo indicador do garoto deslizar pelo seu pulso enquanto apertava fraco sua mão contra o próprio rosto.

— *When you're down and you can't find the words to say, you know I'll give my words to you* — continuou, resolvendo pular uma parte da música

---

[14] Música: *Should've Been Us*, Tori Kelly (2015).

[15] Música: *More Than Words*, Little Mix (2018).

para chegar ao refrão. — *Oh, I need you more than words can say. You save me in ways I can't explain.*

A mão de Bonhwa subiu pelo braço da garota e as pontas de seus dígitos sentiram os poros de Yoona se arrepiarem, conforme ele traçava o caminho em sua pele, chegando até sua nuca alguns segundos depois. Os dedos infiltraram-se nos fios longos e negros, agarrando-os e puxando o rosto dela para mais perto.

Ela sentiu o estômago revirar por causa da sensação quente que tomou seu corpo quando o seu nariz roçou contra o semelhante de Bonhwa. Um arfar escapou da boca dele, denunciando que estava tão afetado quanto ela.

— *I find peace in every story you told. I think of you I'll never be alone...* — Bonhwa sussurrou, com seus lábios roçando os de Yoona quando ela se inclinou impulsivamente sobre ele enquanto as mãos pequenas se apoiavam no peitoral magro.

Yoona não tinha mais controle sobre seu corpo e, por mais que o efeito da bebida já tivesse se esvaído, estava totalmente entorpecida pelas sensações que os toques de Bonhwa lhe causaram.

Era algo de outro mundo.

E o beijo que eles trocaram teria sido também, se um baque extremamente alto não tivesse interrompido aquele momento e tivesse feito com que Yoona se afastasse imediatamente.

O garoto bêbado grunhiu e choramingou baixo, sentindo-se decepcionado por não ter conseguido o que tanto desejava da outra, porém, no fundo, sabia que, talvez, aquele não fosse o momento certo.

Ele não era burro, sabia que a melhor amiga estava confusa sobre como se sentia em relação a Hajoon e a ele. Principalmente, depois do dia do cinema, notou como ela parecia não querer se envolver daquela maneira com eles, pois estava confusa e com medo de magoar um dos dois.

Mas Bonhwa via o quanto Yoona o queria também.

A garota trancou a porta quando ouviu os passos lentos e não sincronizados de sua mãe, sabendo que, provavelmente, a mulher estava bêbada e tomaria seu tempo de maneira desagradável, como sempre fazia.

Ela voltou para a cama e engoliu em seco quando viu que Bonhwa a encarava daquela maneira séria, como se todos os pensamentos do garoto estivessem voltados para a análise de suas ações.

E estavam.

Yoona deitou-se ao seu lado, pensando em ficar afastada, mas se deu conta de que aquilo não seria possível quando ele a puxou pela cintura e aninhou-a em seu peito. Ela suspirou, agarrando a camisa do melhor amigo, sem se importar com o cheiro de álcool. Decidiu que banho, café e remédio ficariam para o dia seguinte enquanto sua mãe ainda estivesse dormindo. Ela fechou os olhos ao sentir a carícia de Bonhwa em seu cabelo e suspirou, tendo o peito tomado por uma sensação única.

— Você é como música pra mim — Bonhwa sussurrou. — Me acalma, afasta minhas dores e traz uma sensação única de paz. Sua voz é como se fosse uma harmonia, uma melodia na minha mente. Eu quero ouvir o tempo todo, viver disso, falar sobre, sentir isso. Eu quero você.

!

Takeshi cantarolava a décima música reproduzida no aleatório quando entrou no colégio, sentindo falta de seus amigos ao seu lado, mas sabendo que naquele dia não teria a presença de todos eles.

Ravi disse que chegaria atrasado, porque precisava ajudar sua tia em algo relacionado à casa enquanto Yoona, aparentemente, havia ficado em sua casa com Bonhwa, cuidando dele — que ainda estava extremamente cansado, por mais que tivesse passado o domingo inteiro repousando.

Já com relação a Junwoo, não era como se Takeshi pudesse aparecer em sua casa e chamá-lo para caminharem juntos até a escola. Aquela era uma realidade bem distante. E Takeshi ainda estava completamente envergonhado pelo acontecimento de sábado.

Dirigiu-se ao pátio e sentou-se em um banco, deixando sua mochila sobre a mesa à frente e apoiando seus pés ali também. Passou as mãos por seus fios ruivos, puxando-os para trás e fechando os olhos quando os primeiros acordes de *"Fools"* iniciaram.

Imerso na música, ele não notou quando Junwoo se aproximou, disposto a perguntar ao mais velho se estava melhor, depois da noite de sábado, e procurar saber o motivo de ter agido de maneira tão estranha. Takeshi não era do tipo que se esquecia dos acontecimentos depois de se embebedar e ele sentia que poderia explodir de vergonha ao se lembrar que havia revelado para Syaoran que queria beijar o melhor amigo dele — depois da mensagem que havia enviado, Takeshi não obteve mais respostas deste, o que o deixou amedrontado com o que o outro poderia fazer com aquilo. *E se ele dissesse a Junwoo?*

— *Hyung*? — Junwoo tocou no ombro do outro, assustando-se quando o menino se assustou.

— Meu Deus! — Takeshi riu sem graça, enquanto removia um dos lados do fone e pausava a música.

Junwoo coçou a nuca, envergonhado, mas aceitou se sentar ao lado de Takeshi quando este lhe deu espaço.

— C-como você está? — perguntou, fitando as próprias mãos.

Outra vez, Ishikawa sorriu sem jeito, sabendo que o garoto se referia à forma como ele parecia alterado no dia em que apareceu em sua casa.

— Estou melhor.

— V-você... Tinha bebido? — indagou, visivelmente curioso.

Ali estava outra coisa que Junwoo jamais havia feito: ingerido bebida alcoólica. E quando Takeshi assentiu, confirmando suas suspeitas, sentiu-se curioso em relação aos efeitos e aos benefícios das bebidas — caso houvesse —, mas achou que perguntar seria indiscreto demais.

— Como foi o show do Ravi? — mudou o assunto, sorrindo imediatamente ao ver Takeshi parecer animado com a lembrança.

— Incrível. Ravi arrasa muito! As roupas estavam sensacionais, a voz dele, tudo! — Por um momento, Takeshi esqueceu-se de que Junwoo nem sequer sabia realmente como eram os shows de Ravi. Ele não se importaria em dizer e sabia que o próprio Ravi também não se incomodaria, mas ainda não tinha certeza se Junwoo estaria pronto para receber uma bomba daquelas.

— Que bom que se divertiram, *hyung* — o garoto murmurou, verdadeiramente contente por vê-lo feliz.

Em um ato impensado, Junwoo analisou a roupa que o outro usava quando ele se moveu para se ajeitar no banco. Novamente, vestia-se *como uma menina* e aquilo o intrigava de uma maneira absurda, porque, por mais que as cores fossem femininas, Takeshi não era como aquele homem que Junwoo havia encontrado da outra vez, em frente ao pequeno mercado, afinal, o garoto ainda tinha cabelos curtos, usava calças e camisetas e agia como um *garoto normal*.

Junwoo ia perguntar aquilo, mas, quando abriu sua boca, Takeshi interrompeu-o ao sugerir algo:

— Quer ouvir música?

O mais novo franziu o cenho.

— Música?

— Não sabe o que é música? — O tom de Takeshi foi um pouco zombeteiro, mas nada ofensivo, arrancando uma risada tímida de Junwoo.

— Sei, *hyung*, é só que... nunca parei para ouvir muitas, só as que meus pais ouviam e as que o Syaoran *hyung* ouvia.

Imediatamente, Takeshi capturou o outro lado do fone, encaixou-o no ouvido de Junwoo, pegou seu celular e voltou ao início da música que ouvia para que Junwoo a apreciasse completamente. Era uma música digna de atenção. Qualquer música de Troye era, na visão de Takeshi.

Junwoo fitou as próprias mãos, concentrado na melodia que preencheu seus ouvidos, sentindo a nuca se arrepiar quando a voz soou pela primeira vez. A voz do cantor era bonita, grossa e combinava perfeitamente com a melodia por trás. Quando percebeu, estava de olhos fechados, no meio da música, cantarolando o que seu cérebro registrou do refrão.

Takeshi estava hipnotizado, porque, naquele momento, a música tornou-se melhor ainda. A voz de Junwoo juntando-se a ela, mesmo que apenas em um murmúrio, fez com que a qualidade transcendesse. Ele estava mais lindo que nunca, apreciando o som como nunca antes.

Quando seus pais ficavam em casa, ouviam músicas clássicas ou da própria igreja, das quais Junwoo não era muito fã, por mais que as achasse bonitas. No entanto, aquela música que Takeshi estava mostrando era diferente: a voz do cantor era profunda e carregava algum sentimento que Junwoo não soube identificar, mas que tinha dado vida à melodia. Ele não entendia tudo o que era cantado, mas entendeu que dizia algo sobre se achar um bobo por gostar de alguma outra pessoa.

— Quem está cantando? — perguntou quando a música chegou ao fim e enquanto seus olhos se abriam e fitavam Takeshi, notando que este também o encarava; corou levemente, envergonhado por ter os olhos intensos sobre si.

— Troye Sivan. É um cantor australiano.

Junwoo assentiu, pedindo, timidamente, para Takeshi colocar outra música do cantor. Ele o fez e, assim, apresentou o álbum *"Blue Neighbourhood"* para o mais novo, que vibrava a cada música, buscando compreender as palavras ou pelo menos mergulhar nos sentimentos que a música passava. Algo puxado para uma dor romântica, caso aquilo fosse possível.

Junwoo nunca havia se sentido daquela maneira.

Nem Takeshi, que sentia o peito apertar cada vez que via o outro sorrir com algum verso da música, tamborilando os dedos na mesa de vez em quando e, às vezes, tentando cantarolar as palavras que ele não conhecia. Takeshi se sentiu em uma cena de filme, com a trilha sonora sendo inteiramente feita por Troye Sivan.

Quando o álbum chegou ao fim, outra música do cantor começou a tocar e Takeshi a reconheceu como sendo *"Happy Little Pill"*, sua preferida. Quando deu por si, admirava cada tracinho do rosto do garoto ao seu lado, agradecendo que tinham tempo livre para que pudessem apreciar aquele momento em que estavam juntos e sozinhos, sentindo a música tornar a situação ainda mais intensa.

Junwoo fechou os olhos novamente e não percebeu quando, em um impulso totalmente impensado, encostou a cabeça no ombro de Takeshi, mas Takeshi percebeu e tentou não ficar eufórico com aquilo, suspirando silenciosamente, sentindo o cheiro fraco — porém delicioso — de lavanda que exalava de Junwoo.

— Me dê sua mão — murmurou, tomando cuidado para não assustar o outro e afastá-lo.

Sem entender muito bem, Junwoo estendeu a mão para o mais velho enquanto o observava tirar uma caneta da bolsa, com uma das mãos livres e, logo em seguida, escrever alguns nomes na palma do moreno: *Troye Sivan, Hayley Kiyoko, Ruelle, Lana Del Rey, Halsey, Tori Kelly, Little Mix, Queen, Led Zeppelin*.

— Existem muitos cantores, bandas e grupos, mas acho que você pode gostar mais desses, então... quando tiver oportunidade, pesquise por eles. Se não conseguir, eu te mostro músicas de cada um deles.

Junwoo sorriu, empolgado, observando a escrita um pouco desleixada em sua mão e sentindo-se contente por aquilo ser mais uma coisa que descobriria, estava ansioso para tal. E Takeshi... Bem, aproveitou a distração dele para cheirar seus fios de cabelo, deduzindo que o garoto, definitivamente, usava um shampoo de lavanda. E era uma delícia.

— Obrigado, *hyung*. — Fitou o mais velho, sem notar que a proximidade e a posição que estavam era um pouco demais para dois garotos em sua antiga concepção, e apenas sorriu, sentindo-se estranhamente bem por estar ali com Takeshi, sendo apresentado a coisas, antes, desconhecidas por ele.

Então, Junwoo não ouviu a voz distante em sua mente que lhe dizia que não deveria estar encostado em um garoto daquela maneira e permaneceu, ali, nos braços de Takeshi.

CAPÍTULO 12

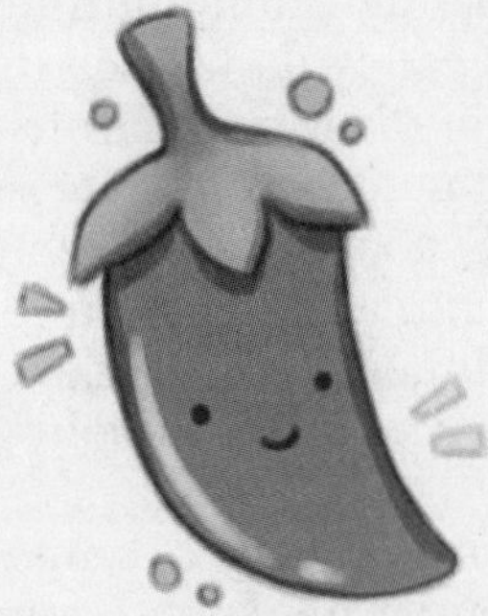

Na terceira semana de Junwoo em Seul, sua mãe lhe permitiu ligar para Syaoran, e ele, em uma noite, após uma série de aulas cansativas, o fez ansioso para saber como seu amigo estava.

— *Hyung*? — murmurou, animado, após ouvir a voz conhecida proferir um "alô".

— *Junwoo-ah?* — o outro indagou alto.

— Sim, *hyung*!

— *Meu Deus, menino, como você está?*

Junwoo sentou-se em sua cama enquanto apertava o celular antigo contra a própria orelha para ouvir melhor as palavras de Syaoran, rindo quando este começou a falar sozinho e reclamar da demora do mais novo em ligar para ele.

— Você sabe como a minha mãe é, *hyung*.

Syaoran calou-se, franzindo o cenho. Era a primeira vez que ouvia Junwoo falar algo do gênero, já que sempre achou que as atitudes da mulher mais velha eram corretas e, caso não achasse aquilo, não as contestava de qualquer maneira. Ver Junwoo se expressar sobre algo que achava errado e que ainda vinha de seus pais, foi uma surpresa para Syaoran.

— *Eu sei, saeng*[16]. *Mas me diz... Eu falei com um amigo seu esses dias.*

Junwoo ficou confuso.

— Que amigo?

— *Tal de... Takeshi?*

---

16 *Dongsaeng:* honorífico coreano utilizado por uma pessoa mais velha para se referir a um(a) amigo(a) ou irmã(o) mais novo(a).

O que aconteceu foi: Syaoran ficou sem reação quando leu a segunda mensagem que Takeshi lhe enviara. Não porque sentiu algo ruim vindo dele, mas porque o garoto, visivelmente, tinha um interesse em Junwoo e aquilo poderia ser um problema por causa da família do mais novo. Syaoran não conhecia Takeshi e não poderia dizer se o garoto era alguém que se abriria para Junwoo sobre seus sentimentos sem antes pensar bem a respeito de como aquilo poderia afetá-lo. Syao esperava que não.

— Ah, sim! O Takeshi *hyung*! — exclamou feliz ao se lembrar do ruivo que animava seus dias como ninguém mais fazia.

— *Já estão íntimos assim?* — Syaoran soltou um riso fraco, um tanto enciumado.

— Ele é muito legal! Me apresentou aos amigos dele e foi super receptivo comigo aqui. — Junwoo deitou-se na cama enquanto balançava os pés, os quais estavam para fora do móvel, ouvindo mais uma risada fraca de seu amigo antes dele responder.

— *Ele é bonito?* — A pergunta de Syaoran não foi mal-intencionada, de forma alguma, ela somente escapou de sua boca depois que ele se lembrou de ter visitado o perfil de Takeshi na rede social em que este o seguiu e ter constatado que o menino possuía uma beleza absurdamente difícil de não ser notada. Então, perguntou.

O problema era que Junwoo não sabia o que responder, porque, de fato, nunca havia parado para pensar que, sim, achava Ishikawa Takeshi bonito. Junwoo gostava do cabelo de seu *hyung*, achava que combinava perfeitamente com ele e realçava os traços mesclados de seu rosto. Achava fofo quando o mais velho sorria e seus olhos se tornavam duas linhas; além disso, era adorável o fato de que ele tinha um dente tortinho entre os de cima, traço que acabava deixando o seu sorriso mais charmoso.

Aqueles pensamentos eram todos frequentes no subconsciente de Junwoo que, só naquele momento, se deu conta de que realmente achava tudo aquilo de seu *hyung*.

E não havia problema, certo?

Junwoo também achava Syaoran bonito, e Bonhwa, também, assim como Ravi ou Hajoon. A beleza era algo humano e não era porque ele achava outro homem bonito que era *como Takeshi*, certo?

Engolindo em seco, então, respondeu:

— Sim, e-ele é bonito.

Após aquela fala do mais novo, Syaoran buscou mudar de assunto, por perceber como o outro pareceu perturbado em admitir aquilo. Estava sentindo algo de diferente vindo do melhor amigo, mas ainda não sabia dizer o que era exatamente.

— E, ah, as aulas de História, *hyung*! São sensacionais!

— *Nunca imaginei que você fosse gostar tanto de História. Eu, particularmente, odeio.* — Syaoran riu. — *Sempre tive pressão demais para ter notas maravilhosas nessa matéria, então peguei um ranço.*

— Ranço? — repetiu, confuso por nunca ter ouvido o termo.

— *É como um... pequeno ódio* — tentou explicar, sorrindo ao ouvir o murmúrio de compreensão do amigo. — *Mas, de verdade, Junwoo, aqui, está muito chato sem você.*

— Vem pra cá, *hyung*. Você vai gostar dos meus novos amigos — sugeriu, pensando que, se Syaoran realmente fosse para Seul, ele seria a pessoa mais feliz do mundo.

— *Talvez eu vá te visitar em algum feriado, saeng. Eu te aviso.*

— *Hyung*... você conhece o Tro... Troye Sivan? — teve dificuldade em pronunciar o nome do cantor, mas, no fim, conseguiu.

Junwoo tinha aquele nome em mente desde que Takeshi o escrevera em sua mão, ao lado de outros nomes mundialmente conhecidos, mas desconhecidos pelo mais novo. Ficou ansioso para pesquisar músicas daqueles artistas, mas não tinha a oportunidade, por não ter computador ou celular. Então, reescreveu os nomes em seu caderno de História para pesquisar quando pudesse.

— *Conheço, sim, por quê?*

— Você consegue... me mostrar algumas músicas dele? Por aqui mesmo.

E, prontamente, Syaoran o fez, sem questionar como Junwoo conhecera aquele nome, porque, ora, ele morava na capital e, com toda certeza, se depararia com nomes de artistas internacionais a todo o momento. No entanto, por ser um artista bem conhecido na comunidade LGBTQIA+, Syaoran imaginou que tivesse um dedo de Takeshi ali. Porém, não se importou em pensar demais naquilo e pegou seu computador para colocar o álbum "*Bloom*" para tocar enquanto deixava o telefone no viva-voz e permitia que Junwoo ouvisse as músicas com atenção, mergulhando novamente na sensação boa que as melodias compostas pelo cantor lhe traziam.

Junwoo poderia ter passado a noite toda ouvindo as músicas que Syaoran lhe mostrara, mas sua mãe resolveu que aquele seria um bom momento para acabar com a conversa dos dois e chamar o filho para jantar.

— Até mais, *hyung* — murmurou a contragosto, tendo o olhar sério de sua mãe pousado em si.

— *Até, saeng, cuide-se. E, ah, aprecie a beleza de Takeshi por mim, porque aquele garoto é realmente muito bonito.* — E desligou.

Junwoo, um tanto perdido por causa da última parte da fala de seu melhor amigo, entregou o aparelho para sua mãe e acompanhou a mulher até a mesa de jantar, sentando-se para comer com a família.

Mais uma vez, naquele dia, o rosto de Takeshi veio à sua mente e ele se pegou listando os traços bonitos do mais velho. Em sua opinião, era o rosto mais bonito entre todos do grupo de amigos.

E não doeu nada em Junwoo admitir aquilo para si mesmo.

!

No dia seguinte, Junwoo encontrou-se com Bonhwa na porta da escola. O mais velho encarava a entrada com uma careta, murmurando algo que não conseguiu entender. Ele se aproximou e tocou o ombro do outro, assustando-o, já que o garoto estava completamente distraído com os próprios pensamentos. Bonhwa virou-se para ele e exibiu um sorriso fraco, sem se dar conta da expressão desentendida de Junwoo.

— Veio sozinho? — perguntou, segurando as alças da mochila enquanto observava Bonhwa, que pareceu ficar ainda mais perdido com aquela pergunta.

— Ahm... Sim — murmurou em resposta.

Lee estranhou e seguiu o olhar de Bon até o pátio da escola, avistando Ravi ao lado de Takeshi e Yoona. Os três riam de algo que, provavelmente, fora dito por Ravi enquanto escreviam em cartazes enormes. Junwoo deu um passo para frente, querendo ir até eles, mas parou ao se lembrar de seu outro amigo ao seu lado.

— Você vem, *hyung*?

Bonhwa acenou positivamente, mas não andou, permaneceu ali.

O mais novo o observou atentamente, notando que havia novos hematomas no outro, mas, dessa vez, eram no pescoço. O garoto arregalou os olhos, pensando que, talvez, pudesse ter sido o irmão do menino novamente, mas era ingênuo demais para entender o que realmente eram aquelas marcas. Quando decidiu perguntar, Bonhwa sorriu, pegou em sua mão, puxou-o para dentro do colégio e caminharam pelo pátio, sem pressa alguma, em direção ao resto do grupo.

— Junwoo-*ah*! — Ravi foi o primeiro a cumprimentar o mais novo, abraçando-o de surpresa.

Junwoo não soube como reagir e correspondeu ao gesto afetuoso automaticamente, mesmo com palavras antigas de seu pai turbinando sua pobre mente: *Não abrace seus amigos homens, Junwoo!*

Antes que ele pudesse empurrar Ravi por puro reflexo — resultado de seu pensamento — e acabar causando um clima extremamente estranho entre eles, Jung se afastou e lhe ofereceu um sorriso, permitindo que Takeshi também fosse cumprimentá-lo.

Quando os olhos de Junwoo pousaram em Takeshi, ele se lembrou de como admitiu para o melhor amigo que achava seu *hyung* bonito e, ali, naquele momento, vendo-o se aproximar com um sorriso grande no rosto, constatou aquilo novamente. Reparou em cada traço do mais velho, contendo um suspiro impulsivo ao ver que os olhos do ruivo sumiram com o sorriso que estava sendo exibido para ele.

Muito fofo.

Junwoo sentiu as próprias bochechas esquentarem quando percebeu que encarava-o em silêncio, imerso em seus próprios pensamentos sobre a beleza alheia. Takeshi percebeu, mas não entendeu o motivo e, sem saber exatamente como cumprimentar o garoto, bagunçou seus cabelos escuros e macios.

— Olá, *saeng.*

— O-oi, *hyung.*

Junwoo continuou com as bochechas coradas por alguns longos segundos, tentando ignorá-las enquanto cumprimentava Yoona com um aceno de cabeça e esta fazia o mesmo, parecendo tensa com alguma outra coisa que ele não soube identificar.

— Já começaram os cartazes? — Bonhwa indagou sorrindo, enquanto observava os enormes cartazes sobre a mesa.

— Sim, e já têm alguns espalhados pela escola! — Ravi deu dois pulos animados, arrancando risadas dos amigos.

Junwoo deixou sua mochila no chão, após checar o horário e ver que ainda faltavam dez minutos para o início da próxima aula; olhou os cartazes e leu rapidamente o que eles diziam.

"Lave o seu carro por apenas 15.000 wons!"

"Deixe seu carro ser guiado por esses pedaços de maus caminhos!"

Junwoo ficou confuso.

— Para que é isso?

— Nosso novo evento de arrecadação. Vai ser amanhã durante os vários tempos livres disponibilizados por causa da viagem dos alunos do primeiro ano — Yoona explicou, afastando-se de Bonhwa para ficar ao lado de Junwoo. — Acabou que três professores, que também dão aula para o terceiro ano, vão com eles, ou seja, vamos ter algumas boas horas de tempo livre. E aí, resolvemos fazer isso no estacionamento do colégio. O diretor só permitiu, porque oferecemos uma lavagem de graça no carro dele.

— Babaca — resmungou Takeshi enquanto terminava de desenhar um arco-íris em um dos cartazes.

— E são vocês que vão lavar os carros...? — Junwoo perguntou, tentando imaginar como seria, de fato, o evento.

— Nós e mais algumas pessoas que escolhemos. Quer dizer, escolhemos e perguntamos se elas queriam, e a maioria aceitou. — Ravi deu de ombros.

— Quem?

— Sabe aquela menina que o Dyul humilhou no outro dia?

Junwoo assentiu.

— Ela e mais algumas pessoas com "corpos diferentes". — Fez aspas com os dedos. — É para conscientizar sobre os diferentes corpos existentes e sobre como cada um é lindo do seu jeito — Ravi finalizou.

Era incrível. Ao seu lado, Junwoo já reparara em muitos corpos da maneira mais ingênua possível e nunca enxergara os mais gordos ou os fora de padrão de maneira ruim. Ele não sabia que aquela era uma coisa que acontecia frequentemente, até porque, em sua antiga cidade eram todos bem parecidos em questão de formato corporal: magros e esguios, tanto os homens como as mulheres.

Ele sabia que aquilo era mais problemático no gênero feminino, pois tinha consciência de que existia um padrão e um conceito imposto pela sociedade, o qual era muito desejado pela maioria das mulheres. Lembrava-se de ouvir sua mãe falar com Bora, no jantar que tiveram, sobre como ela era "magrinha" e como aquilo era lindo. Junwoo não discordava, pois achava Bora bonita, mas ela ainda continuaria sendo, se fosse gorda.

— Eu posso... participar?

De imediato, todos os olhares voaram para Junwoo, e o sorriso que Takeshi exibiu foi tão grande que foi impossível Junwoo não sorrir junto.

— É claro.

Junwoo não soube exatamente o que o conduziu a se oferecer daquela maneira. Talvez, por ter achado que aquela era uma causa bonita e que, além de precisar ser abordada, ajudaria o grupo a arrecadar mais dinheiro para a futura viagem. Junwoo queria ajudar, afinal estava tentando, acima de tudo, se sentir incluído entre eles.

— Eu preciso trazer algo? — perguntou enquanto pegava uma caneta colorida para ajudar Takeshi a pintar o arco-íris.

Takeshi sorriu, discreto.

— Só uma bermuda ou uma calça velha. Camisa você não vai precisar — respondeu Ravi, dando uma cotovelada discreta no ruivo.

— Não vou precisar?

— Não, ora. É uma lavagem de carros, você vai se molhar todo. E o intuito é mostrar que existem diferentes tipos de corpos e que todos são bonitos — Bonhwa intrometeu-se, com seu tom um tanto desanimado sem ser percebido por ninguém ali, além de Yoona.

Junwoo engoliu em seco, sentindo-se envergonhado antecipadamente por pensar que teria que mostrar parte de seu corpo. Ele nunca havia chegado perto de se exibir de qualquer maneira que fosse, então saber que muitas pessoas viriam o seu físico era um tanto intimidante. Por mais que não visse nada de errado com seu tronco magro e levemente definido pelos exercícios na escola e os que fazia em casa quando ficava entediado, o que o incomodou, naquele momento, foi saber que ficaria exposto quando nunca havia ficado antes.

Será que alguém olharia demais ou... falaria mal de seu físico?

Enquanto se sentia um tanto perturbado com aquele pensamento, Takeshi se perdia em sua imaginação fértil que fantasiava um Junwoo em diversas posições... com o tronco exposto.

Como será que seria vê-lo completamente molhado, enquanto lavava os carros? Seus braços flexionando e se inclinando sobre os capôs e...

— Vai ser uma boa oportunidade pro seu admirador secreto ir falar com você! — A fala de Yoona irrompeu os pensamentos de Takeshi e, quando viu, Takeshi já havia fechado a cara e cessado a coloração de seu desenho no cartaz. Ele bufou discretamente e tentou se concentrar em outra coisa, mas seus ouvidos estavam focados na possível resposta que Junwoo daria.

— N-não acho que *ela* viria falar comigo — foi o que o mais novo respondeu, arrancando uma risada de Yoona e um bico de Takeshi.

O "ela" havia saído de forma automática da boca do menino, mas despertou um incômodo ainda maior no peito de Takeshi. Saber que, automaticamente, Junwoo associou a pessoa que havia mandado os bilhetes para ele a uma menina e que nem sequer desconsiderou a ideia de falar com a tal, deixava Takeshi para baixo e o fazia pensar que nunca teria a sua chance.

!

O dia e a hora do evento não demoraram a chegar e, diferentemente do que Junwoo tinha imaginado de primeira, havia muitos adolescentes e até alguns professores que precisavam de uma lavagem em seus veículos e não se importavam realmente com o preço que pagariam.

Ravi, novamente, foi o encarregado de controlar o dinheiro. Yoona o ajudou, alegando que não queria se molhar e preferia ficar naquele posto; no entanto, o olhar que recebeu de Bonhwa bastou para que Takeshi e Ravi percebessem que a garota estava evitando ficar perto dele. Hajoon não pôde ficar com eles por ter que dar aula, porém pediu para que os amigos lavassem seu carro e deu a quantia exata para Ravi, mesmo este dizendo que não precisava.

Os outros alunos que concordaram em ajudar o grupo já estavam em seus postos, alguns conversando com os donos do carro e outros apenas se divertindo com a água e a enorme quantidade de espuma que era feita, graças aos detergentes e sabões.

Assim que chegou, Junwoo deixou sua mochila embaixo da barraca que Ravi usava para apoiar a caixa de dinheiro e os trocados, cumprimentou os amigos e procurou Takeshi e Bonhwa com o olhar, vendo ambos ainda completamente secos e vestidos enquanto conversavam sobre algo que deixou Bon com uma carranca. Junwoo franziu o cenho, notando Takeshi exclamar algo e gesticular exageradamente, então resolveu se aproximar ao ver que a discussão parecia séria.

— *Hyung*?

Imediatamente, as feições do ruivo se tranquilizaram e ele se virou para o mais novo, oferecendo-o um sorriso fraco, mas que foi o suficiente para diminuir a preocupação de Junwoo.

— Não vão mais lavar os carros? — perguntou, acanhado.

— Claro que vamos! — Takeshi exclamou, tentando esquecer a discussão que estava tendo com o melhor amigo. — Bon, pode colocar minha camisa dentro da minha bolsa quando for levar a sua?

Bonhwa — que ainda estava sério, mas possuía uma expressão um pouco mais suave —, assentiu, removendo sua camisa rapidamente e expondo o tronco magro, assustando Junwoo por causa do seu gesto rápido e inesperado, entretanto, ele apenas reparou no quão bronzeada parecia a pele do menino em comparação à sua.

Todavia, quando Takeshi removeu a camisa, foi diferente.

Junwoo sentiu as bochechas esquentarem imediatamente ao ter a visão da barriga e do peitoral um tanto definidos do mais velho e se assustou ao ver algo metálico preso no mamilo dele. Engoliu em seco enquanto seus olhos se fixavam no *piercing* transversal que atravessava a área peculiar do corpo alheio. Eles ficaram arregalados por longos segundos, fixados no modo como a joia se movia quando Takeshi se mexia e, em certo momento, seus orbes desceram mais e analisaram minuciosamente cada músculo que compunha o tronco do outro.

O ruivo não percebeu a atenção que estava tendo sobre seu corpo, porque voltou a dizer algo para Bonhwa enquanto este pegava a camisa do amigo.

E Junwoo permaneceu ali, olhando o corpo do mais velho, sem perceber o quão explícito estava sendo e sem sequer ouvir uma palavra do que os dois diziam. Ele apenas não entendia. Não soube dizer o que foi aquela súbita quentura que subiu em suas bochechas e baixo abdome, sem falar na absurda vontade que teve de tocar a joia que cruzava o mamilo do outro. *Será que tinha doído?*

— Não vai tirar a camisa, Junwoo-*ah*? — foi Takeshi quem perguntou, assim que Bonhwa se afastou da dupla para levar as camisetas até as mochilas.

Imediatamente, Junwoo ergueu o olhar e, sem conseguir pronunciar uma palavra, apenas assentiu e removeu a própria blusa, com certa dificuldade, se arrepiando ao sentir o vento fraco bater em seu corpo.

Takeshi umedeceu os lábios ao ter a visão explícita do tronco do outro. Era perfeito em cada medida, combinando com o mais novo em cada aspecto. Era magro, mas não deixava de ser levemente marcado por músculos e, Deus, era extremamente atraente! Takeshi suspirou discretamente, coçando a própria barriga e desviando o olhar para não deixar evidente o quanto se sentia atraído pelo garoto à sua frente.

Junwoo, no entanto, ainda pensava na maneira como se sentiu ao ter a visão do mais velho sem camisa e, inevitavelmente, se questionou se Takeshi o via com outro olhar sendo um homem e, bem, gostando de homens. Abraçou o próprio corpo com aquele pensamento, um tanto perturbado, e desviou o olhar para buscar a próxima coisa que faria.

— Podemos lavar o carro de Hajoon juntos, hm? — Takeshi sugeriu, tão sem jeito quanto Junwoo.

Os dois seguiram até o carro do professor e Takeshi parou apenas para puxar uma das mangueiras, pegar um balde, uma das garrafas de detergente e duas esponjas. Junwoo o ajudou a carregar os utensílios e, juntos, iniciaram a tarefa, ambos em silêncio, pensando em como se sentiram alguns segundos atrás.

— E-eu falei com o S-Syaoran *hyung* outro dia — surpreendentemente, foi Junwoo quem iniciou a conversa enquanto molhava a parte frontal do carro.

Takeshi sorriu, virando boa parte do detergente dentro do balde.

— Jura? E ele está bem?

— Sim! Ele me mostrou umas músicas daquele cantor que você me apresentou — continuou, começando a se sentir mais confortável, conforme seu foco saía da sensação estranha que tivera ao ver o corpo do outro.

— Oh, Troye Sivan? — indagou, passando o detergente nas partes molhadas do carro.

— Sim, ele mesmo! E são muito boas, *hyung*.

Os dois engataram no assunto sobre música novamente, parando somente quando Hira, a menina humilhada por Dyul, foi até eles em busca de mais detergente. Ela vestia apenas uma regata branca e um short preto, expondo totalmente o seu físico distinto das outras meninas daquela escola. Inconscientemente, Junwoo sorriu ao observá-la, achando bonito o sorriso confortável da menina e a forma como ela parecia bem com o próprio corpo, parecendo não se importar com a diferença deste para a maioria dos outros ali.

Hira lavava o carro ao lado de Heyoon, uma menina bastante popular naquela escola, admirada pela estrutura corporal que correspondia perfeitamente ao padrão coreano. Mas Hira não parecia se importar e ria alto de algo que a menina comentava enquanto lavava o veículo de algum aluno com o melhor humor possível. Ao lado delas, havia uma das poucas alunas negras e ocidentais que estudavam ali, lavando outro carro junto a uma menina baixinha e magrinha, a qual Junwoo nunca vira antes. Eram muitas diferenças juntas e era agradável de ver.

Junwoo não notara que estava perdido nos pensamentos até sentir algo encharcar seu corpo.

— Ei! — exclamou, virando-se na direção de Takeshi e vendo-o gargalhar enquanto segurava a mangueira ligada.

Junwoo não se conteve e riu também, puxando os fios de cabelo para trás e resolvendo que não havia problema em se molhar na situação em que ele estava, mas não poupou seu lado vingativo e resolveu fazer o mesmo com Takeshi.

Aproveitando que Takeshi estava distraído com a própria risada, puxou a mangueira da mão dele e molhou-o da mesma maneira que ele havia feito, encharcando-o da cabeça aos pés. Takeshi somente gargalhava, tentando se desviar da água de vez em quando, mas acabou não tendo forças por causa do riso.

— Chega! — exclamou em meio às gargalhadas, agachando-se no chão.

Mas Junwoo não parou, molhando-o cada vez mais e cessando somente quando Takeshi puxou a mangueira para si, fazendo com que Junwoo escorregasse e caísse sobre ele. Ambos rolaram no chão, em meio à água e à espuma, não se importando com a atenção que estavam chamando, perdidos na sensação boa que era estar um ao lado do outro.

E aquilo tudo só teve fim quando Junwoo esbarrou a mão no *piercing* de Takeshi acidentalmente. Ao sentir o objeto metálico sob seus dígitos, ele cessou a risada e arregalou os olhos, com medo de ter machucado o outro.

— Desculpa! — exclamou alto o suficiente para que outras pessoas, ali, ouvissem.

Mas Takeshi apenas riu.

— Está tudo bem.

Junwoo estava completamente corado, sentindo a ponta de seu dedo formigar por causa de algo tão estúpido como aquilo. Ajudou Takeshi a se levantar e, novamente, deixou o próprio olhar cair sobre o corpo do outro. *Será que ele deveria olhar o corpo dele? Não era errado olhar daquele jeito?* Afinal, Takeshi era um homem.

O garoto estava muito confuso, importunado por aqueles pensamentos que não tinham fim.

— Vamos, me ajude aqui, Junwoo-*ah* — o mais velho o chamou, indicando a parte lateral do carro com a mão.

Junwoo assentiu, ainda bem incomodado com seus pensamentos que insistiam em voltar para o torso do outro e sua forma... *agradável* de olhar.

E Takeshi, pela primeira vez, no dia, notou a forma como o outro encarava o seu tronco nu... e gostou. Gostou da ideia de, finalmente, estar sendo apreciado por aquele que tanto apreciava.

O ruivo umedeceu os lábios e, tentando provar que não era algo apenas de sua imaginação, espalhou um pouco a espuma que estava em sua barriga, fingindo estar removendo-a. Ele ouviu a tosse repentina de Junwoo ao seu lado e assistiu à forma como os olhos do garoto subiram rapidamente enquanto suas bochechas ficavam da cor de um tomate. Takeshi bateu em suas costas sem muita força, tentando ajudá-lo, porém, foi inevitável conter o sorriso que surgiu em seus lábios por ter provado seu ponto. *Touché.*

CAPÍTULO 13

!

Yoona era uma grande admiradora de frases bem pensadas ou, como diria Takeshi, filosóficas. Uma vez, ela se lembrava de ter concordado com o grupo de amigos em fazer uma maratona de Harry Potter — a saga preferida de Bonhwa — e ter ficado com uma frase específica em mente: *"Palavras são, na minha humilde opinião, nossa inesgotável fonte de magia. Capazes de formar grandes sofrimentos e também de remediá-los"*.

Talvez, ela e seus amigos fossem os que mais soubessem o quanto aquele ditado era verídico. Estavam mais do que habituados a ouvir palavras serem lançadas contra eles na intenção de machucá-los.

De longe, Yoona parecia forte, inquebrável, inabalável; ela respondia todas as ofensas dirigidas a ela com a cabeça erguida, mesmo que seu peito apertasse e torcesse de agonia. A sua sorte era que, no fim do dia, seus melhores amigos a ajudariam a distorcê-lo.

Eram apenas oito e quarenta da manhã quando Yoona precisou ouvir sua mãe reclamar, mais uma vez, por ter chegado tarde, na noite anterior quando, na verdade, quem havia chegado bêbada e, por último, tinha sido a mais velha. Era manhã de domingo, o dia após o show de Ravi e a manhã na qual Yoona estava focada somente em cuidar de Bonhwa.

— Tudo bem, mãe, me desculpa. A senhora quer um café? — ofereceu, com seus ombros encolhidos como nunca ficavam quando ela pisava fora daquela casa.

— Sim — foi o que a mulher respondeu, deixando a cozinha para ir tomar um banho.

Yoona suspirou enquanto seus dedos arranhavam o próprio braço, sem que ao menos percebesse. Ela se virou e tratou de começar a fazer o café, não somente para sua mãe, mas também para Bonhwa. Não fez nada para ela, já que estava sem nenhum apetite. Quando o café terminou de passar, deixou a garrafa térmica em cima do balcão da cozinha, após tirar uma quantidade suficiente para Bonhwa. Pegou, também, uma cartela de aspirina no armário de remédios e, logo em seguida, subiu de volta para seu quarto, lembrando-se de trancar a porta quando estava, finalmente, dentro do cômodo.

— Bom dia! — a voz rouca assustou Yoona que, por pouco, não derrubou todo o café.

— Meu Deus, que susto! — exclamou, repreendendo-se mentalmente, em seguida, por se lembrar de que sua mãe estava em casa.

— Desculpa — Bon murmurou em resposta, rindo fraco e resmungando logo após, graças à pontada que sentiu em sua cabeça.

Yoona aproximou-se da cama e sentou-se na ponta, estendendo a xícara e a aspirina para o garoto, após este se ajeitar e se sentar corretamente.

Bonhwa agradeceu com um sorriso retangular que, inevitavelmente, fez Yoona sorrir de volta. Ele ingeriu o líquido em quase um gole, por ser um amante nato de cafeína, arrancando uma risada da garota.

— Não estava quente?

— Eu gosto assim. — Ele deu de ombros, espreguiçando-se.

Yoona engoliu em seco ao admirá-lo sob a luz do sol que atravessava o vidro de sua janela, lembrando-se da noite anterior quando teve seus lábios quase colados aos dele — lembrança que aqueceu seu estômago e o fez formigar, levando uma cor escarlate às suas bochechas.

— O que eu fiz ontem? — perguntou o garoto.

O coração dela falhou uma batida, ao cogitar a possibilidade de Bonhwa não se lembrar do momento que tiveram naquela mesma cama, entretanto ele percebeu a expressão desolada da menina e imediatamente riu, mostrando que estava brincando.

— Relaxa, eu me lembro de tudo.

O silêncio prevaleceu durante alguns segundos e, quando, finalmente, soube o que falar, Yoona teve que chamar o nome do garoto três vezes para tirar sua atenção dos fiapos soltos do cobertor que o cobria.

— De... tudo?

— Sim, tudo — respondeu firme.

Houve uma troca de olhares silenciosa, ambos sabendo que aquelas sensações que lhe tomavam o estômago e o peito não eram coisas que sentiam com qualquer um, era distinto e apenas entre eles.

Nenhum dos dois desviou o olhar, ocupados demais em buscar mais daquele sentimento. Era possível ouvir apenas o som de água caindo, denunciando a presença da mãe de Yoona que, provavelmente, estava tomando banho, ocupada demais para se preocupar com aqueles dois sozinhos dentro do quarto. Era o momento perfeito e ambos sabiam daquilo, mas não disseram em voz alta, apenas agiram.

Bonhwa tirou o cobertor de cima e esticou a mão, esperando Yoona colocar a sua por cima da dele e assim ela fez, umedecendo os lábios de maneira nervosa. Finalmente, ficou entre as pernas do outro, com os dedos entrelaçados aos dele e o coração martelando seu peito, como sempre fazia quando Choi Bonhwa se aproximava dela.

— Você não queria que eu me lembrasse? — perguntou, com a voz baixa e aveludada, como se contasse um segredo a ela.

— Não é isso — sussurrou em resposta, totalmente atrapalhada, porque não sabia como agir quando conversava daquela maneira com ele. — E-eu só... não sei como organizar meus sentimentos e isso é uma merda, porque gosto tanto de você e me sinto um lixo por parecer estar brincando contigo e...

Mas Bonhwa não ouvia nem uma palavra que deixava os lábios dela, porque seus sentidos auditivos tinham sumido, dando espaço para que o visual dominasse seu ser e ele mergulhasse na beleza que era a boca da garota enquanto se movia: pequenina, fina, mas tão rosada, como se implorasse para que Bonhwa a beijasse.

E foi o que ele fez.

Sua mão enorme segurou a nuca da garota e a trouxe perto o suficiente para colar seus lábios nos dela, calando-a de uma vez e não dando tempo para que pensasse antes de colocar a língua dentro de sua boca.

Como o esperado, Yoona não o rejeitou e, quando perceberam, estavam em meio a um ósculo desesperado por causa da vontade acumulada que tinham de se beijar. E, finalmente, estava acontecendo.

Yoona agarrou os fios longos de Bonhwa, envolvendo seus dedos neles para puxá-lo mais contra si, o que a fez cair para trás no colchão devido ao impulso que ele teve de se empurrar para cima dela, cobrindo o corpo menor com o seu e ficando entre as pernas da garota, sem nunca quebrar o contato com seus lábios.

As línguas batalhavam por espaço enquanto as cabeças se moviam e os sons escapavam de ambos os lábios. Os dois adolescentes sentiam que seriam capazes de explodir por causa da sensação maravilhosa que ocupava seus corpos.

A garota sentia cada pelo seu se eriçar por conta da forma como as mãos de Bonhwa lhe tocavam, descendo até sua cintura de maneira lenta, puxando-a contra si como se dependesse daquele contato para sobreviver. E ele realmente sentia como se precisasse. Eles sentiam.

Ambos perderam a noção do tempo, rolando pela cama e trocando beijos de maneira nada pura, levados pela necessidade de contato e tesão que começava a se acumular no baixo abdome de cada um.

Quando se deu conta, Bonhwa já havia posicionado a garota com a cabeça nos travesseiros e passou a descer os beijos pelo seu pescoço esbranquiçado, decidindo que o deixaria da cor mais avermelhada possível. E ele a marcou, envolvendo a pele com seus lábios e sugando-a enquanto suas mãos apertavam as coxas contra seu corpo, permitindo que ela sentisse o quanto ele estava quente e começando a endurecer.

Yoona gemeu baixo com o chupão que ele deixou em sua pele e suas unhas fincaram os ombros largos de Bonhwa, puxando-o contra si para iniciar mais um beijo.

Levada pelo tesão, a garota rolou na cama até ficar sobre Bonhwa, com uma perna de cada lado do seu corpo enquanto as mãos grandes dele apertavam suas coxas e a impulsionavam para baixo. Pousou ambas as mãos no peitoral do menino, arranhando-o por cima da camisa, ao mesmo tempo em que seus lábios faziam o mesmo caminho que os de Bonhwa haviam feito em seu corpo, descendo pelo seu pescoço e marcando a pele naturalmente bronzeada.

Ela mordiscou a pele bem abaixo da orelha e a lambeu em seguida, em meio a um sorriso quando sentiu as mãos grandes sobre sua bunda, apertando-a. Ofegou baixo e passou a chupar o mesmo pedaço de pele que antes mordia, arrepiando-se totalmente quando ouviu o gemido rouco do garoto. Somente Deus sabia o que eles teriam feito, se o telefone de Yoona não tivesse começado a tocar.

Bonhwa tentou impedi-la de se afastar e pediu para que ela desligasse o aparelho, resmungando, necessitado por já se sentir duro por causa da sessão de amassos, mas Yoona ignorou-o totalmente ao ver quem era que ligava: Hajoon.

Quando Bonhwa viu o identificador de chamadas e Yoona atendendo sem hesitar, ele tirou a menina de seu colo e recolheu suas coisas. A garota não percebeu a burrada que havia feito até ouvir a voz de Hajoon em seu ouvido, cumprimentando-a; ao mesmo tempo, observou Bonhwa pegando seus pertences. Ela não respondeu ao professor, e seus olhos evidenciaram o quanto ficou desesperada ao ver o amigo sair pela sua janela — sabendo que não poderia sair pela porta da frente. Mas ela ficou ali, parada, sem reação, ouvindo a voz do professor soar em seu ouvido, perguntando-a se estava ali.

No dia seguinte, nem Bonhwa e nem Yoona foram à escola e ambos deram a mesma desculpa para os amigos, sem querer dedurar um ao outro: disseram que ficaram na casa de Yoona para que esta cuidasse da ressaca de Bonhwa.

No dia da lavagem de carros, Choi não se comunicou com ela e esta não soube como abordá-lo, ciente de que tinha cometido um vacilo extremo quando se deixou levar pelo impulso de atender a uma chamada de Hajoon.

— O que está havendo entre vocês? — Takeshi perguntou direto para o melhor amigo quando ambos estavam na casa dele.

— Entre mim e quem? — Não se fez de desentendido propositalmente, apenas estava distraído com o teto de seu quarto.

— Você e Yoona, Bonhwa.

O garoto suspirou baixo e teve o reflexo de puxar seus fios para trás, mas foi interrompido pela mão de Takeshi que segurou seu pulso antes que o mais alto enfiasse sua mão no descolorante.

Ah, sim, Choi Bonhwa havia concordado em mudar a cor de seu cabelo, porque sentia que precisava fazer algo de diferente. Ele, assim como a maioria dos adolescentes, possuía esse impulso "rebelde" de querer mudar algum aspecto da aparência quando algo de ruim acontecia em sua vida. A pedido de Takeshi, havia concordado em pintar os fios de vermelho vivo, após descolori-los para combinar com o do amigo.

— Ah... é! — foi o que saiu de sua boca.

Takeshi encarou-o, esperando o garoto dizer mais alguma coisa, mas nada saiu e ele se distraiu com a toalha que estava sobre seu ombro. Takeshi riu baixo, sem se conter com o quão fofo achou Bonhwa quando este exibiu um bico enquanto brincava com os fios soltos da toalha, e aí apertou a bochecha dele.

— *Aigoo*! — gritou e deu um tapa fraco na pequena mão de Takeshi.

— É o quê, Bonhwa? — insistiu, ouvindo um suspiro do outro.

— A gente se beijou — contou, enquanto olhava para Takeshi e assistia à sua reação, mas este não pareceu nem um pouco surpreso. — Muito. Mas ela interrompeu para atender uma ligação do Hajoon. Ela acha que eu não sei, mas a vi o beijando no dia do show do Ravi. Foi logo antes de eu apagar, mas vi.

— Hm... E vocês conversaram sobre? — Takeshi arqueou uma sobrancelha. — Sabe que as palavras resolvem tudo.

— Não... Eu sinto dor, Takeshi-*ah*. Me dói ver que ela também se sente daquela maneira por ele e e-eu... Eu tento, mas não consigo conviver com isso — resmungou, sentindo os olhos lacrimejarem, acompanhados da dor costumeira no peito, que vinha antes do choro iniciar. — E-eu não consigo achar as palavras certas para...

— Não, pelo amor de Deus, não chora! — Takeshi desesperou-se, puxando o amigo para si e abraçando-o, ambos caindo de costas na cama de Bonhwa. — Vocês têm que conversar, Bon. Não podemos ficar com aquele clima todo estranho quando estivermos juntos. Até o Woo percebeu!

— Woo, hm? — Bonhwa provocou-o, com o tom de voz soando malicioso, e Takeshi deu um tapa em sua testa.

— Não tente mudar o assunto! — exclamou, sentindo as bochechas esquentarem por ter sido pego no pulo com o apelido que havia dado ao mais novo do grupo.

— Acha que não o vi te admirando ontem? Até o Ravi percebeu! Tadinho, Takeshi. Você vai confundir o menino — debochou, cutucando a barriga do melhor amigo, que resmungou um palavrão.

— Ah, poxa...

— Você adorou a atenção, né? — Ele ergueu a cabeça para fitar Takeshi, prendendo o riso com o bico que Takeshi carregava nos lábios.

— Sim, poxa! O problema é que me ilude e eu fico achando que ele está interessado quando sei que só ficou curioso com o meu *piercing* — murmurou, um tanto decepcionado com a própria conclusão.

Mas era, de fato, o que ele pensava sobre o acontecimento da tarde anterior. Na hora que aconteceu, Takeshi se sentiu o garoto mais feliz do mundo por ter os olhares do *crush* sobre seu corpo e achou que Junwoo realmente havia enfrentado um momento de dúvida ao ver seu tronco definido; no entanto, quando pensou um pouco mais e analisou o próprio corpo, lembrou-se do *piercing* em seu mamilo e o fato de que Junwoo era alguém curioso. Bem provavelmente, havia se interessado em saber como funcionava aquele tipo de coisa. Se perguntava como Junwoo reagiria se visse a tatuagem que ele tinha na virilha.

— Você não sabe, Takeshi-*ah*. Ele pode muito bem ter caído de amores pelo seu tanquinho — provocou-o, colocando a mão por dentro da camisa de Takeshi e dedilhando seu abdômen de brincadeira, fazendo cócegas no ruivo.

— *Aish*, seu moleque! Para! — Gargalhou, dando um tapa na mão do outro e empurrando-o para longe, quase o derrubando da cama.

— Ah, qual é, Takeshi? Não vai me dizer que não sonha com essa possibilidade? — zombou, voltando para cima do amigo e se colocando, dessa vez, em seu colo, segurando seus pulsos ao lado de sua cabeça. — Finge que eu sou o Junwoo e me mostra o que faria com ele, se ele confessasse o amor pelos seus "abs[17]".

— Ih, o que é isso? É uma desculpa para que eu realize seus desejos obscuros sobre me querer, Bon? — provocou-o de volta, mordendo o lábio inferior, como se quisesse beijar o melhor amigo.

— É isso mesmo — brincou, fazendo um bico extremamente forçado e se inclinando, fingindo que beijaria Takeshi.

— Eu não sabia que vocês namoravam.

Os dois garotos olharam para a porta do quarto, assustando-se com Sungjae, o pai de Bonhwa, parado ali, segurando a maçaneta da porta. O homem carregava um sorriso zombeteiro no rosto e esperava uma resposta dos dois adolescentes que nem ao menos saíram da posição em que estavam e apenas se ajeitaram, rindo. Takeshi e Bonhwa sabiam que o homem era super tranquilo com a sexualidade do filho e com a amizade pegajosa que ele tinha com Takeshi.

Mesmo vindo de uma família conservadora, Sungjae não adotou os mesmos pensamentos e princípios que ela. Quando conheceu a mulher que vinha de um país ocidental, de uma cultura distinta e com um foco muito menos conservador e religioso, ele se abriu para o mundo. Abertura que continuou a se expandir com a ajuda do filho, que sempre fez questão de ensinar ao pai tudo que sabia.

---

[17] Gíria para "abdome".

— Eca, não, pai! — Bonhwa zombou e cutucou o rosto de Takeshi para dizer: — Ele é feio demais para mim.

— Feio? Meu filho, se eu fosse solteiro e tivesse a idade de vocês... — Sungjae brincou, arrancando uma gargalhada de Takeshi e uma careta de Bonhwa.

— Eu estou traumatizado — Bon resmungou enquanto balançava a cabeça e se levantava, ficando sério de repente. — Onde está a mãe?

— Ela saiu com Jiyong.

Takeshi, automaticamente, ficou tenso por causa da menção daquele nome, umedeceu os lábios e deixou seu olhar cair em um Bonhwa surpreso.

— O que...? — ficou sem palavras enquanto a boca abria e fechava, conforme tentava raciocinar.

— É... Ela decidiu contar tudo. Ensaiou comigo antes e... é. Eu só espero que Jiyong não diga nada que não deve. Você sabe o quanto sua mãe é sensível com palavras — Sungjae suspirou ao finalizar a frase, oferecendo um sorriso fraco aos adolescentes, antes de mudar de assunto, por saber o quanto aquele tema era difícil até mesmo para o amigo do filho. — Vou pedir pizza para o jantar, vocês querem?

Foi Takeshi quem respondeu pela dupla, assistindo a Sungjae deixar o quarto antes de se virar para o melhor amigo e vê-lo fitando o nada, com uma expressão pensativa.

— O que eu fiz? — murmurou, falando sozinho. — Eu não posso ficar em silêncio sobre tudo... E-eu preciso falar com a Yoona! Seguir o exemplo da minha mãe. E-eu... — Bonhwa começou a ficar desesperado enquanto seus olhos se arregalavam e lacrimejavam, mudando totalmente o ambiente do quarto, que antes era de diversão.

Takeshi se levantou e puxou o melhor amigo para um abraço enquanto sentia este agarrar sua camisa e chorar contra seu peito, finalmente tirando o peso dos ombros, o qual era não poder contar ao irmão o motivo de sua mãe não agir de maneira fraternal com ele. Takeshi sabia que o mecanismo de defesa do garoto contra aquele assunto familiar foi associar ao que tinha que resolver com a melhor amiga, mas não se importou, apenas o acolheu em seus braços e esperou que aquilo fizesse o menino se sentir melhor.

— Quer que eu passe a noite aqui? — perguntou, tomando cuidado para não se sujar com o produto no cabelo do outro, mas sem deixar de apertá-lo em seus braços.

— Por favor.

!

— Amém.

Junwoo separou as mãos, sentindo-se aliviado, porque, finalmente, poderia ingerir aquele lindo pedaço de lasanha, em seu prato, que estava esperando para ser degustado.

— Eu conversei com o pai de Bora hoje — Daejung começou, atraindo a atenção de sua mulher para si enquanto Junwoo estava concentrado demais em seu pedaço de lasanha. — E ele apoia totalmente a ideia de fazermos aquela viagem para o campo.

Junwoo parou de mastigar, confuso.

— Que viagem?

— Ora, garoto, não se lembra? Comentamos que queríamos fazer uma viagem em família — sua mãe se intrometeu.

Junwoo franziu o cenho, estranhando aquele papo todo. *Do que diabos eles estavam falando? Viagem em família?* Seus pais nunca criaram planos que reunissem todos eles no intuito de se aproximarem ou coisa do gênero, então ouvi-los dizer aquilo fez com que Junwoo tirasse, definitivamente, a atenção de sua comida.

— Em família e... com eles? — Arqueou uma sobrancelha, recebendo um olhar feio de sua mãe pelo questionamento.

— Sim, ora, futuramente, eles podem fazer parte da família.

As palavras de seu pai fizeram com que o garoto, finalmente, estranhasse a verdadeira intenção do mais velho ao apresentá-lo à Bora, afinal o homem nunca demonstrara interesse algum nas suas amizades daquela maneira, somente para questioná-las ou julgá-las e não para aproximá-las da família. Com aquilo em mente, ele se encolheu e suspirou baixo, desejando apenas poder conversar sobre aquilo com Takeshi.

— E quando vai ser? — Jiyoon perguntou enquanto parava de comer para dar um gole no copo de água que colocara para si.

— Talvez, daqui a duas semanas, no fim de semana. Ou no fim do mês, ainda não sei. Terei que arranjar um substituto para mim na igreja durante os dias que ficarmos fora e isso pode demorar um bocado.

Depois daquelas palavras do mais velho, o silêncio reinou na mesa, durante longos minutos, e Junwoo sentiu como se seus pais pudessem ouvir seus pensamentos de tão altos que pareciam estar em sua pequena cabeça. Quando pensou em conversar com Takeshi a respeito daquilo, sua mente passou a voar para longe e relembrou o acontecimento do dia anterior e de como se sentiu estranho quando viu o corpo do outro. Talvez fosse inveja pela forma como o tronco e o peitoral de Takeshi eram definidos e bem construídos, mas Junwoo se sentia bem com seu corpo, então... não era aquilo. Talvez, fosse *admiração,* porque, ora, Takeshi era *realmente* bonito.

Sentiu as bochechas corarem quando a possibilidade de *adorar* aquele torso nu molhado surgiu em sua mente. Ele não devia pensar naquilo. Seu olhar recaiu sobre os seus pais e ele engoliu em seco, tentando espantar aqueles pensamentos, os quais, de alguma forma, ele sabia que não deveria ter.

!

— Não acho que paixão seja a palavra certa. É, no máximo, uma admiração — Takeshi argumentava com Ravi a respeito do admirador ou da admiradora secreta de Junwoo enquanto ambos estavam sentados, no pátio, naquela manhã de sexta-feira, esperando pelo resto do grupo, imersos no assunto que estava começando a irritar Takeshi.

— Paixão, admiração... No final, ela quer o Junwoo. — Ravi deu de ombros, tirando o celular do bolso para responder às mensagens de sua tia que o importunava a respeito da falta de café na casa.

— Como sabe que é *ela*? — Takeshi franziu o cenho, incomodado.

— Eu tenho quase certeza de que foi a Ji-eun.

— Lee Ji-eun... — Takeshi engoliu em seco, com a imagem da menina em mente, sabendo o quanto era bonita e o quão fácil seria conquistar qualquer um que fosse.

Ji-eun era uma garota relativamente popular, com uma fama de romântica incurável, tendo namorado muitos rapazes, com inúmeros momentos dignos dos filmes de romance. No baile do segundo ano, por exemplo, foi indicada à rainha, mas acabou perdendo para outra garota mais popular, no entanto, seu namorado ganhou como rei do baile e fez um discurso bem bonito para ela na frente de todos, entregando-lhe um buquê de rosas e uma coroa de flores, a qual disse ter sido feita por ele.

Takeshi tinha certeza de que era mentira.

Alguns meses depois, durante as férias, o casal terminou, e Ji-eun ficou solteira, despertando o interesse de muitas pessoas pela escola. De fato, não seria surpresa, se fosse ela, já que aparentava ser corajosa o suficiente para ir atrás de um menino pelo qual se interessava e romântica o suficiente para utilizar um método como poesias em anônimo.

Takeshi bufou, colocando as mãos no rosto. Ele nunca ficaria com Lee Junwoo.

— Por que você não fala pra ele? — Ravi tentou, guardando o celular e fitando o amigo, e Takeshi olhou-o de volta, debochado.

— Jura? Eu já disse que, se abrir a boca, ele vai fugir, Ravi — choramingou, abanando a cabeça, e o outro deu de ombros.

— Escolha as palavras certas e, talvez, funcione, Takeshi. Nós nem sabemos se o menino é hétero! — Ravi exclamou, dando um tapa encorajador no ombro do outro. — Ele parece nunca ter beijado alguém e, muito menos, transado.

— Você sabe que é totalmente impossível ele ser gay — rebateu, suspirando.

— Impossível por quê? Por causa dos pais? Porra, Takeshi, nós, mais que ninguém, sabemos que isso não tem influência nenhuma na sexualidade! É algo que nasce com a gente. — Ele colocou as mãos na cintura, como se fosse uma mãe prestes a dar um sermão no filho.

Takeshi voltou a tapar o rosto, sabendo que tinha dito besteira.

— Não foi isso que eu quis dizer, só...

Ravi interrompeu o amigo:

— Escolheu as palavras erradas, eu sei. Mas é isso, Takeshi. Você não vai saber se tem chances, se não tentar nada — finalizou com um suspiro, rindo em seguida. — Então, só vai.

O ruivo ficou em silêncio, olhando para o nada e pensando se realmente deveria tentar qualquer coisa que fosse com Junwoo. Afinal, se o garoto não lhe correspondesse o mínimo que fosse, as chances que tinha de decidir se afastar dele e do grupo eram enormes, entretanto sabia que não aguentaria muito tempo no silêncio em relação às suas vontades e aos seus sentimentos. Na primeira bebedeira que teve foi direto para a casa de Junwoo, ora! E nem imaginava o que teria feito, se tivesse bebido um copo a mais.

— Eu vou pensar — foi a resposta do ruivo antes da dupla ser interrompida por Yoona, que apareceu ofegante, como se tivesse corrido uma maratona. Vestia o uniforme da escola que se encontrava totalmente amassado enquanto o cabelo bagunçado estava preso em um rabo de cavalo.

— Caiu da cama? — Ravi debochou, mas Yoona fez um sinal de "pare" com a mão.

— Não me irrite hoje, porque não acordei bem e ainda estou atrasada! — exclamou emburrada, sentando-se ao lado dos dois para poder arrumar o cabelo todo desengonçado. — Cadê o Junwoo?

Takeshi franziu o cenho ao ouvir a menina perguntar pelo mais novo e não por Bon, porém tendo conhecimento do que acontecera entre os dois, imaginava que a garota tentaria evitar tanto Bonhwa quanto Hajoon até saber o que fazer em relação à situação toda.

Ele estava no time que torcia para que a situação fosse resolvida logo, sem importar com quem Yoona ficasse no fim, caso ela ficasse com alguém. Com aquilo em mente, lembrou-se do que seu melhor amigo lhe dissera naquela manhã.

— Bonhwa não vem hoje. — Takeshi recebeu um olhar duro de Yoona, mas não se importou. — E ele me pediu para lhe entregar algo.

Takeshi abriu a mochila, sob o olhar confuso dos melhores amigos, e tirou de dentro uma folha rosa dobrada que Bonhwa lhe entregara pela manhã antes de deixar sua casa e a entregou à Yoona.

— Por que ele não vem? — Ravi questionou, completamente perdido na situação toda. — E o que é isso?

— Ele não vem, porque tem que resolver as coisas com o irmão. Tirou o dia para ficar com Jiyong — explicou rapidamente, ignorando a outra pergunta de Ravi e fazendo apenas um sinal com a cabeça para que Yoona lesse as palavras escritas no papel por Bonhwa.

— Oi, *hyung*! E *noona*!

Takeshi sentiu um sorriso crescer em seus lábios ao ouvir a voz doce e animada de Junwoo. Ele se virou e quis pular de alegria ao ver o garoto se sentar ao seu lado, com uma expressão feliz, como se não fossem oito horas da manhã e eles tivessem que aguentar um dia inteiro de aula.

— Olá, *saeng* — Takeshi respondeu totalmente bobo enquanto ouvia Ravi prender o riso depois de cumprimentar o mais novo. Yoona não viu o garoto chegar, concentrada demais em ler a caligrafia desleixada de Bonhwa no papel rosado.

— *Hyung*... Eu preciso conversar com você.

As palavras de Junwoo, dirigidas a Takeshi, fizeram com que Takeshi engolisse em seco, estranhando o tom sério do mais novo e se lembrando de todas as vezes que fantasiara o garoto sem camisa ou beijando a sua boca, como se dependesse daquilo para viver. *Será que Junwoo era capaz de ler mentes?*

— Eu... fiz merda? — Takeshi ousou perguntar e Junwoo gargalhou, encantando Takeshi e o desnorteando, por alguns segundos, com a sua beleza, ao rir daquele jeito. Ele era lindo de qualquer jeito, mas rindo... *Wow*.

— Não, *hyung*. Eu só... tenho algumas dúvidas.

O garoto coçou a nuca, um tanto envergonhado por causa do pedido. Takeshi sorriu, assentindo.

— Então... tudo bem.

Junwoo sorriu timidamente e desviou o olhar do mais velho quando foi bombardeado pelas imagens que o estavam atormentando há dois dias.

E, enquanto isso, Takeshi apoiou o queixo na mão, achando estar sendo discreto ao observar o mais novo, mal sabendo que deixava cada vez mais óbvio o que sentia pelo outro.

!

Oi, noona. Neste momento, acho que o Takeshi já te disse o motivo de eu não ter ido ao colégio hoje. Torça por mim! Você sabe o quanto Jiyong pode ser difícil de lidar, mas... eu não vou desistir. Assim como não vou desistir de você, noona. E, então, minha primeira tentativa vai ser esse bilhete, porque sou muito ansioso e não aguentaria até o dia seguinte.

Mas, noona, minha tentativa não vai ser voltar a correr atrás de você ou tentar algo por mim mesmo. Eu vou deixar em suas mãos, vou deixar que escolha o que é melhor para você, sem pressão alguma. Se sua escolha não for eu, vou aprender a lidar com isso, porque, afinal, o que importa para mim é você. Eu quero o seu bem-estar, quero que se sinta feliz com sua escolha e, qualquer que ela seja, vou continuar a ser seu amigo e permanecer ao seu lado.

Então, se sua felicidade for ele, tudo bem.

Eu usei as palavras certas? Espero que sim, de verdade.

Eu te amo, noona. Até amanhã!

CAPÍTULO 14

— Deus, esse macarrão está uma delícia — Ravi gemeu enquanto degustava a massa com molho vermelho. — Que sensação incrível.

Já era hora do almoço, e Ravi, Takeshi e Junwoo estavam juntos no refeitório enquanto Yoona tinha dado um chá de sumiço após a última aula antes do horário de comer. Takeshi imaginava que a menina tivesse ido atrás de Bonhwa ou Hajoon, já que para casa era impossível, pois era o ambiente que ela mais evitava.

— Você está comendo bem mais — Ishikawa comentou sorridente, fitando o prato de Junwoo, com os olhos apertados por causa do sorriso.

Junwoo retribuiu o sorriso enquanto colocava mais uma garfada do macarrão na boca. Realmente, estava incrível.

— Sim — disse de boca cheia e arregalou os olhos quando percebeu, tapando-a. — Desculpe! — exclamou, após engolir.

Ravi gargalhou.

— Relaxa, pitoco.

— Pitoco? Ele é mais alto que você, Ravi! — Takeshi rebateu, ainda rindo por causa do ato fofo de Junwoo nos segundos anteriores.

— Eu gosto de contrariar. — O mais velho deu de ombros, piscando para Junwoo, que riu baixo e continuou a comer, sentindo-se muito bem na companhia dos dois, mas também sentindo falta dos outros três que completavam aquele grupo.

Entretanto, sua mente se ocupou com os assuntos que depois levantaria a Takeshi. Ele não tinha todos em mente quando pediu para conversar com Takeshi, mas sentia a necessidade de se abrir com alguém a respeito de coisas que enfrentou, viu e ouviu nos últimos dias. Decidiu apenas deixar a conversa fluir com Takeshi, como sempre acontecia, sem se preocupar em decidir o que falaria primeiro.

— Podemos conversar depois da aula de educação física, o que acha? — Takeshi, que estava ao seu lado, inclinou-se para sugerir a ideia, visto que teriam um tempo livre por causa da viagem do primeiro ano, a qual levara alguns professores.

Junwoo assentiu, sem virar o rosto por sentir a aproximação do outro quando este se inclinou para falar com ele. Chegou a sentir o sopro da respiração do ruivo em sua bochecha. Foi como se Takeshi fosse lhe contar um segredo que Ravi não pudesse ouvir quando, na verdade, ele apenas queria uma desculpa para se aproximar do moreno.

O mais novo sentiu as bochechas esquentarem e seus olhos se arregalaram um pouco enquanto fitava o prato de macarrão quase vazio. Ele teve novamente a sensação de quentura em seu estômago, e um nervoso o atingiu sem que ele soubesse o motivo, então apenas engoliu em seco, após assentir e tentou focar em terminar de comer.

Ravi observava tudo, tentando ser discreto, mas falhou miseravelmente quando uma risada maliciosa escapou de seus lábios. Ele recebeu um olhar pesado de Takeshi que apenas fez o menino sentir vontade de rir mais, mas se conteve.

Após o almoço, eles tinham um intervalo de meia hora, antes de terem que ir para o ginásio e, nesse meio tempo, foram direto para o vestiário se trocar antes que o resto dos alunos fosse para lá. Quando chegaram para deixar suas coisas nos seus respectivos armários, ainda sem a companhia de Yoona, encontraram dois alunos do segundo ano sozinhos, rindo de algo que viram no celular de um deles.

Ravi foi simpático ao cumprimentar os dois com um "Olá" bem alto enquanto Takeshi e Junwoo se limitaram a um sorriso.

— J-Junwoo! — um dos meninos exclamou, parecendo feliz demais.

Takeshi e Ravi franziram o cenho, desconfiados, tentando se lembrar do nome do garoto enquanto Junwoo estava extremamente confuso com o fato de que aquele menino sabia seu nome. *Como? Eles nunca nem se falaram.*

O garoto, moreno e com os cabelos desgrenhados, recebeu uma cotovelada em sua costela do amigo ao seu lado que sorriu de maneira nervosa para Junwoo, tentando disfarçar o grande mico que o outro passaria, se abrisse mais a boca.

— Ahm... Você sabe meu nome? — Junwoo questionou, sentindo-se um bobo logo que fez a pergunta, porque era óbvio que o outro sabia seu nome, se acabara de dizê-lo olhando para ele. — Q-quer dizer... Oi?

O garoto ficou em silêncio enquanto seu rosto se tornava vermelho como um semáforo e ele buscava algo para dizer a Junwoo. Ravi vestia uma bermuda esportiva, sem camisa e observava a cena atentamente; seu olhar pulava de Takeshi para Junwoo e o garoto sentado, de quem ainda não se lembrava do nome.

Já Takeshi, ainda segurava sua mochila contra o armário, no meio do caminho para colocá-la lá dentro, com seus olhos presos no garoto sentado, o qual encarava o *seu crush* de maneira tímida e totalmente boba. Takeshi sentia a raiva invadi-lo, porque não conseguia, de jeito nenhum, se lembrar do nome do outro.

— Juno... Acho melhor a gente sair para eles se trocarem. — O loiro, ao lado do tal menino, voltou a lhe dar uma cotovelada, levantando-se, em seguida, e esperando que o amigo lhe acompanhasse.

Lee Juno. Ah, não...

Takeshi engoliu em seco quando viu o garoto dar mais um sorriso nervoso para Junwoo e curvar-se para ele antes de sair correndo do local com o amigo.

Já Junwoo estava completamente perdido, parado perto do banco em que os dois estavam sentados anteriormente. Ele coçou o cabelo, com os lábios fazendo um biquinho e as sobrancelhas franzidas enquanto levava seu olhar de Ravi para Takeshi, buscando uma explicação.

— Hm... Junwoo? — Ravi chamou risonho, entendendo tudo; Takeshi permaneceu congelado. — Acho que aquele era seu admirador secreto.

Junwoo arregalou os olhos, gesticulando rapidamente.

— C-como assim? É um m-menino?

— Acho que sim. As iniciais não eram L e J? O nome desse menino é Lee Juno — finalizou e fechou a porta do armário. — Ué, Takeshi, não vai se trocar?

O ruivo quis jogar Ravi de uma ponte por causa da ironia na voz do garoto, naquele momento. Fitou-o com os olhos pegando fogo e o maxilar travado. Depois de alguns segundos, passou a língua pelo interior da bochecha, virou para seu armário, terminou de colocar sua mochila ali dentro e puxou seu uniforme de educação física, tentando ignorar o quanto estava se sentindo mal com a situação toda.

Junwoo também ficou em silêncio enquanto seu cérebro tentava processar o fato de que era um menino o seu possível admirador secreto. *Aquele garoto o achava atraente? Ele era gay? Junwoo era atraente para homens gays, então?* Seu bico ficou maior com aquele pensamento. *Será que Takeshi o achava atraente também?*

Arregalou os olhos, deixando sua mochila cair no chão e, quando se abaixou para pegá-la, bateu a cabeça na porta do armário.

— Meu Deus, Junwoo?! — Ravi exclamou e se aproximou do garoto, ao mesmo tempo em que Takeshi fazia o mesmo, assustado com o som estridente que a batida fizera.

— Tá tudo bem? — Takeshi murmurou, colocando sua mão sobre a de Junwoo que cobria a parte que ele batera no armário.

Junwoo assentiu desesperadamente, tentando se recompor, e se levantou, ainda esfregando a parte levemente dolorida da cabeça que machucara, murmurando coisas desconexas. Seus pensamentos, também desconexos, turbinaram de maneira eufórica quando ele viu o olhar preocupado de Takeshi e sentiu o toque sutil dele sobre sua mão.

— S-sim. Ahm... m-melhor nos trocarmos pr-pra... aula... É, aula — conseguiu dizer, após gaguejar inúmeras vezes, arrancando uma risada de Ravi que foi incompreendida por ele, mas que fez Takeshi dar um tapa em seu braço.

— Dá pra parar? — ouviu Takeshi dizer para Ravi quando eles se afastaram para terminarem de se arrumar.

Tentou se vestir rapidamente e focar em algo que não fosse a forma como sua mente tentava fazer com que pensasse em Takeshi e na maneira como ele estava se sentindo na sua presença. *Deus, isso era errado?*

Quando terminou de se vestir, Junwoo deixou o vestiário ao lado dos dois amigos que passaram a conversar sobre Yoona e onde a garota poderia ter se enfiado. Não notou que Takeshi estava tão perdido em pensamentos como ele, mesmo que estivesse respondendo a Ravi.

Takeshi estava pensando em como deveria agir, sabendo que Junwoo tinha um pretendente confirmado além dele. O que deveria fazer? Tentar levar adiante e conscientizar Junwoo sobre como queria agarrá-lo antes que o outro o fizesse?

Suspirou, só querendo chorar.

!

Desde que sua casa se tornara um ambiente tóxico, Yoona passou a procurar lugares onde pudesse se sentir em paz para pensar sozinha e não ter nada em volta que pudesse atrapalhá-la. Ela gostava de ficar só, por mais que apreciasse a companhia de seus amigos mais que qualquer outra coisa. Ficar sozinha era bom para seu subconsciente e, naquele momento, tentava raciocinar melhor, aproveitando o silêncio do terraço da escola, um de seus refúgios. A carta de Bonhwa girava por entre seus dedos e ela encarava o nada, com seu cérebro confuso a respeito do que faria dali em diante.

Bonhwa deixara tudo em suas mãos e, sinceramente, Yoona sabia que não era mais do que sua obrigação fazer aquilo. Tudo bem que ela não tinha o direito de ficar brincando com o coração — cérebro — de ambos os rapazes, mas... ela não estava fazendo aquilo, não era a sua intenção, apenas estava confusa. No entanto, Bonhwa ter dito que a deixaria escolher era um tanto... errado, até porque, se ele não a tivesse deixado escolher, o que faria? Obrigaria a menina a ficar com ele? Não.

— *Jagi*?

A garota se virou assustada e se deparou com Hajoon encostado à porta de entrada do terraço enquanto a fitava com um semblante calmo e os braços cruzados.

Yoona suspirou silenciosamente, forçando um sorriso para o homem. Não que não quisesse sua presença, só estava confusa demais para isso.

— Oi — murmurou e se voltou para frente, fitando os prédios e o céu ainda azul-claro. Hajoon se aproximou e parou ao lado dela, sem se sentar.

— Eu fui até o ginásio, mas você... não estava lá, então... deduzi que estivesse aqui — explicou, com sua voz tremendo um pouco por perceber que a garota não parecia nem um pouco bem. Yoona não respondeu, no entanto, fez outra pergunta:

— O que você vê em mim?

Hajoon ficou surpreso e se calou por alguns segundos, pego totalmente desprevenido e entrando em uma espécie de dilema mental para tentar escolher por onde começar. Ele engoliu em seco, respirou fundo, ficou na frente de Yoona, se ajoelhou e segurou ambas as mãos da garota, sem se importar com o papel que ela segurava e sem perguntar do que se tratava. Não era da sua conta.

— Eu vejo coragem — começou, com os olhos pequenos da menina presos nele. — Vejo luz, um brilho que não enxergo em mais ninguém. Eu vejo uma garota espetacular que não merece todo o perrengue que passa e que, no lugar, merece o melhor de todos à sua volta. Vejo uma garota dedicada que tem um objetivo para o futuro. Uma menina inteligente, interessada em compreender o mundo em que vive, que poupa palavras se tiver que criticá-lo, por mais que tenha que viver nele. E isso tanto com o mundo quanto com os amigos, o que torna a amizade mais verdadeira. Eu vejo a bravura de uma garota que enfrenta uma sociedade preconceituosa todos os dias para ser quem é. Eu tenho orgulho dessa garota e sou completamente apaixonado por ela.

As lágrimas já escorriam pelo rosto de Yoona sem que tivesse controle algum sobre elas. Hajoon sentiu o próprio queixo tremer involuntariamente e levou seus dedos até o rosto delicado da menina para limpar as lágrimas ousadas.

Yoona estava perdida. Era tão antiético gostar daquele homem, por mais que não fosse ilegal. *Ele realmente estaria disposto a arriscar seu emprego por ela?*

— Eu moveria o mundo por você, Yoona. Enfrentaria todos e é o que busco fazer, no meu dia a dia, me aproximando de você e dos outros cada vez mais. Eu quero você na minha vida, Yoona, quero as sensações que você causa no meu corpo todos os dias. Eu quero sentir o meu coração acelerar todo dia, sentir a minha pele se arrepiar com um mísero olhar que você me lança, quero sentir todo o meu corpo estremecer com o mais simples toque que você puder me oferecer, mas eu só posso me permitir ter tudo isso, se você quiser também.

A respiração de Yoona congelou.

— Você quer?

!

— Então... sobre o que quer conversar?

Takeshi se forçava ao máximo para não demonstrar o quão aéreo estava com os próprios pensamentos. Estava totalmente incomodado com eles, sem suportar a ideia de outro garoto querer Junwoo assim como ele o queria e ainda tendo mais *coragem* para confessar seus sentimentos, mesmo que a *coragem* tivesse sido baseada em deixar um bilhete anônimo ao *amado*. Ao menos alguma coisa ele fizera. Já Takeshi...

— Eu... — Junwoo ajeitou-se no gramado, sentindo uma pontada nas costas por causa da dor que estava sentindo desde que batera no chão acidentalmente durante a aula de educação física. Buscou ignorar aquilo, tentando focar no que queria conversar com seu *hyung*. Eram tantas coisas... — Tive um jantar outro dia com a Bora *noona* e nossas famílias.

Takeshi engoliu em seco. *É, ele definitivamente queria morrer.*

— E-ela é muito legal, *hyung*, mas e-eu... eu acho que meu pai quer que... Quer que a gente n-namore. — As bochechas de Junwoo ganharam um tom tão avermelhado que Takeshi achou que o garoto fosse explodir. Seria fofo, se não fosse trágico para o pobre Takeshi.

— E por que acha isso? — forçou-se a perguntar, tentando tirar algo de Junwoo que pudesse tranquilizá-lo ou esclarecer as coisas na pequena cabeça do mais novo.

— Ele nos apresentou do nada e... nunca teve interesse nenhum em minhas amizades, não de uma maneira... b-boa! — hesitou, suspirando ao receber um olhar de incentivo. — E ele sempre quer saber o que eu falo com a Bora ou... como a gente anda, como se tivéssemos algo além da... a-amizade.

— E você quer ter? — Takeshi perguntou nervoso. Mas o abano negativo que Junwoo fez, imediatamente ao ouvir a pergunta, tranquilizou Takeshi de uma maneira quase que estúpida aos olhos dele mesmo. *Deus, o quão desesperado estava?*

— Não, *hyung*. Ela é bonita, mas... n-não.

— Então, Junwoo-*ah*... — Takeshi respirou fundo enquanto ajeitava a camisa sobre o seu corpo, sentindo-se ainda úmido por causa do banho que tomara no vestiário. — Eu sei que é seu pai, mas ele não pode te obrigar a nada. Daqui a alguns meses, você vai ser maior de idade e poderá tomar suas próprias decisões, sem ter que pedir permissão aos seus pais.

Junwoo riu. Foi inevitável, porque, meu Deus, era quase absurdo imaginar que ele seria maior de idade em pouco tempo! E era triste pensar que eram dezoito anos de vida e, mesmo assim, ele não conhecia metade das coisas que o rondavam. O mundo tinha tanto a oferecer e Junwoo não sabia nem se teria a oportunidade de conhecê-lo por inteiro.

— Não é como se seu pai pudesse pegar sua boca e colar na da Bora. Sabe... Sempre temos uma escolha, e uma das suas será aceitar tal ordem do seu pai ou não — continuou, notando o movimento do tronco do outro ao parecer se sentir incomodado com algo nas costas. — Ainda dói do tombo?

Junwoo, que ainda analisava mentalmente as palavras do amigo, assentiu, ainda sentindo as pontadas incômodas no corpo. Ele suspirou e buscou alcançar o local dolorido com a mão, tentando massageá-lo, mas falhando miseravelmente.

— Quer que eu lhe faça uma massagem? — perguntou Ishikawa, notando que o outro nem sequer hesitou em assentir, incomodado demais com a dor que estava sentindo.

Entretanto, Takeshi não sabia que aquela poderia ser uma péssima ideia até se colocar atrás do corpo sentado no gramado, de joelhos. Seus olhos estavam presos nos ombros largos do outro, no corpo magnífico que estava ali, de certa forma, ao seu dispor. Takeshi engoliu em seco e, respirando fundo, tocou os ombros alheios, falhando ao conter o suspiro quando sentiu a pele do garoto sob seu toque, mesmo que estivesse coberta pela camisa.

— Era só isso que queria perguntar? — Takeshi surpreendeu-se com a própria voz que não falhou, mesmo que estivesse se sentindo completamente afetado pelo momento que estavam tendo.

Junwoo, que fechara os olhos para apreciar a massagem em suas costas doloridas, negou veementemente, prensando os lábios para pensar. Havia a conversa que ele escutara de seus pais quando eles comentaram sobre o seu tio Jooheon, a viagem que sugeriram, mesmo que nunca tivessem procurado ter algo em família, o ho...

Deus, Takeshi tocou sua nuca.

Os olhos de Junwoo se arregalaram e ele sentiu seu corpo entrar em alerta quando os pequenos dedos de Takeshi massagearam sua nuca, apertando a pele de maneira lenta, porém ritmada, tentando relaxar os músculos ali. Ele, contudo, não conseguiu relaxar ao notar o que aquilo causou em seu corpo.

Os dedinhos de Takeshi roçaram seu couro cabeludo e Junwoo sentiu todos os pelinhos de seus braços se eriçarem enquanto sensações desconhecidas se alastravam por cada fibra de seu corpo — desconhecidas, mas que sempre apareciam quando o assunto era Takeshi — e aquele foi o momento que Junwoo percebeu.

— A-ahm... — tentou falar quando as mãozinhas de Takeshi desceram até o meio de suas costas, tomando mais cuidado por ser a área machucada. —

Me-meu pai chegou a sugerir que fizéssemos uma viagem com a família de Bora.

Entretido demais em apreciar a sensação dos músculos do outro sob seus dígitos, Ishikawa não notou quando o menino suspirou e fechou os olhos, por ter as costas massageadas daquela maneira.

— Hmm... Uma viagem? — Ele esticou os dedos e tocou, quase que de maneira imperceptível, a cintura do outro, com a palma de sua mão pressionando as costas do mais novo intensamente e, pela primeira vez, sentiu como o menino estremeceu com seu toque. Takeshi engoliu em seco e ergueu o olhar, tentando enxergar a expressão do outro, mas falhou, visto que teria que ficar no seu campo de visão para que pudesse vê-lo.

— Sim... P-para o-o... c-campo. — Junwoo não conseguiu controlar a própria garganta, sentindo-a tremer, assim como o resto de seus membros, por causa dos toques do outro.

Era bom demais.

Inconscientemente, quando as mãos de Takeshi voltaram a subir para os seus ombros, Junwoo moveu-se para trás, deixando seu corpo quase colado ao do ruivo e inclinou o tronco mais para frente, como se quisesse que o toque voltasse para uma área mais abaixo.

Takeshi arqueou uma sobrancelha enquanto engatava sua respiração ao perceber que o outro queria o toque em sua cintura novamente. Puxou o ar de maneira quase desesperada para seus pulmões e desceu as mãos espalmadas pelas costas largas do outro, posicionando-as horizontalmente, mais uma vez, para atingir a cintura fina do garoto com os dedos.

— Vocês têm uma casa de campo? — perguntou, quase sem realmente prestar atenção na conversa, distraído demais na forma como seus dedos se encaixavam perfeitamente na cintura do moreno.

Mas Junwoo não respondeu enquanto seus olhos se fechavam lentamente por causa da sensação gostosa que tomou seu corpo quando as mãos de Takeshi pousaram definitivamente em sua cintura, apertando-a de maneira firme e puxando o garoto um pouco mais para trás, quase colando seus corpos totalmente. E ele nem pensou em protestar contra isso, porque os toques de Takeshi estavam deixando o menino totalmente entorpecido.

— Hm? — resmungou, tontinho, quando as mãos de Takeshi voltaram para sua nuca, massageando com um pouco mais de força e deixando os dedos subirem definitivamente para o couro cabeludo do moreno, arrepiando-o novamente. — D-Deus, *hyung*...

Seu sussurro não foi ouvido por Takeshi, mas o modo como o mais novo se inclinou para o toque, tombando apenas um pouco a cabeça para o lado e permitindo o acesso do outro para que massageasse completamente a área, foi o suficiente para tirar Takeshi dos eixos.

Ele respirou fundo, ignorando o incômodo que estava surgindo em seus joelhos, focado em aproveitar a pele alheia exposta enquanto seus dedos traçavam linhas imaginárias pela derme, quase se esquecendo da massagem que disse que faria.

— Casa de campo... Vocês têm? — Takeshi conseguiu repetir e desceu as mãos para os ombros do garoto, apertando com mais força e ouvindo, pela primeira vez, o suspiro de Junwoo.

Seus pelos se eriçaram e, impulsivamente, ele aproximou mais seu peitoral das costas do outro enquanto sua respiração batia nos fios lisos do cabelo do garoto, bagunçando-os minimamente, ao mesmo tempo em que suas mãos pequenas voltavam a descer para sua cintura, apertando-a novamente, fazendo com que Junwoo se remexesse e esticasse mais as costas, voltando a suspirar.

— T-tem... — Junwoo murmurou, com seu cérebro lhe dando apenas uma brecha para que conseguisse responder ao mais velho e voltou a entrar em pane quando os dedos de Takeshi apertaram seu quadril.

— Junwoo... — sussurrou, guiado pela impulsividade, com seu corpo querendo avançar totalmente no mais novo. — Eu...

E ele o teria feito, já que Junwoo virou o rosto para o lado, com os olhos semicerrados por causa das sensações que Takeshi estava lhe causando, mas ambos foram interrompidos por uma exclamação alta de Ravi que se aproximava do duo.

— Porra, acho que quebrei um dente!

CAPÍTULO 15

!

Junwoo estava confuso.

Seu dia foi baseado em tentar reativar o cérebro que fora totalmente afetado pelas ações de Takeshi. Ele não entendia bem o que acontecera com sua mente e com seu corpo e se sentia estranho quando parava para tentar analisar o momento todo que tiveram e suas reações. Nem conseguiu ter a conversa que desejava no momento em que pediu para ficarem sozinhos, já que foi impedido pelas sensações que Takeshi causou em seu corpo e por Ravi, que interrompeu o momento dos dois, deixando ambos totalmente desconcertados.

Já era noite e Junwoo estava deitado em sua cama, pronto para dormir, encarando o teto como se ali estivessem todas as respostas de que precisava. O pobre coitado não fazia ideia de como agiria com Takeshi no dia seguinte, afinal, não era como se Takeshi tivesse feito algo contra sua vontade. O mais velho nem sequer parecia saber o que estava fazendo, assim como Junwoo, ficando tão perdido quanto ele no fim. Os dois foram movidos por algo que estava além deles, algo incontrolável.

Lee não sabia o que o levara a buscar por mais contato com Takeshi, apenas gostou daquela sensação na boca do estômago, que o incentivou a se aproximar mais do corpo do outro. Ele nunca havia sentido arrepios como aqueles e nunca havia se sentido tão bem com alguém lhe tocando como se sentiu naquele gramado.

Engolindo em seco, se enrolou em sua coberta, desviando o olhar do teto e fechando os olhos, tentando forçar seu cérebro a parar de pensar naquilo e focar em descansar.

No dia seguinte, as olheiras sob os olhos de jabuticaba de Junwoo estavam bem visíveis, trazendo uma expressão de preocupação em Yoona, que foi a primeira a encontrar o garoto naquela manhã.

— Não conseguiu dormir? — perguntou, sentando-se ao seu lado e indicando as bolsas embaixo de seus olhos com a mão.

Junwoo suspirou e negou com a cabeça.

— N-não...

— Pensando demais? — Ela riu fraco, encostando a cabeça na própria mão após descansar o cotovelo no apoio do banco em que estavam sentados.

Junwoo apenas assentiu, lançando um olhar cansado à menina, apenas para analisar o quanto ela parecia melhor do que antes. Ele mal havia visto a amiga no dia anterior e se sentiu curioso para saber o que a afastou do grupo por tanto tempo.

— Você está bem? — ele resolveu perguntar, tombando um pouco a cabeça para o lado, como um pequeno filhote curioso.

Yoona sorriu, doce.

— Sim, bem melhor. Eu estava, de fato, um caco ontem.

— Problemas com... a família? — ousou perguntar, querendo, de alguma forma, se aproximar mais da menina e se sentir enturmado com todos do grupo, não só com Takeshi.

— Não, problemas românticos — foi direta na resposta, o que levou tons avermelhados às bochechas de Junwoo. — E você? Já descobriu seu admirador secreto?

Ele balançou a cabeça positivamente, coçando a própria nuca, agoniado. Yoona riu mais uma vez, achando a inocência dele algo extremamente fofo e agradável de ver, já que era tão raro na sociedade em que viviam.

— E você gostou de descobrir?

A pergunta foi um tanto inesperada e, por um momento, ele não soube o que dizer. Não tinha ideia do que responder, afinal havia descoberto que seu admirador era um garoto e aquilo ainda era um tabu em sua mente. Não como antes, já que estava convivendo com pessoas que entendiam aquilo e estavam dispostas a conversar sobre, no entanto... era *ele. Era sobre ele.*

— Não sei — respondeu, por fim. — Eu não penso muito em... — gesticulou, sem saber como explicar.

— Namoros? — chutou e Junwoo assentiu, tentando ignorar o rubor em suas bochechas. — Mas não precisa namorar a pessoa. Se ela for bonita, você pode só aproveitar com ela.

Junwoo sentiu que poderia explodir.

— Ham... Não sei.

Yoona estava sugerindo que ele desse apenas umas bitoquinhas no menino, caso o achasse bonito? Ora, aquilo era... estranho.

Nunca tinha tido um grande interesse em beijar meninas. Já achou muitas bonitas em diversos aspectos, além de conhecer muitas que eram legais e bastante divertidas, mas... beijar? Não, ele nunca havia feito aquilo. E com os meninos? Ele nunca nem havia pensado naquela *possibilidade*.

— Bom dia!

Os dois se viraram na direção da voz estridente e se depararam com Ravi sendo carregado por Bonhwa e Takeshi, que riam da atitude do mais velho de agir como um rei ao ser colocado no chão, acenando daquela maneira estranha que as pessoas da realeza faziam.

Junwoo quis rir da atitude divertida de Ravi, mas seus olhos voaram para Takeshi imediatamente, prendendo-se nas mãozinhas que, agora, seguravam os ombros do mais velho para empurrá-lo de brincadeira enquanto reclamava sobre seu peso. Junwoo engoliu em seco, lembrando-se daquelas mãos segurando sua cintura.

— Bom dia! — Yoona exclamou e sorriu para os amigos, esperando que eles se sentassem com ela e Junwoo.

Junwoo não cumprimentou os outros, fitando as próprias mãos sobre o colo enquanto suas bochechas queimavam tanto que chegavam a atrapalhar seu raciocínio. Os garotos não perceberam, ocupados em comentar sobre alguma aula que teriam no dia, mas Takeshi foi uma exceção.

— Oi — Takeshi murmurou e se sentou ao lado de Junwoo enquanto os outros se sentavam na frente deles.

Junwoo engoliu em seco e seus olhos se arregalaram ao fitar o mais velho. Imediatamente, as cenas do dia anterior invadiram sua mente e ele sentiu aquela reviravolta no estômago, a qual tinha se tornado tão comum para si, já que aparecia sempre que Takeshi se aproximava.

Junwoo respondeu apenas com um sorriso tremido e Takeshi soube, logo de cara, o motivo. Quando o momento que eles tiveram no dia anterior acabou, o mais velho soube que tinha passado um pouco dos limites, conduzido por sua vontade de ter um contato maior com o garoto. Nunca havia tido uma oportunidade e, quando a viu, agarrou.

E, por pior que fosse, ele não se arrependia, pois não era como se tivesse feito aquilo sozinho, afinal. Junwoo tinha se aberto para ele pela primeira vez, mostrando-se afetado por uma ação mínima sua que, no início, não tinha nenhuma intenção maliciosa. Entretanto, conforme os segundos passaram e Junwoo se mostrou cada vez mais afetado e entregue... Takeshi sentiu-se *quente como o inferno*.

Ravi, que interrompeu o momento, nem ao menos percebeu a tensão que sobrevoava os dois, por estar preocupado com a possibilidade de ter quebrado um dente — o que, no fim, não aconteceu. Takeshi e Junwoo tentaram entrar em um assunto com Ravi, mas não conseguiram se concentrar, e tudo piorou quando ficaram sozinhos em suas respectivas casas.

De fato, Takeshi conseguia disfarçar melhor, por estar acostumado com a sensação de ter um *crush* e se sentir afetado por alguma interação com ele. Já Junwoo... tinha lá suas reflexões distintas.

— T-temos aula de História hoje? — Lee perguntou, desviando sua atenção de Takeshi para os outros três presentes ali.

— Sim, sim — respondeu Ravi, passando o dedo em volta dos lábios enquanto fitava o próprio reflexo na tela do celular.

Junwoo acabou se distraindo com o gesto do mais velho, notando que seus lábios estavam bem mais rosados que o normal, parecendo brilhar, e franziu o cenho, confuso. Ravi estava usando maquiagem? Maquiagem era *coisa de menina,* então por que Ravi estava usando? Ia perguntá-lo, mas seu raciocínio foi interrompido por Bonhwa:

— Takeshi-*ah*, temos que marcar uma reunião para ver quanto nos falta para completar o orçamento da viagem — comentou enquanto fitava Takeshi que, mesmo não querendo abordar muito aquele assunto, assentiu. — Esse fim de semana, hm? Na sua casa?

Takeshi assentiu novamente.

— Quer ir, Junwoo?

Imediatamente, Lee fitou Takeshi, que o olhou ao mesmo tempo, ambos engolindo em seco, o que não passou despercebido por nenhum dos outros três presentes.

Ravi franziu as sobrancelhas, confuso com a reação de ambos e, depois, trocou olhares com Yoona, perguntando o que tinham perdido.

— A-ahm... Tenho que ir à igreja — Junwoo murmurou, finalmente, após desviar o olhar do mais velho e fitar Bonhwa.

— No sábado também? — perguntou confuso.

— P-posso tentar falar com meus pais, mas terei que dar uma desculpa.

— Você tem tempo pra pensar na desculpa perfeita — Yoona se meteu, piscando para o menino, que corou ainda mais, engolindo em seco ao perceber que mentiria mais uma vez para os pais. E não porque os outros insistiram, mas sim por vontade própria.

Mesmo que estivesse se sentindo estranho ao lado de Takeshi, Lee não queria perder uma oportunidade de ficar ao lado dele e dos outros amigos em um ambiente não escolar. Ele mal se incomodou com o fato de novamente estar sem remorso algum, prestes a mentir para aqueles que sempre lhe disseram que mentir era um ato imperdoável.

!

— Silêncio! — Hajoon exclamou, batendo palmas para atrair a atenção de seus alunos. — Eu cheguei há dois minutos e vocês nem perceberam, porque estão concentrados demais em conversar. Mais respeito, por favor! — Riu no fim. — Enfim, antes de iniciarmos a aula, preciso dar um aviso, a pedido do diretor.

Imediatamente, os alunos se ajeitaram em suas cadeiras para prestar mais atenção.

— Como muitos sabem, acontecerá, dentro de algumas semanas, o festival da primavera, e esse ano o tema é "parque de diversões"... —

Exclamações interromperam a fala de Hajoon que novamente bateu palmas. — Me escutem, pestes!

Junwoo riu baixinho.

— O diretor quer ideias de arrecadação de dinheiro para o evento, que envolvam brinquedos e atrações — voltou a explicar, gesticulando. — A ideia pode ser proposta em grupo ou individual, desde que seja boa. Vocês têm até segunda-feira para entregar um papel com a ideia e o explicativo desta para o diretor, que analisará e escolherá, no fim do dia, as ideias aprovadas. O material para a execução será fornecido pela escola e nossos parceiros, então não haverá muitos gastos com isso, o que permite que todos que tenham suas ideias aprovadas ganhem uma quantia razoável de dinheiro, caso o brinquedo faça sucesso no dia do festival.

Takeshi virou o corpo para trás, trocando olhares divertidos com Bonhwa, Ravi e Yoona, já tentando pensar em algo que pudesse entreter adolescentes da melhor maneira possível. Afinal, seria mais uma boa oportunidade para conseguirem dinheiro para a tão sonhada viagem.

Enquanto isso, Junwoo rabiscava algo em seu caderno, pensando que nunca tinha ido a um parque de diversões e não fazia ideia de como eram os brinquedos que existiam neles.

Na hora do almoço, sentiu-se pior ao ouvir os amigos comentarem sobre as vezes em que estiveram no maior parque de diversões da cidade, listando as atrações mais simples de se montar e as que poderiam ser uma boa ideia para o festival da escola. Ele escolheu ficar quieto e comer sua comida, tentando ignorar os outros pensamentos que tentavam tomar sua pequena cabecinha.

— Junwoo! Pra você ir sábado, diga aos seus pais o mesmo de sempre: trabalho em grupo — sugeriu Yoona, quebrando o assunto anterior para tentar inserir o garoto na conversa.

— Posso tentar — murmurou, um pouco desanimado por conta de suas últimas reflexões a respeito de sua falta de conhecimento sobre parques de diversões. — Mas não garanto.

Yoona assentiu, com um sorriso mínimo em seus lábios, voltando a falar com Bonhwa e Ravi em seguida. Takeshi, no entanto, que estava ao lado de Junwoo, se virou para ele, engolindo seu receio de se dirigir ao mais novo para lhe perguntar:

— Você está bem?

Junwoo sentiu aquele frio na barriga novamente.

— Sim, *hyung* — conseguiu responder sem gaguejar, surpreendendo a si mesmo. Seu coração, contudo, falhou uma batida quando Takeshi sorriu para ele. — E-eu só...

— Só...? — Takeshi incentivou, aproveitando que seus amigos estavam concentrados em outras coisas.

— E-eu nunca fui a um parque de diversões — disse, por fim, e recebeu um olhar surpreso do outro. — Na minha cidade não tinha e... é.

— Eu estou muito feliz que a sua primeira vez vai ser com a gente, Junwoo-*ah*.

E Junwoo também estava feliz. Ele sorriu e sentiu as bochechas esquentarem enquanto Takeshi ainda o fitava pensando que queria tanto estar presente em todas as descobertas de Junwoo e ajudá-lo a passar por elas. Takeshi percebeu que não importava se havia concorrência, porque o que queria era estar presente na vida do outro, mesmo que fosse apenas na categoria amizade. Queria acompanhá-lo nas descobertas pelas quais sabia que Junwoo ainda passaria. E, se fosse preciso, o ajudaria a descobrir o amor romântico, daria dicas ou explicaria como as coisas tinham tendência a funcionar. Seria difícil, mas, no fim, valeria a pena.

Junwoo valia a pena.

!

— Pai, posso falar com o senhor?

Junwoo bateu na porta da sala de leitura/escritório de seu pai, vendo-o tirar os olhos da Bíblia e soltar a caneta que tinha em mãos, fitando-o, sério. Não era um olhar pesado ou que incitava uma bronca pelo filho ainda não estar na cama, era apenas... inexpressivo e *nada paternal*.

— O que houve?

— Tenho uma pesquisa de Geografia para entregar semana que vem e é em grupo. O meu grupo vai se reunir sábado na casa de um dos integrantes e... eles perguntaram se eu posso ir.

Coçou a nuca, sentindo um bolo se formar em sua garganta. Ele só queria que não fosse necessário mentir toda vez que quisesse se encontrar com algum amigo fora da escola. Ter que esconder suas amizades, por saber que não receberia a aprovação de seus pais, o incomodava da pior forma possível.

Daejung permaneceu em silêncio durante alguns segundos, mas, surpreendentemente, assentiu. Junwoo arregalou os olhos e foi inevitável que um sorriso surgisse em seus lábios.

— Com uma condição.

Era cedo demais para comemorar.

A respiração do adolescente engatou, mas ele assentiu, tentando se manter firme e não revirar os olhos com algo que, no fundo, era previsível.

— Quero o endereço do local, os nomes dos pais do aluno que vai receber vocês e, também, que você chame Bora para sair, no domingo, depois da igreja.

O tom de seu pai deixou claro para o mais novo que o "sair" significava algo que Junwoo não buscava. Não naquele momento pelo menos. Ele não via

Bora daquela forma e, de primeira, quis contestar seu progenitor e responder um "não", mas sabia que, se o fizesse, não poderia ver seus amigos. *Não poderia ver Takeshi no sábado.*

Apesar de tudo, não seria ruim aceitar aquela condição, já que Bora era uma garota legal e a intuição de Junwoo lhe dizia que ela também não tinha *aquelas* intenções com ele.

— T-tudo bem — respondeu, por fim.

— Ótimo, falarei com sua mãe — Daejung devolveu, voltando a pegar sua caneta, mas parou no meio do caminho, parecendo se lembrar de algo. — Ah, mais uma coisa.

— Sim.

— Você se lembra do seu tio, Jooheon?

Junwoo franziu o cenho, completamente confuso com a pergunta, lembrando-se do momento em que havia escutado seus pais, na cozinha, comentando sobre o tal parente.

— Vagamente — murmurou, sentindo-se incomodado com o rumo que o assunto estava tomando e com o tom de seu pai: tão frio e exigente.

— Se ele tentar algum contato com você, quero que ignore e nos diga imediatamente. Tudo bem?

E, novamente, Junwoo quis negar. Era seu pai ali, mas, mesmo assim, sabia que o homem não tinha o direito de impedi-lo de ter contato com outro parente sem nenhum motivo aparente, certo? Se o tal Jooheon fosse alguém ruim, um criminoso ou algo do gênero, Junwoo compreenderia, mas não era o caso, pois Daejung só exigiu a distância, sem dar motivo nenhum.

— Junwoo, você me ouviu, garoto?

E ele permaneceu em silêncio, refletindo que, por Deus, seu pai *não podia* fazer aquilo! Ele deveria, ao menos, lhe dar um motivo!

— Junwoo, você tá brincando com a minha cara? — questionou, aparentando bem mais seriedade que antes, com o olhar pesando sobre o filho.

No entanto, Junwoo apenas forçou um sorriso, assentindo uma última vez antes de deixar o cômodo e dirigir-se ao seu quarto, esquecendo-se até mesmo de pedir a benção ao seu pai. Aquilo passou despercebido por ele, que focava apenas em tentar expulsar mais um pensamento contraditório de sua mente: *Por que tudo que seus pais faziam ou diziam parecia... errado?* Por que eles não agiam carinhosamente como os outros pais? Era errado comparar? Era errado ele não se sentir satisfeito com as pessoas que o colocaram no mundo? Com o que Deus lhe deu?

Junwoo se jogou em sua cama, suspirou alto e se cobriu, enrolando-se no tecido e choramingando, mudando o rumo de seus pensamentos, os quais, inevitavelmente, voaram para Takeshi.

!

— Mãe, os meninos podem vir, aqui, sábado?

Sanji não pareceu ouvir e, Takeshi, ao se aproximar da mulher que mexia algo em uma panela enorme, pôde ver que ela utilizava fones de ouvido. Takeshi riu baixo e removeu um deles de sua orelha, vendo-a se assustar e respingar molho na própria roupa.

— Porra, Takeshi! — bradou, fitando a blusa, antes totalmente branca, agora respingada de molho vermelho. — Vai ficar sem comer depois dessa.

— Credo, mãe. Onde já se viu deixar o próprio filho passar fome? — ele zombou e deixou um beijo na bochecha da mulher, que ameaçou lhe bater com a colher de pau. — Eu perguntei se sábado os meninos podem vir aqui.

— Claro, ora. Que pergunta! — Sanji abanou a cabeça, como se a pergunta fosse um absurdo, e voltou a se concentrar em mexer o molho. — Aquele Junwoo vem?

Takeshi prensou os lábios, dando de ombros.

— Não sei, mas...

Sua mãe o interrompeu:

— Mas você quer. — Sorriu maliciosa.

Takeshi resmungou um palavrão e riu em seguida, assentindo.

— Aquele garoto realmente é lindo demais. Se eu fosse solteira...

— Se você fosse solteira o quê, Sanji?

Mãe e filho se viraram para a porta da cozinha, vendo o pai parado ali, com os braços cruzados e um olhar bravo, como se levasse a fala da mulher a sério. Takeshi riu e balançou a cabeça, desconcertado com os pais joviais que tinha.

— Ah, você sabe, amor — debochou, piscando para o filho.

— Não sei, não. — O homem adentrou o cômodo, deixando sua maleta em cima da mesa e as chaves logo ao lado. Ele acabara de chegar do trabalho. — Fala.

— Aquela mesma coisa que a gente faz sempre que o Takeshi sai à noite.

— Deus que me livre! — Takeshi tampou os próprios ouvidos. — Pais não transam, pais não transam, pais nã...

— Transam, sim, porra! — Sanji deu um tapa fraco no braço do garoto. — Deixa de ser ignorante, porque não foi com o dedo que eu te coloquei no mundo.

— Pesado — murmurou Shutaro, rindo baixo e abraçando a mulher por trás para dar um beijo em sua bochecha. — Hoje o seu marido foi um herói, sabia?

— O que houve? — Takeshi, curioso, perguntou. Takeshi amava, com todas as forças, o trabalho de seu pai. Achava toda a área de saúde fascinante, era um fato, mas tinha certo carinho por anestesistas, desde que seu pai lhe explicara como funcionavam suas funções em uma cirurgia. Tudo bem que o principal astro era o cirurgião, mas ele não faria nem um terço sem o anestesista. Fora que este era quem tranquilizava o paciente, antes de apagá-lo, muitas vezes dizendo coisas bonitas, as quais faziam com que o paciente esquecesse o ambiente em que se encontrava e pelo que passaria alguns minutos depois.

— Me pediram para ir à pediatria, hoje, por causa de um paciente especial: um garotinho de dois anos com um tumor no cérebro. — Takeshi arregalou os olhos. — Os dois pais achavam que era um tumor maligno devido ao que os antigos médicos do orfanato lhe disseram.

— O garoto é adotado? — Sanji perguntou, desligando o fogo para colocar o molho na massa pronta.

— Sim, os pais são um casal gay.

Takeshi sorriu.

— Continue.

— Mas o tumor era benigno e não comprometia nenhuma parte crucial do cérebro, então a cirurgia devia ser tranquila. Porém, um interno se esqueceu de mencionar que o garoto tinha alergia a alguns químicos, o que muda totalmente o processo de anestesia — Shutaro suspirou, lembrando-se do momento de tensão pelo qual passara. — Mas eu consegui ver antes, apenas pela forma como o corpo do garoto reagiu quando aproximei a máscara dele. Os cirurgiões nem ao menos se importaram com a vermelhidão que apareceu imediatamente no pescoço dele.

— Que patéticos — Sanji murmurou descrente, e Takeshi assentiu um tanto incrédulo.

— O garoto poderia ter morrido, mas eu o salvei, por mais que tenha atrasado um pouco a cirurgia por causa da mudança dos químicos na anestesia. Levei uma reclamação do chefe, mesmo que não tivesse sido culpa minha. — Deu de ombros, sorrindo em seguida. — Mas tudo valeu a pena quando Jooheon, um dos pais, se debulhou em lágrimas no meu ombro, me agradecendo como se eu realmente fosse um herói.

— Mas você é, ora — exclamou Sanji, abraçando o pescoço do marido e depositando um selinho em seus lábios.

— Você é incrível, pai! — Takeshi murmurou, orgulhoso do homem.

— Eu sei, eu sei. Mas, agora, vamos comer, porque todo herói precisa ser alimentado.

CAPÍTULO 16

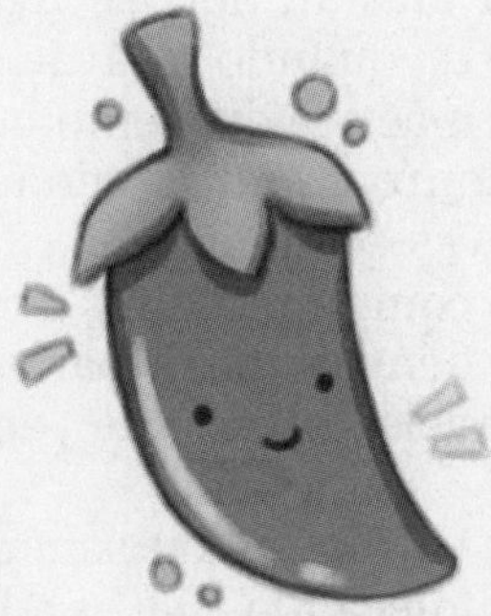

Conforme o dia de sábado se aproximava, Junwoo se sentia cada vez mais ansioso, afinal, nunca havia ido para a casa de um amigo com a permissão de seus pais — mesmo que uma pequena mentirinha estivesse envolvida.

O que deveria levar? Será que eles levariam coisas para comer? Ou será que os pais de Takeshi providenciariam comida para eles? Será que sua roupa era apropriada? Será que deveria ir de maneira mais despojada?

Junwoo ia explodir.

— Assim que você chegar lá, quero que me ligue pelo celular da sua mãe e me deixe falar com um dos pais dele, entendido? — Daejung, que estava prestes a sair para ir à igreja, falou com o filho, quando este estava terminando de tomar café.

Junwoo assentiu imediatamente, recebendo um olhar duro de sua mãe. Ela mostrou-se relutante em deixar o aparelho nas mãos dele, mas, quando Daejung lhe disse que era o mais sensato a se fazer para que eles mantivessem contato, ela aceitou. Já o garoto se perguntou por que seus pais não lhe davam logo um telefone para que não ocorressem situações como aquela.

— Vou avisar a Bora sobre amanhã. Você a levará ao parque central.

Junwoo franziu o cenho, incomodado com aquela imposição, mas apenas assentiu, visto que, se negasse, não teria como ir à casa de Takeshi naquele dia. O olhar de sua mãe se tornou mais suave, após aquela fala, e ela continuou a retirar da mesa o que Junwoo não estava utilizando. Parecia que ela também queria a junção das duas famílias.

— Depois que ele sair, você irá à igreja, mulher? — Daejung dirigiu-se à esposa, já parado em frente à porta da cozinha para se retirar.

— Claro — ela respondeu e, dito aquilo, o homem deixou a casa.

Junwoo ficou em silêncio enquanto comia, sentindo-se totalmente desconfortável naquele ambiente apenas com sua mãe. Era como se algo frio o envolvesse e ele não pudesse afastar, por ter algo o impedindo, bem mais forte do que ele. Era diferente de quando estava sozinho com seu pai ou na presença dos dois. Algo na sua mãe era diferente.

— E-eu... vou indo — murmurou, sem terminar de comer seu pão, por ter sentido o apetite ir embora. — O s-seu telefone...

Junwoo olhou para a mãe com os olhinhos brilhando de receio, vendo a mulher deixar os pratos sujos dentro da pia para pegar o telefone no bolso traseiro da calça, sem olhar para ele, estendendo, em seguida, o aparelho para o filho.

— Se mexer em qualquer coisa, eu vou saber — ela disse e voltou sua atenção para os pratos sujos, começando a lavar a louça.

Junwoo apenas se curvou educadamente enquanto seu cérebro não conseguia ignorar o quanto aquilo era formal para um filho e uma mãe, pegou sua mochila, a qual estava em cima do sofá da sala, e saiu de casa.

Memorizou o endereço de Takeshi e o caminho que Takeshi lhe explicou no dia anterior. E ali, seguindo a rota mental, Junwoo não conseguiu evitar se sentir nervoso. Ele iria à casa de Takeshi! Takeshi, Ishikawa Takeshi, o garoto que estava lhe causando tantas sensações esquisitas, as quais, mesmo que quisesse compreendê-las, desejava poder ignorá-las, já que a pulga atrás de sua orelha insistia em sussurrar que não deveria sentir aquilo.

Talvez, estando com Takeshi durante naquele dia, pudesse voltar a abordar as questões que queria ter abordado no *outro* dia. Junwoo não conseguiu mencionar a questão do seu tio ou a daquele *homem* que havia encontrado em frente ao mercado no dia em que esteve na igreja. Eram coisas que passavam por sua cabeça todos os dias.

Junwoo notou que havia chegado à casa do amigo quando os prédios, as casas e o ambiente mudaram totalmente. Admirou a residência de classe alta, deduzindo que Takeshi vivia em *ótimas* condições. *"Mas ele não trabalha em uma cafeteria?"*, Junwoo se perguntou, recordando, depois, que ele morava com os pais e que eles poderiam ter ótimos empregos que lhes permitissem morar em um local como aquele.

Ele parou em frente à casa número treze e bateu à porta, tímido, com os pés juntos, assim como as mãos, em frente ao seu tronco, enquanto balançava o corpo para frente e para trás, esperando por uma resposta.

Quem abriu foi Shutaro, pai de Takeshi.

— Amor, tem um garoto muito fofo parado na nossa porta!

Lee Junwoo sentiu o rosto queimar ainda mais do que antes, totalmente envergonhado. Abriu a boca para falar quem era, mas Sanji apareceu ali antes e o reconheceu imediatamente.

— Junwoo-*ssi*! Entre! Você chegou cedo — comentou, gesticulando para que ele entrasse.

Havia chegado cedo? Será que deveria ir embora e voltar depois? Deus, que vergonha!

— E-eu posso ir e voltar depois. — O garoto apontou para trás, indicando a porta. Entretanto, Sanji negou.

— Claro que não, entre! Vem, vamos. — Pegou a mão do garoto e o puxou para dentro da casa, sem fechar a porta, pois seu marido sairia. — Cuidado no trabalho. Eu te amo — murmurou, dando um selinho no homem, o qual ajeitava a camisa social.

— Eu também te amo — respondeu e acenou simpático para Junwoo. — Juízo, hein? — E saiu da casa.

Junwoo não pôde deixar de notar a forma carinhosa como os pais de Takeshi se despediram e comparou com a forma como seu pai deixara a casa mais cedo, apenas perguntando se Jiyoon iria à igreja, sem nem olhar para ela direito. Não havia um beijo ou troca de olhares doces, como entre Sanji e seu marido. E, mesmo que não lhe dissesse respeito, Junwoo se sentiu um tanto mal.

— Minha casa é sua casa, querido. — A mulher tirou o garoto de seus devaneios, indicando que Junwoo seguisse para dentro do local e o explorasse.

A casa era verdadeiramente enorme: móveis de última geração e alguns até luxuosos, mas sem deixar o ambiente aconchegante ir embora. Logo na porta de entrada, havia um pequeno corredor que dava para a sala de estar, onde havia uma televisão que deixou Junwoo espantado pelo tamanho e pelas imagens em alta definição, ligada em um canal de notícias; o sofá era em formato de L e de cor cinza, combinando com o tapete preto e a mesa de centro branca; nas paredes, havia alguns quadros de paisagens, decorando o local. Até ali, Junwoo já estava vidrado na incrível casa, mas teve que interromper o passeio para falar com Sanji.

— Desculpe, n-*noona*. M-meus pais me pediram para falar com algum dos pais de Takeshi, assim que eu chegasse. E-eu... — Junwoo se apressou e acabou se enrolando por causa da timidez enquanto buscava o telefone no bolso e o estendia para a mulher.

— Eles não estão acostumados a te deixar sair de casa? — Sanji perguntou risonha, pegando o telefone das mãos dele de maneira delicada, achando uma graça o jeito do garoto. — Claro, querido. Com quem falarei?

— M-meu pai... Daejung. — Coçou a nuca.

— Tudo bem. É esse número aqui? — Sanji perguntou, após mexer um pouco no telefone e indicar o nome na agenda, mas Junwoo pareceu confuso por não saber realmente, então ela apenas sorriu, relevando e imaginando que o aparelho não era dele. Ela ligou e, depois de quatro toques, o homem atendeu. — Olá, falo com Daejung? — Esperou alguns segundos. — Sou Ishikawa Sanji, mãe de Ishikawa Takeshi, amigo do seu filho.

Junwoo engoliu em seco, sentindo-se nervoso por ter aquele nome sendo dito ao seu pai. De alguma forma, sabia que não seria bom que seus pais soubessem da amizade dele com Takeshi, mas, talvez, aquilo fosse verdade apenas se eles conhecessem realmente Takeshi e soubessem das coisas que compunham o garoto, como a cabeça que pensava totalmente diferente da de Daejung ou Jiyoon.

— Ele está aqui para fazer um trabalho com meu filho e alguns outros amigos — continuou, franzindo o cenho e ficando alguns segundos em silêncio. — Ahm... Sim? Tudo bem, boa tarde! — E desligou, voltando a sorrir e entregando o telefone para Junwoo. — Tudo certo.

Junwoo guardou o telefone em sua mochila e sorriu para a mulher, bem mais aliviado após ouvi-la se comunicar com seu pai. Aquilo significava que estava tudo bem, certo?

— Se precisar de algo, me chamem — ela disse simplesmente, piscando para Junwoo e indicando a escada em caracol com o dedo. — Última porta à direita. Takeshi deve estar dormindo, mas pode acordá-lo e obrigá-lo a ser produtivo.

O garoto riu baixinho e assentiu, curvando-se educadamente antes de seguir o caminho indicado por ela, sentindo o estômago se revirar em um nervoso que se tornou tão comum para si que nem o surpreendia mais.

Ele suspirou e, quando parou em frente à porta que Sanji disse ser a do filho, engoliu em seco. O que ele tinha que fazer? Bater? Chamar Takeshi e esperar o garoto abrir? Abrir apenas?

À beira de um colapso nervoso, Junwoo abriu a porta. Simplesmente abriu, sem saber exatamente o que o levou a não saber como lidar com uma situação simples como aquela. Então, ali estava ele, segurando a maçaneta da porta do quarto de Takeshi, dentro do cômodo, com os olhos presos no corpo jogado, entre os lençóis, na cama.

Junwoo sentiu que seria capaz de explodir, assim que viu que Takeshi usava apenas uma bermuda. Seu corpo estava de bruços, as pernas em um quatro estranho enquanto ele estava agarrado a um travesseiro, roncando baixinho. Junwoo engoliu em seco, tentando desviar o olhar, mas falhou miseravelmente quando Takeshi virou na cama e expôs o metal que atravessava seu mamilo.

Por que era tão difícil não olhar?

Junwoo coçou a própria garganta, tentando chamar atenção de Takeshi e rezando mentalmente para que ele tivesse um sono leve e fosse capaz de acordar com aquilo, entretanto não serviu para nada, além de deixá-lo com mais vergonha ainda da situação.

— H-*hyung*... — chamou o amigo, mas não obteve resposta e apenas o assistiu ressonar mais alto, em sua cama, no décimo quinto sono. — *Aish*.

Junwoo tirou a mochila das costas, pousou-a no chão, perto da porta, e aproximou-se da cama, completamente sem jeito, sentindo a nuca esquentar enquanto analisava mentalmente a situação em que se encontrava.

Deus, aquilo era tão constrangedor!

E o pior de tudo era que seus olhos não conseguiam sair do peitoral de Takeshi, assistindo à forma como o metal reluzia na luz do sol e dava um ar... diferente ao corpo dele.

Meu Deus, Junwoo, por que você está reparando no corpo de um homem?

Ele então coçou a nuca e respirou fundo antes de tentar chamar o outro novamente.

— Takeshi *hyung*!

O ruivo se mexeu na cama com mais intensidade, bocejando e, finalmente, despertou. Ele piscou lentamente enquanto seu cérebro era reativado aos poucos. Quando seus olhos encontraram Junwoo, achou que ainda estava em um sonho.

É, seu cérebro resolveu torturá-lo das piores maneiras possíveis.

Então, achando realmente ainda estar dormindo, ele choramingou e tapou o rosto com um travesseiro, querendo gritar contra o objeto, mas parou ao ouvir as palavras do mais novo.

— *Hyung*, isso está realmente sendo constrangedor pra mim, p-porque e-eu fui o primeiro a chegar e v-você ainda está dormindo e...

Takeshi tirou o travesseiro do rosto.

— Junwoo? É realmente você?

Junwoo franziu o cenho, um tanto perdido.

— S-sim?

E foi a vez de Takeshi corar. Ele se sentou rapidamente, na cama, quase batendo sua cabeça contra a de Junwoo que estava um pouco inclinado sobre ele para sacudi-lo novamente, caso precisasse. Olhou em volta, finalmente se tocando de que era sábado e seus amigos iriam à sua casa para bolarem as ideias para o festival de primavera.

— Que horas são? — perguntou, um tanto desnorteado por ter acabado de abrir os olhos e ter se deparado com Junwoo ali. Era muita beleza para o primeiro segundo do dia.

— Ahm... D-dez, eu acho. — Junwoo coçou a parte de trás da cabeça, engolindo em seco enquanto seus olhos seguiam o mamilo de Takeshi, que se eriçou quando o vento bateu ali. *Quem deixou a janela aberta?*

Takeshi assentiu, espreguiçando-se e fazendo com que Junwoo se afastasse da cama, um tanto desnorteado, assim como Takeshi ficara alguns segundos antes.

O corpo dele, seminu, sob a luz do sol... *Por que aquilo era tão... bonito?* Junwoo sentiu que explodiria. De verdade. Que diabos de pensamentos eram aqueles?

— Por que veio tão cedo, Junwoo-*ah*? — perguntou, com sua voz soando mais rouca do que o normal enquanto se levantava. Não notou a forma como Junwoo ficara sem jeito com seu corpo, por ainda estar um tanto adormecido. Era demais para ele raciocinar em seus primeiros momentos do dia.

— É q-que... E-eu não sabia que h-horas deveria vir, então... — Respirou fundo e engoliu em seco, tentando controlar a própria fala. — Preferi prevenir.

— Bom garoto — Takeshi brincou, um tanto risonho, pegou sua camisa jogada no chão, vestiu-a, coçou os olhos e indicou o banheiro com o dedo. — Vou usar o banheiro rapidinho, fique à vontade.

Junwoo não teve tempo de responder, pois o anfitrião adentrou o banheiro para fazer sua higiene matinal. E ele ficou ali, parado no meio do quarto, balançando-se sobre seus pés enquanto olhava em volta.

O cômodo estava um tanto bagunçado, mas Junwoo notou que era super decorado com coisas que diziam muito a respeito de Takeshi. Alguns CD's preenchiam a prateleira ao lado de um aparelho de som grandioso e, do outro lado deste, havia um pôster enorme, o qual deduziu ser de algum filme. Um filme estranho, pois havia uma mulher verde, um homem vestido com uma roupa colada, segurando um escudo, um cara com uma armadura de... ferro? Além de mais algumas pessoas vestidas de maneira esquisita. No entanto, era um pôster bonito.

Do lado da porta, havia um mural de fotos e, impulsivamente, Junwoo se aproximou para olhar. Eram muitas fotos de Takeshi com seus pais: havia fotos deles na neve, em locais ensolarados ou até mesmo no quintal da casa da família. Não conseguiu não reparar nas feições delicadas de Takeshi e na cor diferente de seu cabelo: ele tinha os fios marrons e um sorriso divertido em todas as fotos, e Junwoo passou seus olhinhos por todos os detalhes do rosto dele, apreciando a beleza daquele sorriso. Seus olhos ficavam pequenos e ele era inegavelmente... *lindo*.

— Eu tenho que imprimir as fotos com os meninos para colar aí.

Junwoo deu um pulo, assustando-se com a voz de Takeshi e virou-se para ele, com os olhos arregalados.

— Calma, Junwoo-*ah*. — Ele riu, finalmente, se tocando de que Lee Junwoo estava ali em seu quarto.

Lee Junwoo estava em seu quarto. E eles estavam sozinhos.

O ruivo engoliu em seco.

— Quer... descer? Ou prefere ficar aqui em cima? — Coçou a nuca.

— P-podemos ficar a-aqui pra... não atrapalhar s-sua mãe — gaguejou, chegando à mesma conclusão que Takeshi.

Afinal, o que tinha demais? Eram apenas dois amigos que estavam sozinhos em um quarto. Não haveria nada de mais, se esses dois amigos não se sentissem estranhos quando estavam juntos, sozinhos ou não.

Entretanto, sozinhos era... diferente.

Junwoo, inevitavelmente, lembrou-se *daquele* momento que tiveram e suspirou baixinho, sentindo seu corpo se esquentar e seu cérebro se questionar como seria ter aquilo de novo. Ter o toque de Takeshi foi bom e Junwoo *queria mais*, apenas era difícil para ele admitir ou entender.

— Claro. Os meninos devem chegar daqui a pouco — Takeshi murmurou em resposta, sentando-se na cama novamente. — Senta aí, vamos conversar. Tem algo mais que queira saber e não conseguiu me falar na... naquele dia?

Junwoo respirou fundo e sentou-se na cama, de frente para ele, com as pernas cruzadas.

— Na verdade, sim. — Começou a brincar com suas mãos, sem conseguir manter os olhos fixos no mais velho por muito tempo. — S-sobre o meu... admirador.

Ishikawa ajeitou-se na cama, focando nas palavras do outro.

Fodeu.

— Ele é... um garoto?

— Aparentemente, sim.

Takeshi prensou os lábios, pensando no que dizer ao ver que Junwoo não sabia como continuar aquela conversa.

— Você se sente... incomodado com isso?

Junwoo parou e pensou. Não, ele não se sentia incomodado, era outra sensação, era... incompreensão. Ele não entendia o que fazia aquele garoto... gostar dele. Por que não se sentia daquela maneira por uma menina, por uma amiga? Alguém que conhecia ou... *uma menina*?

Por mais que tivesse ouvido muitas palavras de Takeshi a respeito daquele assunto, era difícil para ele. Não era tão simples digerir todas as informações de uma vez, principalmente para alguém criado como Junwoo.

— Não é... incômodo — começou, sentindo as bochechas esquentarem por causa do olhar fixo de Takeshi em si. — É mais uma... incompreensão.

— Não entende por que ele se sente dessa maneira por você? — palpitou, incentivando o outro e, quando este confirmou com um aceno de cabeça, ele prosseguiu: — Como eu disse antes... Você nunca escolhe por quem vai se sentir dessa forma. É tudo... não programado. Pode acontecer em um segundo ou em um ano. Pode ser por um conhecido, um melhor amigo, um desconhecido... Um homem ou uma mulher.

Junwoo abriu bem os olhos, sentindo o coração acelerar de maneira estranha quando Takeshi se ajeitou para mais perto dele.

— Ele pode só estar tendo um interesse... leve em você. Como posso dizer? Ele pode estar interessado só em trocar beijinhos com você, entende? — finalizou a frase com um sorriso nos lábios, achando a reação de Junwoo extremamente fofa.

O mais novo corou e riu sem graça, desviando o olhar para as próprias mãos.

— Ou ele pode estar realmente apaixonado, mas você só vai descobrir se tentar algo com ele.

Junwoo arregalou os olhos, erguendo-os para o amigo.

— Você não tem interesse nenhum nele? — Takeshi perguntou, um tanto mais sério do que antes.

— E-ele é... bonito — respondeu com um tanto de dificuldade, perguntando-se mentalmente se era errado achar outro homem bonito, mesmo não tendo interesse nele. — M-mas-...

O outro interrompeu:

— Junwoo-*ah*, não tem problema achar outro homem bonito, mesmo não gostando dele. — Takeshi riu baixo e Junwoo assustou-se, chegando a pensar que ele lia mentes. — Isso acontece apenas com homens de heterossexualidade frágil ou masculinidade frágil, como preferir.

Vendo a careta confusa de Junwoo, Takeshi explicou:

— Homens que têm a heterossexualidade frágil gostam de mulheres, mas acham que qualquer comentário ou interação com outro homem os fazem parecer gays, como se fosse algo ruim.

— Isso é... bobeira.

Takeshi sorriu.

— Sim, é.

— Como se diz quando alguém é hétero ou gay? — Junwoo não conseguia se lembrar do termo, por não ouvir a palavra constantemente.

— Sexualidade — respondeu. — Porém, é um termo bem relativo e muito extenso, não poderia te explicar tudo de uma vez. Na verdade, acredito que esse termo e essas denominações existem somente porque vivemos em uma sociedade totalmente sexo-normativa.

— Eu acho que... entendi — Junwoo ficou pensativo. Até porque ele, mais do que muita gente, sabia o quanto as pessoas poderiam não aceitar aquilo. Seus pais não aceitavam, enquanto ele tentava aceitar e compreender. — Gay, hétero... — murmurou mais para si mesmo, pensativo.

— Bissexual, pansexual, assexual, demissexual, grayssexual, litossexual... — Takeshi listou algumas, vendo os olhos de Junwoo se arregalarem conforme ele falava.

— É... Muita coisa! — exclamou assustado, acabando por rir com Takeshi. — O que é assexual?

— Pessoas que sentem pouca ou nenhuma atração sexual — ele explicou, vendo as feições de Junwoo se tornarem menos confusas.

— Que... estranho. — Coçou a nuca. — Quer dizer... Todos sentimos em algum momento da vida, não?

— Não cabe a você dizer o que é estranho, normal ou não estranho e não normal, Junwoo-*ah*. Quando você não sente aquilo, não cabe a você julgar — disse, sem soar rude.

Lee corou.

— D-desculpe.

— Não, não! — Takeshi exclamou, agarrando as mãos do outro por um impulso, preocupado com a possibilidade de ele ter achado que estava lhe dando um sermão. — Não é uma bronca nem nada, *saeng*. Estou apenas te explicando.

Junwoo assentiu, sentindo a pele se arrepiar com o contato repentino que teve com o outro. Seu cérebro ponderou se afastar, mas... *ele não queria*. Então, deixou suas mãos ali, apreciando a forma como o dedão de Takeshi acariciou as costas de sua mão direita, buscando tranquilizá-lo.

— E você é...? — Junwoo iniciou a pergunta, mesmo já tendo em mente o que Takeshi era.

— Ishikawa Takeshi, prazer — brincou, apertando as mãos de Junwoo quando ele riu, expondo os dentinhos salientes. *Tão lindo...*

— Não, *hyung*!

— Eu sou gay, Junwoo-*ah*. Achava que você já sabia — ele respondeu e umedeceu os lábios quando lançou um olhar rápido para as mãos juntas. *Será que...*

Em um impulso, Takeshi entrelaçou os dedos lentamente com os do outro, vendo-o observar seus movimentos com os olhos atentos e o sorriso diminuindo aos poucos. Takeshi pensou em afastar o toque, visto achar que Junwoo estava incomodado. No entanto, o outro teve um reflexo diferente: apertou mais os dedos de Takeshi contra os seus, tombando a cabeça levemente para o lado, curioso, apreciando a sensação quente em seu peito e os arrepios que subiram por sua espinha.

Takeshi engoliu em seco quando viu um mínimo sorriso surgir nos lábios de Junwoo enquanto ele mexia as mãos para os lados.

— As minhas mãos são bem maiores que as suas, *hyung*.

Takeshi fingiu estar ofendido.

— Está falando que minhas mãos são pequenas, Junwoo?

O outro riu alto, abanando a cabeça.

— São fofas, Takeshi-*ah*!

— Olha o respeito, criança. É Takeshi *hyung*! — corrigiu, fingindo dar uma bronca, mas não se conteve e riu com ele. — Seu sorriso também é fofo.

Junwoo parou de rir aos poucos e sentiu as bochechas se tornarem da cor escarlate, após as palavras do mais velho. Ele se recordou de um pensamento que teve quando descobriu que Lee Juno era seu admirador: *Será que Takeshi também o achava atraente?* Afinal, ele era um homem que gostava de outros homens, então deveria ter uma opinião formada, certo?

— Ahm... *Hyung*? — chamou-o, apertando as mãos do outro em reflexo e, quando teve os olhos de Takeshi em si novamente, quis explodir de vergonha. — V-você... gosta de h-homens, e-então... — Não conseguiu finalizar, extremamente envergonhado.

— Sim! — Takeshi prendeu o riso. — O que tem?

— E-eu sou... b-bonito?

Mesmo surpreso com a pergunta, Takeshi quis gritar que Lee Junwoo era o garoto mais bonito do mundo. Quis dizer que cada traço dele era perfeito de seu jeito, que o brilho curioso que tinha no olhar era a coisa mais fofa do mundo, que seus lábios eram de um rosado extremamente atraente e que ele queria beijá-los até que os dois ficassem sem...

— É sim, *lindo*.

Junwoo não soube o que responder, mas sua reação foi o suficiente para Takeshi sentir um fogo de esperança se acender em seu peito, após pensar na possibilidade de que o garoto se sentia da mesma maneira que ele, nem que fosse um pouco. Porque, Deus, a forma como Junwoo engoliu em seco e corou mais do que antes, desviando o olhar e rindo sem graça... foi o estopim para Takeshi.

— E eu? — Takeshi perguntou, se aproveitando um pouco mais da situação. — Eu sou bonito?

O mais novo arregalou os olhos, um tanto surpreso pela pergunta do outro. Entretanto, o comentário que Takeshi fizera antes surgiu em sua mente: não tinha problema ser um homem hétero e elogiar outros homens. E não era novidade para si mesmo o quanto já havia reparado em Takeshi.

— S-sim, *hyung*. Você é bem bonito.

Takeshi quis gritar de felicidade. *Um ponto para ele.*

— O que você mais gosta em mim? — não se conteve e questionou, extremamente curioso para saber até onde Junwoo iria.

— C-como assim? — Junwoo devolveu, um tanto confuso.

— Por exemplo... Eu gosto muito dos seus dentinhos, acho fofos — começou, vendo Junwoo se remexer na cama, envergonhado com a situação. — Seus olhos também são muito bonitos e... — parou de falar enquanto seus olhos corriam pelos detalhes do rosto do garoto.

Junwoo fitou o outro, engolindo em seco, por sentir aquelas coisas estranhas no estômago de novo. Seus lábios franziram e ele quis se contorcer de agonia na cama quando os olhos de Takeshi não deixaram seu rosto, mas suas palavras deixaram de sair por seus lábios. Ora, Junwoo queria ouvir mais!

— E? — incentivou, com os lábios tremendo quando os olhos de Takeshi pousaram ali. *Por que ele estava olhando para sua boca?*

Em um reflexo, Junwoo fitou os de Takeshi: eram cheiinhos e a cor era... bonita. Eram lábios avermelhados e pareciam muito macios. Suspirou baixinho, questionando mentalmente o motivo de gostar tanto de fitar aquele local do rosto do outro. *Por que era tão bom de olhar?*

— Eu gosto da sua boca.

"Não, mas eu acabei não quebrando o dente. Foi só o choque da batida, sabe?"

Junwoo imediatamente soltou as mãos de Takeshi, virando-se para a porta do quarto, um tanto assustado por ter ouvido vozes quando estava tão focado em algo. Era o resto do grupo, que adentrava o cômodo, em meio a risadas por causa da história de Ravi sobre como ele achara que tinha quebrado um dente. No entanto, o garoto mal conseguiu raciocinar e cumprimentá-los direito, ainda perturbado com aquele maldito pensamento: *Deus, como a boca dele é bonita.*

Cinco minutos não foram suficientes para Junwoo tirar a imagem da boca de Takeshi de sua mente. Nem dez... nem quinze. E, depois de vinte minutos, Junwoo quis gritar.

Ele estava ouvindo Yoona, Takeshi e Ravi fazerem contas em um caderno lotado de notas fiscais e anotações enquanto Bonhwa pesquisava algo no computador. Junwoo estava bem excluído, sem ter ideia de que números eram aqueles, mas deduziu que eram as economias do grupo para a viagem que queriam fazer. Deveria ser legal viajar, principalmente acompanhado de um grupo como aquele.

— Junwoo-*ah*, me ajuda a trazer comida para todos aqui em cima? — Bonhwa chamou o mais novo, levantando-se da cadeira e se espreguiçando antes de indicar a porta com a mão.

Lee assentiu, pronto para fazer algo que o tirasse daquele tédio que o deixava completamente perdido, fazendo com que pensasse demais na imagem da boca de Ishikawa Takeshi. Ele sacudiu a cabeça e acompanhou o outro para a cozinha, comentando sobre seu cabelo no caminho.

— Ficou muito legal o seu cabelo, *hyung*.

Bonhwa sorriu.

— Obrigado, Junwoo-*ah*. Nunca pensou em pintar o seu?

Quando chegaram à cozinha, Junwoo virou-se para o mais velho e negou com a cabeça, um tanto perturbado com a ideia de fazer uma mudança grande como aquela. Parando para pensar, naquele momento, deveria ser interessante colocar uma cor viva no cabelo ou apenas mudar para outro tom da mesma cor, mas não era algo que poderia decidir sozinho. Ele teria que pedir aos seus pais e estes, com certeza, não deixariam.

— É bem legal, aconselho. Mas cuidado, porque vicia. Quando pintamos uma vez, ugh, nunca paramos. — Gesticulou exageradamente antes de abrir a geladeira. — Hm... Temos *Kimchi*[18]... e muito arroz.

— O suficiente para todos?

— Sim, com certeza. — Bonhwa removeu os itens da geladeira, colocando-os sobre o balcão da pia. — Pegue uma panela, por favor. Ali, no armário esquerdo, em cima da pia.

Junwoo assentiu e fez o que lhe foi dito enquanto Bon ainda tirava algumas coisas da geladeira para complementar o almoço do grupo. O mais

---

[18] *Kimchi:* tradicional prato coreano.

novo colocou duas panelas sobre o fogo elétrico e, enquanto aguardava as ações de Bonhwa, observou-o discretamente, notando as marcas no pescoço dele: as mesmas que viu um dia antes da lavagem de carros. Será que tinha sido o irmão mais velho do menino?

Vendo que estavam sozinhos na cozinha, Junwoo resolveu perguntar:

— *Hyung*, o que são... essas marcas no seu pescoço? — deu uma pausa no meio da frase, receoso de invadir um espaço que não tinha nada a ver com ele.

Bonhwa franziu o cenho. Tinha esquecido que ainda havia marcas em sua pele, feitas por Yoona, alguns dias antes. Riu baixo quando se lembrou e virou-se para Junwoo, pensando que o menino estava zombando dele, mas parou ao ver que este realmente parecia estar curioso. *Ele não sabia o que era um chupão?*

— É um chupão — foi direto.

Junwoo franziu o cenho.

— Foi seu irmão quem fez? Pra te... machucar?

Bonhwa arregalou os olhos e parou de entornar o *kimchi* na panela para focar mais naquela conversa estranha.

— Não! — Riu alto, deixando Junwoo mais perdido ainda. — Deus que me livre, Junwoo-*ah*! — recuperou-se aos poucos, percebendo que seria ele quem explicaria aquilo para o mais novo. — Um chupão é feito por outra pessoa em um momento romântico ou sexual, *saeng*. É quando a pessoa chupa uma parte de sua pele.

Junwoo arregalou os olhos, abrindo a boca por ter sido pego totalmente de surpresa. Ele observou Takeshi sorrir e voltar a esquentar a comida, sem saber o que dizer depois de ter um baque daqueles.

Então, as pessoas gostavam de ser marcadas daquela maneira? Por quê? *Era bom?*

Junwoo franziu a testa, observando a marca que quase sumia na pele do amigo, mas ainda tinha alguns tons avermelhados e arroxeados visíveis. Era como um machucado, então por que as pessoas gostavam? Não doía?

— F-foi um h-homem ou uma m-mulher?

Quando viu, a pergunta já havia escapado de seus lábios pelo efeito que a conversa, mais cedo, com Takeshi tinha surtido em seu cérebro. A sexualidade era um assunto muito incompreendido, porém admirado pelo cérebro de Junwoo. Ele achava tudo fascinante, de certa forma, mesmo sem saber que se sentia de tal maneira. Buscava compreender mais e, ali, quando viu a oportunidade de entrar em tal assunto com alguém com quem queria ter mais intimidade, não aguentou.

— Uma mulher — Bonhwa respondeu doce, deixou o *kimchi* no fogo e foi colocar o arroz no micro-ondas. — Mas poderia ter sido um homem.

— V-você é... bissexual? — perguntou, forçando-se a se lembrar do que aquele termo significava, antes de perguntar.

— Não! — Sorriu, virando-se para Junwoo. — Sou pansexual. — Vendo a careta de Junwoo permanecer um tanto confusa, Bonhwa explicou: — O prefixo "pan" vem do grego e se refere a "tudo". Isso quer dizer que posso me sentir atraído por qualquer pessoa, não importa a identidade de gênero. É independente.

— E... não é o mesmo que bissexual? — Junwoo estava plenamente confuso e visivelmente interessado.

— Você é fofo — Bonhwa murmurou, arrancando uma risada tímida de Lee antes de continuar. — É um debate complicado, já que um termo apareceu antes do outro, então há questões históricas dentro. — Ele piscou, virando-se para o micro-ondas ao ouvi-lo apitar. — Me ajuda a montar os pratos?

Junwoo ajudou Bonhwa a montar os cinco pratos, perguntando ao outro o motivo de Hajoon não estar ali. Bon respondeu a ele que o professor tinha uma reunião com o diretor e outros professores a respeito do festival de primavera, porque estava tudo em cima da hora. Quando os dois voltaram para o quarto, Ravi estava pulando na cama de Takeshi, extremamente feliz.

— Gente! — gritou para os dois mais novos. — Tivemos uma ideia!

— Conte — foi Bonhwa quem respondeu, colocando a bandeja que segurava sobre a cômoda de Takeshi enquanto Junwoo colocava a que carregava na escrivaninha com o computador.

— Uma barraca do beijo secreta.

Junwoo tropeçou. Não por ser desastrado — porque ele não era —, mas por ouvir a palavra "beijo" e, imediatamente, ter a imagem dos lábios de Takeshi em sua cabeça.

— Tá tudo bem, *saeng*? — Yoona perguntou, preocupada por ter visto o menino quase bater o pé na quina da cama.

Takeshi segurou o braço de Lee, ajudando-o a se sentar na cadeira ao perceber o garoto um tanto desnorteado por causa da quase queda — achava que era por isso. Depois, Takeshi sentou-se na ponta da cama, bem ao lado de Junwoo, fazendo com que o garoto prensasse os lábios, preocupado com o rumo que seus pensamentos passaram a levar.

— Como assim secreta? — Bonhwa perguntou confuso, sentando-se ao lado de Yoona, depois de pegar um prato de comida.

— Ninguém vai saber quem está beijando — começou Takeshi. — Vai ter um menino e uma menina, certo? Mas eles vão estar em caixas que não permitem que as pessoas vejam quem são. E, para entrar na caixa, é preciso colocar uma venda, porém o garoto e a garota, que já estarão dentro da caixa, não terão vendas, mas também não poderão rejeitar a pessoa que entrou.

Junwoo engoliu em seco, fitando as próprias mãos, sem saber o motivo de estar tão nervoso com aquele assunto e com a voz de Takeshi lhe explicando.

— Eu achei genial! — Yoona exclamou, realmente animada com a ideia.

— Então, precisamos de alguns voluntários, porque também não podemos deixar as mesmas pessoas durante o evento todo ali dentro — Bonhwa, que até então parecia distraído com sua comida, comentou.

— Sim — murmurou Ravi, anotando tudo no celular. — Eu acho que o Dyul iria.

— Com certeza. — Takeshi prendeu o riso.

Ao ouvir o nome daquele garoto — em quem não havia colocado os olhos durante semanas, por nem sequer notá-lo no ambiente — Junwoo sentiu-se mais estranho. Lembrou-se de quando viu Takeshi saindo da casa do garoto e, novamente, questionou-se sobre a relação que os dois tinham. Desde aquele dia, ninguém mais comentou sobre os dois, e Junwoo também não se recordou do assunto, entretanto, aquilo aconteceu naquele momento e ele se sentiu agoniado.

— E as meninas? — Yoona perguntou.

— Podemos perguntar para Lee Ji-Eun — sugeriu Ravi, recebendo um aceno de concordância de Takeshi. — Por não saberem que será ela, pode ser que ela aceite.

— Podemos colocar a Heyoon também — Bonhwa sugeriu, lembrando-se de algumas garotas que pareciam empolgadas o suficiente para participar de algo como aquilo. — E a Joohyun.

— Eu acho que ela namora — comentou Yoona, parecendo pensativa. — Não me lembro bem, mas melhor não a incluirmos.

— A Yeri, talvez? Eu diria que ela parece alguém que aceitaria — Takeshi supôs, virando-se para olhar Junwoo rapidamente, e franziu o cenho quando viu o garoto completamente corado, fitando as próprias mãos. — E os meninos?

Imediatamente e inconscientemente, Junwoo ergueu a cabeça.

— Eu até poderia, mas... — Bonhwa começou, mas Yoona o interrompeu.

— Além do Dyul, pode ser você, Takeshi.

Aquela fala deveria apenas complementar a curiosidade de Junwoo a respeito da tal barraca do beijo e de como os seus amigos pareciam super tranquilos com a ideia de beijar muitas bocas; entretanto, imaginar Takeshi como uma daquelas pessoas que beijaria muitas outras o incomodou.

— Eu sou gay, caso vocês tenham se esquecido — Takeshi zombou, rindo baixo quando viu os amigos acenarem, parecendo se lembrar daquele fato. — Não quero beijar meninas. Vai você, Bonhwa.

Imediatamente, os olhares de Takeshi e Ravi caíram em Yoona, que tentou não se mostrar incomodada com a situação, mas falhou miseravelmente ao engolir em seco e tentar se concentrar em brincar com a sua comida. Junwoo não entendeu nada, enquanto Takeshi e Ravi se martirizavam para entender o que acontecia com aqueles dois outros.

— Pode ser. — Bonhwa deu de ombros. — Chama o Jackson também. Ele pega todo mundo e tem fama de boca boa de beijar.

— Ele vai topar, tenho certeza. Nunca vi alguém mais desesperado que ele pra beijar gente — Ravi acrescentou enquanto anotava o resto em seu celular. — Quem vai se encarregar de falar com o diretor?

— Eu posso, ele gosta de mim — Choi se ofereceu. — Takeshi, você pode falar com os alunos que mencionamos?

O ruivo assentiu, ainda pensando no garoto ao seu lado quando deixou as seguintes palavras saírem por seus lábios:

— Junwoo vai comigo e me ajuda a convencê-los.

O mais novo, que havia pegado sua comida para tentar mudar o rumo de seus pensamentos, fitou Takeshi, assustado.

— Eu?

— Sim, ora. Você está com a gente, tem que ajudar. — Piscou.

Junwoo corou.

— T-tudo bem. — Não soube negar.

— Você vai participar, Junwoo-*ah*? — Ravi perguntou. — Pra beijar uma das pessoas mencionadas? — Riu malicioso.

Junwoo, prontamente, abanou a cabeça.

— N-não, n-não posso.

— Por que não poderia? — Yoona, que até então havia ficado em um silêncio esquisito, brincou.

— É só que... n-nunca... — Gesticulou extremamente envergonhado. Afinal, como dizer que nunca havia beijado alguém, para pessoas que se mostravam tão tranquilas com a ideia de beijar muitas bocas em uma brincadeira? Aquilo mostrava que todos ali já tinham trocado muitas bitoquinhas e Junwoo... nada.

— Nunca beijou? — Yoona chutou, nada surpresa.

— Temos uma boca virgem entre nós! — Ravi gritou, balançando os braços exageradamente para mostrar sua empolgação. — Isso é raro demais na nossa idade.

Junwoo deixou sua comida de lado e passou as mãos pelo rosto em uma tentativa falha de amenizar a vermelhidão que, provavelmente, estava ali. Suspirou e, inconscientemente, seus olhos voaram para Takeshi, que estava quieto. Takeshi o encarava com uma sobrancelha arqueada, parecendo pensar em algo, e Junwoo se questionou se ele o estava criticando por nunca ter beijado. Não havia grande problema naquilo, certo?

Ele não sabia que, naquele momento, Takeshi estava ponderando a possibilidade de bolar um plano para fazê-lo participar daquela barraca do beijo secreta no único momento em que ele fosse entrar em uma das caixas dos participantes. Era uma má ideia?

CAPÍTULO 17

!

Às três horas da tarde, Junwoo achou que seria melhor ir para casa. Ele não estava se sentindo muito confortável com seus próprios pensamentos e passar alguns momentos sozinho, para ouvi-los com mais clareza, poderia ser a melhor opção. Tudo bem, ele sabia que não conseguiria chegar a lugar algum pensando sozinho, até porque nem, ao menos, compreendia o que aquelas sensações e pensamentos a respeito de Takeshi significavam. De alguma forma, sentia que não deveria tê-los e, ao mesmo tempo, não conseguia evitá-los.

Quando pediu para usar o banheiro da casa, após comer, sentiu-se aliviado ao pensar que Takeshi não seria um participante da barraca do beijo secreta. Por que o pensamento de Takeshi beijando muitas bocas o incomodava? Será que era porque ele sabia que Takeshi beijava homens e não mulheres?

Não, Junwoo não se incomodava com aquilo, ele só não entendia.

Encarando-se no espelho enquanto lavava as mãos, Junwoo desceu o olhar para os próprios lábios, vendo-os mais rosados que o normal por causa das constantes mordidas que estava dando ali, devido aos pensamentos inquietos. E, enquanto os olhava, questionou-se se Takeshi já tinha chegado a ter os mesmos pensamentos que ele teve ao ver seus lábios.

Por que aquela ideia parecia errada, mas, ao mesmo tempo, agradável?

Junwoo não entendia o motivo de querer que Takeshi olhasse para sua boca daquela mesma maneira. Não era algo que já havia sentido antes, seu corpo não conhecia aquelas sensações até Ishikawa Takeshi aparecer.

E aquilo era assustador.

Quando Junwoo voltou para o quarto, decidido a ir para casa, viu o dono de seus pensamentos e Ravi pegando peças no guarda-roupa e colocando-as em frente ao corpo, como se estivessem testando. Enquanto aquilo acontecia, Yoona conversava baixinho com Bonhwa, sorrindo com algo que ele dizia. Mas o que chamou sua atenção foram as roupas que Ravi e Takeshi pegaram:

muitas delas eram rosas ou pareciam ser um modelo feminino, pelos cortes e afinação na cintura.

Junwoo deixou o pensamento de ir para a casa de lado e franziu o cenho, voltando a se sentar na cadeira em que estava antes, observando atentamente Takeshi e Ravi.

— Cadê suas maquiagens? — Ravi perguntou curioso, olhando em volta, segurando uma regata justa rosa de Takeshi contra seu corpo.

— No banheiro, mas eu não tenho tanta coisa quanto você, ein? — Takeshi advertiu, rindo alto quando Ravi saiu saltitando do quarto para ir ao banheiro em que Junwoo estava antes.

Como Bonhwa e Yoona estavam imersos nas palavras que trocavam no próprio mundo deles, Junwoo aproveitou para se levantar e se aproximar de Takeshi, engolindo em seco para ignorar os pensamentos de antes e satisfazer sua curiosidade a respeito do fato dos garotos utilizarem roupas ou *coisas de meninas*; afinal, não era a primeira vez que reparava naquilo. No primeiro dia de aula, ele se lembrava de ver Takeshi com roupas de cores *femininas* e uma maquiagem leve em seus olhos. Aquilo o intrigou desde o primeiro momento, apenas não tinha se lembrado de perguntar sobre.

— Por que... — Coçou a garganta, chamando a atenção de Takeshi, que abaixou a jaqueta rosa na frente do corpo para olhar o mais novo. — Por que você e o Ravi *hyung* u-usam roupas de... *De menina*?

Takeshi franziu o cenho, sentindo-se imediatamente incomodado com a pergunta e o termo utilizado, mas pensou em como a cabeça de Junwoo foi construída e em como ele não devia estar acostumado a conviver com pessoas mais abertas, como vinha deixando claro na forma como perguntava as coisas ou se inseria nas conversas. A expressão de Takeshi suavizou quando ele se recordou de que estava ali para ajudá-lo na desconstrução daqueles assuntos mais complexos, mas de maneira saudável e não no modo "lavagem cerebral", como julgava que os pais do garoto teriam feito.

— Por que são roupas de menina? — rebateu, vendo a expressão de Junwoo se tornar confusa, antes dele responder.

— Por que são... rosa? E... marcam muito a cintura e... os m-modelos s-são... — Não soube como continuar, gesticulando.

— E só por ser um homem eu não posso gostar de rosa? Quem definiu isso, Junwoo?

O garoto abriu a boca, mas nada saiu.

— Foi a sociedade. A sociedade definiu isso, assim como definiu que a mulher não merece ganhar o mesmo salário que o homem, exercendo a mesma função em uma empresa, apenas por ser uma mulher — argumentou, tombando a cabeça levemente para o lado. — A cor rosa não é feminina. Cores não têm gênero e se alguém sente que o próprio gênero é afetado por causa da cor que está usando... essa pessoa precisa repensar suas crenças.

Junwoo ficou calado, com os olhos bem abertos enquanto seu foco estava nas palavras que saíam da boca de Takeshi. O seu foco era tão genuíno e interessado que foi impossível conter o sorriso. Era como se Takeshi fosse o professor de sua matéria preferida.

— Se eu utilizar uma camiseta de modelo feminino, isso não me faz menos homem.

Takeshi estava em um impasse. Chegou à conclusão de que participaria da vida de Junwoo para ajudá-lo em suas descobertas, incluindo as amorosas. Ou seja, se Junwoo quisesse se descobrir com uma menina ou com seu admirador, Takeshi estaria ali para ajudá-lo, prezando a sua felicidade e não o seu prazer próprio. Entretanto o sentimento que cultivava por Junwoo — por mais que não chegasse a ser uma paixão grandiosa como as dos filmes — não sumiria em um estalar de dedos.

Não era como se Takeshi fosse obrigá-lo a ficar consigo; não o faria, obviamente, porém Takeshi não poderia desistir sem nem, ao menos, tentar, certo? Afinal, Junwoo nem parecia conhecer a própria sexualidade, dado o fato de nunca tê-la explorado. Então, criar situações, em que um interesse poderia surgir no garoto, não era uma ideia descartável.

Takeshi esperava que não.

— Vem aqui — chamou.

Junwoo não compreendeu, de início, quando Takeshi gesticulou para ele se aproximar. O mais velho riu baixo e, prensando os lábios enquanto segurava a jaqueta com uma mão, puxou Junwoo pelo cotovelo até colocar o garoto em frente ao espelho da porta aberta de seu armário. Takeshi se colocou atrás dele e indicou para que vestisse a jaqueta.

O moreno esticou os braços e, com a ajuda de Takeshi, colocou a jaqueta rosa, vendo-a ajustar a camisa branca larga em seu corpo. Ele não se incomodou com os brilhos cor-de-rosa e paetês da mesma cor em um tom mais escuro, apreciou-os ao invés disso. Era uma jaqueta bonita e ficava bonita em seu corpo.

— Ainda se sente um homem? — brincou, arrancando uma risada de Junwoo, a princípio envergonhada, mas que logo se tornou verdadeira, conforme ele percebia que, certamente, o fato de se sentir homem não sumiu quando vestiu uma cor *de menina*, ou melhor, quando ele vestiu rosa.

Cores não tem gênero, Junwoo.

— Você continua bem homem — ouviu Takeshi murmurar atrás de seu corpo, olhando-o através do espelho.

Junwoo engoliu em seco, assentindo e sentiu um arrepio em sua coluna quando Takeshi lhe ofereceu um sorriso de lado, com os olhos sem deixar os do mais novo mesmo que através do espelho. *Por que ele me olha assim?*

— Mas e... saias? É coisa apenas pra menina, certo? — questionou, tombando a cabeça para o lado, tentando ignorar os calafrios que aquele olhar lhe causava.

— Por quê? — Em um impulso, Takeshi apoiou o queixo no ombro de Junwoo, vendo como a jaqueta ficava bem no corpo do outro.

O mais novo prensou os lábios, tenso com o contato, mas relaxou logo em seguida ao ver o sorriso reconfortante de Takeshi para ele. Não era como se quisesse se afastar, até porque qualquer contato com Takeshi era gostoso o suficiente para amenizar o nervosismo que acompanhava.

— Ué! Porque... Hm... — hesitou, sem saber como explicar. — É um modelo que f-foi feito para as m-meninas... N-não?

— E como você explica os homens escoceses? — rebateu, querendo rir por causa da expressão perdida de Junwoo. — Junwoo-*ah*... as pessoas têm que ter o direito de escolher o que vestir pelo menos, não? A sociedade definiu que o apropriado é a menina usar saia e o menino usar calças, mas, se definissem que o apropriado é todos usarem um chapéu com um bicho morto na cabeça, você usaria?

— Não... — respondeu imediatamente, entendendo o ponto de Takeshi. — M-mas seria estranho ver um menino de saia, não?

— Não importa se você não está acostumado com tal visão, Junwoo-*ah*, não cabe a você julgar — foi a resposta final de Takeshi . Ele se afastou do corpo do mais novo e o ajudou a remover a jaqueta rosa.

Junwoo sentiu o local que o queixo de Takeshi estava apoiado anteriormente formigar e, por um segundo, pensou que estaria tudo bem para ele, se Takeshi resolvesse voltar a tocá-lo daquela maneira. Era confortável, afinal. Corando com os próprios pensamentos, ele se apressou em tirar a jaqueta e deixar que o amigo a guardasse, afastando-se um pouco para lhe dar espaço.

Ravi voltou, naquele momento, para dentro do quarto, com o cabelo sendo puxado para trás por uma faixa rosa, a qual permitia que sua testa ficasse totalmente exposta e nenhum fio indesejado atrapalhasse a maquiagem. Ele segurava dois estojos enormes e estava visivelmente animado, a ponto de não perceber que Yoona e Bonhwa estavam tendo um momento. Jogou-se na cama, interrompendo a conversa baixinha dos dois.

— Takeshi, eu quero te maquiar! — Ravi exclamou, depositando os estojos em cima da cama e abrindo-os, tirando inúmeros produtos que Junwoo desconhecia.

O anfitrião riu, fechando seu armário e sentando-se ao lado do amigo, lançando um olhar rápido para Junwoo ao vê-lo totalmente concentrado no que Ravi fazia.

— Por que não maquia o Junwoo?

A pergunta de Takeshi pegou o mais novo de surpresa. Ele pensou em negar e dizer imediatamente que era coisa de menina, entretanto... Takeshi e Ravi eram homens e estavam ali, prontos para passar aqueles produtos no rosto. Então, Junwoo pensou: *por que era coisa de menina?* Afinal, eram produtos para cobrir imperfeições ou dar um ar mais bonito ao rosto das pessoas. E, pensando bem, Junwoo tinha algumas espinhas que gostaria de não ter... Coçando a nuca, encabulado, ele recebeu um olhar questionador de Ravi, que lhe perguntava silenciosamente se podia.

Então, ele assentiu.

— Eba! — o Jung exclamou. — Senta aqui. — Bateu na área livre da cama, bem à sua frente.

A cama era enorme, de fato, e permitia que todos ficassem sentados ali confortavelmente. Yoona e Bonhwa estavam encostados na cabeceira enquanto observavam Ravi colocar a faixa em Junwoo, puxando os fios acastanhados para trás e expondo a testa do garoto. Takeshi estava ao lado de Ravi e tinha os lábios prensados para conter o sorriso, sentindo-se orgulhoso por Junwoo se mostrar apto a testar algo que, com toda certeza, ainda não entendia totalmente. Aquilo apenas servia para mostrar o quanto estava aberto ao conhecimento e aos diferentes pontos de vista existentes sobre diversos assuntos.

— Sua pele parece bundinha de neném! — Ravi exclamou quando começou a passar uma base no rosto do garoto.

— Isso é bom? — perguntou um tanto confuso e fechou os olhos por impulso quando os dedos de Ravi subiram até a área abaixo deles.

— É ótimo! Eu que tenho que sofrer com a minha pele oleosa — choramingou, ouvindo um protesto de Yoona sobre ele não ter a pele oleosa, mas a ignorou, porque achava, sim, que tinha. — Olhe, Takeshi! Toca pra você ver!

Takeshi não hesitou em fazer o que lhe foi dito e tocou suavemente a parte da bochecha de Junwoo que não estava com base, roçando o indicador ali lentamente, antes de dobrar seus dedos para acariciar a maçã do rosto do outro, em um carinho totalmente afetuoso que não era baseado somente na vontade de saber se a pele do outro era ou não oleosa.

Junwoo abriu os olhos ao sentir a pele formigar com aquele toque que definitivamente não era de Ravi. Mirou Takeshi, engolindo em seco quando viu o olhar deste sobre sua boca enquanto os dedos não cessavam o carinho.

— É realmente macia — murmurou concentrado na sensação boa que era tocar na pele do outro.

Junwoo saiu de seu transe, respirando fundo e desviando o olhar daquele que deixava seus pensamentos cada vez mais confusos e embaralhados. Quando a mão dele saiu de seu rosto, prensou os lábios, sentindo novamente o local tocado formigar. E era tão difícil para ele entender o que aquilo significava, porque parte de sua mente, conduzida pela forma que havia sido criado, insistia em dizer, ao seu corpo, que aquilo era errado, que não deveria sentir a pele formigar com o toque de Takeshi ou olhar para a boca deste da forma que olhou.

Mas Junwoo não conseguia parar.

— E se eu passar um lápis nos seus olhos? — Ravi quebrou sua linha de pensamentos, mostrando para ele o que parecia ser um lápis normal.

— Como assim? — ficou confuso. Um lápis em seu olho?

— É um lápis de olho, Junwoo-*ah*. Fica bonito — explicou Takeshi, complementado por um aceno positivo de Ravi, que parecia totalmente animado para fazer o que havia sugerido.

— Tudo bem...

Junwoo deixou os olhos abertos, como lhe foi instruído pelo descendente indiano, e viu o garoto tirar a pequena tampa do lápis para aproximá-lo do seu rosto em seguida. Por reflexo, fechou os olhos, envergonhado por ouvir a risada de Takeshi que o instruiu a abrir os orbes novamente. Ravi passou o lápis na linha d'água de Junwoo e um pouco por fora, surpreendendo-se quando ele não sentiu o típico nervoso que as pessoas sentiam naquela área do rosto.

— Ele nem se mexeu! — comentou, batendo palmas ao terminar de pintar os olhos do mais novo. — E, meu Deus, ficou incrível!

Junwoo piscou os olhos levemente molhados.

— Posso ver?

Takeshi, que estava um pouco embasbacado com o fato de como o garoto havia ficado lindo utilizando aquela maquiagem no olho, pegou o celular e abriu a câmera frontal, entregando-o para Junwoo em seguida.

O garoto se surpreendeu com a própria imagem, vendo que as poucas espinhas que tinha haviam sumido com os produtos que Ravi colocara em sua pele enquanto seus olhos pareciam maiores com o efeito do lápis. Além disso, seu olhar havia se tornado algo puxado para o misterioso com aquele preto em volta dele.

— Junwoo, você deveria usar mais lápis de olho. Ficou lindo mesmo — Yoona comentou, incluindo-se no momento que eles estavam tendo. Bonhwa, ao seu lado, assentiu, concordando com o que foi dito por ela.

— Sim, muito lindo — murmurou Takeshi.

Junwoo sentiu que explodiria.

— E-eu... — Coçou a nuca, sem saber o que dizer. — Obrigado.

De fato, Junwoo gostou do que Ravi tinha feito em seu rosto e ponderou fazer novamente, por mais que não tivesse ocasiões especiais em que poderia usar aquela maquiagem; entretanto, ainda era estranho para ele pensar que aquilo era algo que meninas faziam mais do que meninos. Não fazia sentido. Por que os meninos se sentiam "mal" em usar aquele tipo de coisa, se servia apenas para "sumir" com as imperfeições do rosto e deixar as pessoas mais apresentáveis? Eles achavam que se tornariam menos homens, se utilizassem aquilo?

Pela primeira vez, declarar um objeto como sendo algo para meninas não fez sentido na cabecinha de Junwoo e ele se sentiu estranho com aquilo.

— Gente, eu... tenho que ir pra casa. Minha mãe quer preparar um jantar de... família hoje — Bonhwa pronunciou-se, quebrando o transe de Junwoo ao se levantar da cama e procurar por sua mochila.

— Ela voltou a cozinhar? — Yoona perguntou curiosa.

Por causa das dificuldades que tinha na criação do primeiro filho e da depressão que lhe tomou desde o momento em que ele nasceu, a mãe de Bonhwa havia parado de trabalhar como chef do restaurante que seu pai dirigia, porém, o avô de Bonhwa estava começando a ficar preocupado com a herança do local, visto que sua filha estava em um estado grave e não pretendia voltar a cozinhar tão cedo. Mas, aparentemente, depois do dia em que saíra para conversar com Jiyong, as coisas começaram a voltar ao normal aos poucos.

Bonhwa chegou a conversar com o irmão e por mais que ainda tivesse uma visível tensão entre eles por causa do ciúme de Jiyong e a forma como sua mãe tratava o mais novo — que sempre foi muito distinta de como tratava Jiyong —, ele estava tentando se redimir e se aproximar mais do outro. Bonhwa estava muito satisfeito com aquilo.

— Isso é incrível, Bon! — Takeshi exclamou, após o melhor amigo acenar positivamente para a pergunta de Yoona. — Mande um beijo para ela.

— Idem — murmurou Ravi, ainda fuçando as maquiagens do amigo.

Lee, que estava um tanto perdido na conversa — por mais que se recordasse do que Takeshi lhe havia contado a respeito da família Choi —, levantou-se, logo que o assunto terminou, alegando que também precisava ir para casa.

— Já que está todo mundo indo, eu vou também — Yoona pronunciou-se, arrancando uma reclamação de Ravi.

— Vão me deixar sozinho com o Takeshi? — zombou, recebendo um tapa dele na nuca.

— Eu sou uma ótima companhia, ok? — este usou um tom falsamente dramático, arrancando risadas de todos ali. — Eu levo vocês ali embaixo.

Junwoo pegou sua mochila, despediu-se de Ravi com um aceno e desceu as escadas na frente de Takeshi, que aproveitou para dar uma checada na parte traseira do mais novo.

Foi inevitável.

— Yoona, sua casa é na mesma direção que a do Junwoo, por que não o acompanha? — sugeriu, vendo que Bonhwa iria para um lado e os outros dois para o outro.

— Tudo bem por você, Junwoo? — a menina perguntou, sorrindo com o aceno imediato que recebeu do mais novo. — Então, vamos.

A garota se despediu de Takeshi com um beijo na bochecha, assim como de Bonhwa, que, por estar com pressa, saiu correndo logo após deixar um beijo na ponta do nariz de Yoona e dar um abraço rápido em Junwoo.

O mais novo, no entanto, ficou em dúvida sobre como se despedir de Takeshi e, totalmente corado e sem jeito, aproximou-se dele, coçando a nuca. Takeshi riu baixo e abriu os braços, chamando o menino para um abraço. Junwoo hesitou no primeiro segundo, mas seu corpo agiu por ele e, quando se deu conta, já abraçava apertado a cintura do mais velho, com o queixo apoiado, em seu ombro, em um gesto carinhoso.

O abraço de Takeshi era bom demais.

— Até segunda, *saeng* — Takeshi murmurou baixinho, perto demais do pescoço de Junwoo, que, sem controle algum das sensações de seu corpo, arrepiou-se; este afastou-se imediatamente, vermelho dos pés à cabeça, e assentiu todo atrapalhado ao se distanciar do garoto para ir até Yoona e iniciar o caminho para casa.

— O Takeshi é legal, né? — Yoona puxou assunto, caminhando com as mãos dentro dos bolsos do moletom que vestia, o qual era duas vezes maior que o seu tamanho.

— S-sim. — Não houve hesitação na resposta, mas Junwoo não entendeu o motivo da menina perguntar aquilo. — Muito.

— Ele é uma pessoa muito compreensiva e a opção perfeita se precisar conversar sobre algo — ela continuou, olhando para os próprios pés enquanto caminhava.

Junwoo sorriu minimamente, caminhando em silêncio ao mesmo tempo que fitava as próprias mãos, as quais brincavam com a barra de sua camisa. De fato, a facilidade que tinha em conversar com Takeshi se tornara essencial em seu dia a dia e não podia negar que admirava Takeshi por conversar abertamente sobre tudo.

— Eu estava na casa dele quando contei a ele e aos outros quem realmente sou.

Junwoo franziu o cenho.

— Quem você realmente é? Como assim, *noona*?

Yoona sorriu, prensando os lábios antes de dizer.

— Que sou uma mulher.

O garoto ficou mais perdido ainda. Ele ergueu o olhar para ela, com a testa franzida de pura confusão. Não pararam de andar, entrando na avenida principal que os levaria até à rua de Junwoo.

— Eu nasci como homem, Junwoo-*ah*. Meu sexo biológico é masculino — iniciou, sabendo que aquilo pesaria na cabeça do garoto, mas não queria omitir aquele fato dele, não quando ele havia se tornado tão próximo e tão rapidamente. — Não nasci com seios e nem com uma vagina, mas sempre fui uma mulher.

Imediatamente, Junwoo lembrou-se *daquele homem* que encontrara em frente ao mercado. *"Eu sou transgênero, garoto."* Então... Ele deveria dizer *mulher*?

— V-você é... t-transgênero? — perguntou receoso e com medo de estar errado e ofender a garota.

Mas ela sorriu e assentiu, voltando a fitar os próprios pés e esperando alguma resposta do outro, visto que não tinha nada a acrescentar.

E Junwoo não soube o que falar durante dois minutos, com os olhos um tanto arregalados e fixos nas próprias mãos quando eles adentravam a sua rua. Yoona deixaria o garoto em frente à casa dele, já que tinha que descer toda a rua antes de chegar à sua.

— Então... Você é um homem? — Junwoo coçou a cabeça, fitando Yoona.

— Não — respondeu de imediato. — Sou uma mulher.

— M-mas, se você nasceu como homem, c-como pode mudar? — continuou a questionar, mostrando apenas confusão perante aquele assunto. — F-foi o corpo que Deus te deu, foi como Ele te fez.

Yoona suspirou, sem se abalar por aquele pensamento, afinal imaginava que ele pensaria aquilo; entretanto, também estava disposta a abrir a mente do garoto e impedi-lo de dizer coisas como aquela, caso encontrasse outras pessoas como ela futuramente.

— Eu nasci mulher, Junwoo, sempre me senti como uma mulher. Quando não me aceitava, me sentia horrível. Olhava-me no espelho e sentia que não era eu ali. — Yoona engoliu em seco, recordando-se daqueles momentos. — O físico não diz quem você realmente é, porque é supérfluo. Ou você acha que todos mostram como realmente se sentem?

Junwoo negou prontamente, focado nas palavras da garota e sem nem, ao menos, perceber que estavam perto de sua casa.

— Eu sempre fui mulher. Deus preza o meu bem-estar e fica feliz quando eu estou feliz. E, Junwoo, estou muito mais feliz sendo quem realmente sou — finalizou e parou de andar quando olhou em seu rosto. — Sua casa é nessa rua?

Junwoo, que estava um tanto mexido pelas palavras da garota, assentiu ao olhar rapidamente a rua, vendo sua casa a duas outras de distância de onde estavam. Voltou a olhar para Yoona, repassando as palavras que ela dissera em sua mente: *"Deus preza o meu bem-estar"*.

— Por exemplo... Sua aparência, agora, está relativamente puxada para o feminino, se você considerar que maquiagem é coisa de garota. — Yoona abriu a própria mochila, tirou de lá um pacote de lenço umedecido, o qual sempre levava consigo, pegou um lenço do pacote, colocou este de volta na bolsa e, em seguida, voltou sua atenção para Junwoo. — Mas você se sente como um garoto, certo? Você é um garoto.

Junwoo assentiu, compreendendo aonde ela queria chegar. Ele a viu se aproximar e fechou os olhos quando passou o lenço por seu rosto, tirando toda a maquiagem dali. Tinha se esquecido totalmente do que Ravi fizera em seu rosto e agradeceu mentalmente o fato de Yoona ter lembrado, levando em conta que, se chegasse em casa usando aquilo... não sabia como seus pais poderiam reagir.

— É quase o mesmo raciocínio para que você me entenda: eu podia estar usando "coisas de menino", mas sempre me senti como uma mulher. E é o que eu sou: uma mulher. — Parou de limpá-lo para fazer aspas com os dedos e, em seguida, finalizou a limpeza do rosto do garoto, sorrindo com o quão focado ele parecia estar nela.

— Acho que e-entendi... É só que... — Junwoo tentou falar, embaralhando-se em seu próprio raciocínio.

— Sei que é complicado de entender, relaxa. — Yoona tocou seu ombro. — Só quero que me trate como qualquer menina, porque eu não tenho nada de diferente delas, ok? — Yoona piscou para ele e deu um beijo em seu rosto antes de continuar seu caminho. — Até segunda!

Junwoo observou a garota andar e sumir quando virou a esquina, ainda atordoado com tudo que acabara de ouvir. Andou mais alguns segundos até estar em frente à sua casa e adentrá-la, lembrando-se, antes, de jogar o lencinho que tinha os restos de sua maquiagem no lixo. Suspirou ao ver seus pais sentados no sofá, assistindo a algo na televisão, então os cumprimentou, entregou o celular para sua mãe e disse que ia apenas tomar um banho antes de descer para o jantar. Seu pai o olhou em silêncio antes de assentir e dizer que precisavam falar sobre o dia seguinte. Junwoo apenas assentiu.

Enquanto estava embaixo da água do chuveiro, pegou-se repassando tudo que enfrentara naquele dia.

Takeshi gostava de sua boca.

Yoona nasceu com o sexo biológico masculino.

Junwoo não queria que Takeshi fosse um dos participantes da barraca do beijo secreta.

Maquiagem não era coisa de menina.

A boca de Takeshi era bonita.

E Deus preza o seu bem-estar.

CAPÍTULO 18

!

Junwoo não estava desanimado com o fato de ir à igreja e ser obrigado a sair com Bora depois. Na verdade, quando viu a menina parada ao lado de seus pais, perto da fonte do jardim da casa de Deus, acenando para ele, toda feliz, o garoto sentiu-se animado. Era uma amiga, no fim das contas.

— Você vai levá-la ao parque central e vai almoçar com ela em um dos restaurantes em torno do local, me ouviu? — Daejung se pronunciou, parando o filho antes que este passasse pelos portões da igreja. Jiyoon entrou na frente e foi cumprimentar a mãe de Bora e o marido desta. — É uma garota bonita e de família boa, Junwoo. Aproveite essa oportunidade.

— Aproveitar? — Junwoo acabou soltando, sem pensar, achando um tanto absurdo a forma que seu pai falava. — Você nem sabe se ela gosta de mim, pai. E nem se eu gosto dela — sussurrou no fim, sem perceber a sua "audácia" ao enfrentar o pai até desviar o olhar da fonte de água para ele. — Q-quer dizer...

— E isso importa, garoto? — Daejung questionou, com a sobrancelha franzida de raiva enquanto cruzava seus braços. — O importante é você escolher uma boa moça, recatada e de família boa. E você tem que fazer como eu digo. Agora, vai, entra.

"*E você tem que fazer como eu digo.*" Aquela frase nunca soou tão incômoda aos ouvidos de Junwoo.

Apesar de tudo, o garoto foi educado com os pais de Bora e cumprimentou a moça com um abraço que, aos olhos dos pais dos adolescentes, era algo com segundas intenções, enquanto, para eles, era apenas um cumprimento normal entre dois amigos que não se viam há alguns dias. Junwoo gostava de abraços, *principalmente os de Takeshi.*

— Vamos entrar? — Daejung perguntou, andando ao lado do antigo pastor e pai de Bora, com ambas as esposas atrás deles enquanto conversavam sobre alguma receita de bolo de carne.

Antes de seguir sua família, Junwoo os observou se afastando, sentindo algo preso em sua garganta, que estava o incomodando desde que acordara naquela manhã. Seus olhos voaram para Bora e ele a viu iniciar seu caminho para seguir os mais velhos, porém, quando percebeu que Junwoo não estava ao seu lado, olhou para trás, confusa.

— Não vem? — ela o chamou e voltou alguns passos ao ver a expressão atrapalhada do outro. — O que houve?

— E-eu... — Respirou fundo, vendo o olhar doce da garota incentivá-lo a dizer o que tanto o incomodava. — Nós vamos sair juntos hoje e... — Engoliu em seco, coçando a nuca. Como ele diria que não tinha as mesmas intenções que seu pai?

Bora, entretanto, percebeu e, imediatamente, interrompeu o raciocínio do garoto.

— Não esquenta com isso, Junwoo-*ah*. Vamos sair como amigos.

Junwoo, de imediato, sentiu-se aliviado. Aquele incômodo de antes deixou seu peito e ele conseguiu sorrir verdadeiramente para a menina.

— Eu sei que ambos sabemos quais são as intenções dos seus pais e dos meus — continuou, tocando o ombro do garoto como forma de apoio, e Junwoo assentiu um tanto envergonhado. — E também sei que não temos as mesmas intenções, certo?

— Sim — respondeu, com o alívio o tomando por completo, permitindo que ele risse com Bora da situação.

Mas Junwoo não conseguiu deixar de pensar no fato de que aquilo não fazia muito sentido. Bora era uma garota linda, educada e muito legal... *Então, por que não sentia vontade de trocar bitoquinhas com ela ou de namorá-la, como seus pais queriam que fizesse*? Seu pai já chegara a comentar com ele que, quando crescesse, quando visse garotas como Bora — bonitas e educadas —, ele sentiria algo dentro de si esquentar e iria querer levá-las para jantar e coisas do gênero, mas Junwoo não se sentia assim. Nunca se sentira assim com nenhuma menina.

Durante o culto, não conseguiu deixar de se sentir mal por não ter prestado atenção na palavra de Deus que seu pai estava passando, mas sua mente estava ocupada demais para cogitar focar naquilo. Então, passou o culto inteiro com o polegar dentro da boca, roendo a pelezinha do canto de sua unha novamente, com a visão desfocada e os pensamentos turbulentos. Quando a reunião chegou ao fim, Bora foi até seus pais e se despediu deles, recebendo um beijo na testa de sua mãe e apenas um aceno de cabeça contido de seu pai. A garota, entretanto, não deixou de se mostrar incomodada com aquilo e lançou um olhar sério ao seu progenitor.

Junwoo foi até seus pais, que conversavam com alguns fiéis, e pediu o dinheiro para o homem, visto que não tinha nenhum consigo. Seu pai lhe entregou uma quantia generosa, relembrando-o que era para levar a garota em um dos restaurantes caros que ficavam em volta do parque central. Junwoo assentiu e, sem se despedir, virou as costas.

Assim que pisou fora da igreja, Bora abriu a boca, animada:

— Eu sei aonde podemos ir! — exclamou.

— É que... — Junwoo coçou a nuca, sem jeito. — Meu pai me disse para te levar ao parque central e, depois, ir a um dos restaurantes que há em volta.

Bora fez uma careta.

— O parque central eu topo, mas aqueles restaurantes são caros demais! E eu não estou com muita fome. Podemos tomar um café depois de passear pelo parque, hm?

— M-mas...

A morena o interrompeu:

— Junwoo, você realmente quer ir a um desses restaurantes?

Ele franziu o cenho, pego de surpresa pela pergunta e, então, negou. O menino não gostava muito de restaurantes caros. Sempre que ia a algum deles com seus pais, se sentia sem jeito por causa das formalidades ou não apreciava muito as comidas. Gostava bem mais dos restaurantes baratos em que Syaoran o levava quando tinham oportunidade.

— Então... por que está insistindo em ir? — perguntou, com o sorriso em seu rosto, deixando claro que não estava discutindo com o amigo.

— Porque m-meu pai...

Foi interrompido novamente:

— Você não precisa concordar com a autoridade dele o tempo inteiro — disse, puxando Junwoo pelo braço para que começassem a andar. — Eu sei que é seu pai, mas... você está saindo com sua amiga e ele nem está aqui. O certo é ir para um lugar que nós dois queremos, não?

Junwoo assentiu, sem conter um sorriso que tomou seus lábios. Era muito bom perceber o quanto seus amigos conseguiam pensar por si só e rebater, de forma consciente, as coisas que ele havia aprendido e seguido sua vida inteira.

Os primeiros cinco minutos de caminhada até o parque foram bem silenciosos, mas não incômodos. Bora apreciava o sol quentinho em seu rosto e evitava pensar nos diversos trabalhos de casa que ainda tinha para fazer enquanto Junwoo olhava para os próprios pés, nos ladrilhos da calçada, tentando não pisar nas linhas que os separavam.

— É aquele parque ali, né? — Bora perguntou, indicando a entrada do local totalmente verde. O portão parecia o de um castelo, de cor preta e com detalhes dourados. Era lindo, e por dentro ainda mais.

— Sim.

Os dois adentraram o local e, imediatamente, Junwoo sentiu-se bem com o ar puro que era distribuído graças à grande quantidade de árvores. Bora começou a saltitar na frente do garoto, olhando em volta, se perdendo na quantidade de coisas que existiam ali: barracas de algodão-doce, crianças brincando com bolhas de sabão, casais com seus filhos nos brinquedos... A garota se sentiu em um cenário de um daqueles filmes americanos que sempre assistia na casa de Somi.

Junwoo a olhava de longe, com um sorriso nos lábios, achando engraçada a forma meio estabanada da garota e o fato de ela parecer animada com cada centímetro do local. Ele também estava, porém, era mais contido, sentia-se um tanto reprimido por saber que só cumpriria parte da ordem de seu pai.

— Junwoo! Vamos até o lago? Tem patos. — Bora bateu palmas, feliz, sem nem, ao menos, esperá-lo, e saiu na frente do garoto.

— Espera! — exclamou, sem ter escolha a não ser correr atrás dela, se não quisesse ficar perdido por ali.

Bora parou perto de um grupo de crianças que jogava migalhas de pão para os bichos, os quais ficavam cada vez mais desesperados por mais. Junwoo ficou ao lado dela, um tanto ofegante por causa da corrida repentina.

— O que tem de tão legal em patos? — indagou, após recuperar o fôlego.

— Acho eles engraçados. Somi gosta muito deles — comentou enquanto observava os bichos de maneira atenta, com a imagem da melhor amiga em mente.

— Ela é sua melhor amiga, né? — questionou ao se recordar da garota, comentando sobre a tal Somi.

— Sim. — Bora olhou-o, sorridente. — Ela é a minha pessoa.

— Sua pessoa? — Junwoo franziu o cenho, sem entender o termo.

A morena riu baixo e respondeu:

— É. Começamos a usar esse termo depois que vimos ser usado entre a Meredith e a Cristina, em *Grey's Anatomy*.

— O quê? — Junwoo ficou extremamente confuso. Era como se ela tivesse falado grego. — O que é isso?

— Não conhece *Grey's Anatomy*? — Bora pareceu verdadeiramente confusa e, inevitavelmente, Junwoo se sentiu envergonhado, pois se recordou do pouco que conhecia do mundo que não era aquele em que seus pais o inseriram. — Não assiste às séries?

O garoto balançou a cabeça negativamente e desviou o olhar para um pato que nadava perto deles.

— Por quê? Prefere filmes?

— Não... M-meus pais não me deixam assistir. — Ele coçou a nuca, envergonhado.

Bora frequentava a igreja, assim como ele, e também tinha pais religiosos, mas, mesmo assim, parecia saber muito mais que Junwoo, além de ser menos contida quando não estava perto de seus progenitores e ainda se expressar quando não concordava com algo dito nas escrituras sagradas. Junwoo olhou para a garota, vendo-a exibir uma expressão quase incrédula.

— Então, você nunca viu *Os Vingadores*? *Game Of Thrones*? *As Vantagens de Ser Invisível*? *Homem de Ferro*? Por Deus, Junwoo! Você não sabe quem é o Homem de Ferro? — A garota parecia cada vez mais surpresa, chegando ao ponto de segurar os braços de Junwoo para tentar mostrar o quanto aquilo era sério. — O quanto seus pais te privam do mundo?

Junwoo respirou fundo, sentindo as bochechas queimarem. Quando passou a entender o quanto os pais fechavam as portas do mundo para ele, passou, também, a se sentir envergonhado daquilo. Ele sentia vergonha quando Ravi, Yoona ou Takeshi lhe diziam coisas das quais nunca havia ouvido falar e era pior ainda quando se dava conta de que, mesmo sabendo da privação que sofria, demoraria muito a conseguir descobrir, pelo menos, a metade do que faltava conhecer.

— Muito — respondeu, suspirando, entristecido.

— Essa autoridade deles é horrível, meu Deus! Eu sabia que seus pais eram difíceis, pelo que havia notado, mas não imaginava que eram nesse nível. — Bora o soltou, observando as feições do garoto e sentindo um tanto de pena. — Eu sinto muito por isso.

— Não precisa. — Ele forçou um sorriso. — E-eu tenho pessoas que vêm me ajudando com isso.

— Isso é muito bom, *oppa*! — Ela sorriu, sentindo-se um tanto mais aliviada. — Junwoo... Sei que não faz nem cinco minutos que estamos aqui, mas... eu tô com fome.

Ele riu da expressão envergonhada da garota e ela lhe deu um tapa fraco no ombro, de brincadeira, por achar que ele estava zombando dela.

— Podemos comer algo bem gorduroso e açucarado? — pediu, com seus olhos quase brilhando ao imaginar algo como um bolo de chocolate recheado de doce de leite.

— Mas... está na hora do almoço. — Junwoo franziu o cenho, confuso, enquanto olhava em volta e tentava visualizar algum local que aparentasse menos luxuoso do que a maioria dos restaurantes que envolviam aquele parque.

— E? Saia da rotina um pouco, *oppa*. — Riu, segurando a mão dele para puxá-lo para fora do local. — Depois de comermos, podemos voltar aqui.

Junwoo não disse mais nada e resolveu apenas deixar que a garota o guiasse pelas ruas enquanto ouvia o quanto ela estava sedenta por um copo de chocolate quente e uma fatia grande de bolo. Não eram coisas que ele estava acostumado a comer, mas pareciam bem atraentes quando ela comentava.

Bora entrou em uma rua conhecida e, quando ele percebeu, estavam em frente à cafeteria em que Takeshi trabalhava. O garoto empacou na porta e engoliu em seco ao ver, através do vidro da loja, o dito cujo servir a mesa de um senhor que lia um jornal, sorrindo para o homem e se afastando em seguida. *Mas... era domingo, por que Takeshi estava trabalhando?*

— Aqui! Olha aquele tanto de doces! — Ela soltou a mão de Junwoo para bater palmas, dando dois pulinhos animados antes de entrar no local, toda feliz.

Coçou a nuca, vendo, do lado de fora, que Takeshi notou a garota animada entrar na cafeteria e ele logo atrás dela. Takeshi pareceu surpreso antes de abrir um sorriso enorme que fez com que seus olhos virassem duas linhas pretas. Junwoo soltou uma lufada de ar que nem notou estar prendendo.

Tão fofo.

Entrou na loja, contido e sem dar pulinhos como Bora, mas se sentindo tão ansioso quanto ela. Entretanto, Bora estava ansiosa para comer o bolo, enquanto Junwoo... Bem, ele estava ansioso para falar com Takeshi.

— Hm... Chocolate ou baunilha? Mas tem morango também, meu Deus, como vou escolher? — Bora murmurava para si mesma enquanto olhava a vitrine dos doces, sem notar que o vendedor era Takeshi.

Junwoo ficou ao lado da menina, olhando para Takeshi , o qual se apoiou no balcão e passou a encarar o mais novo de maneira divertida, esperando que ele fosse falar com ele. No entanto, Junwoo estava tímido, sentindo o peso do olhar de Takeshi como algo torturante, porque... era bom. Era bom e Junwoo não entendia o motivo de ser tão bom.

— O que vão querer? — perguntou, sem conseguir se conter.

Bora ergueu o olhar, ainda em dúvida sobre seu pedido, mas deixou de lado ao perceber quem era.

— Oh! Você não é aquele amigo do Junwoo?

— Sou sim — respondeu sorrindo, enquanto seus olhos voavam para um Junwoo ainda envergonhado.

— Que legal! — Ela sorriu contente, olhando para Junwoo rapidamente antes de voltar sua atenção para a vitrine de doces. — Eu ainda não decidi, me dê só mais um minuto.

— Sem problemas.

— Você trabalha no domingo, *hyung*? — Junwoo, enfim, conseguiu perguntar. Suas bochechas se tornaram mais vermelhas ainda ao ver que Takeshi tinha voltado a sorrir para ele e seu olhar, impulsivamente, foi para a boca do mais velho. *Engoliu em seco.*

— Não, mas trabalho sábado e, ontem, acabei ficando em casa para fazer o trabalho com você e o resto do pessoal — explicou e deu de ombros, sem notar o modo como os olhos de Junwoo se prenderam à sua boca, por estar focado em admirar cada traço do rosto do mais novo. *Como podia ser tão bonito, mesmo todo engomadinho depois de ir à igreja?*

— Ah, sim, entendi — Junwoo murmurou e, finalmente, notou o que estava fazendo e parou no mesmo segundo. Era assustador para ele o fato de que não conseguia controlar seus olhares, assim como as reações de seu corpo quando o assunto era Takeshi.

— Então... — Bora interrompeu a troca de olhares, sem perceber o estado do amigo. — Eu vou querer uma fatia da torta de chocolate com nozes e um chocolate quente. E você? *Oppa*! — Virou-se para Junwoo e franziu disfarçadamente o cenho ao ver que o garoto parecia suar e suas bochechas estavam mais avermelhadas do que o normal. — Está tudo bem? Tá com calor?

Takeshi, que o observava, conteve o sorriso que quis se espalhar por seus lábios carnudos e desviou o olhar para o computador à sua frente para registrar o pedido de Bora. Se continuasse a olhar para Junwoo, não aguentaria.

— T-tá sim... Ahm, eu quero... — Coçou a nuca, olhando a vitrine rapidamente, sem saber o que escolher. — Hm...

— Posso sugerir algo? — Takeshi indagou, assistindo à forma como Junwoo pareceu frustrado ao ouvir sua voz, mas não de um jeito ruim.

Takeshi quis rir. Não sabia bem o que estava acontecendo, mas Junwoo parecia cada vez mais afetado por ele e aquilo era tão bom de imaginar que não sentia nem uma mísera vontade de parar.

Quando Junwoo assentiu, Takeshi continuou:

— A torta de morango com *chantilly*. É maravilhosa!

— Parece uma delícia mesmo. Pode ser essa, *oppa*? — perguntou, ansiosa para ter o chocolate derretendo em sua boca.

— Sim — Junwoo conseguiu responder. — E um *cappuccino* também, por favor.

Ishikawa assentiu com um sorriso, terminou de registrar os pedidos e indicou o preço para eles. Junwoo pagou tudo rapidamente, sem olhá-lo, o que despertou em Takeshi uma vontade ainda maior de rir. Ele estava achando as atitudes do outro um tanto fofas, mas, ao mesmo tempo, curiosas, porque faziam Takeshi se questionar se Junwoo estava assustado com a maneira como tinha começado a se sentir afetado. E, mesmo que fosse aquilo, Takeshi nem sequer tinha certeza! Junwoo poderia estar apenas envergonhado por ter encontrado o outro quando estava saindo com uma garota. Poderia ser só aquilo.

Imediatamente, Takeshi murchou, suspirou baixinho e indicou a mesa em que os dois poderiam se sentar, com um sorriso fraco e forçado. Bora foi à frente e Junwoo logo atrás, lançando um último olhar confuso a Takeshi que lhe pareceu tão triste de repente.

— Queria conhecer seus outros amigos — Bora puxou assunto quando eles se sentaram, ajeitando a saia do vestido sobre suas pernas.

— Ah, sim... Eles são bem legais. — Junwoo sorriu, com os olhos ainda presos em Takeshi, que foi preparar os pedidos. Ele queria saber porque o garoto pareceu tão desanimado de repente. *Será que foi algo que disse?*

— Um dia, vou te apresentar a Somi. — Bora não percebeu a distração dele e continuou a falar, sorrindo para si mesma, com o olhar perdido ao pensar na melhor amiga. — Ela vai adorar você.

— Somi... Sim... — Junwoo não estava ouvindo o que Bora falava, ocupado demais em observar Takeshi preparar seu cappuccino.

Não conseguia suportar a ideia de Takeshi desanimado ou sério por causa de algo que ele havia dito. E era complicado, porque, ao mesmo tempo, não conseguia agir normalmente, por causa do rumo que seus pensamentos sempre tomavam quando estava ao lado de Takeshi. Por que era tudo tão complicado?

Quando Takeshi começou a se aproximar, carregando a bandeja com os pedidos, Junwoo desviou o olhar rapidamente, engolindo em seco por se imaginar sendo pego no flagra, encarando o outro. Takeshi sorriu fraco para Bora, colocou o pedido da garota em frente a ela e fez o mesmo com Junwoo, com seu sorriso tremendo um pouquinho. O mais novo, imediatamente, sentiu-se perturbado. *O que estava acontecendo?*

Bora começou a comer, chegando a comentar o quão delicioso estava. E, de fato, quando Junwoo provou um pequeno pedaço da torta, sentiu suas papilas gustativas gritarem de satisfação. O cappuccino deixava a pequena refeição ainda melhor. Lee chegou a se distrair, por alguns segundos, do que lhe incomodava, mas, quando viu Takeshi passar para a área de livros do local, pegou-se observando o outro novamente e esqueceu-se de seu prato.

— E-eu... — Quando percebeu, já tinha aberto a boca. — Eu já volto.

A garota apenas assentiu, feliz demais com seu pedaço de bolo para pensar aonde Junwoo iria. Ele deixou seu pequeno garfo no prato e levantou-se, sentindo as mãos suarem frio. Não sabia lidar com Takeshi lhe causando tanto nervoso a ponto de fazer suas mãos suarem daquele jeito.

— Takeshi *hyung*! — chamou-o, surpreso consigo mesmo por não gaguejar ao chegar ao local em que o outro se encontrava.

Takeshi organizava uma fileira de livros, tirando alguns de um carrinho e checando algo antes de colocá-los em determinado local da prateleira. Ele cantarolava algo baixinho e, se Junwoo não estivesse tão preocupado em entender por que se sentia daquela maneira e por que Takeshi pareceu sério de repente, teria perguntado que música era aquela.

Takeshi fitou-o e sorriu pequeno, voltando seu olhar para as prateleiras.

— Diga.

— E-está tudo bem?

Takeshi franziu o cenho.

— Por que não estaria?

— É que... v-você pareceu sério de repente. — Desviou o olhar, pensando que seria mais fácil falar se não estivesse o encarando. O mais novo tocou nas laterais de alguns livros, sem ler exatamente o que tinha escrito nelas, apenas buscando alguma maneira de se distrair da confusão que seu estômago ficava quando estava com Takeshi.

— Ah... — Takeshi acabou rindo baixo, sem se conter. Não imaginava que Junwoo perceberia sua mudança de atitude, mas notar que era o caso, o deixou contente de alguma maneira. Se Junwoo tinha percebido, queria dizer que o estava observando. Sentia-se ridículo quando percebia que mínimas ações do outro eram motivos para fazer seu coração pular no peito. — Eu só... me lembrei que amanhã tem aula — lançou qualquer desculpa, sem conter o sorriso quando ouviu a risada de Junwoo. — Não queria ter aula de Matemática.

— Eu também odeio Matemática, *hyung*! — Junwoo pareceu realmente empolgado por ter aquilo em comum com o outro, corando ao perceber como exclamou aquilo alto demais.

Takeshi olhou-o de imediato, querendo explodir com a fofura dele, deixou o livro que segurava de lado e apoiou-se na prateleira, observando as bochechas de Junwoo esquentarem mais quando este o fitou rapidamente pelo canto dos olhos.

— Temos mais uma coisa em comum — murmurou, sorrindo de canto enquanto seus olhos passeavam pelas feições de Junwoo. Sentiu-se frustrado pelo fato do garoto parecer fazer de tudo para não fitá-lo. — Olhe pra mim — o tom de Takeshi foi sério, mas não rude, quebrando a pequena conversa que estavam tendo.

Junwoo assustou-se, em um primeiro momento, achando que o outro estava descontente com ele, mas, quando o fitou, viu Takeshi ainda com um leve sorriso presente em sua boca.

Ah, sua boca...

Junwoo engoliu em seco, pensando que ficaria atrapalhado ao fitar os olhos de Takeshi, mas estava errado. Percebeu que o que o deixava totalmente fora dos eixos era fitar a boca dele. Ela era tão bonita que Junwoo não conseguia evitar; não conseguia coordenar seus pensamentos e perceber que não deveria olhar para a boca de outro garoto daquela forma.

Mas, quando aquele pensamento fazia menção de aparecer em sua mente, aparecia o outro: o de que Takeshi olhava para bocas de garotos daquela maneira. Junwoo não conseguia não se questionar se Takeshi, alguma vez, havia olhado para ele daquela forma. Ali, naquele momento, Junwoo percebeu que sim, pois Takeshi fez o mesmo que ele: deixou seus olhos correrem dos seus semelhantes até sua boca.

O que aconteceu foi que Takeshi notou o olhar de Junwoo e sentiu-se tão eufórico com a possibilidade do mais novo estar olhando para ele com outros olhos, que não procurou esconder que, sim, também olhava para ele com aqueles olhos. Era confuso, mas foi o que tomou a mente dele naquele momento: pensou que, se tivesse pequenas brechas como aquela, não deveria esconder como se sentia com o mais novo. Não tinha motivo para isso, a não ser que Junwoo se mostrasse incomodado ou lhe dissesse para parar, o que não fez em nenhum momento e não parecia querer fazer.

Takeshi umedeceu os lábios, em um reflexo, e viu como Junwoo se remexeu e corou mais ainda, entretanto não desviou o olhar. Conseguia sentir a tensão que se formava ali e se sentiu ainda mais eufórico por estar acontecendo aquilo de novo, desde o dia que resolveu fazer uma massagem no outro, o qual, no entanto, não entendia direito o que estava acontecendo, mas se sentia nervoso. Muito nervoso.

— Takeshi *hyung*... — Junwoo murmurou, com seus lábios tremendo levemente enquanto seu estômago revirava.

Takeshi sentiu seus pelinhos se arrepiarem com o murmúrio do garoto, deu um passo para frente, de reflexo, sentindo-se cada vez mais tentado e respirou fundo, observando a forma como os lábios de Junwoo foram umedecidos pela língua. Aquele movimento parecia ter sido proposital e em câmera lenta, fazendo com que Takeshi arfasse extremamente baixo.

— O quê? — conseguiu perguntar e seus dedos apertaram a prateleira ao seu lado quando seus pés se firmaram a alguns centímetros de distância de Junwoo.

O mais novo respirou fundo, sentindo sua nuca suar e as mãos tremerem para fazer algo que não imaginava o que poderia ser. Ele não sabia o que queria fazer com elas, mas sabia que não queria que Takeshi se afastasse ou deixasse de olhá-lo, como fazia naquele momento. O olhar de Takeshi era... satisfatório, delicioso. Melhor que a torta de morango.

— E-eu... — gaguejou, soltando o ar que nem percebeu estar segurando quando Takeshi mordeu o lábio inferior. — N-não...

O que veio a seguir foi o suficiente para Takeshi querer parar no tempo e nunca sair dali: a mão de Junwoo voou para o rosto dele, segurando sua bochecha como nunca havia feito antes, com o polegar tocando seu queixo e puxando a pele delicadamente para baixo para que o lábio inferior carnudo fosse solto dos dentinhos fofinhos de Takeshi. Junwoo tinha os olhos presos ali, como se fossem metais e aquela área do corpo do outro fosse o ímã.

Os olhos de Takeshi subiram imediatamente, arregalando-se, mostrando o quanto havia ficado surpreso com aquela atitude, mas não se afastou. Suspirou, sentindo todos os poros entrarem em alerta quando o toque de Junwoo se fez presente enquanto este se arrepiava por sentir a boca de Takeshi tão perto de seus dígitos e o ar saindo desta e batendo contra seus dedos.

— N-não faz isso... — Junwoo sussurrou, referindo-se ao fato de Takeshi morder a boca.

Takeshi quase não ouviu, mas, devido à proximidade, conseguiu.

— Por quê? — murmurou de volta, sem entender direito o motivo de Junwoo tê-lo tocado daquela maneira e, até aquele momento, não ter tirado a mão de seu rosto. Era um toque simples que estava puxando ambos para cada vez mais perto de um abismo, desconhecido pelo mais novo e evitado pelo mais velho.

— P-porque... — Junwoo respirou fundo, conseguindo, enfim, subir seu olhar até os olhos de Takeshi, tremendo quando percebeu que eles o fitavam. — E-eu...

O sino da porta soou.

Takeshi afastou-se, por causa do susto, em um pulo, assim como Junwoo, que não soube o que dizer ou como reagir àquela situação. Ele nem, ao menos, sabia o que diria alguns segundo antes! Por que se sentiu daquele jeito quando Takeshi mordeu a boca? Por que aquilo foi tão torturante a ponto de não ter controle sobre suas ações?

Junwoo ia explodir.

— Eu... tenho que voltar — murmurou Takeshi, e, completamente descoordenado, como se estivesse tonto, saiu dali. Não era comum ficar sem jeito com alguma interação com outro rapaz pelo qual tinha interesse, mas Junwoo era um caso à parte, um que lhe causava tantas coisas, ao mesmo tempo, que não sabia como controlar.

O mais novo permaneceu no mesmo lugar durante alguns segundos, totalmente atrapalhado, mas, quando se recordou de que deixara Bora sozinha na mesa, apressou-se em voltar ao lugar em que se encontravam as mesas.

Entretanto, algo o fez parar quando chegou ao local: Takeshi, novamente.

Porém, não era Takeshi sozinho, mas sim parado perto da porta, falando com Dyul.

CAPÍTULO 19

Junwoo não soube muito bem quanto tempo ficou parado, ali, no pequeno espaço que separava as prateleiras de livros das mesas da cafeteria, encarando os dois homens na porta que discutiam. Bem, Dyul buscava uma discussão enquanto Takeshi tentava amenizar a situação, por estar em seu ambiente de trabalho.

Em uma espécie de transe, Junwoo não percebeu que Bora se aproximou dele, após terminar de comer, estranhando a maneira como o garoto encarava a situação.

— *Oppa*... O que houve? — perguntou confusa, levando o seu olhar até Takeshi e Dyul. — Quem é aquele?

— Ele é d-da nossa escola — respondeu, engolindo em seco ao sentir seu coração apertar por ver Dyul segurar o pulso de Takeshi e apontar para trás do balcão, como se quisesse ir com ele até lá e fugir dos olhares dos clientes no local.

Takeshi parou de falar por alguns segundos, olhando em volta, vendo que todos os olhares estavam sobre si e sobre Dyul. A sua sorte era que seu chefe não estava ali, naquele dia, e deixara tudo em suas mãos e nas do outro funcionário, Youngjae — que, naquele momento, cuidava do balcão, mas também tinha os olhos sobre o acontecimento na porta.

Um tanto perturbado, Takeshi procurou Junwoo com o olhar e, quando o encontrou, sentiu o peito apertar ao ver um olhar um tanto tristonho no rosto do outro.

Talvez fosse porque, à sua mente, Takeshi quebrara o momento que estavam tendo para falar com Dyul, mas o pobre ruivo nem, ao menos, sabia que foi ele quem entrou no local naquela hora. Daria tudo para não ter se afastado daquele momento sensacional que estava tendo com Junwoo e ter visto até onde o mais novo iria, mas, infelizmente, voltar no tempo ainda não era possível.

— Ele parece bravo. — Bora quebrou a troca de olhares entre Junwoo e Takeshi, comentando sobre Dyul ao vê-lo franzir a testa, completamente irritado quando Takeshi se negou a ir conversar com ele em um local mais privado. — E o Takeshi incomodado...

Junwoo abanou a cabeça, saindo do transe em que nem percebeu entrar, sentindo suas mãos suarem por causa da situação. Ele não gostava de Dyul, não gostava mesmo, desde o primeiro momento em que viu aquele garoto humilhar uma menina sem motivo aparente, apenas por ela ter o corpo diferente dos outros. E tudo piorou quando percebeu que Dyul e Takeshi escondiam alguma coisa que ele nunca teve coragem de perguntar ao Takeshi o que realmente era.

— P-podemos ir embora? — Junwoo perguntou, incomodado com o acúmulo de sensações na boca de seu estômago. — Pro p-parque.

— Claro, eu só preciso ir ao banheiro — ela disse rapidamente, lançando um último olhar para a pequena discussão que ainda acontecia antes de sair em busca de um banheiro no estabelecimento.

Junwoo sentiu-se nervoso. Ele estava ali, parado, tentando não olhar para os dois garotos mais velhos, sentindo-se mal por não conseguir evitar aquela sensação ruim que o tomou quando colocou seus olhos em Dyul. Não sabia o que era, mas queria, com todas as suas forças, expulsá-la de seu peito.

Dyul exclamou um palavrão e Takeshi pareceu ficar mais irritado ainda, tentando empurrá-lo, sem violência, para fora do estabelecimento, mas o outro era mais forte e mais alto, o que fez com que não movesse nem um músculo.

No momento em que Junwoo viu a expressão dolorosa e irritadiça de Takeshi, decidiu se aproximar. Hesitante, deu passos até o par de garotos, esquecendo-se completamente de seu café e torta, parando bem ao lado de Takeshi e atraindo o olhar deste e de Dyul para si.

— P-para com isso, Dyul — conseguiu murmurar, um tanto envergonhado ao ver o aperto de Dyul no braço de Takeshi. Aquilo era doloroso para ele.

— E quem é você, moleque? — Dyul perguntou, com seu tom rude e impaciente.

— Junwoo, não precisa... — Takeshi murmurou em resposta, ignorando a pergunta do outro e virando o rosto para Junwoo para vê-lo tão frustrado quanto ele.

— É amiguinho do viadinho? — Dyul debochou, rindo ironicamente.

— Só eu sou o viadinho, Dyul? — Takeshi rebate, tão debochado quanto antes, vendo a expressão de Dyul se fechar imediatamente enquanto Junwoo ficava um tanto confuso.

Então... Dyul era gay também. Ok.

Junwoo sentiu aquela sensação ruim em seu estômago se intensificar, visto que, assim que ouviu as palavras de Takeshi, lembrou-se da primeira discussão que presenciara daqueles dois e imaginou que eles mantivessem algum tipo de relação. Até mesmo viu Takeshi sair da casa dele! Mas Takeshi lhe dissera, no dia seguinte, que não era *aquilo* que ele tinha ido fazer lá.

Junwoo estava muito confuso.

— Cala a merda da sua boca, marica. — Dyul revirou os olhos, puxando Takeshi para mais perto de si.

Tudo em Dyul era desagradável, desde sua aparência bruta ao olhar esnobe e tom irritadiço. Ele era grande e forte, com uma típica aparência de garoto mau que se aproveitava dos mais vulneráveis para seu próprio benefício. Junwoo o classificaria como "assustador", se não o tivesse encaixado, antes, na categoria "nojento".

— Me solta, merda! — Takeshi acabou falando mais alto que o aceito em um local de trabalho, fazendo com que Jin-Hei, o gerente, se aproximasse também.

— Senhor, preciso pedir que se retire — Jin-Hei disse educadamente, indicando a porta com o dedo, mas Dyul apenas riu, sem humor algum.

— Só se o Takeshi for comigo — exigiu.

Em um impulso, Junwoo abanou a cabeça negativamente e segurou o outro braço de Takeshi, vendo o garoto encará-lo de maneira confusa, sem entender o seu impulso.

— O Takeshi *hyung* tem que trabalhar!

Dyul riu alto.

— Garoto, quantos anos você tem?

— Senhor, por favor... — Jin-Hei tentou impedir que a confusão aumentasse ainda mais, mas Dyul não parecia disposto a deixar o local sem Takeshi.

— Cala a boca — grunhiu, irritado.

Junwoo estava se sentindo agoniado. Em outro impulso, conseguiu puxar Takeshi para mais perto de si, vendo Dyul soltá-lo por ter afrouxado o aperto em seu braço. A sensação de ter Takeshi ao seu lado o acalmou e, inevitavelmente, quis puxar Takeshi para fora do local e ficar sozinho com ele. Queria um momento como o que tiveram em frente à prateleira de livros. E não queria a presença de Dyul.

— Dyul, depois a gente conversa. Retire-se, por favor — disse Takeshi, sentindo-se mais tranquilo por estar mais próximo de Junwoo; a presença dele era acolhedora.

— Eu quero falar com você agora, Takeshi — o outro exigiu, aproximando-se para pegar no braço dele de novo, mas Junwoo foi mais rápido e puxou-o para trás, tendo o reflexo de segurá-lo pela cintura. — Larga ele, pirralho.

— Não! — Junwoo exclamou, começando a se sentir mais irritado. Não era comum que se sentisse irritado, mas aquela situação estava lhe dando nos nervos, tanto o rebuliço em seu estômago por ter tido aquele momento com Takeshi, quanto a sensação ruim em seu baixo abdome ao vê-lo com Dyul e se lembrar do segredo que aqueles dois, provavelmente, compartilhavam. Junwoo não entendia direito, mas sabia que uma daquelas duas sensações não queria sentir nunca mais.

— Takeshi, seu turno acaba em cinco minutos. Os clientes estão incomodados com essa situação, então pode ir com ele, se quiser. — Jin-Hei virou-se para Takeshi, após observar como os clientes adultos pareciam realmente desconfortáveis.

— Eu não quero ir com ele — Takeshi grunhiu, sentindo o toque de Junwoo ainda presente em sua cintura. Os dedos não pareciam nem um pouco hesitantes, o que o fez chegar à conclusão de que aquela situação o estava incomodando tanto quanto a ele. — Eu... vou com o Junwoo.

Junwoo olhou para o mais velho com as sobrancelhas franzidas e recebeu um olhar firme em retorno, que o trouxe aqueles arrepios costumeiros em sua nuca e fez com que assentisse, esquecendo-se, por um momento, de que estava em uma espécie de encontro com Bora. A garota, inclusive, saíra do banheiro naquele momento, com o celular em mãos, digitando algo enquanto caminhava até a porta. Quando chegou ali, viu a situação e ficou completamente confusa e assustada.

— Você vem comigo, Takeshi! — Dyul exigiu. — Ou eu espalho pra porra da escola inteira o que você estava fazendo na minha casa naquele dia.

— Eu não me importo, Dyul. — Revirou os olhos. — Quem se importa é você — dito isso, Takeshi virou-se para o balcão, afastou-se de Junwoo para remover o avental, que era uma espécie de uniforme seu, guardou a peça embaixo do balcão e pegou sua mochila, sendo observado por todos no estabelecimento.

Jin-Hei lançou um olhar irritadiço para Dyul, vendo-o sem palavras para a resposta de Takeshi; afastou-se também, foi até alguns clientes e pediu desculpas pelo alvoroço.

Bora aproximou-se de Junwoo, perguntando-se mentalmente como aquele garoto tão reservado e tímido conseguira agir de maneira tão protetora e corajosa contra alguém duas vezes o seu tamanho, e sorriu discretamente.

— Junwoo... Eu tenho que ir. Somi precisa de mim — murmurou baixinho. — Quando eu chegar à minha casa, digo ao meu pai que você me deixou na esquina, tudo bem?

Lee estava atrapalhado demais para pensar nas consequências de não concluir o que seu pai lhe dissera para fazer. Além disso, lembrou-se de Takeshi dizer que sairia do local consigo, então eles poderiam ficar sozinhos novamente. Com aquilo em mente, Junwoo engoliu em seco e assentiu para a morena, vendo-a acenar para ele de maneira fofa antes de sair do local.

Enquanto aquilo acontecia, um Dyul irritadiço tirava o celular do bolso e digitava algo. Após terminar, guardou o telefone e mirou Junwoo com o olhar.

— Você tá muito ferrado, pirralho.

Junwoo não soube o que responder, mas não teve oportunidade para reagir, pois Dyul deixou o local, puxando a porta violentamente. Aquele garoto era estranho.

— Vamos?

Takeshi nem esperou a resposta de Junwoo e lhe lançou somente um olhar significativo, antes de sair pela porta do local, sendo acompanhado pelo mais novo, que começou a suar de nervoso por se dar conta de que ficaria sozinho novamente com Takeshi.

Respira fundo, Junwoo.

— O que... O que Dyul queria falar com você? E-em particular — ousou perguntar, sem aguentar aquela sensação ruim na boca de seu estômago.

Takeshi olhou-o de soslaio, prensando os lábios antes de suspirar.

— Nada de mais. Dyul é um idiota que não consegue aceitar algumas coisas.

— Você não quer que eu saiba? — Junwoo disparou, franzindo o cenho com sua própria pergunta. O fato de Takeshi não deixar a situação clara o incomodava, pois não gostava da ideia de que seu amigo escondia algo dele, principalmente algo que tinha a ver com Dyul.

Takeshi parou de andar e se virou para ele, surpreso com as palavras que deixaram sua boca. Acabou sorrindo, segurando as alças da mochila enquanto observava o rosto de Junwoo se contorcer de agonia por tê-lo observado fixamente.

Naquele dia, Takeshi começou a perceber o quanto suas ações estavam afetando mais Junwoo, e isso o agradava e dava medo ao mesmo tempo. Medo porque não sabia até onde podia testá-lo e até onde o garoto aguentaria, com relação aos toques e insinuações. E Takeshi não queria parar. Estava recebendo reações positivas do mais, novo que parecia tão afetado quanto ele. Junwoo não o rejeitava.

Takeshi só não queria estragar tudo.

— Eu saía com o irmão dele, Junwoo-*ah* — disse, finalmente, e voltou a andar em seguida.

Eles já estavam perto do parque e Junwoo assistiu Takeshi adentrar o local verde, com a mente travada. *Takeshi saía com o irmão de Dyul.* Saía. Ou seja, eles trocavam bitoquinhas e se tocavam, certo? O irmão de Dyul ficava sozinho com Takeshi e tinha intimidade com ele.

Junwoo engoliu em seco quando o incômodo em seu estômago se intensificou. Correu atrás de Takeshi, antes que este sumisse de sua vista, e o acompanhou ao parquinho de criança do local. Coçou a nuca, envergonhado, olhando Takeshi se sentar no balanço e tirar um sanduíche de sua mochila. Sentou-se no balanço ao lado, lembrando-se de quando era pequeno e ia ao parquinho da cidade com Syaoran. Eram os momentos mais divertidos de seu dia, os únicos em que realmente brincava e se divertia sendo uma criança.

— O irmão dele era super legal e bonito — começou Takeshi, voltando ao assunto por ver a expressão confusa do mais novo. — Eu gostava de sair com ele e, quando o conheci, não imaginava que ele era irmão do Dyul.

— D-Dyul tem... ciúme? — Porque aquilo, de fato, era o que rondava a mente de Junwoo, já que Dyul parecia tão incomodado com Takeshi, querendo conversar com ele em particular e coisas do gênero; fora quando Takeshi comentou que Dyul sempre quis *comê-lo*.

Junwoo corou com seus pensamentos e com a risada fraquinha do outro.

— Ele tem inveja do irmão — Takeshi explicou, dando uma mordida em seu sanduíche e mastigando bem antes de continuar a falar. — O irmão dele é médico, tem uma vida incrível, não tem problemas com os pais enquanto ele é cheio de problemas na escola, de personalidade e não consegue resolvê-los. Por isso vive atrás de mim, ele quer ter tudo que o irmão tem ou teve.

Os olhos de Junwoo permaneceram fixos nos movimentos de Takeshi, assistindo-o comer calmamente o sanduíche. Sentia-se perturbado com o rumo de seus pensamentos. Então... Dyul não sentia realmente ciúme de Takeshi com seu irmão. Ele não queria Takeshi realmente, apenas tinha inveja do irmão mais velho.

Ok. Inveja.

Uma parte sua entendeu aquilo, mas a outra ainda se encontrava perdida com o fato de ter se sentido aliviado por saber que Takeshi não se relacionava com Dyul.

— Hm... Você... — começou, desviando o olhar enquanto segurava os suportes do balanço no qual estava sentado. — Você ainda... Ainda sai com ele?

Takeshi franziu o cenho, mirando o mais novo com seus olhos penetrantes. O garoto encarava o chão, com as bochechas avermelhadas, e Takeshi teve, novamente, aquela sensação de indecisão. Junwoo estava visivelmente incomodado com a situação e com a ideia de Takeshi com outro rapaz, mas em sua mente reinava a dúvida: ele estava incomodado por ser uma relação entre dois homens ou estava com ciúme, por estar apegado a Takeshi?

— Não, parei de sair há algumas semanas — respondeu, por fim, observando atentamente as reações do moreno, que assentiu, com os olhos ainda fitando o chão.

— V-você... O-o que v-vocês faziam?

Takeshi parou o sanduíche no meio do caminho até a boca, engoliu em seco, embrulhou a comida de volta no alumínio e voltou, em seguida, seu olhar para Junwoo. Ele permanecia na mesma posição e aquilo estava o agoniando.

— A gente saía — repetiu, virando o corpo para o lado. — Olhe para mim, Junwoo-*ah*.

Lee o fez, hesitante.

— O que quer saber? — Takeshi insistiu, umedecendo os lábios.

— S-só... O que vocês f-faziam exatamente? — voltou a perguntar, com suas mãos indo e vindo aos suportes do balanço, denunciando o quão nervoso estava. — V-vocês só... trocavam... b-bitoquinhas?

Ah, não... Takeshi quis chorar.

— Bitoquinhas? — Takeshi repetiu, incrédulo com tamanha ingenuidade. Alguns poderiam pensar que aquela era uma palavra infantil, que Junwoo agia como uma criança, porém Takeshi não enxergava daquele jeito. Ele via o outro como um garoto ingênuo que nunca fora propriamente apresentado às coisas de sua idade e acabava por não saber como falar ou se referir a isso quando precisava. Ele tinha vergonha, porque aqueles assuntos nunca foram normalizados em sua mente, *tudo* era um tabu.

— É... — Junwoo sentiu-se pegar fogo. — B-beijos, *hyung*.

— Eu sei, Junwoo, eu sei. Eu... *Argh* — grunhiu Takeshi, um tanto indignado pela sua falta de resistência perante o mais novo. — Sim, nós nos beijávamos e transávamos também.

Takeshi não tinha limites. Junwoo ia explodir.

Obviamente, Junwoo sabia o que era sexo, não era ingênuo a esse ponto, mas, como o mais velho sabia: era um tabu para ele. Era inexperiente e nunca ouvia sobre tal assunto, ou seja, estava longe de ter alguma conscientização sobre sexo, doenças sexualmente transmissíveis e coisas do gênero.

Entretanto, ouvir Takeshi falar que tinha relações sexuais com o irmão de Dyul intensificou o rebuliço na boca de seu estômago, levando-o a desviar o olhar um tanto desesperado por não entender o motivo daquela sensação. Ficava envergonhado quando o assunto "sexo" surgia, mas não era naquele nível. Havia algo mais ali.

— Mas nunca chegamos a namorar — Takeshi completou e desviou o olhar quando Junwoo o fez também.

— P-por quê?

— Porque não éramos romanticamente atraídos. — Deu de ombros. — Só sexualmente.

Junwoo nunca se sentira romântica ou sexualmente atraído por alguém — *ou era o que pensava*. Nunca sentira vontade de trocar beijos com alguma menina ou de andar de mãos dadas na rua e, naquele momento, aquilo se tornou frustrante para ele. Queria saber como era, queria saber o motivo de muitas pessoas ficarem ansiosas para encontrar uma paquera no fim de semana, queria saber o porquê de Bonhwa ou de qualquer outra pessoa gostar de ter um chupão no pescoço, porém havia muitas coisas que o impediam de ter iniciativa para saciar aquelas curiosidades.

— Você já... Já namorou muita gente? — perguntou, limpando a garganta para que não gaguejasse no meio de sua frase.

— Hm... Namorar, namorar não, mas já fiquei com muitos homens, sim — contou Takeshi, levantando-se do balanço para se colocar na frente de Junwoo e poder encará-lo enquanto tinham aquela conversa interessante.

Junwoo ergueu o olhar, mirando-o de maneira hesitante, sentindo-se um pouco nervoso por causa da diferença de altura que aquela posição causou. No entanto, dali ele tinha uma visão tão bonita do rosto do outro... *Ele era tão bonito... Lindo.*

— E você não acha... Não acha errado? — questionou, recebendo em resposta uma sobrancelha arqueada de Takeshi. — N-não por serem homens, mas por serem muitos. Deveríamos nos prometer a um somente... N-não?

— É uma ideia fofa. Se você conseguir tal coisa, vou te admirar para sempre — brincou, agachando-se para ficar mais perto da altura de Junwoo. — Eu nunca me apaixonei realmente, Woo. Já gostei de muitos homens, mas nunca foi o suficiente para ficar com eles durante muito tempo.

Junwoo não respondeu verbalmente e apenas assentiu, vendo o ponto de Takeshi. Até porque, em sua mente, ficar com alguém sem sentir algo por ele não fazia sentido. Aquilo se encaixava em seu pensamento em relação ao fato de seu pai querer juntá-lo com Bora enquanto ele não via a menina de forma romântica.

— Meu pai... — começou, recebendo um olhar apoiador de Takeshi. — Meu pai quer me juntar com Bora, mas eu... Eu não me sinto desse jeito por ela. Sabe... p-pra namorar. Eu te falei...

— Eu imaginei, Junwoo-*ah*. — Sorriu. — E isso não tem problema algum. Quando for a hora, caso tenha alguma hora, você vai saber. Mas saiba que não precisa ter pressa pra isso e não é necessário que aconteça. Se você não se sentir romântica ou sexualmente atraído por alguém, não há problema.

Junwoo assentiu, entendendo o ponto do outro.

— Mas meus pais querem que eu case, tenha filhos e... — Não terminou, suspirando desanimado com aquela ideia.

— E o que você quer?

Takeshi fitou os olhos escuros do outro, sentindo-se tremer por dentro ao ver o brilho ali presente. Os olhos de Junwoo eram fascinantes. Quando Takeshi os olhava, se lembrava do ditado: “os olhos são a porta para a alma”. E Takeshi sabia que a alma de Junwoo era pura e curiosa, mesmo diante do que o rondava. E aqueles olhos curiosos e brilhantes eram a personificação perfeita de tal.

— Eu não sei, *hyung*.

Takeshi sorriu, ergueu sua mão por impulso e tirou algumas mexas de cabelo que caíam sobre os olhos lindos de Junwoo. O mais novo engoliu em seco com o contato, mas sorriu, porque aquilo estava lhe fazendo muito bem e não queria se afastar.

— *Hyung*... Q-quando você saía com seus... — Junwoo não soube nomear, então contornou a ideia. — Com aqueles homens... V-vocês... faziam... hm... — tentou se recordar da palavra. — Chupões?

Takeshi arregalou os olhos.

— Onde viu isso?

— Bonhwa que me falou.

— Aquele safado! — ele resmungou e riu em seguida. — Sim, Junwoo.

— E... hm, é bom? — Coçou a nuca em dúvida se deveria fazer aquela pergunta. Tinha medo que Takeshi o enxergasse como uma criança que não entendia nada, mas também estava curioso demais para saber se aquilo, que parecia tão doloroso, era realmente bom. Quando Bonhwa lhe explicou o que eram aquelas marcas, Junwoo notou que era algo íntimo e que, talvez, Takeshi não quisesse falar sobre. E, se fosse sincero, ele não desejava realmente saber do momento em que Takeshi trocara aquelas marcas com outros homens, mas sim da marca em si.

— Sim, muito bom — Takeshi retrucou, rindo baixo da expressão envergonhada do outro. Se voltasse para o dia em que viu Junwoo pela primeira vez, na sala de aula, Takeshi nunca imaginaria que conversaria com o garoto a respeito de chupões e se sentiria nervoso, com medo do menino enxergar em sua expressão que estava louco para mostrar a ele a sensação de um chupão, entre outras coisas.

Os dois ficaram alguns segundos em silêncio, com os olhares conectados, tentando enxergar no outro o motivo que levava aquele olhar a ser tão intenso como era. Existia uma espécie de tensão pairando entre eles que Junwoo não conseguia distinguir, mas conseguia sentir. Já Takeshi sabia, em partes, o porquê de estar se sentindo daquela maneira sempre que colocava os olhos em Junwoo. O que ambos tinham certeza era de que não queriam que aquilo parasse.

O telefone de Takeshi tocou e fez com que desviassem o olhar um do outro, sentindo-se envergonhados pelo breve momento de dispersão. Takeshi pegou o aparelho do bolso e segurou na perna de Junwoo para que não caísse no chão, visto que estava agachado em frente ao balanço em que o outro estava sentado. Junwoo levou um susto com o contato repentino, mas não o afastou, balançando as pernas lentamente de uma maneira extremamente fofa.

— *Takeshi, preciso que você compre cartolinas vermelhas* — era Ravi. — *Acabaram as que eu tinha aqui em casa e minha tia tá com preguiça de comprar mais.*

Takeshi ia responder, mas ouviu uma voz feminina rebater no fundo:

— *Eu? Preguiça? Jung Ravi, reconheça os seus próprios erros, seu ingrato.*

— *Tudo bem, sou eu quem tá com preguiça mesmo e minha tia tá ocupada.*

Takeshi riu antes de responder:

— Tudo bem, vou com o Junwoo, em alguma loja, aqui perto. Mas pra que precisa da cartolina?

— *Pra fazer parte da decoração da barraca do beijo.*

— Mas temos que confirmar com os participantes e o diretor antes, não é? — Franziu o cenho, confuso, sentindo o olhar curioso do moreno sobre si.

— *Eu tenho certeza de que vai rolar, confie na minha intuição* — respondeu. — *Hm... Eu ouvi você falar Junwoo? Estão juntos?*

— Ah... sim, estamos. — Takeshi olhou para o mais novo, sorrindo de maneira doce, e recebeu um outro sorriso em resposta. Sua atenção ficou presa em seus dentinhos salientes a ponto de não ouvir o que Ravi dissera. — O quê?

— *Eu perguntei se vocês já trocaram beijinhos* — repetiu.

— O quê? Não! — Takeshi exclamou, arregalando os olhos.

— O que houve, *hyung*? — Junwoo perguntou baixinho, confuso. — Quem é?

— Ravi — respondeu baixinho ao mais novo. — Quantas cartolinas precisa, *hyung*? — mudou de assunto.

— *Vocês são ótimos* — disse Ravi, em meio a risadas. — *Me traz cinco, da maior que você achar. E, se quiser trazer um chocolate quente, você...*

— Tchau. — Takeshi finalizou a ligação em meio a um revirar de olhos e guardou o aparelho novamente no bolso antes de olhar para Junwoo com um sorriso doce. — Precisamos comprar cartolina para o Ravi e deixar na casa dele.

— Tudo bem, mas... eu tenho que ir para casa depois — Junwoo respondeu e se levantou do balanço quando Takeshi se ergueu do chão.

— Eu te levo.

Junwoo nem pensou na possibilidade de seus pais verem Takeshi quando este o deixasse em frente à sua casa e somente assentiu, animado com a ideia de passar mais tempo ao lado de Takeshi. Os dois foram, em silêncio, até uma papelaria nos arredores do parque, iniciando uma conversa somente quando o mais velho o questionou a respeito do evento que teria na escola.

— Está animado com o parque de diversões?

Os dois adentraram a papelaria, curvando-se educadamente para a senhora no balcão, e Junwoo caminhou atrás de Takeshi, pensando em sua resposta.

— Sim! Quero muito ver os brinquedos e as atrações — comentou, brincando com o plástico de alguma embalagem na prateleira enquanto Takeshi retirava algumas cartolinas de lá.

— Vai participar de todos? — perguntou como quem não queria nada. Era óbvio que queria saber se Junwoo gostaria de participar da barraca do beijo.

— Hm... Não sei. — Ele coçou a nuca, acompanhando Takeshi até o balcão de venda. — Você vai? — Era óbvio que Junwoo queria saber se Takeshi participaria da barraca do beijo, mas não tão óbvio para ele.

— Não sei. — Deu de ombros e tirou a carteira do bolso após ouvir o preço ser dito pela senhora. — Obrigado — ele agradeceu e se curvou após pagar e pegar a sacola com as cartolinas, vendo Junwoo fazer o mesmo, educado.

— Hm... Você... v-vocês decidiram, então, quem vai participar da barraca do b-beijo? — perguntou, coçando a nuca enquanto andava lado a lado com Takeshi.

— Jackson, Dyul, Bonhwa, Heyoon, Yeri e Ji-eun — listou. — Mas ainda não falamos com eles, só Bonhwa.

Junwoo não respondeu verbalmente, limitando-se a assentir. Sentiu certo alívio no peito por saber que Takeshi não participaria. *Por que aquilo o incomodava tanto?* Suspirou baixinho, franzindo a testa para si mesmo, confuso, fitando os próprios pés.

— Você vai... participar? — Takeshi, finalmente, perguntou. — Para beijar algum deles, digo.

— A-ah, e-eu não sei, *hyung*. Acho que não. — O garoto quase tropeçou nos próprios passos, apertando o tecido dentro dos bolsos da calça social. — Eu nunca... Nunca b-beijei.

— Eu sei, mas... esse é o problema? Nunca ter beijado? — Takeshi questionou, olhando de soslaio para o outro, indicando com a cabeça a esquina que deveriam entrar. Junwoo abriu a boca para responder, mas não soube exatamente o que dizer. — É que você vai beijar alguém uma hora. Qualquer um beija. A não ser que realmente não queira beijar ninguém. Digo... nunca sentiu vontade?

A respiração de Junwoo engatou e ele não conseguiu erguer o olhar para fitar Takeshi após este proferir aquelas palavras. E por um simples motivo: a imagem agoniante da boca de Takeshi surgiu em sua mente.

Foi como um *flash* que fez Junwoo perceber que, imediatamente, relacionava beijo com a boca carnuda de Takeshi e aquilo revirava seu estômago, mas não de uma forma ruim. Era a mesma sensação que tinha quando se aproximava dele e este tocava em algum lugar do seu corpo, como no rosto; também foi a mesma sensação que teve quando tocou a bochecha alheia, impedindo que Takeshi mordesse o lábio.

O que aquilo significava? Que ele queria beijar Takeshi? Meu Deus!

— Ahm... E-eu... E-eu n-não... — Junwoo gaguejou totalmente perdido.

— Takeshi! Quanto tempo!

Acontece que eles já haviam chegado à rua de Ravi e a tia deste estava do lado de fora da casa que moravam, colocando o lixo dentro da enorme lata para que o caminhão, na manhã seguinte, o pegasse. A mulher vestia um roupão vermelho de seda, o qual lhe dava um ar elegante em conjunto com o cabelo bem arrumado, a maquiagem da noite anterior de bebedeira ainda presente e o cigarro na outra mão.

Na visão de Takeshi, ela era a definição de mulherão da porra. Claro, depois de sua mãe.

— Oi, tia! — exclamou, tentando ignorar a curiosidade de saber o que se passou na mente de Junwoo para ele ficar daquele jeito. — Como está?

— Cansada, bebi demais ontem! E... — interrompeu-se ao ver Junwoo um tanto escondido atrás de Takeshi. — Quem é o bichinho assustado?

Junwoo arregalou os olhos e curvou-se educadamente.

— Boa tarde, *ahjumma*[19].

— Que docinho! — exclamou, jogando o cigarro no lixo após apagá-lo, aproximando-se de Junwoo para dar um beijinho em sua bochecha. — Não sou muito de formalidades, prefiro a maneira ocidental de cumprimentar.

— Ah, s-sim — ele murmurou em resposta, totalmente corado.

— Ravi está, tia? — Takeshi questionou, fazendo menção de entrar na casa.

— Aquele preguiçoso não sai de casa, se não for pra ir à escola ou ao clube. — Ela revirou os olhos, mas, logo em seguida, riu. — Entrem, por favor!

Os dois garotos assim fizeram, adentrando o local atrás da mulher.

Assim que adentrou novamente a casa, Ária gritou:

— Ravi! Seus amigos!

O dito cujo apareceu cerca de vinte segundos depois, quase fazendo com que Junwoo caísse para trás por causa da maneira como se vestia: estava com suas roupas usuais, mas usava um salto, um salto muito alto e fino.

— Deus, Ravi, você tá mesmo usando isso? São vinte e cinco centímetros, garoto! — a mulher questionou, indicando os sapatos com uma de suas mãos.

Junwoo acompanhou o movimento da mais velha e viu as unhas enormes da mulher pintadas de um vermelho extravagante.

— Preciso treinar! — ele rebateu, ajeitando os sapatos em seus pés enquanto se apoiava na parede que dava para o corredor onde ficavam os quartos. — Oi, gente!

— Oi, *hyung*. Trouxe suas cartolinas — respondeu Takeshi, indicando a sacola que carregava.

— Ah, sim. Espera! — Ravi fez um sinal de espera e ajeitou os sapatos antes de caminhar lentamente até os dois parados no meio da sala. — Tudo bem, Junwoo?

Junwoo demorou a responder, vendo a forma graciosa, por mais que lenta, de Ravi ao andar de salto até eles. Como conseguia caminhar naquelas coisas?

— Hm... O-oi, *hyung* — disse, finalmente, fitando os pés de Ravi. — C-omo... Como consegue caminhar nessas coisas?

---

19 *Ahjumma:* Utilizado para se referir a mulheres maduras, acima dos 35 anos.

Junwoo não conseguiu evitar pensar que eram calçados femininos, mas imediatamente se lembrou do dia em que Takeshi lhe explicou que aquele era um pensamento antiquado e mal elaborado. Afinal, deveríamos ter o direito de utilizar o que quiséssemos.

— Muitos anos de prática, Junwoo-*ah* — respondeu, pegando a sacola das mãos de Takeshi. — Querem ficar para o jantar? Ária vai fazer lámen.

— Posso fazer para um batalhão — a mulher comentou, dirigindo-se à cozinha.

— Eu queria, *hyung*, mas tenho que levar Junwoo para casa — respondeu Takeshi, tocando o ombro do mais novo.

— N-não precisa, *hyung*. Se você quiser ficar e comer... — rebateu, esfregando os próprios braços, constrangido, sentindo um incômodo.

— Não, *saeng*, óbvio que te levo. Eu quero te levar. — Sorriu de um jeito doce para Junwoo e acariciou seu ombro de maneira afetuosa.

Ravi observava a interação com um sorriso nos lábios, contendo-se para não fazer comentários maliciosos.

— Tudo bem, então. Preparem-se bem para amanhã! Teremos muita gente para convencer.

— Sem problemas. — Takeshi piscou para o mais velho.

— Você falou com o Bonhwa hoje? — Ravi perguntou duvidoso, enquanto removia os saltos, por sentir que bolhas se formariam em alguns minutos.

— Ele me mandou uma mensagem de manhã, mas era um... *link* — Takeshi sentiu as bochechas esquentarem, recebendo um olhar curioso de Junwoo e ouvindo uma risada de Ravi que soube que tipo de *link* era. Takeshi apressou-se em continuar antes que Junwoo perguntasse algo. — Mas fora isso, nada. Por quê?

— Ele, normalmente, manda mensagem no grupo do *kakao* ou coisas aleatórias pra gente. Achei o Bonhwa meio ausente hoje. — Ravi deu de ombros, gemendo de satisfação quando removeu completamente os saltos.

— *Kakao*? — Junwoo repetiu, franzindo o cenho por causa da palavra esquisita.

— É um aplicativo no celular... pra se comunicar — explicou Takeshi, sem remover a mão do ombro do mais novo, apreciando o quão firme parecia aquele local do seu corpo. — Tente ligar pra ele.

— Tentarei. Vem, levo vocês até a porta.

Junwoo e Takeshi despediram-se de Ária com uma exclamação, já que a mulher estava na cozinha, e deixaram a casa após se despedirem de Ravi.

O caminho até a casa do mais novo não durou tanto, visto que morava em um bairro vizinho e, durante a caminhada, Junwoo percebeu que ainda não conhecia muito a cidade, não conhecia nada, na verdade. Ele sabia que a escola era perto do centro, mas, mesmo assim, não o havia visitado, assim como não tinha ido a nenhum ponto turístico da capital. Seus pais não tenham demonstrado interesse e ele sabia que, se pedisse, não seria ouvido.

— Vocês... saem muito para os lugares? — Junwoo perguntou, brincando com o bolso da calça enquanto caminhavam.

— Mais ou menos, depende da época, na verdade, mas, no geral, sim — Takeshi respondeu. — Você já conheceu os pontos turísticos da cidade?

— Não, *hyung*.

— Por que não vamos juntos? O festival de primavera é na semana que vem, no domingo, provavelmente. Podemos ir a alguns lugares no sábado, o que acha? — sugeriu, totalmente animado com a ideia de sair com Junwoo.

Não era como se fosse um encontro na mente de Takeshi, era apenas uma oportunidade para se aprofundar na relação que tinha com ele, sem necessariamente tentar um contato mais íntimo, até porque não queria assustá-lo.

Já o mais novo pensou que teria que mentir novamente para seus pais, visto que, sim, queria muito explorar a cidade ao lado de Takeshi, e não pouparia esforços para ir. Todo ato tinha suas consequências, mas Junwoo não pensou em quais seriam as do seu quando sorriu e respondeu:

— Eu quero muito, *hyung*.

CAPÍTULO 20

— Ao que devo a honra, senhor Choi?

Bonhwa fitou o diretor com um sorriso retangular em seu rosto, sabendo que o mais velho suspeitaria menos de suas intenções ali, se agisse sem afobação.

— É pra sugerir um brinquedo para o festival — começou, sentando-se na cadeira em frente à mesa do diretor quando este indicou com a mão para que ele o fizesse.

— Ah, sim, claro! — O diretor pareceu empolgado, o que fez com que o garoto estranhasse. — Recebi poucas até agora e, pelo visto, terei que aceitar todas, já que não houve muitas proposições.

— Entendo — assentiu, respirando fundo antes de falar. — É uma barraca do beijo.

— Uma o quê?

O tom do adulto fez com que Bonhwa já preparasse inúmeros discursos argumentados, os quais pudessem mudar seu pensamento sobre aquela ideia que, muito provavelmente, soaria promíscua aos olhos do diretor e da administração.

— Uma barraca do beijo, senhor. E, antes que você rejeite, deixe-me explicar. — Bonhwa ajeitou-se na cadeira, engolindo em seco ao ver o olhar duro do outro sobre si. — O senhor sabe que somos adolescentes e que um dos nossos maiores passatempos é procurar bocas para beijar — iniciou, querendo rir com o bufo do mais velho. — Mas não queremos promover promiscuidade, é uma diversão! E isso, com certeza, vai trazer mais público, porque é uma barraca para *beijar* outras pessoas! — enfatizou.

— Senhor Choi, não acho que isso seja correto para um ambiente escolar — reprovou, abanando a cabeça negativamente.

— E um brinquedo pra atirar em alvos é? Armas, por mais que não sejam de fogo, não deveriam entrar em um ambiente escolar, senhor diretor — rebateu, após conseguir ler o que estava escrito na folha, que o mais velho havia deixado sobre a mesa, que dizia a respeito do festival.

O diretor ficou sem resposta enquanto suspirava e passava as mãos pelo rosto, um tanto frustrado pela situação em que se encontrava.

— E como pretendem fazer essa barraca? — perguntou, arrancando um enorme sorriso do adolescente.

Bonhwa explicou cada pedaço da estrutura do local, alegando que não precisariam de tanta coisa, apenas do suporte de palco que a escola poderia fornecer e dos enormes papelões em grande quantidade para a decoração e para a caixa, onde os participantes que seriam beijados ficariam. Explicou em qual parte do local usado para o festival seria melhor que a barraca ficasse e recebeu, no fim, um suspiro do diretor.

— Então? — perguntou enquanto observava, ansiosamente, o diretor fitar, em silêncio, o papel que havia entregado com as explicações.

Ele ia explodir de ansiedade.

— É... Eu vou passar para a administração com... — Ele suspirou e coçou a nuca antes de remover os óculos para fitar o aluno. — Com avisos positivos meus.

!

— E foi só isso? — Takeshi perguntou, estupefato. — Ele não relutou mais?

— Não! Incrível, né? — Bonhwa bateu palmas animado. — Eu falei que ele gostava de mim.

Estavam os cinco adolescentes e o professor na sala dele, discutindo a respeito da divulgação da barraca do beijo e da conversa que Bonhwa teve com o diretor.

Junwoo estava em silêncio, observando a animação dos amigos e se sentindo contente com isso. Ele gostava de ver o sorriso presente nos lábios deles, principalmente nos de Takeshi. O motivo? *Ah, só porque era fofo ver os olhinhos dele se tornarem duas linhas quando ele sorria. Só por isso.*

— Vocês precisam falar com os alunos agora. Talvez, essa venha a ser a parte mais difícil — Hajoon comentou, sentando-se sobre a sua mesa enquanto cruzava os braços. — Mas, se der certo e a barraca bombar, o dinheiro, talvez, seja o suficiente para fecharmos o que precisamos para a viagem.

— Falando isso, você me deixa nervoso — resmungou Ravi, passando as mãos pelo cabelo. — E se eles não aceitarem?

— Eles vão — Yoona falou pela primeira vez naquela conversa, ajeitando a saia em seu corpo. — Eu vou dar meu jeito.

Junwoo observou, por alguns segundos, a saia caída até o meio das coxas da garota, lembrando-se de quando conversaram antes de chegar a casa. Percebeu que aquilo não mudara, nem por um segundo, a forma como se sentia com ela. Ainda gostava muito de ter sua amizade e nem ficava pensando naquilo que a tornava diferente.

— De qualquer maneira, já tem o Bonhwa, não? — Junwoo perguntou, lembrando-se que eles o listaram como um dos participantes da barraca.

— Sim, e eu vou dar meu jeito de fazer os outros aceitarem também. Vamos juntos, Yoona? — Bonhwa perguntou, aproximando-se da garota que forçou um sorriso e assentiu. Era para o bem do grupo, para realizarem a viagem dos sonhos.

— Não se esqueçam: Jackson, Heyoon, Ji-eun, Dyul e Yeri — listou Takeshi, sentando-se ao lado de Junwoo.

Junwoo fez uma careta ao ouvir o nome de Dyul, lembrando-se do momento, no dia anterior, em que ele causou um alvoroço no local de trabalho de Takeshi. O dia teria sido perfeito, se não fosse a confusão que aquele momento causou na pequena cabecinha de Junwoo, afinal a saída com Bora tinha sido divertida e a com Takeshi mais ainda, por mais que tenha sido confusa e um pouco assustadora no fim.

No momento em que Takeshi o deixou em casa, o mais novo teve um vislumbre de sua mãe na janela, mas deu sorte quando entrou e viu que era apenas uma vizinha que tinha ido deixar uma torta para eles. Sua mãe parecia ocupada demais em passar a imagem de família perfeita para prestar atenção em quem havia deixado seu filho em casa.

— Jackson e Ji-Eun, provavelmente, não vão custar muito em aceitar — comentou Ravi. — Mas os outros eu não tenho garantia nenhuma.

— E quanto à divulgação? — Hajoon perguntou. — E a decoração?

— Eu vou me encarregar da decoração — Ravi afirmou, levantando-se e pegando a mochila. — Vou usar a aula de Física para anotar tudo que vou precisar e o que farei.

— Lembrem-se de que ainda precisamos da aprovação da administração — Hajoon indicou. — Mas, se já temos a do diretor, garanto que vai dar tudo certo.

— Junwoo e eu podemos fazer a divulgação! — Takeshi sugeriu, virando-se para o mais novo e sorrindo ao receber um aceno positivo deste. — Posso fazer pela internet e Junwoo pode ajudar a espalhar os cartazes pela escola.

— Posso sim, *hyung* — concordou, sentindo-se contente por ajudar o grupo. A parte de ajudá-los, talvez, pudesse distraí-lo da parte de como se sentiu quando percebeu que não estaria com eles no momento em que realizariam aquela viagem que tanto queriam.

Junto aos outros, naquela sala, foi a primeira vez que Junwoo se sentiu um tanto triste com aquilo, afinal foi inevitável não se apegar àquele grupo e imaginar que eles se separariam, por Junwoo não estar presente naquela realização deles. E aquilo fez com que se sentisse imediatamente para baixo.

Takeshi notou a forma como o sorriso do garoto foi diminuindo, conforme os outros continuavam imersos no assunto de organização. Ele quis perguntar, mas imaginou que, talvez, Junwoo não se sentisse confortável em se abrir sobre o que estava sentindo naquele momento.

Yoona e Bonhwa deixaram a sala alguns minutos depois, decididos a falarem com os participantes mencionados antes de a próxima aula começar. Aproveitando o tempo livre que teria, Takeshi pegou o celular para fazer a divulgação com uma edição rápida, a qual preparou em algum aplicativo de seu celular, recebendo muitas curtidas imediatamente em seu Instagram e em seu Facebook.

Enquanto isso, Junwoo observava, distraído, a janela da sala, vendo algumas interações entre alunos da escola e sentindo-se um tanto alheio ao passar o olhar por casais. A maioria parecia extremamente bem ao trocar beijos publicamente e, novamente, Junwoo se sentiu curioso com aquele tipo de contato. Ele imaginava que fossem bons, afinal, muitos iam atrás daquilo, mas era esquisito pensar que eram duas línguas se embaralhando juntas ao mesmo tempo em que as mãos buscavam locais íntimos dos corpos. Junwoo corou com o próprio pensamento, desviando o olhar ao ver Hajoon se levantar.

— Ravi, você não vai pra aula de Física? — o professor indagou, pegando sua bolsa com os pertences da aula que daria.

— Sim, tô só compartilhando a publicação do Takeshi — Ravi, que estava concentrado em seu celular, respondeu, ainda em pé, decidindo, então, fazer seu caminho até a sala enquanto espalhava a foto postada pelo amigo. — Até mais tarde, gente.

— Até! — Takeshi respondeu, guardando o celular no bolso.

— Vocês não têm aula agora? — Hajoon perguntou, pronto para sair da sala também. — Podem ficar aqui, se quiserem.

— Obrigado, *hyung*. — Takeshi sorriu. — Não temos aula agora.

— Até mais tarde, então. — Dito isso, Hajoon deixou sua própria sala, deixando os dois garotos sozinhos lá dentro. Ele não tinha problemas em permitir que ficassem em sua sala, desde que fosse apenas um dos cinco e sem alguém que não fizesse parte daquele grupo.

— Você está bem? — Takeshi perguntou quando ficaram sozinhos, levantando-se para se aproximar do mais novo.

Junwoo assentiu, estranhando a pergunta do outro, sem perceber que Takeshi havia notado a sua mudança de expressão:

— Estou sim, *hyung*. Por quê?

— Você... ficou sério de repente. — Puxou uma cadeira e a colocou em frente à que Junwoo estava sentado, próximo o suficiente para que seus pés se tocassem.

— Ah... N-não é nada — Junwoo respondeu, focando seu olhar nos tênis cor-de-rosa que Takeshi utilizava, chegando à conclusão de que o outro vestia um número bem menor do que ele. *Será que seu pé também era fofo como o resto?*

— Por que está olhando os meus pés? — Takeshi perguntou risonho, erguendo as pernas e colocando-a no colo do outro.

Junwoo assustou-se, mas logo relaxou, rindo fraco e colocando as mãos sobre a ponta do tênis cor-de-rosa.

— Estava reparando em como são pequenos, *hyung*.

Takeshi abriu a boca, um tanto indignado.

— Ora, seu pirralho!

Junwoo gargalhou.

— Desculpa, *hyung*! Mas é que são pequeninos iguais a todo o resto.

— Está me chamando de baixinho? — Takeshi arqueou uma sobrancelha, quase como se desafiasse o outro a afirmar aquela hipótese, mas Junwoo confirmou. — Abusado! Só por isso, exijo uma massagem nos pés.

— Eu não sei fazer isso, *hyung*. — Junwoo coçou a nuca, envergonhado, mas ainda um tanto risonho.

— É só apertar. — Deu de ombros. — Tire meus sapatos.

Junwoo obedeceu, por mais que estranhasse fazer algo, como massagem, nos pés de alguém, em pleno ambiente escolar. Não se importou muito, no fim das contas, já que era Takeshi ali. Ele deixou os tênis cor-de-rosa no chão, ao lado de sua cadeira, e removeu as meias do mais velho, colocando-as dentro dos sapatos.

— Estou com chulé? — Takeshi perguntou, preocupado, e Junwoo riu.

— Não, *hyung*.

O mais velho suspirou aliviado e quase gemeu de alívio ao sentir os apertos em seus pés começarem. Os dois ficaram em silêncio nos minutos que se seguiram, e aquilo serviu apenas para fazer com que Junwoo pensasse no momento em que estiveram quase que na mesma situação, mas com Takeshi tocando em suas costas.

Ele engoliu em seco e seus dedos tremeram levemente quando a memória vívida de como se sentiu com o toque de Takeshi invadiu sua mente. Junwoo respirou fundo e tentou ignorá-la, focar no que estava fazendo, mas, ao ouvir um suspiro satisfeito de Takeshi, chegou à conclusão de que não conseguia.

Seus olhos tímidos subiram até o rosto do mais velho e o encontrou de olhos fechados, aproveitando a sensação boa que era uma massagem nos pés. Junwoo dedilhou o pé esquerdo dele, apertando o peito deste enquanto o polegar escorregava mais para o meio. De fato, os pés de Takeshi eram fofos, assim como todo o resto.

Mas não era em fofura que Junwoo pensava naquele momento.

O mais novo engoliu em seco, sentindo seu cérebro embaralhar quando mais um suspiro deixou os lábios de Takeshi. Como consequência, acabou apertando o pé do outro com mais força, sentindo-se extremamente nervoso com as enxurradas de sensações que o tomaram naquele momento.

— Hmm, isso. Ah... a-assim — Takeshi gemeu quando ele intensificou o aperto.

O mais novo arregalou os olhos ao sentir o próprio estômago queimar ao ouvir o tom e as palavras do outro. *O que era aquilo?* Era a mesma sensação que havia tomado seu corpo quando Takeshi apertou suas costas e era tão boa que Junwoo mal notou quando passou a buscar por mais dela. Enquanto isso, Takeshi não percebia a tensão que havia se alastrado sobre ambos naquele momento, imerso no relaxamento que a massagem estava lhe proporcionando. Ele mal notou como a respiração de Junwoo tinha se tornado desregulada por causa do seu gemido, que era quase de conotação sexual.

— Hmm, faz no outro — resmungou, mexendo os dedinhos do pé direito para chamar a atenção de Junwoo para aquele local.

Junwoo engoliu em seco e fez como lhe foi pedido, demorando-se mais no calcanhar do ruivo e, em um impulso, subiu o toque para o tornozelo, dedilhando o local com uma precisão e força que não sabia ter, fazendo com que este abrisse os olhos e o fitasse.

Takeshi observou a forma como Junwoo encarava seus dedos ao que pressionava a pele clarinha e se sentiu esquentar ao ver o menino umedecer os lábios. Foi inevitável não soltar um suspiro que acabou fazendo com que Junwoo se remexesse em sua cadeira, apertando com mais força o calcanhar.

— Você leva jeito pra isso... sim — Takeshi comentou com a voz baixa e rouca, despertando o outro do transe em que nem percebeu ter entrado.

Junwoo olhou para o mais velho e tentou dar um sorriso, mas seu cérebro não enviou a mensagem correta até seus músculos e acabou fazendo uma careta, o que permitiu que Takeshi visse o quanto o menino estava afetado por aquele momento. *Tão afetado quanto ele.*

— O-obrigado, *hyung* — murmurou, atrapalhando-se e gaguejando, o que arrancou um sorriso de Takeshi. — P-por que está s-sorrindo?

— Porque você está completamente sem jeito — respondeu, tombando um pouco a cabeça para o lado e abrindo um sorriso ainda maior ao ver a vermelhidão se alastrar pelas bochechas do mais novo. *Deus, ele só queria saber o que se passava naquela cabecinha!*

— É que eu não s-sei fazer m-massagem, *hyung*. — Junwoo tirou as mãos do pequeno pé de Takeshi para coçar a nuca, envergonhado como nunca.

— Não! Você sabe sim, poxa! — Takeshi voltou a balançar os pés. — Estava muito gostoso.

— Gostoso?

Takeshi respirou fundo, buscando o autocontrole no fundo de sua mente, depois do olhar hesitante que Junwoo lhe lançou, antes de colocar as mãos sobre seus pés novamente. Takeshi assentiu e ofereceu um sorriso ao outro, o incentivando a voltar a massageá-lo.

— Sim, gostoso — Takeshi respondeu, finalmente, vendo o olhar de Junwoo brilhar com algo que não reconheceu enquanto as bochechas dele pareciam, de fato, queimar.

Junwoo enfrentava pensamentos que se tornaram costumeiros em sua mente: o fato de sentir aquela coisa desconhecida sempre que tocava em Takeshi de alguma maneira ou era tocado por este; o fato de apreciar aquela *coisa,* mesmo sem saber exatamente o que era. Além do fato de que, inconscientemente, estava buscando por mais.

Por fim, o sinal bateu, destruindo aquela tensão que se alastrava sobre os dois adolescentes e assustando Junwoo, que tirou as mãos dos pequenos pés do outro e sorriu, nervoso, levantando-se para colocar a mochila nas costas. Takeshi calçou os tênis e fez o mesmo.

— Você me acompanha até a cafeteria na saída? — perguntou, com medo de que Junwoo se afastasse sem perceber, após um contato maior entre os dois.

— S-sim, *hyung*.

Takeshi sorriu e abraçou o mais novo pelos ombros para que saíssem da sala de Hajoon e se encaminhassem para o andar dos laboratórios, levando em conta que um tinha aula de Química e o outro de Biologia. Durante a aula em que Junwoo precisava prestar atenção, ele só conseguia pensar nas faíscas que ainda percorriam seu corpo. Não entendia, mas queria senti-las até não poder mais.

!

— O Dyul achou estranho, no início, mas aceitou — começou Yoona, quando estavam todos do lado de fora da escola, prestes a irem para suas respectivas casas ou trabalhos. — A Ji-Eun disse "sim" na mesma hora e eu tenho certeza de que é porque ela acabou de terminar com o namorado e quer fazer ciúmes nele.

— Jackson aceitou de primeira — Bonhwa complementou, rindo baixo ao se lembrar do loiro atlético aceitando a proposta do grupo. — Yeri disse que vai dar a resposta depois e a Heyoon também; acho que foi porque mencionamos que teriam que beijar pessoas do mesmo sexo.

— O Dyul não reclamou disso? — Takeshi perguntou surpreso. Afinal, sabia que Dyul também gostava de meninos, mas não expunha aquilo para seus amigos ou para os outros em geral. Ele tinha vergonha e aquilo não era surpresa, então saber que havia aceitado algo onde beijaria meninos também surpreendeu Takeshi.

Junwoo, que estava ao seu lado, não sentiu quando um bico surgiu em seus lábios por causa da menção do nome daquele garoto estúpido.

— Eu sabia que, um dia, ele admitiria que gosta de macho também — comentou Ravi, arrancando risadas de todos ali, até mesmo de Junwoo.

— Então, o que nos resta é preparar a decoração e fazer mais divulgações, certo? — Takeshi perguntou para confirmar, recebendo um aceno positivo do restante do grupo. — O Hajoon vai ser o nosso supervisor?

O diretor havia buscado o tal professor, na hora do almoço, para perguntar se ele poderia ser o supervisor da barraca do grupo, visto que a administração havia aprovado, por saber que chamaria muita atenção dos alunos. Hajoon concordou, sem hesitar, e avisou aos amigos que se empolgaram ainda mais com a ideia — já que teriam Hajoon participando de algo que os levaria à tão sonhada viagem.

— Tenho que ir para trabalho, gente. Até! — murmurou Bonhwa, ao checar o horário em seu celular, e se despediu de todos com um aceno, recebendo um olhar esperançoso de Yoona, que sumiu assim que o menino se afastou sem lhe dar algum tipo de tratamento especial.

— É... eu também — ela resmungou, acenando minimamente com a cabeça antes de sair do local.

— O que houve com eles? — Junwoo ousou perguntar quando já haviam se afastado, e Ravi suspirou, dando de ombros.

— Ninguém sabe exatamente.

— Eu só queria que eles se resolvessem para não ficar esse clima ruim — murmurou Takeshi. — Bem, Ravi, sua tia vem te buscar?

— Sim, vamos ao shopping. — Bateu palmas, animado.

— Sorte a sua. — Sorriu. — Vamos indo, então. Não se esqueça da decoração da barraca.

— Relaxe, não vou.

O grupo se separou e, com isso, Takeshi e Junwoo seguiram em direção à cafeteria em que Takeshi trabalhava para que o mais novo pudesse ir para casa em seguida. A sorte dele era que não faria muita diferença no horário, visto que a cafeteria ficava no caminho.

O silêncio durou apenas alguns minutos, já que Takeshi odiava ficar daquele jeito quando podia estar conversando com Junwoo ou com qualquer um que fosse.

— No que sua mãe trabalha? — perguntou, então, virando o rosto levemente para o lado.

— Ahm... Nada. Ela... cuida de casa.

— Nossa... Isso é meio... surpreendente. Digo... agora, a maioria das mulheres trabalha. Ela não trabalha por que não quer ou por que o... — Engoliu em seco. — O seu pai não deixa?

Junwoo parou para pensar e percebeu que não sabia. Sua mãe nunca havia demonstrado interesse em muitas coisas, além de cozinhar ou costurar, coisas que, no início, Junwoo achava que todas as mulheres faziam. Syaoran foi quem lhe disse que nem todas as mulheres eram assim e deu o exemplo da sua mãe que, por mais que não fosse a mulher mais simpática do mundo, trabalhava com algo de que gostava.

E seu pai... era autoritário com sua mãe. Já havia notado, mas não sabia, de fato, se ela se sentia incomodada com aquilo ou se preferia daquele jeito, visto ter sido criada com o pensamento de que era o certo.

— Eu não sei, *hyung*... Ela não... Não conversa muito comigo — suspirou, sentindo aquele peso no peito que sentia sempre que pensava no quão distante seus pais eram de si.

Takeshi franziu a testa, sentindo-se mal pelo garoto mais novo. Sabia o quão importante era a presença dos pais para o desenvolvimento de um adolescente, e ver que alguém tão próximo a ele tinha uma relação tão fria com os seus era doloroso. Ele ia dizer algo, mas interrompeu ao ver que um homem esbarrou em Junwoo por estar no meio de uma ligação e cheio de sacolas, completamente atrapalhado a caminho do seu carro.

— Meu Deus! — o homem exclamou ao ver o garoto estabanado no chão, assim como todas as suas sacolas.

Takeshi apressou-se para ajudar Junwoo a se levantar e, em seguida, também ajudou o homem a recolher suas coisas.

— Mil desculpas! — dizia, exasperado, após desligar a ligação e guardar o telefone no bolso.

— Não tem problema — Junwoo conseguiu dizer, curvando-se educadamente e entregando as sacolas que recolheu. — Q-quer ajuda para levar até o carro?

Takeshi segurou firme as cinco sacolas que havia recolhido, perguntando-se mentalmente como o homem havia feito para carregar aquilo tudo sozinho até ali. Ele sorriu, simpático, e assentiu, tirando as chaves do bolso e apertando um botão.

— Muito obrigado — disse. — É esse carro preto — indicou com a cabeça o veículo estacionado no canto da rua, vendo os dois adolescentes irem atrás dele. O homem abriu a parte traseira do veículo e colocou as sacolas ali, ajudando os outros dois a fazerem o mesmo com as que seguravam. Ele removeu o paletó que vestia e o colocou no banco traseiro também, atraindo os olhares dos dois mais novos para o monte de tatuagens em seus dois braços.

Junwoo arregalou os olhos, extremamente surpreso por aquilo não condizer com a pose e a roupa de “homem de negócios” que o estranho tinha.

Takeshi sorriu, apreciando aquela quebra de padrão em uma sociedade tão preconceituosa.

— Gostei das tatuagens — o menor comentou, observando o homem fechar a porta traseira do carro e sorrir.

— Ah, obrigado! Se quiser, te indico o tatuador — brincou, sem notar o olhar ainda um tanto assustado de Junwoo em si.

— Eu acho que vou querer, sim — Takeshi foi sincero, visto querer fazer outra tatuagem há um tempo e as daquele homem eram muito bonitas.

— Acho que tenho um cartão dele aqui comigo.

O homem abriu a porta do banco do passageiro e, em seguida, pegou um amontoado de papéis no porta-copos ao lado da marcha, buscando pelo cartão do tatuador entre eles. Assim que achou, sorriu e o entregou ao ruivo.

— Não vou nem perguntar se você é maior de idade para não me arrepender — disse, rindo, finalmente olhando para Junwoo. Mas, quando o fez, teve uma reação um tanto estranha. Sua expressão foi ficando séria, um tanto surpresa, e seus braços caíram lentamente enquanto o analisava de cima a baixo.

Takeshi franziu o cenho, confuso com a reação do homem, e se aproximou de Junwoo em reflexo. Não que o olhar do homem fosse ruim, era apenas... estranho para aquela situação.

— Vocês... estudam aqui perto? — a pergunta deixou a situação mais estranha ainda na percepção de Takeshi enquanto Junwoo ainda observava as tatuagens nos braços do mais velho. Eram desenhos muito bonitos, por mais que um tanto chocantes.

— N-na central — foi Junwoo quem respondeu, segurando as alças de sua mochila, tentando desviar o olhar da pele marcada do homem ao perceber que, talvez, estivesse sendo muito invasivo.

— Na central? Nossa, nunca imaginei... — sussurrou o fim mais para si mesmo.

— É... nós vamos indo. Eu tenho que trabalhar e o Junwoo tem que ir pra casa, não é? — Takeshi interrompeu a conversa e o puxou pelo pulso para que ele se afastasse do homem.

O que Takeshi não notou foi que, ao pronunciar o nome de Junwoo, o olhar do homem brilhou e ele deu um passo à frente, tirando algo do bolso e exclamando:

— Espere!

Os dois adolescentes o encararam: Takeshi com um pé atrás e Junwoo curioso. Chegou a ser engraçado para o homem como o adolescente não parecia demonstrar um sinal de reconhecimento. *Aquilo só deixou claro o quão ausente ele tinha sido na vida do garoto.* E serviu para lhe dar raiva, porque aquela ausência não foi uma escolha dele.

— Se... precisarem de alguma coisa em relação à escola ou... qualquer coisa, podem me chamar. — Estendeu o pequeno papel que havia tirado do bolso da calça para Junwoo, mas quem pegou foi Takeshi.

— Ok. Muito obrigado.

Dito isso, Takeshi puxou Junwoo para longe, impedindo que o garoto falasse mais uma vez com aquele homem estranho.

— Vai direto pra casa, ok? — Takeshi advertiu, vendo Junwoo assentir, um tanto confuso.

— O que houve, *hyung*? — perguntou, estranhando a atitude do ruivo.

— Nada, só achei aquele homem meio estranho com aquele papo de "se precisarem de algo" e sei lá. — Deu de ombros e parou, em frente à cafeteria, com Junwoo ao seu lado.

— Hm... Eu achei... Achei as tatuagens dele bonitas. Mas era meio... assustador. — Junwoo comentou, coçando a nuca ao ouvir a risada do outro. — Já vou, *hyung*.

— Até amanhã.

Junwoo pensou em abraçar Takeshi, mas este teve que entrar correndo no estabelecimento, após o outro garçom, Youngjae, aparecer na porta e gritar por sua ajuda, porque o local estava cheio. Junwoo acenou, um tanto sem jeito, sentindo falta de um contato a mais na hora da despedida. Suspirou e lançou mais um olhar para Takeshi, que colocava o avental do lado de dentro, antes de se afastar e seguir caminhando para casa.

Quando chegou, a mesma vizinha do outro dia estava presente no local, conversando animadamente com sua mãe. Ele cumprimentou a mulher educadamente, recebendo um olhar estranho desta, por mais que não tenha percebido.

— Vá tomar banho para que possamos jantar — sua mãe ordenou, sem nem falar com ele direito, porém usando um tom mais dócil.

Junwoo assentiu e fez o que lhe foi dito, sem conseguir tirar de sua mente que, dentro de alguns dias, sairia com Takeshi e iria a uma espécie de parque de diversão.

Ele mal podia esperar.

CAPÍTULO 21

!

A semana foi resumida ao grupo de adolescentes divulgando a tão aguardada barraca do beijo, que acabou sendo o assunto mais comentado pelos alunos da escola durante os dias que se seguiram. Outras atrações também foram divulgadas, mas nenhuma chamou tanto a atenção quanto a barraca do beijo secreta. Os participantes escolhidos pelos organizadores, que ainda não haviam dado uma resposta definitiva, acabaram por aceitar, influenciados pela resposta positiva do restante dos alunos que pareciam extremamente ansiosos para trocarem saliva com quem quer que fosse, visto que não se importaram em saber que utilizariam vendas para entrarem na caixa, na qual o participante anunciado estaria.

Ravi avisou ao grupo que estava finalizando as decorações e que, no sábado, deixaria de ir ao clube para ajudar na montagem do festival, com Yoona, Bonhwa e Hajoon. Takeshi disse ao grupo que não poderia e, quando perguntaram o motivo, só faltaram jogá-lo no chão de tanta empolgação.

— Porra! Vocês têm um encontro! — Yoona exclamou, saltitando pelo quarto de Takeshi.

— Não é um encontro! Eu só vou mostrar alguns lugares da cidade que ele não conhece! — choramingou, tentando convencer a si mesmo de que aquilo não era um encontro, afinal não queria se dar falsas esperanças.

— Mostrar os lugares, segurar na mãozinha dele, trocar uns beijinhos... É tudo a mesma coisa — Ravi zombou, rindo com Bonhwa e Yoona ao mesmo tempo em que Takeshi choramingava.

Enquanto aquilo acontecia, Junwoo ia da escola para casa e da casa para a escola, pensando em como gostaria de passar mais tempo com o grupo de amigos para ajudar mais na organização da barraca. Sentia-se um tanto alheio e triste por não poder fazê-lo.

— Recebemos um comunicado do diretor dizendo que terá um festival de primavera na sua escola. No domingo — Daejung puxou o assunto quando estava com a mulher e o filho jantando. — Por que não nos disse?

Junwoo franziu o cenho, incomodado.

— Eu não... Não achei que me deixassem ir.

E era verdade. Junwoo passou a semana buscando uma desculpa para dar aos pais e poder ir ao festival para dar apoio aos seus amigos. Ele não queria participar da barraca do beijo, mas queria estar presente e poder ir a outras barracas para saber como era. Queria se divertir com seus amigos.

Fora aquilo, não sabia como sairia, no sábado, com Takeshi, visto ter dito a ele que iria. *O que diria aos seus pais?* Já havia usado a desculpa do "trabalho" muitas vezes.

— Leve a Bora — foi o que seu pai disse enquanto sua mãe estava quieta, focada no prato de comida.

— Por quê? — Junwoo ousou perguntar.

— Porque estou mandando. Ela é uma boa garota, Junwoo — insistiu, revirando os olhos por causa da ousadia do filho. — E não ouse me contestar.

Junwoo assentiu, suspirando em seguida. Por mais que gostasse da companhia de Bora, não gostava de se sentir obrigado a sair com a menina do modo que seu pai dizia para fazer. Sentia que era errado fazer aquilo quando não tinha nenhuma daquelas intenções com a garota. A sua sorte era que Bora estava ciente da forma como ele se sentia e também queria apenas sua amizade.

Na sexta-feira, Junwoo percebeu o quão havia dado certo a divulgação do grupo para a barraca do beijo. As pessoas estavam realmente empolgadas com a tal, e os participantes não paravam de comentar sobre, alguns se gabando do fato de que participariam — Dyul — e outros apenas dizendo que estavam com medo do que aconteceria.

Junwoo se sentia nervoso por eles.

No horário do almoço, Ravi explicou ao grupo como a decoração seria feita e disse já ter tudo pronto, faltando apenas finalizar o enorme papelão que impediria as pessoas de ver os participantes. Junwoo achou a decoração bonita por ser focada no vermelho, mas ter vários arcos-íris espalhados em alguns locais aleatórios — ou específicos, considerando como o cérebro de Ravi funcionava.

Quando ele acabou de explicar, o grupo não deixou de falar sobre o assunto, entretanto, Takeshi se inclinou para Junwoo, que estava ao seu lado, e perguntou o que o próprio Junwoo estava querendo saber:

— Vai conseguir mesmo sair comigo amanhã?

Junwoo suspirou, deixando seu almoço de lado para coçar a nuca. Takeshi sorriu discretamente. Achava aquela mania envergonhada extremamente fofa.

— Eu ainda não sei, *hyung*... Não sei se vou conseguir despistar meus pais. — Respirou fundo, olhando para Takeshi que o observava atentamente. — É que... eu já usei muito a desculpa do trabalho.

— Talvez, algum de nós pudesse ajudar. Te ajudar, de fato, dessa vez — devolveu Takeshi, tocando o ombro de Yoona para que ela pudesse dar atenção ao que eles falavam. — Ajuda a gente?

— No quê?

— Eu e Junwoo vamos sair amanhã e... — O sorriso malicioso que surgiu no rosto da garota foi imediato e levou um rubor às bochechas de Takeshi enquanto Junwoo não entendeu. — Queríamos saber se pode nos ajudar com os pais dele.

— Eu tenho igreja amanhã, *hyung* — Junwoo murmurou, segurando a manga do casaco de Takeshi para chamar sua atenção.

Yoona ficou, alguns segundos, em silêncio, intercalando o olhar entre Takeshi e Junwoo, deixando que o silêncio prevalecesse na mesa, pois Ravi e Bonhwa colocaram sua atenção na conversa deles também. Até que ela, finalmente, disse:

— E se eu aparecer na igreja, disser que você me chamou para sair e sairmos juntos? Seus pais teriam um problema com isso? — sugeriu.

Junwoo abriu a boca, mas não soube o que responder. Seus pais estranhariam por não conhecerem Yoona e talvez não permitissem que ele fosse por causa de Bora, porém era uma garota e, com certeza, não seria tão ruim quanto se fosse Takeshi indo até lá, alegando que Junwoo havia aceitado sair com ele.

— E-eu não sei, *noona*... Tem a Bora também e... eu disse que você era namorada do Bonhwa. — Junwoo coçou a nuca, outra vez, sentindo a bochecha queimar ao ouvir as risadas de Takeshi e Ravi e ao receber um olhar surpreso de Yoona. Bonhwa permaneceu em silêncio.

— Mas eles já viram meu rosto? — a garota perguntou e Junwoo negou. — Então, a parte de eu ser namorada do Bonhwa não é problema.

— Mas eu mencionei seu nome.

— Eu invento outro. — Ela deu de ombros.

— Mas... E a Bora? — Junwoo franziu o cenho, um tanto incomodado com aquela mentirada toda.

Não o leve a mal, Junwoo queria, sim, sair com Takeshi e conhecer um pouco da cidade em que vivia, no entanto saber que inventaria uma mentira como aquela e ainda colocaria mais uma amiga no meio dava-lhe calafrios.

— Vocês não namoram, certo? — Yoona questionou.

— Não, *noona*, mas meus pais q-querem que a gente... — Deixou a frase no ar, suspirando em seguida.

— Junwoo-*ah*, tente. O "não" você já tem, o máximo que pode acontecer é eles deixarem — Ravi comentou, complementado por um aceno positivo de Bonhwa.

— Eu posso te esperar perto da igreja. Digo à Yoona onde estarei e ela vai com você até lá — sugeriu Takeshi, tocando no braço de Junwoo para que ele o olhasse e sentisse a confiança que queria passar através do olhar.

Junwoo ficou, por alguns segundos, em silêncio, enquanto seus olhos não conseguiam deixar os de Takeshi, que pareciam buscar algo nos seus. O mais novo respirou fundo ao sentir aquele arrepio costumeiro subir em sua nuca, que sempre surgia quando tinha alguma espécie de contato com ele. *Aquilo era tão bom, mas tão... assustador.*

— T-tudo bem... Podemos t-tentar — disse, por fim.

!

Junwoo encarava o relógio da igreja enquanto seu coração fazia menção de sair do peito, de tão forte que batia. Suas unhas já estavam minúsculas novamente, devido à mania de roê-las quando estava nervoso e, para piorar, sua nuca e seu rosto estavam completamente suados. Ele não sabia dizer se aquele nervoso era devido ao fato de que criaria uma grande cena dentro de alguns minutos ou se era porque sairia sozinho com Takeshi. Achava que era a primeira opção, afinal, não havia motivo para ficar tão nervoso com uma saída de amigos.

— *Oppa*... Está tudo bem? — Bora perguntou quando saiu pelas portas da igreja para ficar do lado de fora com Junwoo enquanto seus pais conversavam com outros membros da igreja no lado de dentro.

— Bora... E-eu... — Respirou fundo. — Eu vou sair com Takeshi e...

A menina interrompeu:

— Jura? — perguntou assustada. Na mente de Bora, o "sair" tinha outro significado.

— M-mas eu não queria que m-meus pais soubessem... Então... — Junwoo pausou, coçando a nuca. — Uma a-amiga minha vai aparecer aqui e dizer que vou s-sair com ela.

Bora ficou, alguns segundos, encarando Junwoo, até soltar uma risada.

— Está nervoso porque vai mentir para os seus pais?

— E-eu já fiz isso antes, m-mas agora envolvem outros amigos e... — Não conseguiu finalizar.

— Relaxa, eu te dou cobertura, se precisar — tranquilizou-o um pouco, tocando em seu ombro. — Meus pais me disseram que os seus comentaram com eles que havia uma espécie de festival na sua escola.

— Ah, sim, amanhã. — Ele tentou focar seu pensamento naquilo e não no que estava prestes a acontecer. — Você quer ir? Pode levar a sua amiga também.

— Sim! Vou avisar a ela. Vamos depois da igreja? — Bora bateu palmas, animada com a possibilidade de sair em grupo com Somi, Junwoo e os amigos dele.

— Pode ser, sim. — Ele sorriu, sentindo-se um pouquinho mais tranquilo. Mas tudo voltou quando enxergou seus pais se aproximarem ao lado dos de Bora, conversando sobre algo que Junwoo tinha zero interesse em saber.

Seus olhos vagaram por sua mãe e, inconscientemente, percebeu a forma como ela abraçava o próprio corpo, um tanto encolhida ao lado do marido, parecendo completamente submissa quando este lhe disse algo e ela assentiu, com um mínimo sorriso nos lábios. Imediatamente, lembrou-se da fala de Takeshi: "*Ela não faz algo porque não quer ou porque seu pai não deixa?*".

Afinal, Junwoo foi criado em uma cultura que dava a maior importância à figura paternal de uma família, que sempre deu a entender que deveria ter uma mulher que cuidasse de seus filhos e da casa enquanto ele trabalhava, como era o caso de seus pais. Entretanto o garoto não gostava daquela ideia e do modo de vida, nunca gostou.

Quem ajudou Junwoo a se conscientizar sobre aquilo foi Syaoran, que sempre dava o exemplo da própria mãe solteira que trabalhava. O pai dele havia morrido poucos anos antes, e a mãe, que morava em outra cidade por causa do trabalho, voltou para Masan para ficar com o filho.

Daejung já havia mencionado que não aprovava o "estilo de vida" que a família de Syao levava, além de sempre fazer uma careta quando a origem chinesa era mencionada. Entretanto, dizia aturá-los, porque eram fiéis à sua igreja. Pelo menos, era o que achava. Jiyoon, por outro lado, era muito amiga da mãe de Syaoran e passava muitas tardes cozinhando com ela quando esta não trabalhava. Junwoo lembrava-se de que as poucas vezes em que viu um sorriso grande no rosto de sua mãe, ela estava ao lado de Mei, conversando ou cozinhando.

— Olha quem está aqui — disse o pai de Bora, assim que chegou de encontro aos dois adolescentes. — Tudo certo, garoto?

— Sim, senhor. — Junwoo curvou-se, educado.

— Tão educadinho. Presumo que tenham uma ótima educação em casa — a mãe de Bora comentou, sorrindo de maneira doce para Daejung, que imediatamente assentiu.

— Sem dúvidas.

— Pai... Podemos ir? Eu acho que... fiquei menstruada — Bora intrometeu-se, tocando o ombro do pai para que este lhe desse atenção.

Junwoo conteve o sorriso, sabendo que a garota estava tentando se retirar dali antes que Yoona chegasse para que as duas famílias não encrencassem sobre aquilo.

— Isso é coisa que se diga em voz alta, filha? Tenha modos — o pai da garota a repreendeu, sorrindo de maneira nervosa para Daejung e Jiyoon.

Bora ficou em silêncio, mas a expressão irritada foi evidente; sua mãe, entretanto, posicionou-se.

— Modos? É algo natural, por Deus! Se não fosse pela menstruação, nenhum de nós estaria aqui. Vamos sim, querida. Até mais!

Bora depositou um beijo rápido na bochecha de Junwoo e curvou-se para os pais dele antes de se afastar junto à mãe. Junwoo encarava as duas com um sorriso no rosto, achando interessante a forma de se posicionar da mulher quando seu marido claramente estava em oposição àquele pensamento. *Era tão diferente do que estava acostumado a ver...*

— Desculpem-me por elas. Bem, até amanhã — o homem despediu-se, curvando-se também e indo atrás de sua família.

— Um bom homem — comentou Daejung, observando de longe quando a família entrou no carro e deixou o local enquanto outras famílias faziam o mesmo ou conversavam entre si no pequeno jardim.

Junwoo suspirou, preparando-se mentalmente.

— Pai, mãe, eu...

— Junwoo-*oppa*!

A família virou-se para o portão, deparando-se com Yoona vestida com seu melhor vestido florido, os cabelos negros soltos, caindo sobre seus ombros enquanto uma pequena flor branca sustentava uma mecha atrás de sua orelha.

Junwoo franziu o cenho, achando completamente estranho ver Yoona vestindo aquelas roupas. A garota estava sempre usando calças jeans pretas, muitas vezes rasgadas, camisas largas e moletons que pareciam duas vezes maiores que ela ou suéteres com saias também pretas, mas nunca algo florido como aquele vestido. Sabia que, se a amiga tivesse aparecido com o que usava normalmente, seus pais não apreciariam, então se sentiu aliviado.

— Quem é essa? — Jiyoon questionou antes que a garota parasse em frente a eles.

— Boa tarde, *ahjussi*[20] e *ahjumma*! Como foi o culto? — Yoona exclamou, animada como Junwoo nunca havia a visto antes. Era completamente novo para ele vê-la falar feliz daquela maneira, com um sorriso enorme estampado em seus lábios enquanto se curvava exageradamente.

Ele engoliu em seco, tentando ter alguma reação ao mesmo tempo em que observava Yoona lançar olhares significativos para que ele dissesse algo.

— Ahm... Essa é a... — Franziu a testa, tentando pensar em algum nome falso, já que Yoona o havia alertado sobre isso. — Ji-Eun. Eu... a ch-chamei para sair hoje. — O garoto coçou a nuca, sentindo o olhar de seu pai pesar sobre ele quando se colocou ao lado da menina.

— Você... a chamou para sair? — Daejung pareceu completamente surpreso e, depois de alguns segundos, sério, abriu um sorriso satisfeito. — Isso é bom, garoto. Ji-Eun, então?

— Sim, *ahjussi*. Prazer! — Curvou-se mais uma vez.

— No que seus pais trabalham, Ji-Eun?

---

20 *Ahjussi:* Palavra utilizada para se referir a senhores de idade. Masculino de *ahjumma*.

Jiyoon observava os dois mais novos em silêncio, estranhando a situação, mas sem dizer nada sobre aquilo.

Junwoo olhou de soslaio para Yoona, vendo-a sorrir antes de responder com palavras ensaiadas mentalmente:

— Meu pai é médico, *ahjussi*, e minha mãe fica em casa. Sabe como é, alguém precisa cuidar da casa e de mim.

— É claro, entendo perfeitamente — Daejung assentiu satisfeito, e Yoona sorriu de maneira forçada. — E aonde vocês vão?

Junwoo travou, novamente.

— Vamos comer e ir ao parque de diversões. Junwoo-*oppa* prometeu que me levaria para comer algo delicioso e que seguraria minha mão na roda gigante, certo *oppa*? — choramingou um pouco no fim, virou-se para o garoto e agarrou seu braço enquanto o fitava.

Junwoo viu o brilho de diversão no olhar da menina, sentindo-se um tanto perdido na situação toda, mas assentiu e sorriu, olhando mais uma vez para seu pai e vendo-o murmurar um "esse é meu garoto". Achou aquilo preocupante. Afinal, seu pai queria que ele achasse uma mulher *ou* que se divertisse com várias delas, já que ele não pareceu nem um pouco incomodado com o fato do filho sair com outra menina enquanto, supostamente, estava tendo algo com Bora?

— Isto é ótimo. Vou lhe dar um pouco de dinheiro, inclusive, para que não falte nada e você possa dar a essa moça educada um bom almoço — disse o pastor, tirando a carteira do bolso para entregar uma quantia de dinheiro ao filho.

Enquanto isso, Yoona lançou um olhar à mãe de Junwoo, vendo que esta estava quieta demais. Notou que a mulher observava o filho de maneira curiosa, mas não abria a boca para falar nada. A adolescente prensou os lábios e pensou em puxar algum assunto com a mais velha, sentindo certa angústia ao observá-la um tanto encolhida e quieta, mas Junwoo foi mais rápido:

— Então, vamos indo. Obrigado, pai, até mais tarde. — Curvou-se e puxou Yoona pela mão que, por causa da pressa do garoto, conseguiu apenas acenar para os mais velhos.

— Eu ia perguntar se você não se despede de seus pais com um abraço, mas aí me lembrei de que nem eu faço isso — Yoona comentou e sua postura mudou totalmente quando se afastaram do local.

Junwoo forçou um sorriso, sentindo seu corpo relaxar por terem conseguido escapar da situação, mas também certa ansiedade consumi-lo, com medo de que algo pudesse dar errado.

— Takeshi está ali na esquina. — Ela apontou. — Eu tô doida para ir pra casa e tirar esse vestido.

— Por que você tem esse vestido? — ele perguntou e acabou rindo ao assistir à garota tirar a flor do cabelo e jogá-la no chão.

— É da minha mãe, de quando ela era mais jovem. Peguei escondido. — Deu de ombros. — E você? Tá engomadinho assim porque estava na igreja ou porque quer ficar bonito pro Takeshi?

A pergunta pegou Junwoo de surpresa, porque, de fato, quando se aprontou mais cedo, naquele dia, lembrou-se de Takeshi lhe dizendo que o achava bonito e do que gostava nele. E ele gostava da ideia de Takeshi achá-lo bonito, aquilo fazia com que seu peito e suas bochechas esquentassem. Era uma sensação boa que enchia sua mente de perguntas e o confundia, mas ele sempre ia atrás de mais.

— Ahm... E-eu... — Não conseguiu responder.

— Abre dois botões dessa camisa. — Yoona parou de andar e abriu dois botões da camisa social azul que Junwoo usava. — E bagunça um pouco esse cabelo.

— Por quê? — Junwoo franziu o cenho, mas permitiu que a menina mexesse em seu cabelo.

— Fica mais sexy.

As bochechas de Junwoo tomaram um tom de tomate.

— P-por que eu ia querer ficar s-sexy?

— Me responda você, pequeno gafanhoto.

Junwoo não entendeu e sua expressão confusa deixou aquilo claro. A garota riu baixo e deu um tapinha fraco na bochecha dele.

— Vamos!

Alguns poucos segundos depois, eles viraram a esquina e depararam com Takeshi, encostado ao muro do edifício que fazia a curva da rua, olhando o próprio celular com uma expressão entediada. Quando Takeshi ouviu os passos ao seu lado, virou-se e teve vontade de chorar. Junwoo estava lindo, como sempre, mas aquele cabelo desgrenhado e a camisa social, expondo alguns centímetros da pele intocada, foram o suficiente para fazê-lo suspirar baixinho enquanto percorria seus olhos por todo aquele ser. *Por que tinha que ser tão difícil?*

O mais novo notou o olhar de Takeshi sobre si e acabou sorrindo, envergonhado, enquanto as bochechas queimavam e seu coração acelerava, por causa do nervosismo que voltou a se intensificar. *Nunca se sentia daquela maneira com ninguém.* Ele esperou ansiosamente que Takeshi comentasse sobre sua aparência, pois foi algo inconsciente que apareceu quando o olhar admirado do amigo caiu sobre ele, porém Takeshi sentiu medo da possibilidade do garoto se assustar e, em um impulso, trocou seu olhar para Yoona e disse:

— Que roupa é essa, *noona*?

— Nem me pergunte — ela retrucou, abanando a cabeça negativamente.

Junwoo abaixou a sua cabeça, suspirando, confuso com as próprias vontades estranhas que estava tendo. *Por que queria que Takeshi o elogiasse?*

— Eu vou indo. Juízo! — Yoona apontou para Takeshi, como se o acusasse de algo, e acenou para os dois antes de se virar e seguir o caminho para sua casa.

— Junwoo-*ah*... Oi!

Junwoo ergueu a cabeça ao notar a aproximação do outro e conseguiu sorrir, porque, apesar de todos os seus pensamentos confusos, estar na presença de Takeshi era a melhor coisa do mundo.

— Oi, *hyung*.

— Deu tudo certo na igreja? — indagou, hesitando um pouco antes de tocar no ombro alheio, como se lhe desse apoio em algo.

— Sim. Meu pai... pareceu feliz, na verdade, o que achei estranho. — Junwoo coçou a nuca enquanto seus olhos observavam rapidamente, de soslaio, a mão de Takeshi acariciar seu ombro.

— Realmente, é estranho. Mas... — O mais novo olhou-o, curioso. — Quero que deixe todos esses pensamentos de lado, pois hoje vou te mostrar as maravilhas da cidade em que você vive.

Junwoo sorriu e assentiu, sentindo-se imediatamente animado. Takeshi foi contagiado pelo sorriso de coelho e fez um sinal para que o mais novo começasse a andar ao seu lado.

— Aonde vamos? — perguntou, olhando em volta para ver se havia algum ponto turístico por ali, porém era um bairro calmo e mais destinado a moradias e poucos restaurantes.

— Eu pensei em fazer algo totalmente clichê e turístico e, depois, fazer algo que não é comum turistas fazerem — Takeshi começou, indicando o metrô no fim da rua com o dedo. — Primeiro, pegamos o metrô e vamos até o palácio de Gyeongbokgung. Podemos entrar no local, mas sem ir à parte do museu, porque deve estar lotado demais.

— Gyeongbokgung? É aquele palácio onde os antigos reis da Coreia moraram? — Junwoo perguntou curioso e, quando Takeshi assentiu, deu sorriso grande. — Eu sempre quis visitar! Na minha antiga escola, o foco em História era o nosso país, então vimos muito sobre esses castelos e a antiga monarquia.

— Isso quer dizer que você vai me explicar tudinho quando chegarmos lá? — Takeshi perguntou, sorrindo de maneira doce.

— Claro, *hyung*!

Tão fofo...

Os dois entraram no metrô e Junwoo parecia uma criança que observava os arredores pela primeira vez na vida. Em sua cidade natal não havia metrô, então ele nunca havia entrado em um, por mais que soubesse o que era.

— *Hyung*, eu tenho um pouco de dinheiro! Posso pagar! — Junwoo tentou impedir Takeshi, assim que este estava comprando as passagens de ambos, mas Takeshi segurou sua mão, impedindo-o.

— Está tudo bem, Junwoo-*ah*. Eu me preparei e a passagem não é muito cara. — Em um impulso, ele acariciou as costas da mão de Junwoo com o seu polegar, sem perceber o quão afetado o mais novo ficou com aquilo.

Junwoo suspirou, fitando a pequena mão do amigo segurar a sua enquanto este finalizava a compra das passagens naquela espécie de computador enorme. *O toque de Takeshi era tão bom e tão assustador...* Junwoo prensou os lábios e, sem pensar muito, acariciou de volta a mãozinha de Takeshi, murmurando:

— Tudo bem, *hyung*.

Takeshi, que já tinha os dois tickets em mãos, desviou o olhar para o toque do outro em sua mão e não conseguiu não sorrir.

— Vamos?

Junwoo assentiu e soltou a mão do ruivo a contragosto, suspirando por causa da reclamação que seu corpo emitiu para o seu cérebro ao não ter mais aquele contato. *Por que não se sentia daquela maneira com os outros, Bora, Yoona, Bonhwa, Ravi? Por que era apenas com Takeshi?*

— São apenas cinco estações e não teremos que trocar de linha, o que é ótimo — Takeshi comentou quando eles adentraram o vagão. — Não está tão cheio quanto imaginei que estaria.

Aquela fala foi um erro, porque na estação seguinte o vagão em que estavam lotou. Junwoo assustou-se de início ao ver tantas pessoas aglomeradas, por isso se aproximou mais de Takeshi e ficou atrás dele, o que o fez ser prensado contra o corpo do outro quando um grupo de adultos o apertou para poderem caber no local.

— Segure-se em algum lugar, Junwoo-*ah* — ele conseguiu dizer enquanto segurava a barra ao lado do banco, no qual uma senhora estava sentada, sentindo todo o corpo tremer por ter Junwoo tão perto de si.

O mais novo não conseguiu responder e, por mais que tenha feito o que lhe foi dito para fazer, não conseguiu raciocinar. Seu cérebro só conseguia focar no fato de que o corpo pequeno de Takeshi estava ali, bem à sua frente, colado ao seu, e ele parecia estar totalmente de agrado com aquele fato. Junwoo passou os olhos pelos fios coloridos de Takeshi, vendo que a raiz estava acastanhada e a cor estava a caminho de desbotar. Descendo o olhar, observou os sinais na nuca do mais velho e sorriu de maneira contida, achando fofas aquelas marquinhas. A pele de Takeshi era perfeita, sem um pingo de oleosidade e, por Deus, Takeshi era completamente bonito!

Quando o metrô chegou à estação seguinte, deu um solavanco e, mesmo que ambos estivessem se segurando, Takeshi tombou um pouco para trás. Em um reflexo, Junwoo segurou-o pela cintura, firmando-o no chão. Mesmo após estar sob equilíbrio, a mão do garoto não deixou aquele local. Takeshi mordeu o lábio inferior, sentindo os pelinhos de seu braço completamente eriçados com o toque do mais novo. Suspirando e agindo sem pensar direito, ele colocou sua mão sobre a de Junwoo, acariciando-a como podia.

O mais novo observou o ato e respirou fundo, sentindo seu corpo gritar de euforia ao mesmo tempo em que seu cérebro falhava ao analisar os problemas que aquilo traria futuramente para ele.

— Chegamos — o menor murmurou, sem querer acabar com aquele contato entre eles, mas precisou fazê-lo. Então, puxou o outro para sair do vagão.

— Tem muita gente, *hyung* — Junwoo comentou, olhando em volta enquanto deixavam a estação de metrô.

— É um ponto turístico muito importante, Woo.

— Woo?

Takeshi virou-se para ele, quando ambos estavam no topo da escada de uma das saídas do metrô, vendo o mais novo curioso sobre a forma como o havia chamado. Takeshi não pensou muito na hora em que o apelido surgiu e apenas o pronunciou, sem achar que Junwoo fosse se incomodar.

— Te incomoda? — perguntou, por fim.

— Não, *hyung*, é fofo — ele respondeu, sorrindo de canto.

— Que nem você.

O mais novo suspirou baixinho, observando Takeshi se virar e iniciar o caminho para o ponto turístico, após dizer aquelas palavras. O seu peito aqueceu. *Era tão bom ser elogiado por Takeshi...*

Eles andaram cinco minutos em silêncio, olhando em volta e notando a quantidade de turistas que tinham tirado o sábado para visitar o mesmo ponto. Junwoo olhava tudo admirado, vendo uma diferença étnica absurdamente bonita ao seu redor: pessoas com olhos azuis falando uma língua irreconhecível aos seus ouvidos, homens e mulheres negras que Junwoo só tinha visto em filmes, pessoas ruivas de verdade.

— Tem alguém negro na nossa escola? — acabou perguntando, curioso.

Não se lembrava de ter visto uma grande diversidade étnica em sua escola. Sabia que Takeshi era mestiço de japonês e que Ravi era parte indiano, assim como Bonhwa possuía ascendência ocidental, já que seus olhos eram verdes. Além deles, não se recordava de outros.

— Tem três só. Lembra-se daquela garota na lavagem de carros? — Junwoo assentiu, recordando-se da menina que havia lavado alguns carros junto a Hira e Heyoon. — Ela tem um irmão mais novo. E tem, também, uma irmã da mesma idade, mas que é meio ausente, por trabalhar para ajudar a sustentar a família.

— Deveria ter mais — Lee comentou. — Essa diversidade é tão bonita... e não tem t-tanto na escola.

— Eu concordo.

Os dois chegaram, finalmente, ao tão famoso castelo, e Junwoo permitiu que seu queixo quase atingisse o chão. Era absurdamente lindo. Ele já havia visto fotos daquele local que faziam jus à arquitetura asiática em épocas de monarquia, mas ver pessoalmente era algo de outro mundo. Ficou parado por alguns segundos, observando o local de longe, vendo vários turistas entrarem apressados para conhecerem o castelo por dentro enquanto ele estava ainda completamente embasbacado com a beleza exterior do lugar.

— É lindo, né? — Takeshi perguntou, tão admirado quanto o mais novo, por mais que já tivesse ido ao local mais de uma vez.

— Sim... E nem parece que foi destruído e reconstruído várias vezes! — Junwoo comentou, lembrando-se de quando estudou tal assunto.

— Não só esse castelo como todos os outros por aqui, né?

— Sim, a maioria.

— A única coisa que sei é que esse foi construído lá pelos anos 1300... — Takeshi coçou a cabeça, forçando a sua mente se recordar do tal assunto estudado no primeiro ano.

— Foi em 1350, *hyung*. — Junwoo riu baixinho. — Eu queria muito ver a sala do trono. Tem em todos os castelos daqui.

— Acho que temos que pagar para ver essa parte — disse enquanto eles andavam para mais perto da construção.

— Ah... — Junwoo fez um bico sem perceber, recebendo um olhar imediato de Takeshi. — Você me deixa pagar pra gente, *hyung*?

Takeshi olhou para o outro, vendo-o encará-lo ansiosamente. Não aguentou e riu baixinho, sentindo-se completamente bobo com atitudes simples como aquela do mais novo. Aquele garoto o estava afetando cada vez mais e aquilo o preocuparia, se não estivesse tão absorto na situação em que se encontravam.

— Deixo sim.

Então, os dois entraram no castelo após passarem uns dois minutos na fila da bilheteria. Junwoo parecia uma criança que tinha acabado de ganhar um doce, olhando em volta como se nunca tivesse visto nada tão incrível quanto aquilo. E, de fato, não tinha.

— Olha, *hyung*, o trono! — Junwoo apontou, quase pulando.

Havia diversos turistas impedindo que eles vissem com exatidão o enorme trono vermelho, enfeitado com inúmeros detalhes dourados e verdes. Ele ficava em uma plataforma extremamente alta, em frente a um fundo pintado de uma paisagem. Era extremamente belo. Takeshi pensou em fazer uma piada com referência à série *Game Of Thrones* e com o fato de que o trono de ferro havia sido destruído, mas se lembrou de que Junwoo não assistia a nenhuma série e não entenderia.

— Quer que eu tire uma foto sua em frente a ele? — perguntou Takeshi.

Junwoo nem pensou duas vezes antes de assentir, por mais que soubesse que não teria a foto em mãos. Em sua mente, talvez, seus pais pudessem presenteá-lo com um celular algum dia ou ele pudesse comprar um quando se formasse. Então, pediria a foto para Takeshi.

Depois que tiraram a foto — tiveram que esperar os turistas darem espaço suficiente —, Junwoo concordou em ir embora, pois o museu estava lotado demais e Takeshi com fome.

— O que quer comer? — perguntou Takeshi, sentindo a barriga roncar.

— Qualquer coisa, *hyung*. — Deu de ombros, ainda animado por ter visitado o local histórico de sua cultura.

— Qualquer coisa? Hm... — Takeshi pensou, olhando em volta. De fato, estavam em um ponto turístico, rodeados de restaurantes de todos os tipos. — Já sei! Como você não tem algo específico em mente, podemos ir a um lugar que tem tudo.

— Tudo? — Junwoo arregalou os olhos, surpreso.

— Sim.

Takeshi conduziu o mais novo até uma rua a algumas quadras de onde estavam, na qual se encontrava o restaurante "*The Park View*": um lugar famoso, aonde já havia ido com seus pais e tinha saído "de bucho cheio", como gostava de falar.

Eles foram bem acolhidos no local e, antes mesmo de escolherem a mesa que sentariam, pegaram seus pratos para se deliciarem com o *buffet*. Junwoo ficou atrás de Takeshi, um pouco chocado com a quantidade de comida que havia ali. Era coisa demais! Coisas que nem combinavam entre si! Aquilo sobraria no fim do dia com certeza e... Será que seria reutilizado?

— *Hyung*... Se sobrar comida, ela é reutilizada? — perguntou curioso, seguindo o exemplo de Takeshi e colocando carne primeiro em seu prato.

— Raramente, Woo — respondeu, servindo-se com arroz e legumes. — Por quê?

— Isso é ruim... Esse desperdício de comida — ele murmurou, sentindo o estômago gritar quando colocou os olhos em uma panela de lámen. — *Hyung*!

— O quê? — Takeshi virou-se, assustado por causa da exclamação repentina.

— Como faço pra pegar o lámen?

Takeshi riu baixo, esticou-se para pegar um pequeno *bowl*[21] e entregou-o a Junwoo.

— Coloque o *bowl* na parte livre de seu prato e se sirva.

Alguns minutos depois, Junwoo estava se deliciando com uma quantidade generosa — grandiosa — de lámen que havia colocado em seu prato. Takeshi observava o mais novo, querendo rir por causa da empolgação do garoto por comer o macarrão, mas se conteve.

— Está gostoso? — ousou perguntar, ainda se segurando para não rir, porque Junwoo estava completamente sujo.

— Muito — respondeu de boca cheia.

---

[21] *Bowl:* pequena tigela, ideal para pequenas porções de comida.

— Você está comendo melhor, então?

Junwoo mastigou lentamente, observando as feições de Takeshi se tornarem preocupadas, afinal ele se lembrava de quando almoçaram no refeitório e Junwoo se serviu com tão pouco. Ele se recordava de como o mais novo havia demonstrado que aquilo era o normal para ele, no entanto, algo dizia ao ruivo que não era bem o caso. A evolução dele era visível, até mesmo em seus pratos de comida: Junwoo parecia muito mais confortável e satisfeito ao se servir com mais alimentos e quantidades mais generosas.

— Sim, *hyung*. — Abriu um sorriso pequeno, tentando evitar pensar na briga que teve com sua mãe quando ela descobriu o incidente do salame.

— Eu fico muito feliz, Woo-*ah*. Quero ver você bem, hm?

Junwoo sorriu mais ainda e agradeceu baixinho, sentindo aquela sensação maravilhosa em seu peito novamente em saber que Takeshi cuidava dele, que se importava com ele. Era a melhor sensação que já havia sentido. *E a mais assustadora.*

— Aonde vamos depois, *hyung*? — perguntou, tentando mudar o foco de seu cérebro.

— Em um lugar com uma vista incrível — fez suspense.

Junwoo passou os trinta minutos seguintes curioso como nunca, seguindo Takeshi pelas ruas, após saírem do restaurante. O caminho que ele fazia era um tanto estranho, cheio de atalhos e passagens nada movimentadas, e aquilo só serviu para deixar Junwoo mais ansioso ainda.

— Cuidado para não escorregar na subida — Takeshi advertiu, quando pararam em frente à uma espécie de portão de madeira pequeno e gasto, que dava para uma ladeira.

— Escorregar? Mas é de concreto, *hyung*.

Junwoo entendeu o que Takeshi quis dizer assim que chegaram à metade da ladeira, parte em que o concreto sumia e dava espaço para um gramado não aparado. Alguns minutos depois, árvores começaram a aparecer junto a flores e, quando chegaram ao topo, Junwoo ficou embasbacado.

Eles tinham vista para a cidade inteira dali.

— *Hyung*... — murmurou, completamente encantado.

Takeshi observou a reação do outro e sorriu, satisfeito. Sentia-se incrível por poder proporcionar um passeio como aquele para Junwoo, sabendo os limites que eram impostos em sua vida e com a noção de que o garoto nunca havia visto nada como aquilo.

O mais velho sentou-se no gramado e fez sinal para que Junwoo fizesse o mesmo, e assim ele fez, ainda meio bobo com a beleza que era a capital vista daquele ângulo. Era uma variedade incrível de arranha-céus, casas e edifícios, uma mistura de cores que Junwoo nunca havia visto.

— Daqui, parece que a cidade é vazia — Junwoo constatou, ao perceber que não conseguia enxergar nenhum carro ou ser humano da altura em que estavam. — Como descobriu esse lugar, *hyung*?

— Meu pai que me mostrou. — Takeshi sorriu, desviando o olhar para a cidade em frente a eles. — Ele adora me mostrar pontos um pouco desconhecidos da cidade, quando tem tempo.

— É incrível demais!

— Sim, incrível! — Takeshi devolveu, mas não falava da cidade, visto que seus olhos estavam pousados em Junwoo. — *Muito lindo!*

Junwoo não percebeu que, na verdade, Takeshi falava dele, então apenas assentiu, com um sorriso dançando em seus lábios, sem fazer menção de sair.

— Você pode tirar uma foto, *hyung*? Pra você me mandar quando eu tiver um celular — pediu, juntando as mãos em frente ao corpo, ansioso.

— Por que você não tira? — Takeshi pegou o telefone e entregou-o para ele.

O mais novo franziu o cenho, surpreso, mas não contestou, pegou o aparelho, meio em dúvida, e apertou o único botão presente ali, vendo uma foto do próprio Takeshi aparecer. A foto era fofa, porque Takeshi estava segurando um pedaço de bolo e estava completamente sujo, mostrando que, provavelmente, tinha sido pego no flagra na hora em que a foto foi tirada.

Junwoo riu baixinho, sem perceber que havia passado uns bons segundos olhando a foto.

— É aqui. — Takeshi arrastou a tela para o lado esquerdo, abrindo a câmera, um pouco envergonhado por Junwoo ter visto aquela foto e tê-la encarado por tanto tempo.

Junwoo apontou a câmera para a cidade e iniciou uma sessão de fotos, descobrindo que podia mudar a luz pela câmera ou ajustar diversas configurações na hora de capturar a imagem. Ele estava se divertindo, sorrindo para si mesmo enquanto Takeshi o observava.

— Gostou? — perguntou risonho por causa da empolgação do garoto ao tirar muitas fotos.

— Sim! É incrível! — Em um impulso, Junwoo virou a câmera para Takeshi. — Sorria, *hyung*.

— Meu sorriso é feio, Junwoo-*ah*. Tenho os dentes tortos — resmungou, um tanto surpreso e colocando um sorriso, sem mostrar os dentes, nos lábios.

— Seu sorriso é lindo, *hyung*.

A frase saiu sem que o mais novo tivesse se permitido pensar. Na verdade, estava meio tonto por poder observar os maiores detalhes da beleza de Takeshi através daquele aparelho. Quando Takeshi sorriu verdadeiramente e as bochechas se tornaram totalmente rosadas, Junwoo tirou a foto e ficou completamente bobo com ela. Não percebeu que ficou ainda mais perdido em suas ações e, quando notou, havia dado um zoom no rosto do mais velho e tirado fotos de pequenos detalhes que descobriu gostar naquele momento: os olhos do garoto ao sorrir, o nariz totalmente simétrico em relação ao resto de seu rosto, a pintinha que tinha na testa e... os lábios.

Junwoo engoliu em seco enquanto observava a câmera focada nos lábios do mais velho. Ele não se conteve e, quando viu, havia tirado pelo menos três fotos daquela parte do corpo do outro. Era tão linda... A cor avermelhada, o fato dos lábios serem cheiinhos, o formato, tudo.

Foi então que se questionou: *achar a boca de Takeshi encantadora e se sentir daquela maneira, quando estava com ele, significava que queria beijá-lo?*

Arregalando os olhos com o próprio pensamento, Junwoo soltou o celular e o estendeu para o amigo, coçando a nuca, completamente sem jeito. Aquele era um pensamento assustador — beijar Takeshi —, porque, antes de tudo, ele era um homem. Junwoo já havia se acostumado com a ideia de que Takeshi gostava de outros homens, mas, quando se tratava dele próprio, simplesmente não podia. Era algo que não conseguia nem imaginar as consequências. Fora que... Junwoo nunca havia se sentido atraído por nenhum outro homem.

Apenas por Takeshi.

Apenas por Takeshi.

Junwoo sentiu o coração acelerar freneticamente quando aquela frase piscou em sua mente, como se fosse o *outdoor* de algum lugar importante. Aquilo era atração, então? Sentir que precisava de Takeshi por perto, gostar dos mais míseros toques, de ser elogiado e... olhar demais para a boca dele? *Junwoo se sentia atraído por Takeshi?*

— Está tudo bem, Woo-*ah*? — Takeshi perguntou, tocando o ombro do outro ao vê-lo com os olhos arregalados, fitando o nada em completo choque.

Junwoo não respondeu, na verdade, ele apenas prosseguiu seu raciocínio.

Atraído por Takeshi? Não, aquilo era impossível. Não era como Takeshi, ele não gostava de homens, certo?

Mas... como podia saber aquilo, se nem mesmo por mulheres já se sentiu atraído?

— *Hyung*, e-eu... — tentou, mas era como se seu cérebro estivesse travado, tentando se consolidar.

Junwoo tinha consciência de como se sentia perto de Takeshi. Sabia que ele era bonito, mas também achava Bora bonita, entretanto, com a menina, não se sentia da mesma forma que se sentia com Takeshi. *Aquilo significava que queria beijá-lo?*

— Q-que h-horas são? — Coçou a garganta antes de perguntar, totalmente tonto com os próprios pensamentos.

— Vai dar quatro horas, por quê? — respondeu, após checar o seu celular.

— Acho que... é m-melhor eu ir p-pra casa, *hyung*.

Junwoo fez menção de se levantar, totalmente atrapalhado por causa de seus pensamentos e, sem perceber, pisou em falso, sendo, imediatamente, pego por Takeshi que conseguiu se erguer mais rápido e segurá-lo pela cintura. A proximidade que estavam foi imediatamente notada por Junwoo que, ao sentir as mãos de Takeshi apertarem sua cintura e ouvi-lo perguntar se estava bem, arrepiou-se totalmente.

Atraído por Takeshi.

— V-vamos, *hyung*, por favor.

Takeshi o observou começar a andar na frente, totalmente confuso e sentindo algo como um aviso prévio em seu cérebro, mas não fez nada. Não deu nenhum avanço, não lhe disse o que realmente queria fazer com Junwoo quando estavam sozinhos. Então... o que houve? Takeshi correu rapidamente até estar ao lado dele e perguntou:

— Junwoo... Eu fiz algo?

O mais novo o fitou um tanto amedrontado com a possibilidade de Takeshi ler seus pensamentos. *Que coisa mais idiota, Junwoo.*

— N-não, *hyung.*

Até porque, Takeshi não fez nada. Junwoo sabia que estava pensando naquelas possibilidades por si mesmo. Sabia que era algo que estava sentindo e que... Takeshi poderia não sentir de volta.

Por que a ideia de Takeshi não estar atraído por ele o incomodava tanto?

Takeshi não disse mais nada, quase conseguindo ver as engrenagens do cérebro do moreno soltarem fumaça. Respeitou o espaço dos pensamentos dele, mesmo que estivesse se sentindo incomodado com as atitudes repentinas e estranhas.

Vinte minutos em silêncio.

Depois, os dois pararam a duas casas de distância da de Junwoo, e Takeshi olhou-o em dúvida.

— Te vejo amanhã?

Junwoo arregalou os olhos, lembrando-se do que teria de enfrentar no dia seguinte: uma barraca do beijo. Tudo bem que ele não participaria, mas... será que Takeshi sim?

— É-é — respondeu, passando as mãos pelo rosto.

Takeshi não estava entendendo nada.

— Tchau, então — suspirou, hesitando antes de tocar o ombro de Junwoo e sorrir, cuidadoso, perguntando, silenciosamente, se podia abraçá-lo. Mas Takeshi não esperou e puxou o mais novo para um abraço, com os braços deste se enrolando ao redor de sua cintura quando menos esperava.

Junwoo respirou fundo sobre seu ombro e Takeshi franziu o cenho, sentindo o corpo do garoto tenso. *O que estava acontecendo, afinal?* Hesitante, Takeshi afastou-se do garoto e sorriu de maneira calorosa para ele, dando-lhe um último aceno antes de se afastar.

Junwoo ficou, alguns segundos, ali, parado, observando-o se afastar, com o coração quase saindo pela boca por causa das sensações incompreendidas.

Mal sabia que estava sendo observado.

!

No dia seguinte, a mãe de Junwoo teve que acordá-lo, pois ele não acordou com o despertador de seu relógio. O motivo foi um tanto perturbador: Junwoo não conseguiu dormir no horário que deveria, porque pensou demais em Takeshi.

E não conseguiu chegar a nenhuma conclusão.

Na mesa do café da manhã, repassou alguns fatos mentalmente: *a boca de Takeshi era bonita, ele gostava quando Takeshi lhe tocava, o achava lindo e gostava de ficar sozinho com ele. Aquilo queria dizer que Junwoo era atraído por ele? Que queria lhe dar bitoquinhas? Mas era um homem! Por que se sentia assim com Takeshi e não se sentia com Bora ou com qualquer outra garota que tenha conhecido? Por que era tão difícil?*

— Você não contou como foi ontem com a menina. Ji-Eun, certo? — Daejung perguntou, trazendo o assunto à tona e, imediatamente, deixando-o desconfortável.

— A-ahm... N-nós nunca conversamos sobre n-nada disso, pai.

A resposta de Junwoo pegou ambos os pais de surpresa, deixando Daejung sem palavras por alguns segundos e trazendo uma feição estranha à face de Jiyoon.

— Você nunca saiu com garotas antes, Junwoo — respondeu firme, dando mais uma mordida em seu pão antes de voltar a falar. — Ela mora onde?

— Não sei — respondeu, enquanto olhava para o seu copo de café.

— Eu gostei dela, parece uma boa garota. Não é, Jiyoon?

Junwoo ergueu o olhar para a própria mãe, vendo-a com os olhos presos nele. A mulher o encarava em silêncio e, quando percebeu que o marido falava com ela, assentiu, forçando um sorriso. Junwoo estranhou, mas não disse nada.

— E hoje vai levar a Bora ao festival, certo? — Daejung perguntou, sorrindo ao ver o filho assentir. — Esse é meu garoto!

Junwoo não entendeu muito bem o sentido daquela frase, porém não gostou de como soou. Não gostou mesmo.

Alguns minutos depois, a família já estava na igreja.

Junwoo ficou, como sempre, sentado atrás, junto à Bora, mas, dessa vez, conversando baixinho com a garota, tentando se distrair de seus pensamentos, os quais insistiam em levá-lo de volta para Takeshi.

— Você parece meio aéreo, *oppa*. O que houve? — ela sussurrou, tocando o ombro dele.

— Eu... — Junwoo ficou em silêncio enquanto seus olhos acompanhavam a mão de Bora, a qual acariciava seu ombro. Nada, absolutamente nada. — N-nada...

Quando o culto terminou e os fiéis foram se retirando, os pais de Bora se apressaram em falar com ela sobre as precauções ao sair com um garoto — o que fez a menina se conter para não rir —, e Junwoo esperou pacientemente, vendo, de longe, seus pais falarem com um grupo de gente, reconhecendo alguns vizinhos entre eles.

Seu pai olhou-o de longe e fez um sinal positivo com a mão, indicando que já poderia ir. Então, quando Bora se aproximou e disse que estava pronta, saíram do local juntos.

— Vamos encontrar Somi? — Junwoo perguntou, lembrando-se de que Bora havia mencionado que a garota iria com eles.

— Ela já está em frente ao seu colégio, na verdade. — Riu. — Ela estava por lá.

Os dois caminharam, em um silêncio confortável, até o colégio de Junwoo e, já na entrada, conseguiram ver as mais diversas decorações e a quantidade de gente dentro do local. Junwoo sorriu, fascinado, sabendo que seus amigos faziam parte daquilo.

Seus amigos... *Takeshi*. Ah, Takeshi...

— Somi-*ah*! — Bora gritou, correndo até a amiga e pulando em suas costas antes que ela tivesse a chance de se virar para eles.

Junwoo riu baixinho e observou a tal Somi enquanto se aproximava. Ela era... fascinante, de fato. Tinha cabelos acinzentados, longos e ondulados que caíam sobre seus ombros e era completamente tatuada nos braços e na clavícula, que estavam expostos pela regata que utilizava. Era muito diferente do que Junwoo estava acostumado a ver em meninas, o que era... bonito. Ela era muito bonita. *Então, por que Junwoo não conseguia se sentir da mesma maneira que se sentia com Takeshi?*

— Esse é Lee Junwoo, de quem venho te falando — ela comentou e indicou o garoto quando este parou ao lado delas.

— Então, é você quem tem tentado roubar minha garota de mim, hm? — Somi perguntou risonha.

Junwoo arregalou os olhos, sem entender.

— O-o quê?

Bora corou como Junwoo nunca a viu corar antes e deu um tapa no ombro da amiga.

— *Aish*! Pare com isso! Não sou sua garota!

— Porque você não quer — rebateu, piscando para Bora que abaixou a cabeça envergonhada. — Estou brincando, Junwoo. Você deve ser mais velho, mas não quero te chamar de "*oppa*", porque não gosto. Tudo bem por você?

Junwoo estranhou, afinal nunca havia visto ninguém de seu país mostrar desinteresse por aquela forma de tratamento, no entanto, se incomodava

Somi, não a obrigaria a fazer algo que não gostasse e que ainda nem fazia diferença para ele.

Entraram no local e ele, imediatamente, viu Ravi, que exclamava, animado, algo para um grupo de alunos. Eles pareciam interessados e assentiram, indo ao local indicado.

— Tem um amigo meu ali. — Junwoo apontou.

Quando se aproximaram de Ravi, que passou a mexer em algo no celular, Junwoo foi o primeiro a falar.

— *Hyung*!

Ravi ergueu a cabeça e sorriu, permitindo que Junwoo visse a maquiagem perfeitamente colocada em seu rosto. Não era nada exagerado e Junwoo até constatou mentalmente o quão bonito Ravi ficava usando um batom rosado como aquele.

— Junwoo, quem são? — perguntou curioso.

— Essas são Moon Somi e Kim Bora, minhas amigas — respondeu, estranhando ao ver uma expressão pensativa no rosto de Somi enquanto encarava o mais velho.

— Eu acho que te conheço de algum lugar — murmurou, observando o rosto de Ravi lentamente antes de suspirar. — Sou péssima de memória, meu Deus.

— Você sempre acha que conhece as pessoas, Moon. Mas eu também acho que já ouvi seu nome, Ravi *oppa* — Bora murmurou risonha, tombando a cabeça para o lado.

Junwoo, no entanto, não prestava atenção na conversa deles, por estar fascinado com o local. Nem parecia que era o pátio de sua escola: estava tudo decorado com as mais variadas cores e lotado de barracas com nomes engraçados, além de adolescentes, adultos e crianças andando e correndo de um lado para o outro, e um cheiro doce delicioso pairando no ar.

Mas o importante era: onde estava Takeshi?

— Ravi *hyung*... O T-Takeshi já chegou? — acabou interrompendo a conversa do grupo sem perceber, olhando para os lados.

— Acho que ele já está na barraca do beijo. — Apontou. — Vamos lá ver! Quero mostrar a vocês como ficou!

O grupo começou a caminhar pelo pátio e Ravi os guiou até a barraca do beijo secreta. Somi elogiava o local enquanto caminhavam, e Bora e Junwoo olhavam em volta, admirando as construções improvisadas pelos alunos.

— Foi você quem montou, Ravi *hyung*? — Junwoo perguntou, observando a barraca de longe.

Pelo visto, o brinquedo ainda estava fechado, mas os alunos já podiam comprar os tickets criados por Yoona para que voltassem depois e a fila andasse mais rápido. Era uma plataforma coberta por um tecido vermelho brilhante e havia três caixas enormes de papelão decoradas com detalhes vermelhos e dourados. Na primeira, estava escrito “GAROTA”; na terceira,

"GAROTO" e na do meio, "GAROTA OU GAROTO" para aqueles que desejassem experimentar sem pensar muito. Ravi explicou ao grupo que aquela foi uma proposta de Bonhwa, no dia anterior, para que as pessoas se sentissem mais tentadas e aproveitassem a chance de provar o desconhecido.

— Isso é... sensacional. O diretor concordou com isso? — Somi perguntou curiosa.

— Sim! Parece que ele entendeu que ia fazer sucesso, porque somos adolescentes com hormônios à flor da pele — zombou Ravi, arrancando risadas de Bora e Somi.

Junwoo ainda observava a construção, vendo Yoona, Bonhwa e Hajoon em uma espécie de balcão que ficava abaixo da plataforma, ao lado da escada que permitia o acesso, organizando o dinheiro que já haviam ganhado com os tickets vendidos.

— Oi, gente! — Bonhwa cumprimentou quando eles se aproximaram, acenando educadamente para Bora e Somi. — Sou o Bonhwa.

— *Hyung*, essas são Bora e Somi. — Junwoo as apresentou, cumprimentando Yoona com um abraço em seguida e curvando-se para Hajoon, que riu pela educação do menino e bagunçou seu cabelo.

— Você tem cara de mais velho — falou Somi, após cumprimentar Bonhwa e Yoona, dirigindo-se a Hajoon. — É professor ou pai?

— Sou professor e supervisor da barraca deles — explicou, sorrindo e exibindo suas covinhas fundas.

— Você é muito bonito pra ser professor, meu Deus — disse, rindo junto a Ravi e Bonhwa, enquanto os outros ficavam um tanto envergonhados.

— Moon, pare com isso! — Bora deu um tapa em seu ombro.

— Não fica com ciúmes, bebê. Sou só sua — brincou, fazendo um bico de beijo para a amiga.

Junwoo observou a interação das duas e viu como as bochechas de Bora coraram e ela ficou sem jeito por causa da ação de Somi. *Será que a garota se sentia do mesmo jeito que ele se sentia com Takeshi? Seria estranho, certo?* Afinal, Bora foi criada da mesma maneira que ele. Estava totalmente confuso com seus próprios sentimentos e pensamentos.

— Posso comprar um ticket? — Somi pediu, tirando a carteira do bolso.

No mesmo segundo, Bora fechou a expressão e ficou em silêncio, vendo Yoona assentir animada e pegar a caixa com os tickets divididos em três tipos. Junwoo não notou a expressão da amiga, ocupado demais com os próprios pensamentos, no entanto, Bonhwa, que observava tudo em silêncio, percebeu.

— Para qual? — Yoona arqueou as sobrancelhas, divertida.

— Garotas, óbvio. — Somi riu e comprou um ticket. — Vai querer um, Bora?

— Não — respondeu dura.

Bonhwa, que estava em silêncio, tirou dinheiro do próprio bolso e comprou um ticket. Ele saiu de trás do balcão e dirigiu-se até Ravi, dizendo algo em seu ouvido e lhe entregando o ticket enquanto Yoona conversava com Hajoon, Somi e Bora. Junwoo ainda observava em volta, procurando por certa pessoa.

— Takeshi foi ver as outras barracas, Junwoo — disse Bonhwa, aproximando-se do mais novo. — Quer ir até ele?

— N-não! — respondeu, assustado, franzindo o cenho por causa da própria reação. *Tão confuso...*

— Junwoo, vem dar uma volta comigo! — Ravi pediu, puxando o garoto mais novo para que andasse com ele. — Eles vão abrir a barraca agora.

Junwoo engoliu em seco e assentiu, pensando que, se ele se distraísse com outros brinquedos, poderia evitar pensar em Takeshi e no rebuliço que ele estava causando em sua cabeça.

E funcionou por alguns minutos enquanto Ravi lhe mostrava a barraca de tiro ao alvo, de pescaria e uma de bater com força em um negócio com um martelo para ver o quão forte você era. Junwoo achou estranho, mas quis tentar e, para a surpresa de todos em volta dele, foi o único que conseguiu atingir o nível mais alto de força.

Vinte minutos se passaram, Ravi comprou um algodão doce para o mais novo, que descobriu que o cheiro que sentiu, quando entrou no local, era daquilo. E era delicioso! Estava tão distraído enquanto comia parado ao lado da barraca de derrubar as latinhas, que mal notou quando Ravi coçou a garganta, após checar algo em sua barraca, de longe, e se colocou de frente para ele.

— Junwoo, eu comprei algo pra você e não quero que rejeite, *okay*?

Junwoo franziu o cenho, com a boca um pouco suja de açúcar rosa em volta dos lábios, e assentiu um tanto desconfiado.

— O que, *hyung*?

Ravi pegou o ticket que Bonhwa havia dado a ele e estendeu a Junwoo que, assim que entendeu o que era, arregalou os olhos, quase amassando o papel em suas mãos.

— *Hyung*! E-eu não...

O mais velho o interrompeu:

— É escolha sua utilizar ou não, Junwoo-*ah*. Só não quero que rejeite, *okay*? — Ravi especificou, dando um tapinha no ombro dele, antes de começar a se afastar. — Preciso checar como a barraca está!

Ravi se retirou e Junwoo ficou ali, parado, com um algodão-doce rosa em uma mão e o ticket na outra. Seu coração estava acelerado, deixando-o desconfiado de que alguém que passasse perto dele pudesse ouvir. Vários alunos transitavam ao redor, mas ele sentia como se não houvesse mais ninguém ali, como se fosse só ele e seus pensamentos embaralhados.

Tinha a oportunidade de dar seu primeiro beijo.

Certo.

Ele queria fazer isso?

Junwoo nunca havia sentido vontade de beijar ninguém. *Só... Takeshi.*

O garoto arregalou os olhos, choramingando por causa do rumo de seus próprios pensamentos. Era assustador saber que queria beijar Takeshi, um homem, seu amigo. Era perturbador para sua pequena cabeça naquele momento.

Junwoo pensou e pensou: *será que, se beijasse uma garota, poderia gostar e acabar esquecendo o fato de que queria os lábios de Takeshi?*

Franziu as sobrancelhas, totalmente absorto em seus pensamentos enquanto observava o local, parando seus olhos na barraca de seus amigos. Somi havia acabado de entrar na fila, atrás de alguns garotos, com outra garota bem atrás dela. Bora conversava com Yoona atrás do balcão, entregando as vendas para os que estavam em primeiro nas filas. E... tinha Takeshi.

Takeshi estava junto a Hajoon e Ravi, comentando sobre algo e rindo alto, parado ao lado da barraca. Seus cabelos estavam perfeitamente alinhados e ele vestia uma camisa rosa, uma calça preta e botas brilhantes. Ele estava... lindo.

Junwoo quis explodir. Não podia querer beijar Takeshi, não podia.

Desviou o olhar do grupo e focou em terminar seu algodão-doce, dirigindo-se ao banheiro químico que havia sido colocado no pátio, pois o edifício da escola estava fechado. Fez suas necessidades, ainda focado em seu objetivo e, quando saiu, dirigiu-se à barraca em passos firmes. Quando chegou, mostrou seu ticket à Yoona e ela arregalou os olhos por um segundo, mas pegou o ticket e lhe indicou a fila do meio. Se não estivesse completamente mergulhado em seus pensamentos e em seu objetivo de querer esquecer o fato de que queria beijar Takeshi, Junwoo teria percebido que aquela fila era para a caixa "Garoto ou Garota?".

Quando chegou a vez de Junwoo, Yoona, que coordenava também as mudanças de participantes, lhe entregou a venda e pediu para que esperasse dois segundos. Junwoo parou em frente à caixa, fitando a venda em suas mãos e teve um brusco pensamento que quase o fez dar as costas e se retirar do local: ele não sabia fazer aquilo. Nunca havia beijado ninguém, nunca tinha assistido, de fato, a duas pessoas se beijando e nunca havia perguntado a ninguém como funcionava. No entanto, antes que pudesse desistir, Yoona pegou a venda de suas mãos e colocou nele.

— Tudo pronto.

Então, Junwoo deu a volta e entrou na enorme caixa de papelão que era aberta para a parte de trás da plataforma, impossibilitando que as pessoas na fila vissem quem estava dentro. Imediatamente, Junwoo sentiu que não estava sozinho no local.

— E-eu... — tentou dizer algo, mas não conseguiu. Seus pensamentos estavam travados e sua boca abria e fechava, mostrando que queria falar algo, mas não sabia o quê. — E-eu... M-me desculpe, e-eu não sei fazer isso.

Junwoo ia retirar a venda e sair, mas duas mãos seguraram seus pulsos e o puxaram um pouco para frente. O garoto engoliu em seco quando sentiu seu corpo estremecer por causa da proximidade que o outro corpo estava do seu.

Junwoo estava completamente agoniado. Ele não sabia quem era a *garota*. E se *ela* o achasse feio ou bobo por não saber como beijar e, depois, zombasse dele? O quão ruim seria aquilo para os sentimentos do garoto já completamente bagunçados?

— E-eu... — Junwoo ia tentar novamente, mas ouviu um "shh" mandando-o se calar.

Queria chorar de nervoso. Sentia a própria respiração ofegante, ansiosa enquanto suas pernas tremiam levemente por causa da agonia que estava sentindo. *O que ele estava fazendo? O que ele estava pensando? Quando decidiu fazer aquilo?*

Antes que seus pensamentos pudessem ser concluídos, duas mãos tocaram seu rosto — suas bochechas, mais especificamente — e, no mesmo segundo, Junwoo travou e o silêncio que reinou permitiu que ele ouvisse as próprias batidas do coração. Uma respiração se misturou à sua e ele pôde sentir que parecia tão ansiosa quanto a dele. E se sentiu estranho; ele se sentiu... bem.

As mãos em seu rosto escorregaram para seu pescoço e Junwoo fechou as próprias em punho, sentindo todos os pelos de seu braço se arrepiarem quando *a garota* roçou os lábios nos seus. A boca estava úmida e, em um impulso, Junwoo lambeu os próprios lábios, achando que fosse ato normal antes de beijar alguém.

Antes de beijar Takeshi.

Takeshi arrastou os polegares lentamente pela pele de Junwoo, sentindo as próprias pernas bambas de ansiedade enquanto roçava seus lábios aos dele. Sentia o quão nervoso o outro estava e o entendia, porque estava do mesmo jeito. Nunca havia se sentido daquela maneira antes de beijar alguém, nunca pareceu tão difícil e satisfatório.

— V-você... — Junwoo tentou.

Tentou, porque Takeshi colocou sua boca na dele antes que tivesse a chance de completar a fala. Por baixo da venda, os olhos de Junwoo se arregalaram, sua respiração travou e seu cérebro focou em analisar o quão bom era sentir aquela boca contra a sua. Era uma sensação tão *acolhedora*. Familiar.

As mãos de Takeshi apertaram a nuca de Junwoo e fizeram com que os olhos do mais novo se fechassem e ele soltasse a respiração pelo nariz, apreciando o quão delicioso tinha sido aquele toque. Takeshi movimentou suavemente sua boca sobre a dele, sentindo uma vontade imensa de sorrir por, finalmente, ter conseguido o que tanto desejava. Seu corpo inteiro parecia agradecer por aquilo, se arrepiando e estremecendo, conforme os lábios alheios passavam a seguir os movimentos dos dele. Afastou-se alguns milímetros, pensando que, talvez, aquilo fosse muito para Junwoo, que ele pudesse querer parar, mas a resposta foi imediata: Junwoo impulsionou-se para a frente e voltou a juntar a boca na dele.

Takeshi soltou a respiração contra a boca do outro e, em um impulso, colocou a pontinha da língua para fora, roçando-a suavemente nos lábios de Junwoo.

O que eu tenho que fazer? Junwoo tentou pensar nas poucas cenas de beijo que havia visto na vida e lembrou-se que as pessoas costumavam... abrir a boca? E, sem pensar muito, o fez. Takeshi ficou surpreso, mas seguiu o fluxo e permitiu que sua língua encontrasse a dele.

O mais novo sentiu que era algo totalmente bizarro, de início, mas não se afastou, porque era bom demais. Era maravilhoso. Era delicioso. Suas mãos — que até então não faziam nada — ergueram-se e, hesitante, o mais novo tocou no pescoço de quem achava ser uma garota, sentindo a falta de cabelo ali. *Talvez ela tivesse cabelo curto*. Junwoo pouco pensou naquilo, focado em acompanhar o ritmo do beijo, mexendo a língua contra a de Takeshi, acelerando o beijo sem perceber.

Takeshi ofegou e mexeu a cabeça, acompanhando o ritmo criado pela ansiedade de Junwoo, beijando-o com vontade enquanto suas unhas arranhavam a pele do mais novo, aproveitando aquele contato que estava fazendo todo o seu corpo vibrar.

"Deus, isso é tão bom", Junwoo pensou. Suas mãos acariciaram Takeshi, sentindo sua pele se arrepiar com o seu toque. *Aquilo significava que a pessoa estava gostando também?*

— Troca de participantes!

Imediatamente, Takeshi se afastou, se arrepiando com o som de estalo que aconteceu quando os lábios se desgrudaram.

Junwoo arfou, querendo voltar a ter aquele contato com *a garota* que não sabia quem era, no entanto, Yoona apareceu ali e o pegou pelos braços, olhando rapidamente para um Takeshi ofegante e travado, sorrindo.

— Espera! E-eu... — Junwoo tentou, mas Yoona o tirou dali, desceu com ele da plataforma e removeu sua venda enquanto os participantes trocavam de lugar — o que as pessoas da fila não conseguiam ver, já que a construção foi criada com esse objetivo.

— Regras são regras, *saeng*. — Ela deu um tapinha nas costas de Junwoo antes de voltar para trás do balcão.

Bora e Somi caminharam até o menino para perguntar a ele como foi.

No entanto, Junwoo só conseguia pensar em uma coisa: precisava descobrir quem era aquela garota.

CAPÍTULO 22

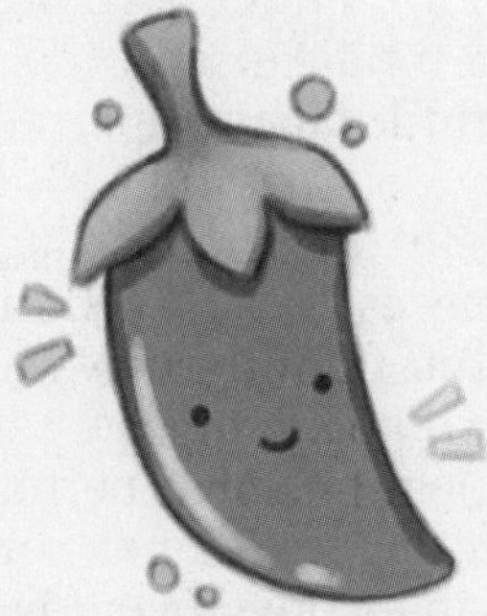

— Você o quê? — Hajoon gritou.

— Cala a boca! Não grita! — Takeshi exclamou, voando para cima do mais velho e tapando a boca dele com suas duas mãos.

Após o incidente — proposital — na barraca do beijo secreta, Takeshi correu para longe, ou melhor, saltitou para longe, feliz demais para pensar nas consequências de seus atos. Estava eufórico, afinal tinha conseguido beijar Junwoo. *Ele beijou Junwoo!* Aquilo soava irreal e chegou a pensar que estava alucinando ou sonhando. Foi perfeito demais, se sentiu no céu. A boca de Junwoo era melhor do que imaginava e, mesmo com a inexperiência, o garoto soube acompanhá-lo nos movimentos. E, Deus, suas bocas se encaixaram tão bem...

Porém, como nada nunca era um mar de rosas, havia um "no entanto", um "mas", e Takeshi não havia pensado o suficiente nisso.

Estava junto a Hajoon e Ravi na barraca de cachorro-quente e, enquanto assistia ao professor comer o seu, sentiu Ravi cutucar seu ombro, ansioso, porque queria dizer a Hajoon o que tinha acontecido e saber como havia sido.

— Você o beijou, Takeshi? Sem ele saber? — Hajoon exclamou um pouco mais baixo.

— Era o objetivo daquela barraca! — Ravi rebateu. — Como foi? — dirigiu-se a Takeshi, batendo palmas, totalmente animado.

— Foi... mágico — suspirou, sorrindo para o nada ao se lembrar da sensação da boca de Junwoo contra a sua. Ele sentia que nada mais seria como aquilo. — Eu nunca me senti daquele jeito.

— Takeshi, eu realmente fico feliz que você tenha experienciado algo bom assim, mas pense um pouco — Hajoon o interrompeu, tocando os ombros de seu aluno. — Você me contou sobre como a família dele é difícil, sabe que o garoto não estava preparado para isso. Eu tenho certeza de que, quando ele descobrir que era você ali, vai surtar. E, talvez, não seja de uma boa maneira.

A animação de Takeshi foi diminuindo, conforme as palavras deixavam os lábios de Hajoon, trazendo uma sensação de angústia imediata ao seu peito. Ele engoliu em seco, sentindo o peito apertar ao repensar suas ações. *O que havia feito?*

Quando aceitou a proposta de Bonhwa, agiu sem pensar, somente chegando à conclusão de que necessitava urgentemente da boca de Junwoo na sua. E, quando a teve, sentiu que precisava ainda mais. *Junwoo era... magnífico em todos os aspectos*. E, mesmo sendo inexperiente, deixou Takeshi completamente sem fôlego e com as pernas bambas.

E Takeshi sabia que fora recíproco! Afinal, sentiu com as próprias mãos e com a boca o quão afetado o mais novo ficou! Não foi coisa de sua cabeça, Junwoo gostou.

Junwoo gostou, não foi coisa de sua cabeça.

— Eu tenho certeza de que ele gostou — alegou, tentando convencer a si mesmo de que aquilo melhorava a situação.

— Não importa, Takeshi! Você acha que ele sabia que era você? Sabe que não! — Hajoon exclamou, quase derrubando seu cachorro-quente.

— Eu... — Takeshi olhou para o chão, respirando fundo, sem saber o que dizer.

— Eu aposto que ele vai falar com você sobre. Quando for, conte a ele que era você. — Ravi deu de ombros, como se fosse a coisa mais simples a se fazer.

— Não! Ele vai surtar! Deixe-o achar que era uma menina, Takeshi — Hajoon contrariou o outro, fitando o aluno seriamente.

— O quê? Você enlouqueceu? Takeshi acabou de beijar o *crush* dele e vai agir como se nada tivesse acontecido? — Ravi rebateu, fitando o professor de maneira indignada. — Não mesmo!

— Ravi, isso vai causar um estrago...

Hajoon e Ravi continuaram debatendo e Takeshi ficou completamente absorto, com seus olhos focados em algo muito mais interessante: Junwoo. O garoto estava na barraca de algodão-doce de novo, junto a Somi, Yoona e Bora, rindo alto e se divertindo com seu doce. *Será que ele realmente achava que tinha sido uma menina?*

Takeshi parou e pensou: Junwoo não lhe havia tocado muito, somente na nuca, e aquilo não era o suficiente para saber que era ele. Takeshi fitou as próprias mãos, lembrando-se de como havia tocado no mais novo e pensou que, *inferno, suas mãos eram pequenas e delicadas o suficiente para serem confundidas com mãos femininas*. E, infelizmente, resolveu não utilizar seus típicos anéis naquele dia.

— Gente! Eu peguei aquele atleta, amigo do Dyul — Bonhwa comentou, assim que se aproximou dos três.

— Qual deles? — Ravi questionou, chocado, e Hajoon prensou os lábios, irritado por terem interrompido seu debate com o garoto.

— O Sehun! — Bonhwa riu, recordando-se da cena. — Quando eu estava na caixa "Garoto", ele chegou todo nervoso e pediu para que eu não espalhasse que ele também gostava de homens.

— Que babado! — Ravi abriu a boca, espantado.

Hajoon fitava Bonhwa, totalmente sério, de braços cruzados. Takeshi ainda estava totalmente aéreo enquanto observava Junwoo tirar uma foto ao lado de Yoona e abrir um sorriso grande ao ver a foto no celular de Bora. *Tão precioso...*

— Ele acabou pedindo pra tirar a venda e eu deixei. Quando ele viu que era eu, disse que sempre teve vontade de ficar comigo. — Bonhwa riu baixo, narrando a cena superficialmente.

— E, em nenhum momento, você pensou em Yoona e em como ela está se sentindo, sabendo que o cara que ela gosta está beijando bocas aleatórias?

A fala de Hajoon pegou todos de surpresa, até a si mesmo, porque nunca havia se dirigido a Bonhwa a respeito daquela situação toda em que estavam envolvidos. Até mesmo Takeshi desviou seus olhos de Junwoo para ver a reação de Bonhwa, assistindo ao outro abrir a boca, sem saber o que dizer.

— Ahm... Eu vou beber água. — Ravi fugiu da situação, afastando-se aos poucos.

— E eu vou... deixar vocês conversarem — disse Takeshi, ainda meio perdido na troca fulminante de olhares entre os dois amigos. — Só não briguem, por favor, conversem. Não quebrem nosso pacto.

Quando o grupo passou a ficar mais tempo junto, eles fizeram um acordo: nunca brigar, sempre conversar. E aquilo sempre funcionou, até porque nenhum deles tinha entrado em situações sérias, envolvendo os outros...

Até aquele trio florescer.

Hajoon e Bonhwa se distanciaram aos poucos e, quando viram, mal se falavam. Yoona se sentia mal com aquilo. Muito. Já havia conversado com Takeshi a respeito de como era sua culpa, mas Takeshi negou, dizendo que, se eles fossem maduros o suficiente, saberiam lidar com aquilo tudo.

Ali perto, Somi conversava com Yoona e Bora sobre a escola em que estudava, relatando as visíveis diferenças que havia em relação ao colégio central. Ninguém ali percebeu o desânimo de Yoona, que se forçava a se manter sobre os dois pés e conversar com pessoas que não fossem Bonhwa e Hajoon.

— Com licença — Kim Bora murmurou quando o seu celular começou a tocar, se afastando um pouco do grupo para poder atendê-lo.

Junwoo observou a garota atender e, imediatamente, sua expressão mudou com o que foi dito do outro lado da linha. Achando que, talvez, não fosse nada de mais, o garoto voltou sua atenção para o próprio algodão-doce, sentindo um sorriso nascer em seus lábios quando se lembrou do momento que teve alguns minutos antes.

Ele beijou uma garota. Beijou uma garota e gostou! Esqueceu-se de como Takeshi o estava afetando, ultimamente, durante todo o processo. Quando beijou aquela garota, percebeu que era só coisa de sua cabeça e, provavelmente, ansiedade para dar seu primeiro beijo.

E ele, finalmente, deu!

— E você, Junwoo? Participou, né? — Somi perguntou como se fosse capaz de ler os pensamentos do garoto.

Junwoo esperou o algodão-doce derreter em sua boca para responder, envergonhado.

— Sim...

Yoona sorriu discretamente, abaixando o olhar para que ninguém suspeitasse de sua participação no plano bolado por Bonhwa. Assim como ele ou Takeshi, não havia pensado muito bem nas consequências que aquilo poderia acarretar, no entanto, quando Somi puxou o assunto e prosseguiu sua fala, percebeu a burrada.

— Beijou quantas meninas? — Somi continuou, arqueando as sobrancelhas de maneira engraçada.

— Oh, não! Só u-uma — Junwoo corou, coçando a nuca.

Yoona arregalou os olhos.

— Uma? — exclamou.

Os olhares que Somi e Junwoo lançaram denunciaram o quão estranha foi sua reação. A garota engoliu em seco e, de um jeito nervoso, ajeitou os cabelos sobre seus ombros, forçando um sorriso que saiu mais como uma careta.

— D-desculpa, é que achei que você ia beijar mais, Junwoo-*ah* — mentiu.

Ele negou com a cabeça, perturbando-se com a ideia de beijar mais de uma menina em uma noite só. Aquilo era meio promíscuo em sua percepção e um tanto estranho de se pensar, afinal não estava acostumado com a ideia de realmente querer beijar alguém. Só aconteceu com Takeshi e com aquela garota.

Takeshi.

Junwoo engoliu em seco com o rumo que seu pensamento tomou, mas conformado de que aquela coisa de querer beijar Takeshi era totalmente uma confusão de sua mente, ele sorriu e voltou a conversar com Somi, sem notar que Yoona estava agoniada ao seu lado.

Alguns segundos depois, Bora se aproximou, com uma expressão um tanto caída.

— O que houve? — Somi perguntou, tocando seu ombro, mas Bora fugiu do toque.

Junwoo franziu o cenho por causa da atitude da garota, mas seus pensamentos foram cortados pela fala dela.

— Seu pai me ligou, *oppa*, e pediu para você voltar para casa imediatamente.

O garoto franziu o cenho, sem entender direito o motivo de seu pai ter lhe dito aquilo. Se ele queria que Junwoo passasse seu tempo com Bora, então por que tirá-lo dali naquele momento?

— Eu... Tudo bem. Você quer ir pra casa? — Junwoo perguntou, sentindo um incômodo estranho em seu peito. Era como ansiedade, misturado a um mau pressentimento, e era ruim.

— Não, eu quero conversar com você, Bora. Fique — Somi pediu, tocando novamente no braço da garota e a segurando ali, impedindo que ela se afastasse dessa vez.

Bora pareceu ponderar a ideia, mas, no fim, apenas suspirou e assentiu, sorrindo de maneira doce para Junwoo.

— Tome cuidado no caminho.

O garoto concordou com um aceno e se despediu das três meninas, procurando o resto do grupo com o olhar e vendo, ao longe, Hajoon conversar com Bonhwa. Ele pensou em se aproximar para se despedir, mas, ao enxergar melhor a expressão raivosa do mais novo e os gestos exagerados do professor, sentiu que talvez fosse melhor não ir até lá.

Procurou por Ravi; o viu perto do bebedouro do pátio, mexendo no celular e foi até ele.

— *Hyung*, eu já vou. Meu pai pediu para eu ir para casa — explicou, vendo Ravi guardar o celular para lhe dar um abraço de despedida. — Você viu o Takeshi *hyung*?

Ravi afastou-se e fitou Junwoo, um tanto receoso em respondê-lo, lembrando-se de todas as palavras que Hajoon proferiu mais cedo. A opinião definida de Ravi sobre a ideia de Takeshi ter sido boa acabou se fragilizando.

— Ahm... Eu acho que ele foi pra casa — respondeu.

Junwoo abriu a boca, mas nada saiu. Sentiu um incômodo no peito ao pensar que Takeshi fora embora sem se despedir dele. Apesar de toda a sua confusão mental em relação ao ruivo, Junwoo queria muito contar a ele como se sentiu em seu primeiro beijo. Takeshi poderia até mesmo ajudá-lo a achar a garota que o beijou!

Ao ouvir Yoona mencionar os participantes novamente para Somi, percebeu que só poderia ser Yeri, Ji-Eun ou Heyoon. Ou seja, suas chances de se aproximar da garota que o beijou eram maiores, no entanto, o que ele faria quando se aproximasse dela? Diria que queria beijá-la de novo? Junwoo corou com aquele pensamento.

— Você... usou o ticket que eu te dei? — Ravi perguntou, tentando acabar com sua dúvida de que Junwoo não havia visto que o ticket era para a fila "Garoto ou Garota?".

— S-sim! E... b-beijei uma garota — ele respondeu, sorrindo, bobo.

Ravi quis chorar.

— Uma garota? — reforçou, rindo, nervoso. — E gostou?

Junwoo assentiu devagar.

— M-muito, na verdade.

Ravi quis chorar mais ainda.

— Eu tenho que ir, *hyung*. Até amanhã! — Junwoo acenou uma última vez para seu *hyung* antes de fazer seu caminho até a saída, sentindo-se totalmente bobo com a lembrança de que deu seu primeiro beijo.

O quão louco aquilo era? Ele queria repetir. Estava feliz, na verdade, por chegar à conclusão de que aquela *coisa,* envolvendo Takeshi, era apenas ansiedade para dar seu primeiro beijo. Era... certo?

Com aquilo, a imagem da boca de Takeshi flutuou em sua mente e Junwoo quis explodir ao sentir o peito comprimir e o estômago se revirar, exatamente da mesma maneira que fazia antes dele dar seu primeiro beijo.

Deus, o que é isso? Me ajuda, por favor.

Fazia tempo que Junwoo não orava sozinho e, talvez, naquela noite, pudesse conversar com Ele a respeito de suas dúvidas e pensamentos embaralhados. *Será que Deus o ouviria? Será que Deus o odiaria por ter pensamentos como aqueles envolvendo Takeshi?*

Chegou a casa antes que pudesse concluir aqueles pensamentos perturbadores e teve uma péssima surpresa: seus pais estavam parados no centro da sala, conversando baixinho sobre algo que Junwoo não conseguiu ouvir.

— Ch... — Junwoo tentou anunciar, mas foi logo interrompido.

— Lee Junwoo, o que você fez ontem? — Daejung perguntou, com seu tom duro e frio, como Junwoo estava acostumado a ouvir quando seu pai estava com raiva. Era um tom assustador.

O adolescente estremeceu.

— E-eu saí com Ji-Eun, p-pai — disse nervoso, alternando o olhar entre seus pais. Sua mãe estava tão séria quanto o marido, mas apenas o encarava, permitindo que a palavra fosse do outro.

— E por que *caralhos* chegou em casa com um garoto, Junwoo?

O garoto se assustou com o palavrão, arregalando os olhos quando percebeu a que seu pai se referia.

Como ele sabia?

— Hein, Junwoo? E ainda nem veio até aqui! Se despediu dele na esquina! Com a porra de um abraço, não é? Que merda é essa, Junwoo? — seu pai elevava a voz cada vez mais, dando passos duros em sua direção até segurá-lo firme pelo braço.

— E-eu... — Junwoo tentou, mas nada saía; ele não conseguia raciocinar.

— Você o quê? Por que mentiu para a gente? Onde você estava? Quem é aquele garoto nojento? — gritou, com a saliva voando até o rosto de Junwoo por causa da voracidade de seu tom.

Junwoo tremia, sentindo suas pernas bambas e toda a felicidade que o encontro com seus amigos havia lhe trazido, se esvair. Naquele momento, se viu totalmente sem saída, pois seu cérebro não conseguia formular uma desculpa para que seus pais entendessem que não era bem aquilo.

Não era? Junwoo saiu com Takeshi; Junwoo sentiu vontade de beijar Takeshi. Não era, Junwoo?

— Responda seu pai, Junwoo — a voz de sua mãe se fez presente, tão autoritária quanto à de Daejung, e o pai lançou um olhar duro à esposa.

— Cala a boca, mulher. Deixa que eu cuido disso.

Sua mãe se calou.

Junwoo sentiu lágrimas se acumularem no canto de seus olhos e quase tropeçou quando seu pai lhe sacudiu, gritando que exigia uma resposta. A dor do aperto em seu braço nem se comparava à que estava sentindo no peito por ter que justificar ao pai que havia saído com um amigo. Um amigo: tudo que Takeshi era.

Um amigo que Junwoo queria beijar.

As lágrimas começaram a escorrer pelo rosto de Junwoo, trazendo uma irritação ainda maior ao seu pai.

— Por que está chorando, merda? Não venha mentir pra mim! Abre essa boca nojenta, pirralho!

A cada xingamento, o peito de Junwoo apertava e ele se encolhia, sentindo vontade de se sentar em um canto e chorar até seu corpo desidratar. Ele já vira seu pai irritado, mas nunca foi nada como aquilo. Estava sendo pior do que quando sua mãe gritou com ele por causa do salame. A dor era enorme e era insuportável por estar misturada à sua confusão mental.

— E-era um a-amigo! — Junwoo conseguiu dizer, com sua voz tremida, assim como seu corpo estava. Seu pai esperou que dissesse mais, ainda apertando seu braço. — E-encontramos el-ele no meio do c-caminho!

— Não minta para mim, Lee Junwoo! — gritou, empurrando-o até que ele encostasse à parede, bruto.

Junwoo quis gritar. Doía.

— É v-verdade! — Junwoo bradou, sem esperar que, por causa do seu tom de voz desesperado, levaria um tapa no rosto, de seu pai.

Ardeu e fez com que as lágrimas de Junwoo escorressem com ainda mais velocidade e intensidade. O ato não causou surpresa. Para ser sincero, sabia que seus pais eram violentos e, por mais que não concordasse com aquilo, sentia que não tinha nada que pudesse fazer para mudar. O que lhe causava mais dor era o seu pai estar tão indignado com o fato dele estar com um amigo no dia anterior.

Amigo.

— É v-verdade, pai — Junwoo respirou fundo antes de dizer, olhando seu pai nos olhos, para tentar transmitir mais tranquilidade.

— Eu já lhe disse para não abraçar seus amigos homens, Junwoo. É nojento — o homem rugiu as palavras, soltando o braço do filho de maneira bruta. — Qual é o nome dele?

Junwoo hesitou, sabendo que, se dissesse o nome de Takeshi, seus pais procurariam saber da vida do garoto e, muito provavelmente, descobririam a sexualidade dele. *Não, aquilo não podia acontecer.*

— Qual é o nome dele? — repetiu, voltando a segurar o braço do filho, apertando com mais força.

— É... D-Dyul — disse o primeiro nome que chegou à sua mente, com sua voz tremendo como nunca antes.

Junwoo não queria mentir, mas sentiu que era necessário naquele momento.

— O sobrenome? — seu pai exigiu.

— E-eu não sei. Nunca perguntei! — tentou explicar ao ver as sobrancelhas de Daejung franzirem de pura irritação.

— Amanhã, quero que me traga o sobrenome dele. E não quero mais que esconda as coisas da gente! — exclamou, soltando Junwoo e se afastando dois passos. — De agora em diante, é da escola para casa e da casa para a escola, com exceção dos dias na igreja.

Junwoo limpou as lágrimas, sentindo o peito comprimido de dor por causa da atitude de seu pai e a indiferença de sua mãe ao ver o filho ser machucado daquela maneira. Ela ainda o encarava de maneira inexpressiva, com os braços cruzados e o olhar demonstrando algo que Junwoo não soube identificar.

— Pra cama. Sem jantar hoje — seu pai finalizou, virando-se para ir à cozinha.

Junwoo subiu às pressas, abraçando sua mochila e sentindo que as lágrimas voltariam a descer pelo seu rosto. *Por que era tão difícil?* Até aquele momento, seu dia havia sido bom, por mais que confuso. Ele teve experiências e se divertiu ao lado de seus amigos, mas tudo foi arruinado quando chegou a casa.

Quando se deitou em sua cama, após tomar um banho quente, percebeu que não havia falado com Takeshi direito naquele dia e sentiu falta do garoto. Daria tudo para poder conversar com ele naquele momento.

Será que, se tivesse Takeshi, ali, com ele, a situação não seria tão ruim?

Junwoo passou as mãos no rosto, revirando-se em sua cama por sentir sua cabeça doer com o rumo de seus pensamentos.

Aquilo era tão complicado!

Por que motivo pensar em Takeshi lhe causava aquilo? Por que não conseguiu negar a si mesmo que seu pai tinha razão sobre se sentir daquela maneira ao saber que esteve com Takeshi? Eles eram só amigos, certo? Junwoo não queria nada mais que uma amizade com Takeshi... certo?

— Deus... por favor — ele sussurrou, choroso, juntando as mãos em frente ao peito. — Me ajude a entender isso. Por favor. Eu não sei mais o que fazer, Deus. M-meu pai... estava certo em me tratar daquela maneira por abraçar Takeshi? E-eu não sei por que m-meu coração fica daquele jeito quando o abraço, Deus. M-me ajuda... Por favor, me ajuda.

!

— Você vai falar pra ele — Ravi exigiu.

— Ele não pode simplesmente falar pra ele! — Bonhwa rebateu, mexendo nos próprios fios de cabelo, coisa que sempre fazia quando estava nervoso ou ansioso.

— Ele tem que falar! O Junwoo acha que foi uma garota! — Ravi rebateu, gesticulando exageradamente.

— Deixe o Junwoo achar por enquanto! O Takeshi conta depois, quando sentir que o Junwoo está pronto pra isso! — disse Bonhwa, desviando o olhar rapidamente para Takeshi, vendo-o brincar com os anéis em seus dedos, sério.

— Não tem como esperar! E se o Junwoo falar com uma das garotas participantes? O que acha que elas vão dizer? — Yoona se intrometeu, se sentindo agoniada por causa da situação.

Takeshi permanecia em silêncio, com os olhos focados em seus anéis, esperando que alguma resposta fosse surgir ali, magicamente. Suspirou frustrado enquanto sua cabeça doía por causa da discussão de seus amigos. Mas o que poderia fazer? Ele tinha que deixá-los discutir. Deveria debater sobre aquilo também, visto que a situação dizia a respeito a ele, mas não saberia o que dizer. Ele não sabia o que pensar. Seu cérebro ponderava os dois lados: não seria bom dizer a Junwoo, porque, muito provavelmente, ele não estava pronto para saber que havia beijado alguém do mesmo sexo, mas, ao mesmo tempo, deveria dizer a ele, porque não era certo esconder aquilo, visto que foi seu primeiro beijo, um momento importante e enganá-lo não era correto.

Takeshi estava perdido.

— Bem, Takeshi, se decida, porque o Junwoo está chegando aqui — murmurou Ravi, olhando para trás de Takeshi e, logo em seguida, se levantou. — Até mais tarde.

Bonhwa e Yoona seguiram Ravi para dentro do colégio, decidindo que era melhor deixar Takeshi sozinho, caso ele decidisse contar a Junwoo o que realmente havia acontecido.

Junwoo, que chegava ao colégio com olheiras profundas, franziu o cenho ao ver o grupo deixar Takeshi sozinho. Takeshi ainda olhava para as próprias mãos, esperando que Junwoo chegasse ali e se sentasse com ele. O mais novo o olhou de longe e respirou fundo, recordando-se da noite anterior e de sua pequena conversa com Deus. Não obteve respostas e ainda não sabia o que era aquilo que sentia.

— O-oi, *hyung* — murmurou, finalmente se sentando de frente para o outro.

Takeshi engoliu em seco, fitando-o com ternura.

— Oi, Junwoo-*ah*. Como está?

— Bem... — respondeu um tanto duvidoso, com seus dedos tamborilando de maneira nervosa sobre a mesa.

Takeshi notou o quanto o garoto estava sem jeito e se questionou mentalmente o motivo. Junwoo vinha ficando estranho ao seu lado e ele não dava espaço a Takeshi para que este perguntasse o porquê daquilo. Teve aquele momento na colina, no sábado e, por fim, ali, agora, aquele momento em que os dois se olhavam, sem saber o que falar.

— Você... — Takeshi tomou iniciativa, coçando a garganta. — Você se divertiu ontem?

A pergunta causou um rubor imediato nas bochechas de Junwoo, que se recordou do momento na barraca do beijo. Ele deveria contar a Takeshi, certo? Era seu amigo e conversar com ele a respeito de como estava se sentindo era essencial.

O engraçado para Junwoo era que não se sentia tão duvidoso quando conversava com Syaoran. Eles nunca falavam sobre assuntos tão sérios quanto os que Junwoo já havia falado com Takeshi, porém já tinham tido momentos similares, e Junwoo nunca se questionou muito antes de se abrir para Syao. Entretanto, era diferente com Takeshi, e ele não aguentava mais não saber o porquê de ser daquela maneira.

— S-sim! Eu só... queria ter falado mais com você ontem, *hyung*. — Ele coçou a nuca, erguendo seu olhar para o rosto de Takeshi, vendo-o sorrir de maneira doce para si.

Junwoo gostava muito daquele sorriso.

— Eu tive que ir embora... — mentiu, quando, na verdade, havia se escondido para evitar encarar Junwoo na noite anterior. — Você chegou bem em casa?

A expressão de Junwoo caiu aos poucos e ele soltou o ar que nem notou ter prendido. Os gritos de seu pai soaram em sua mente e ele engoliu em seco, sentindo aquele aperto doloroso no peito se intensificar. Aquela sensação era diferente do que sentia quando estava com Takeshi, e Junwoo não gostava dela.

O mais novo tentava convencer a si mesmo de que não havia motivo para ficar nervoso perto de Takeshi, visto que a possibilidade que seu pai tinha cogitado de eles dois terem algo a mais ser totalmente impossível, pois Takeshi era apenas seu amigo.

Amigo, ele repetia mentalmente.

— Mais ou menos, na verdade — respondeu. — Meu pai ficou... Ficou bravo, porque descobriu que v-você me deixou em casa no sábado.

Takeshi arregalou os olhos.

— Bravo? — sua dúvida foi imediata. Afinal, Takeshi não conhecia, de fato, a maneira dos pais educarem o filho, porém suas suspeitas eram grandes de que eles não poupavam a violência por causa da maneira como reprimiam o garoto.

— S-sim... Mas n-não tem problema, *hyung*. Era... Era tudo coisa da cabeça dele. — *E da minha.* — E-eu disse que seu nome era Dyul.

— Dyul? — Takeshi estranhou. — Por quê?

— É que meu pai pode ir atrás de informações e... tentar saber mais sobre você e sua família, e e-eu não quero que ele me afaste de você, *hyung*.

O tom quase choramingado de Junwoo fez com que Takeshi quisesse chorar. O que havia feito? O pai de Junwoo, aparentemente, já tinha ficado com raiva por Takeshi ter deixado o garoto em casa, então passou a imaginar como seria, se o velho descobrisse que Takeshi havia beijado seu filho.

Takeshi engoliu em seco e sua coragem de contar a Junwoo o que havia acontecido se esvaiu aos poucos.

— Nem eu quero, Woo-*ah*... — suspirou.

— E... *hyung*? — Junwoo corou novamente, desviando o olhar para as próprias mãos. — Eu b-beijei ontem.

Takeshi quis gritar.

— Jura? — fingiu um tom surpreso.

— Sim, n-na barraca do beijo. — Riu fraquinho.

— E... como foi?

— Foi incrível, *hyung*! — Acabou suspirando sem nem perceber, e Takeshi observou a forma como ele umedeceu os lábios, parecendo se recordar do momento.

Por que tão difícil?

— Incrível? — Takeshi reforçou, sentindo o coração estapear seu peito com força.

— Sim, incrível, *hyung*. E-eu não sabia que beijar *uma garota* pudesse ser tão bom.

A boca de Takeshi abriu e fechou diversas vezes enquanto sua garganta se travava e as batidas de seu coração quase falhavam de nervoso. Ele não sabia o que dizer, não tinha o que dizer.

Deveria reforçar a mentira e permitir que Junwoo continuasse a achar que tinha sido uma garota? Aquilo era o melhor para Junwoo e Takeshi sabia disso.

Era o melhor para ele.

— Fico feliz, Woo-*ah*. — Soltou a respiração, ajeitando-se, desconfortável em sua cadeira. — E você... vai atrás *dela*?

— Era isso que eu queria falar com você, *hyung*. — Junwoo pareceu, de repente, muito animado. — Você pode me ajudar a descobrir qual das meninas foi?

Takeshi sentia uma vontade absurda de gritar. Ele queria pegar Junwoo pelos ombros, sacudi-lo e lhe dizer que tinha sido ele, que foi ele quem deu seu primeiro beijo e que fez ser incrível, mas não podia. Então, tudo o que disse foi:

— Claro!

CAPÍTULO 23

— Takeshi, você tá me machucando!

Yoona deu um jeito de parar a correria do amigo, puxando-o de volta pelo pulso quando já estavam dentro do vestiário masculino. Havia alguns alunos, os quais, quando colocaram os olhos em Yoona, assobiaram, por ela estar presente ali quando a maioria estava se trocando para a aula de Educação Física.

— Contenham seus paus! — Takeshi exclamou, revirando os olhos, e dirigiu-se para um canto do vestiário em que não havia muitos alunos.

Takeshi só queria conversar com Yoona e, infelizmente, não teve um momento sozinho com a garota até surgir a oportunidade de arrastá-la para o vestiário, após Ravi, Bonhwa e Junwoo terem deixado o local. Ele deu a desculpa de que, antes de se trocar, precisava ir ao banheiro, e conseguiu despistar os três garotos.

Yoona não gostava dos vestiários.

Quando expôs ao mundo quem realmente era, a garota lutou para que conseguisse mudar suas informações no sistema da escola, o que incluía seu uniforme esportivo feminino, autorização para entrada no vestuário feminino e esportes praticados — a escola separava os esportes dedicados ao grupo feminino e os do grupo masculino. O diretor disse que aquilo seria analisado pela administração. *E estava sendo analisado há dois anos.*

Então, Takeshi deu um jeito de pedir um atestado ao seu pai no nome de Yoona, alegando que a garota tinha problemas respiratórios e não podia fazer atividade física, porque ela se recusava a não ser aceita em sua verdadeira forma. Ela era uma garota. Ponto.

Yoona não quis aceitar no início, por ser algo ilegal, no entanto, o pai de Takeshi insistiu e conseguiu deixar aquilo debaixo do tapete, sem que seu chefe ou o diretor desconfiasse.

— O que houve, Takeshi? — ela perguntou, assustada com a afobação do garoto.

— Junwoo, Yoona. O Junwoo foi o que houve! — Takeshi bufou, sentindo que alguns garotos no vestiário ainda prestavam atenção neles e diminuiu o tom de voz. — Eu aceitei ajudá-lo a encontrar a tal menina que ele beijou.

Yoona riu, irônica.

— Você tá me zoando, né?

Quando Takeshi negou com a cabeça, a garota pegou-o pelos ombros e sacudiu-o.

— Takeshi, qual é o seu problema? Você sabe que isso não vai durar!

— Eu sei, *noona*, mas não tinha outra opção! — rebateu, quase choramingando.

— Não tinha outra opção? Takeshi, era só ter dito em alto e bom som que quem ele beijou foi você — ela retrucou, como se fosse a coisa mais óbvia do mundo. E, para ela, era. Takeshi abanou a cabeça.

— Ele ia surtar, *noona*. Você sabe como a família dele é e...

Ela o interrompeu:

— E você acha que ele não vai descobrir em algum momento? Tipo, não sei, quando ele tentar beijar uma das meninas que estava participando, por exemplo, e não sentir o mesmo que sentiu com você? — Yoona cruzou os braços, encarando o amigo com deboche.

Takeshi engoliu em seco, passando as mãos pelo rosto.

— Quem garante que ele não vai sentir? Ele pode ser bissexual, ora!

— Não é essa a questão, Takeshi, sabe disso — rebateu, suspirando, em seguida, ao ver que seria difícil convencer o amigo a fazer a coisa certa. — Olha, pense nisso. E pense direito. Ele vai descobrir uma hora e vai ser melhor se descobrir através de você e não de outra pessoa.

— Ele vai surtar, *noona*! — Takeshi choramingou, querendo simplesmente sumir.

— Ele surtaria em algum momento, porque todos sabemos que esse momento aconteceria. Ou sim, ou sim.

A frase deixou Takeshi em silêncio, e Yoona suspirou mais uma vez, puxando seus fios de cabelo para trás antes de envolver os ombros do amigo em um abraço, o que ele, com certeza, estava precisando. Takeshi abraçou a garota pela cintura, enterrando a cabeça em seu ombro direito.

— Converse com ele, por favor — ela murmurou, tentando ignorar os comentários maldosos de alguns alunos ainda presentes no local. — Não deixe que a mentira cresça mais ainda.

Quando Takeshi quebrou o abraço, prensou os lábios, ainda sem saber o que responder.

— Eu... Vou tentar — foi o que conseguiu dizer, por fim.

!

Durante toda a aula de Educação Física, Takeshi não conseguiu se concentrar. Ele tomou diversas boladas no rosto por causa de sua distração, mas, poxa, não era culpa sua. Seus pensamentos estavam longe, focados em como poderia contar a Junwoo que tinham se beijado.

Junwoo, para a sua própria surpresa, se sentia feliz. Procurava focar seus pensamentos em como havia se sentido em seu primeiro beijo, ao invés de relembrar, a cada segundo, o momento que havia tido com seus pais no dia anterior.

Naquela manhã, se sentiu deslocado na mesa do café, com os olhares críticos de seu pai sobre ele e a ignorância total de sua mãe. Desejou, como nunca, poder mudar a relação que tinha com seus pais. Ele ficou a manhã inteira pensando em como seria bom ter uma mãe que o abraçasse antes de dormir e um pai que perguntasse como foi seu dia na escola, sem nenhuma intenção ruim por trás da pergunta.

Junwoo suspirou enquanto se trocava, sentindo-se mal de repente.

— Junwoo-*ah*... Quer ir comigo até a cafeteria? — Takeshi chegou por trás dele, assustando-o e tirando-o de seus devaneios.

— Ahm... — Junwoo engoliu em seco, lembrando-se dos gritos de seu pai e de seu novo castigo, o qual consistia em ir direto da escola para casa. — Eu não p-posso, *hyung*. Tenho que ir pra casa correndo.

— Ah... — Takeshi coçou a nuca, sentindo-se estúpido por estar sem jeito com o mais novo. — Nos vemos amanhã, então? — murmurou, dando-lhe um sorriso fraco.

Junwoo assentiu, correspondendo àquele sorriso, pensativo demais para reparar no quanto havia sido fraco.

— Sim.

Vinte minutos mais tarde, Junwoo estava na rua de sua casa, caminhando de cabeça baixa, sentindo-se mal por não ter ficado mais tempo com Takeshi. Ele amava passar tempo com seu *hyung* e tinha acabado de fazer uma nova descoberta, o que significava que precisava conversar ao máximo com ele. O problema era que... Junwoo sentiu medo. Medo de passar um tempo a mais ao seu lado e se sentir da mesma maneira que se sentiu nos dias anteriores.

Mas... era bobeira, certo? Foi tudo apenas ansiedade para dar seu primeiro beijo e, já que o havia feito, não se sentiria mais daquele jeito com Takeshi, claro que não. *Era tudo besteira de sua cabeça.*

— Cheguei — avisou, assim que pisou em casa, vendo apenas sua mãe, que mexia em algo no próprio celular, parada perto da porta.

Ela apenas lançou um olhar duro ao filho, assentindo, parecendo confirmar que percebeu sua presença ali. *Pelo menos aquilo.*

— P-papai está? — Junwoo perguntou nervoso, engolindo em seco. Era estranho se sentir daquela maneira, o tempo inteiro, com sua própria mãe.

— Ele saiu para encontrar o pai de Bora — respondeu, guardando o telefone em sua bolsa que, só então, Junwoo percebeu que estava pendurada em seu ombro. — Eu vou ao mercado para comprar o que falta para os jantares e almoços da semana. Fique em seu quarto, sem televisão.

Junwoo deu espaço para que a mulher passasse por ele e abrisse a porta, abaixando a cabeça após assentir ao seu comando. Afinal, o que poderia fazer? Enfrentá-la? Não deveria. Não podia. Era sua mãe.

— Você me ouviu? — ela exigiu uma resposta, parando ao lado do filho para olhá-lo, dura.

— Sim — conseguiu responder, mas não conseguiu olhar para ela.

Dito isso, a mulher deixou a residência e Junwoo conseguiu ouvir a trava da porta, indicando que ela havia o trancado ali dentro. Um aperto se fez presente no peito adolescente, mas ele somente suspirou, seguiu para o seu quarto, deixou sua mochila ao lado de sua cama e, em seguida, tirou o moletom que vestia. No início, achou estranho sua nova escola não exigir uniformes, mas Yoona lhe havia dito que era por causa de um debate que acontecera, dois anos antes, em que os alunos exigiram liberdade de expressão através das suas próprias roupas. Visto ter sido um evento com repercussão internacional, a administração e o diretor se sentiram ameaçados, com medo de que a imagem de um colégio "aberto" fosse perdida e, então, aceitaram.

Junwoo olhou em volta, sentindo-se estranho em seu próprio quarto. Era tão vazio... No quarto de Takeshi, havia coisas penduradas, fotos e uma decoração que dizia muito sobre o garoto. Já ele, nem ao menos sabia quais eram seus gostos ou o que colaria na parede, caso pudesse. A única coisa que tinha certeza de que colocaria era uma foto com Takeshi, Yoona, Bonhwa, Ravi e Hajoon. E, claro, uma com Syaoran.

Sorriu tristonho, lembrando-se de seu melhor amigo. Talvez, quando sua mãe voltasse, ele pedisse para ligar para o mais velho, mas era bem provável que ela não permitisse por causa do incidente do dia anterior.

Olhou em volta mais uma vez, dando-se conta de que não aguentaria ficar ali pelo resto do dia. Ele não tinha absolutamente nada para fazer. Talvez, pudesse ficar na janela da sala, olhando a rua, como as vizinhas fofoqueiras costumavam fazer em seu dia a dia. Abriu a porta de seu quarto e saiu dali, parando bem em frente a ela. Foi quando seus olhos bateram na porta um pouco mais à frente, a do quarto de seus pais. As mãos do garoto coçaram e ele se viu mais de um minuto parado ali, encarando a porta como se ela fosse a coisa mais interessante que tivesse para olhar naquele momento. E, talvez, fosse.

Tentou se lembrar da última vez que esteve no quarto de seus pais, mas não conseguiu. Quando era pequeno, costumava pedir para dormir com eles quando sentia medo de ficar sozinho. Coisa de criança, é claro. Mas seus pais nunca permitiram. Até quando era bebê, ele sempre ficava no berço, e sua mãe nunca teve o costume de colocá-lo para dormir entre ela e o marido.

O tratamento deles com o filho sempre foi algo frio e nada fraternal.

Quando percebeu, já estava de frente para a porta fechada, tocando a maçaneta e girando-a lentamente. Ele sabia que não deveria fazer aquilo, mas era como o famoso ditado dizia: a curiosidade matou o gato.

O quarto era branco, muito branco. Junwoo apertou um pouco os olhos por causa da claridade excessiva que os irritou, engoliu em seco e pensou duas vezes antes de pisar para dentro do cômodo. *Que mal faria, certo?* Seus pais não estavam e ele não tinha nada para fazer. Não faria mal algum, se desse só uma espiadinha.

Por fim, pisou dentro do quarto, analisando em volta. A cama de casal estava perfeitamente arrumada, ao lado direito dela, havia uma escrivaninha com um suporte de canetas e, para a curiosidade de Junwoo, um caderno em frente. Ele se aproximou, com passos desnecessariamente cuidadosos, parou em frente à escrivaninha e tocou no bloco de papel com seus dedos, um pouco trêmulos por causa da adrenalina de estar fazendo algo errado.

O caderno foi aberto e a primeira coisa que Junwoo viu foi o nome de sua mãe: Han Jiyoon. O estranho para ele foi perceber que aquele era seu nome de solteira, do qual abdicou assim que se casou com Daejung. Abaixo do nome da mulher, havia uma data: 1990. Jiyoon nasceu em 1974 e, em 1990, tinha dezesseis anos. Junwoo compreendeu que o caderno foi comprado quando ela tinha aquela idade e não era difícil deduzir aquilo, visto que o objeto tinha uma aparência gasta e antiga.

Quando abriu o caderno, no entanto, a sua surpresa veio como um baque.

Na primeira página, havia um desenho de uma mulher: não era perfeito, mas os traços eram muito bem trabalhados. Junwoo não reconheceu a mulher desenhada, mas franzindo o cenho, confuso, buscou algum indício de quem poderia ser e acabou por encontrar, em pequenas letras: *Huang Mei, 03.06.1990.*

Era a mãe de Syaoran.

Sua mãe havia desenhado a mãe de Syaoran quando ambas tinham por volta de dezesseis anos.

Junwoo suspirou, sentindo-se intrigado como nunca. Começou a folhear o caderno, vendo, a cada página, retratos de pessoas que Junwoo não conhecia, sem indicar seus nomes, e também paisagens, cujos traços melhoravam cada vez mais.

Ficou completamente embasbacado quando observou um autorretrato de sua mãe, feito em 1996. Era um desenho lindo que, de fato, mostrava todos os traços dela: jovem e extremamente bela na época. No entanto, havia algo de estranho: conseguiu ver que foi o único retrato, ao qual ela deu um fundo totalmente preto, sombrio. Era um tanto pesado e angustiante.

Checou a data do próximo desenho e viu que havia um intervalo enorme entre ele e o autorretrato. *Ela passou todo aquele tempo sem desenhar?* O engraçado era que Junwoo nem sequer sabia que sua mãe podia desenhar daquele jeito.

Havia mais alguns desenhos de paisagens feitos durante o ano de seu nascimento, mas eram apenas três e todos pareciam inacabados. Junwoo franziu o cenho quando observou o desenho de uma criança, feito dois anos depois da última paisagem. Era ele, sabia que era ele. *Mas por que o desenho estava todo rabiscado a ponto da folha parecer prestes a rasgar?*

Junwoo sentiu seu coração apertar enquanto observava seus traços infantis completamente estragados pelos rabiscos descoordenados que o cobriam. Ele não entendia. Por que sua mãe o rabiscou? E por que aquele foi seu último desenho?

Os dedos do garoto começaram a folhear o caderno com mais velocidade, tentando achar outro rascunho de desenho, algo que tirasse de sua mente que aquela última ilustração só deixava ainda mais claro que sua mãe não gostava do próprio filho. Aquele pensamento estava assombrando a mente de Junwoo e, ultimamente, a possibilidade estava se tornando ainda mais inevitável.

O barulho da porta batendo fez com que o garoto desse um pulo no próprio lugar, fechando o caderno em seguida, um tanto desesperado por ter sido "pego no flagra". O deixou sobre a mesa da mesma forma que o encontrou, saiu do quarto dos pais e, em seguida, voltou para o seu, fechando a porta e se deitando, ofegante.

O que foi aquilo?

Na hora do jantar, quando seu pai já havia chegado do tal encontro com o pai de Bora, Junwoo caminhou até a cozinha em passos lentos, sentindo algo pesar sobre os seus ombros de maneira intensa quando pousou seus olhos em sua mãe. Ela servia a comida em três pratos, de maneira igual, coisa que surpreendeu Junwoo por alguns segundos, porém, nada foi capaz de espantar os pensamentos horríveis que o atormentavam desde que havia colocado os olhos naquele desenho.

Não sabia se ficava surpreso por saber que sua mãe desenhava, ou triste porque o único desenho seu que havia ali estava destruído por rabiscos.

— Conversei, hoje, sobre a viagem para nossa casa de campo — Daejung comentou, após fazer a oração enquanto Jiyoon e Junwoo começavam a comer.

Bem, Junwoo *tentava* comer.

— E nós vamos no recesso escolar que tem em maio. Visto que entramos agora em abril e Junwoo e Bora ainda têm aulas, é melhor esperarmos — continuou, recebendo um aceno positivo da mulher.

— Mãe, posso ligar para o Syaoran *hyung* hoje? — Junwoo soltou do nada, sentindo que precisava falar com alguém naquele momento, pois, caso contrário, explodiria. Sua cabeça estava assimilando muita coisa ao mesmo tempo.

— Por que mudou de assunto do nada, Junwoo? Tenha mais respeito ao seu pai — sua mãe o repreendeu.

Daejung também o fitava duro.

Junwoo suspirou e abaixou o olhar.

— Desculpe-me, pai.

— Qual o motivo de estar nos desrespeitando tanto, Junwoo? — seu pai ignorou o pedido, pegando um pouco do *kimchi* em seu prato com os *chopsticks* enquanto seus olhos não deixavam o rosto vacilante de Junwoo. — Saindo com desconhecidos, me interrompendo... O que houve com você?

Junwoo sentiu vontade de revirar os olhos. Ele nunca sentiu isso antes, não com seus pais.

— Não era um desconhecido. Era um amigo, eu já te expliquei — murmurou. — E peço desculpas pela interrupção.

— Você não nos deu o sobrenome dele ainda — o pai o relembrou e Junwoo engoliu em seco, desviando o olhar para o seu prato.

— Eu vou perguntar amanhã — respondeu, sentindo um calafrio em sua espinha por ter que continuar com mais uma grande mentira. O que seu pai faria quando tivesse o sobrenome de Dyul em mãos?

— O que quer falar com Syaoran? — sua mãe foi quem perguntou, parando de comer para dar um gole no chá que tinha servido para si.

— Eu... queria saber como ele está, é meu amigo. — Junwoo cutucou o arroz em seu prato, sentindo o peso do olhar de sua mãe em si. Seu pai havia voltado a comer, sem se importar muito com o fato de Junwoo querer falar com o amigo.

Um silêncio doloroso — para Junwoo — seguiu por longos dois minutos, dando tempo para que finalizasse sua comida e suspirasse baixinho, convicto de que teria que lidar com seus pensamentos sozinho e conversar consigo mesmo naquela noite; no entanto, foi surpreendido pela fala de sua mãe.

— Está bem. Pode pegar meu telefone, está em cima do balcão.

Junwoo levantou-se, curvou-se para os seus pais e deixou sua louça na pia, murmurando uma "benção" antes de pegar o celular de Jiyoon e se dirigir ao seu quarto. Sentou-se em sua cama e ligou o aparelho, lembrando-se de onde ficava a agenda telefônica e abrindo-a, assim que a tela acendeu.

Antes que pudesse procurar pelo nome "Huang Syaoran", pôde ver que, na discagem rápida, estava salvo o número de Huang Mei. Junwoo ficou em silêncio, recordando-se do desenho da mulher no caderno de sua mãe, de como elas sempre estavam sorrindo quando estavam juntas. Ele coçou a cabeça e suspirou baixo, totalmente confuso. Deixando aquilo de lado e achando que seria melhor falar com Syaoran, Junwoo ligou para ele.

Em três toques, Syao atendeu.

— Junwoo?

— Oi, *hyung*! — exclamou, sentindo um alívio imediato em seu peito. Deus, sentia muita falta de Syaoran!

— *Meu Deus, garoto, como você está?*

— Estou... bem — suspirou. — Na verdade, mais ou menos, *hyung*. Tem muita coisa acontecendo.

— *Sou todo ouvidos.*

E Junwoo contou. Contou sobre seu primeiro beijo na tal garota, sentindo-se envergonhado pelos comentários bobos de seu *hyung* sobre como ele tinha "desencalhado", coisa que não entendeu no início, mas Syaoran explicou. Junwoo não contou como aquele beijo na garota conseguiu fazer sua atenção sair de sua suposta vontade de beijar um homem. Não contou, porque nem ele se sentia convicto daquele pensamento.

— Tem mais uma coisa... — murmurou, após Syaoran cessar seus comentários sobre como queria conhecer os novos amigos dele. — Eu entrei no quarto dos meus pais hoje...

Syaoran interrompeu-o:

— *Escondido?* — questionou surpreso. — *Quem é você e o que fez com Lee Junwoo?*

— É sério, *hyung*. E-eu... vi algo estranho. — Respirou fundo. — Vi um caderno de desenhos da minha mãe.

— *Não sabia que ela desenhava.*

— Nem eu. — Levantou-se de sua cama e aproximou-se da porta, tentando ver se a mulher estava ali, mas o barulho de louça sendo lavada e da televisão indicou que seus pais não estavam ouvindo. — *Hyung*, é um caderno de quando ela tinha dezesseis. E o primeiro desenho que tem ali é da sua mãe.

— *Da minha mãe?*

— Sim. E tinha um meu. De quando eu ainda era uma criança, mas... está todo rabiscado. E foi o último que ela fez.

Syaoran não respondeu de imediato, parando para analisar a situação. Era realmente estranho, já que, sim, suas mães eram amigas, mas não sabia que eram há tanto tempo assim, afinal Junwoo e Syaoran se conheceram na escola e não através delas.

— *Eu posso... Posso perguntar à minha mãe* — ele sugeriu e Junwoo se desesperou.

— Não! Se não a minha vai saber que entrei no quarto dela, *hyung*! Elas ainda se falam, não?

— *Eu nunca vi. Mas não fico com minha mãe cem por cento do tempo. Você sabe, ela trabalha* — explicou, sentindo a confusão do pequeno Junwoo de longe. — *Por falar nisso, arranjei um trampo com um amigo e ele concordou em me pagar adiantado para que eu possa te visitar no recesso de maio, Junwoo!*

Os sentimentos de Junwoo mudaram imediatamente de foco, permitindo que se alegrasse ao perceber que, em pouco tempo, poderia juntar seu amigo ao seu novo grupo e voltar a passar tempo com ele.

— Isso é ótimo, *hyung*!

— *Sim! Vou poder conhecer essas pessoas que querem roubar meu melhor amigo* — brincou, arrancando uma risada de Junwoo.

— Espera... — Parou de rir, analisando a situação. — Você disse... recesso de maio?

— *Sim, por quê?*

— É que meus pais querem fazer uma viagem para nossa casa de campo nesse recesso, *hyung* — suspirou, entristecendo-se.

— *Eu vou com vocês, ora!* — respondeu o outro, como se fosse óbvio.

— Jura? — Junwoo abriu um enorme sorriso, sentindo que era capaz de começar a pular em sua cama de animação.

— Junwoo?

O adolescente ergueu a cabeça, assustando-se com a terceira voz presente no cômodo. Quando viu que era sua mãe, pediu baixinho para que Syaoran esperasse.

— Sim?

— Peça para Syaoran passar para a mãe dele. Quero falar com ela.

O sentimento de angústia voltou ao peito de Junwoo. Ele prensou os lábios, contendo-se para não soltar um "por quê?" e somente assentiu, observando a mulher ficar parada ali, apoiada no batente da porta, esperando que ele cumprisse sua ordem.

— Ahm, *hyung*... Minha m-mãe quer falar com a sua — gaguejou, sentindo suas bochechas esquentarem ao ouvir um bufo de sua mãe.

— *Ah... Tudo bem. Outro dia nos falamos e eu te digo quando vou chegar, tudo bem?*

Junwoo despediu-se de Syaoran e entregou o telefone à Jiyoon, vendo-a deixar seu quarto com o telefone já colado na orelha. *Deus, como queria ir atrás dela e ouvir a conversa!* Sabia que era errado bisbilhotar a vida de sua progenitora daquela maneira, mas era agoniante a forma como ela não se expressava, como Junwoo não sabia nada sobre a vida da própria mãe e não sentia que podia ou devia perguntar. Era horrível para ele ter aquela falta de contato com a mais velha.

O garoto tinha que lidar sozinho com aquilo, sem saber o porquê de sua mãe ter apenas um desenho seu e ele estar totalmente rabiscado naquele caderno.

Ele queria entendê-la.

Ele queria que ela agisse com o filho como uma mãe, de fato.

Ele queria uma mãe.

!

Takeshi chegou sozinho naquela manhã, usando — pela primeira vez no ano — seus óculos escuros para esconder as olheiras, as quais foram o resultado de uma noite mal dormida. Sua mãe até tentou ajudá-lo, ficando acordada com ele até as duas horas da manhã, mesmo que tivesse que trabalhar no dia seguinte. Fez chá para Takeshi e tentou aconselhá-lo, mesmo que não soubesse o porquê do filho estar tão perturbado com os próprios pensamentos. No entanto, ele só lhe disse que tinha a ver com Junwoo, coisa que Sanji já imaginava.

Takeshi ficou deitado no gramado do pátio, de olhos fechados, implorando mentalmente para que nada atrapalhasse seu momento de paz. "Paz" dita de maneira irônica, visto que seus pensamentos ainda gritavam com ele.

— *Hyung*?

Ótimo.

Takeshi sentou-se no gramado e fitou Junwoo através das lentes dos óculos, sorrindo sem mostrar os dentes.

— Olá, Woo.

Aproveitando que ainda faltavam alguns minutos para as aulas iniciarem, Junwoo sentou-se ao lado de Takeshi no gramado, cruzando as pernas e colocando sua mochila sobre elas, agarrando-a de maneira extremamente fofa.

"*Desgraçado*", Takeshi pensou.

— São novos os óculos? — Junwoo perguntou, sem saber muito bem o que falar com o mais velho.

— Não, só tô usando porque... — deixou a frase no ar e removeu o objeto do rosto, mostrando ao garoto as enormes olheiras embaixo de seus pequenos olhos.

— Eu também não dormi muito bem. — Junwoo deu de ombros, reparando em como o rostinho de Takeshi ainda estava inchado pelo horário. *Tão fofinho...*

— Quer falar sobre? — perguntou, com medo de que aquilo tivesse alguma coisa a ver com ele.

— Não foi nada de mais, *hyung*. Só algo com minha mãe, mas eu acho que... não é nada importante — tentou desviar, prensando os lábios em uma linha fina antes de sorrir para o mais velho. — Então, lembra-se do... do que eu te pedi?

Takeshi quis gritar.

— O quê? — ele se fez de desentendido.

— Ah, *hyung*, você sabe... — Corou e coçou a nuca, desviando seu olhar do rosto inchado de Takeshi para que parasse de pensar no quão fofo Takeshi estava. *Aqueles pensamentos de novo não.* — Sobre descobrir quem... quem eu beijei.

"Fui eu!", Takeshi quis gritar.

— Ah, sim... Por onde podemos começar? — Coçou a garganta e desviou o olhar para outros pontos do pátio. — Você lembra quem foram as participantes?

— Eu nunca vi o rosto de nenhuma delas, mas me lembro dos nomes — respondeu curioso e acompanhando o olhar de Takeshi. — Ji-Eun, Heyoon e Yeri.

— Yeri não estava participando quando foi sua vez, Woo — Takeshi disse de imediato, pois foi com ela que ele trocou de lugar quando Yoona anunciou a troca.

— Então... Heyoon e Ji-Eun? Sabe se alguma delas tem o cabelo curto ou estava com ele preso? — Junwoo perguntou, aproximando-se de seu *hyung* para falar mais baixo, visto estar um pouco envergonhado pelo assunto.

Takeshi sentiu seu corpo congelar.

— Por quê?

— P-porque eu... Eu coloquei minha mão n-no pescoço dela e não senti cabelo, *hyung*.

— Fodeu.

— O quê? — Junwoo franziu o cenho, confuso.

— É... A Heyoon está ali. — Takeshi apontou, tentando desesperadamente fugir daquela situação.

Por Deus, o que ele devia fazer? Era realmente questão de tempo até Junwoo descobrir por si só que beijou um menino. Que beijou Takeshi.

— Heyoon... — Junwoo sussurrou, seguindo o dedo de Takeshi até pousar os olhos em uma garota de estatura média, agarrada a alguns livros enquanto conversava com uma professora. Ela parecia ser simpática por causa do sorriso que dirigia à mulher mais velha e da animação em conversar com ela, mas tinha o cabelo longo. — O cabelo, *hyung*...

— Ela devia estar com ele preso. Fale com ela. Se não tiver sido ela, foi a Ji-Eun — Takeshi falou rápido demais, segurando-se para não gaguejar. *O que ele estava fazendo?*

— Falar com ela, *hyung*? Agora? — Junwoo arregalou os olhos, mal percebendo que Takeshi estava vermelho de agonia ao seu lado. — O que eu tenho que falar?

— Pergunta se ela se lembra de você na barraca, Junwoo, puxe algum assunto, é... — Takeshi estava mais perdido que o próprio Junwoo e, em um impulso, levantou-se, segurando o mais novo pela mão para puxá-lo para cima também. — Diga que beijou uma menina e quer saber quem é.

— M-mas, *hyung*... — Junwoo tentou, mas não sabia o que dizer. *O que faria, afinal?* Se quisesse descobrir quem era, deveria ir atrás e aquele era o único jeito. — T-tudo bem.

Um minuto depois, Junwoo tinha sua mochila nas costas e caminhava em passos hesitantes até Heyoon, que já havia terminado de falar com a professora e lia um livro, encostada a uma das mesas disponibilizadas no pátio para a espera do início das aulas e do intervalo.

Takeshi o observava de longe, roendo a pele no canto da unha e pensando no que deveria fazer. Era óbvio que Heyoon diria que não foi ela, afinal, não foi! Então... o que ele faria, se Junwoo falasse com Ji-Eun e acontecesse o mesmo? Não podia lhe contar, não podia dizer a Junwoo que tinha sido ele.

— O que você tanto olha?

Takeshi deu um pulo ao ouvir a voz de Bonhwa em seu ouvido.

— Pai do céu, sai com essa voz grossa pra lá.

Choi gargalhou antes de seguir com o seu olhar o que Takeshi, antes, olhava.

— Por que Junwoo está falando com a Heyoon? Ele parece prestes a ter um ataque do coração. E você também.

Takeshi parou de roer a pele de seu dedo para fitar o melhor amigo, sentindo uma vontade imensa de gritar.

— Eu não sei o que tô fazendo, Bonhwa.

Do outro lado do pátio, após cumprimentar Heyoon com uma curvatura excessiva e receber uma de volta, além de um sorriso doce, Junwoo travou. O que Takeshi tinha dito para ele falar mesmo?

— E-eu...

Engoliu em seco, respirando fundo enquanto observava o rosto da menina. Ela era bonita, sim, muito bonita, mas sua boca não despertava os mesmos pensamentos que a boca de Takeshi lhe despertava. Tenso com o rumo de seus pensamentos e, em um impulso, soltou:

— Eu... Sou o Jun-Junwoo.

— Prazer, sou Heyoon. — Ela sorriu mais uma vez, achando fofo o jeito envergonhado do garoto. — Posso ajudá-lo?

— Você... Você participou da barraca do beijo, cer-certo? — tomou coragem, vendo a menina corar, assim como ele, mas assentir. — É que... eu... Eu b-beijei uma menina e... queria saber se... Se...

— Se fui eu?

Aquilo era tão estranho. Uma semana antes, Junwoo nunca imaginaria que estaria naquela situação, indo falar com uma garota por achar que a tinha beijado, depois de ficar perturbado com a vontade que estava sentindo de beijar Takeshi.

Beijar Takeshi... O quão estranho aquilo seria, se acontecesse? Era bobeira sua, Junwoo tinha certeza. *Ou quase.*

Assentiu ao questionamento da garota, sentindo o peito apertar e o ânimo diminuir quando as dúvidas a respeito de Takeshi voltaram a assombrá-lo. *Aquilo deveria ter desaparecido depois de seu beijo com a garota.*

— Sim, fui eu. Me lembro de você, Junwoo.

Pego de surpresa pela resposta da menina, Junwoo engasgou com a própria saliva, sentindo-se mais envergonhado que nunca ao ouvir a risada dela.

— Será que ele tá bem? — Bonhwa perguntou, assistindo a Junwoo engasgar de longe.

— Bonhwa... O que será que ela disse? — Takeshi batia o pé no chão, agoniado por não poder ouvir o que a garota dizia. — Eu só queria ser uma mosquinha! — Virou-se de costas, sem aguentar mais o sentimento no peito.

— Eu acho que... Heyoon não é uma pessoa sincera.

— Por quê?

Bonhwa não respondeu, observando, com desdém, a menina assentir e entregar um papel, provavelmente com seu número de telefone para Junwoo. Bonhwa engoliu em seco e segurou os ombros de Takeshi, virando-o de frente para um Junwoo feliz, olhando o número de telefone em mãos enquanto Heyoon sorria, flertando com o menino.

Takeshi engoliu em seco.

— Esse é o preço que se paga por mentir.

!

Jooheon apertou a barra de sua camisa, sentindo os dedos formigarem de ansiedade enquanto fitava o prédio à sua frente. Era a futura escola do filho, situada no centro, para crianças entre cinco e quinze anos.

Dakho, seu filho, havia acabado de fazer cinco anos quando foi adotado por James e ele, na Inglaterra, depois de ser rejeitado por diversas famílias. Jooheon não gostava de pensar no motivo, mas aquela vozinha irritante, no fundo de seu cérebro, insistia em dizer que era por causa da cor da pele do pequeno.

— Amor! — James tocou a cintura do marido, abraçando-o por trás, aproveitando que estavam sozinhos na entrada do local. Jooheon respirou fundo, saindo do transe, e virou-se para o marido, abrindo um sorriso doce. — Está tudo bem?

— Sim, eu... só estava pensando. — Abanou a cabeça, virando-se de frente para James. — Conseguiu falar com o médico?

— Sim, ele disse que a alta de Dakho é daqui a duas semanas e que podemos ir hoje, no horário de visitas — James explicou, suspirando quando recebeu um beijo na testa de Jooheon.

Dakho ainda estava no hospital, em recuperação, após a longa e difícil cirurgia que teve que enfrentar pelo tumor em seu cérebro. Foram dias de dor e emoções fortes para ambos os pais, os quais, graças ao doutor Ishikawa Shutaro, não tiveram que enfrentar a perda de um recente filho. Jooheon não sabia se conseguiria suportar a perda daquela criança que, em tão pouco tempo, conquistara todo o seu ser e coração.

James e Jooheon se conheceram quando o segundo se mudou para Londres. James era britânico e trabalhava no ramo da advocacia e, por obra do destino — como gostava de dizer —, esbarrou com Jooheon em um famoso bar gay da cidade. Desde o primeiro momento, eles se sentiram extremamente atraídos um pelo outro até que uma coisa levou à outra. E ali estavam, em Seul, após se mudarem por causa da empresa de Jooheon, casados — com documentos britânicos — e com um filho.

O processo de adoção foi longo, o que atrasou a ida para Seul, mas como a Inglaterra era um país mais desenvolvido que a Coreia do Sul naquela questão, a adoção terminou bem.

James tentava tranquilizar Jooheon, dizendo-lhe que a adoção estava feita e não tinha como tirarem o filho deles, mas o outro ainda tinha medo. Tanta coisa já dera errado em sua vida, mais uma não seria surpresa.

— Acha que vai dar certo Dakho estudar aqui? — James perguntou, observando o local enquanto Jooheon se afastava um pouco.

— Sim. É a central, então, inevitavelmente, tem mais diversidade. São mais abertos e... — Jooheon interrompeu-se, olhando para o outro lado da rua.

O colégio central para o ensino médio: *onde o seu sobrinho estudava.*

— Joo? — James chamou-o, tocando seu ombro ao vê-lo em transe. — O que houve?

Jooheon respirou fundo e forçou um sorriso.

— Nada. Vamos entrar logo antes que eu desista.

E eles entraram.

CAPÍTULO 24

— Junwoo, o que falou com Syaoran ontem?

Jiyoon colocava a louça do café da manhã na pia, após o marido ter deixado a cozinha para ir até seu escritório improvisado na casa, enquanto Junwoo checava seu material dentro da mochila, parado na porta do cômodo. O filho ergueu a cabeça, sem estranhar a pergunta da mãe, mas sentiu a nuca se arrepiar em estado de alerta, após se recordar do que encontrara em seu quarto.

— Eu só... queria saber como ele estava. Ele me contou da escola dele e eu contei da minha. — Deu de ombros, desejando fugir dali o mais rápido que pudesse.

— Ele mencionou que virá aqui no recesso? — ela retrucou, soando um tanto dura enquanto se virava de frente para o garoto.

Junwoo engoliu em seco.

— S-sim. — O garoto já se preparou para as desculpas, pensando em dizer que se esquecera que partiriam para uma viagem para a casa de campo. Sentiu-se triste, já imaginando que o amigo não poderia acompanhá-los e que teria que enfrentar seus problemas familiares sozinho, sem nenhum apoio ao seu lado. Tudo bem, tinha Bora, mas ela não era tão próxima quanto Syaoran.

— Ele vai com a gente para o campo — a mãe, finalmente, disse, voltando a se virar para a pia. — Conversei com a mãe dele.

— Ele... o quê?

Junwoo estava completamente perdido. Sua mãe permitiu aquilo? Até mesmo quando o objetivo da viagem era "unir" as famílias de um jeito que Junwoo, certamente, não queria?

Jiyoon bufou, virando-se para o filho novamente:

— Está surdo? Ele vai com a gente para a casa de campo, ora!

Junwoo coçou a nuca, sentindo o estômago embrulhar por algum motivo desconhecido. Talvez, fosse ansiedade.

— E-eu... O papai permitiu?

Aquela pergunta pareceu ser justamente o que sua mãe não queria ouvir. Ela suspirou e abanou a cabeça negativamente.

— Conversarei com ele hoje.

Junwoo sentiu medo. Era certo que seu pai não ficaria feliz com o "intruso" naquela viagem, já que parecia o mais empolgado com a relação entre o filho e Bora e, com toda a certeza, utilizaria aquela viagem como uma tentativa de aproximar os dois — forçá-los, basicamente — de modo romântico. Junwoo não sabia se aguentaria calado e era engraçado pensar aquilo de si mesmo.

— T-tudo bem — foi o que o filho disse, finalmente, virando-se para sair da cozinha. Cessou os passos quando ouviu, mais uma vez, a voz de sua mãe.

— Leve um casaco. Vai chover hoje.

!

Assim que Lee Junwoo pisou na escola, com os pensamentos vagando nas atitudes estranhas de sua mãe e um casaco amarelo pendurado em seu braço, foi abordado por Heyoon:

— Junwoo!

O adolescente virou-se, levando um susto com a exclamação da garota, mas tentou exibir um sorriso, disposto a trocar o foco de seu pensamento. O problema era: tentar pensar em como estava se sentindo em relação à Heyoon talvez fosse pior, visto que não estava se sentindo como o esperado.

— Olá, Heyoon — murmurou, curvando-se por reflexo.

— Que formalidade! Nós já nos beijamos, Woo, não precisa disso — ela disse risonha, segurando os ombros do garoto para abraçá-lo.

Junwoo congelou, tanto pela atitude afetuosa inesperada, quanto pela forma que ela o chamou. Era como Takeshi tinha passado a chamá-lo. Saindo da boca do ruivo era bom de ouvir, aquecia seu peito, mas ouvir Heyoon chamá-lo daquele jeito foi estranho. Não foi bom, o incomodou da maneira mais esquisita possível.

— Ahm... T-tudo bem — disse, por fim, tocando nas costas dela rapidamente para parecer que havia correspondido ao abraço.

O abraço de Takeshi hyung era muito melhor.

— Woo, eu sei que, normalmente, são os meninos que pedem, mas também sei que você é todo tímido, então... — ela começou, afastando-se do corpo do outro e mexendo na barra de sua saia enquanto falava. — Queria saber se você quer passar um tempinho comigo no intervalo. Sabe... pra gente conversar.

Junwoo engoliu em seco, com seus olhos focados na boca da garota se mexendo, repleta de *gloss* e, novamente, sem sentir o que sentia quando olhava para a boca de Takeshi. Ele respirou fundo e, em um impulso, acenou positivamente para ela. Tinha que parar de pensar em seu *hyung* daquela forma.

— Me encontre, no pátio, no intervalo, então — respondeu animada e deixou um beijo melado na bochecha dele antes de sair saltitando dali para ir de encontro às suas amigas.

Junwoo sentiu o rosto corar ao perceber os olhares de alguns alunos sobre ele; respirou fundo, sentindo a bochecha melecada de *gloss* e, sem pensar muito, passou a mão ali, tirando os resquícios do beijo da garota.

Por que não sentia nada com ela?

Enquanto caminhava em busca de seus amigos, começou a pensar que tudo que sentiu quando deu seu primeiro beijo foi devido ao nervosismo de estar fazendo um ato impulsivo, porém aquele pensamento não batia com o de que se sentia totalmente diferente quando observava a boca de Takeshi... E ele percebeu aquilo. *Só não queria aceitar.*

— Bom dia, Junwoo-*ah*! — foi Bonhwa quem o cumprimentou primeiro, abraçando-o de lado quando parou em frente à mesa de pedra do pátio em que estavam sentados.

— Bom dia — murmurou em resposta, sorrindo.

Yoona estava sentada, abraçada a Ravi, enquanto Bonhwa estava em pé, abraçando o ombro de Junwoo.

— Onde está Takeshi *hyung*?

— Ele acordou atrasado — explicou, dando de ombros. — Daqui a pouco aparece.

Junwoo assentiu, pronto para se sentar também, mas foi impedido quando Bonhwa segurou sua mão.

— Posso falar com você rapidinho?

Se Junwoo fosse um pouco mais atento, teria percebido os olhares de alerta que Ravi e Yoona lançaram a Bon, os quais foram completamente ignorados por este. Choi apenas acenou em direção ao edifício escolar, após receber uma confirmação de Junwoo, e os dois começaram a caminhar para dentro do local, em direção aos armários.

— Como você está? — iniciou, segurando a alça de sua mochila.

Junwoo suspirou e forçou um sorriso.

— Bem! E você?

— Mais ou menos, tenho tido que tomar grandes decisões em minha vida ultimamente — ele explicou e parou ao lado do armário do moreno, quando chegaram ali.

— Que decisões? — acabou por perguntar, curioso. Lee abriu seu armário e buscou pelos livros e cadernos das aulas que teria no dia. Quando percebeu que, talvez, tivesse sido um pouco invasivo, corrigiu-se. — D-desculpe se...

Bonhwa interrompeu-o:

— Não tem problema, Junwoo. — Riu fraquinho. — Decisões em relação à minha família e... Yoona.

Junwoo assentiu, fechando seu armário e virando-se para seu *hyung*.

— Sua mãe está... melhor? E... seu irmão?

— Sim, muito! Os dois estão conseguindo criar laços mais fortes, por mais que ainda haja certa relutância do lado dela — Bonhwa explicou, fitando as próprias mãos enquanto falava. — Mas ela já está se sentindo muito melhor. Vai voltar a trabalhar logo.

— No que ela trabalha?

— Ela ama cozinhar e trabalhava, antes da depressão atingi-la, no restaurante do meu vô, pai dela.

— Que legal, *hyung*! — Ele sorriu, verdadeiramente feliz pela vida familiar de Bonhwa estar melhorando.

— Sim. — Sorriu de volta. — E, em relação à Yoona ainda é complicado.

Junwoo ficou em silêncio, esperando-o dizer mais alguma coisa, visto que abria e fechava a boca, hesitante. Por fim, Choi continuou:

— Eu a amo. Amo verdadeiramente. E sei que ela me ama.

— Então... qual é o problema, *hyung*? — Franziu o cenho.

— Ela também ama o Hajoon, Junwoo — suspirou e puxou os fios vermelhos para trás.

— É estranho pensar nisso, porque ele é nosso professor e é mais velho — comentou, coçando a nuca, em dúvida se aquele tipo de relacionamento era certo. — Não é meio... errado?

— Ela é quase maior de idade, sabe o que quer. O Hajoon nunca se aproveitou dela em nenhuma situação e eles não mantêm uma relação. Fora que ele nunca a beneficiou no ambiente escolar — explicou, suspirando. — E o ano está chegando ao fim, logo eles não serão mais professor e aluna, nem adulto e adolescente... — Bonhwa riu tristonho, sentindo-se mal ao reparar aquilo. — Talvez, ela esteja esperando o fim do ano para decidir.

— E você... vai esperar por ela? — questionou, verdadeiramente curioso, enquanto abraçava os próprios braços, por sentir uma ventania atingi-los.

— É claro! Eu a amo.

— *Hyung*... Posso te fazer uma pergunta? — Ele sentiu as bochechas esquentarem. Bonhwa assentiu e, depois de alguns segundos, Junwoo continuou: — Quando você olha pra boca de Yoona... o que você sente?

Bonhwa o fitou e passou quase um minuto em silêncio, observando-o.

Junwoo começou a achar que não deveria ter feito aquela pergunta, mas o outro foi mais rápido e interrompeu aquele raciocínio:

— Tudo — iniciou. — Quando ela fala, meus olhos ficam ali, sem eu perceber. Fico reparando na textura, na cor, sinto meu peito aquecido e o estômago revirado de ansiedade por querer ter minha boca colada na dela.

Os olhos de Junwoo se perderam no nada e a imagem que surgiu em sua mente foi da boca rechonchuda de Takeshi. Ela era avermelhada e tinha um formato *tão bonito e atraente*... Era atraente, sim.

Lee engoliu em seco. A boca de Heyoon não era nem um pouco atraente aos seus olhos. *Nem um pouco*.

— Eu não me sinto assim com a Heyoon — disse, por fim.

— Heyoon... A menina que você beijou na barraca do beijo? — Bonhwa foi irônico, mas Junwoo não percebeu.

— É... O que eu faço, *hyung*? — Ele parecia realmente perturbado.

Bonhwa pensou e repensou. Achava que Takeshi tinha vacilado e aquilo não era um segredo, mas também queria ajudar os dois amigos a ficarem juntos, coisa que seria difícil, se Junwoo realmente achasse que era Heyoon quem o beijara.

— Você tem certeza de que foi ela?

— E-ela me disse que foi. — Deu de ombros.

— E o que te confirma que ela não está mentindo só por querer seu corpinho? — Bonhwa sorriu zombeteiro.

Junwoo corou e não soube o que responder.

— E-eu... — tentou, mas nada saiu.

— O jeito mais fácil de descobrir isso é a beijando de novo, Junwoo.

Junwoo respirou fundo, puxando seus fios castanhos — que estavam ficando bem longos — para trás, expondo a testa que começava a suar pelo nervosismo e pela quantidade de pensamentos perturbadores que estavam assombrando sua semana.

Beijá-la de novo.

Não seria um problema, certo? Era uma garota e ele já a beijara. Não tinha nada de errado. Talvez, ele se sentisse daquele mesmo jeito que se sentiu na barraca, não é? Não tinha motivo para não tentar.

— Oi, gente.

Takeshi enlaçou o ombro de Lee, assim que chegou perto dos dois, ignorando a noite mal dormida pela merda toda que deixara acumular, se deixando levar pela presença maravilhosa de Junwoo ali.

O mais novo sentiu o coração acelerar no mesmo segundo enquanto sua nuca se arrepiava por causa da voz do ruivo bem perto da sua orelha.

Será que eu vou infartar?

— O-oi, *hyung*. — Junwoo olhou-o, com suas bochechas se avermelhando. — Por que está todo molhado?

— Começou a chover... muito. — Takeshi constatou, apontando para a porta de entrada aberta, por onde passavam vários alunos correndo, encharcados pela chuva que caíra toda de uma vez. — Eu tive que correr, o que me ajudou a chegar mais rápido.

— Pelo menos isso, né? — Choi debochou. — Vá se secar antes da aula.

— Eu vou. Sobre o que estavam falando? — perguntou, sem nunca se soltar de Junwoo, tomando cuidado apenas para não molhá-lo.

— Sobre você — Bonhwa retrucou. Junwoo arregalou os olhos.

— Sobre mim? — Takeshi franziu o cenho, fitando Junwoo e sentindo seu coração disparar quando notou o garoto totalmente envergonhado.

— N-não. Estávamos f-falando da... Da Yoona.

Bonhwa e Takeshi franziram a testa, confusos. Takeshi, por não saber em quem acreditar; Bonhwa, por estranhar o fato de que Junwoo não disse que, na verdade, estavam falando sobre Heyoon.

— Hmm... Tudo bem, então. Eu vou ao banheiro me secar. — Takeshi murmurou, meio sem jeito, lançando um último olhar para Junwoo antes de se retirar dali.

— Por que não falou que estávamos falando sobre Heyoon? — Choi inquiriu, ajeitando sua mochila nas costas para começar a andar em direção à sala.

— E-eu... — Junwoo soltou a respiração que nem percebeu que estava segurando. — Eu não sei.

!

Durante a aula, Junwoo não conseguiu ouvir o que o professor de Matemática explicava. Ele escutava algumas palavras soltas e fazia anotações que, com toda a certeza, quando relesse, não fariam sentido algum em seu cérebro.

Quando deu o horário do intervalo, ele hesitou. Não sabia se era certo se encontrar com Heyoon, não quando passou a aula inteira pensando na boca de Takeshi, chegando a rabiscar o formato dela no canto da folha de seu caderno. Ficou parecido? Não, porque Junwoo não sabia desenhar, mas foi o suficiente para despertar aqueles mesmos pensamentos de dias atrás sobre o ruivinho, de maneira mil vezes mais intensa.

"Eu quero beijar o Takeshi", ele constatou e, dois segundos depois, se levantou e foi em direção ao pátio para encontrar Heyoon. *"Não posso querer beijar o Takeshi!"*

— Oi, Heyoon — cumprimentou a menina quando se aproximou o suficiente dela.

A garota estava sentada sobre a mesa do pátio, com suas pernas juntinhas por conta da saia que utilizava, e se olhava no espelho enquanto penteava seu cabelo. Ela era uma das poucas no pátio, visto que a maioria dos alunos preferiu ficar do lado de dentro do edifício por causa da chuva, a qual dava algumas tréguas, mas não parava realmente. Quando ouviu a voz de Junwoo, ela ergueu a cabeça e sorriu para ele.

— Oi, Woo!

O rosto de Junwoo quase se contorceu ao ouvir a menina chamá-lo daquela maneira.

— Eu... preciso falar com você — pigarreou, antes de dizer, juntando as mãos em frente ao corpo, determinado a tirar o que precisava da garota para limpar seus pensamentos. Precisava saber se era ela, precisava não sentir mais aquela tentação em frente à boca de Takeshi.

— Diga — a menina tombou a cabeça para o lado, flertando com ele. — Chegue mais perto, *oppa*.

— Eu sou mais novo que você — Junwoo se viu corrigindo-a, suspirando, em seguida, quando notou que ela se assustou com seu tom. — D-desculpe, é que eu pulei um ano, então...

— Hm, é um garoto inteligente, então... — murmurou, colocando as mãos nos ombros dele, puxando-o para mais perto, e Junwoo engoliu em seco, extremamente nervoso. *Um nervoso ruim.*

— Eu... E-era você mesmo, n-na barraca, que... me b-beijou? — soltou, sentindo o estômago revirar quando as mãos da menina tocaram sua nuca. A sensação era completamente diferente do que sentira na barraca.

— É claro que era eu, Woo-*ah* — devolveu, puxando o menino para mais perto ainda, deixando-o entre suas pernas.

Naquele momento, a chuva decidiu começar a cair.

— Olha... que romântico! — Ela deu uma risadinha, a qual, na percepção dele, soou extremamente assustadora. — Precisa que prove que fui eu?

Junwoo não soube o que responder. Estava muito assustado e seu coração acelerado por causa do nervosismo, o qual era totalmente diferente do que sentia quando Takeshi lhe tocava. *Era horrível.*

Heyoon não esperou uma resposta e juntou sua boca à de Junwoo.

Ele ficou com os olhos abertos, vendo a garota fechar os seus. Ela agarrou sua nuca com firmeza, mexendo sua boca melecada de *gloss* contra a boca molhada de chuva dele. O garoto mal notava a água cair sobre o seu corpo quando tinha algo pior acontecendo consigo.

Não sentia nada, absolutamente nada.

Sentiu certo asco por causa da sensação gosmenta do *gloss*, sentiu um enjoo por causa dos seus pensamentos e do estômago que estava embrulhado de pura confusão. Ele deveria se sentir bem, afinal era uma garota. Mas não era quem ele havia beijado na barraca do beijo.

Não era Takeshi.

Junwoo empurrou a menina pelos ombros, assustado com seus pensamentos e com o quanto se sentiu mal com aquele contato. Sem explicar nada, completamente encharcado, correu escola adentro, totalmente perturbado. Disparou até o banheiro, sem saber bem para aonde ir, já que faltavam pelo menos trinta minutos para a aula começar e, para a sua surpresa, encontrou Bonhwa lá dentro, junto com Ravi.

— Junwoo, o que houve com você? — O Jung questionou assustado, já pegando um punhado de papel e indo em direção ao garoto.

— Eu beijei a Heyoon.

Ravi e Bonhwa se entreolharam, assustados com a forma rápida com que o garoto falou. Ravi começou a passar um pedaço de papel pelo rosto dele, tirando o excesso de água, enquanto Bonhwa o observava, em dúvida.

— Não era ela — Junwoo finalizou, sentindo repentinamente uma vontade de chorar. *O que estava acontecendo com ele?*

— Não, não era — Bonhwa se viu dizendo. Ravi olhou-o, assustado.

— V-você sabe quem foi, *hyung*? — perguntou, arregalando os olhos e dando um passo em direção a Bonhwa, mas Ravi o puxou de volta para terminar de secá-lo.

— Sim... mas eu não vou dizer.

Junwoo quis chorar.

— Deixe esse assunto para lá, pelo menos, por agora. Por favor! — Ravi suspirou, sentindo a frustração do menino. — Suas roupas estão completamente encharcadas, Junwoo.

Ele ficou em silêncio, tristonho, deixando que Ravi e Bonhwa o ajudassem a se secar o máximo possível.

O resto das aulas foi totalmente frustrante para o garoto: ele ficou encarando a janela, observando a chuva cair, pensando em que diabos estava acontecendo consigo. Chegou a conversar silenciosamente com Deus.

Takeshi ia falar com ele na saída, mas Bonhwa o impediu, segurando seu braço antes que o mais velho deixasse o edifício.

— Deixe o Junwoo pensar um pouco.

Takeshi não respondeu enquanto observava o mais novo andar em passos rápidos, no pátio, em direção à saída, pegando chuva novamente. O aperto que Takeshi sentiu no peito foi quase o suficiente para fazê-lo correr atrás do mais novo, mas as próximas palavras de Bonhwa o impediram:

— Ele beijou a Heyoon.

!

Quando o fim de semana chegou, Junwoo estava doente. Choveu até sexta-feira, e como o garoto sempre voltava andando, pegava friagem e água no rosto. Desejou faltar depois do incidente com Heyoon, mas não podia, pois seus pais nunca permitiriam aquilo, principalmente com o clima ruim que se instalou na casa depois de Daejung ter descoberto sobre sua chegada em casa com um garoto.

A única coisa que melhorou os dias de Junwoo foi Ishikawa Takeshi.

Takeshi, para o conforto do mais novo, se aproximou ainda mais dele, mais afetuoso do que já era, o chamando para conversas bobas, sempre que tinham oportunidade. E aquilo melhorava imensamente os dias de Junwoo, fazendo com que ele esquecesse o tormento de Heyoon e de seus pais por alguns minutos.

O problema era que não parava de pensar em beijar Takeshi.

Beijar Ishikawa Takeshi. Aquilo era muito doido de se pensar.

Junwoo estava se sentindo um doido todos os dias.

E ele estava assustado, muito assustado. O incidente da barraca do beijo voltava constantemente à sua mente, e chegou a pensar na possibilidade de ir atrás de Ji-Eun, a outra garota que poderia ter beijado, entretanto, não queria. Observou, muitas vezes, a menina de longe, e não sentiu nada, passou a vergonha de parar em frente a ela, sem dizer nada, por longos segundos, apenas para olhar a boca dela e... não sentir nada.

No sábado, Junwoo espirrava e tossia como um louco, arrancando caretas de desgosto de seu pai.

— Doente em dia de igreja, Junwoo? — Daejung reclamou, vestindo seu casaco, pronto para sair de casa. — Não vá hoje! Os fiéis não podem ser contaminados. Se ficarem doentes, não irão amanhã.

Seu pai andava com o humor pior desde que Jiyoon lhe dissera que Syaoran iria com eles à viagem. Junwoo ouviu a discussão e presenciou um Daejung extremamente indignado, dizendo que deveria ser uma viagem em família, porém Jiyoon dissera que Syaoran tinha que ir com eles, porque Mei iria viajar. Ela mentiu, mas Junwoo não disse nada.

Junwoo não respondeu seu pai, encolhendo-se sobre o sofá com a dor presente em sua garganta. Tossiu mais algumas vezes e apenas assentiu para ele, sem forças para responder. Sua mãe apareceu na sala, colocando os brincos enquanto andava até a porta para acompanhar o marido. Lançou um olhar duro para Junwoo e respirou fundo antes de dizer:

— À noite, farei sopa. — E saiu.

Junwoo encolheu-se contra o sofá, sentindo um frio descomunal. Talvez, fosse melhor ficar em seu quarto ou pegar seu cobertor e ficar enrolado no sofá. Ele pensou em tentar dormir, mas não sabia se conseguiria, visto que o acúmulo de pensamentos perturbadores não permitiria. Subiu até seu quarto e pegou o cobertor, enrolando-o em seus ombros e descendo para a sala novamente. Sentou-se no sofá e pensou se deveria procurar um remédio ou fazer algo quente para tomar, talvez um café. Por isso, levantou-se, outra vez, e, com o cobertor nos ombros, foi até a cozinha. Não sabia muito bem onde ficavam os utensílios, mas tinha tempo para se virar. Quando foi ligar a cafeteira, a campainha tocou. Confuso, porque seus pais tinham a chave e não precisariam tocar a campainha, ele foi até a porta, com um bico curioso nos lábios, checou o olho mágico e quase gritou.

— Takeshi *hyung*? — exclamou, abrindo a porta depressa.

— Jun...

Junwoo interrompeu-o, puxando-o para dentro da casa rapidamente, tendo em mente que alguns vizinhos poderiam vê-los e abrir a boca para seus pais, o que, novamente, o deixaria encrencado.

— *Hyung*! — repetiu, um tanto ofegante por causa da surpresa.

— O que... Por que esse desespero? — Takeshi perguntou risonho, colocando as mãos dentro do bolso do moletom que usava. — E por que está enrolado em um edredom?

— E-eu... estou doente, *hyung*. Por que está aqui? — questionou, apertando o edredom para que Takeshi não visse seu pijama de flanela bege.

— Eu... É que esses dias você estava bem pra baixo, então... Eu quis vir pra... Pra passar um tempo com você — explicou, um tanto nervoso. — Ontem, notei que você estava um pouco doente, então imaginei que hoje não iria à Igreja.

Junwoo sentiu seu peito aquecer. *Takeshi foi, ali, para passar um tempo com ele.*

— Mas... m-meus pais. Você poderia ter encontrado os dois — relatou, sentindo um nervoso só de imaginar a situação.

— Se eles atendessem, eu ia dizer que era engano e que estava procurando a casa da minha namorada. — Takeshi deu de ombros, após citar sua desculpa decorada.

— Você é inteligente, *hyung*. — Junwoo deu uma risadinha e Takeshi arfou internamente.

— Você parece surpreso — brincou, cruzando os braços.

Junwoo apenas negou com a cabeça, sentindo as bochechas corarem com o olhar fixo do ruivo em seu rosto.

— Seus pais te deixaram sozinho? Doente? — Takeshi perguntou, sentindo a liberdade de caminhar até o sofá da sala e se sentar ali. Junwoo fez o mesmo, encolhendo-se sobre a coberta.

— Sim. Minha mãe disse que ia fazer sopa pra mim à noite. — Sacudiu os ombros, já acostumado com aquele tratamento. — *Hyung*... Qual é o sobrenome do Dyul?

Takeshi franziu o cenho.

— Por quê?

— Lembra quando te contei que meu pai me viu chegando em casa com um garoto?

Takeshi assentiu.

— Eu cheguei a te dizer que disse a ele que era o Dyul. E ele me pediu o sobrenome dele.

— O nome dele é, na verdade, Hyo Dongbyul — Takeshi explicou. — Ele acha que Dyul é mais estiloso, então fez todos o chamarem assim.

— Que estranho! — retrucou, franzindo o cenho. — Mas, obrigado, *hyung*.

— Você... — Takeshi coçou a garganta. — Quer que eu faça uma sopa pra você?

— Você cozinha? — Junwoo arregalou os olhos.

— Eu sei me virar. Mas sei fazer uma sopa de missô muito boa. — Ele se levantou do sofá, tentando ignorar o quão fofo Junwoo estava enrolado naquele cobertor enquanto o encarava com os olhinhos de jabuticaba. — Tem missô?

— Acho que tem, *hyung*. Eu vou com você — disse, fungando e se levantando, mas pisou em falso no cobertor e caiu de cara no chão.

— Meu Deus! — Takeshi riu alto, se abaixando para ajudar o outro a se levantar. Junwoo, ignorando a dor de sua testa depois de tê-la batido, espirrou três vezes, por ter caído de cara no tapete. — Woo-*ah*, você está bem?

Junwoo parou, apreciando a sonoridade de Takeshi o chamando por aquele apelido enquanto sorria para ele, com seus olhos transformados em duas linhas e os lábios brilhando bem a sua frente. O mais novo nem raciocinou sobre o fato de que seu nariz, provavelmente, escorria e que, talvez, um galo nascesse em sua testa mais tarde. Ele somente focou no sentimento bom que se alastrou em seu peito com a presença de Takeshi.

— E-eu... Sim. Estou... muito bem — ofegou, muito afetado pela proximidade.

Takeshi olhou-o nos olhos, com seu sorriso sumindo aos poucos, conforme percebia que Lee o encarava daquela maneira que fazia todo o seu corpo tremelicar. Takeshi esticou as mãos, pegou as pontas do cobertor e cobriu os ombros do outro, aproximando-se um pouco demais dele.

Junwoo arfou, com seus olhos caindo nos lábios de Takeshi. *Ele queria beijar Takeshi.*

— Sopa, então? — o mais velho soltou, levantou-se de repente e esticou a mão para que Junwoo se levantasse também.

Takeshi também queria beijar Junwoo, e muito, mas sabia que, antes de tudo, tinha que ser sincero sobre o que aconteceu e tinha que ouvir, da boca de Lee, o que ele realmente queria.

Um tanto aéreo por causa do transe que a proximidade de Takeshi lhe causava, Junwoo suspirou e levantou-se devagar, indicando a cozinha com a cabeça e sorrindo tímido, andando na frente.

Takeshi observou, com um mínimo sorriso nos lábios, a timidez do outro se intensificar por causa do momento que tiveram. Tinha certeza de que, de alguma forma, Junwoo se sentia afetado com sua presença. Ele sabia. Não era possível que Junwoo tivesse sentido a mesma coisa ao beijá-lo e ao beijar Heyoon; sabia que tinha sido diferente.

— Ahá! Tem missô, sim, *hyung*! — Junwoo constatou ao checar o armário. Ele daria uma desculpa à sua mãe depois, dizendo-lhe que fizera a sopa por estar com fome. Não era nada de mais.

— Ótimo! Sente-se que eu preparo. — Takeshi deu um tapinha em sua cintura e indicou a mesa de jantar. Junwoo sentou-se e ficou observando o mais velho separar os ingredientes e colocar a água para ferver. — Woo, depois do recesso, tem uma palestra que eu gostaria de te levar.

— Uma palestra? — perguntou, interessado.

— Sim. Uma conhecida minha, do Brasil, está viajando o mundo com esse evento e ela estará aqui em Seul — explicou, cortando o alho-poró.

— Do Brasil? Caramba, que legal! E a palestra é sobre o quê? — Apoiou o queixo nas mãos, inconscientemente, observando como os quadris de Takeshi mexiam de um lado para o outro.

— Feminismo.

— Fem... Feminismo? — Franziu o cenho, confuso.

Takeshi parou de cortar o alho-poró no mesmo segundo, virando-se para Junwoo.

— Você nunca ouviu esse termo?

— Não, *hyung*.

— Eu estou realmente considerando que você vive em cárcere, Lee Junwoo — o tom que ele usou foi sério. — E isso é preocupante.

— Não é culpa minha... — murmurou, abaixando a cabeça e fitando seus dedos. — Meus pais... me privam de muita coisa, *hyung*. Eu não percebia isso antes, mas agora percebo.

— Fico feliz que você perceba isso, Woo. — Sorriu satisfeito, virando-se para voltar a cozinhar. — E já pensou em conversar com eles?

— Eu acho que não daria certo. — Coçou a nuca, e, Takeshi, de alguma forma, sabia que ele estava fazendo aquele gesto, por isso, sorriu contido. — Eu descobri uma coisa esses dias.

— O quê? — Ele jogou os ingredientes na panela após a água começar a ferver.

— Minha mãe desenha, e muito bem. Eu... achei um caderno nas coisas dela. — Engoliu em seco.

— Jura? Que legal, Woo! Mas por que ela esconde isso? — questionou, fechando a panela e virando-se para Junwoo, que voltou a se encolher sob o cobertor, após sentir frio e espirrar mais uma vez.

O mais novo fungou, buscou por um guardanapo entre as coisas que estavam em cima da mesa e assoou o nariz antes de responder:

— Nem eu sei, *hyung*, mas foi estranho. Ela parou de desenhar nele, há muito tempo, e o último desenho era meu, mas estava todo rabiscado.

Takeshi franziu o cenho e foi se sentar ao lado dele, sentindo o peito apertar com a expressão tristonha que o garoto exibiu ao se lembrar daquilo.

— Sua mãe é próxima de você?

— Não, n-nem um pouco — suspirou, fungando mais uma vez. — *Aish*, meu nariz não para de escorrer.

— Você fica fofo doentinho, o que é uma pena — Takeshi constatou, rindo fraco, e pegou mais um guardanapo para estendê-lo a Junwoo.

O mais novo corou, mas acabou soltando um risinho. Ele gostava de ser elogiado por Takeshi.

— Sobre sua mãe... Não acha melhor falar com ela? — sugeriu, apoiando o rosto em sua mão enquanto observava um Junwoo envergonhado, brincando com as próprias mãos.

— Eu não sei, *hyung* — suspirou mais uma vez. — Eu acho que ela não iria gostar.

— Tente abordá-la quando tiver algum apoio.

— Vamos fazer uma viagem à nossa casa de campo no recesso e o Syaoran *hyung* vai com a gente. Eu posso... tentar lá — disse o mais novo, erguendo seu olhar para encará-lo.

— Sim, *saeng*. Seria ótimo — respondeu, pegou o guardanapo e se inclinou um pouco na direção de Lee para limpar o seu nariz. Foi um ato impulsivo que deixou Junwoo extremamente sem jeito e Takeshi envergonhado, por não ter pensado antes de agir. — É que... tava escorrendo — tentou justificar, mas acabou ficando pior, então só deixou o papel nas mãos de Junwoo e se levantou. — Preciso checar a sopa.

Junwoo limpou o próprio nariz, assoando, sentindo-se um tanto bobo por causa do gesto de Takeshi. Sentiu aquela coisa acolhedora no peito, porque, poxa, Takeshi estava cuidando dele. Ele apareceu, ali, sem Junwoo ter pedido, animou-o todos os dias daquela semana e o fez se sentir melhor. Aquilo só servia para aumentar a vontade de beijá-lo.

— A sopa tá pronta!

Os dois comeram em um silêncio confortável enquanto Takeshi soltava risadas de vez em quando, porque o nariz de Junwoo escorria por causa da comida quente. Estava tudo ótimo, até o momento em que Junwoo passou a sentir mais frio e a espirrar em intervalos mais curtos. Preocupado, Takeshi colocou os potes de sopa vazios na pia e o ajudou a subir até seu quarto.

Junwoo sentiu-se meio sem jeito. Ora, Takeshi estava em seu quarto! Sentiu-se um pouco envergonhado, visto que o cômodo era muito diferente do quarto do ruivo, muito menos característico e bem sem graça, mas Takeshi não reparou, preocupado demais em deixá-lo confortável em sua própria cama.

— Você tem meias? Onde as guarda? — perguntou.

— Na coluna da esquerda, gaveta de baixo. — Apontou para o armário e espirrou logo depois.

Takeshi pegou o par de meias mais peludo, foi até a cama e puxou os pés do mais novo para fora do cobertor para colocá-las. Junwoo corou fortemente, fungando e observando atentamente as mãos de Takeshi colocarem as meias em seus pés grandes.

— Seus pés são enormes, iguais às suas mãos — Takeshi comentou e riu, logo em seguida, com o rumo que seus pensamentos tomaram.

— Sim... O que tem, *hyung*? Isso é ruim? — questionou, sorrindo de maneira tímida quando o amigo colocou a coberta sobre seus pés novamente.

— Isso é ótimo, na verdade. — Takeshi quis se estapear por ter uma mente tão suja, mas era inevitável quando tinha alguém como Junwoo à sua frente. — Muito bom.

— Por quê?

Takeshi coçou a garganta.

— Esquece, Woo. Qualquer dia, eu te explico.

— As mãos do Bonhwa são enormes, né? — comentou, fitando as próprias mãos enquanto relatava aquele fato.

Takeshi prendeu o riso.

— Sim, não só as mãos.

— Os pés dele também?

Takeshi não aguentou e gargalhou. Junwoo encarou-o, um tanto perdido.

— O que houve, *hyung*? — Junwoo sorria, apenas por ver o outro rir. O riso de Takeshi era extremamente contagiante e ele se jogava para frente quando ria muito. Era fofo demais. — *Hyung*... — chamou-o.

— Sim? — conseguiu dizer, recuperando-se da risada, ao mesmo tempo em que se sentava ao lado de Lee.

O mais novo sentiu suas bochechas esquentarem enquanto se encolhia mais sob as cobertas, pensando que aquele impulso de dizer o que tinha pensado era totalmente bobo, mas ele precisava colocar aquilo para fora:

— Eu... te acho muito b-bonito.

Takeshi abriu e fechou a boca, sem saber muito bem como responder. Ambos sentiram os corações acelerarem e, enquanto o mais novo se sentia totalmente estúpido por ter dito aquilo, Takeshi tentava não surtar por estar tendo um flerte com seu *crush*. Aquilo era muito... era muito para seu pobre coração aguentar.

— Eu também, Woo. Você é lindo.

Junwoo ia explodir.

— S-sou? — soltou, enquanto seus dedos brincavam com as pontas do cobertor e seu coração quase saltava para fora da boca. *Será que Takeshi conseguia ouvir o som dele batendo?*

— Sim, Junwoo, muito.

Takeshi escorregou para mais perto do garoto, umedecendo seus lábios, ao mesmo tempo em que passava seu olhar penetrante pelo doce rosto do moreno.

Sem perceber, Junwoo começou a abaixar a coberta, deixando o torso descoberto enquanto observava, tímido, a aproximação do mais velho. Ele não sabia o motivo, mas queria Takeshi mais perto. Ele queria beijá-lo.

Takeshi esticou o braço e sua mão tocou a bochecha de Junwoo. Seus dedos tremeram um pouco por causa do contato, mas Junwoo não sentiu, pois estava totalmente imerso na sensação que um simples toque de Takeshi lhe causava.

— *Hyung*... — murmurou, segurando o pulso de Takeshi e fazendo com que o toque se firmasse mais em sua bochecha.

— O que foi? — conseguiu perguntar, com sua voz um pouco mais baixa por causa do nervosismo e da ansiedade.

Junwoo se arrepiou e sua coluna se ergueu um pouco quando sentiu o arrepio descer por sua espinha. Consequentemente, aquilo o deixou mais perto de Takeshi que, em um impulso, aproximou-se mais também.

Dez centímetros: era tudo o que os separava.

Nenhum dos dois conseguia raciocinar. Junwoo engolia em seco a cada dois segundos enquanto seus dedos tremiam contra o pulso de Takeshi e sua bochecha formigava com o toque suave de seu *hyung* ali. Takeshi arrastou os dedos suavemente, esticando-os até que estivesse segurando o outro propriamente.

Tão perto...

O olhar de Takeshi caiu para a boca de Junwoo e o olhar dele fez o mesmo. Ah, a boca de Takeshi... Era tão bonita. Junwoo se sentia totalmente perdido ao encará-lo. Não sentia aquilo com mais ninguém. *Ele não queria sentir aquilo com mais ninguém*. Junwoo queria beijar Takeshi. E só Takeshi.

— Eu quero te beijar — surpreendentemente, foi Junwoo quem disse aquilo.

Takeshi arfou, pego totalmente de surpresa pela firmeza nas palavras do mais novo. Takeshi assentiu e inclinou-se, sentindo o cheiro natural do menino envolvê-lo como um feitiço, deixando-o totalmente entorpecido. Quis chorar. Junwoo o afetava de uma maneira que ninguém nunca o afetara antes. Era muito louco... Takeshi era muito louco por Junwoo.

— Você também quer? — Junwoo sussurrou, com suas bochechas quentes, assim como todo o seu corpo. A pele formigava por causa do toque e seus lábios tremiam de ansiedade enquanto seus olhos estavam fixos na boca do mais velho.

— Você não tem noção, Junwoo — ele respondeu, quase em um choramingo.

A mão de Junwoo soltou o pulso dele e voou para sua bochecha, tocando-a, assim como Takeshi fazia com ele. Tocá-lo era tão bom quanto ser tocado, coisa que Junwoo percebeu, naquele momento, por ver Takeshi totalmente afetado por sua mão que o acariciava de maneira carinhosa.

Takeshi se sentia do mesmo jeito. Takeshi queria beijá-lo.

— *Hyung*, me bei...

A porta da casa abriu e fechou.

CAPÍTULO 25

Existem momentos, na vida de todos, em que olhamos para o nada e pensamos em um grande, robusto e colorido “fodeu”. É aquele momento em que você repensa todos os seus passos até aquele exato local em que está, analisando se foi uma boa escolha ou não.

Takeshi tinha certeza de que não foi uma má escolha ir até a casa de Junwoo. Além de ter pensado isso por si mesmo, seus amigos — até mesmo Hajoon, um tanto relutante —, concordaram com aquela ideia, desde que Takeshi abrisse a boca e contasse a verdade a Junwoo. E ele iria, se o mais novo não tivesse dito antes que queria beijá-lo.

Meu Deus, Junwoo disse que queria beijá-lo.

Em meio ao desespero, Takeshi abriu um sorriso bobo.

— *Hyung*, v-você p-precisa se esconder! — Junwoo exclamou em um sussurro, com suas mãos contradizendo suas palavras desesperadas ao agarrarem os ombros do mais velho.

— Me solte então, Woo — murmurou, colocando suas pequenas mãos sobre as de Junwoo em seus ombros.

O garoto corou dos pés à cabeça e, hesitante, tirou as mãos dos ombros do ruivo. Meio enrolado por causa do cobertor, ele conseguiu se levantar da cama, após alguns segundos enquanto seu coração batia no peito com força por causa da junção de acontecimentos nos últimos minutos. Ele achou que teria um infarto quando ouviu os passos na escada.

Takeshi, tentando ignorar sua vontade de voltar ao momento que estavam tendo, olhou em volta, procurando um esconderijo. A cama era baixa e pequena demais, não daria certo. O banheiro era muito óbvio e o armário... O armário!

— Não acredito que vou voltar pra dentro do armário — murmurou para si mesmo, apreciando a ironia da situação enquanto caminhava até o grande móvel e o abria.

Junwoo ajeitava suas roupas e dava uma organizada na cama ao mesmo tempo em que seus olhos acompanhavam os movimentos de Takeshi.

Quando Takeshi fechou as portas do armário, após se encaixar lá dentro, a porta do quarto se abriu e Junwoo se virou, assustado.

— O-oi mãe — disse, repreendendo-se mentalmente por ter gaguejado.

Sua mãe franziu o cenho ao analisar o garoto de cima a baixo, vendo-o fungar e mexer os pés cobertos timidamente. Ela segurou a maçaneta da porta e respirou fundo antes de iniciar sua fala:

— Eu vou tomar um banho e farei uma sopa pra você.

Junwoo quase engasgou.

— E-eu... Eu fiz sopa. — Tentou pensar em uma desculpa para quando ela chegasse lá embaixo e visse a panela grande cheia e os dois potes na pia. *Deus, os dois potes.* — A-acho que vou comer mais, inclusive.

Sua mãe se afastou um pouco da porta quando Junwoo deu passos em sua direção, orando mentalmente para que ela não fizesse uma revista em seu quarto. Ele não sabia o que seria de si, caso ela visse Takeshi dentro daquele armário. As ideias que ela teria seriam totalmente erradas e... *Seriam?*

Junwoo engoliu em seco enquanto caminhava até a cozinha, ouvindo os passos de sua mãe o acompanharem, um pouco distantes por ela andar mais devagar. O adolescente passou por seu pai na sala, curvou-se rapidamente e quase correu até a cozinha, pegando um dos potes da pia e se servindo com a sopa antes que sua mãe aparecesse no cômodo.

— Você... cozinhou? — ela perguntou, parecendo realmente surpresa e cruzou os braços, com sua testa exibindo mais rugas do que o normal por causa da confusão estampada em seu rosto.

Quando Junwoo foi concordar, seu pai apareceu atrás da esposa, com um semblante sério em seu rosto.

— Cozinhou? Isso é coisa pra mulher, Junwoo — o homem o repreendeu, caminhando até a geladeira e tirou uma jarra de água de dentro. — Vá estudar a Bíblia em seu quarto.

Junwoo abaixou a cabeça e assentiu, segurando o pote em suas mãos com firmeza enquanto voltava para seu quarto. Ele ouviu seus pais voltarem a discutir algo enquanto suas vozes aumentavam gradativamente, mas seu cérebro não conseguiu analisar o que falavam por causa do medo que estava sentindo de ser pego.

Quando chegou a seu quarto, deixou o pote de sopa sobre a cômoda e caminhou até o armário, abrindo-o devagar e deparando-se com um Takeshi brincando com o zíper de uma jaqueta sua. Takeshi olhou-o e sorriu fraco.

— Posso sair?

— Você vai ter que pular a janela, *hyung* — foi a única solução em que conseguiu pensar. — M-me desculpe, m-mas meus pais não podem te ver.

— Eu entendo, Woo.

Takeshi, com certa dificuldade, saiu do armário, parou em frente ao mais novo e o encarou profundamente ao ter a mente inundada pelos momentos que tiveram alguns minutos antes.

Junwoo engoliu em seco e seu coração voltou a acelerar quando se recordou de suas palavras. Sabia que deveria falar com Takeshi a respeito daquilo, mas seus pensamentos estavam embaralhados demais. Ele, de fato, tinha admitido que queria encostar sua boca na dele e... não se arrependia. Não se arrependia, porque sabia o que queria, apenas não sabia se deveria querer aquilo.

— Não pense muito por agora — Takeshi acabou murmurando. — Vamos conversar sobre isso depois, *okay*?

Junwoo sentiu o sangue todo subir para suas bochechas quando a pequena mão de Takeshi tocou ali novamente. Junwoo inclinou-se para o toque, sentindo o peito desapertar. Takeshi lhe passava segurança. Ele sabia que seu *hyung* o ajudaria em suas dúvidas e, futuramente, apagaria aquela confusão toda em sua mente. Ele realmente esperava.

— Obrigado, *hyung* — conseguiu dizer, umedecendo os lábios quando assistiu ao ruivo se aproximar.

Sentindo que aquilo seria o suficiente naquele momento, Takeshi depositou um beijo molhado na bochecha corada de Junwoo, sorrindo quando ouviu um suspiro escapar da boca do mais novo.

Relutante por querer passar mais tempo com ele, Takeshi caminhou em passos lentos até a janela, observou a altura, após abrir o vidro, viu que não seria de todo mal pular — pois não era muito alto, para a sua sorte —, lançou um último olhar a Junwoo, que ainda o encarava estagnado no mesmo lugar, e sorriu.

— Tchau... — o mais novo sussurrou, após Takeshi ter saltado, correu até a janela e o observou limpar a própria roupa e acenar uma última vez antes de começar seu caminho de volta para casa.

Junwoo só sabia que queria mais daquela sensação boa no peito.

!

Os dias se passaram e, depois de duas semanas, Junwoo ainda não tivera coragem de abordar com Takeshi o assunto que tanto assolava sua mente.

Foram dias tortuosos por causa dos estudos que tiveram que se intensificar, graças à chegada das provas finais do primeiro semestre. Junwoo se empenhou em todas as matérias e até mesmo ajudou os amigos com as dificuldades que eles tinham em algumas. Ele precisou de um empurrãozinho em Matemática — dado por Yoona —, mas nada que lhe causasse insegurança na hora das provas.

Hajoon os ajudou escondido, visto que não poderia expor que, de fato, tinha um grupo de alunos preferido. Obviamente, o professor não deu resposta alguma ou indícios de como seria a prova, mas os ajudou a estudar, de maneira eficiente, os conteúdos necessários.

Ravi teve que arranjar outras *Drags* para o substituírem, nos sábados, daquele final de mês, porque, se fosse para o clube, se distrairia muito dos estudos, o que não seria nada bom, no entanto, aquilo não o impediu de treinar maquiagens, todas as noites, antes de dormir.

Yoona passou mais tempo do que o normal na casa de Takeshi, porque sua mãe parecia mais estressada que o habitual e, como sempre fazia, descontava tudo na pobre garota. Ao mesmo tempo em que era bom para a adolescente ficar na casa do amigo — por ser tão bem acolhida —, ela se sentia um pouco mal também, porque, meu Deus, a família de Takeshi era perfeita!

Quanto a Bonhwa, bem, o garoto se sentia melhor do que nunca! Sua família estava muito mais estável, o irmão voltara a fazer faculdade e sua mãe a trabalhar. Era maravilhoso chegar em casa, depois de um dia extremamente cansativo, regado de estudos e encontrar seus pais rindo juntos de seu irmão.

Na casa de Junwoo, a estranheza reinava. Seu pai estava mais focado do que nunca nos ensinamentos que daria nos fins de semana e nos preparativos da viagem ao campo, sempre arranjando um espaço de tempo para reclamar da presença de Syaoran. Jiyoon, por outro lado, estava mais neutra que nunca: ela não discutia mais com Junwoo, por mais que fosse fria e dura na maioria das vezes. Junwoo ainda não se sentia bem na presença dela, mas começara a fazer um esforço, tentando se aproximar.

Ele sempre falhava.

Era uma quarta-feira e as provas terminariam na sexta que, também, seria o dia da chegada de Syaoran. Junwoo estava tão ansioso, que mal conseguia raciocinar sobre o conteúdo de Geografia que precisava saber para a prova do dia seguinte.

Já era noite e, enquanto tentava mergulhar naquele livro desgraçado e focar nas relações dos Estados Unidos e da Ásia, Takeshi estava todo bobo, deitado no sofá da sala de Hajoon, com Banguela sobre o seu peito.

— Eu vou começar a achar que você tá apaixonado pelo meu gato — Hajoon resmungou, pegando o felino e tirando-o do peito de Takeshi.

— Eu tô apaixonado por outro gatinho — rebateu Takeshi, encolhendo-se no sofá como um feto, ignorando o seu caderno de Geografia no chão, o qual o encarava, pressionando-o a estudar.

— Meu Deus, que viadagem! — Yoona debochou, largando o livro da mesma matéria no chão para apoiar o queixo nas mãos e olhar para Takeshi. — Continua.

— Ele me pediu pra beijá-lo — disse, sorrindo abobalhado e ouvindo algo cair na cozinha.

— Ele o quê? — Ravi apareceu sujo de algo vermelho no canto da boca.

— Quando foi isso? — Bonhwa perguntou, aparecendo atrás do amigo.

— Faz umas duas semanas. — Takeshi deu de ombros, fitando os próprios dedos.

— Duas semanas? E você não contou pra gente? — Ravi reclamou e cruzou os braços, indignado.

— E por que você ainda não o beijou? — perguntou Hajoon, com seus olhos focados em Banguela que lambia as próprias patinhas no colo do dono. — *Iti malia* — sussurrou.

— Porque estou esperando o Junwoo falar comigo sobre o assunto. Eu já sei que ele quer, agora tenho que esperar ele aceitar que quer. Quando ele vier, vou contar a verdade — explicou, sentando-se no sofá e pegando seu caderno.

— Eu que criei. — Bonhwa apontou a colher de pau que segurava para Takeshi e voltou, em seguida, para dentro da cozinha.

— O amigo dele chega sexta, não é? — Yoona perguntou, lembrando-se de Junwoo ter comentado algo sobre o assunto, e Takeshi concordou.

— Eu espero que ele fale comigo antes da viagem que vai fazer — comentou. — Porque na viagem ele passa pela fase de aceitação com a ajuda do Syaoran e daquela garota.

— Bora — Yoona relembrou.

— Ela mesma.

— Por falar em viagem... — Hajoon comentou, levantando-se após colocar Banguela sobre o estofado. — Eu comprei umas coisas pra gente.

— Opa — exclamou Ravi, deixando Bonhwa para trás, na cozinha, para se sentar com Takeshi no sofá.

Hajoon subiu para o seu quarto e, após pegar a sacola a que se referia, voltou para a sala. Era uma sacola preta e grande, então não era possível ver o que tinha dentro.

Bonhwa deixou a cozinha, após desligar o fogo do macarrão que preparava para o grupo, se dirigiu até a sala e se sentou no chão para ver o que Hajoon tinha comprado.

— Sei que ainda falta muito tempo, mas eu passei em frente a essa loja e ela tinha de tudo. Como era um pouco afastada do centro, preferi comprar logo — falou, enquanto abria a sacola. — Essa é pra você. — Estendeu para Yoona um pacote com uma bandeira composta com cinco faixas: azul, rosa-claro, branco, rosa-claro e azul novamente, na sequência citada. Era a bandeira do orgulho trans.

Ela pegou o pacote e sorriu doce, mordendo o lábio inferior com força enquanto encarava a bandeira ainda embalada. Sempre que via aquelas cores, sentia um quentinho no peito, o mesmo que sentia quando estava junto daquelas pessoas.

— Essa é pro nosso Takeshi — Hajoon murmurou, pegando a bandeira em tons de azul e estendendo para Takeshi.

Takeshi deu um sorriso grande e um abraço apertado no amigo professor antes de pegar a bandeira e admirá-la em silêncio. Sempre que via aquelas cores, sentia a representatividade que todas as minorias precisavam ter.

— Bonhwa — disse Hajoon, tirando a bandeira com a sequência rosa, amarelo e azul da sacola e entregando-a ao garoto. Era a bandeira do orgulho pan.

O Choi sorriu para o professor e amigo, tocando carinhosamente sua mão antes de pegar o pacote. Hajoon retribuiu o sorriso, percebendo o quanto sentia falta da proximidade de Bonhwa. O mais novo era uma das pessoas mais incríveis que conhecia e, naquele momento, decidiu que não poderia deixar que algo, como o que acontecia, quebrasse o laço forte que tinham.

— Essa é a minha — Hajoon continuou enquanto tirava a bandeira com a sequência rosa escuro, lilás e azul-escuro do saco: a bandeira do orgulho bi.

Hajoon se lembrava de que, quando contou à sua mãe sobre sua sexualidade, mesmo que não sentisse necessidade daquilo — ele não acreditava naquela coisa de "se assumir" —, ela lhe disse que ele estava apenas "confuso" e que só precisava encontrar a mulher certa para deixar aquela bobeira de lado.

Hajoon a ignorou, seguiu firme com seus pensamentos e, no mesmo dia, viu na internet uma foto da bandeira do orgulho bi com um "eu não estou confuso" escrito no meio. Foi o suficiente para fazer um sorriso de covinhas permanecer em seu rosto pelo resto daquele dia.

— E, por fim... Ravi — finalizou, enquanto pegava a bandeira com a sequência preto, cinza, branco e roxo da sacola e a entregava ao outro. Era a bandeira que representava os assexuais.

O garoto soltou uma exclamação feliz e se jogou em Hajoon, dando-o um abraço apertado após pegar o pacote.

— Muito obrigado, *hyung*!

Takeshi observou o abraço dos dois e notou como Bonhwa comentava todo feliz sobre sua bandeira com Yoona — que tinha tirado a sua do pacote e a colocado nas costas. O sorriso presente em cada rosto era gratificante para Takeshi.

Takeshi fitou sua bandeira novamente e sentiu o que deveria sentir todo dia: orgulho.

!

Na quinta-feira, após as provas de Geografia e de Inglês, Junwoo estava exausto. Ele foi o primeiro a sair da sala e resolveu que esperaria pelos outros no pátio que estava meio vazio, então aproveitou a "privacidade" e se deitou no gramado, bem embaixo de uma árvore, sentindo o vento fresco da primavera bater em seu rosto.

Sair de uma prova era maravilhoso.

No silêncio daquele momento, Junwoo se viu pensando novamente na conversa que devia ter com Takeshi. Analisando os fatos, já deveria ter tido a coragem de falar com o mais velho, mas o problema era que estava assustado.

Depois de tudo o que passou com aquele grupo, não via nada de errado com o fato de existirem pessoas homossexuais ou de outras sexualidades que não a hétero. Junwoo sabia que Deus presava sua felicidade e que o mais importante era amar o próximo acima de tudo, então por que motivo jogar pedras naqueles que apenas não amavam da maneira que a sociedade considerava "normal"?

Não era aquele o problema.

O problema era que, por mais que fosse capaz de abrir sua mente para aqueles assuntos, sabia que seus pais não seriam. Eles não sabiam da existência de Takeshi, e Junwoo sabia que não seria nada bom se eles descobrissem que, toda vez que o via, queria beijá-lo.

Junwoo corou com aquele pensamento.

Sabia que não precisava contar a seus pais tudo o que fazia, mas não queria esconder. Se ficasse com Takeshi, não quereria ficar checando para ver se tinha alguém olhando; se quisesse sair com Takeshi, não queria ter que inventar mais uma mentira para os seus pais. *Junwoo não queria viver às escondidas.* Mas, para ele, era impossível pensar na possibilidade de contar aos seus pais que estava interessado em um garoto.

— Essa prova estava impossível.

Junwoo abriu os olhos e viu Takeshi se sentar ao seu lado de maneira despojada, largando sua bolsa no gramado e se apoiando à árvore. Takeshi sorriu para o mais novo, que retribuiu.

— Eu não achei. — Deu de ombros.

— Você é inteligente demais — resmungou, dando um peteleco fraco na testa exposta do moreno.

— Não sou, *hyung*. — Riu, tocando o lugar que fora "*petelecado*".

— Fiquei a prova inteira tentando prender o riso da cara do Ravi. Ele olhava para as palavras como se estivessem em grego — Takeshi comentou, rindo ao se lembrar da expressão do amigo para a folha de papel.

— Coitado. Ele não estudou?

— Estudou, mas não deve ter entendido nada do que leu.

Junwoo riu fraquinho, voltou a fechar os olhos quando mais vento bateu em seu rosto e suspirou satisfeito com aquilo, sem notar que Takeshi o observava, admirando os traços perfeitos de seu rosto. Em um impulso, Takeshi estendeu a mão e tocou em sua bochecha, o que fez Junwoo abrir os olhos um tanto surpreso, mas ele não se afastou.

— Quando vamos falar sobre o que aconteceu, Woo? — soltou, vendo o garoto engolir em seco e fazer menção de se sentar.

Takeshi tirou a mão do rosto dele e o observou se sentar de frente para si, olhando para as próprias mãos, visivelmente nervoso.

— *Hyung*... — começou, mas Takeshi interrompeu.

— Fale olhando para mim.

Junwoo obedeceu imediatamente, erguendo o olhar e fitando a expressão doce que o mais velho dirigia a ele. Takeshi era tão bonito que, na maioria das vezes, Junwoo se sentia um pouquinho inconformado.

— Eu n-não menti quando disse que... — Coçou a garganta. — Quando d-disse que queria te b-beijar.

— Você já me beijou.

Junwoo franziu o cenho, confuso.

— O quê?

Takeshi suspirou, sentindo-se nervoso por não saber como o mais novo reagiria ao descobrir a verdade e ficou alguns segundos em silêncio, pensando na melhor maneira de contar.

— Na barraca do beijo. Era eu. O Ravi te deu o ticket da caixa "Garoto ou Garota" e eu troquei com a Yeri bem na sua vez; depois, saí — começou, vendo os olhos de Junwoo aumentarem cada vez mais de tamanho com suas palavras. — Antes que você surte, foi um ato impensado. Não sabia como você reagiria e não te contei com medo de você me cortar da sua vida. Eu estava com medo de que você não fosse me querer como eu quero você e, então, não te disse e ainda te falei que poderia ser uma das meninas... por medo.

Junwoo ouvia atentamente as palavras enquanto seu coração batia no peito como um tambor. *Ele já tinha beijado Takeshi.*

— Quando fui à sua casa, tinha em mente contar tudo pra você, principalmente depois que me disse aquilo, mas... seus pais acabaram chegando e não deu — Takeshi finalizou, sentindo-se completamente agoniado com a falta de palavras do mais novo. — Fala alguma coisa, por favor.

— E-eu... — Junwoo respirou fundo. — Tudo bem.

Takeshi arregalou os olhos.

— Tudo bem?

Junwoo coçou a nuca, tentando raciocinar sobre tudo o que tinha escutado.

— É que... eu também queria, *hyung*. Eu só... n-não tinha coragem e não queria aceitar. Sabe, ainda é difícil pra mim. Você não devia ter escondido de mim, mas, ao mesmo tempo, foi aquele beijo que me fez acordar. No começo, eu achei que... — Riu fraco. — Achei que era uma garota e que essa coisa de olhar pra sua boca e querer te beijar era bobeira d-da minha cabeça.

Takeshi sorriu.

— Mas aquele beijo me fez perceber que... e-eu te queria. De uma forma diferente — continuou. — Mas tem um problema, *hyung*...

Takeshi o completou:

— Seus pais.

Junwoo assentiu, suspirando logo em seguida.

— Eu n-não quero esconder minhas amizades e q-quem eu... quero beijar, dos meus p-pais, mas não posso contar a eles... não agora — relatou, frustrado. — Eu preciso de um tempo pra... Pra analisar melhor a situação. E eu p-preciso da sua ajuda, *hyung*.

— Junwoo, você está se ouvindo? — Takeshi perguntou, tentando conter o enorme sorriso que queria tomar seu rosto.

— O-o quê? — franziu a testa.

— Você amadureceu... e muito. Sua cabeça está funcionando de outra maneira — iniciou, estendendo a mão até pegar as de Junwoo. — E assim como eu esperei você estar pronto para falar isso, eu vou esperar você estar pronto para... concretizar as coisas. Eu e os outros estaremos do seu lado para o que der e vier.

— Concretizar as coisas? — Junwoo indagou, com seus lábios formando um sorriso tímido ao sentir os dedos de Takeshi acariciarem as costas de suas mãos.

— É, sabe, trocar umas bitoquinhas — brincou, gargalhando quando as bochechas de Junwoo se tornaram dois tomates.

— *Hyung*!

— Ah, Woo, agora que sei o que você quer e como se sente, eu não vou me conter — Takeshi dramatizou, jogando-se no gramado. — Por falar nisso, você beija muito bem.

— *Hyung*! Pare com isso! — Junwoo tapou o próprio rosto.

Meu Deus, ele tinha beijado Takeshi! Tudo passou a fazer sentido: o fato de ter se sentido daquele jeito ao beijar tal pessoa na barraca e não se sentir da mesma maneira com as garotas de quem foi atrás.

— Estou sendo sincero! A partir de agora, sem mais mentiras. — Takeshi tocou o peito, como quem jurava algo e voltou a se sentar.

— Eu nem acredito... — Junwoo comentou, rindo, totalmente envergonhado. — Q-quando aconteceu, eu fiquei s-sem jeito, porque nunca tinha beijado.

— Eu sei bem. Me lembro de você me pedindo desculpas — respondeu Takeshi, sorrindo de maneira doce. — Nem precisava.

— Mas... — Junwoo desviou o olhar, umedecendo os lábios. — F-foi bom mesmo?

— Foi bom pra você? — Takeshi rebateu.

Junwoo assentiu, com seu olhar voltando para seu *hyung* enquanto sentia o coração falhar as batidas. Será que nunca deixaria de se sentir nervoso perto dele? Ora, ele já dissera tudo aquilo! Chegava a ser bobo como ficava com apenas um olhar.

— Pra mim, foi mais do que bom, Junwoo. E eu não vejo a hora de repetir.

!

Na sexta-feira de manhã, quando Junwoo estava tomando café com um sorriso no rosto, ignorando o fato de ter uma prova de História e uma de Química naquele dia, a campainha tocou. Sua mãe foi atender e, em questão de segundos, uma quarta voz pôde ser ouvida naquela casa.

— Oi, *ahjumma*.

Junwoo largou o seu café, correu para a sala, ignorando a reprovação de seu pai e sua mãe parada ao lado da porta, jogou-se sobre Syaoran e abraçou-o com força. O mais velho gargalhou e apertou o mais novo em seus braços, matando a saudade que sentiu naqueles meses em que ficaram afastados.

— Cuidado com a mala dele, garoto — sua mãe o repreendeu, sem dizer nada sobre o abraço, no entanto.

— Eu estava com muitas saudades, *hyung*! — Junwoo exclamou, afastando-se do abraço. — Você pintou o cabelo! De preto!

— Sim, acho que essa é a minha cor — respondeu Syaoran, tocando seus fios, os quais estavam levemente ondulados por causa do longo cochilo na viagem. — E eu também estava morrendo de saudades, Junwoo.

— Entrem logo — falou Jiyoon, querendo fechar a porta para que os vizinhos não vissem aquilo.

Os dois adolescentes entraram na casa e, Daejung, que estava na cozinha, não se deu ao trabalho de sair do cômodo para cumprimentar a visita indesejada, mas Syaoran pouco se importou.

— Mãe... você ainda tem aquele colchão velho? Pro *hyung* dormir no meu quarto. — Junwoo perguntou enquanto pegava a mala do mais velho para ajudá-lo a subir.

Quando sua mãe ia responder, Daejung apareceu na sala de estar.

— Ele não vai ficar no mesmo quarto que você. Syaoran dormirá na sala.

Junwoo quis protestar, mas recebeu um olhar de aviso de Syaoran e suspirou antes de dizer:

— Tudo bem, mas a mala dele pode ficar lá.

Sem esperar respostas, Junwoo começou a subida para levar a mala até seu quarto e Syaoran foi atrás, olhando em volta. Ele estava se sentindo um tanto incomodado com a falta de decoração da casa, porém, quando chegou ao quarto de Junwoo, foi pior.

— Junwoo... Preciso te apresentar a tinta — disse ao reparar as paredes de cores neutras.

Ele deixou a mala de Syaoran ao lado de seu armário e o mais velho deixou sua mochila ali também, sentando-se na cama do garoto em seguida.

— Nem se senta, *hyung*. Tenho que ir pra escola e você vem comigo. Se chegarmos cedo, consigo te apresentar aos meus amigos — Junwoo falou baixo para que seus pais não ouvissem, arrancando uma exclamação animada de Syaoran.

— Agora, sim! Vou conhecer aquele Takeshi?

Junwoo sorriu.

— Com certeza.

Os dois deixaram a casa após Junwoo pegar sua mochila, sob o olhar de repreensão de Daejung. Ele conseguiu ouvir uma discussão entre seus pais começar logo que fechou a porta, resolvendo que ignoraria aquilo e focaria em matar a saudade de seu *hyung*.

Os dois conversaram sobre a antiga cidade no caminho para a escola. Syaoran contou que sua mãe voltou a trabalhar como professora de História na escola dele e que ela estava um tanto diferente. Junwoo comentou sobre a estranheza de sua própria mãe e os dois se sentiram tentados a abordar as duas para falar sobre tal coisa. Impossível.

Quando chegaram à escola de Junwoo, o mais velho ficou um tanto espantado por causa do edifício e do pátio enorme, totalmente diferente de Masan, e Junwoo riu da cara de espanto do amigo.

— Ah, Yoona tá ali!

Pegando na mão de seu *hyung*, Junwoo puxou-o até que estivessem em frente à mesa em que a garota estava sentada. Ela se levantou para cumprimentá-los, assim que os viu.

— *Noona*, esse é Syaoran *hyung*, um amigo meu da minha antiga cidade — apresentou os dois. — *Hyung*, essa é a Yoona.

— Eu amei o seu cabelo — comentou Syaoran, indicando os fios negros e lisos da garota.

— Obrigada! Eu estive pensando em deixar crescer e pintar de castanho mais claro. Sabe, mudar um pouco — ela comentou, dando de ombros.

— Mudar o cabelo é revigorante, sério — Syaoran apontou. — O meu era castanho e eu pintei de preto. Melhor coisa que já fiz.

Alguns minutos depois, durante os quais Yoona e Syaoran conversaram sobre cabelo enquanto Junwoo os observava animado pela interação, Ravi, Bonhwa e Takeshi chegaram.

Takeshi dirigiu-se, imediatamente, até Junwoo, abraçando-o pelos ombros e sorrindo quando sentiu os braços longos do mais novo envolverem sua cintura. Syaoran os observou na cara de pau, com um sorriso nos lábios:

— Esse é o Takeshi?

Takeshi soltou os braços de Junwoo e virou-se para Syaoran.

— Você deve ser o Syaoran, certo?

— Pode me chamar de Syao. E, sim, sou eu. — Sorriu, correspondendo ao abraço que Takeshi não se incomodou em dar nele logo de início. — Junwoo falou muito de você.

— *Hyung*! — Junwoo exclamou, envergonhado, e Ravi riu.

— Digo o mesmo. — Takeshi provocou.

— *Aish*... — Junwoo resmungou. — *Hyung*, esses são Bonhwa e Ravi.

Syaoran cumprimentou Ravi com um abraço rápido, rindo da animação do garoto em conhecer uma pessoa nova, e, quando se virou para Bonhwa, ficou um pouco embasbacado.

"Meu Deus, que garoto bonito", pensou.

Syaoran não negava a própria beleza, era muito confiante nela, na verdade. Seus traços chineses mesclados aos coreanos sempre lhe deram um charme a mais: lábios cheios, nariz fino, olhos puxados, porém com pálpebras duplas — o que era surpreendente ter naturalmente, para os asiáticos... Syaoran era lindo e sabia disso. Contudo, quando reconhecia a beleza alheia, não conseguia esconder.

Bonhwa sorriu e Syaoran quase ficou cego com a beleza.

— Oi! — disse, esperando que o outro não fosse reparar nos longos segundos que passou admirando o rosto dele.

— Oi!

Mal sabia Syaoran que Bonhwa esperava o mesmo.

Alguns minutos se passaram e o grupo ficou na mesma mesa, conversando sobre os assuntos de História, os quais, surpreendentemente, Syaoran sabia explicar muito bem, por ter uma mãe que trabalhava com tal matéria. Ele ajudou em algumas coisas e lhes desejou boa sorte quando o sinal bateu, indicando que começaria a sessão de tortura.

Junwoo foi o último a se levantar da mesa e, antes de seguir o grupo para dentro do edifício, parou em frente a Syao.

— Gostou deles?

— Junwoo, eu amei. Temos que sair com eles — respondeu, observando de longe Bonhwa abraçar Yoona pelos ombros. *Será que eram namorados?*

— Meus pais, *hyung*... — suspirou tristonho.

— A gente dá um jeito. — Sorriu. — E, ei, aquele Takeshi é incrivelmente lindo.

Junwoo sorriu bobo.

— Eu sei.

!

— Ai, porra! Takeshi, eu desisto — Shutaro resmungou, largou a cebola sobre a tábua e foi lavar as mãos para poder limpar os olhos. — Caralho, eu não paro de chorar.

Takeshi gargalhava da falta de habilidade de seu pai na cozinha enquanto pegava a cebola para ele mesmo cortar.

— Como pode? Um anestesista super bem-sucedido não consegue cortar uma cebola? — debochou, rindo ainda mais quando seu pai passou o pano de prato desesperadamente sobre os olhos.

— Você vai me fazer chorar de verdade — murmurou, olhando para o teto para amenizar a agonia nos olhos.

— Filho, eu estava lavando a roupa e achei isso aqui no bolso da sua calça. — Sanji apareceu na cozinha, segurando um pequeno papel em mãos.

— Camisinha? Que isso, Takeshi? — Shutaro brincou, dando um tapa na nuca do filho.

— Que camisinha o quê, pai. Não sou igual a vocês que parecem dois cachorros no cio — brincou também, largando a cebola para poder pegar o cartão nas mãos de sua mãe.

— Olha o respeito, moleque — Sanji o repreendeu e deu, também, um tapa na nuca do filho, antes de entregar o papel a ele.

Takeshi resmungou um palavrão enquanto observava o papel, virando-o de um lado para o outro. Era um daqueles cartões de visita. Depois de alguns segundos, ele se lembrou de que era o papel que aquele homem estranho queria dar para Junwoo.

Prestes a jogar fora, Takeshi estagnou quando seus olhos passaram pelo nome grifado em letras pequenas no cartão:

LEE JOOHEON

CAPÍTULO 26

!

— O que acha de... *Purpose*?

— Cancelei o Bieber — respondeu Takeshi, rolando em sua cama.

— Já estava na hora. Hm... *Needy*? — Bonhwa sugeriu, com seu indicador rolando a tela de seu celular, que estava conectado à caixa de som via *bluetooth*.

— Eu já ouvi Ariana Grande demais hoje — respondeu, apoiando a cabeça no peito de Bonhwa para olhar a tela do aparelho. — *More Than Words*, por favor.

Bonhwa sorriu e clicou na música do *girl group* britânico, deixando que o som agradável tomasse conta do cômodo em que eles estavam. Era sábado de manhã, dia seguinte à última prova escolar, e Takeshi, logo após o seu trabalho, na sexta, foi à casa do melhor amigo, surtar a respeito da evolução de Junwoo.

Bonhwa ouviu, com um sorriso no rosto, tudo o que Takeshi tinha a dizer, após comprar muita comida chinesa para eles. A noite foi regada a risadas e momentos acolhedores para ambos, os quais, assim que acordaram, decidiram que ficariam na cama, ouvindo música e esperando a barriga gritar de fome para que levantassem e fossem atrás de comida. Ainda não tinha acontecido, então os dois estavam embolados sob as cobertas.

— Faz tempo que não posto nada no Instagram — comentou Bonhwa, checando a tal rede social pelo seu aparelho.

— Mas seu *direct* parece bem ativo — Takeshi apontou, vendo mais de vinte notificações na caixa de mensagem do aplicativo.

— Ah... Recebo muitas mensagens de pessoas elogiando minha beleza — respondeu, abrindo a caixa de mensagem e vendo que quem estava, em primeiro lugar, era o amigo de Lee. — Syaoran não é aquele amigo do Junwoo?

— Sim, ele te mandou mensagem? — Takeshi enfiou a cara na frente da tela para tentar ler. — Abre! Quero ver!

— Deixe de ser enxerido. — Bonhwa deu um tapa na testa do mais velho antes de puxar o celular para mais perto do próprio rosto para ler do que se tratava. — Ele disse um "oi" e falou quem era, como se eu não soubesse, tendo a conta com as fotos dele bem ali. — Riu. — Fofo.

— Ih! — Ele virou o rosto para cima, fitando Bonhwa. — O que é isso?

— Isso o quê? — rebateu enquanto digitava.

— Esse "fofo". — Arqueou as sobrancelhas.

— Ele é fofo. — Deu de ombros. — Não posso achar o garoto fofo?

— Ele é lindo, isso sim — rebateu Takeshi, que voltou a deitar a cabeça no peito de Bonhwa, esticou a camisa dele para cima para expor a barriguinha que tinha e começou a cutucá-la. — *Iti*.

— Takeshi! — Riu por causa das cócegas. — *Aish*, não faz isso! — Tirou a mão do melhor amigo dali.

— Então, deixa eu ler as mensagens — pediu, visto que o outro não parava de digitar. — O que ele disse?

— Ele disse que estava adicionando todos os amigos do Junwoo nas redes sociais e... — Ficou em silêncio, observando a tela durante alguns segundos e sorriu. — Disse que eu sou muito lindo.

— Não mentiu.

Bonhwa abanou a cabeça negativamente, rindo baixo e digitando algo de maneira rápida o suficiente para que Takeshi não conseguisse ler.

— O que você respondeu? — Takeshi perguntou curioso.

— Hm?

— Não faz a egípcia, Bonhwa — resmungou, inconformado, sentando-se na cama do amigo.

— Eu disse que ele é lindo também.

A expressão de Takeshi se tornou maliciosa imediatamente.

— Para de levar as coisas pra esse lado, Takeshi! — Pegou um travesseiro e jogou na cara do outro, gargalhando quando este quase caiu da cama.

— Ei! — Takeshi exclamou e pegou o travesseiro jogado para bater com ele no rosto de Bonhwa também.

— Espera! Espera!

Takeshi parou com o travesseiro no ar.

— Ele mandou uma foto.

Takeshi voltou a se deitar na cama, apoiando seu queixo no ombro do mais alto para poder ver a foto que Syaoran enviara: era uma foto dele com Junwoo, ambos agasalhados e com caretas fofas.

— Eles já estão indo para o campo? — perguntou, quase arrancando o celular da mão do amigo para poder admirar Junwoo por mais tempo. — Eles não iam sair à tarde?

— Eu não sei de nada — Bonhwa respondeu, clicando novamente na foto para poder analisar melhor a beleza excepcional de Syaoran. — Ele é...

— Absurdo! — Takeshi suspirou, admirando silenciosamente o rostinho bem desenhado de Junwoo.

Era uma beleza singular a que aquele garoto tinha. Se alguém ditasse as características que Lee Junwoo tinha, para Takeshi, sem permitir que visse, de fato, o rosto do dito cujo, ele não imaginaria alguém tão bonito. Nariz grande, lábios finos, olhos razoavelmente grandes para um asiático, cabelos não muito bem cuidados... Eram características que, se Takeshi nunca tivesse colocado os olhos em Junwoo, não pareceriam atraentes, mas ali estava ele, *perdidinho* por cada traço que compunha o rosto de Lee Junwoo.

— Estamos falando da mesma pessoa? — Bonhwa debochou, olhando para Takeshi e vendo a expressão abobalhada dele. — Tenho certeza de que não.

— *Aish*! — O mais baixo suspirou, pegou o travesseiro e tapou o próprio rosto. — Eu queria estar com ele.

— Você deu mole de não ter beijado ele de novo — Bonhwa constatou, tirando o travesseiro do rosto do amigo.

— Ainda tenho muito tempo pra isso, Bon. Achei que era melhor ele tirar essa viagem para pensar mais em tudo e, quem sabe, conversar com o Syaoran — explicou, enquanto seu olhar vagava pelo quarto do amigo, apreciando as decorações nas paredes. Bonhwa pendurou a bandeira que ganhara de Hajoon, na parede, bem acima da cabeceira de sua cama.

— É... pensando por esse lado... — Bonhwa finalizou o assunto, pegou o celular, novamente, para abrir a câmera e tirar uma foto com Takeshi para enviar a Syaoran. — Vem, vamos tirar uma foto.

— Eu tô todo acabado, Bon — choramingou, tapando o rosto com a coberta.

— Deixa de ser idiota, você tá lindo. Nunca tá feio, dá até raiva — rebateu, puxando a coberta do amigo para baixo. — Tira você, se achar melhor.

Takeshi suspirou e pegou o aparelho, ajeitando seu cabelo rapidamente enquanto se sentava na cama e esperava Bonhwa fazer o mesmo. Posicionou a câmera e quase soltou um palavrão por achar que seu rosto estava inchado, mas não fez nada e tirou a foto.

— Credo, vou tirar de novo! — Takeshi exclamou, apagando a foto para tirar outra. Bonhwa apenas riu e fez um bico para a próxima, a qual, para a sua sorte, saiu do agrado de Takeshi. — Melhorzinha.

— Manda logo.

Takeshi fez o que lhe foi dito e esperou ansiosamente por uma resposta que não veio tão cedo. Ele bufou baixinho, se dando conta de que a foto ainda nem havia sido visualizada e devolveu o celular para Bonhwa, suspirando.

— Não gostei, ele demora pra responder — Takeshi resmungou, voltou a se deitar e se enrolou no cobertor.

— Quem tem que gostar sou eu.

Takeshi franziu o cenho.

— O que isso quer dizer?

— Acho que alguém bateu na porta — Bonhwa se apressou a dizer e se levantou da cama exasperado ao perceber o que havia soltado sem nem se dar conta. — Deixa que eu atendo! — gritou para os seus pais, continuando com sua atuação.

— Mas... — tentou chamá-lo, mas o mais novo já havia deixado o quarto. — Não entendi nada.

!

Syaoran roncava no banco de trás do carro dos Lee, com sua cabeça apoiada no ombro de Junwoo, o que resultou em olhares sérios de seu pai para cima do adolescente, mas o rapaz não se importou muito. Ora, seu amigo estava cansado por não ter dormido bem durante a noite, não tiraria seu conforto.

Faltavam alguns poucos minutos para que chegassem à pequena cidade onde ficava a casa de campo que Daejung havia herdado do pai. Em todas as férias e recessos, o pastor gostava de ir ao local e, muitas vezes, chamava a família toda para ir também, como acontecia em épocas festivas. Junwoo gostava mais quando não tinha a presença de todos os seus parentes — bem, quase todos —, porque tinha alguns primos chatos por parte de mãe, e seus avós maternos eram insuportáveis.

O pai de Daejung já havia falecido, mas a mãe ainda estava viva e, talvez, ela fosse a única parente que Junwoo realmente apreciasse em sua família. Ela era um doce e sempre foi muito carinhosa com ele. Como o garoto já havia admitido para si mesmo, gostava muito de receber carinho. Principalmente de Takeshi.

Junwoo deu um sorriso bobo para a paisagem que passava por trás do vidro fumê do carro, sem perceber aquele ato puro e simplório, e encostou a cabeça no banco e fechou os olhos, suspirando baixinho quando a imagem do rosto do ruivo tomou sua mente: Takeshi sorrindo, Takeshi gargalhando, Takeshi fazendo graça, Takeshi o elogiando...

Takeshi, Takeshi, Takeshi...

— Chegamos.

Syaoran assustou-se quando o carro deu um solavanco para parar, e Junwoo riu da careta que ele fez.

— Chegamos, *hyung* — murmurou, cutucando o ombro do melhor amigo para que ele se desencostasse e pudessem sair do veículo.

A casa de campo dos Lee era bem rústica, quase no meio do nada, a poucos quilômetros do centro daquela mini cidade sul-coreana. Contrapondo a todos os aspectos urbanos, a casa era cercada de árvores que faziam caminho até uma possível floresta, além do enorme jardim decorado com arbustos e flores, que estavam em péssimo estado por causa da falta de presença no terreno. Normalmente, era Jiyoon quem cuidava das flores e, como não iam ao local há algum tempo, elas ainda estavam vivas, mas bem caídas.

O carro da família de Bora estacionou dois minutos depois, atrás do automóvel dos Lee, enquanto Syaoran, Junwoo e Daejung retiravam as malas do veículo. Syao ainda não havia conhecido Bora, mas gostou da garota apenas pelas palavras que Junwoo usou para descrevê-la.

— Daejung-*ssi* — o pai de Bora se aproximou e cumprimentou o pastor com um daqueles "cumprimentos másculos" que se batia na mão e depois nas costas. Junwoo não gostava daqueles cumprimentos, pois os achava um tanto brutos.

Sungwon cumprimentou Jiyoon com um beijo na bochecha, coisa que Junwoo achou estranho, por não ser típico do país, curvou-se para os dois adolescentes e foi tirar, em seguida, as malas de seu carro. Bora se aproximou saltitante, agarrando as costas de Junwoo enquanto este colocava sua mala em frente ao portão que dava entrada ao jardim. O garoto se assustou, mas logo riu, se virou para a menina e a abraçou apertado.

Daejung olhava aquilo com um sorriso satisfeito, achando que tinha alguma segunda intenção por trás, e Syaoran quis rir quando percebeu. *Pobrezinho.*

— Como está? — Bora perguntou, colocando uma mecha de seus longos fios castanhos para trás da orelha.

— Estou bem! E você? — Junwoo colocou as mãos no bolso do moletom, franzindo a testa quando as bochechas da menina ganharam um tom avermelhado.

— Eu... tenho muita coisa pra contar — ela acabou soltando uma risada nervosa, deixando Junwoo mais curioso do que nunca. — Não vai me apresentar seu amigo?

— Ah, sim! — chamou Syaoran com a mão, rindo baixo ao vê-lo com certa dificuldade para carregar sua mala exageradamente grande até o portão. — Bora, esse é Syaoran *hyung*. *Hyung*, essa é a Bora, de quem te falei.

— Olá! — Syaoran curvou-se respeitosamente, sorrindo para a garota, e ela fez o mesmo.

— Junwoo! Ajude Gaeun a tirar as malas do carro deles — seu pai ordenou.

Junwoo suspirou e foi ajudar os pais de Bora, recebendo um sorriso doce de Gaeun, com quem nunca havia falado muito, mas por quem nunca tinha sentido nenhuma espécie de... repúdio ou estranheza, como sentia com Sungwon. Após tirar a mala de Bora do carro e levar o objeto até ela, abriu o portão com a chave que seu pai lhe havia entregado, permitindo a entrada de todos no jardim e, logo em seguida, na varanda da enorme casa. Lá, havia uma rede e uma mesa redonda com cinco cadeiras para que quem quisesse comer ao ar livre pudesse fazê-lo sem ter que se sentar na rede e correr o risco de derrubar o alimento. Estava tudo um pouco empoeirado, mas nada que "Jiyoon não resolvesse depois", segundo Daejung.

— Temos quatro quartos — o pastor começou, após abrir a porta de madeira da casa, permitindo que todos vissem a sala com móveis bem cuidados, apenas levemente empoeirados.

A sala era bem centrada no primeiro andar, separada da cozinha por uma porta atrás da escada que dava para o segundo andar; as paredes eram rodeadas de prateleiras de livros que Junwoo nunca teve a oportunidade de ler, pois seu pai o impedia, dizendo que era tudo besteira; havia um enorme tapete circular no centro, com um sofá de três lugares em couro marrom e poltronas do mesmo material sobre; não tinham uma televisão, mas havia um aparelho antigo de toca-discos que pertencera aos pais de Daejung. Perto do aparelho, existia a escada em espiral que dava entrada ao segundo andar, onde ficavam todos os quartos com suítes e um banheiro extra, logo antes da pequena escada que levava a um terceiro e pequeno andar, onde havia um sótão com diversas coisas que Junwoo nunca teve a coragem de checar. Sua mãe lhe disse, uma vez, que eles nunca limpavam o local, ou seja, devia estar cheio de teias de aranha e insetos.

Junwoo não gostava de insetos.

— Quero que Bora fique sozinha — Gaeun precipitou-se. — Os dois meninos podem ficar juntos em um quarto, ela em outro e nós, pais, nos dois outros.

— Sim, também acho melhor — Sungwon concordou, puxando sua mala para mais perto de si. — Não quero minha menina no mesmo quarto que um adolescente cheio de hormônios.

Junwoo corou dos pés à cabeça, pronto para negar que era do tipo de garoto que faria algo do gênero, mas Bora teve uma reação mais rápida, após revirar os olhos castanhos, puxando sua mala em direção à escada e dizendo que queria tomar um banho.

Daejung não pareceu satisfeito com a escolha de quartos, mas não disse nada. Syaoran estava mais que satisfeito, afinal poderia bater papos noturnos com seu melhor amigo.

Após todos conseguirem subir para o segundo andar, os pares e Bora adentraram os quartos. Junwoo fez questão de ignorar o olhar duro que seu pai lançou para ele antes de entrar no quarto com sua mãe para instalar suas coisas. Assim que entrou no cômodo, Syaoran jogou-se em uma das camas de solteiro e gemeu de alívio.

— Finalmente terei um sono descente! — ele exclamou e seus olhos se fecharam, após o alívio percorrer suas costas de um idoso de setenta anos.

— Tem dormido mal, *hyung*? — Junwoo perguntou, preocupado, arrastando sua mala até o lado da cama em que dormiria.

— Um pouco. Meu corpo demora a se acostumar nos locais estranhos. — Deu de ombros, sentando-se na cama e tirando seu celular do bolso. — Tenho sinal aqui, graças.

— Pra que precisa de sinal? — questionou sem pensar muito, aproximando-se da janela do quarto para abri-la e deixar uma brisa geladinha adentrar o cômodo.

— Pra avisar minha mãe que estou vivo e... falar com outras pessoas.

— Que pessoas, *hyung*?

Ao não obter respostas dentro de um minuto, Junwoo virou-se para o amigo, deixando de apreciar a vista verde e natural, para ver o garoto sorrindo para o próprio celular.

— *Hyung*! — chamou-o, tirando o mais velho do transe enquanto se aproximava e se sentava ao seu lado. — Com quem está falando?

— Bonhwa.

— O meu Bonhwa? — Junwoo franziu o cenho, tentando enxergar o que tinha escrito no celular.

— Seu? — O mais velho riu baixo, olhando para o mais novo com um ar divertido.

— Oh, não! — Junwoo arregalou os olhos, com as bochechas se tornando quase dois tomates de tão avermelhadas. — N-não nesse sentido, h-*hyung*!

— Eu sei, bobo, estou brincando. — Ele gargalhou e puxou o mais novo pelos ombros para abraçá-lo, surpreso ao sentir seus braços enlaçarem sua cintura.

Syaoran sempre se sentia meio receoso ao tentar contato físico com Junwoo, por causa dos pensamentos errôneos que o pai do garoto implantou nele ao dizer que amigos homens não podiam se abraçar. E ele sempre sentiu aquele receio em Junwoo, tirando o momento de despedida que teve com o garoto. Sabia que o mais novo era alguém afetuoso, carinhoso e que gostava de contato físico, mas o evitava, quando moravam em Masan, por causa do progenitor. Então, ter visto o garoto pular nele, sem se importar que seus pais pudessem ver e sentir que o abraçava com tanta naturalidade, como fez naquele momento, deixou claro para Syaoran que Junwoo estava completamente mudado.

— Eu amo quando você me abraça — Syaoran soltou, querendo ver a reação de Junwoo.

O mais novo sorriu.

— Eu também amo te abraçar, *hyung*.

O sorriso grande que surgiu nos lábios do mais velho foi inevitável.

— Você não... Não se importa mais que seu pai não goste? — perguntou Syao, arqueando uma sobrancelha.

Junwoo coçou a nuca.

— Amigos se abraçam, não? Eu abraço a Yoona, o Bonhwa, o Ravi *hyung* e os vejo se abraçarem constantemente, e nem por isso o Ravi *hyung* quer namorar a Yoona ou o Bonhwa, certo? Não é porque te abraço que tenho... um interesse a mais em v-você, né?

— É exatamente isso.

Syaoran suspirou, vendo o melhor amigo sorrir, orgulhoso de si mesmo, e sentiu que, naquele momento, poderia se abrir e contar a ele sobre sua sexualidade. O mais velho nunca escondeu, de fato, apenas nunca comentou. Não fingia estar interessado em garotas ou coisa do tipo, e Junwoo nunca perguntou.

Syao era uma das pessoas que não acreditava muito no conceito "se assumir", pois achava que aquele termo soava como se ele ou qualquer outro da comunidade LGBTQIA+ estivesse fazendo algo errado. Então, nunca comentava a respeito de sua sexualidade com ninguém e como fazia tempo que não se envolvia com nenhum homem, acabou fazendo com que ninguém de sua família ou até mesmo Junwoo desconfiasse. Não sabia como sua mãe reagiria, mas também não se importaria, caso a mulher descobrisse. Apenas sabia que faria como um casal hétero fazia normalmente: quando achasse alguém com quem enxergasse uma espécie de futuro, o levaria para casa e o apresentaria à sua mãe.

Syaoran era assim. Antes, achava que deveria se esconder e, por causa disso, enfiava a bandeira de orgulho no fundo de seu armário e nunca usava suas duas únicas camisetas temáticas. Lembrava-se de ter postado uma foto utilizando uma delas em uma boate ilegal — aonde foi escondido —, com a legenda: "Aqui é o único lugar em que eu posso realmente me expressar". Aquilo era passado, pois Syaoran passou a ser ele mesmo em todos os locais.

— Acho que o Bon te mandou outra mensagem — Junwoo despertou-o, apontando para o celular dele que havia acendido.

Syaoran checou a mensagem e, assim que abriu o chat, uma ideia surgiu em sua mente.

— Ei, vamos tirar uma foto pra mandar pra ele?

Junwoo deu de ombros, mas assentiu, inclinando-se um pouco na direção do amigo e fazendo um bico para a foto, após Syaoran lhe indicar para fazê-lo, alegando que ficaria fofo. Ele não achou fofo, mas Syao, sim, e mandou aquela mesma foto para Bonhwa.

Dois minutos depois enquanto Junwoo estava tirando uma muda de roupa da mala e Syaoran seus produtos de cuidado de pele da mochila, o celular apitou com uma notificação e o mais velho foi rapidamente checar.

— Ele mandou uma foto, Junwoo! Vem ver.

O mais novo se aproximou do amigo, se inclinou sobre o ombro dele para ver o que Bonhwa havia enviado e, quando viu o rosto de Takeshi na foto, arregalou os olhinhos de jabuticaba.

— Takeshi *hyung* está com ele?

— Acho que sim. — Syaoran sorriu.

Junwoo suspirou baixinho, em dúvida.

— P-posso ver a foto de novo?

Syaoran quis gritar.

— Claro.

Abriu a foto novamente e Junwoo analisou Takeshi que tanto tomava os seus pensamentos. Seus cabelos estavam desbotando, mas aquilo não o deixava menos extravagante do que era, tendo uma beleza surreal para o pequeno Woo. Junwoo já achou muitas pessoas bonitas, mas Takeshi era... diferente. Era uma beleza que o prendia de um jeito que ele não compreendia. Seus olhos não se cansavam de passear por cada cantinho do rosto do mais velho e analisar o quanto ele era... *lindo*.

— Hm... *Hyung*? — chamou, se distanciando dele, com o rosto queimando por causa dos seus pensamentos.

Syaoran travou a tela do celular e virou-se para ele.

— Você acha que pode... Ahm, me deixar falar com o T-Takeshi depois?

— Como assim? Tipo, por mensagem?

Quando Junwoo assentiu, totalmente envergonhado, Syaoran abriu mais um sorriso.

— Mas é claro. Vou pedir o número dele pr... — o garoto parou de falar ao ver que alguém havia aparecido na porta do quarto: era Bora.

A garota sorriu para os dois, animada, e se apoiou no batente da porta para se inclinar um pouco mais para dentro do cômodo.

— Desculpa não bater, é que a porta tava meio aberta — ela se desculpou, sorrindo quando Junwoo disse que estava tudo bem. — Nossos pais estão chamando a gente pra ir lá embaixo.

Junwoo engoliu em seco e lançou um último olhar ao seu *hyung*, sentindo-se feliz que ele havia concordado com seu pedido e ansioso para poder concretizá-lo. Ele não tinha nada específico em mente para falar com Takeshi, apenas queria... queria se sentir perto do mais velho.

Vinte minutos depois, estavam todos no andar de baixo.

Gaeun e Jiyoon estavam na cozinha, esquentando o almoço pronto que levaram de suas casas para aquele primeiro dia de estadia, Daejung e Sungwon estavam sentados no grande sofá da sala, conversando sobre seus respectivos trabalhos e ouvindo uma música antiga no toca-discos enquanto os três adolescentes estavam do lado de fora: Bora, sentada na rede; Syaoran e Junwoo, sentados em cadeiras.

— No dia do festival da sua escola, quando você voltou pra casa, ficou tudo bem? — a garota abordou o assunto, após eles cessarem a conversa sobre o clima agradável da época.

Junwoo, que não esperava que aquele assunto fosse abordado, arregalou os olhos, totalmente surpreso.

— Ahm...

Não se sentia confortável em dizer o que seu pai fez com ele naquele dia. Imaginava que seus amigos não gostariam de tal coisa e poderiam comentar com os próprios pais ou influenciar um clima estranho na casa, coisa que Junwoo *realmente* não queria. Talvez, fosse melhor abordar aquele assunto com Syaoran mais tarde, visto que também não queria esconder do amigo o que aconteceu. Junwoo precisava lhe contar não somente isso, mas também o que aconteceu com Takeshi.

— Ficou sim — mentiu, forçando um sorriso aos dois. — E você? Ficou mais tempo com Somi lá?

Diversos tons de escarlate tomaram as bochechas levemente rechonchudas de Bora, dando a entender que algo aconteceu. Ela soltou um riso sem graça e, imediatamente, Syaoran estranhou.

— Quem é Somi?

— Uma amiga da Bora que foi com a gente ao festival — Junwoo explicou, franzindo o cenho, confuso com a reação da mais velha. — O que aconteceu?

— Eu... — ela colocou uma mecha de cabelo atrás da orelha. — S-Somi me beijou naquele dia.

Syaoran e Junwoo arregalaram os olhos.

— Quando estávamos sozinhas, ela disse que não aguentava mais guardar pra ela como se sentia em relação a mim e... me beijou — contou, olhando para o nada, com as lembranças recheando sua mente. — E eu... fiquei sem reação.

— Você a beijou de volta? — perguntou Junwoo, curioso, inclinando-se um pouco para frente.

— S-sim.

— E você gostou? — Syao indagou o que achava ser o mais importante e, quando a garota assentiu, ele sorriu. — Então... qual é o problema?

— Ela é minha melhor amiga e eu já vinha me sentindo confusa com ela, mas... é estranho pra mim, sabe? Eu já namorei alguns garotos e nunca pensei em namorar uma menina. — A morena suspirou, com os cantos de sua boca se curvando um pouco para baixo, denunciando a leve tristeza causada pela confusão.

Junwoo sabia bem qual era aquela sensação.

— Não pense em se rotular, apenas siga seus sentimentos — aconselhou Syaoran, levantando-se da cadeira para se sentar em frente a ela no chão. —

O importante é você ficar com alguém que goste e, se você gosta dela... — Deixou no ar.

Junwoo assentiu, com seus olhinhos levemente arregalados enquanto fitava Bora.

— Mas tem meus pais — a menina suspirou. — Como vou contar a eles? Eu acho que minha mãe conseguiria lidar, mas meu pai... — grunhiu frustrada. — É muito complicado.

Junwoo não ouviu a resposta de Syaoran àquela pergunta, pois havia se perdido em pensamentos, após se identificar com a situação de Bora. Tudo bem que nunca se sentiu atraído por uma garota antes, então, talvez, a confusão fosse um pouquinho diferente, mas, em relação aos seus pais, Junwoo sabia que estava na mesma situação que ela. Afinal, como contar aos pais extremamente conservadores que estava interessado em alguém do mesmo sexo?

Metade daquele assunto ainda era um tabu para Junwoo, de certa forma, mas não era somente pelo fato de ser um homem a pessoa pela qual se interessou e, sim, pelo romance em geral. Lee ainda não sabia lidar com aquela invasão de sentimentos em seu peito, aquele anseio de querer estar sempre ao lado da pessoa, aquela vontade de não ligar para o resto e somente ficar nos braços dela...

— Junwoo, você tá bem?

Ao ouvir o chamado da garota, ele ergueu a cabeça, sem notar que seus olhos estavam esbugalhados, seu rosto completamente avermelhado e que um sorriso bobo havia tomado seus lábios.

— É... T-tô sim — conseguiu responder, coçando a nuca de maneira agitada.

Syaoran franziu o cenho, querendo questionar o amigo, mas achou melhor fazer aquilo depois e virou-se para Bora, buscando aconselhá-la para que ela não "surtasse" com a questão envolvendo Somi.

— Então, eu deveria conversar com ela? — Bora recapitulou.

— Sim, pense em ir passo a passo. Primeiro, se resolva com ela e depois pense em falar com seus pais. Mas vá pouco a pouco, apenas quando se sentir segura de si mesma, do que quer e... se abra. Me entende? — Syaoran finalizou, oferecendo um sorriso à menina, tentando fazer com que ela se sentisse mais segura.

Junwoo ouviu aquelas palavras com atenção, prensando seus lábios ao pensar que aquele conselho poderia se aplicar à sua situação. *Então... talvez, ele devesse focar em resolver tudo com Takeshi para, depois, pensar em falar com seus pais?* Afinal, queria entender tudo aquilo que sentia quando estava com Takeshi e aprender a lidar com aquelas coisas.

— *Hyung*? — chamou, sem perceber ter interrompido a resposta de Bora para Syaoran. — Você já pediu o número do Takeshi pro Bon?

— Ahm... — Syaoran franziu a testa, confuso, trocando um olhar com Bora antes de tirar o celular do bolso. — Eu perguntei e... Ah, ele mandou aqui!

— Jura? — disse Junwoo, animado, saindo da cadeira para se agachar ao lado do mais velho. — Deixa eu falar com ele? D-deixa?

Syaoran ia responder, mas Gaeun apareceu na porta da casa, após abri-la, sorrindo para os adolescentes antes de dizer:

— O almoço está na mesa, crianças.

Junwoo fez uma careta sem nem notar, sentindo-se mais ansioso do que nunca por querer falar com Takeshi sobre sua mais nova decisão e ter algo o interrompendo.

Quando estavam todos à mesa, Daejung foi o primeiro a se pronunciar:

— Quem quer fazer a oração?

Syaoran quis suspirar de frustração. Ele não era religioso e, por mais que soubesse respeitar todas as religiões existentes, sabia que a família de Junwoo era do tipo fanática e não conseguia aguentar nem sequer uma pequena conversa com aquele tipo de gente. Só suportava Junwoo porque sabia o quanto ele era diferente e não se encaixava naquele meio.

— Eu posso fazer — Sungwon se propôs e juntou suas mãos, assim como todo o resto na mesa, menos Syaoran, que permaneceu de olhos abertos, aguardando que os outros terminassem.

Junwoo fechou os olhos, sem conseguir se concentrar nas palavras do pai de Bora, com sua perna esquerda se mexendo freneticamente, ansioso para poder se comunicar com Takeshi. *O que falaria primeiro? Será que ele saberia mexer no aparelho e conseguiria falar com seu hyung? Hm... Será que Takeshi mandaria uma foto, como fez com Bonhwa?*

— Junwoo? — Syaoran chamou-o, cutucando o braço do garoto.

— Hm? — O mais novo abriu os olhos, finalmente, percebendo que todos o estavam encarando, já com os *chopsticks* em mãos, prontos para comer. — A-ah... D-desculpe.

Junwoo pegou os seus *chopsticks*, ignorando o olhar duvidoso de seus pais sobre ele e o ar risonho de Syaoran. Bora apenas ignorou a situação, perdida no sabor incrível da comida de sua mãe e Jiyoon.

— Queiram me desculpar novamente pela presença de... De Syaoran. Sei que era para ser uma viagem apenas de família... — Daejung iniciou um assunto, recebendo um sorriso de Sungwon e um olhar estranho de Gaeun.

Syaoran revirou os olhos discretamente. Ele odiava aquele homem.

— Pai... — Junwoo murmurou, incomodado com a situação.

O pastor lançou um olhar duro ao filho, com sua expressão denunciando que não ficaria contente com algum tipo de contestação contra suas palavras.

— Não vejo problemas — Gaeun respondeu, dando de ombros.

Jiyoon lançou um olhar estranho à mulher e Sungwon abanou a cabeça negativamente.

— Realmente, era para ser apenas a gente, mas não vejo como ele poderia atrapalhar. Apenas se se interessasse pela minha princesa. — Riu, sendo acompanhado por Daejung.

Gaeun e Bora franziram o cenho, incomodadas, e Jiyoon apenas focou em continuar a comer, sem se intrometer na conversa que o marido estava tendo. Junwoo abriu a boca para protestar contra aquilo, pois estava achando totalmente ridículo, mas Syaoran foi mais rápido.

— Fiquem tranquilos. Isso nunca aconteceria — a resposta de Syaoran e o sorriso debochado que ele exibiu pareceram ofender Sungwon que, imediatamente, rebateu.

— O que quer dizer com isso, garoto?

— Chega, pai! Por favor, vamos falar de outra coisa — Bora protestou, tocando no ombro do pai para impedi-lo de começar uma discussão naquela mesa.

Junwoo respirou fundo. Aquela semana seria difícil.

!

— Acha que vou sentir calor, se dormir com esse pijama? — Syaoran perguntou, erguendo a blusa de mangas compridas que era um conjunto com uma calça de moletom.

Junwoo, que retirava seu pijama de flanela da mala, virou-se para o amigo e analisou a roupa antes de negar com a cabeça.

— Aqui faz bastante frio durante a noite.

O resto do dia se resumiu em tédio para Junwoo. Bora ajudou a cuidar do jardim com sua mãe e Jiyoon, enquanto Daejung exigiu a presença de Junwoo quando foi estudar a bíblia com Sungwon. Syaoran ficou a maior parte do tempo na rede da varanda, conversando com Bonhwa por mensagem e atualizando as séries que havia deixado de ver por causa dos estudos. Junwoo sentiu um pouco de inveja quando Syao lhe contou o que tinha feito, pois não se sentia confortável na presença de seu pai e Sungwon. Realmente, preferia cuidar do jardim e, pelo menos, ter a presença de Bora ou apenas ficar de bobeira como Syaoran ficou. Mas não podia.

— *Hyung*! Tem um b-banheiro ali! — Junwoo exclamou quando viu Syaoran começar a remover a camisa.

— Relaxa, Junwoo, só vou ficar de cueca. E é só você virar para se trocar também — o mais velho respondeu, divertido, já vestindo a camiseta do pijama, após ter tirado a outra.

Junwoo virou-se de volta para a sua mala, terminando de tirar seu pijama de dentro e, em seguida, segurou a barra de sua blusa para começar a tirá-la. Quando estava removendo suas calças, Syaoran acabou fazendo um comentário que o fez corar dos pés à cabeça.

— Que coxas bonitas.

— *Hyung*! — Junwoo vestiu rapidamente a calça do pijama, virando-se assustado para o amigo, que já estava deitado na cama, com um semblante risonho.

— O quê?

— Por que falou d-das minhas coxas? — gaguejou, totalmente sem jeito. Ele realmente não estava acostumado com as pessoas reparando em seu corpo. Tudo bem que já havia reparado que algumas pessoas o olhavam — quando se trocava para a aula de esportes ou na lavagem de carros, na qual teve que ficar sem camisa, por exemplo. Ele não sabia se era porque o achavam bonito ou estranho, e, por mais que não se importasse muito com o que achavam, ficava desconfortável.

— São bonitas. — Syaoran deu de ombros. — Bem marcadas.

— Ah... — Junwoo assentiu, sentando-se em sua cama e observando suas coxas ficarem mais grossas por estarem prensadas contra o colchão. — São grandes... — comentou, tocando sua coxa direita.

— Por isso mesmo. — O outro riu. — Nem todos têm essa sorte.

Junwoo não soube o que responder, então permaneceu em silêncio, tentando entender o motivo das pessoas acharem coxas bonitas. *Será que as coxas de Takeshi eram bonitas?*

— Ah, quer falar com o Takeshi? Ele acabou de mandar mensagem — disse Syao, erguendo o celular no ar.

Junwoo arregalou os olhos e sorriu, levantando-se.

— Sim!

O mais novo pegou o aparelho e voltou a se sentar em sua cama, após tirar a mala que estava sobre o móvel, ajeitando-se para ficar confortável.

— É só digitar e apertar no ícone logo ao lado de onde aparece o que você escreve. Quando o Takeshi visualizar, vai aparecer "visualizado" escrito embaixo da mensagem e você vai saber quando ele estiver digitando. Se quiser mandar um áudio, tem um ícone com um microfone no canto direito e, se quiser mandar uma foto, é só clicar no ícone da câmera — explicou, enquanto se ajeitava na cama e se cobria. — Quando for dormir, apaga a luz.

Junwoo assentiu, sem ouvir, de fato, a última coisa que o mais velho havia dito, por estar listando toda a explicação de como trocar mensagens com Takeshi.

O moreno se ajeitou na cama, cobrindo seus pés, e olhou para a tela, vendo um chat aberto com algumas mensagens já trocadas entre Syaoran e Takeshi. A última foi de Syao avisando que entregaria o celular para Junwoo.

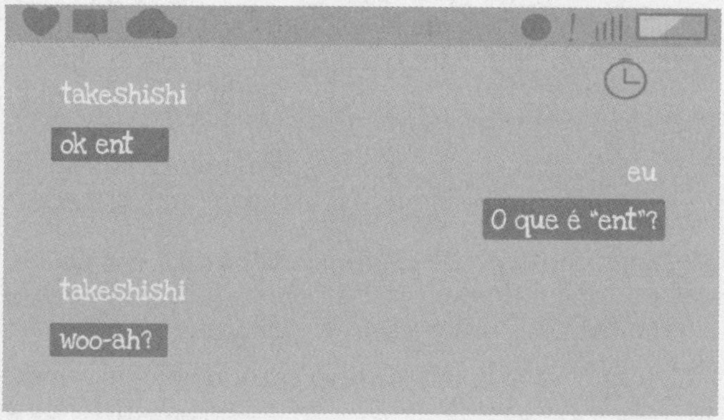

Junwoo suspirou, quase podendo ouvir aquele apelido deixar os lábios do mais velho. Amava quando ele o chamava assim.

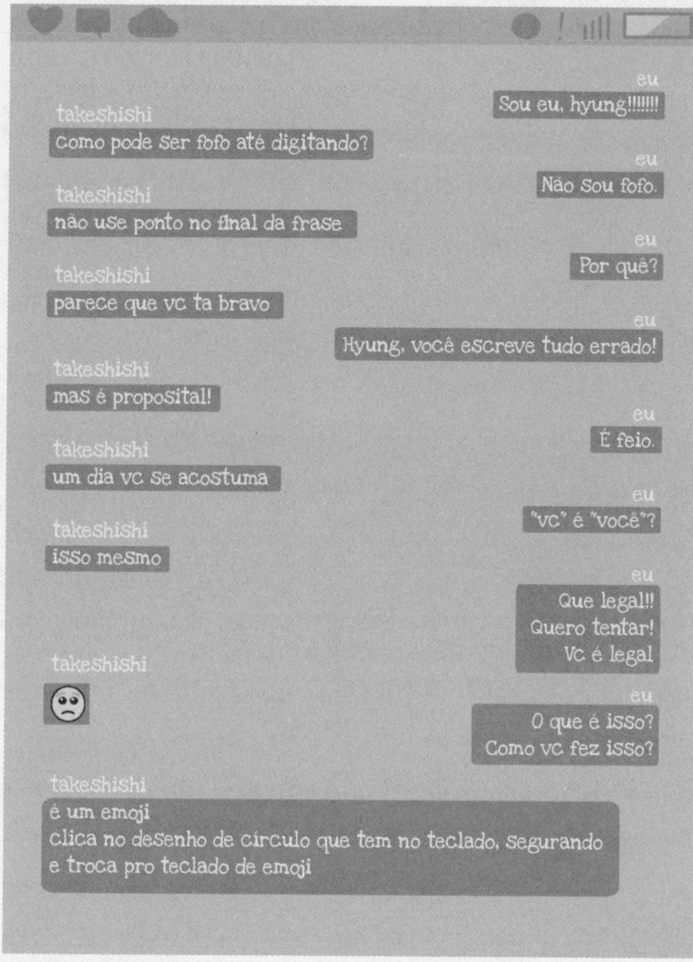

Junwoo franziu o cenho, procurando com os olhos o círculo que Takeshi havia mencionado. Encontrou-o facilmente e fez o que Takeshi havia dito, quase podendo sentir seus olhos brilharem quando viu a quantidade absurda de *"emojis"*.

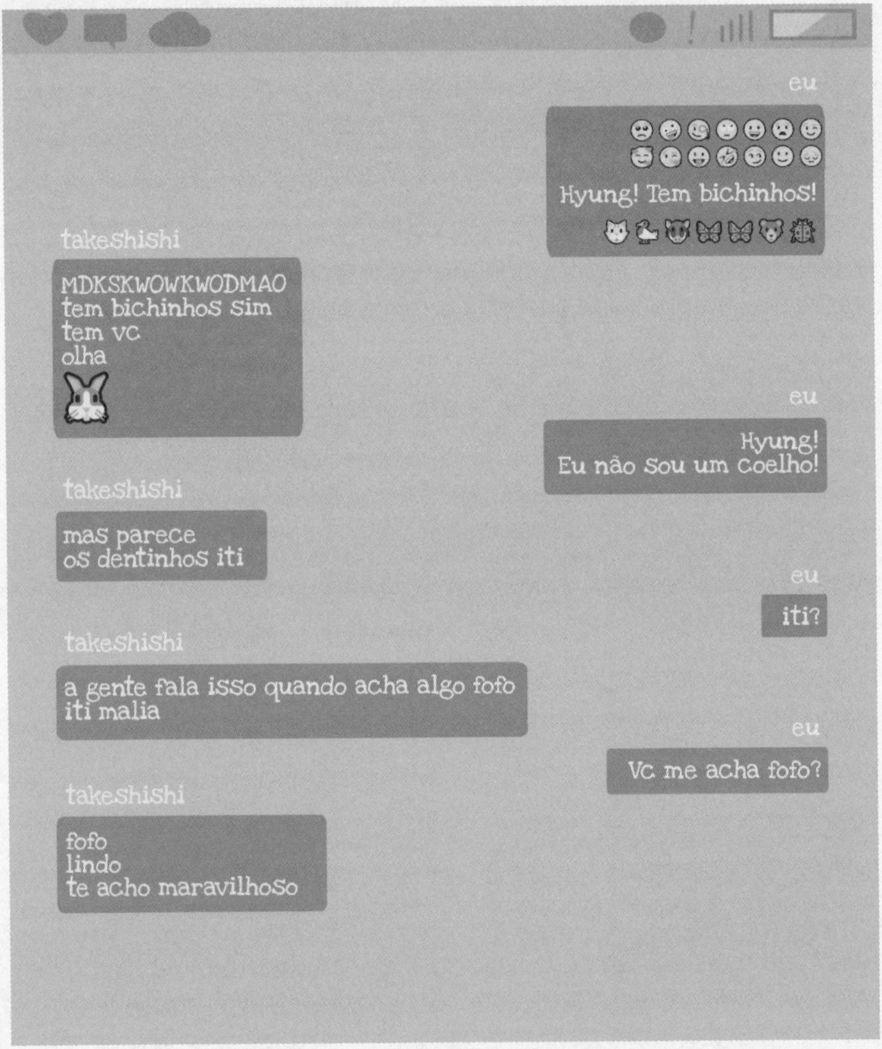

Junwoo abriu e fechou a boca, sentindo as bochechas queimarem. Olhou para o lado, vendo Syaoran com os olhos fechados e a respiração calma, indicando que já estava adormecido.

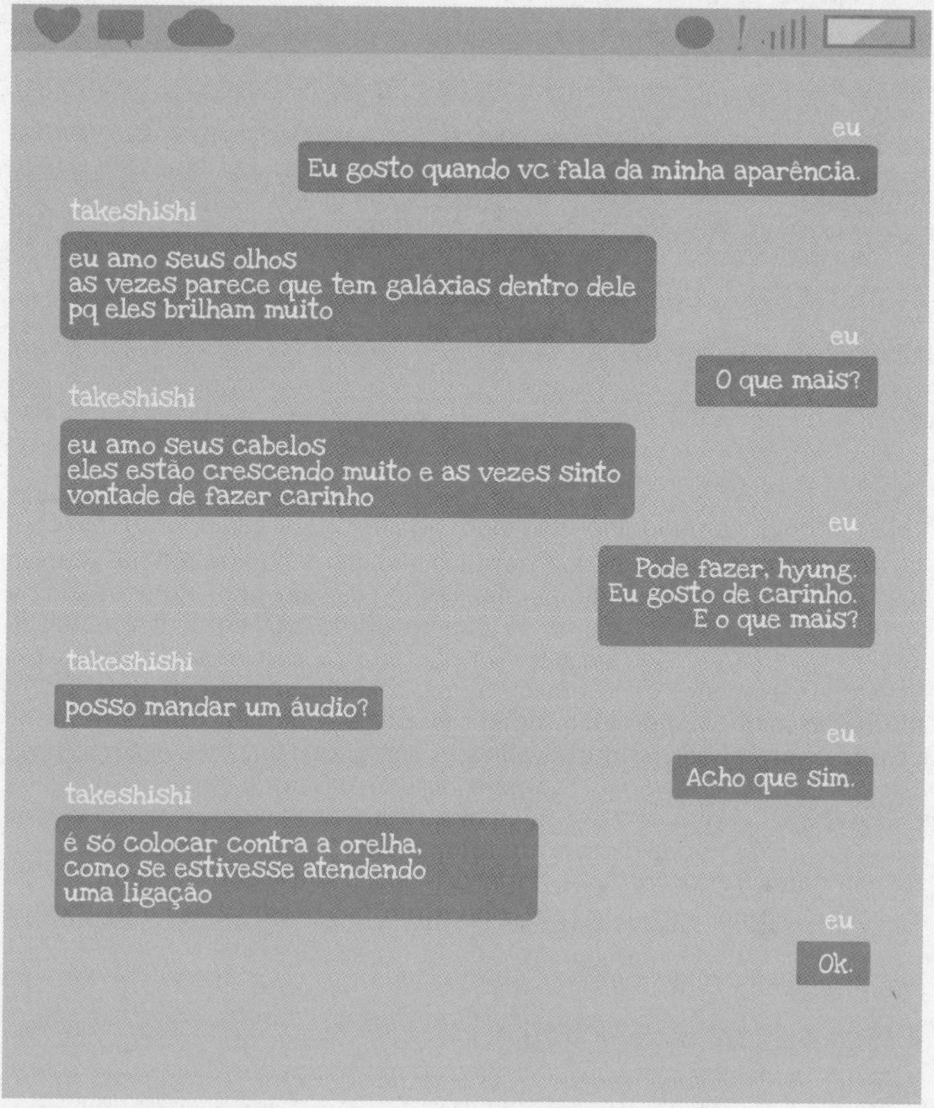

Junwoo começou a roer a pele em volta de sua unha enquanto sua perna se mexia de ansiedade ao ver os dizeres "gravando um áudio" embaixo do nome de Takeshi. Ele não sabia o motivo de estar tão ansioso, afinal já estava se comunicando com Takeshi e não fazia muito tempo que o vira pela última vez. *E, meu Deus, ele estava com saudades!*

Quando viu que o garoto havia enviado o áudio, apertou o ícone para dar início e colocou o celular contra a orelha.

— *Eu acho que minha voz fica muito escrota em áudios.* — Ele riu e Junwoo sorriu. — *Mas acho que é melhor você ouvir da minha voz essas coisas sobre o que eu gosto em você.*

Junwoo engoliu em seco, puxando as pernas para cima, abraçando-as.

— *Mas só se você disser por áudio que gosta de ser elogiado por mim.*

Quando o áudio de Takeshi acabou, Junwoo permaneceu, alguns segundos, encarando o nada, com o celular contra a orelha, sem saber o que fazer. Estava se sentindo extremamente envergonhado com as palavras dele. Ora! Ele não conseguia nem admitir para si mesmo que gostava de ser elogiado por seu *hyung*. *Como conseguiria falar aquilo para ele?*

O garoto respirou fundo, olhando para o chat aberto. Takeshi não estava digitando, mas estava online, o que indicava que estava aguardando uma resposta. Junwoo pensou e repensou: Takeshi não estava vendo seu rosto, então não tinha como saber que estava totalmente envergonhado, certo? Isso!

Por isso, Junwoo pressionou o botão para gravar o áudio, mas acabou soltando sem querer, enviando o som de nada.

Ele tentou novamente, respirando fundo.

— Eu... E-eu gosto muito quando você me elogia, *hyung*. Mas já disse isso pra você! P-por que quer que eu diga de novo?

Alguns segundos depois, com um Junwoo totalmente agoniado de ansiedade, o áudio de Takeshi chegou para o mais novo, então ele apertou o botão de iniciar imediatamente e colocou o aparelho contra a orelha.

— *Tão fofo! Aposto que está com as bochechas completamente vermelhas.* — Junwoo arregalou os olhos. Como ele sabia? — *Okay, então... Continuando. Eu já disse que gosto muito da sua boca? Ela é linda e, sempre que olho pra ela, tenho vontade de beijar. Beijar, morder, chupar...*

Naquele momento, não foram somente as bochechas de Junwoo que esquentaram. O calor chegou ao seu estômago, fazendo-o tocar seu próprio pescoço, agoniado por estar sentindo o lugar ferver. Ele abriu e fechou a boca, sem entender o que eram todas aquelas sensações, prensou os lábios e olhou para o lado, checando se Syaoran ainda dormia.

E ele dormia, como pedra.

Junwoo engoliu em seco, com suas pernas mexendo para cima e para baixo. Ele não sabia o que responder! Takeshi queria beijá-lo e aquilo não era novidade, mas ouvir Takeshi dizer aquilo daquela maneira fez com que algo se revirasse em seu estômago de maneira intensa.

— *Aish*! — grunhiu, deitando na cama e rolando de um lado para o outro, completamente sem jeito.

A tela do celular acendeu e, quando o garoto olhou, havia outro áudio:

— Por que tá demorando tanto? Eu sei que você quer me beijar também, Woo-ah — Takeshi choramingou e Junwoo rolou na cama novamente, completamente agoniado.

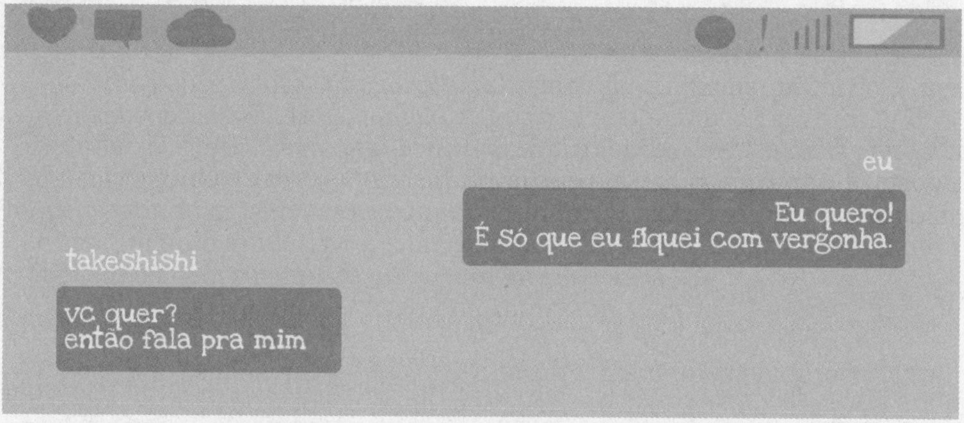

Junwoo respirou fundo, completamente encolhido contra o cobertor em sua cama. Ele conseguia ouvir apenas o ressonar de Syaoran enquanto todo o resto da casa estava em um completo silêncio e aquilo estava deixando o menino mais nervoso ainda. Com a cabeça encostada no travesseiro e o corpo em posição fetal, Junwoo pressionou o botão para gravar o áudio.

— Eu q-quero te beijar, *hyung*. Q-quero muito. Quero deixar você me beijar e... E morder? Morder durante o beijo é b-bom, *hyung*?

Lee esperou ansioso pela resposta, com seus olhos fixos na tela brilhante, os pezinhos sob o cobertor e os fios longos espalhados pelo travesseiro. A resposta chegou em alguns segundos:

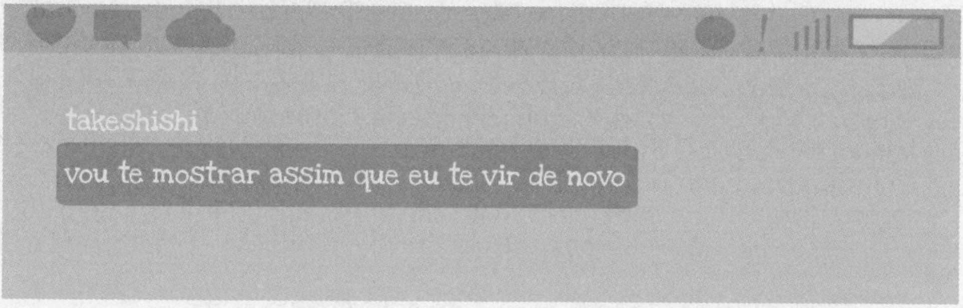

CAPÍTULO 27

— Eu já disse que não posso tomar chocolate quente!

Takeshi apoiou-se ao balcão e fitou seu professor com escárnio.

— Você "não pode" — fez aspas com os dedos — tomar chocolate porque acha que está gordo, e eu já disse que isso é a maior bobeira que já ouvi!

— Takeshi, eu tenho que controlar melhor minha alimentação — Hajoon resmungou enquanto seus olhos voavam para a caneca cheia até o topo com o líquido amarronzado e canela por cima da leve camada de espuma. — Não posso quebrar minha dieta assim.

— Hajoon, uma dieta não é saudável, se ela te priva de tudo! Eu me lembro da vez que você fez aquela maluquice de só beber água e comer maçã durante o dia! Não posso deixar você chegar a esse nível — Takeshi rebateu, esticando as mãos sobre o balcão da cafeteria para pegar as do professor.

— Takeshi, você sabe que meu metabolismo é uma merda e que não tenho tempo pra fazer exercícios físicos e...

Takeshi o interrompeu:

— Hajoon, me escute. — Respirou fundo. — Uma dieta saudável é saber colocar limites. Limites nas proteínas, nos carboidratos e no açúcar. Você não pode se privar de comer açúcar, mas pode se limitar. Há quanto tempo não come ou bebe chocolate?

Kwan suspirou, ficando alguns segundos em silêncio, pensativo, antes de responder:

— Uns dois meses, eu acho.

— E você realmente acha que nunca mais vai comer? — questionou. — Óbvio que vai, e eu tenho certeza de que, quando for, vai se descontrolar por ter passado tanto tempo se privando de algo que ama!

— Mas... — o mais velho tentou, mas foi novamente interrompido pelo mais novo.

— O certo é comer alimentos, como chocolate, em quantidade mínima e não se privar. Se você quiser beber um chocolate quente em um domingo antes de dormir, depois de ter passado a semana inteira comendo de forma saudável, não te afetará! — Takeshi começou a gesticular exageradamente, buscando fazer com que Hajoon o entendesse. — Entende que a solução não é se privar, mas sim limitar a quantidade?

— Sim, eu... — ele suspirou, com seu olhar voltando para a caneca à sua frente. — Vou tomar, sim.

Takeshi sorriu satisfeito.

Era uma terça-feira, perto do horário do almoço. Takeshi havia mandado uma mensagem aos seus amigos, convocando-os urgentemente, pois precisava ter uma conversa séria com eles. Uma conversa sobre Lee Jooheon.

Takeshi passou os últimos dias conversando com Junwoo por mensagens, todas as noites, ensinando-o a usar emojis e ouvindo-o — lendo — falar sobre a pequena viagem que estava fazendo. Conseguia sentir a frustração do mais novo à distância. A sorte do moreno era ter a presença de Syaoran e Bora, o que o impedia de surtar, pois havia alegado que a pressão e os comentários de seu pai estavam impossíveis — além de sua mãe, que estava mais estranha do que nunca.

Takeshi desejava muito poder estar com ele e ajudá-lo a enfrentar aquele momento, mas não podia, infelizmente. No entanto, para a felicidade do ruivo — e de Lee —, o mais novo parecia bem decidido que realmente queria "trocar umas bitoquinhas" com ele e, por Deus, ouvir e ler Junwoo falar aquilo era a melhor coisa do mundo. Ele se sentia nas nuvens e nada poderia puxá-lo para baixo. A não ser o assunto envolvendo o plano que tinha que contar para seus amigos e ouvir suas opiniões a respeito.

— Eles já estão chegando? — Takeshi perguntou a Hajoon enquanto cortava uma fatia de um bolo para levar até uma das mesas da cafeteria.

— Ravi disse que está quase aqui; Bonhwa disse que parou para encher o pneu da bicicleta e Yoona não respondeu — respondeu, assim que pegou o celular para checar o grupo de mensagens.

— Inferno — grunhiu Takeshi, sentindo-se ansioso para contar logo o que o assombrava há dias.

Após levar o pedaço de bolo ao cliente que o havia pedido e ter anotado o pedido de um casal que tinha acabado de chegar, Takeshi ouviu o sininho da porta indicar que alguém havia entrado. Era Ravi e, logo atrás dele, Bonhwa. Os dois amigos acenaram para ele e foram se sentar, ao lado de Hajoon, no balcão.

— Oi, gente — Takeshi os cumprimentou, voltando para seu posto e começando a preparar os pedidos do casal. — O que vão querer?

— Café — respondeu Ravi. — Passei a noite inteira ensaiando ontem.

— Quando vai ter mais um show? — Bonhwa perguntou, apoiando o queixo em sua mão. — E eu quero um chá de capim-cidreira, Takeshi, por favor.

— Semana que vem, sábado — disse Ravi, sorrindo para os amigos. Ele, de fato, carregava duas enormes olheiras e a expressão de fadiga era evidente, no entanto, não tirava o sorriso do rosto.

— O Junwoo poderá ir! — Takeshi animou-se de repente.

Ravi olhou-o, preocupado.

— Acha que ele tá pronto?

— Acho, sim. — Takeshi deu de ombros, colocando os pedidos do casal na bandeja. — Acho não, tenho certeza — declarou, decidido, recebendo um olhar divertido dos três amigos antes de sair para entregar o pedido do casal.

Quando voltou para trás do balcão, serviu o café de Ravi e o chá de Bonhwa, apoiou-se à frente ao professor e suspirou.

— E a Yoona?

Hajoon checou o celular.

— Nada ainda.

— Ontem ela sumiu na parte da tarde. Eu queria a opinião dela pra uma roupa e ela não me respondeu — comentou Ravi, assoprando seu café para que ficasse na temperatura ideal.

— Que estranho! — Bonhwa franziu o cenho. — Alguém tentou ligar pra ela?

— Vou tentar aqui — murmurou Hajoon, mexendo em seu celular por alguns segundos antes de colocar o aparelho contra a orelha. No entanto, assim que o fez, o sininho da loja soou.

Yoona adentrou o local, completamente afobada, segurando alguns papéis que faziam menção de cair de seus braços, enquanto estava com a mochila pendurada em somente um de seus ombros e a roupa totalmente amassada. A garota ignorou os olhares duros de alguns clientes e se jogou, em um banco do balcão, ao lado de Ravi. Os quatro garotos olharam para ela com estranheza, sabendo que algo de errado estava acontecendo.

— Yoona? — Takeshi tentou, ficando de frente para ela, ainda atrás do balcão. — O que houve?

Min Yoona respirou fundo, limpando o suor da testa. Fez um sinal com a mão, pedindo para que o garoto a esperasse recuperar o fôlego. Takeshi pegou um copo de água e estendeu para a amiga, observando-a engolir o líquido de uma só vez e tomar uma longa respiração antes de olhar para cada um deles e dizer:

— Eu achei meu pai.

Hajoon engasgou com o chocolate, Ravi derrubou café em sua própria calça e Bonhwa saltou de sua cadeira e correu até o lado dela, com seu semblante se tornando preocupado, como quase nunca ficava. Takeshi estava estupefato enquanto sua boca abria e fechava, mostrando que estava sem reação alguma.

Yoona já havia contado aos amigos sobre o caso complicado de seu pai. Quando era pequena, com apenas oito anos, o pai abandonou sua mãe e começou outra família. O homem nunca procurou saber do seu paradeiro, e Yoona nunca o procurou, porque não sabia nada sobre ele e sua mãe nunca lhe disse muito. A garota só sabia que o nome dele era Chunghee.

Yoona tinha vagas lembranças do pai, mas a maioria eram as discussões que ouvia entre ele e sua mãe. As outras eram de quando ele tentava ensiná-la a jogar futebol, mas ela nunca se interessou de fato. Mesmo assim, se lembrava do pai sendo presente em sua vida no dia a dia, até que, de repente, não foi mais. A mudança foi bruta e, um dia, quando chegou a casa, seu pai não estava na sala assistindo ao jogo de futebol da tarde ou à reprise do fim de semana. Uma semana depois, Dona, sua mãe, mudou a garota de escola e mudou-se, com ela, de casa.

Yoona nunca mais soube sobre seu pai.

— Como assim? — Ravi, que havia pegado um punhado de papel para si e para Hajoon, perguntou.

— Como conseguiu? — Hajoon foi quem perguntou, esfregando o guardanapo em sua calça.

— Eu estava sozinha, em casa, ontem, e fui ao quarto da minha mãe — ela começou, estendendo o copo para que Takeshi servisse mais água. — Estava cheio de documentos jogados em cima da cama e eu, curiosa como sempre, fui ver o que era.

— E o que era? — Takeshi questionou ansioso, entregando-lhe o copo de água.

— Calma, vou chegar lá — ela suspirou, virando mais um copo de água garganta a baixo. — Eram comprovantes de transferência. E tinham muitos, muitos mesmo. Dos meses de todos os anos desde que meu pai foi embora. E todas as transferências estão no nome dele, Min Chunghee.

— Isso quer dizer que ele tem enviado dinheiro pra sua mãe? Eu achava que ele não enviava pensão — falou Bonhwa, lembrando-se de quando Yoona havia comentado aquilo.

— Eu também achava, porque ela tinha me dito que ele não enviava! — a garota exclamou, com sua expressão denunciando o quão perturbada estava. — Nos papéis, tinha o endereço dele também.

— E você foi lá? — Takeshi quase gritou.

— Sim, eu não me aguentei — ela suspirou, puxando os fios de cabelo, cada vez mais longos, para trás. — Ele mora em Pyeongchang-Dong.

— Isso é quase fora da cidade! — Hajoon exclamou, abanando a cabeça. — Você foi sozinha?

— Sim, por isso me atrasei. — Yoona apoiou a cabeça no ombro de Ravi, enlaçando seus dedos nos de Bonhwa. — Eu não falei com ele, não consegui. Parei em frente à casa enorme em que ele mora e fiquei encarando. Quando vi uma movimentação na janela, saí correndo.

— Por que não nos chamou para ir com você? — Hajoon perguntou, com um suspiro escapando seus lábios.

— Sim, sabe que teríamos ido e te ajudado a falar com ele — Bonhwa continuou.

— Eu... não sei. Estava com muita coisa na cabeça. Eu não sei nem se realmente quero falar com ele. — Ela soltou a mão de Choi para esfregar o próprio rosto. — O que eu falaria? Não tenho o que falar.

— Tem muito a falar! — Takeshi a interrompeu. — Você percebeu que sua mãe mentiu. Talvez, não seja só isso que ela tenha escondido.

— Takeshi... E-ele não vai me reconhecer.

O grupo ficou em silêncio, cada um pensando em uma forma de ajudar a garota. Era uma situação complicada demais para que tivessem uma solução em alguns poucos segundos.

— Você não tá pensando em esconder quem é, não é? — Bonhwa perguntou com o seu tom denunciando que aquela hipótese não era a que considerava a melhor.

— Eu não sei o que fazer — ela repetiu.

— Esconder quem você é não é uma opção, Yoona. — Ravi tocou no cabelo da garota, fazendo um carinho em seus fios. — Depois de tudo... acha que é isso o que tem que fazer?

— Não! — Ela abanou a cabeça. — Mas não sei se vou abordá-lo.

— Você tem tempo pra pensar — respondeu Hajoon, terminando seu chocolate quente em seguida. — Se decidir até semana que vem, podemos ir todos com você até lá.

Yoona assentiu, com seus olhos fixos no nada e o coração apertado por causa da onda de sentimentos. A garota abanou a cabeça, buscando espantar os pensamentos ruins a respeito da possível reação que seu pai poderia ter quando soubesse quem ela era. Forçou um sorriso para o grupo de amigos e tentou mudar de assunto.

— E você, Takeshi? Por que nos chamou?

— Eu não sei se mencionei a vocês... Mas, um dia, em que estava com Junwoo, nós esbarramos com um cara muito estranho na rua. Quer dizer, no dia, eu achei a atitude dele meio estranha — Takeshi começou, passando o olhar rapidamente pelos clientes para ver se algum aparentava estar esperando atendimento. — Eu peguei o cartão que ele entregou e não me lembrei de checar até alguns dias atrás. O que acontece é... aquele cara é um parente do Junwoo, eles têm o mesmo sobrenome.

— Mas não tem só a família do Junwoo com o sobrenome "Lee" — apontou Ravi.

— Sim, mas o cara olhava estranho pra ele e fez questão de entregar o cartão pra gente, sem termos dado nenhum sinal de que precisávamos e sem ter nenhum motivo para fazer tal coisa — Takeshi continuou. — Fora que disse para chamarmos ele, caso precisássemos de algo.

— O Junwoo não o reconheceu? — Hajoon perguntou, com o cenho franzido.

— Não. O que alimenta minha teoria de que ele é alguma ovelha má da família conservadora do Junwoo, que tá tentando se aproximar dele — finalizou, dando de ombros. — Ele era cheio de tatuagens.

— Que delícia! — Yoona fez graça, tentando amenizar o clima e conseguindo, visto ter arrancado risadas de todos ali.

— Você ligou pra ele? — Bonhwa quem perguntou, apoiando-se ao balcão e fitando o amigo.

— Não... O que eu ia falar? — Takeshi choramingou. — Não posso me intrometer assim na vida da família do Woo.

— Isso é verdade... — Ravi fez um bico, pensativo. — Mas pode entregar o cartão pro Junwoo e explicar tudo pra ele.

— Acham que eu deveria? — indagou, roendo a pele no canto do polegar.

— Com certeza. Você já devia ter aprendido que esconder as coisas do Junwoo não é a melhor opção — rebateu Yoona, olhando para Takeshi de maneira divertida.

— Tudo bem, vou falar com ele quando o vir de novo.

— Vai beijá-lo também? — Ravi provocou.

— Morder? Chupar? Elogiá-lo? — Bonhwa debochou e, em meio às risadas dos outros três, Takeshi fitou o amigo, descrente.

— Eu não acredito que leu minhas mensagens, Choi Bonhwa!

!

— Syaoran, pode acordar o Junwoo, por favor? Aquele garoto deveria estar em pé há horas e tá atrasando o café da manhã por causa daquele sono pesado — Jiyoon pediu, enquanto preparava um café e assistia discretamente a Syaoran mexer no celular, no canto da cozinha, com um copo de água na mão.

Daejung e Sungwon estavam, na sala de estar, sentados, como dois sedentários que eram, sem fazer nada pela casa, na perspectiva de Syaoran. O adolescente foi à cozinha com o objetivo de ajudar Jiyoon ou Gaeun a preparar a comida; Gaeun, no entanto, estava no quarto com Bora, aparentemente.

— Posso, sim! — Syao terminou sua água e fez menção de sair da cozinha quando a voz da mulher o interrompeu.

— Como está sua mãe?

Syaoran franziu o cenho, virando-se na direção da mulher e a vendo de costas para ele, trocando o filtro da cafeteira.

— Ahm... Ela está bem. Trabalhando muito, como sempre.

— Ah, sim.

A mulher não disse mais nada e, por causa daquilo, Syaoran deixou a cozinha, com a expressão pensativa por ter se lembrado das palavras de Junwoo a respeito do que havia encontrado no quarto da mãe.

Deixou aquilo de lado ao entrar no quarto que dividia com Junwoo, vendo o menino todo encolhido em sua cama, agarrado ao próprio cobertor. Sua boca estava levemente aberta e Syao teria parado para admirar o quão fofo era aquilo, se não estivesse sentindo a necessidade de zoar seu melhor amigo.

Aproximou-se do garoto e jogou-se ao lado dele na cama, cutucando sua barriga e vendo-o se mexer lentamente e bocejar.

— Acorda, pitico — Syao murmurou, vendo o garoto resmungar algo e se agarrar mais ao seu cobertor. — Hm, acho que vou ter que chamar o Takeshi aqui. Então, ele vai poder te acordar com beijos, mordidas e, quem sabe, alguns chu...

— Ahn? — Junwoo abriu os olhos de supetão, arregalando-os com dificuldade.

— Bom dia, flor do dia — zombou. — Desculpe, eu li suas conversas com Takeshi desde o primeiro dia.

— *Hyuuuung*! — Junwoo prolongou o "u", choramingando, envergonhado e puxando o cobertor para tapar o próprio rosto. — Por quê?

— Fiquei curioso! Se quiser, eu deixo você ler as minhas com o Bonhwa... — Syaoran riu baixo, tentando puxar a coberta do garoto para baixo, mas Junwoo fez aquilo sozinho, fitando o amigo com desconfiança.

— P-por que está comparando as duas situações? Você t-também quer beijar o Bonhwa? — Franziu o cenho, confuso, sentando-se na cama.

Syaoran ficou alguns segundos em silêncio.

— Não seria de todo mal. Ele é lindo.

— *Hyung*! Você beija meninos! — Junwoo exclamou em um sussurro, lembrando que podiam ser ouvidos.

— Você também! — Syao rebateu, cruzando os braços e querendo rir.

— E-eu só beijei o Takeshi *hyung*! — Fez um bico sem perceber, sentindo as bochechas queimarem.

— E ele é um menino, não? — Syao debochou, gargalhando quando viu os olhos de Junwoo quase saltarem para fora de seu rosto.

— E-eu sei... — suspirou. — Mas por que nunca me contou, *hyung*?

— Não achei necessário. O assunto nunca surgiu entre a gente e eu nunca fiquei com alguém que realmente valesse a pena apresentar. — Ele deu de ombros. — E você? Por que não me contou?

Syaoran não sabia direito como se sentir em relação àquela situação. Era uma surpresa, como também não era. Desde que conheceu Junwoo, ele nunca mostrou interesse em garotas, e Syaoran não veria problemas naquilo, se a sociedade não vivesse à base do sexo. Tudo girava em torno de sexualização. O próprio pai de Junwoo já havia tentado despertar a sexualidade do filho sem que o adolescente percebesse, e Syaoran sabia daquilo, então sempre foi "estranho" ver que o amigo não se interessava por garotas.

A dúvida sempre esteve ali para Syao, mas nunca sentiu que o garoto ficava confortável em abordar aquele assunto. Preferia que Junwoo se sentisse à vontade o suficiente para ir falar com ele; no entanto, vendo a gravidade da situação naquele momento, achou melhor falar com Junwoo. Porque Junwoo estava completamente boiola por Takeshi e Syaoran ficou preocupado, porque sabia que aquilo deveria estar sendo um inferno para a cabeça de Lee raciocinar. Se ele nunca havia se sentido atraído por uma garota e tinha acabado de descobrir estar atraído por um garoto, como estava conseguindo aguentar aquilo?

Raciocinando um pouco mais, imaginava que o grupo de novos amigos de Junwoo o estivesse ajudando naquela espécie de transição. O problema era que Syao sabia que a parte mais difícil para Junwoo seria sua família e, naquele quesito, seus amigos não tinham como se infiltrar muito.

Ou seja, em certo ponto, Junwoo teria que lidar com aquilo sozinho. E Syaoran estava com medo.

— Ah, *hyung*... Eu estou tentando lidar com muita coisa... — Junwoo começou a cutucar os cantos de seus olhos para remover as remelas matinais. — Eu não sei bem o que é tudo isso que estou sentindo e, depois que ouvi você dizer aquilo pra Bora, sobre resolver e conversar com Somi, decidi fazer o mesmo com o Takeshi *hyung* e, depois, pensar na questão dos meus pais.

— Então... você quer entender, primeiro, tudo isso que está sentindo? — Syaoran confirmou, sentindo, de certa forma, orgulho dele. — Sabe que estou aqui, caso queira perguntar qualquer coisa, certo?

— Eu sei, *hyung*. — Junwoo sorriu, abaixando a cabeça.

— Inclusive, posso te dizer se mordidas durante o beijo são boas. — O mais velho prendeu o riso, observando Junwoo tapar o rosto com as mãos e resmungar.

— *Hyung*! Para com isso! — exclamou, com suas pernas se mexendo, agoniadas.

— Mas é sério! — Syao não se conteve e riu. — O que você já fez com o Takeshi?

— C-como assim? — Tirou as mãos do rosto e fitou o amigo, com seus olhos levemente inchados por ter acabado de acordar.

— Até que nível foram? — Syao reforçou e quis explodir de amores quando Junwoo continuou confuso. — Vocês só se beijaram? Ou já... se pegaram, sabe?

— Se... pegar? — Junwoo franziu o cenho por causa do termo estranho. — Nós só nos beijamos uma vez.

— E não rolou mão boba? Tipo, ele não pegou na sua bunda ou nas suas coxas? Ou você... — O mais velho foi interrompido por um travesseiro em seu rosto. — Ouch!

— *Hyung*! Eu acabei de descobrir que gosto de beijar o Takeshi e você já acha que estamos a-assim? — Junwoo cruzou os braços, enrubescendo intensamente pela vergonha.

— Ah, sabe como é, né? Adolescentes com hormônios. — Deu de ombros. — Então, foi só um beijinho?

— Sim! — Lee assentiu lentamente, brincando com as próprias mãos.

— E você nunca sentiu essa vontade que tem com ele com nenhuma garota? — Syao perguntou, apoiando o queixo na própria mão, atento.

— Não... Eu deveria? — Franziu o cenho, erguendo os olhos curiosos.

— Você não deve nada. Sabe... nós somos criados em uma sociedade muito heteronormativa. — Syao ajeitou-se, pensando em como explicar aquilo de maneira correta. — Os héteros têm representatividade em todo local: propagandas, filmes, seriados... Quando você nasce, seus pais esperam que você seja hétero, as pessoas assumem isso, me entende?

Junwoo assentiu, com os olhinhos levemente arregalados.

— Então, é normal que qualquer um, que sinta uma vontade diferente, fique totalmente assustado de início — continuou. — Até mesmo para quem tem pais liberais, pode ser difícil. Autoaceitação não é fácil.

— Eu... eu realmente esperava que, em algum momento, me sentisse atraído p-por uma menina. Eu achava que era o... O normal. — Junwoo coçou a nuca.

— Porque você vive em uma sociedade heteronormativa. O "normal" é ser hétero — repetiu. — Mas o normal é relativo. O normal para alguns não é para outros. Não se pode definir nada através desse conceito de "normal". — Fez aspas com os dedos. — Temos que nos abrir tanto para outras sexualidades quanto para outras culturas, hábitos... Me entende? Infelizmente, nem todos conseguem se abrir como você fez.

— Meus pais... — Junwoo fez um bico entristecido, com seus olhos focando no nada. — Isso quer dizer que qualquer um que se abrir pode ter outra sexualidade?

— Não! — Syao abanou a cabeça. — Isso é totalmente relativo. Sabe... algumas pessoas dizem que nós nascemos com a sexualidade determinada, mas isso é totalmente errado a meu ver. É algo que vamos sentindo com o tempo, sabe? É algo que vem de dentro quando entramos na puberdade e, de vez em quando, vem de maneira precoce, pois a nossa sociedade é totalmente baseada no sexo. Eu não sei se você percebeu, Woo, mas seu pai tenta te juntar com garotas há anos.

— Eu... só p-percebi com Bora — murmurou em resposta, tentando se lembrar de mais vezes em que seu pai o empurrou para cima de uma menina.

— Eu lembro que você me contava, nas segundas-feiras, que seu pai apresentava você às filhas de alguns amigos; algumas você achava muito irritantes; outras eram até legaizinhas. — Syao riu fraco, relembrando-se. —

Você nunca comentou nada sobre achá-las bonitas ou interessantes, como seu pai queria que fizesse.

Junwoo abriu e fechou a boca, sem saber o que responder, recordando-se das vezes em que aquilo aconteceu. Ele nunca olhou com aquele olhar para aquelas meninas, mas também, naquela época, não imaginava que seu pai queria que fizesse aquilo. Nunca havia tido a maldade de seu pai na cabeça.

— E com relação à religião? — Syao questionou, tombando a cabeça levemente para o lado. — Você já pensou nessa parte?

— Eu já ouvi o ensinamento do meu pai s-sobre homossexualidade na igreja e não... Não me parecia bom. — Junwoo sentiu, de repente, um aperto no peito com aquilo. — Ele disse que tem uma parte na bíblia que diz que homossexuais vão para o inferno. — Estremeceu. — Eu vou pro inferno?

Syaoran suspirou.

— Junwoo... Como eu não sou religioso, não posso te explicar exatamente o que a bíblia diz, mas sei que isso que seu pai lhe ensinou não está totalmente certo, porque já usaram isso contra mim. — Ele se levantou, recordando-se de que precisavam descer para tomar café. — Qual é o principal ensinamento de Deus?

— Ahm... Ame ao próximo como a si mesmo? — Junwoo hesitou, retirando a coberta de cima de seu corpo para se levantar também.

— Exatamente. Ele disse "Ame ao próximo como a si mesmo, menos os gays"?

Junwoo abanou a cabeça negativamente.

— Pense nisso. Eu vou tentar pensar em alguém que conheça todos os assuntos sobre religião em relação a isso e que possa conversar com você, tudo bem? — Sorriu doce. — Mas, por enquanto, vamos comer? Sua mãe me pediu para te chamar para o café.

— Tudo bem, deixa só eu ir ao banheiro.

Quando Syao saiu do quarto, Junwoo ficou, durante alguns segundos, parado, em pé, com os olhos fixos no nada. Ele sempre soube que o principal ensinamento de Deus era amar o próximo como a si mesmo e que não dizia nada sobre alguma exclusão. Amor era o que movia o mundo e era a principal fonte de energia para que este não entrasse em completo caos.

Deus realmente ficaria preocupado, se seu amor fosse dirigido a um homem ou a uma mulher?

!

eu

Hyung!!!!!!
🐥🐥🐥🐥🐥🐥🐥🐥🐥
HYUUUUNG!!!!

takeshishi

OI
eu tava dormindo
pq usou emojis de pintinhos?

eu

Eles me lembram vc.
Pequenininhos e fofinhos.

takeshishi

eu já falei pra não me chamar de pequenininho
grrrrr

eu

Iti malia.

takeshishi

ok, me arrependi de te ensinar essas coisas cibernéticas

eu

Hyung, sabia que o Syao leu nossas mensagens?

takeshishi

aaaaaaaaaa ent foi ele quem mandou os prints pro bon
bon ficou me zoando

eu

Syao hyung também me zoou.
😔

takeshishi

vc contou a ele?
Sobre a gente

eu

Sim.
Não podia?

takeshishi

claro que podia
Só queria saber como vc tá se sentindo

eu

Eu tô bem melhor depois de ter falado pra ele.
Não gostava de pensar que estava escondendo algo
do meu melhor amigo.

takeshishi

que bom, woo

eu

Ele fez umas perguntas estranhas,
mas foi tudo bem.

takeshishi

que perguntas?

eu

Perguntou se a gente já tinha se pegado.
Tipo... com mãos bobas.

Junwoo tapou o próprio rosto depois de ter enviado a mensagem, checando a porta do banheiro em puro nervosismo, imaginando que alguém pudesse se perguntar o porquê dele demorar tanto ali dentro. Syaoran lhe havia dito para dar a desculpa da caganeira, visto ter poucas horas que eles tinham almoçado.

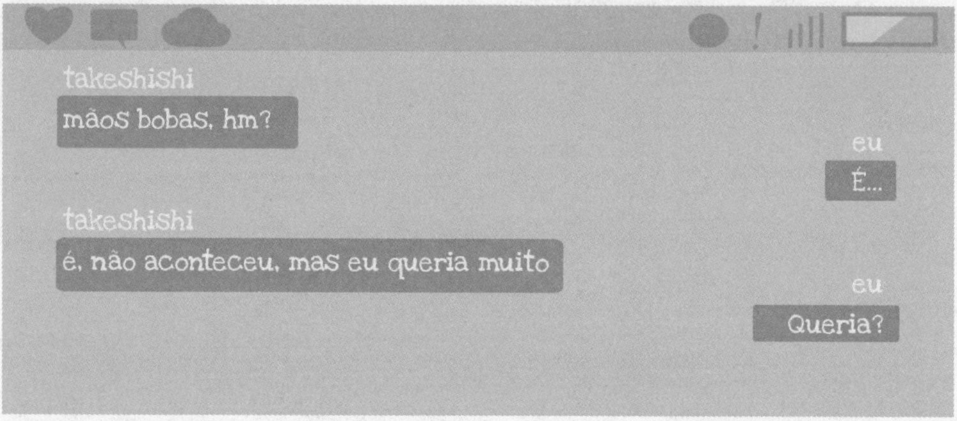

Ele engoliu em seco, levantando-se da privada e abrindo-a para fazer xixi — quando se sentia nervoso demais, ficava com uma vontade absurda de fazer. O som da descarga também seria bom para disfarçar para as pessoas do lado de fora. Ele segurou o pênis com uma mão, mirando o vaso e, ansioso, pegou o celular com a outra, querendo ver a resposta de Takeshi.

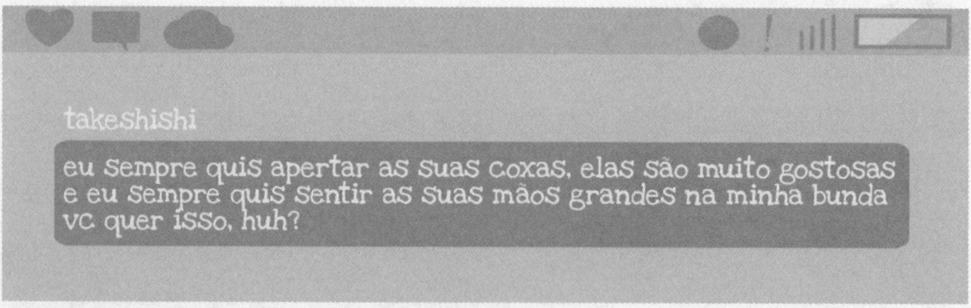

O xixi não saiu, foi outra coisa que invadiu a água da privada: o celular de Syaoran.

CAPÍTULO 28

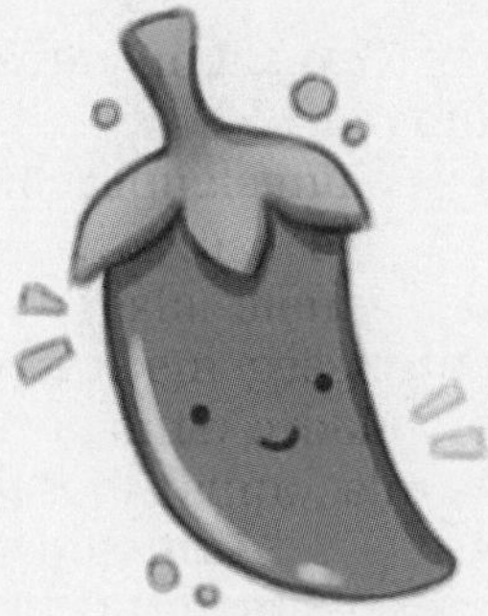

— Junwoo? Está tudo bem aí dentro?

Era Bora. Ela bateu na porta, após ouvir uma pequena exclamação quando passava em frente ao banheiro do segundo andar e, preocupada, resolveu intervir.

Já Junwoo estava desesperado no cômodo, acabando com o rolo de papel higiênico para secar o celular de Syao. O aparelho não acendia de jeito nenhum e aquilo estava fazendo com que sentisse vontade de chorar. *O que ele havia feito, meu Deus?*

— Merda, merda... — ele murmurou, tapando sua boca imediatamente ao perceber o que havia falado. — Meu Deus!

— Junwoo? — Bora chamou novamente, se sentindo, de fato, preocupada.

— E-eu já v-vou! — exclamou o garoto, tentando ligar o celular encharcado, sem conseguir. — S-Syaoran vai me matar — sussurrou, puxando seus fios longos de cabelo para cima, arrepiando-os totalmente.

O garoto respirou fundo, fechou os olhos e contou até três. Se ele se estressasse, seria pior, então somente focou em guardar o celular no bolso de seu casaco e dar descarga, abrindo a porta do banheiro depois de alguns segundos de recuperação.

Bora estava parada na porta, com um olhar estranho em seus olhos castanhos. Ela analisou o garoto de cima a baixo, estranhando os cabelos arrepiados e a respiração acelerada.

— Está tudo bem mesmo?

Junwoo assentiu, forçando um sorriso.

— S-sim.

Ele não deu tempo de obter resposta e somente correu até seu quarto, orando para que seus pais estivessem ocupados demais para estarem de bobeira em seus próprios quartos e resolverem ir atrás dele naquele momento. Precisava de alguns minutos para conseguir raciocinar o que falaria para Syaoran.

"Ah, hyung, a mensagem do Takeshi me deixou tão perdido e sem jeito que o celular escapuliu da minha mão."

Estava envergonhado demais e realmente achava que explodiria naquele momento.

— Junwoo, está tudo bem?

Era Syaoran. Ele estava dentro do quarto que dividia com o mais novo e assistiu ao garoto adentrar o cômodo, fechar a porta e se encostar contra ela, achando estar sozinho, mas não estava. Os olhos de Junwoo quase saltaram para fora quando viram o mais velho ali, sentado sobre a cama, dobrando as próprias roupas que, antes, estavam largadas pelo chão, algumas delas sujas de terra por causa dos passeios que fizeram pela floresta ao lado da casa.

— Ahm... — Junwoo riu nervoso. — *Hyung*, e-eu fiz uma b-besteirinha.

Syaoran franziu o cenho, totalmente confuso, levantando-se da cama.

— O que houve? É grave?

Lee engoliu em seco, dando duas longas respirações antes de pegar o celular do bolso e estendê-lo para o amigo. O mais velho estava todo confuso, com os olhos fixos em Junwoo antes de descê-los até o aparelho, o qual normalmente acendia assim que alguém tocasse nele, mas, naquele momento, não acendeu. Syaoran arqueou uma sobrancelha, em dúvida, apertando o botão do aparelho e surpreendendo-se quando o celular não acendeu de jeito nenhum.

— E-eu d-deixei cair na p-priva-privada, *hyung*. Me desculpe! Foi um acidente! — exclamou, com seus olhinhos lacrimejando por causa do nervosismo. Ele sabia o quão caro eram aqueles aparelhos e, se tivesse que comprar outro para o amigo, teria que pedir dinheiro aos seus pais e contar como havia quebrado. E, meu Deus, aquilo não podia acontecer.

— Relaxa. É só colocar em um pote de arroz.

— O quê?

Junwoo soltou a respiração, a qual não percebeu ter começado a prender, abrindo e fechando a boca, totalmente surpreso com a resposta do amigo.

— Ele não deve estar ligando por causa da água dentro dele. O arroz absorve a água. Colocá-lo dentro de um pote de arroz resolve. — Syao explicou e começou a rir, em seguida, por causa do desespero dele. — Fica calmo!

— M-mas... — Foi interrompido.

— Não tem problema nenhum. — O mais velho queria gargalhar, mas se conteve. — O que o Takeshi disse pra te deixar nervoso a ponto de derrubar o celular na privada?

Junwoo quis gritar.

— *Aish*! — exclamou, jogando-se na cama de cara no travesseiro, sacudindo as pernas. — Eu quase surtei, *hyung*! — gritou contra o travesseiro.

Syaoran gargalhou, aproximando-se do menino e dando tapinhas em seu ombro.

— Deixa disso! Vamos descer que eu tô doido pra tomar um cafezinho. Aproveito e coloco o celular no pote de arroz. — Ele puxou o menino pela mão, tentando tirá-lo da cama, mas Junwoo o interrompeu.

— *Hyung*!

— O quê?

— Hmm... Mãos bobas incluem b-bundas? — perguntou, tentando ignorar o rubor em suas bochechas, e Syaoran assentiu, abrindo um sorriso de lado por já saber o motivo daquela pergunta. — É bom?

— Junwoo, quem tem que te mostrar isso é o Takeshi — rebateu, conseguindo puxar o garoto para fora da cama. — Deixe pra entender essas sensações quando estiver com ele, porque, pra entendê-las, precisa senti-las.

Lee não soube o que responder, então não o fez, apenas seguiu seu amigo escada abaixo, ignorando a presença de seu pai e Sungwon na sala e disparou para a cozinha, onde Syaoran procurou por um pote e por arroz para colocar o celular.

— O que estão fazendo? — Bora apareceu no cômodo, vestindo um conjunto de moletom preto que Junwoo adorou. Sua mente não chegou nem a processar o fato de que era um modelo "feminino" de roupa.

— Junwoo derrubou meu celular na privada. — Syao abriu a boca antes que o outro pudesse pensar em uma desculpa para inventar, indicando o celular já dentro de um pote de arroz.

Bora prendeu o riso.

— Por isso estava tão desesperado?

O moreno bufou baixinho e assentiu, completamente envergonhado com a situação toda.

— Por que você não tem celular, Junwoo? — Bora questionou, sentando-se em uma das cadeiras da mesa de jantar. — Seus pais te privam até disso?

— Sim — o mais novo respondeu, sentindo-se frustrado. De fato, ele faria de tudo para ter um celular naquele momento. — Eu nem tive coragem de pedir, porque sei que vou levar um "não" como resposta.

— Isso é tão absurdo — comentou Syao, apanhando o pó de café para colocar no filtro. — E se acontecesse algo com você na rua? Celulares são necessários no mundo atual.

— Sim — Bora concordou. — Se eu soubesse disso há algumas semanas, poderia ter te dado o meu antigo. Mas ele acabou pifando.

— Não pediria algo do tipo. — Junwoo gesticulou, abanando as mãos, como se aquilo fosse um absurdo. — Vou tentar juntar dinheiro pra comprar um quando eu começar a trabalhar.

— Poxa, isso vai demorar. Como vai falar com o Takeshi quando eu não estiver mais por perto? — o tom de Syaoran foi um pouco zombeteiro, mas acabou fazendo com que Lee se recordasse das palavras escritas pelo ruivo.

Meu Deus! Será que ele conseguiria responder a Takeshi? E o que ele responderia? Ficou muito sem jeito com o que foi dito e realmente não tinha ideia do que poderia dizer ao mais velho. Estava curioso para saber o que eram todas aquelas coisas mencionadas pelo ruivo, visto que gostou de como se sentiu ao lê-las, no entanto, não sabia como reagir. Talvez, mudasse de assunto quando pudesse falar com ele novamente por mensagem e só voltasse a falar sobre quando estivessem cara a cara e tivesse a oportunidade de sentir aquilo tudo.

— Takeshi? — Bora arqueou uma sobrancelha. — É aquele mesmo que você saiu naquele dia, depois da Igreja, né?

Junwoo assentiu.

— Ele é muito bonito.

— Sim... ele é. — Acabou sorrindo para o nada.

— Todo boiola — Syao sussurrou. — Já viu aquele amigo dele, Bora? O Bonhwa?

— Nossa, sim! Ele é muito bonito. E super gente boa — a garota respondeu, pegando uma maçã na cesta de frutas que ficava no centro da mesa.

Junwoo riu baixo quando os dois amigos começaram a conversa sobre Bonhwa, notando que seu melhor amigo parecia bem animadinho com aquele assunto. Será que Syaoran tentaria algo com ele?

O sorriso de Lee foi diminuindo, conforme se recordava de um pequeno contratempo: Min Yoona. Afinal, Bonhwa tinha algo com a garota, certo? Junwoo se lembrava dos momentos de tensão entre os dois e de Takeshi mencionando que eles estavam "enrolados" com alguns assuntos.

— *Hyung*, o Bonhwa gosta de meninas e de meninos, né? — perguntou confuso.

Bora mordiscou a maçã em suas mãos lentamente, interessada no assunto que havia iniciado. Syaoran fitou-o, umedecendo os lábios.

— Mais do que isso. Bonhwa não se limita a gêneros.

Junwoo se recordava de Bonhwa lhe mencionando algo do tipo, mas não sabia se tinha entendido completamente. Lançou um olhar rápido à Bora, tentando enxergar se ela estava incomodada com aquele assunto, mas a menina o fitava, à espera de que continuasse. Ele imaginou que não seria um incômodo falar sobre sexualidade na presença dos dois, visto que a garota já havia admitido ter ficado com outra menina e ter gostado.

— Então... — Junwoo olhou para a porta, checando se havia alguém ali antes de continuar. — Ele gosta de meninas, porque gosta da Yoona. Ele gosta de meninos, porque se interessa por você... E o que mais?

Syao abriu e fechou a boca, querendo abrir um grande sorriso com aquela fala de Junwoo. O que acontecia era que, enquanto o mais novo havia se ocupado com conversas com Takeshi, Syao tinha passado os últimos dias batendo altos papos com Bonhwa e acabou descobrindo muita coisa, como a enrolação toda dos sentimentos de Choi com Yoona.

O que deixou Syaoran sem fala, naquele momento, no entanto, foi o fato de Junwoo ter reconhecido tão naturalmente que Yoona era uma mulher e dizer aquilo sem problema algum.

— Quando eu digo que ele não se limita a gêneros, quero dizer que Bonhwa pode se sentir atraído por qualquer um que seja, não importa a identidade de gênero dele. Me entendeu até aqui? — Syaoran começou se servindo de café e sorrindo ao receber um aceno de Junwoo. — Existe uma variedade de gêneros e eu vou te explicar apenas alguns para que você consiga visualizar melhor, *okay*? Mas não é meu local de fala, então, talvez, seja melhor você pesquisar e ler ou ouvir de pessoas que façam parte disso.

Junwoo assentiu, com os olhos brilhando de curiosidade.

— Precisamos, desde o início, separar a ideia de sexo biológico e identidade de gênero, tudo bem? Além de expressão de gênero e outros conceitos. — Syao sentou-se de frente para ele, sentindo que Bora também o encarava curiosa. — Sexo biológico é o sexo determinado ao nascer: homem, mulher ou intersexo. Intersexual é alguém que nasce com uma espécie de mosaico genético. Lembra quando a gente estudou os cromossomos?

— O homem tem o XY e a mulher o XX — Junwoo relembrou, sentindo-se orgulhoso de tal fato quando o amigo assentiu.

— Então, o intersexual nasce com uma mistura desses cromossomos que pode variar muito. Ele pode nascer com uma genitália que está entre os dois e, muitas vezes, pode ter uma condição dos dois gêneros que nem é visível. Mas, como eu disse, intersexo está incluído em sexo biológico. — Syao pousou seu café. — Então, vamos descartar o sexo biológico e focar na identidade de gênero, que é como a pessoa se identifica. Tá conseguindo me acompanhar?

— Sim, *hyung*.

— Bora? — Virou-se para a menina.

— Continua! — Ela riu, mordiscando sua maçã e balançando as pernas.

— A identidade de gênero pode ser como o sexo biológico — homem ou mulher —, binária, porém ela também pode variar para outras não binárias. Existem pessoas que não se identificam nem com um, nem com outro ou um dia com um e no outro dia com outro — Syaoran começou a listar, voltando a bebericar seu café antes de prosseguir. — Existem muitas variações, então, para explicar, vou dizer que são as pessoas que não são nem cem por cento mulheres nem cem por cento homens.

— Eu conheci uma... pessoa — Bora hesitou. — Amiga de Somi, que dizia ser agênero. Somi me explicou que era uma ausência de gênero.

— Mas não é igual ao não binário? — Junwoo franziu o cenho.

— Sim, porque, na verdade, o não binário é o termo guarda-chuva. Isso quer dizer que ele abrange muitas coisas, então dentro do não binário tem o gênero fluído, agênero... — Syaoran explicou e Junwoo fez um "aaah" de compreensão. — Sei que é difícil pra você visualizar, mas é um bom começo!

— Sim! Tem mais além desses? — Junwoo sorriu, apoiando o queixo nas mãos.

— Tem. São muitos e é tudo muito relativo, por isso as pessoas tendem a misturar, também, a bissexualidade e a pansexualidade — Syaoran comentou, vendo Junwoo assentir.

— Eu ia perguntar isso. — Ele riu baixinho, envergonhado.

— Somi, uma vez, me disse que sexualidade é algo muito fluído. Por isso tem gente que não gosta de rotular — acrescentou Bora.

— De fato, é um assunto que... — Syao foi interrompido.

— O que estão fazendo na cozinha? — Daejung apareceu na porta do cômodo.

Os três adolescentes viraram o corpo para trás e Syao foi o único que mostrou sua insatisfação ao revirar os olhos por ter aquela presença indesejada no cômodo. Bora focou em terminar sua maçã e Junwoo não soube bem como reagir, com medo de que seu pai pudesse ter escutado parte da conversa.

— Tomando café — Syaoran respondeu, vendo que o amigo estava um tanto travado e que Bora não sabia como responder.

— Oh! Café! Eu quero! — Gaeun apareceu, tirando Daejung do caminho para adentrar a cozinha e pegar uma xícara para se servir de café. — Como vocês estão, crianças? Aproveitando a calmaria aqui?

Daejung não pareceu gostar nem um pouco da interrupção da mulher, visto que uma carranca tomou suas feições e ele cruzou os braços, encostando-se ao batente da porta do cômodo.

— Sim, *ahjumma*, muito — respondeu Junwoo, correspondendo ao sorriso que a mais velha direcionou a ele.

— Nós acabamos de terminar os cuidados do jardim. Ele está maravilhoso! — Gaeun comentou, empolgada. — Sua mãe sabe muita coisa sobre jardinagem, fiquei surpresa.

O sorriso de Junwoo foi diminuindo gradativamente, conforme ele pensava que aquele era mais um fato que não sabia sobre sua mãe. Gaeun, talvez, já conhecesse Jiyoon melhor que Junwoo e aquilo o estava agoniando.

— Ela deve ter aprendido com a minha mãe — Syao soltou, com seus olhos fixos em Daejung, buscando algo que nem ele sabia o que era.

— Você ainda mora em Masan, certo? — Gaeun pareceu interessada, bebericando seu café. — Sua mãe trabalha com jardinagem?

— Não, ela é professora. — Syao voltou seu olhar para a mulher. — Ela já chegou a trabalhar aqui, em Seul. Inclusive, Woo, ela já deu aula no colégio em que você está.

— Que coincidência! — Gaeun exclamou, sorrindo de maneira doce. — Qual é o nome dela mesmo?

— Huang Mei. — Syao fitou, mais uma vez, Daejung.

Ele não estava mais ali.

— Mãe, à noite, podemos ficar um pouco no jardim? — Bora perguntou.

— Eu não vejo problemas, mas não sei se os pais do Junwoo permitirão... Você tem uns pais meio complicadinhos, hein? — ela comentou, finalizando sua xícara de café e colocando-a dentro da pia.

Junwoo coçou a nuca e riu fraco com Syaoran e Bora, após o comentário de Gaeun.

— M-me desculpe por isso.

— Não se desculpe por algo que não é culpa sua, garoto. — Gaeun abanou as mãos. — Bem, eu vou tomar um banho para, depois, preparar o jantar. — Fez seu caminho para fora da cozinha. — E, ah! — Voltou seu olhar para o grupo. — Se quiserem ir ao jardim quando anoitecer, lembrem-se de ir apenas depois das onze.

!

— Funcionou! — Syao exclamou, assim que a tela do celular acendeu.

Junwoo soltou a respiração, totalmente aliviado.

Os dois estavam sentados sobre a cama do mais novo — horas depois de terem tido um jantar muito estranho —, tentando fazer com que o celular de Syao funcionasse. Durante a refeição, Daejung ficou em silêncio, o que trouxe um clima extremamente pesado à mesa. Tal clima só foi quebrado quando Sungwon iniciou uma conversa com a própria mulher e, mesmo assim, ainda era possível ver o olhar agoniado de Jiyoon e a carranca irritante de Daejung.

Junwoo sentiu-se dentro de um bloco de gelo durante o jantar inteiro, sem ser capaz de desviar sua atenção da horrível sensação que era não ter pais que se abriam com ele e que o repreendiam o tempo inteiro.

— Tem muitas mensagens do Takeshi. — Syaoran prendeu o riso.

— Deixa eu ver! — Junwoo exclamou, ansioso até demais.

Lee riu baixinho e, eufórico, apertou o botão para gravar um áudio:

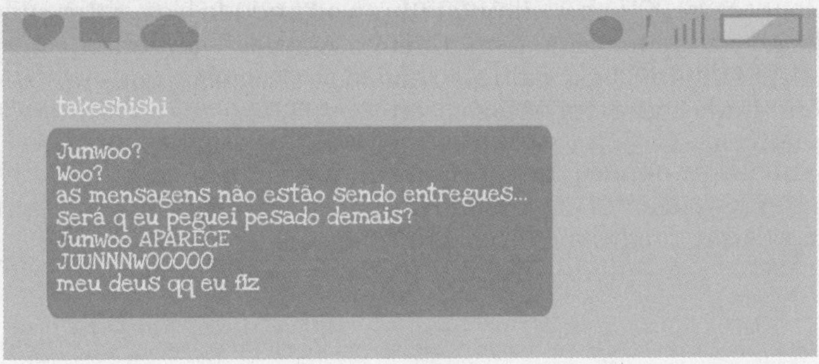

— Oi, *hyung*... E-então, desculpe a demora! É que eu t-tava no banheiro quando nos falamos, e e-eu-... — travou, sem saber como dizer aquilo sem passar vergonha.

— Ele deixou o celular cair na privada, de tão nervoso que ficou — interrompeu Syao, falando alto o suficiente para o microfone do celular captar.

— *Hyung*! — Junwoo exclamou, soltando o botão sem perceber e enviando o áudio. — *Aish*! Por que fez isso?

— Fui sincero, ora! — Deu de ombros. — Agora, me dá aqui, porque eu quero falar com o Bonhwa.

Emburrado, Junwoo estendeu o telefone para ele e, quando o mais velho foi mandar a tal mensagem, alguém bateu à porta.

— Entra! — Syaoran exclamou, ignorando o fato de Junwoo ter se levantado de sua cama no mesmo segundo. Ele sabia que era por medo de ser um dos pais dele.

Bora abriu a porta e colocou somente a cabeça para dentro.

— Vamos ao jardim, hoje, de madrugada?

— Eu topo — Syao respondeu logo de cara, mas Junwoo hesitou. — Ah, vamos, Junwoo! Vai ser divertido.

O mais novo, vendo o sorriso animado de Bora e a expressão ansiosa do melhor amigo, assentiu, concordando com a pequena fuga.

— Tudo bem.

!

— Junwoo, cuidado com meu pé! — Syaoran exclamou em um sussurro, fazendo uma careta por causa do incômodo quando o mais novo, acidentalmente, pisou sobre ele.

— Desculpe! Eu estou nervoso, *hyung* — sussurrou, apoiando-se aos ombros largos de Syao para ver com ele, se havia algum sinal de vida no corredor dos quartos.

Nada.

— Esperamos por Bora ou vamos à frente? — Syaoran murmurou, com os olhos atentos na porta do quarto em que a garota estava, esperando ver algum tipo de movimentação.

— Não é melhor irmos antes? — sugeriu, roendo a pele em volta de seu indicador enquanto suas pernas se mexiam, denunciando o quão nervoso estava.

Syaoran não respondeu, porque notou a maçaneta da porta do quarto de Bora se mexer lentamente. Ele foi um pouco para trás, encostando a porta do seu quarto e deixando apenas uma fresta aberta.

Quando Bora colocou a cabeça para fora do cômodo, mostrando que era ela ali, Syaoran voltou a abrir a porta. Junwoo soltou a respiração que nem havia notado prender e segurou na camisa do pijama do mais velho, ansioso.

— Cobertas. — Syao leu a movimentação dos lábios de Bora enquanto esta indicava o cobertor em torno de seus ombros e saía do quarto nas pontinhas dos pés.

Ao ouvir o sussurro de Syao, Junwoo soltou-se dele e pegou os dois edredons sobre as camas de solteiro, dando um jeito de segurar um e colocar o outro em suas costas, tomando cuidado para não se enrolar e cair no chão ou fazer algum barulho.

— Vem — o mais velho sussurrou, assim que Bora começou a descer as escadas.

Os dois garotos deixaram o quarto, lembrando-se de fechar a porta e caminharam do jeito mais silencioso que conseguiram, com passos leves e a respiração presa. Junwoo apertou o cobertor em seus braços e desceu as escadas com os olhos fixos nos degraus, orando mentalmente para que não tropeçasse e estragasse todo o plano.

Bora foi a primeira a chegar em frente à porta de entrada, girando a maçaneta na velocidade de uma tartaruga. O problema era: estava trancada.

— Não acredito — ela sussurrou, virando-se para os dois garotos. — Tá trancada!

— E a janela? — Syao apontou para a que ficava acima da rede da varanda.

A garota se aproximou da janela e a puxou para o lado, devagar, quase gritando de felicidade quando o vidro se abriu com facilidade. Vendo que já tinha espaço suficiente para eles passarem, ela se inclinou para fora, segurando a coberta em seus ombros e se apoiou ao suporte da janela para pular.

— Me dá sua coberta — murmurou Syao, querendo facilitar para a menina, e pegou a coberta em seus ombros para que ela pulasse com mais facilidade.

Bora sussurrou um agradecimento e, por fim, conseguiu passar para o outro lado. Ela suspirou aliviada e fez um sinal para que Syao lhe devolvesse a coberta. Ele o fez e, por sua vez, tratou de pular a janela.

Junwoo balançava as pernas, agoniado, com seus olhos presos na escada espiral, esperando que seu pai ou sua mãe aparecesse a qualquer segundo e o colocasse de castigo por estar fazendo algo que não deveria.

— Junwoo, me dê as cobertas! — Syao exclamou, gesticulando.

Junwoo assentiu e entregou as cobertas, através da janela, para o mais velho, observando a estrutura da tal antes de se apoiar nela e colocar o corpo para fora. Com pouca dificuldade, conseguiu, quase tropeçando por cima da rede, mas conseguindo desviar desta antes de colocar os pés no chão.

— Toma. — Syao riu baixo por causa da expressão nervosa do mais novo e lhe entregou sua coberta. — Onde vamos ficar?

— Ali! — Bora apontou.

Os três andaram até alguns metros de distância da casa, logo onde a floresta começava e as flores terminavam. Estava escuro e apenas a luz de alguns postes em frente à residência permitia que eles enxergassem o gramado. Junwoo enrolou o cobertor em seus ombros e sentou-se ao lado de Syao quando este se jogou na grama, deitado e com a coberta o impedindo de sentir frio.

— Minha mãe conversou comigo hoje — Bora iniciou um assunto. — Envolvia você também, Junwoo.

O mais novo fitou-a, duvidoso.

— O que houve?

— Parece que nossos pais realmente acham que vamos nos casar. Minha mãe me disse que sente que não queremos isso e até tenta mudar o pensamento de meu pai, mas ele parece convencido de que nossas famílias têm que se unir. — A garota suspirou tristonha, apertando o cobertor em torno de seus ombros.

— Engraçado que eles falam como se vocês fossem herdeiros de duas grandes empresas — Syao zombou, abanando a cabeça. — A sua mãe é bem sensata, Bora, mas não acho que ela vai conseguir tirar esse pensamento da cabeça do seu pai, sem que você intervenha. E você também, Junwoo.

— Eu não sei como... Como falar isso. — Junwoo coçou a nuca. — Com eles.

— Eu vou esperar voltarmos à cidade — a menina completou. — Para que não fique um clima ruim aqui.

— Pior do que já está? — Syao riu.

— Por que eles não gostam de você? — Bora perguntou, visto que não era lenta o suficiente para não perceber que os pais de Junwoo não gostavam de Syaoran.

— Porque eu sou muito afetuoso com o Junwoo, sempre fui. — Syao deu de ombros. — E nunca me importei muito com Daejung, nunca o respeitei, porque ele não merece meu respeito.

— Meu pai não gosta que eu tenha amizades masculinas — disse Junwoo, brincando com as folhas do gramado.

— Cadê o sentido? Ele acha que por você ter amigos homens automaticamente vira gay? — Bora franziu o cenho, sentindo-se um tanto indignada.

— Pois é, amiga — Syaoran suspirou. — Fora que ele nem age como um pai com o Junwoo. Nunca o vi ser carinhoso. E ele é super-ridículo com a mulher. Tudo bem que Jiyoon não é lá uma flor que se cheire, mas não justifica.

Junwoo riu baixo do desabafo de seu melhor amigo. Não era segredo para ele que Syaoran não gostava de sua família e ele não o culpava.

— *Rom pom pom pom!* — Bora cantarolou, gargalhando, em seguida, junto a Syaoran, mas Junwoo não entendeu. — Nossa, queria muito algum álcool agora.

— Álcool? — Junwoo franziu o cenho e, quando recebeu um olhar zombeteiro dos outros dois, pensou mais um pouco. — Aaaah! Bebidas?

— Isso. Eu fui a uma festa... — Bora riu ao se lembrar. — E tinha uma bebida brasileira que a Somi me deu pra provar. Não me lembro do nome, mas me lembro de que ela parecia um vinho estranho, mas bem gostoso.

— A única bebida brasileira que eu já provei foi "caipirinha" — Syaoran comentou, com dificuldade para pronunciar o nome da tal bebida. — Uma de limão. Era uma delícia.

Junwoo observava os dois conversarem sobre bebidas, sentindo-se totalmente deslocado. Ele já sentiu vontade de provar coisas como o álcool, mas nunca teve a oportunidade, porque nunca frequentou festas ou comemorações nas quais tivesse acesso às bebidas alcoólicas.

Era estranho ver que Bora, mesmo vindo de uma família que seguia as mesmas práticas que a sua, ainda possuía certa liberdade que ele mesmo nunca teve. Afinal, ela tinha um celular, já frequentara festas e já havia provado coisas que Junwoo não tinha.

— Eu sempre quis provar — ele soltou, sem perceber que havia interrompido a fala da amiga.

Syaoran sorriu, contido.

— Que tal irmos a uma festa antes de eu ir embora?

— Quando você vai? — Bora questionou.

— Só no final do recesso, semana que vem. E nós voltamos pra Seul nesse fim de semana — apontou, abrindo um sorriso ansioso ao pensar em ir a uma festa com Junwoo. — O que acha, hm?

— Eu posso pedir pra minha mãe ajudar a gente a inventar uma desculpa e nos dar cobertura! — a garota sugeriu, animando-se, assim como o mais velho.

— Takeshi *hyung* pode ir? — Junwoo perguntou com os olhinhos se arregalando de interesse.

— Takeshi, Bonhwa, Yoona, Ravi, aquele professor gatinho que Bonhwa mencionou, todo mundo que quiser — Syaoran listou, rindo quando Junwoo chegou a bater palmas de animação.

Lee queria muito ter sua primeira experiência em uma festa ao lado daquelas pessoas. Ele sabia que seria especial.

— Você é gay, *oppa*? — Bora perguntou para Syaoran e o mais velho sorriu ao ver que os mais novos tinham os olhos curiosos sobre ele.

— Sou sim. Cem por cento gay.

A menina riu.

— E você, Woo?

Junwoo arregalou os olhos, sem esperar que aquele tipo de pergunta fosse direcionado a ele tão cedo.

— Ahm... — tentou formular uma resposta, mas não sabia bem como prosseguir.

— Não se pressione a dar uma resposta, Junwoo — advertiu Syaoran, vendo a confusão estampada nas feições do mais novo. — Suas descobertas são recentes e você não deve nada a ninguém.

— Desculpe, Junwoo. É só que eu fiquei curiosa, porque senti que você estava interessado no Takeshi — Bora se apressou em se desculpar, oferecendo um sorriso doce ao garoto e inclinando-se para tocar nas mãos dele, mostrando apoio. — Mas, se você não souber, assim como eu, não tem problema algum.

— Você não sabe? — Junwoo perguntou cuidadoso.

— Não... Como eu disse, sempre namorei meninos e senti atração por eles. Somi foi a primeira garota por quem me interessei — ela respondeu, com um pequeno sorriso em seus lábios ao se recordar da garota. — Mas eu nunca me senti atraída por outra garota.

— Isso é bem comum. — Syaoran deu de ombros. — Você já se deu espaço para se sentir atraída por outras meninas?

— Como assim? — Ela franziu o cenho.

— De certa forma, pela maneira como foi criada, sua mente pode acabar criando um tipo de barreira para coisas, como se sentir atraída por alguém do mesmo sexo. Tipo... eu imagino que, há alguns meses, se alguém sugerisse isso pra você, acharia um absurdo, não? — Syao explicou enquanto seu olhar vagava para Junwoo algumas vezes, porque aquilo poderia se aplicar a ele também.

— Sim... de fato — Bora murmurou. — Vou prestar mais atenção nisso.

— Mas como eu expliquei mais cedo, tem gente que não gosta de rótulos por motivos como esse. — Syao repetiu, apoiando sua cabeça ao ombro de Junwoo.

— Eu n-nunca parei pra pensar nisso. — Junwoo coçou o queixo. — Digo... se eu me sinto atraído por outros meninos além de Takeshi.

— Assiste a um pornô gay — Syao soltou.

Bora gargalhou com a expressão perdida de Junwoo.

— O q-quê? — o menino gaguejou, surpreso com aquela sugestão.

— É, pô! Bora pode tentar também. Normalmente, uma pessoa que é hétero não se sente excitada com duas do mesmo sexo transando — explicou, prendendo o riso ao imaginar a expressão assustada de Junwoo. — Ou... podemos fazer um teste aqui rapidinho, mas que não significa algo necessariamente. É pura diversão.

— Q-que teste? — Junwoo perguntou nervoso.

— Fecha os olhos — Syao instruiu e Lee o fez. — Hm... Você preferiria beijar o Bonhwa ou a Yoona?

Junwoo abriu os olhos imediatamente.

— *Hyung*! Eu n-não beijaria nenhum dos dois!

— Porque eles são amigos do Takeshi, eu sei. Mas estou falando uma situação hipotética, ora! Pense nos dois na sua frente, ambos querendo te beijar... — Syao gesticulou, erguendo a cabeça do ombro de Junwoo para olhar para ele. — Você acha que seu corpo se inclinaria mais pra qual?

Junwoo abriu a boca para protestar, mas seu cérebro começou a projetar a imagem que Syaoran narrou, colocando ambos, Bonhwa e Yoona, na sua frente, interessados nele, e Lee se sentiu imediatamente tímido com aquela possibilidade.

Ele visualizou Yoona com a pose confiante que tinha, os cabelos que estavam crescendo, caindo pelos ombros finos, vestindo-se daquela forma diferente da maioria das garotas que conhecia, o que lhe deixava ainda mais única. E, sim, Junwoo a achava linda, o rosto era bonito e chamava atenção.

Mas era uma atenção diferente da que o rosto de Bonhwa chamava para ele. O garoto era tão lindo quanto à menina, mas trazia uma áurea diferente, ao parar para analisar. Era uma áurea máscula, uma fisionomia mais bruta. E, pensando ali, naquele momento, ele percebeu que achava aquela áurea bem *interessante*.

Lee Junwoo engoliu em seco.

— Bonhwa, né? — Bora sorriu, prensando os lábios.

— A-acho que sim... — Junwoo engasgou, começando a tossir.

Syao riu discreto, batendo em suas costas sem muita força.

— Não pense muito nisso agora. Isso não é o mais importante! Nem você, Bora. Foquem no que sentem pelos *crushes* de vocês.

Junwoo recuperou-se aos poucos, franzindo o cenho, em seguida, por causa da expressão utilizada por Syao.

— *Crushes*? — repetiu confuso.

— É tipo... alguém por quem temos uma queda. No meu caso, a Somi e, no seu, o Takeshi — Bora explicou.

— Entendi...

Junwoo observou Syaoran voltar a conversar com Bora sobre um assunto que não conseguiu captar o que era exatamente, pois sua mente estava focada demais em pensar que, *meu Deus, Ishikawa Takeshi era seu crush!*

!

Por sorte, no dia seguinte, os pais de Junwoo e o pai de Bora nem ao menos desconfiaram que os filhos ficaram até quase as três da manhã no jardim da casa, conversando sobre assuntos que, com toda certeza, não seriam aprovados por eles.

Os três continuaram a fazer aquilo todas as noites, aproveitando para relaxar da pressão que era estar ali para cada um deles. Syaoran somente foi, porque queria passar tempo com Junwoo, mas não suportava a presença de Daejung, que lhe lançava olhares duros e comentários de mau gosto.

Bora agradecia por ter sua mãe ali, porque seu pai já estava lhe dando nos nervos com o assunto de "se aproximar romanticamente de Junwoo". Ela tentava não gritar bem na cara dele que não estava interessada no garoto e nem Junwoo nela, mas não o fazia, porque sabia que seu pai surtaria, caso algo saísse de seu controle.

Já Junwoo não aguentava mais seus pais. O pai insistia em lhe dar mais aulas da bíblia junto a Sungwon e, em todas elas, Junwoo sentia que ele estava errado; sentia que o pai interpretava a mensagem de Deus de maneira errada, porque era impossível que Ele tivesse tanta maldade no coração como seu pai tinha. Sentiu-se triste com aquele pensamento. Saber que tinha que aguentar alguém com tanta amargura ao seu redor, todos os dias, o deixava pra baixo.

Jiyoon tinha se tornado muda. Ela não se comunicava com Daejung, Gaeun, Sungwon e, muito menos, com Junwoo, passando os dias apenas cozinhando e cuidando do jardim. Junwoo sentiu-se agoniado, querendo falar com a mais velha, mas sabia que não seria bem recebido.

Ele só queria não se sentir daquele jeito.

— Junwoo... — Syaoran chamou-o em um sussurro quando ambos estavam no carro, já na metade da viagem de volta para Seul.

Jiyoon dormia no banco de passageiro e Daejung dirigia concentrado na estrada, com o carro de Sungwon seguindo o seu logo atrás.

Junwoo desviou o olhar da janela para o melhor amigo, fitando-o em dúvida. Syaoran acenou com a cabeça para o próprio celular que segurava bem em cima de seu joelho, sem o levantar muito, para que Daejung não visse. Na tela, um chat de mensagem brilhava e Junwoo apertou os olhos discretamente, lançando um olhar rápido na direção de seu pai para ver se ele não o encarava.

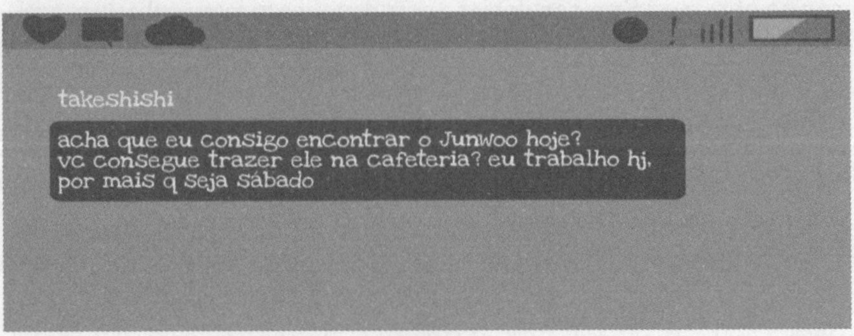

Sem nem pensar, Junwoo assentiu, sentindo o coração bater furiosamente contra o peito quando pensou na possibilidade de encontrar com Takeshi em algumas horas. Como eles deixaram a casa de campo bem cedo, por volta de seis da manhã, chegariam a Seul na parte da tarde, e Takeshi ainda estaria em seu horário de trabalho. Junwoo só precisaria pensar em uma desculpa para que seus pais permitissem sua saída com Syaoran. Ele realmente esperava que desse certo.

Algumas horas se passaram e o carro dos Lee parou em frente a casa deles. Sungwon parou seu carro logo atrás, apenas para que as famílias se despedissem. Assim como Daejung, eles não pareciam satisfeitos em verem Bora e Junwoo se despedirem apenas com um abraço, sem demonstrar nenhum tipo de "evolução romântica".

Às quatro horas da tarde, Junwoo e Syaoran estavam no quarto do mais novo, tentando pensar em alguma desculpa para dar aos Lee.

— Vamos ao mais simples — murmurou Syao, levantando-se e saindo do quarto, deixando para trás um Junwoo aterrorizado com a chance de aquilo dar errado. Eles tinham que pensar bem! Junwoo não aguentaria saber que Takeshi ficaria esperando por ele e ele não poderia encontrá-lo.

— Senhor Lee — Syaoran o chamou, assim que apareceu na sala. — Junwoo pode me acompanhar até uma cafeteria? Quero comprar alguns doces pra nós.

Daejung desviou o olhar da televisão para Syaoran, totalmente sério.

— Por que precisa que ele vá com você?

— Porque ele é meu amigo e eu quero a companhia dele. — Syao quis bufar de raiva.

Junwoo apareceu atrás do melhor amigo, vestindo um moletom amarelo maior que seu tamanho. Os seus moletons estavam sujos e, como estava o clima perfeito para utilizar um, pediu o de Syaoran emprestado.

Seu pai o encarou duro.

— Não demorem, vamos jantar — respondeu, por fim. — E me tragam uma rosquinha.

!

— Que lugar legal, tem até uma livraria na parte de trás — Syaoran comentou quando passaram pela porta de entrada da cafeteria, com o sininho soando alto, já que o local estava meio vazio.

Junwoo não conseguiu responder, pois seu olhar ficou fixo no ruivinho servindo dois cafés para um casal no balcão.

Após o áudio que Junwoo enviou a Takeshi, explicando-lhe o motivo de ter demorado a responder no dia em que deixou o celular de Syao cair na privada, Takeshi continuou a chamá-lo para conversar. Eles continuaram trocando mensagens todas as noites e Syaoran sempre lia todas, zoando o amigo na manhã seguinte por ele estar completamente *boiola* por Ishikawa Takeshi. Junwoo não entendia o termo e, mesmo assim, ficava bobo e envergonhado.

E, então, estava ali, observando seu *crush* sorrir para o casal que elogiava a sua recepção, com os olhinhos se tornando duas linhas em seu rosto doce e bem construído. As bochechas estavam levemente rosadas e ele colocou a mão em frente à boca para rir, um pouco envergonhado por causa dos elogios que o casal fazia a ele.

Ele estava tão lindo... Ele era lindo.

Junwoo nem percebeu que havia parado em frente à porta de vidro e estava encarando Takeshi de longe, com os olhos levemente arregalados, a boca entreaberta e a respiração travada.

— Todo boiola... — Syao murmurou, querendo rir ao perceber o estado dele. — Takeshi! — chamou pelo ruivo.

Na hora em que o mais baixo pousou seus olhos em Junwoo, o mais novo soltou a respiração, percebendo que a estava prendendo todo o tempo. No entanto, o sorriso que Takeshi abriu, ao vê-lo ali, fez com que o nervosismo tomasse todo o corpo de Lee de uma só vez, fazendo com que precisasse se segurar no suporte da porta de entrada.

Queria correr, mas não queria.

— Junwoo... — Syao chamou-o, tocando o seu ombro para que saísse de seu transe.

Takeshi falou alguma coisa para o casal e saiu de trás do balcão, caminhando até a dupla ainda parada perto da entrada. Syao cutucava o ombro de Junwoo, tentando acordá-lo, mas o mais novo estava embasbacado demais, observando o outro caminhar até eles. Ele via tudo em câmera lenta e, meu Deus, Takeshi parecia mais bonito que antes!

— Oi — Takeshi o cumprimentou, parando em frente ao mais novo, abrindo um sorriso maior ainda quando este o olhou nos olhos, totalmente perdido. — Está tudo bem?

— Junwoo! — Syao exclamou mais alto, empurrando o mais novo pelos ombros após ele não ter respondido Takeshi, fazendo com que Junwoo quase caísse em cima de Takeshi. — Oops.

Takeshi segurou o garoto pelo antebraço, o impedindo de cair no chão, com seus lábios sendo prensados para que uma risada não escapasse ao notar que Junwoo estava daquele jeito por estar nervoso com sua presença.

— H-*hyung*! — Junwoo exclamou, virando o rosto para fitar Syaoran. — P-por que me empurrou?

— Porque você tava embasbacado demais com a beleza do Takeshi, aí eu precisei te acordar pra que vocês pudessem dar uns beijinhos — devolveu, fitando as próprias unhas, como se fossem a coisa mais interessante do mundo. — Me serve um café antes de se agarrar com ele, Takeshi?

Junwoo ia explodir... de vergonha.

Takeshi ainda segurava o braço de Junwoo, fitando-o com um sorriso divertido, e assentiu para Syaoran, sem desviar os olhos quase fechados do mais novo, não conseguindo deixar de admirar o quão lindo o garoto estava, com os cabelos longos levemente bagunçados e aquele moletom amarelo que ia até a metade de suas coxas.

Syaoran caminhou até o balcão, sentando-se a dois bancos de distância do casal, esperando Takeshi fazer seu café para que pudesse aguardar com algo para entretê-lo.

Takeshi soltou o braço de Junwoo lentamente, trocando olhares silenciosos com ele antes de sorrir mais uma vez e voltar para trás do balcão para preparar o café de Syaoran o mais rápido que conseguisse.

Queria beijar Junwoo logo.

Junwoo continuou parado no mesmo lugar, puxando a barra de seu moletom para baixo enquanto sua perna balançava de maneira nervosa e ele tentava olhar para qualquer canto do local, sem fixar seus olhos naquele único ponto que se chamava Ishikawa Takeshi.

Lee só conseguia pensar que, Deus, em poucos minutos estaria trocando beijos com Takeshi! E o quão doido era aquilo?! Estava nervoso, ansioso, sentindo-se a ponto de explodir. Talvez ele explodisse, se Takeshi o tocasse.

— Obrigado — Syao agradeceu quando Takeshi colocou a xícara de café na sua frente. — Agora, vai com tudo.

Takeshi riu baixinho e assentiu, checando se o casal não queria mais nada antes de sair de trás do balcão e acenar com a cabeça para Junwoo em direção à parte da cafeteria que era uma biblioteca. Lee levou alguns segundos para raciocinar e correu atrás dele quando Syao exclamou um "vai logo!", assustando o casal ainda presente no local.

— *Hyung*... — tentou chamá-lo, andando atrás do mais velho, vendo-o passar por entre as prateleiras de livros, buscando algo que ele não sabia o que era. — *Hyung*? O q-que...?

— Hm... Acho que aqui está bom — Takeshi soltou quando chegaram na última fileira de livros, longe da única pessoa naquela parte, a qual provavelmente estaria ocupada demais estudando para notar o que eles estavam fazendo naquele cantinho.

— B-bom pra q-quê, *hyung*? — Junwoo gaguejou, sentindo as bochechas queimarem quando Takeshi virou de frente para ele.

— Eu disse pra você... — Takeshi começou, dando passos em direção ao mais novo, segurando os ombros largos deste quando estava próximo o suficiente. — Que ia te mostrar algumas coisas... — continuou, descendo os olhos para os lábios finos de Junwoo que tremiam de ansiedade e sorriu de canto antes de prosseguir, voltando os olhos para cima e fitando o mais novo nos olhos. — Quando nos víssemos novamente, hm?

Junwoo engoliu em seco quando as mãos de Takeshi subiram até seu pescoço, dedilhando sua pele ali lentamente. Ele sentiu cada poro se arrepiar quando Takeshi deu mais um passo em sua direção, deixando-os a poucos centímetros de distância.

Bem perto. Muito perto.

— S-sim, di-disse — o mais novo conseguiu responder, soltando um suspiro quase esganiçado quando uma das mãos de Takeshi subiu até seu rosto, encaixando-se em sua bochecha.

— E você lembra que coisas eram? — Takeshi continuou a provocá-lo, se alimentando do quão bom era vê-lo todo perdidinho por causa de seus toques.

Lee ia responder, ele realmente ia, porém, quando o polegar de Takeshi se esticou e tocou seu lábio inferior, lhe dando arrepios por todo seu corpo e impulsionando-o a se aproximar ainda mais, ele não conseguiu proferir nenhuma palavra.

— Prefere que eu te mostre direto? — Takeshi sussurrou, devido à pouca distância, sorrindo pequeno quando Junwoo assentiu um tanto afobado pela ansiedade.

O polegar de Takeshi se arrastou pelo lábio inferior, sentindo a textura do local, sem conseguir acreditar que logo a sentiria com a própria boca. Era surreal.

— *H-hyung*... — Junwoo conseguiu chamar sua atenção antes que ele agisse. — Onde eu... onde eu coloco m-minhas mãos?

Takeshi quis gritar. *Como conseguia ser tão fofo?*

— Onde quer colocá-las? — rebateu, piscando lentamente por estar meio desnorteado com a proximidade em que eles se encontravam.

Junwoo hesitou, fechando as mãos em punhos antes de descer o olhar para elas e acompanhar o caminho que as duas fizeram até pousarem na cintura de Takeshi. Takeshi sorriu, parecendo satisfeito com a escolha dele e, com aquilo, o mais novo se sentiu mais relaxado. Alguma coisa ele estava fazendo certo, pelo menos.

— Não pense muito, Woo-*ah* — sussurrou, puxando o garoto para mais perto e, finalmente, roçando seus narizes lentamente; Junwoo arfou. — Apenas... faça.

E Junwoo fez.

Ele não aguentou a proximidade torturante e os toques do mais velho e acabou por fazer o que seu corpo o incitou: colar suas bocas.

O toque foi singelo, a princípio, com as bocas juntas depois de tanto tempo se desejando. Takeshi suspirou contra os lábios de Junwoo, quase chorando de alívio ao ter aquele contato com Junwoo. Suas mãos se firmaram no pescoço de Junwoo, apertando com cuidado enquanto sentia as mãos grandes do garoto hesitarem.

— Me aperta — Takeshi separou rapidamente os lábios para conseguir sussurrar aquelas palavras, sentindo com os dedos os pelinhos da nuca do mais novo se eriçarem.

Junwoo que, nem, ao menos, abriu os olhos, por estar mergulhado naquela sensação incrível que era ter a boca de Takeshi colada na sua, assentiu, com os dedos que antes tremiam, apertando firme a cintura do Takeshi.

Takeshi ofegou antes de voltar a colar os lábios, dessa vez envolvendo os seus no superior de Junwoo, movimentando-os lentamente. O mais novo acompanhou seus movimentos, tentando não pensar se estava fazendo certo, mas ele estava. Estava muito certo. Quando Takeshi escorregou sua mão direita mais para baixo, tocando a cintura fininha de Junwoo para puxá-lo para mais perto, colando seus corpos, Junwoo soltou um arfar surpreso, entreabrindo sua boca o suficiente para que a língua de Takeshi se sentisse convidada a explorar.

Ele se assustou com o contato, a princípio, e seus músculos ficaram tensos, mas ele relaxou logo em seguida, com o carinho que os dedinhos de Takeshi fizeram em seu pescoço. Ele fez o mesmo na cintura do ruivo, puxando-o para mais perto sem perceber.

Colados e contra a prateleira de livros grudada à parede, Junwoo se deu conta de que, *sim, por Deus, sim, era Takeshi naquela barraca do beijo*. Foi Takeshi quem o fez se sentir nas nuvens com um toque singelo. Como ele podia ter sido tão lento em não perceber aquilo por si só? Como podia não ter reconhecido aqueles lábios gordinhos, os quais, agora, envolviam seu lábio inferior e o chupavam lentamente?

Junwoo soltou um som indescritível, sentindo-se entorpecido quando Takeshi chupou seu lábio, então suas mãos apertaram com força a cintura dele, escorregando para as costas, para que conseguisse abraçar sua cintura e ficar ainda mais próximo do ruivo.

Era tão bom...

As bocas voltaram a grudar uma à outra, e quem tomou a liberdade de usar a língua primeiro foi Junwoo que imitou os movimentos que sentiu seu *hyung* fazer, esperando que este se sentisse da mesma forma que ele tinha se sentido. E Takeshi se sentiu. Ele se sentiu perdidinho quando movimentou sua língua contra a de Junwoo, brigando por espaço. Sem se dar conta, Takeshi subiu a mão, a qual, antes, estava no pescoço do garoto, até a sua nuca, infiltrando os dedos por entre os longos fios de cabelo, apertando-os com a firmeza que ele sabia que o mais novo ia gostar. E Junwoo amou. Sua testa franziu em agrado e ele soltou um longo arfar, afastando seus lábios para que não bagunçasse o beijo por causa daquilo.

Takeshi abriu os olhos para observar apenas aquilo, inclinando-se em seguida e mordiscando o lábio inferior de Junwoo enquanto puxava novamente seus fios.

— *Hyung*... — Junwoo chamou, sem saber exatamente o que queria.

— Hmm? — provocou, depositando selos lentos nos lábios fininhos do outro, esperando que ele tomasse a iniciativa de beijá-lo novamente.

— E-eu gosto tanto... — o outro sussurrou, voltando a apertar a cintura de Takeshi com suas mãos ansiosas. — Gosto tanto d-da sua boca n-na minha.

— Gosta, huh? — Takeshi riu fraco. — Gosta quando te beijo? — Takeshi perguntou antes de beijar rapidamente os lábios do mais novo outra vez. — Gosta quando chupo sua boca assim? — instigou, envolvendo o lábio superior de Junwoo entre os seus para sugá-los avidamente, observando os olhinhos de Lee se apertarem de satisfação. — Gosta quando te mordo? — Mordiscou o lábio inferior dele novamente, puxando-o mais para si e envolvendo-o em mais um beijo.

O corpo de Takeshi foi se inclinando mais para trás, conforme a fome de Junwoo pelo seu beijo aumentava. As mãos de Lee se firmaram na base das costas do ruivo e a cabeça dele tombou para o lado direito enquanto a de Takeshi tombava para o esquerdo, permitindo que a intensidade do beijo triplicasse. Takeshi não conseguia acreditar que aquilo estava acontecendo.

Takeshi envolveu o pescoço do outro com seus braços, soltando seu cabelo apenas para conseguir abraçá-lo e sentir seu corpo devidamente colado ao seu. Ele se sentia quente, ansioso e sedento por cada vez mais contato. E Junwoo não estava diferente.

O moreno movia sua língua e sua boca de maneira lenta, mas intensa o suficiente para que tremelicasse dos pés à cabeça. Quando deu por si, chupava o lábio inferior grosso de Takeshi para dentro de sua boca, mordiscando-o logo em seguida.

— Tem razão... — ofegou, conseguindo abrir os olhos para fitar o mais baixo, vendo que estava tão ofegante quanto ele. — Morder durante o beijo é muito bom.

E quando Takeshi riu e voltou a juntar a boca à sua, beijando-o em meio a sorrisos, Junwoo sentiu que poderia morrer feliz. Todos os seus problemas poderiam não estar resolvidos; ele ainda tinha suas dúvidas em relação à família e à sua mãe e sabia que tinha muito a descobrir, muito a enfrentar, contudo, tendo Takeshi em seus braços, sentindo o sorriso dele e a felicidade que compartilhavam naquele momento, era o suficiente.

Ishikawa Takeshi era seu amigo, sua paixão e se tornou o personagem principal no filme que era a sua vida. Nada mais importava: eram eles dois ali, nos braços um do outro. Lee Jiyoon não existia, Lee Daejung muito menos. Não havia problemas. Era apenas o novo Lee Junwoo e Ishikawa Takeshi, aquele que lhe deu a vida.

AGRADECIMENTOS

Eu nem acredito que cheguei até aqui, tô toda arrepiada!

Pra mim, é tão irreal escrever essa nota de agradecimento, vocês nem imaginam! Nunca pensei que, algum dia, fosse poder publicar um livro e que pessoas teriam interesse em comprar algo que saiu da minha cabeça meio perturbada. Mas aqui estou eu, escrevendo uma nota de agradecimento a você, polêmico, que, provavelmente, me acompanhou quando a história ainda era um nada ou quando ainda era somente virtual.

Mas, agora, ela está em suas mãos! E eu só tenho a agradecer por você ter me acompanhado até aqui e por ter adquirido essa obra que construí com muito carinho e expectativa. Houve altos e baixos, é claro, como para qualquer escritor, mas, com a ajuda de vocês, leitores, eu consegui chegar ao fim.

Quero agradecer à Nathalia, minha maior companheira nessa jornada de publicação, que me guiou como ninguém e foi, de certa forma, a mentora de que eu precisava. Com o jeitinho especial dela, consegui chegar até o fim, sem me desmotivar por completo e jogar tudo pro alto. A sua dedicação me inspira até hoje e eu penso nela quando escrevo qualquer "a" das minhas histórias. Só tenho a agradecer e pedir pra que nunca deixe de acreditar em mim e no meu potencial como escritora.

Quero agradecer, também, à Lorena, a minha alma gêmea, que foi a primeira pessoa que leu os rascunhos dessa história quando tudo era mato ainda. Ela me motivou a continuar, me disse que as pessoas iriam gostar e espalhou para os quatro cantos do mundo quando eu, enfim, resolvi seguir os seus conselhos para publicar. Obrigada por tudo, Lorena!

Não posso deixar de agradecer a toda equipe da Editora Euphoria que contribuiu para que esses dois livros saíssem e chegassem até vocês!

Enfim, quero dizer um "obrigada" a todos os meus leitores, a todos aqueles que me mandaram mensagens carinhosas nas redes sociais, a todos aqueles que boiolaram junto comigo e que levaram, com eles, a história para a vida. Obrigada, polêmicos.

ANYA

Dimensões 15,8x23cm
Orelhas 8cm
Papel Pólen 70g

Produzido em Rio de Janeiro — RJ
www.editoraeuphoria.com.br